Without limiting the rights under copyright reserved above, no part of this publication maybe reproduced, stored in or introduced into a retrieval system, or transmited in any form or by any means (electronic, mechanical, photocopying, recoding, or otherwise), without the prior written permission of the copyright owner.

The scanning, uploading, and distributing of this book via the Internet or via any other means without the permission of the copyright owner is illegal and punishable by law. Please purchase only authorized electronic editions and do not participate in or encourage electronic piracy of copyrightable materials. Your support of the author's rights is appreciated.

Copyright © 2010 by Yi Hua
All rights reserved

www.facebook.com/CrepeMyrtleofJuly

ISBN 978-1-105-04584-4

七 月 的 紫 薇 花

前言

這是個真人真事的故事，雖然不用真實姓名，但內容沒有任何虛構的成份。楊玉琴到了四十三歲時，才知道自己的身世，算起來有兩個父親，三個母親。故事從三十年代到現在，包括中國，台灣，香港，加拿大和美國。寫的是親人分離，成長歷程，各人遭遇，骨肉重逢；從小學到護校和醫學院，醫生和護士的受訓，包括不同地方的行醫特色，各地的風情，光怪陸離的病情，中西醫學的爭論，醫學和哲學的融會，個人獨有生活的寫照。無論你是不是生在三四十年代的人，無論你承不承認你是無根的一代，看這本書，都可以找到你或你親人和朋友的身影。你可以把它當作動盪年代，或者無根年代的故事來讀。畢竟，它是個真事。

獻 給
曾經和家人離散的
和
無根的
和
曾經為生活而遠離家園的人們

目 次

[一] 震 憾 的 信

一九八三年，十月，
加州中部，樹林鎮。

****

楊玉琴從信箱拿了一大堆信，邊走邊看，突然看到一封陌生的信封，以爲郵差派錯了，立刻拿出來，準備放回信箱。細看之下，寫的卻明明是自己的名字，邊走邊想，差點踢到門前的石堦。進門後馬上拿起剪刀，剪開後一看，入眼的是：[親愛的玉琴妹妹……]。楊玉琴嚇了一大跳，不知是誰的惡作劇，開這麼大的玩笑。

等到看完全信，楊玉琴的心跳加快，呼吸急促，額頭與手心冒汗。這時正是十月，中秋已過了一個多月，怎麼還那麼熱？楊玉琴儘量讓心情平靜，試了幾次，仍然起伏不定。拿起電話時，發覺連手也抖了。放下電話，才發覺信裡還有其他東西。那是三張發黃的照片，兩張是未到台灣以前照的，另一張是在台灣住家照的；這一張除自己外，另外兩個是日本人。這是自己在台灣時，常常拿在手中看的照片，出國時沒有帶出來。怎麼這張照片會出現在信裡？難道信中所說的是真的？假如是真的話，那麼過去的四十三年，是活在連誰是親生父母也不知道的歲月裡？

信很長，是一個自稱是依春姐姐寫的，並且告知父母親及玉琴小時候的姓名，還很祥細的描寫了當時的情況。總之，玉琴是他們失散了三十七年的親妹妹！他們一家無時無刻不在想念她！

吃晚飯時，對著丈夫及孩子們，玉琴欲言又止，試了好幾次，都沒有勇氣說出收到怪信的事。這晚睡覺，更是怪夢一大堆，一會是台灣，一會是香港，一會是美國，不知身在何地。

一連恍恍忽忽的過了幾天，直到第三天晚上，孩子們睡了以後，才對丈夫夏文怡說：[我這幾天的古怪行動，你當然已看在眼裡，你一定在等我先講出來，對吧？]。夏文怡微微一笑說：[這就叫做：你不講，我也不問]。說完定定的看着玉琴，看她怎麼說。楊玉琴說：[我收到一封怪信！]。說完把信及照片一起給了文怡。文怡也很好奇，甚麼信會使妻子那麼怪異，神神秘秘的。所以也急急忙忙把信看完，照片也看了好幾回。沉默了一陣，才說：[妳從前不是有好幾次

1

都懷疑妳不是親生的嗎？妳的長相實在也不像妳爸媽，看來信中所說，真的居多！信裡不是說過會再寄其他資料嗎，看看再說吧。]

　　果然過了二十多天，楊玉琴又收到信。除了信比較長以外，照片也多了。其中一張背面寫着[爸爸]的，夏文怡一看，對楊玉琴說：[不用再懷疑了，妳和妳爸爸長得幾乎是同一個模出來的，天下再也不會有這樣的巧合了！]楊玉琴嘆了口氣，有點傷感的説：[整整四十三年，才知道養我的不是我的親爸媽，我的親人原來都留在大陸！]說著說著，眼淚盈眶！眼前一片模糊，腦中出現的，儘是台灣的印象，矇矓中，好像回到童年的時光，眼前出現的是童年時住的那間日式的房子。

［二］ 台 灣 歲 月

　　楊玉琴還記得，他們是從重慶來的，那時她的名字是平平。到台後住的是一棟很漂亮的房子，不但有花園，還有小橋小河，以及一個小魚塘，全部日式建築。

　　當年爸爸楊星耀被政府派來台灣接收糖廠，來到台灣中部這個小鎮，就在此安居下來。當時人才短缺，願意從大陸來台灣工作的人不多，專業人士更是難找。政府派他當廠長，自然是因為他是北大化學系畢業的專業人才，也因為他潮汕的母語，和台灣用的閩南語很接近。

　　除了發配這棟房子，還配備一部舊式，要用手搖才能發動的汽車，全部是上任日本廠長的物品。當時日人已被遣回，留下來的絕無僅有，可是卻有兩個女孩子，當時還未回去。她們常來花園的附近，很快就和楊玉琴玩在一起。楊玉琴有語言天分，日語學得很快，這兩個女孩很快就成了楊玉琴來台後的第一批好朋友。

　　和重慶相比，這棟房子實在漂亮得太多，楊玉琴非常著迷，平常那裡都不去，整天留連在棟房子附近。楊家也很快的找到了一位名叫阿美的傭人；她除母語外，還會日語；楊玉琴和兩位日本女孩講不通時，阿美就成了她們間的橋樑。

　　楊玉琴的日常生活，也從這是起，由阿美照顧。母親陸飄萍，很快的找到了一份在中學教化學的職位。兩個大人都有了固定的職業後，從此生活充實愉快，戰時的種種惡夢，不再出現。這時楊玉琴已屆入學年齡，身體更健康得多，把平平這個帶有保祐含意的小名，正式改為楊玉琴。

　　楊玉琴記得最清楚的是第一天上學時，自己衣服整齊，戴著帽子，穿了皮鞋，一進教室，就覺得所有同學都在看她。看看其他同學，不是光腳，就是穿布鞋。楊玉琴覺得自己和其他同學完全不一樣，好像是另一個世界的人。還好她個子高，坐在最後排，只有她看別人。不過她還是感覺到，老師和同學們，無意中都常對她瞧，讓她感到尷尬。又聽不懂同學們的談話，覺得很孤單。不過大家都對她好，不久就適應了這個新的環境。為了交朋友和學閩南語，楊玉琴經常忘記在學校裡不可以講閩南語的規定，常受到老師們的處罰。每天放學回家，一個人走路，很孤單無聊，不久就加進了同學們的行列，一起回家，有的時候還和她們一起去玩。

有一次去小河捉魚，回家時手提着皮鞋，捲着褲腳，衣服又濕又髒，給媽媽大罵了一頓！不過罵歸罵，以後還是忍不住和他們再去。在內心深處，楊玉琴仍然感到很孤獨，覺得自己還是沒有真正的朋友，同學們雖然和她玩在一起，但是和他們之間，還是有一道看不到的鴻溝。

陸飄萍雖然受過高深的教育，卻是個學院派的媽媽，不了解女兒渴望朋友的心理，只著重女兒的功課，要求很嚴，掛在嘴邊的話只有四個字：用功讀書。媽媽的這種態度，自然阻礙了楊玉琴和同學間交情的增進。

陸飄萍自小聰敏而好讀，自然也認為女兒應該和自己一樣，努力向上。所以除了課本外，還規定女兒每天要臨柳公權的楷書。偏偏碰到這個女兒，天生有種排外性格，學習時非常討厭別人在身邊指指點點。楊玉琴這時才七歲多，自然不能體會媽媽的苦心，對媽媽的種種要求，十分反感，常常暗自流淚，在家裡感到很不愉快。

中國傳統讀書人的信條就是教和嚴，不聽就罵，哭了就說沒出息，這就是楊玉琴心中的媽媽。不過還好爸爸很疼愛女兒，受到委屈的女兒，常常可以往爸爸的懷裡靠。楊星耀雖然有點溺愛女兒，也很清楚妻子過嚴的要求，每次看到女兒感到委屈時，總會安慰她：「媽媽的本意是好的，卻讓妳哭了，她自己也很難過。」

楊玉琴還記得，到台後最初的兩三年，爸媽和遠在隔岸的華家，常有書信來往。楊玉琴雖知道自己在重慶出生，但並不清楚和華家的關係，只知道爸媽常把自己的照片寄給華家。

八三年楊玉琴在美國收到的第一封信，其中的一張照片，就是到了台灣後拍的。玉琴也依稀記得重慶時華家的姐姐和哥哥對自己很好；到了台灣後，從爸媽的談話中，也曾聽到一些華家的情況，不過她對華家沒有特別的感情，父母也沒有告訴她兩家的關係。到了四九年底，兩岸消息完全中斷，兩家再也沒有書信的來往！從此楊玉琴也再沒有聽到爸媽談起華家的事。漸漸的，華家和重慶，在楊玉琴腦中，慢慢的淡退。

一九四七年，發生了二二八事變，使楊玉琴一生都忘不了。當時氣氛很恐怖，一家人藏藏躲躲，隨時都有被毆打或生命的危險。她們都不會說閩南語，而當時的生事者，看到不會講閩南話的人就毆打！那時她的一位叔叔，正好從泰國來看她們，被那些人打得半死，發誓以後再也不到台灣來。

事發的隨後幾天，每天都有陌生人到她們家查問，除了帶刀棍外，有的還帶槍！阿美很關心他們，為了怕他們受傷，除了讓他們改

4

穿當地人的衣服外，還早早的把她們藏起來，使他們在那麼多天裡，都沒讓這群暴民找到。有時為了安全，整晚都不敢回家。好不容易才挨過這場恐怖的迫害；情況一穩定，她叔叔就急急忙忙的離開台灣。

多年後她身在國外，看到報紙提起二二八事件時，腦中浮出這段恐怖的經歷。但使她不解的是，報紙上寫的，盡是當地人如何如何被欺凌和殺害，和她親身的遭遇，完全相反！

往後的兩年多時光，是楊玉琴童年中最歡樂的歲月。每到周末，坐著廠裏司機開着的那部老爺車，爸爸帶著她，去台中糖廠的招待所。楊玉琴坐在爸爸身旁，邊看邊唱，非常高興。從家裡到台中，要經過很多形狀不一的橋，每座橋都有名字，楊玉琴都記得清清楚楚，常常考考她爸的記性。她爸爸有時也故意裝傻，把她逗得連嘴都笑酸了。

楊星耀拉得一手好小提琴，楊玉琴常常沉醉在爸爸的琴聲裡，有時也唱些從學校學來的歌，父女倆，時時淘醉在這些旅途中！

他們家離霧社也不算遠。霧社除了以山胞抗日本的義舉出名外，當地的櫻花和溫泉，在台灣也享有盛名。媽媽不愛泡溫泉，父女倆常到那裏泡溫泉，賞風景。楊玉琴一生都忘不了這段甜蜜的時光。

可是有一天，一位朋友到他們家聊天，楊玉琴聽到那位客人說：[你的女兒長是長得很好看，美中不足的是，笑的時候很難看]，這短短的幾句無心之言，立刻留在她腦中，在好長的一段歲月裡，讓她在陌生人的面前，不敢露出笑容，失去了女孩子應有的甜媚，使本應活潑燦爛的成長，加了一層陰影。

一九五零年時，楊家起了很大的變化。他們收養了一個剛出生的男嬰，樣子很可愛。

孩子的媽媽是廠裡的工人，嬰兒在糖廠的診所出生。生後這位媽媽一言不發的走了，從此沒人知道她的下落，也沒有人知道誰是孩子的爸爸。楊陸兩人看這嬰兒可憐，收養了他。這時楊家的環境相當不錯，玉琴已經十歲，可以幫忙帶帶這個小弟弟，阿美仍然沒結婚，仍住在楊家。楊陸都覺得多個孩子，家庭更加和諧。

有了這個小家伙，楊家頓時顯得相當熱鬧，喜氣洋洋。 可是沒多久，楊玉琴首先覺得氣氛有點不對，阿美似乎很喜歡小弟弟，對自己變得很沒耐性；爸媽好像也沒有從前那麼關心自己。她開始懷疑，自己是不是也是領養的？

楊玉琴的臉細長，眼睛向上斜，同學們常說她像個唱戲的。爸爸的臉是方的，鼻子更截然不同。媽媽的鼻子倒有點像，但個子好矮，臉型也不對。有時對着弟弟，越想越不是滋味！遇着父母親心情不好的時候，這種懷疑更濃。還好疑心一過，馬上又覺得自己很傻，怎麼會有這種古怪的想法。

其實阿美待她很不錯，工作允許時，阿美會帶她去看默片，是露天的。那時的鄉下人還沒有現代知識，很是好奇，會走到銀幕後面去看看，是不是有人藏在後面演戲。楊玉琴對那些[解話員]，特別佩服，他們連講帶做，有的比演員還傳神。看歌仔戲也是他們倆常有的娛樂，楊玉琴看完還會不知不覺的學起一些演員的唱作。

農曆年是一年中最高興的日子，包餃子是他們家的大事。一家大小，圍著桌子，邊包邊聊。這時候媽媽不但不嚴肅，還年年都講同一個笑話：婆婆和媳婦一起包餃子，下鍋一煮全破了，媳婦大叫：[全破了]，婆婆說：[說破不吉利，要講賺才對。] 第二年煮的餃子一個都沒破，媳婦大叫：[一個都沒有賺。] 說完媽媽第一個先笑起來，大家也隨著開心的笑。

過年後不久，像晴天霹靂一樣，禍事突臨楊家：楊星耀給政府帶走，理由是窩藏匪諜，知情不報。當時國民政府到台不久，政情很不穩定。當年敗退台灣，原因千千萬，最使高層心驚的，莫過於間諜之禍。內戰四大戰役之大敗，間諜因素居首位。其中劉斐是作戰計劃的擬定者，郭汝槐則是國防部作戰廳參謀總長，這兩個都是共產黨的間諜，一個專門擬出錯誤的作戰計劃，另一個則把政府軍隊的佈署，指揮官，武器等等情況告訴敵方；在這種情況下，政府那裡還有打勝仗的可能？

政府到了台灣後，痛定思痛，澈底檢討後，自覺對於其他的致敗因素，有信心可以剷除，唯獨對于潛伏間諜這個問題，心有餘悸，變成了一朝被蛇咬，十年怕井繩！弄得好像間諜滿天飛，情治單位疑神疑鬼。除了頒佈戒嚴令，對戶口也管得很緊，規定留客過夜，必須登記。剛好楊星耀有位大學同學來找他。楊星耀卻低估了政府政令的嚴重性，未依規定登記，到了有人來查屋時，還把來客藏了起來。

楊星耀其實也看出位同學的嫌疑身份，是有意來避難的，但是基于同學的情誼，不忍心向政府告發，後來查出那人果然有匪諜嫌疑。這一來，大禍臨頭，一判就是七年！那是民國四十年十一月，楊玉琴已滿十一歲。

楊星耀被抓，最受打擊的就是楊玉琴。她開始不跟媽媽吵架，整日都是兩眼空空的，一個人常躲在角落，不言不語。這時候的陸飄萍，也感覺到一家的重擔，就落在自己的肩上，沉重的心情，常壓得她喘不過氣來，也沒有閒心來督促女兒的功課。還好這幾年下來，還算有一點積蓄，生活上暫時無憂。

可是禍不單行，受到楊星耀的牽連，她的學校不敢再聘用她，這下正如俗語所說：屋漏兼逢夜雨，使得她心身俱憔。此後一直在外面奔波，將近半年後，總算天無絕人之路，終於在中南部找到一份教化學的職位。一家於是急急忙忙的搬去。

　　從搬家的那一天起，楊玉琴的健康開始走向下坡，常常發燒，不時暈倒，上體育課時更糟糕，連跑步時也會絆倒。上課時常常不能集中精神，回家後要做的功課也常常忘記。

　　楊星耀被捕後，陸飄萍感到肩上的擔子越來越重。最近女兒健康的變化，更讓她感到十分無助，快到了精神崩潰的邊緣。還好她是歷盡大難，鬥志旺盛的人，很快又恢復自信心，不但常帶女兒去看醫生，自己還親自替玉琴補課，可惜一切努力，都付之流水。後來醫生懷疑玉琴患了瘧疾，吃了很多藥。當時奎寧丸是主藥，吃到三四個月時，楊玉琴的聽覺開始有點不對。醫生懷疑和藥的副作用有關，停藥幾個月後好像有點改進。發燒的情形似乎也好了一點，其它情形依然如舊。實在不得已，陸飄萍乾脆讓女兒休學。此後楊玉琴時好時壞，但總算有進步。大家都鬆了口氣，以為從此可以安心。忽然有一天，楊玉琴發起高燒，大家都以為會像以往一樣，過一兩天便會好起來。誰知燒越來越高，這下連陸飄萍也慌了。到了第二天晚上，楊玉琴的神志開始變得不清，陸飄萍冒著風雨，在深夜裡把她送去附近醫院。醫生一時也不敢肯定她患了甚麼病，只做些簡單的發燒處理。處裡發燒的工作，差不多都由護理來做。

　　這以後的幾天，全由兩位護士輪流照顧。幸好每當楊玉琴清醒時，可以吃流質，不至引起嚴重的營養不良和失水。在這幾天裡，楊玉琴睡得昏昏沉沉，醒的時間很短。楊玉琴只記得一合眼便作夢，一張眼便看到一身白衣白帽的護士，尤其是頭上的白帽子，整潔發亮，每次看到這身白衣白帽，總覺得這是世上最美最神聖的東西，看後心裏很舒服。心裏老在想，假若自己也能穿上這身白制服，該多麼神氣。漸漸的，楊玉琴醒的時間越來越多，醒時兩眼總是離不開那身純潔神聖的白衣帽。這讓她想起了書本上所描述的南丁格爾。看到兩位護士，就好像看到南丁格爾站在眼前。那兩位護士，也發覺這位小病號常常盯着她們看，弄不清是什麼原故。到了第六天，楊玉琴已完全痊癒，可以回家，不過醫生沒有敢肯定病因。

　　當她日後當上了護士，每當有人問她為什麼會選護士這個職業時，她腦裏馬上湧出那兩位身穿白衣，頭戴白帽的護士形像，她知道那就是她的答案。

休養一年後，楊玉琴已差不多完全恢復，可以繼續上學。這年正好上初中。雖然前半年的成績並不理想，後半年卻改進不少。幸好身體比以前健康，雖然仍偶有發燒，昏倒的毛病，卻沒有再出現。

　　後來的幾年間，陸飄萍換了好幾個工作，除了在不同的地方教書外，後來還在鄰鎮的肥皂廠做了一年；每日乘車來回，早出晚歸，辛苦非常。這情形一直維持到一九五四年冬至的前三天，喜從天降，否極泰來，楊星耀獲得提前釋放。這消息使大家雀躍不已，全家充滿喜氣。楊玉琴更是興奮，嚷著要請假去接爸爸回來。陸飄萍不肯，怕楊星耀出獄時的樣子會把女兒嚇到。不過楊星耀出獄時的樣子一點都不差，雖然瘦了不少，精神卻很飽滿。也許是基於民間的習慣，陸飄萍還是讓丈夫先去理過髮，換了衣服與鞋襪，乘了一部三輪車回家。

　　這一晚楊玉琴幾乎沒有離過爸爸一步，第二天她怎麼也不肯去上學，一定要陪在爸爸身邊。接着而來的是冬至；冬至是一年中的大節，喜上加喜，阿美特意作了很多菜，從早上吃到晚上。楊星耀的心情特別好，拿起小提琴，一連拉了多首喜愛的曲子。楊玉琴也乘興唱了很多歌。弟弟友恭，已四歲多，活潑可愛，跟着大家叫嚷。阿美特別喜歡他，時時抱着她跑來跑去。這一晚，楊家充滿了喜氣和笑聲。

　　楊星耀恢復自由後，馬上又回到廠裏工作。雖然不再是廠長，待遇卻是與廠長同等，更分到一棟有後院的大房子。院內有蓮霧，荔枝，番石榴，柚子等等。

　　據說廠方知道楊星耀絕不是存心隱瞞間諜，對他的遭遇非常同情。加上他在當廠長時，人緣很好，大家商議的結果，讓他享受廠長的待遇。同事們的愛護，使楊星耀很感動。廠裡有一張姓位工人，人品很好，楊星耀介紹阿美和他認識，不久和阿美結了婚。從此楊張兩家關系良好，一直維持到楊家離開台灣為止。

　　楊星耀目前這個廠，比從前的小些，是在離台中不很遠的小鎮裡，氣候非常好，不過附近沒有中學。春節過後，楊玉琴到台中上學。是插班生，重讀初中一下半年。每日從家走到火車站，下了車還要再走一段路才到學校，早出晚歸。楊玉琴越走越覺得每天走這兩段路，是有生以來最苦的事！尤其是一個人走的時候，好像越走越遠，書包越背越重。後來認識的同學漸多，單獨來往的機會少了，辛苦的感覺，才慢慢的消失。

　　有一天回到家時，聽到爸爸和阿美在講話。這是非常少有的事。為了不影響他們談話，楊玉琴放輕腳步，輕手輕腳的正要開門進去。忽然聽到阿美說：「先生，你不在家的那段時期，太太真得很辛苦。小姐那晚病重，是太太背她去醫院的。那晚天黑沒有月亮，又有風，太太差點掉進裡。……」，楊玉琴再也聽不下去，躲在屋角裡，等心情平靜後才進門。她絕沒有想到，媽媽的愛，竟然是如此的深！那晚她哭了好幾次。

不久後家裏養了一條黑色土狗。楊玉琴天性喜愛動物，這隻狗很快就成了她的好朋友。每天放學回家，那狗早已等在門前，進門一摸狗身，所有的疲勞都飛到九霄雲外，再讓狗的舌頭一舔，一天的不愉快，消失得無影無蹤。奇怪的是，這隻狗很不喜歡弟弟友恭，看到他時，總是吠個不停！友恭同樣的也對這隻狗沒有好感，一直到弟弟十多歲，人狗的關係還是沒有改善。

除了狗以外，楊玉琴也特別愛貓。只要看到貓，她都會想盡辦法去接近它，最好能抱在身上，一直摸個不停。媽媽常常說她前生大概是貓。因爲楊玉琴不但愛貓，而且不喜歡洗臉，更討厭水點濺在身上。楊玉琴喜歡動物的性格，到老都沒改變。

楊星耀是天主教徒，陸飄萍則信基督。結婚後，他們在大陸都上基督教堂。初到台灣時，楊玉琴每週都跟他們上教堂，隨後她受洗爲基督教徒。媽媽常常約了一些教徒來家裡查經，禱告的時候常流着眼淚，求主饒恕罪惡，感謝上帝賜給食物。楊玉琴看到種情形，非常不解，不知媽媽究竟甚麼時候犯了罪？明明是靠勞力工作來養活，爲甚麼卻要感謝上帝？

前幾年年紀小，好奇心重，進了教堂總是東張西望，牧師講的話，也似懂非懂。不過聖經裏的故事，倒是滿有吸引力，常常聽得津津有味。隨著年齡的長大，上教堂的樂趣，漸漸的減退，到了現在這個年紀，開始有了反感。尤其是看到那些站在教堂門口，連拖帶騙，用奶粉作餌，想把路人誘進教堂的行爲，心裏的反感更強。這種心態，媽媽當然看在眼裏，常常苦口婆心的勸解，楊玉琴不願意太傷媽媽的心，耐著性子，一家四口，仍然是教堂的常客。不過長期下來，母女的鴻溝，似乎越築越深。

楊玉琴雖然努力不想傷媽媽的心，但對媽媽的管教，除了感到委屈外，還十分傷心。陸飄萍從小就聰明過人，學業更是優越，大學時名列第一。當時本打算進協和醫科，經同學帶去參觀解剖室，嚇得再也不敢動醫科的念頭。也許是自己念書的成績太好的關系，也許另有苦衷，也想女兒應該和她一樣。也因爲陸飄萍念書很用功，自然也要求玉琴同樣的用功。偏偏女兒性格和她相反，而她又不了解女兒的性格，心裡只想到女兒不肯吃苦，不肯用腦筋，非糾正不可，愛之深，責之切，有時甚至用藤條抽打小腿。這樣更激發楊玉琴血液裡獨立的性格，母女的鴻溝，漸漸變大。

楊玉琴雖然知道媽媽非常愛她，但在這段時期，卻發覺媽媽和阿美，越來越喜歡友恭，讓她有一種被遺棄而害怕回家的心理，因此放學後，常常在外面遊蕩；這一來更是惡性循環，母女的感情越來越不可收拾。幸而爸爸對女兒特別溺愛，讓楊玉琴感到還有父親的愛護。因此女兒的一肚子委屈，都只能向爸爸傾訴。不過楊星耀對兒子卻很嚴，他有他的一套理論：男兒不嚴，不能成材。

　　不過，說來也很滑稽，當爸媽鬧意見而彼此不交談時，女兒却成了他們間的傳話大使：媽媽會對女兒說：[去叫你爸爸來吃飯]，然後爸爸對女兒說：[你對媽媽說，爸爸不想吃飯]。

　　三年來的初中生活，雖然伴有母女間的不快，可也可算是楊玉琴快樂的童年時光。他們一家四口，空閑的時間，常常消磨在台中附近。他們已經沒有汽車，姐弟倆都喜歡坐在爸爸的脚踏車上，一前一後，媽媽則自騎一車。從家裏到台中，大約一個多小時，沿途除景色外，還有各種家禽動物，加上歌聲伴著笑聲，一家四口，樂在其中。臭豆腐，刨冰，各種果汁，水果，都是逛街時少不了的美食。

　　沒有騎脚踏車時，情況變得有點滑稽，爸爸個大腿長，嗓子也大，一個人走在前面；媽媽矮，纏過布條的小腳，走路像鴨子，一前一後，隔了一大段距離。小孩在中，時而跟在媽媽身旁，時而大叫爸爸不要走得太快，忙個不亦樂乎。路上碰到熟人時，常常會聽到他們誇贊女兒漂亮，兒子英俊。大家聽在耳裡，樂在心裡；尤其是女孩子家，更渴望他人的讚美。

　　楊玉琴這時早已長得婷婷玉立，個子高而瘦，眉毛細長，眼睛上斜，清秀中帶點英氣，確實有與眾不同的氣質。十多年後，楊玉琴重遊日月潭，一位小學同學，不但認出她，還能叫出她名字，可見楊玉琴當年的容貌，讓同學留下很深的印象。

　　這時的陸飄萍，在專科學校任教多年，稍有名氣，常有學生到家裏來探訪，常常可以聽到他們師生間輕鬆的談天說地，或者是專題的嚴肅討論，仿若一家。這氣氛給楊家帶來了不少的歡樂，讓一家人都分享到這份為人師表的光榮與樂趣，也讓楊玉琴認識到媽媽在學生眼中的地位。

　　楊星耀的同鄉很多，但親戚却很少，只有一位住高雄的堂弟，平時只有在過年時才見一次面。另外一位楊玉琴雖然也叫他叔叔，但直覺告訴她，媽媽對這位叔叔似乎很冷淡，平常很少和他往來。還有一位住在基隆的舅舅，倒是常有來往。舅媽是上海人，海派作風很濃。兩家的作風雖然大異其趣，距離也很遠，但來往却比別家多。楊玉琴很訥悶，這個舅舅不姓陸，相信不是親舅舅，但來往如此之密，相信他和媽媽一定有深厚的情誼。

楊玉琴鄰居住著一位養女，年紀與她相若，父母不但沒有讓她進學校念書，幾乎天天都打她。而且每次都打得很重。有次被打時，那女孩想要掙脫逃跑，被她養父用力一拉，手臂都脫臼了。那對夫婦的確很凶，對鄰居也常常擺出一副凶相。

那女孩有時也到楊家來，有一次竟然偷了楊家的錢。楊玉琴本來很同情這個女孩，見到女孩的這種行為，覺得她的確可惡。楊玉琴常常在想，是不是這個女孩常犯錯，才遭到養父母的打罵？還是因為常被打罵，又沒有受到教育，缺乏是非之心，才會做出偷竊的行為？楊玉琴常常被這個問題困擾著。陸飄萍對這個女孩雖然失望，卻很同情，所以還是儘量找機會開導這個女孩。

聽說這女孩曾經幾次已逃掉，但每次過不了多久，又被找回來。過了好長的一段時間後，楊玉琴忽然發覺這女孩再也沒有出現，不知是被賣掉，還是她終於永遠逃離這個可怕的家？

另外一位鄰居，是位啞女孩，年紀比玉琴小，也沒上學校。她常來找楊玉琴玩。慢慢的，楊玉琴發覺她非常聰明，雖然不會說話，但面對面時，卻能懂別人的話。那時還沒有手語，看來她可能觀察力很強，也可能聰明得可以猜到別人的意思。她是楊玉琴童年中，唯一可以玩得很開心的朋友。

時間過得很快，不久楊玉琴已經初中畢業。隨之而來的是考高中的選擇。爸媽當然希望她考普通高中，然後上大學，而且各有己見，都分析了各校的優劣。楊玉琴卻下不了決心，最後答應多考幾家。

但令楊家二老想不到的事，卻發生在眼前。有一天楊玉琴拿着一份入學通知單，有點緊張的到了雙親的面前說：[我考進了護校]，看到雙親吃驚及失望的表情，馬上加一句，[我非常喜歡當護士]。為了這件事，一家鬧得很不愉快。尤其是媽媽，流著淚不斷的勸，不停的講，非得讓女兒上高中不可。爸爸比較冷靜，察言觀色，過了幾天後，才和女兒單獨長談。先前對着媽媽的疾言厲色，楊玉琴滿肚子話都說不出來，現在看到爸爸的和顏悅色，在心裏藏了好幾天的話，一湧而出。最後她說：[我真的很喜歡當護士]，楊星耀在這瞬時之間，突然發覺女兒說這話時，眼裏彷彿發出特有的光彩。心裏一動，馬上對女兒說：[不要擔心，我們可以慢慢說服媽媽的。] 陸飄萍也覺得自己很莫名其妙，平時開導學生時，不也要他們志趣為重嗎？為何獨對自己的女兒的選擇，卻感到那麼的憤怒和悲傷？是不是因為女兒的特別身份，不能上大學是做母親的失敗？還是有負朋友所托，不能面對自己的失敗？還好幾個星期後，陸飄萍的情緒慢慢的平靜下來，楊玉琴終於過了母親這一關。

有天楊星耀對陸飄萍說：[先讓她唸護校看看，像她這種年紀，不知會變多少回。說不定過一些時，她會改考高中，再上大學]。楊玉琴後來又對媽媽說：[我很清楚我的讀書能力，假如我現在進高中，日後卻考不上大學，到時又怎麼辦？]

夜深只剩楊陸兩人獨對時，楊星耀說：[不知妳有沒有注意到，玉琴說起護士時，臉上會出現一種特別的光采。她說她生病時除了看到的那兩位白衣天使外，還看到了南丁格爾。玉琴自幼多病，現在卻一心要當護士，好像冥冥中早有安排]，陸飄萍當然知道志趣不能勉強，天資更是人人不同，但始終覺得，女兒的放棄上大學，是做母親的一大失敗。雖然表面上無可奈何，心中始終是悶悶不樂。

進了護校，楊玉琴馬上覺得自己好像進到另一個世界。以前每天回家後，見到的除了爸媽，弟弟，阿美外，就只有那條狗。現在身處學校，一週五天，見到的一切都是新的，充滿無限想像和希望。同房四人，可以無拘無束的談天說地，可以大叫大笑，可以開口而歌，一切自由自在，真像出籠的鳥。房間雖小，床鋪也小，上下層，但一切都新鮮。唯一不大習慣的是洗澡房，除了每天有規定的使用時間外，動作也要快，否則可能洗不到，或者還要挨罵。

到了第一個周末，回到家裏，那條狗顯得特別高興，好像多年未見的朋友一樣，那濕濕的舌頭，儘往臉上舐。媽媽的臉上，開始多了笑容，爸爸更是問長問短，阿美與弟弟似乎變得罕有的熱情，一切都變得那麼美好，看來選護校是選對了。再過了一段時間，有時周末也決定不回家，和同學看電影去。

來台灣這麼久，楊玉琴從沒進過電影院，這個週末是第一次，心情的興奮，筆墨難以形容。和她一起去看的是一位韓國來的趙晴，個子也很高，和楊玉琴特別投緣。以後她們倆常常一起去看電影，有時興趣一來，不管時間早晚，看了再說，等到回到學校時，一看才知大門已關，只好越墻而入。這種新生活，充滿刺激，多姿多彩，海闊天空，過去母女間一切的陰霾和不愉快，到此煙消雲散。

護校的課程，也包括週會這一堂課；給她印象最深的，就是校長。輪到她主講時，她可以一直保持嚴肅的表情，站在講台上，挺着腰，像一根鐵棍，動也不動的講一個小時。其他教師講話時，校長也是挺直而坐，動也不動。有同學說校長是軍人出身，怪不得總是帶著那種泰山崩於前而色不變的神態，楊玉琴覺得這位校長比軍人更軍人，對她非常佩服。

楊玉琴發覺學校的課程中，唯獨體育課最難，因爲到現在，她雙腳的協調能力仍然不好，一跑便摔跤。也不能站久，尤其在太陽下，稍久一點便暈倒。其他的活動，她的協調動作也不佳，唯一可以勝任的活動是排球。因爲排球跑動不大，她身子又高，很占優勢。很自然的，排球成了楊玉琴唯一能夠獲得樂趣的體育項目。還好過了些時間，體育老師知道她身體的特質，沒有硬性要她操作各種項目。她班中有位同學，排球打得很好，是排球隊的隊長，長得很像當時很受歡迎的外國女明星，大家都叫她仙度拉蒂。每次班際和校際比賽時，楊玉琴總是她最忠實的啦啦隊員。

　　但楊玉琴的喜愛，三千獨寵在音樂，讓她最享受的是上音樂課。她除了聲音美，音量廣，學習速度很驚人外；似乎還有一個本能：一首歌只要聽一遍，都會印在腦裏，久留不去。電影的主題曲，電台和後來電視節目的歌曲，一首一首的都堆積在楊玉琴的腦中。沒多久，楊玉琴加入學校的合唱團。這下恍如鳥翔天空，魚游大海，音樂的世界更加廣闊，楊玉琴從此與歌唱結了不解之緣。有了合唱團這班唱友，生活更添活力，平時下課之後，周末郊遊之時，都可以聽到她們優美和快樂的歌聲。青春的活力，透過歌聲的飄揚，楊玉琴覺得這個世界真美好。

　　去醫院見習的前一天，是她入校以來最興奮的日子，因爲她第一次領到了夢想已久的白制服：那潔白挺直的衣裙，配上精巧鑲有黑邊的帽子，簡直是世上最聖潔的傑作。她高興得整個晚上都沒睡好。第二天穿上後，又對着鏡子，不知看了多少回，才小心翼翼的和同學去醫院。週末回家時，從不會忘記讓阿美把那套衣帽，洗得乾乾淨淨的，然後又漿又燙，再小心翼翼的帶回學校，等待上醫院時穿戴上。

　　楊玉琴不喜歡抽象的理論課，但對于實際的操作，卻興趣很濃，而且很容易上手。第三年時開始實習，去了台中附近不少的醫院。其中印象最深的，是三軍醫院；那裏的設備好，伙食更好。

　　護校的伙食，一般都馬馬虎虎，嘴饞的時候，還得趁晚上自修的時間，教師不在場時，隔着圍墻買麵來吃。有時被教師撞到，那碗麵當然報銷了，還得挨一頓臭罵或處罰。這回到三軍醫院實習，除了學到很多護理的技巧外，口福的享受，更是額外的一大收穫。

　　護校第二年時。陸飄萍徵得學校郝老師的同意，每週煮一次豬肝給楊玉琴吃。理由是楊玉琴的身體不好，需要額外的營養。但她卻沒有想到，這種額外的舉動，卻讓楊玉琴感到很大的不自然。她不喜歡與眾不同，所以吃得很勉強，到後來一看到豬肝就討厭。郝老師卻說她身在福中不知福。楊玉琴也知道這話有道理，偏偏感覺就是感覺，勉強不來。其實一週才吃一次相同的食物，理應不會生厭，難道是心裡作用？還是豬肝這類食物，常吃誰都會生厭呢？楊玉琴沒有找到答案。不過她私下和老師協定，改成每月一次。好玩的是，一九七六年他們一家四口回台旅行時，起初大家都喜歡吃豬肝麵，幾天下來，第一個提出不再吃豬肝麵的，竟然就是楊玉琴。

公共衛生的家訪，是件比較辛苦的科目。台灣當時的肺結核很普遍，是公共衛生的主要項目。輪到楊玉琴與兩位同學做結核病的家訪時，她們跑了不少鄉鎮，有的要坐半天的火車才到。有一次在回來的途中，楊玉琴的老毛病又發作，發燒發得有點昏昏迷迷的，把兩位同學嚇得手忙腳亂，還好回校睡了一晚後，第二天一切又恢復正常。

第三年暑假後再回校時，班上一位同學得了很嚴重的精神病，要送去精神病院住院治療。她這一去，一直到畢業，再也沒有回來。

聽說在這個暑假開始時，這位同學遇到一位信教的男孩，後來戀愛，遭到父母強烈的反對，回校後精神恍惚，隨後是自言自語，跟着是不眠不吃，時哭時笑，最後不得不住院治療。

楊玉琴知道這事後，驚出一身大汗，想起媽媽常常囑咐不要太年輕就談戀愛，不料最近有位男孩，在火車站一連幾天給了自己三封信。收到信後，雖然每封都匆匆看了一遍，但心中狂跳，嚇個半死，竟然不知信裡寫甚麼，只是急忙把信塞進口袋，帶回學校後才敢丟掉。假如當時自己也像那位同學一樣，會不會也步那位同學的後塵？後來想想，年輕時談戀愛，不一定沒有好結果，也不一定會影響學業，中國人一直都強調緣份，一切都應該隨緣吧，有時勉強反而會造成悲劇，這麼一想，心裡就沒有那麼害怕；不過那位送信的男孩，卻沒有再出現。

臨畢業的前三月，楊玉琴突然被派往空軍醫院的手術房。據說空軍醫院最近人手不够，要護校派員支援。班主任大概很有幽默感，派去的剛好是一高一矮。楊玉琴不知道校方爲何偏偏選中她們兩人，也以爲是短期的。沒想到這次一去，卻一直做到畢業爲止。

畢業，無論是中學，大學，或者是專業，都是人生的轉捩點。對於很多人來說，畢業往往是失業的開始。但對於護士這一行，畢業卻是職業的開始。楊玉琴就是其中的一例。她一畢業，就跑到老遠的台北榮民總醫院去申請，面試後被錄取，而且一做就是整整五年。

護校畢業，應是人生人中一個大轉變，一般的家裡都會有慶祝會，但楊玉琴沒有考慮到家裡的反應，畢業典禮結束後，就急急忙忙的離開家裡。她當時心裡只有一個意念：離開這個家，越早越好。她也很莫名其妙自己的衝動，不知是不是媽媽當年反對進護校的潛意識反應？

當年很窮的台灣，作為首都的台北，卻是政商雲集，和很多國際城市都有來往，尤其是與鄰近的香港，來往特密，市場上處處可見種種國際物品。對於自小居住在小鎮的楊玉琴而言，台北無疑是一個五花十色的新世界，到處充滿新鮮與繁華，無疑是無限的誘惑和重重的陷阱。這就是楊玉琴第一次遠離家人，過着自主獨立生活的第一個城市。

榮民總醫院座落在離台北不遠的石牌，建築新穎，設備完善，是當時最出色的國家醫院。院長名譽上由國防醫學院院長兼任，但日常的業務，實際上由副院長打理，制度上有濃厚的官僚色彩。

當時台灣的很多醫院，都有送紅包的陋習，唯獨榮總獨善其身，連一盒糖，一籃水果，也都不能收，而且護士大夫一視同仁，送錢更不可以。楊玉琴很欣賞這種作風。醫院的護士宿舍，設計很好，餐廳的水準也很高。楊玉琴一搬進榮總宿舍，立刻就讓她感到進了另一個世界。

她們護校一起到榮總工作的同學，共有九位，住在同一宿舍的，也有三位，從住進宿舍的第一天起，楊玉琴一點也沒有遠離家人，孤單零落的感覺。相反，倒有一種獨行高飛的快樂。

以前念護校時，雖然也住校，但周末多數要回家；有的時候回去晚一點，媽媽也會找到學校來。現在每一個周末都是屬於自己的，喜歡到那裏就到那裏。到台北的西門町，看電影，買衣物，吃東西，應有儘有；台北的天空，是那麼美好與遼闊，天空任鳥飛，海深任魚游，台北真好。

第一天上班時，楊玉琴很緊張，加上她不會主動和他人打交道，臉上欠缺笑容，讓同事們覺得她有點冷，是不容易親近的同僚。漸漸的，和同事們熟了以後，在熟朋友面前，楊玉琴不但有說有笑，還綻放了旱見的笑容。

和醫院的大夫接觸時，楊玉琴也很拘緊，但聽到大部份的大夫都說著一口粵腔很重的國語時，心裡忍不住要笑出來，態度馬上變得從容。那些大夫也很喜歡和她開玩笑，其中幾個和她同姓的，還把她當作妹妹。隨著時間的過去，朋友多了，活動的範圍也擴展了，活動再也不限於西門町；碧潭，烏來，陽明山，野柳等等，都是日常郊遊的去處。尤其是陽明山，更是常去的地方，除了花季時節的艷麗，其他時段，也是景色撩人。楊玉琴不會游泳，對於那些以游泳稱着的場所，如金山海水浴場等，無緣一睹該處風光。

後來和同事們更熟後，常到家住台北的同事家去吃飯，生活的圈子變大，整個人生都豐富起來，就好像自己也家住台北一樣。楊玉琴覺得這次來台北，收穫很大，沒有選錯地方。

　　宿舍附近有家小商店，是楊玉琴常光顧的場所，慢慢的和女老闆成了朋友。女老闆似乎很喜歡楊玉琴，常常和她聊個不停。那年台灣舉辦中國小姐選美，這位女老板顯得特別熱心，一定要替楊玉琴報名，把她嚇得手腳無措，又哀求又推辭，幾天後好不容易才讓女老闆打消這個念頭。

　　以前在護校時，周末不大願意回家，除了不高興去上教堂外，不喜歡見到媽媽是個大原因。現在離家才數月，卻不知不覺想起家來，而且這感覺越來越濃。於是買了不少台北特產，坐了星期五的夜班火車，急急忙忙的趕回家去。以前本來不願意和媽媽說話，這次一看到媽媽，就說個不停。那條狗更是興奮，一直繞在身邊不肯離開。連弟弟友恭看起來也特別的可愛，阿美的菜吃起來特別的香。現在才覺得，這裡實在是個甜蜜溫馨的家。回到台北，馬上把第一次領到的薪水，立刻寄回家裡。

　　楊玉琴最後選擇在內科病房工作，是因為有一次在開刀房時，曾經暈過去，對此心有餘悸，不敢再進開刀房。

　　榮總的病房，除了第一第二病房外，都是依科別來排名的。第一病房專供重要人物用，居醫院的頂層，全層只有一個病房。第二病房次一層，專供次一級的政府要員用，也只有幾個房間。第三病房則住當時所謂[公保]的公務員，這些人不歸入榮民之列，由勞工保險支付費用。

　　楊玉琴剛到時，差不多每一個病房都曾輪過，在肺結核病房最長，做了一年多的時間。此後差不多固定在第三病房，日班和夜班都要上。被派去第一病房，可算是絕無僅有的經歷。那次副總統陳誠的太太住院，楊玉琴被派去做特別護士。陳誠時常來陪太太，一陪就是大半天。陳誠的鄉音很濃，很喜歡講笑話，楊玉琴聽不懂，要等陳誠太太[翻譯]後，才笑得出來。陳誠却不管別人聽懂聽不懂，笑話依然照說。

　　第一病房的菜餚，有廚師專做，陳誠在的時候，常常要楊玉琴陪他們吃。不要看他們夫婦平常談笑風生，但聽到宋美玲要來看他們時，却緊張得很。房間的佈置，穿着和儀容，一律不敢馬虎。榮總的規矩，絕不可以接受病人的任何禮物，但陳誠卻說下不為例，一定要楊玉琴收下一支刻有他名字的鋼筆。

16

第二病房，楊玉琴也去了兩次，一次是空軍總司令王叔銘住院。他的下屬在入院的前一天，到病房做了安全佈置，而且還住在隔鄰的病房；王叔銘知道後，把他們罵了一頓。可是罵歸罵，罵完他們還是照住無誤，安全責任高於一切。

國防醫學院的盧院長也住過一次。盧院長給楊玉琴最深的印象是：他對日常儀表，言行，穿着，一絲不苟。而且還每天親自整理床鋪；被他整理過的被單和枕頭等等，整齊漂亮，令護士們嘆為觀止。

護士的工作，看起來很單純，其實日常的護理工作並不難，最難的是應付病人及家眷。遇到脾氣怪僻的護理長，也是一件頭痛的事。其中最難對付的，要算是護理督導，因為她們出沒無常，常常構成心理上的威脅；尤其是上大夜班的時候，夜深人靜，有的督導像鬼魅一樣，走路無聲，等到你發現的時候，她已到了妳身旁，準會被嚇到冷汗直流。

應付醫生也不容易，碰到那些脾氣不大好的實習大夫，是一件很頭痛的事，晚上叫了老半天也不到；到了也扳着臉孔，處理病情時拖拖拉拉，弄個老半天，也不知對不對，好教人擔心。上完大夜班，清晨回到宿舍，不一定睡得着。楊玉琴覺得上大夜班，也是苦差。不過一些有孩子的，倒很喜歡大夜班，可以利用白天來照顧孩子和做家務。

楊玉琴記得她剛到第三病房時，楊護理長對她的印象很不好。楊玉琴身高腿長，走起路來會給人一種慢吞吞的錯覺；其實楊玉琴的動作很靈利，工作速度快，往往她做完工作回到護士廳休息時，別人還沒做完。有的人以為她偷懶，起初楊護理長就覺得她懶而不做事。到了弄清楚來龍去脈，楊護理長卻一改常態，成為對楊玉琴最好的一位護理長。自此以後，楊玉琴成了她家的常客。

在楊護理長家裡，楊玉琴常遇到醫院的外科吳大夫，長得清秀近乎女孩，但言談頗自負。交談後才知道他是廣東潮汕人士，是她爸爸的鄰鄉，聊天時不知不覺的多了一份親切感。

楊護士長有位女兒，七八歲左右，按當時體重的標准，應屬於胖娃一類。當年的胖孩子很受歡迎，楊玉琴常逗她玩。不過楊玉琴發覺，這位護理長對女兒的個人衛生，卻獨有一套標準，女兒到外面上館子，護理長總是帶着消毒巾，在吃東西以前，先要消毒雙手，讓女兒在眾人面前很感尷尬。楊玉琴很同情這小女孩，也很替她擔心，不知她將來的心理會如何，免疫力又會如何？ 會不會常生病？

楊玉琴覺得最近認識的王大夫和他太太，對她最特別，簡直把她當做女兒，從認識起，就對她愛護備加，除了經常請楊玉琴到家裏吃飯，也常常帶她一起出去玩。後來還替她介紹了一位軍人做男朋友。不過楊玉琴和這位軍人不投緣。楊玉琴記得爸爸常說，最好避免跟幾種人來往，軍人是其一。雖然這段姻緣沒有成功，楊玉琴一直是王家的常客。二十多年後，在海外的一次同學會上，他們好像緣份未盡，又見了一次面。

進榮總兩年多後，楊玉琴又多了一位[哥哥]。不久，這位哥哥出國，聖誕節時寄來一份禮物，是個很大的洋娃娃，楊玉琴怔了一下，平靜後自言自語的說：[還當我是個沒有長大的小妹妹！] 不過楊玉琴很寶貝它，常常抱着它，還拍照留念。

同事中，有幾位成了最好的朋友。兩位是護校同班同學，高的是護校時常一起看電影的韓國僑生趙晴，矮的是本省籍的陳佩玉。新認識的都是同一病房工作的同事，一起工作久了，性情相投，無話不談，調換班次非常方便。

其中的秦衣迎，和楊玉琴差不多高，相貌很出眾，戴副眼鏡，顯得特別斯文，而且衣着很有品味。她家住台北，常常邀請楊玉琴到家去。她雙親對楊玉琴很親切，有點像對待親女兒的味道。她們倆衣着都各有品味，不少人把她們看做姐妹花。不過她們雖然時常在一起，性格上卻有很多差別。譬如楊玉琴非常喜好跳舞，秦衣迎卻淺嘗即止。她很會挑選不同顏色的衣着，楊玉琴則常以黑色爲主。

過了不久，楊玉琴的其中一位[哥哥]，對這位小姐著了迷，楊玉琴義不容辭的當起紅娘。看到[哥哥]喜歡自己的好朋友，楊玉琴心裡不無起伏，幾天後對著鏡子看了很久，輕輕的說： [緣份真是不可捉摸！]

從第一次領到薪水起，楊玉琴每次都寄一部份回家。媽媽不願意拿，楊玉琴只好用爸媽的名字，把錢存在銀行。不久做了一件大衣給媽媽。這下媽媽可樂啦，但是卻一直都不捨得穿。經過楊玉琴不斷的勸説，偶爾也穿着上街。親戚朋友看到後，無論出於真心，還是基於禮貌，都稱贊大衣的漂亮，把媽媽樂得嘴都合不攏，頻説[這是女兒送的，這是女兒送的]。

楊玉琴了解媽媽非常操心這個家，一心一意爲事業和家庭奔波，卻一直不大注意自己的身體。聽説前幾年曾偷偷的到醫院做了手術，事後又不承認。這次楊玉琴費了很多口舌，才把母親說服，同意到榮總作身體檢查。那天媽媽一個人帶了一大堆食物，拿個大箱子，到醫院來找女兒。在門口遇到一位男子，以爲他是工人，告訴他是來找楊玉琴的，説吧隨手把箱子交給他。這位男士非常熱心，替她把楊玉琴找來，經介紹後，才知道他是內科的總醫師，弄得媽媽很尷尬，頻說[對不起，對不起，有眼不識泰山]。

　　一九六三年，友恭十三歲，日常行為起了很大變化，常常不願意吃飯，也無心功課，又問不出原因。雙親都很擔心，商量的結果，是把他送去台北住校，看看能否改善。楊玉琴以前和弟弟的感情雖然不太好，來了台北後，卻又時時想念他。現在他既然來了台北，又不知道他究竟患了甚麼病，很關心他的狀況，也想替父母分憂，所以常抽空去看他，更常帶他去看電影和上館子。有一次禮拜六，時間太晚了，來不及回校去，結果要找大夫的幫忙，讓他在醫師宿舍住了一宿。過了好一段時間，他的情形才慢慢的有些改進。但是在直覺上，楊玉琴卻覺得這個弟弟不是念書的材料。

　　爸爸的身體一向都好，沒有大病過，好像從來也沒看過醫生。在楊玉琴到榮總工作的五年多時間裏，只來醫院找過女兒一次。那唯一的一次，父女倆結果到了天橋去吃牛肉麵，味道令人難忘的牛肉麵。雖然爸爸只來了一次榮總，但每年陽明山杜鵑花盛放的時節，他們一家都去，主要是湊熱鬧，賞花是其次。楊玉琴本人倒是常到陽明山，有幾次還是和榮總的同事跟大夫們一起爬山過去的。

　　陽明山離榮總雖不遠，翻過一個山頭就到，不過爬那個山頭，楊玉琴還是爬得滿身大汗，呼吸加速。他們每次的爬山都採取開放方式，每次只要有人帶頭發起，誰要去就依時到指定地點，拉大隊一起走，嘻嘻哈哈的，無拘無束的儘情享受大自然春天的明媚，大家同在一起的群體樂趣。回去的時候，各隨尊便，個人也好，三五成群也好，早也好，要玩到夕陽斜照也好，各盡其興。楊玉琴和陽明山非常有緣。

　　這一年秋天，護校的校長來榮總住院。那天楊玉琴正在病房工作，聽到消息後，和同事打過招呼，便匆匆去看校長。快到病房時，聽到校長在對同學訓話，說她們應該謹守崗位，不可為了她一人，拋開工作來看她。後來經同學議定，採取輪班的方法來看護校長。輪到楊玉琴看護時，她一眼就看到校長不但瘦了不少，臉色也很差，已失去昔日軍人的氣蓋，心想一定病得不輕。後來證實是乳癌。乳癌最初不會有症狀，看現在這種情形，相信已到了晚期，看來治療的效果有限。校長只在榮總治療了一段時期，就轉去當地分院；此後同學們再也沒有人得知她的情況。

　　當年在護校時，合唱團唱的，一般是宗教或者是當時統稱的藝術歌曲，很少唱流行歌曲。到了台北，全換了自由奔放的流行歌曲，唱的感受完全不一樣。

英文歌曲，唱法和旋律更是不同，也可以從歌詞學多些英語，生活更多姿多采。又因為楊玉琴有特別的天性，很多歌只要聽上幾遍，雖然歌詞不一定記得，但音樂的旋律，卻會久留不忘，學到的新歌比他人都多。學跳舞的情形也差不多，只要男的會帶，她就能跟。別人都以為她很會跳舞，其實是跟得好。同事們聊天，話題涉及唱歌和跳舞時，都會想起楊玉琴。

到榮總後，一次在很偶然的機會參加了舞會以後，楊玉琴便成了很多舞會的常客；後來常常與三數好友，到台北的俱樂部，及當時家喻戶曉的空軍新生社，去享受這種頗有爭議性的西方文化活動。

假如跳舞也算是運動的話，除排球外，跳舞是唯一能讓楊玉琴淘醉的運動；她從第一次跳舞開始，就和它結了緣。當然跳舞和運動，差別很大。在舞會上，無論甚麼舞，不管會不會跳，她都跳得開心。大概她的[跟隨感]也是天生的，只要男的會帶，她就能配合。每次跳舞回來，幾個同一宿舍的同事都圍著她，向她請教；她也樂於享受當老師的滋味。

數十年後海外重逢，那些同事，還津津樂道她當年教跳舞的情境。雖然她喜歡歌唱，卻沒有單獨面對大眾的膽量，從來不敢單獨站在舞台上唱歌。

隨著時光的逐漸消失，眼看著和她同來榮總的同學，有的有了男朋友，有的不久更結了婚，還有一位升了副護理長，她看來依然故我，周旋於同事之間，已婚的與單身的都有。趙晴注意到，有一段時期，楊玉琴的情緒很低落，相信和感情有關。但沒有人猜透她的內心世界；假如其中有甚麼隱情的話，相信這秘密只藏在她心中，內心的世界只有自己知道。

一九六四年夏天，那天楊玉琴高高興興的買了不少禮物回家，晚飯時爸媽卻宣布了一個令她錯愕的消息：決定明年全家搬去泰國。爸爸說有一位多年不見的老朋友，邀請他去泰國開工廠。她知道爸爸從十五歲離家到北平求學起，就沒有回過生長的地方。這正是個好機會，到泰國去和久別的家人，同聚天倫之樂，是天經地義的事。

楊玉琴一方面替爸爸感到高興，一方面感到失落，感覺告訴她，她不會去泰國居住。剛好年尾的時候，有同事到加拿大工作，後來她寫信告訴榮總的同事。楊玉琴和她聯絡不久後，就收到她寄來的資料。到了六五年初，再收到剛去加拿大不久的好友來信。看完那些資料，楊玉琴有點心動。在當時，美國和加拿大，都算是先進國家，去那裡看看吧，外面的世界，應該充滿新鮮吧？ 榮總這五年，究竟得到了甚麼，又失落了甚麼？ 讀萬卷書不如行萬里路，人生難得幾回可以去遠方的機會？

到那邊看看，不滿意就再回來，應該是個不錯的想法吧？於是開始辦手續，有了前幾位同事的經驗，辦得總算順利，不過還是有一次要跟醫院的辦事員吵了一大架，才拿到證件。

出國的事，楊玉琴很低調，除了幾位好朋友請吃飯外，她拒絕其他同事的邀請，俏俏的離開榮民總醫院。在家裏陪了爸媽半個月。在爸媽，弟弟和叔嬸等人的陪同下，搭上中華航空公司的飛機，準備從台北起飛，經馬尼拉，舊金山，向加拿大新斯科細亞省的赫裏弗斯市飛去。

那天天氣很好，除了媽媽不停的叮囑外，大家都很沉默。楊玉琴大步向飛機走去，回頭時看到媽媽淚光閃閃的眼睛。在登機前，楊玉琴望着天空，嘴裏喃喃地説：[別了，親愛的台灣，將來再見吧！]

[三] 遠 渡 重 洋

楊玉琴坐在飛機上，心情很復雜，不知此行是對是錯。從窗口望去出，一望無際，整片藍天，襯托着變化不定的白雲，越看越覺得自己很渺小。

[浮雲遊子心，落日故人情]。這兩句李白的詩，不覺脫口而出。天空多變的景像，實在讓人看得很累。看看書吧，却怎麼也沒法定下心來。閉目養養神吧，閉眼不久就迷迷糊糊的睡着了，直到空中小姐拿飲料來才被叫醒。吃過正餐後，心情才好一點，又往窗外看了一回，這次已沒有新鮮感。不久又沉沉入睡，這一睡就睡到馬尼拉才醒。轉機的時間很長，本來可以出機場到市中心看看，不過空中小姐曾說過，這裏小偷很多，楊玉琴不敢冒險，只好留在機場，四處瀏覽一番。

在飛往舊金山的途中，認識了一位在僑務委員會服務的男士。他告訴楊玉琴，假如有興趣在舊金山玩幾天的話，他可以代辦手續。第一次出國，第一次才認識，楊玉琴沒生這個膽，謝了那位男士的好意，繼續飛往加拿大。抵達新思科細亞的赫里弗斯機場時，榮總的同事菊艷秋，早已等在那裡。

見到菊艷秋，楊玉琴的心開始安定下來。等到踏進她們共租的房子，看到廚房，浴室，傢具等俱全，忐忑不安的心，至此完全消除。她很感激菊艷秋。在榮總時，她們只是點頭之交，沒想到她如此熱心，還照顧得這麼周到。

由於時差，楊玉琴覺得很悃，但才到國外，一切都新鮮，興奮心終於壓倒困倦，於是她一人往外走，要一窺這第一個異國城市的面貌。走了幾條街，開始有點失望。這裡房子舊，馬路窄，行人少，汽車也不氣派，到處都讓人感到荒涼。後來想想，這裡不是市中心，繁榮的地方以後一定會看到。環顧四周，樹木眾多，新租到的房子，附近的幾條馬路都種滿樹木，鬱鬱蒼蒼，倒有點像台灣公園的周邊，幽靜得有點怕人。
。

還好遇到的行人，都面露笑容，很有禮貌，沒有大都市民眾冷漠的面孔。楊玉琴開始覺得這個地方很適合她。四處轉累了，一看到餐廳就進去，看完餐牌，才知道和台灣的西餐廳完全不一樣。

台灣有全餐和套餐這類豐富的安排，這裡看來看去都看不出名堂。最後點了份牛扒，味道更出乎想像，淡而無味，其中只有麵包和牛油比較特別，吃多少都可以，沒有限量。沙拉又酸又甜。甜品則甜得比糖還甜。吃完這一餐，才感覺到自己是真真正正的身處異國。回途時天已黑，路旁的商店，差不多都關了門，路上黑嘛嘛的，行人也不見一個，整個城市都睡着了，好像重回到古代日入而息的日子，和台北相比，完完全全的兩個世界。

第二天最重要的事，是給爸爸媽媽發一封平安信。等到一切整頓好，已經過了一個星期，時差也沒有了，附近的街道商店，這幾天也全都走遍，楊玉琴開始辦醫院的就職手續。

到了醫院時，楊玉琴嚇了一跳。醫院又小又舊，比起榮總，簡直是星星比月亮。第二天帶著一個忐忑不安的心，楊玉琴踏進醫院，開始她離國後的第一天工作。面孔是新的，言語是新的，工作系統也是新的，楊玉琴緊張得連手也抖起來。不過她很快就感覺到，病房很乾淨，同事們非常友善，還樂於幫忙。她們常常笑嘻嘻的，護理長也沒有臭架子，同樣是面帶笑容。這給楊玉琴帶來莫大的安慰，緊張的心情，慢慢消失。再看看那些病人，多數都臉帶笑容，整個病房的氣氛，非常輕鬆。外面看來又小又舊的醫院，裡面原來如此充滿活力和愛意，真是不可以貌相。

隨後護理長做了一個詳細的工作介紹，楊玉琴發覺有不少話要再聽一遍才明白。一天下來，楊玉琴情發覺目前最大的困擾是語言。尤其是電話中的對話，更是容易弄錯，自己所說的藥名，對方往往聽不懂；不過對方說出的藥名，自己倒是可以猜得到。在最初的一週裡，楊玉琴盡量避免聽電話；有疑問時便向同事請教。醫院上下午的兩次咖啡時間，實在新鮮有趣，時刻一到，同事們馬上放下工作，到餐廳喝咖啡去，真爽快。這段咖啡時間，也是學對話的最好機會，可以學到很多從前沒有聽過的對話。到了下班時間，不觀工作完未，準時下班。

楊玉琴每天下班後，集中精神，儘量練習對話。當年在榮總時，總覺得菊艷秋的性格有點不可捉摸，和她沒有進一步的交情，也不清楚她英語的程度。現在和她同住，才發現她的英語非常流利，發音很標準，是現成最理想的導師。還好楊玉琴頗有語言天分，現在有了同房做導師，加上病房同事的幫忙，楊玉琴很快的就把握了加拿大人對話的特點。

讓楊玉琴更高興的是，這裡的工作環境很平易，完全沒有台灣榮總官僚作風的壓迫感。而醫院的器具，不但先進，而且每次都是用新的。譬如注射系統，榮總還在用厚厚的橡皮管，玻璃瓶，和用多次磨利的舊針頭；其他如手套，這裡用了一次就丟掉，榮總則補了又補。在這裡工作，是一種享受。

還有一點和台灣最不相同，這裡採用家庭醫生制度，各病人有自己的醫生。醫生們可以直接從醫務所或家裡打電話到病房，通過護士來更改或開始新的醫囑。病人的病情有改變時，護士們也是直接找醫生，大部份的病情，通過電話就可以很快的得到處理。

護士室裡的氣氛，也都很輕鬆，護士們聊天說笑話時，有的護士還發出響亮的笑聲。和楊玉琴同一病房的一位修女護士，不但常常哈哈大笑，還帶來她從前男朋友的照片，大談她們過去的事，比起在台灣看到的那種嚴肅正經，神聖不可侵犯的修女形像，簡直是天淵之別。楊玉琴很欣賞加拿大人的開朗性格，也很快的適應了這種工作環境。

醫院的中國護士不多，附近的中國人也不多，大部份是戴豪斯大學的學生，楊玉琴慢慢的和他們開始有了來往。醫院裡的中國大夫，倒也不少，不過沒有台灣來的。楊玉琴一下子弄不清誰是誰，見到面時大家只好笑笑點點頭。

幾個月後，菊艷秋突然要去外地工作而搬走，楊玉琴不願自己獨租一間房子，不久與另一位也是從台灣來的同事甄婕，合租一間比較大，更靠近醫院的樓房。楊玉琴發覺甄婕不大愛講話，性格也有點內向，但和自己倒是很投緣。一起住了以後，常結伴到外面玩，一起煮飯，相處得頗開心，很快成為好朋友。楊玉琴覺得自己很幸運。

到了這年冬天，開始下雪。第一次看到雪的楊玉琴，非常興奮，常常拉甄婕到屋外玩雪。可惜事與願違，楊玉琴實在不適應寒冷，她很快就發覺皮膚變紅。她記得在台灣時，小時候雙腳就常患凍瘡。所以不到幾天，就藏身屋裡，憑窗賞雪。雪後路滑，走路很困難，尤其是買完菜，手裡拿著東西，好像越拿越重。這時候，楊玉琴馬上想起台灣的三輪車，不知不覺的說：[假如現在有部三輪車在，該多好！]真的，在台灣，只要走得累了，一招手，三輪車準來到你身邊，方便極了。

聖誕假期很快來到，本來準備去探望早一年已到了安大略的[哥哥]，可惜沒聯絡上，結果去了滿地可護校同學的家裡。那邊的雪實在大，出入很不方邊，但能和同學共度假期，也是難得的機會，五天後才回來。

冬去春來的時候，一位中國朋友要搬去美國。他有一部老爺車，希望楊玉琴買他的車，只要一百五十元。楊玉琴告訴他不會駕駛，朋友說他可以義務教，等拿到執照時才買。結果兩個月後，楊玉琴成為有車階級，胡裡胡塗的買了那部不知還可以開多久的老爺車。

買車後的一個月後，醫院又來了兩位大夫，一位是楊國輝，另一位是風乘雲，都是在榮總時認識的。雖然當年不算很熟，現在外地重逢，覺得格外親切，見面總是聊個不停；尤其是楊國輝，四年前就已認識。以後的一個月裡，常常和他們在外面吃飯。有了這兩位舊識，楊玉琴心情特別開朗，他們兩位都會做菜，加上甄婕，一下子生活氣氛變得很熱鬧。

楊國輝已經在美國受訓多年，來這裡的主要目的，也是在加拿大的執照。

楊玉琴記得風醫生在榮總時有女朋友，長得很漂亮。那時有個傳說，風醫生不想讓別人知道他有女朋友，每次回榮總，總是在前一站就下車，不想讓同事看見他們在一起。這次看到風醫生隻身前來，猜想他們可能已分開，當然不好意思問他。

赫里弗斯市雖是省會，有大學，但地方不大，醫院也不多，楊玉琴工作這一家，更是小而舊。可能是本地的人很難請得到，所以才會到外地招聘，尤其是醫生。楊玉琴後來才弄清楚，雖然這家醫院說要做滿一年實習，才符合參加考試的資格。實際上，醫生們七月來，年底就拿到考試推薦書，春天就可以參加考試。考試及格的，也會做滿一年才離開。考到了這個試，就通行整個英聯邦，還包括美國鄰近幾州。怪不得在醫院看到的，除了幾個是附近大學醫院輪派來的外，其餘都是外來醫師，尤其是中國的。

這裡靠海，海產特別多。多年以前，很多本地人不吃的海產，可以免費拿到，等到後來很多中國人都去拿的時候，當地人也學乖了，不但要錢，而且價錢越來越高。

這裡最出名的海產是龍蝦，外銷到很多地方。每年季節時，價格便宜，尤其是到海邊向漁民直接購買。其實對楊玉琴來講，吃得最賞心的，不是龍蝦，而是日照區的冰淇淋，份量大，味道好，價錢更便宜，對中國人來說，是超級口福。

美中不足的是，這裡可以說沒有中國餐館，只有一家叫譚茂的，老闆只會說廣東的台山話；唯一受中國人喜歡的菜色，是叉燒飯，淋上厚厚的蠔油，入口特別夠味。這家飯館小小髒髒的，又做不出甚麼好菜，只能充當中國人解饞的地方。楊玉琴吃不慣粵菜，勉強可解饞的，就只有那碟叉燒飯。

楊玉琴沒想到目前這部老爺車，經常能派上用場，尤其是要到郊外，非車不可；公車少而不便，計程車太貴，車雖老爺，短距離還可勝任。可惜那部車只能坐三四人，不能拉大隊一起去。楊玉琴這堆人，郊遊時常常一去便是一整天，玩個夠才回來。

醫院的實習醫師，幾乎都是單身，雖然不一定都是窮光蛋，其中只有楊國輝有車，但他卻很少去郊遊。附近大學的中國學生，人數雖小，但他們很有辦法，常常找到燒烤的地點，楊玉琴經常應邀參加。甄婕不喜歡燒烤的食物，燒烤場合很難見到她。每到假期節日，大家都儘可能聚在一起，民以食為天，聊天不用花錢。不過各人工作不同，絕少有機會同時拿到假期，可以拉大隊一起出遊。

楊玉琴這幾個人的週末活動，只有郊遊，很少有騎馬，划船和騎腳踏車這一類的活動。最令楊玉琴失望的，是沒有人發起舞會。楊玉琴雖然很喜歡跳舞，但她卻不是一個喜歡帶頭的人，對娛樂活動也可有可無。在這將近一年的異國生活中，對台灣最懷念的，還是三輪車。

她很滿意目前的生活。到了六月中，收到爸媽從泰國的來信，說他們正在努力適應那裡的生活，希望生意能合作成功。楊玉琴特地回了一封很長的信，告訴他們這邊的生活。

七月到了，又是新舊實習大夫交替的月份。當年榮總的情景，又在這裡重演；舊面孔換新模樣。這一天楊玉琴正在醫院餐廳吃午飯，耳邊聽到有人說：[楊小姐，我帶了一位老朋友來看妳]。抬頭一看，說話的是楊國輝醫生，旁邊站著一位看起來有點面熟的大夫，猜想一定是夏文怡。因為幾天前楊國輝就已經告訴過她，夏文怡最近會來的消息。她看到夏文怡滿臉驚訝，連說了幾聲[想不到會在這裡遇見妳！]，心想這個夏文怡，記性還滿好的，居然還記得我的樣子。找到了空座位，三個人邊吃邊聊，很有老朋友不期而遇的味道。這是楊玉琴與夏文怡第一次同一桌子吃的午餐。也是日後無數午餐的首次。

楊玉琴想起了夏文怡這個人，印象中是個不大愛講話，雖然不是書呆子型，在病房裡卻沒有見過他有甚麼風趣的表現。記得在台灣榮總實習的一年中，雖然很多次和他同在一個病房工作，印像中好像從來沒有和他單獨說過一次話。

楊玉琴印象最深的，是當年鄒竟成醫生開畢業舞會的情形。楊玉琴看到夏文怡在會場的一角，一心一意的放著唱片，不但沒有跳舞，也沒有和甚麼人打招呼。楊玉琴有點奇怪為甚麼他回來這種場合。看到鄒竟成的女友令狐紅，常常走到夏文怡身邊，陪他聊天，好像很怕夏文怡受到冷落。

楊玉琴那晚是錢大和醫生的舞伴，錢和鄒都是夏文怡的同房，他們兩位都喜歡跳舞。錢醫生不但是舞林高手，也很會唱歌，口才一流，常常說畢業後要去當醫院院長。那時錢醫生多年的女朋友，剛好回國去；在這段時間裡，錢醫生常常約她去跳舞。

在快要離開台灣的前一個月，錢醫生還約她到他們的住處，和同房的郝欣誠醫生一起吃晚飯。錢郝兩人為了準備考美國的醫師試，特別租了一間房子，專心溫習。楊玉琴曾和郝醫生一起爬過陽明山，也和郝醫生的女朋友同住一個宿舍，在病房也常跟他見面，知道在這一期的實習醫生中，郝醫生的脾氣最好，對他印象很深。想不到在離台灣前，還有機會可以和他倆一起吃晚飯。

楊玉琴依時到達，進屋後只看到錢大和一人忙著做菜，他說郝醫生很快就回來，結果等了一個多小時，還沒看到郝醫生出現。楊玉琴覺得不方便再留，飯也沒吃就先走了。卻沒料到一年後的今天，竟然會在海外這家小醫院，見到這個曾經認識而又陌生的夏文怡。這次看到夏文怡，才想起這段往事。

在一次午餐時，楊玉琴對夏文怡說：[聽說你是香港來的廣東人，可是你樣子不像廣東人，你真的是廣東人嗎？]夏文怡說：[廣東那麼大，那能人人都長一個模樣。你是東北人吧？] 楊玉琴笑了起來。[我爸爸是潮州人，媽媽是北京人，和東北人拉不上邊。] 夏文怡說：[我認識的幾個東北人，樣子都和你相像，尤其是鼻子。我是廣東的海豐人，海豐話和潮州話非常接近。我們家鄉有不少潮州來的人定居，我大嫂就是潮州來定居的人。算起來我和你應是鄰鄉。我是十十足足的鄉下孩子，奇怪吧？] [我雖然也在小鎮長大，卻沒有享受過鄉村的樂趣，你的童年一定多姿多彩吧？] [妳有興趣的話，我會慢慢告訴妳]。

1. 祖 籍 海 豐

夏文怡說，香港的人一般只說海陸豐，很少人弄得清楚海豐和陸豐是兩個距離頗遠的地方。陸豐在東北，靠近潮汕一帶，大部份人講客家話；海豐在西南，近汕尾，講的是海豐話。汕尾和香港只一海之隔，也講海豐話。海豐與汕尾之間，還有一個地方叫梅隴，習慣上算是海豐一部份。海豐話與台灣話，潮州話都屬閩南語系，慢慢習慣後可以彼此溝通。

海豐雖然籍籍無名，近代歷史上，卻出了幾位著名的海豐人；第一位是小提琴家馬思聰，第二位是陳炯明，第三位是澎湃。享譽國際盛名的大提琴家馬友友，就是馬思聰弟弟馬思明的公子，著名的思鄉曲，是馬思聰的代表作。

陳炯明就是當年砲轟中山艦的主角。當年孫中山能夠在廣州成立革命政府，靠的就是從福建調回來的陳炯明兵力。這樣一位廣州革命政府的要人，何以到了最後，卻突然的反對孫中山，歷史上沒有明確的交代。海豐人圈內的傳說，是陳認為孫的想法太空洞，在廣州立足尚未穩固，卻奢談進軍全國，這種冒險的做法，敗多勝少。所以他要取得實權，來實現自己穩妥的做法。不過這種說法，相信除了一部份海豐人外，很少人會接受。

舊時代的人，都帶點傳統的迷信，海豐人更厲害。有一段時期，海豐有一個流傳，說海豐會出一位皇帝。相信這個傳說的人說，這裡的一座銀房山，是專為皇帝而出現的寶藏，附近的黑土路，挖下去就是火藥…..等等。這種無稽之談，是否曾在陳炯明心中起過影響，大概永遠也不會有答案。

澎湃是早期的共產黨，原名是彭派。當年革命氣氛極濃，黃埔軍校軍歌的起首：[怒潮澎湃，黨旗飛舞，這是我們的黃埔……]。共產黨員流行用假名，尤其是帶有鼓動性的假名，於是彭派就變成澎湃，以後反而沒有人知道他的真名。近代的華國鋒，也是假姓名，是從中華救國先鋒隊，拿出三字拼成的，現在也很少人知道他本來姓蘇。

在早期的共產黨歷史上，澎湃是海豐地區的一員大將，不過後來他也受到致命的打擊。現在海豐的當地政府，對澎湃卻保有崇高的敬意，建了一家澎湃中學，地點正好是緊鄰夏家的一間神廟，名叫永福宮，是夏處與附近居民一年一度舉行盂蘭會的場所。

夏處位在縣城的邊緣，所以叫邊頭園，是個村。所有姓夏的族人都住在一處，叫做[夏處]。全村有多個不同姓的[處〕。夏處的總人口不滿一百，四代同堂的只有一家。

　　全處只有三口井，所有人的飲用水都靠這三口井；另外有一個祠堂，也是全處人共用。祠堂前面有塊大洋灰地，白天是個曬場，天氣好的晚上，全處老小一起乘涼，倒真的達到了其樂融融的氣氛；洋灰地再往西，是個池塘。池塘也屬公有，每年初放魚苗，年底捉到的魚，照每家人口分配。

　　夏處通往縣城的路，只有一條不算很長的泥路。路旁有條河，鄉人稱之為大溪；溪水清，流速快，雨季水流更快，是重要的飲用水源。大溪南下穿橋而過，這條橋就是縣城唯一的大馬路的必經之橋。溪邊有一塊很大的草坪，當地稱為菜墟埔，那條從夏處而來的泥路，先穿過菜墟埔，才到橋邊，當地稱為[橋頭]；橋頭有梯階，上了梯階就進入大馬路，到了一個頗為熱鬧的城市。早期的共產黨運動，殺人流血的場面很多。夏文怡的媽媽告訴過他，早年在菜墟埔殺了很多人；有一次殺人的時候，人頭給砍下後，馬上把濕過水厚厚的幾層草紙，蓋在頸上，那個沒有頭的人，還會走路，幾步後才倒下！

　　海豐的其他鄉鎮，富裕的人不少，但在夏文怡的記憶裡，他們一家一直都脫不了窮困；一年大概只有三四個月有足夠的米可以煮飯，其他月份都要靠番薯和芋頭，再加其他雜糧；很多時候是吃番薯稀飯，大概每年有一兩個月，還得喝那種看不到番薯的番薯水。

　　最常吃到的菜，是泡蘿蔔和鹹芥菜；這兩種菜自家種，淹泡以後，一年到頭都可以吃。到了連這兩種菜也沒有的時候，弄一些薑，再伴一點鹽，有了鹹味，喝幾碗番薯水的時候，就不會因為太淡而作嘔。

　　碰到嚴重的荒年，不少人逼得挺而走險。為了安全，有的人買了[薄殼]手槍，把鴉片膏塗在大腿內側，過山涉水，把毒品帶到指定的地點。山西的走西口，山東的闖關東，是兩地人絕處求生的最後出路。在海豐，除了運鴉片，也有走高潭的求生之道。

　　有一年夏文怡的媽媽也走過一次高潭。那次是挑了一擔鹽，從海豐走到高潭，大概要走一天時間。在那些破爛的客棧呆一宿，第二天一早回來，因為沒有重擔，回途走得比較快，在日落前就到家。所賺的錢，最多可夠十天的糧食。

　　在夏文怡的記憶裡，除了年節與喜慶以外，他從來沒有吃過任何肉。幸好這裡的海產與水產倒不少。如果不是自己去釣的魚或偶爾買的魚外，多數人常常吃魚乾。

30

有一種叫剝皮魚，曬乾的，皮不厚但很韌，而且帶砂，所以要剝去皮才可以吃；一般是生吃！生吃時鮮甜滑嫩，熟了又乾又粗。經常吃的還有一種鹽醃的小螃蟹，磨成醬，跟現在流行的蝦醬差不多，很多人也生吃；沒有其他菜可以吃的時候，把這種醬混在稀飯裡，也算是當地人在青黃不接時，一種無奈何的生存方式。

牙帶魚與門鱔魚，是這裡經常可以買到的海魚，常有人從城裡挑到夏處來賣。季節時不但價錢特別便宜，而且肉厚油滿，和新鮮大蒜同煮，是海豐人讚不絕口的一絕。

夏處人喜歡吃蘿蔔乾，是自家曬的，半乾時最好吃。蘿蔔乾配馬鮫魚滾燙，也是這裡的特色。

夏天除了小甜螺與田螺外，還有釘螺；長長的像一根螺絲釘。煮熟後敲掉尾端的殼，把前端放在嘴裡一吸，整條螺肉就到了口裡，不但好玩，而且味道鮮甜。夏天收割時節，路邊常有這種賣螺攤子。有人來買時才把螺往開水一放，很快就可以大快朵頤。鄉下人不帶錢，就用採到的番薯或芋頭等交換。除了在海豐，夏文怡沒有在其他地方看到過釘螺。

夏處祠堂前面的魚塘，除了飼養的魚不可以釣外，那些自生自滅的魚隨時可以釣。夏文怡童年的時光，夏季就常消磨在這個魚塘裡。除了在魚塘游泳，他還從家裡搬來木梯，放進魚塘當船划。夏季常常有雷暴雨，稱作[西北雨]；西北雨一來，魚塘裡的塘虱魚和鯽魚，就會像發狂般的找東西吃，是釣這些魚的最好時機。不過這種雨來得快，去得也快，等到夏文怡找到蚯蚓時，有的時候雨也過了，魚也不上鉤了，空歡喜一場。

塘裡還有一種魚，當地叫斑魚，尾巴有一個像紅印章的圖案，據說是呂洞賓身體的一部份變成的；尾巴的圖案，傳說是玉皇大帝的玉印。這魚喜歡躲在洞裡，而呂洞賓的[洞賓]兩個字，最直接的解釋就是洞裡之賓的意思，與這種魚的習性很相符，看來民間的傳說雖然很荒謬，其中的聯想，令人拍案。

斑魚還有一個特點，離開水後可以活很久，粵人叫它做生魚。香港有些人相信有[化骨龍]這種魚，長相和生魚一樣。但據說化骨龍摔不死，而生魚摔幾下就會死，這是分辨這兩種魚的最簡單辦法。海豐人卻從來沒聽過化骨龍這名字。

多天魚塘乾的時候，人和牛都會在塘裡面曬太陽取暖。牛躺在地上吃乾草，小孩有的在乾泥上挖泥鰍，有的比賽黏破瓦片。這裡有一種很特別的蟲，黏在牛身上，專吸牛的血，吸得滿身圓滾滾的，孩子們把它們拿下，擠破皮後，把血擠到破瓦片上，再把兩片瓦緊緊黏上；過一陣子，再比一下誰的瓦片黏得最緊，剝不開的就贏。

每年年底魚塘捉魚的那一天，是小孩子最興奮的一天。塘裡的水要用水車抽乾，需要一個上午。水乾後的塘裡，泥漿有一尺多厚。負責捉魚的人排成一橫排，從塘的一頭開始，先把看得見的捉進魚簍，然後再用手在泥中摸索，摸到就捉進魚簍，整排慢慢向前移動。小孩子們跟在後面，東摸西摸，希望可以撿到漏捉的魚；其實捉魚的成份少，玩的成份多。

夏文怡七歲的那一年，也跟著其他小孩去摸魚。天氣很冷，滿身都是濕泥漿，冷得他嘴唇發黑，兩腿直抖，傻傻的跟著大家在泥漿裡亂摸，摸完了，連一條小魚也沒碰到。最後不知道他是急了還是冷得腦筋亂了，竟然跑去大人們還沒有開始捉魚的地區，抱了條大魚就跑上岸，逗得大家都哈哈大笑。

七歲那一年，他還和同伴去[毒魚]。不知甚麼時候，也記不得是誰，給了他一些[魚藤]苗，他種在屋邊。到了夏天，那些魚藤長得很不錯，找了他的最要好同伴，兩個人跑去他們平常放牛附近的小溪，到了山邊水流比較急的一段，把魚藤在溪邊搗碎，在水中用力搖動，再搗碎再搖動幾次，然後到下游的溪邊，等候被毒暈的魚浮起來。果然沒多久，大魚小魚陸續浮起來。他們二人正在捉得興高彩烈之際，聽到幾個外鄉人，一邊走一邊大聲叫：[你們怎麼拿走我們毒暈的魚？] 夏文怡指指不遠處的碎魚藤說：[那是我們的魚藤。] 接著又說：[這些魚離我們的魚藤近，這些魚是我們毒的]。其中的一個人說：[這裡的水那麼多，你們的幾條魚藤，那能毒到魚？] 說完嘆了口氣，無可奈何的走了。

除了用魚藤外，大人們還用魚籠。先把魚餌放進籠裡，傍晚時把籠放進溪裡，第二天清早收回魚籠。經常捕到的是各種小蝦與小魚，偶爾會捕到鰻魚。

每逢雨後水漲流急的時候，大溪也可以釣到大魚。這時最好用草蜢做魚餌；草蜢在水面跳動，餓魚很容易上釣。夏文怡也曾經用破舊雨傘的鐵骨條，先弄成四五小段，固定成一排，前端磨尖成鋒，綁在竹竿上，成了魚叉；放牛的時候，在溪邊叉魚，然後用乾草起火，叉多少就燒多少，是牧童年代的娛樂之一。

碰到番薯成熟的季節，到田邊挖幾個番薯，先用火把乾泥塊燒燙，挖個洞把番薯放在洞內，再把泥塊弄成泥粉，蓋在上面，等到聞到番薯香味時，就可以取出番薯，大家都吃得津津有味。他們放牛的地方，一般是在紅花潭附近，潭水分兩邊流下，中間是草地，是一塊理想的牧地，而且除了可以叉魚外，岸邊有野果，初夏熟透後掉在水面，可以檢來吃。這種野果有點像蓮霧，有淡淡的甜味與香味，又有點像枇杷，有顆大核，市場看不到；除了在海豐外，夏文怡也沒有在中國或外國的任何地方看到過。

　　紅花潭究竟有多深？小孩子雖然好奇，不過還沒誰有膽量潛水下去看。潭邊的岩洞裡，確實有巨大的花鰻，碰到天氣嚴寒的冬天，有人檢到十多斤一條的花鰻！紅花潭東岸的山，名叫[禁山]，禁止人們到山上砍柴割草，為甚麼禁，山中究竟有甚麼，沒人知道。不過山上春天開滿紅花，很是艷麗。

　　山邊小路傍有一種當地人叫做[多年]的野果，放牛經過，小孩子都喜歡採來吃。樣子有點像藍莓，紫色，甜中稍帶一點酸。為了這種小果，不曉得何時何人，想出了一道迷語：[一個小鍋五個耳，一條番薯一合米，頂頂] 其中的[耳] [米] [頂]，海豐話是押韻的。[多年]的長相很有趣，最上面長著五片像耳朵的小片，裡面有一條白色的心，其餘塞得滿滿的是紫色的小顆粒。這種野果在香港也有，名字變成[山黏]。後來夏文怡移居香港時，他的姪輩們常常採到這種可愛的小野果。

　　夏文怡居住的夏處當然窮，但比起夏處的其他同族，他們一家卻是窮中之富。那時全處一共只有五六頭牛，他家佔一頭；最好的一家，有兩頭牛和黑白兩隻大狗。那家的獨子跟夏文怡同年，一起上學。有一次夏文怡到他家玩，剛好碰上他們家在吃[菜茶]。夏文怡看到他媽媽先把碗裡的豬油渣拿走，才把那碗茶給自己吃。窮的地方，一般人平常吃不到豬油渣。那位嬸母很吝嗇，才會拿走那些豬油渣。回家後夏文怡把這事告訴家人，大家笑個不停。

　　夏文怡家的房子分前後兩進，前面是廳與睡房，要經過一個側面的門樓才可以到達前進的正門；前進的隔壁是他大伯一家，門樓共用。前進有後門，通過小巷，就到比較低矮的後進 後進除了廚房外，還有柴房，兼做牛房；後進後面的不遠處，是茅房；茅房的後面一帶，種了幾種果樹：黃皮，柚子，龍眼與楊桃。側面有一顆非常高的果樹。鄉下人沒有甚麼文化，也不避忌粗俗，給那樹冠上[狗荔枝]這個名字。

　　有文化修養的人，常把一些不雅的俗名，改成[會心一笑]的美名，日常的[牛荔枝]就是其中一例。把這個方法應用到這顆樹上，這樹的果實也就冠上[狗荔枝]的美名。狗荔枝要熟得快爛的時候才好吃。夏家這棵樹長得太高，平常很少會有人爬上樹去採這種果實，所以都是等到果實熟透掉下來，摔得不太爛的才檢來吃。

這顆樹每年都有喜鵲來築巢；它的巢巨大，等小鳥長大飛走後，那些築巢的樹枝可以採來燒火，往往達五六斤之多。

鄉下人看到鳥，都想盡辦法去捕捉，唯獨對鵲雀例外。他們認為喜鵲代表喜慶，是一種吉祥鳥。喜鵲的羽毛黑白分明，莊嚴聖潔，叫聲響亮，每次站在樹上一叫，全處的人都聽到。整個夏處，只有夏文怡這一家的狗荔枝樹有喜鵲來巢。

三十多年後，夏文怡的一位姪兒回鄉探親，回香港時還特地帶了兩粒狗荔枝給夏文怡，可惜交到他手中時，是兩粒還沒有熟而又半乾的果實。夏文怡看到後有點傷感，知道以後再也不會有人曉得如何去吃這種稀有的果實！

夏家的楊桃樹有酸甜兩種，現代已經看不到酸的那種；其實酸的才好吃，不過一定要等到皮上長出黑點的時候，這時甜中稍帶微酸，味道一絕。黃皮雖叫黃皮，其實也有黑皮的。黑皮的好吃得多。

夏文怡常常爬上那顆黑皮樹，不是為了採果實，是為了捉斑鳩。斑鳩的巢很簡陋，只有稀疏的幾條草。它有個習慣，孵蛋的時候，鳥頭一定朝固定的方向。夏文怡先用線織了一個尖頭的網袋，然後用紫薯的汁，把白色的網染成紫色，固定在鳥頭的前上方，等斑鳩在孵蛋的時候，在樹下大聲一叫，斑鳩向前飛沖，進入網中；進網後的鳥，只顧向前，不會後退。夏文怡不用很急，很從容就可以連網帶鳥拿下來。夏文怡的媽媽不准他殺生，所以捉到的鳥都給他三叔，但鳥蛋還是自己馬上煎來吃。

狗荔枝的旁邊有塊小空地，除了種魚藤外，還種幾棵番石榴。這塊空地只有夏文怡一個人在打理，夏文怡把它當作自己的耕地，一有空就在這塊園地種些古古怪怪的植物。

空地的旁邊，也就是門樓的前面，有一棵柚子樹，樹蔭下蓋了一間草寮，裡面有張草蓆床，夏文怡常常一個人躺在床上做他古理古怪的白日夢。柚子熟了，也是他一個人採後在草寮慢慢吃，很少帶進家裡。除了家附近的果樹外，魚塘對面的園地裡，也有幾棵屬於夏家的李子樹。不過這裡來往的人多，每年李子還沒成熟，早已讓人採光。

夏家的田產不多，可以種稻的，只有兩處，面積不大，一年才有一造，所以他們家的米常常不夠吃。種雜糧的地方倒是有很多。夏文怡常去的是一個叫[羅處]的園地；那裡四面有樹木圍住，裡面還有一口井。聽說以前屬於羅姓的，後來姓羅的不知是搬走還是發生了甚麼事，這塊地就轉到夏姓人的手裡，變成耕地。

農忙的時候，夏文怡常常單獨一個人到羅處去除雜草。除草的方式很多，夏文怡家慣用一種叫草刨的工具。把刨口輕輕壓下，來回移動，雜草就被連根刨起，不小心的時候，農作物也一起被刨起。遇到這種情形，夏文怡很怕受責罵，不知不覺的把刨斷的農作物扶正，旁邊加上泥巴，澆些水，希望它們活起來。第二天去復查有沒有漏刨的時候，看到那些死掉的農作物，心裡又緊張起來。不過他很奇怪，為甚麼家裡的大人從來都沒有罵過他。

除了雜草，除害蟲也是小孩子樂意做的事。常見的害蟲，樣子很像蟋蟀，當地稱它們做[猴]。常見的有[肚猴]與[駁猴]兩種。駁猴吃葉子，為害不大；肚猴咬斷根部，整枝植物報消！ 當地人還有一句俗話 [肚猴不吃洞邊草]，意思是勸人不要欺負身邊的人。除害的土法，是用[火水]倒進猴洞裡，逼那些猴出洞，把它們打死；另一方法是灌完火水後，把洞口堵住，把它們毒死。

他家種的雜糧，番薯，芋頭，玉米都有，偶而也種小米。夏文怡最喜歡剛種下的玉米。他們家種的玉米苗是桃紅色的；看到這種桃紅色，夏文怡就像著了迷，一看就不肯走；更儘量找機會，多去玉米田：施肥的時候要去，除草當然去，就連晚上去睡田寮的時候，也吵著著要跟著去睡。

玉米苗小時候，容易給野獸挖起來，農民為了保護，晚上要睡在臨時架搭的田寮裡。所謂的田寮，就是用兩片稻草織成長塊，架成[人]字形，後面堵起來，前面做門，裡面鋪稻草，守夜的人常會帶棍子和銅鑼等，儘可能把野獸趕跑。玉米種後的前半個月，睡田寮是趕野獸，等到快可以收獲前的大半個月，也要去睡，這時是防偷！大家都因為稻米的不足，雜糧成了主食，雜糧也都不夠，所以要防偷。至於菜蔬，最主要的是芥菜與蘿蔔；這兩種菜都可以醃起來，一年到頭都可以派上用場。

每年秋末，夏文怡的媽媽把大量的芥菜，在石灰地曬到半乾，再拿到井邊，這時候夏文怡就派上用場：他媽媽先把芥菜洗乾淨，在菜上撒鹽，夏文怡用盡全身之力，在菜上跑來跑去，他媽媽一邊加鹽，他一邊跑，直到芥菜變軟為止。小孩子貪玩，這種半工半玩的工作，夏文怡一點都不覺得累，可以做到太陽下山。

另外一項小孩子喜歡做的事，是在曬豆子的時候，去捉一條條從豆子鑽出來的毛蟲。捉到蟲後可以餵鳥，也可養在火柴盒裡。還有一種藏在竹子的寄生蟲，是一種野蜂的幼蟲，非常肥嫩，捉到後往火上一烤，香噴噴的，非常好吃。初夏去放牛時或者去除草的時候，看到路邊的竹子中間快要斷的樣子，準是那蜂蟲把竹子咬得快斷，從斷口細看，蟲子準在裡面。不過有的時候發覺晚了，蟲子已變鋒飛跑，空喜歡一場。

夏文怡九歲才上學。學校在他家與縣城的中間，要走一段路才到。夏文怡膽小，只好跟著夏處的其他孩子一起去。不久他發覺離他家不遠的莊處，一位名叫莊道明的孩子，也是第一次上學，此後他倆一起上學，很快就成了好朋友。

　　在他們上學的路上，要經過一個叫楊桃腳的地方；那裡只孤孤單單的住了一家姓夏的，他們養的那條黑狗，每次都要來咬他們。所以他們每次經過時，手裡都拿了幾顆石頭，狗一來，他們立刻把身蹲下，那狗看到他們蹲下，馬上後退幾步，他們也就趁機走過，只有幾次才要用上石頭。

　　過了楊桃腳，就到了林處，林處路旁的魚塘不久前有小孩子淹死，他們都很害怕，尤其是天陰的時候。他們都相信傳說：被淹死的人會在淹的地方找替死鬼。每次經過那魚塘時，他們都快跑而過，夏文怡還會發抖。

　　學校的老師都是縣城請來的。夏文怡記得一位叫馬少游的老師，長的高大，聲音響亮，又是排球隊的隊長，覺得他威風凜凜，對他很崇拜，希望長大後能像他一樣。以後每到體育課時，馬老師的每一句話，他都毫無疑問的接受。有一次馬老師在操場講了唐伯虎點秋香的笑話，大家都笑得連身子都直不起來，夏文怡更覺得這位老師是文武全才，對他佩服得五體投地。

　　對於各種學科，夏文怡沒有特別喜歡，也沒有討厭，老師教甚麼，他就學甚麼，雖然不算笨，也沒有特出的才氣。與同學的相處不算很好。有一次下雨地滑，快要摔交的時候，有位同學來扶他，夏文怡不但沒有感激，反怪那位同學害得他快要摔交，給那位同學罵了幾句。夏文怡也很莫名其妙，為甚麼自己會有那種不近人情的舉動。

　　在三年的學習裡，印像比較深的，除了那位馬老師外，另一件是馬老師在一次集會時宣佈：全校繳上的米，夏文怡的最好。他每學期的學費就是一升米。還有一件有趣的事情：他們每天都有體育堂，每次都是步兵操，每一次排在他身旁的，是一個穿短袖短褲的同學，那個同學在操練時，會不知不覺的拉著他的手一起操，旁邊的人看到，常常會露出神秘的笑容。終於在學期結束的時候，才知她是從城裡來的劉曉，竟然是個女的。不過劉曉就只來了那一個學期，夏文怡以後再也沒有見到她。

　　海豐雖是個小地方，對於推行國語，卻不遺餘力！學國語的註音符號，那時已經在學校推行。不過那時的國語，只是一門學科，下了課，大家早就把國語拋在腦後。

夏文怡除了喜歡幻想，對任何學科沒有特殊的興趣，但日常的功課，每天卻很早就做完。學校的成積，倒也不錯。他的最大問題是寫字。他三哥很早就發現他寫字時方向不對：應該向左的，他卻向右，而且沒有發覺自己寫錯！ 對距離的判斷也差，本來是一個字的，有時會寫成兩個。夏文怡的眼睛也有異相，海豐人把這種異相叫做[董卓眼]，但並沒有人知道這種眼睛對視力的害處，當年的學校，自然也沒有身體檢查這種制度。

當時的海豐，流行一種叫[青蓮]的鉛筆，特點是筆心沾水後會變紫。夏文怡從來沒有見過這種奇妙的東西，看到它時有一種莫名其妙的興奮，每次拿到這種筆，就似乎失去控制力，會急不及待的把筆放到嘴裡，沾濕後馬上就在紙上畫起龍船來，找不到紙的時候，有時竟然會畫在牆上或手上，也很莫名其妙，畫的儘是龍船。

有一次他在畫龍船時，讓他大哥看到。他大哥一句話也沒講，只用眼睛死死的盯著他。夏文怡從小就怕這位大哥，最怕的就是他這種眼神。像著魔似的，夏文怡立刻把頭一低，眼淚馬上滴滴而下，他耳邊聽到大哥在問他，可是甚麼也沒聽進去，不知怎麼回答，淚水一直在流，直到大哥走開，才慢慢的回過神來！不過，他記得大哥從來沒有打過他，也沒有罵過他，有一次到大溪游泳的時候，還背著他游了好幾回。他實在沒法了解自己為甚麼會這麼的怕這位大哥！

沒上學前，夏文怡從來沒有留意他家的情況，上學後常聽老師說起一些名人的家庭歷史，才開始留意自己的家庭背景。聽說他祖父有三兄弟，祖父排第二，沒有子女，他大哥卻有三個兒子，商量的結果，祖伯父的二兒子，過繼到祖父家，這就是夏文怡的爸爸。夏文怡一直很奇怪，為甚麼別人稱父親做[爹]，他家卻叫父親做[叔]，相信是因為父親是過繼來的緣故。夏文怡出生的時候，祖父早已去世，所以對祖父完全沒有印像。

夏文怡還聽說他本來有位大姊，但他也一點印像都沒有，有人說大姊是領養的，十五六歲就嫁出去，當時他還沒有出世。他本來有四兄弟，大哥文平，二哥文樸，三哥文藻。二哥有哮喘病，很早就過世了，夏文怡對二哥也沒有印像。又聽說他曾祖母是跑江湖的，有一年跑江湖來到了這裡，與曾祖父一見鍾情，自此從江湖人變成莊稼娘。

夏文怡老是覺得他大哥全身滿是江湖氣，不知是否和曾祖母有關。他們家有兩種視為傳家之寶的刀傷藥，據說就是這位曾祖母帶來的。夏文怡很好奇，常常去附近找這兩種藥。一種叫雨傘葉，很容易找到；另一種叫錠秤青，樹皮上佈滿白點，好像秤上的釘記。兩種藥加上酒，加熱後敷在傷處，據說效果神奇。其他的祖傳秘方，夏文怡就記不清楚。

他家世代為農，到了祖父這一代，開始兼做點小生意，後來在縣城橋頭的附近，開了一間[永香餅家]。有一陣子生活很不錯，找了縣裡的飽學之仕，寫了：[永遠文育芳，體己振家邦] 做為夏處家族輩份的排名。祖父取名永馨，父親遠來，接下來就輪到他們的文字輩。飽學顯赫之族，排輩份以顯其家族，是我中華民族文化之傳統，但近百年來中國時局動亂，要保存這種傳統，實非易事。夏家就更不用說，僅僅到了文字輩，大部份人都已不知道有這種事，更何況時代不同，各人散住各地。而且夏家所排的是族名，只有在每年祠堂開燈之日才非用不可。

夏處稱祠堂為[公廳]，非常貼切。海豐話[燈]與[丁]同音，開一燈表示添一丁，而且只有男丁才算；假如開燈那天祠堂掛了十個燈，就表示過去的一年，一共有十個男孩子誕生。新丁的族名用大紅紙寫上，掛在公廳裡，從此成為本族的一員。添丁之家要捐燈油錢給公廳。開燈那一夜，家家戶戶都做菜茶，不論有沒有添丁，有人到來，照規矩奉上菜茶一碗，吃到半碗時又添半碗，一直添到你吃不下為止！

有的人一個晚上要跑十家八家，吃到半碗時用手在碗口一蓋，告個罪，跟著吃完剩下的半碗，然後跑第二家。全中國習慣吃[擂茶]的地方不多，海豐就是其一。所謂擂茶，就是把茶葉放在擂缽裡擂爛，放些鹽，加進開水，蓋一回子讓茶葉出味，在碗裡加進炒米，花生米，芝麻，海豐人把這種茶叫[鹹茶]。

鹹茶是家常茶，一年到晚都有，有客人來時更是必備。[菜茶]則是節日之茶。每年的年十三，依海豐習俗，是開燈日，是每年家家戶戶吃菜茶的首日；這一天又是新年[開葷]的開始。從吃完年夜飯開始，邊頭園村的村民開始吃素，一直到十二為止，十三才開葷。每年要吃素十二天之久，全國罕見！菜茶除芝麻，炒米，花生外，一般只加波菜，芹菜，有的人再加豌豆，粉絲，眉豆，豬肉，魷魚，和魚片等等，豐儉口味，各有所好。擂茶的擂缽，就是裡面有凹紋的陶缽，擂棍則以番石榴樹為上選，因其含有香味。藥材店用[搗]的方法，把藥搗碎；擂茶是用擂棍沿缽邊轉動，原理和石磨一樣，差別是擂缽比較小，放在大腿之間，一個人就可操作。又因為這種茶裡放了很多種食物，所以是[吃]，而不是[喝]，這是海豐人吃茶的由來。夏家吃茶用的炒米，也是自己做的。

夏文怡最喜歡看媽媽做炒米。一般來講，赤米做的炒米最香。米是自己種的，煮熟曬乾後，炒的時候，先把乾淨的細沙炒熱，再把乾米放進沙中，翻炒幾下，一剎那間，那些胖嘟嘟的炒米，一顆顆從沙中躍出來。這種奇妙的變化，夏文怡百看不厭！

夏家有稻田，除了饑荒年，炒米不愁沒有，但是花生與芝麻，一般是要花錢買的，家裡就不一定有，吃的鹹茶常常只有炒米，就算有花生芝麻的時候，也只放一點點。逢到豐收年，多餘的糧食可以做些小吃。小吃也是以米粉為主。

夏天有一種瓜，水份很多，甜味適中，當地的名字是[醋]瓜，外表有點像絲瓜，不過外表平滑而略帶黃。切碎後加進番薯粉，煎熟後是一道很特殊的小吃。台灣的蚵仔煎，就是用蚵代瓜，加蛋而煎成，一素一葷，同出一源。

七月七日的乞巧節，海豐人傳統吃[層糕仔]，一層一層去蒸熟，吃的時候再一層一層剝下來，含有巧的意思，每層越薄手越巧。甜的一般用紅糖，富有的人才用得起白糖。最上面那一層還可以灑上白芝麻。鹹的上層放豆腐乾，蝦皮，豬油渣，芹菜等，可以趁熱吃，也可以涼了再煎來吃。夏文怡喜歡吃甜的，一糕在手，慢慢的剝，慢慢的吃，一塊糕可以吃一整個早上。以其說是吃，不如說是玩。

清明節時，海豐人當天不煮飯，只吃薄餅；　本來寒食是清明的前一天，後來大家把這兩天合併起來。海豐人那天只知道要吃薄餅，很少人知道是因為寒食之故。薄餅皮有些人自己會做，餡是用豆芽菜，豆腐乾，蔥，豌豆，豬肉等炒成。有的人喜歡把好幾張皮連在一排，放上餡，再加糖，做成一張很長的薄餅，兩隻手抓住，小心翼翼的吃這張鹹甜兼有的巨形薄餅。這一天的薄餅並不是零食，而是填飽肚子的正餐。

海豐的小吃種類不多，缽仔糕和客家人的差不多，也分鹹甜；甜的沒有特色，鹹的一般放豬肉和鹹魚，但最具有海豐特色的是放醃鹹魷魚；醃的不只是魷魚身，還包括內臟。魷魚的味道本來就非常特別，發過酵的魷魚內臟，其特有之味道，實非筆墨所能形容，大概只有海豐人才懂得這種吃法。

另外一種[夾糕]，是唯一用麵粉做的小吃。南方不產麥，農家一般不存放麵粉，所以這種夾糕，是小販入村，現做現賣的，很受歡迎。這種夾糕放的是糖醃過的肥豬肉，吃進嘴裡有股說不出的肉香，也是海豐以外的地方吃不到的。

最教夏文怡懷念終身的是[酥糖]。很多省份都有所謂的酥糖，但絕沒有他家鄉的那一種。當他父親還在縣城橋頭開餅家的時候，每年新春期間，他父親總會派人到家來，用夏處共用的石碓，來椿碎已經炒香的芝麻，然後襯進紅糖。其中的巧妙處，全在碎的程度。加上其他的配料，用紙包成小包，再裝進盒子後出售。那酥糖鬆鬆的，除了有芝麻與蔗糖的香味外，還加上他們餅家特製的香料，放進嘴裡，慢慢的溶化，滿嘴都是洽到好處的甜味和香味。美食的最高境界，莫過于此！ 不過酥糖有個致命傷：[回南天氣]。遇到濕氣，酥糖就會黏成一團，不但外相難看，再也吃不到那特有的酥化口感！所以酥糖不能多做，三天之內賣不出去，只能自己報消。除了不一定會賺到錢外，酥糖的製造要靠經驗與耐心，所以一般的餅家，都不冒這個險。隨著夏家餅家的關門，酥糖的風彩，成了[絕味]，只能活在曾經吃過夏家酥糖的人們的記憶之中！

由於農村的貧困，夏文怡的父親大半生四處奔跑，餅家關門後，到了海豐靠海的一個叫做[尖尾]的小港，在一家飯館工作。那邊的海產豐富，過年過節都有乾的海味，托熟人帶回家來。夏文怡的兩個哥哥，大部份時間也在那裏打散工。夏文怡記得有一天晚上，正在熟睡，被他大哥叫醒。大哥對他說：[這是海產中最好吃的烏耳鰻，我特地從尖尾把魚帶回來給你們吃，現在剛剛煮好，趁熱吃吧]。夏文怡睡意正濃，只吃了一口，轉頭就睡了，耳邊彷彿聽到大哥罵了一聲[真是不懂美味的人]。夏文怡過後才知烏耳鰻是鰻魚中的上品，頭的兩側各有一個小耳朵，色黑，所以才有烏耳鰻這名稱。秋天最肥美，油多肉細而滑，吃過的人都讚不絕口。他大哥為了一條魚，從早上趕到深夜，這條魚在夏家的價值，不言可喻。

半夜吃東西的回憶，另一次是在日本人佔領的時候。占領這裡的日人，據說是衛生單位，把附近所有的房子都占用了。夏家只好搬去附近的田邊，臨時搭了幾間草寮。差不多鄰近的人都在逃難，這一帶都散散落落的搭起了大大小小的草寮，彷彿成了新的村落。這片田的四周，長滿了參差不齊的矮樹，好像是一道圍牆，前後各有一通道。圍牆的西邊是草地，草地外就是大溪的上游；溪的對岸是山地，草地的中間孤孤零零的出現了一座廟，鄉人稱為[帝爺宮]。

這一帶有人傳說曾現虎蹤。一天晚上，夏文怡父親在巡更時，看到田園的通道附近，有兩盞小燈在晃動，覺的很奇怪，正要走近去看清楚，突然想起白天有人說起族人曾給老虎咬傷的往事，那兩盞小燈可能是虎的眼睛，一驚之下，馬上把手中的木棍，用力往地上亂打，口中拼命呼叫，等到人多膽大去看的時候，那兩盞小燈早已無影無蹤。第二天議論紛紛，有人認為是虎，有人則說是狗，有人推測是其他野獸，沒有結論。不過自此以後，大家變得很緊張，買了幾面銅鑼，一有可疑，馬上敲鑼。幸而到搬回家爲止，再也沒有發生過類似的虛驚。

　　虛驚倒是沒有，但奇事卻有，也是晚上發生的。在附近的樹林裡，有人發現有野蜂，築巢地下。因爲怕被蜂針到，白天不敢行動，到了黃昏，燒起野草，一邊燻一邊挖，一直挖到深夜，才把蜂巢全部挖掉，一數，一共三十三層。裡面都是蜂蛹，挖蜂的幾家，知道吃不完，所以不管當時已是深夜，馬上告知附近的人，一起來吃現炒的蜂蛹！夏文怡也是在半醒半睡的狀態下，吃了一些蜂蛹。自此以後，這裡一直吉祥無事。

　　不久日本人有一部份先撤退，夏家搬回來後，發覺他們後園種果樹的地方，已成了日本人的馬廄，很多馬都拴在樹上。　後來又發覺，日本人也吃死馬；夏處的人還從他們那裏弄到馬唇來吃；馬唇很韌，咬了半天才吞得下。日人喜歡吃雞蛋，常常到處去要雞蛋，嘴裡說日本話，手中比個圓圈的手勢，大家有雞蛋也不敢讓他們知道

　　日本人還養了狼狗。有一次還讓一條狼狗到魚塘裡去咬鴨子取樂。鴨子很聰明，到了緊急關頭，頭一彎潛到水裡，那狼狗只能急得轉來轉去，追逐多時，毫無所得，日本人只好把狗叫上來。

　　夏文怡的一位叔叔，不知是甚麼原因惹惱了日本人，讓日本人用柔道摔斷背骨。雖然沒有死去，卻因爲沒有好好治療，成了終身殘廢。後來他家也去了香港。夏文怡在七零年代遇到時，雖然駝背，自己還是能照顧日常生活，身體也好，並且有了兒孫，晚年還算不錯。

　　農村的生活簡單，百年來的規律依舊。忙的時候大家加把勁，有的時候還要請些臨時工，清閒的時候就閒話家常，講那些流傳了幾十代的老故事。但是遇到喜慶與年節的日子，那種興奮與喜悅，卻顯的格外的強烈。那種出自內心的期待，那種純樸的歡樂，久住城市的人，早就遠離了這種天然的感覺。

　　海豐邊頭園的人，年初一開始吃齋，一直到十三開燈才吃葷，那天的菜茶才可以放魚肉。年頭好的時候，附近的幾條村，大家出錢請戲班到永福宮的空地演出。戲期一般從初八開始，總共五六天左右。演的除了大家都熟悉的如三國演義，楊家將，薛仁貴，杜十娘等等外，具有海豐地方特性的也不少，例如[陳三磨鏡]，就是其中一例。

　　夏文怡長大後，在海外及香港等地，曾經問了很多人，包括潮汕，臺灣等人在內，都沒有人聽過有陳三磨鏡這齣戲。後來有天看電視專欄時，得知福建有人找到了永樂大典的另一部份，湊齊了整部永樂大典，據說其中就載有這齣戲。

開燈的那一天，也就是盂蘭清醮的開始。古代的人，離不開神鬼，自然也離不開祭拜神鬼遊魂。盂蘭清醮據說原自佛教，但海豐的盂蘭醮，道教的味道很濃，當然也迷信十足。邊頭園的人把盂蘭醮稱為[建醮]，前後三天三夜。神的主角，名叫[大士王]，青面睜目獠牙踢腳，兩旁站著牛頭馬面，都是用紙扎後再塗色，非常巨大，大約兩個人高。在白天和前二夜，大士王供奉在永福宮內，讓人祭拜，最後一夜才移去祭幽場，最終燒掉。唸經的道士很多，白天輪班，晚上一起唸經及主持鄉民的拜祭。

第一夜是由鄉民組成的燈籠隊，隨著傳統的路線，道士領頭唸經搖鈴，小孩子拿著形形色色的燈籠，差不多要繞村一週。燈籠一般都是扁形的，中間有根長棍子貫穿而過，裡面可以插臘燭，顏色形狀各異。

第二晚到大溪邊放水燈，大人小孩同去，非常熱鬧；看著黑夜中的盞盞明燈，順流而去，燈明夜黑，大有陰陽兩隔的感覺。

第三夜是祭幽夜，地點移到靠近溪邊的空地；除了有臨時搭的祭幽壇外，還添了一座高高的包山。這晚是建醮的高潮。那班師公(道士)好像也特別興奮，拜祭的儀式一個接一個，一直到了子夜，這時開始改變樂器：幾天來用的都是大嗩吶，現在換了玲瓏小巧的細嗩吶；小嗩吶吹出來的聲音很特別，讓人覺得幽魂彷彿已經遊盪在身邊。這個晚上因為拜祭很頻繁，需要動用一個[拜官]；拜官通常是小孩子，任務只有一個，就是向神靈跪拜，由師公引導； 跪拜的數目不定，從一到九都有。這時拜官就要拿起蒲團，依著師公指定的方向與數目，在蒲團上叩拜。

有一年夏文怡也被徵用作拜官。上半夜還好，到了下半夜，常常在空檔時睡著，有的時候居然叫也叫不醒，這時候他三哥就得出場代替。到了快天亮的時候，夏文怡開始熟睡，他三哥也就乾脆代替他。

這時候祭禮已到尾聲，所有紙扎的神鬼，都拿到祭壇前面的空地燒掉，跟著是祭禮最後的高潮：搶包山。四鄉有能力搶的人，蜂擁而上，能拿多少就拿多少。鄉民一般都相信祭過神的包可以帶來好運，拿得到的當然是興高彩烈，拿不到的不免會覺得當年運氣會欠佳。有的時候還引起打架；甚至引起打群架。大概是教育程度低，用[打]來防身的意識很普遍；有的人在搶包山以前，已預先帶了棍子，以備萬一。各處村民的械鬥，是海豐民性的大缺點。

夏文怡後來移居香港時，一位同鄉的長輩，對於海豐人的很多劣性，大搖其頭。海豐人除了好鬥以外，還有自大的劣性。海豐方言把這種性格叫做[聖]，假如有人說你很[聖]，就是說你很驕傲，很自大的意思。究竟海豐人怎麼會用這個[聖]字來形容驕傲與自大，已經不能找到根原。相信除海豐外，再沒有其他地方用這個字來形容。

學武防身，是很普遍的舊觀念。好幾年前，風調雨順，物產豐收，夏處從外鄉聘請拳師來教拳。夏文怡常聽長輩說，有的家長為了鼓勵後輩練拳，早上要打完一套拳，才可以拿到零用錢出去。往後夏文怡到了香港，在一處海豐人常聚的場所，看到有人在練拳，看到的竟然是他兒時在夏處常看到的[三步推]。當時他聽大人們說，拳師教的入門功夫，叫做[三步推]，那是最簡單的功夫，無論誰看過一次，誰都會打。

這是一套左右手輪流向前打出，只有前進，沒有後退的基楚動作。練氣力，練步法，練膽識。據說很多[盲拳打敗老師傅]的年輕人，就是靠這套[三步推]贏來的。練好了三步推，接下來是練[椿步]，手肘並用，又跪又蹲，夏文怡看過他三哥在家鄉時練過這套拳，想不到在香港又看到。看起來海豐很多鄉鎮，都流行這一派的功夫。

在夏家幾兄弟中，老大老三都學過功夫，只有老四文怡最沒膽，從來不敢學拳，只會站得老遠的看，話也不敢講；在老大的眼裡，這個弟弟最沒出息。不過夏文怡在公開的場合雖然不學武，但經常會黏在長輩身邊，聽他們講有關打架的故事。那些長輩常常講得眉飛色舞，比手畫腳的，這時夏文怡就會靜靜的記住那些動作，暗暗的學起來，加上他喜歡幻想，常常一個人自得其樂的享受想像中得勝的快樂。久而久之，夏文怡也一知半解的懂得海豐傳統武功的要點。

雖然中國有很多地方的人說，冬節大過年。但是在夏文怡的印像中，冬節絕對沒法跟年比。海豐人冬節雖然也吃湯丸，但主菜卻是糯米餃子，當地叫做[冬節夾]。這個[夾]字，可能是從[餃]這個字演變而來。海豐人把青蛙叫做[夾蛄]，所以有的海豐人以為冬節夾就是冬節蛙的意思。但就常理看來，冬節夾解釋為冬節餃更加合理。

要知海豐不產麥，農家一般沒有麵粉，變通之下，才改用糯米粉做餃子。又因為海豐話很少有[餃]這個發音，所以久而久之，[餃]就變成了與青蛙同音的[夾]字。冬節夾除了用糯米做皮外，吃法也與吃餃子不同。糯米做的東西用水煮很易破，所以得小心翼翼的連湯帶[夾]拿進碗裡；一般每碗裝四五個，加上香菜，連湯一起吃，一般人要吃三四碗才飽。

冬節夾的餡與前面講到的[鹹茶]大同小異，包括波菜，豌豆，粉絲，蝦米，富有人家再加臘腸。

海豐人喜歡用[鐵脯魚]乾，烤香後弄成細粉，加進各種食物裡，增添香味，成為海豐菜系的特色，冬節夾也不例外。在海豐過冬節，晚餐只吃冬節夾，再也沒有其他食物。晚上雖然也吃些湯丸，那比得上過新年的熱鬧！所以夏文怡最等待的就是新年。

新年時除了有新衣穿，拿壓歲錢外，最主要是吃。因為要拜祖先，雞與豬是不可少的。雞是自家養的，豬肉則是買的，另外還有魚，墨魚乾，豬腳，蓮藕等，也都是買的。但不買牛肉。

家裡做的菜式很多，包括：魚丸，豬肉丸，蘿蔔丸，年糕，發糕等。年菜一般在年二十八或二十九開始做，先做蘿蔔丸和魚丸等。除夕那天，大家都幫忙做菜。等到雞，豬，魚等做好以後，先拜祖先，再繼續做其他菜。拜完祖先，媽媽一定會先給夏文怡一個雞腿；拿到了這個雞腿，他就會在屋外的四周跑來跑去，一邊跑一邊吃，一個雞腿可以吃上一兩個小時！到了吃晚飯的時候，夏文怡只吃一點點最愛吃的蓮藕墨魚煮豬腳，再加幾粒魚丸和蘿蔔丸，就離開飯桌，自己去玩。對他來說，這就是他盼望已久的除夕大餐。蓮藕墨魚煮豬腳這個菜，在海豐很普遍，夏家也每年必做。做魚丸剩下來的魚皮和那些還殘留點肉的魚骨架，炸完後就可以做成另一道很美味的菜式。

夏文怡媽媽做的魚丸肉丸，頗受鄰居稱讚，所做的發糕，發得很均勻，常常拿給那些不敢做發糕的妯娌。過年時發糕發不起來，不但掃興，也帶來不好的預兆，沒有把握的人，乾脆就不做。蒸年糕很費時間，通常是二十九晚上蒸，大概要兩柱香的時間，往往半夜要起來加柴火。假如一次沒蒸透，以後無論再蒸多久，幾乎沒法補救。當年燃燒的材料，只有柴枝與乾草，所以蒸年糕不但費時，也是一件大事。

海豐人有個很特別的傳統，除夕晚上，趁孩子們熟睡時，媽媽會用乾草去擦孩子們的嘴巴。古老相傳，嘴巴擦過乾草後的孩子們所講的話，尤其是在年初一講的不吉利話，都屬[童言無忌]，不會帶來壞運。不知除了海豐以外，中國的其他地方，有沒有這個習俗？

海豐人在年初一放的鞭炮，俗稱[開門炮]，也別具一格。天剛亮時，放鞭炮的人先把門鎖拿掉，背對著門，點燃鞭炮後，用背推開門，向門外後退而出，直到鞭炮放完為止。新年燒鞭炮，最早的用意是趕魔除妖。海豐人用背對著門外來放鞭炮，應該是不願意看到妖魔的構想。鞭炮放了，妖魔也應該給嚇跑了，這時候再看門外，就不會給嚇著了。這是一個很具巧思的想法，不知道始自何代。這種老習慣，目前年青的海豐人，大概不會再有這個興趣，老一輩的人，經過翻天覆地的文化洗禮，相信也沒有誰敢把這個傳統繼續下去。

當中國的內戰還沒有燃燒到海豐時，很多人已跑去香港，夏文怡的父親先去，隨後兩個哥哥也去，家裡只剩下媽媽和兩位嫂子，夏文怡是家裡的唯一男丁。大概因為夏文怡是尾子，媽媽對他很溺愛，家裡剩下一個男孩後，媽媽對他更是縱容，養成了夏文怡日後很多不良的性格。不久大嫂添了男丁，家裡才有兩位男丁。一九四八年以後，內戰的火藥味越來越濃，開始是在汕頭陸豐一帶，很多時候是村民為了自保，與共產黨的民兵打鬥。

　　澎湃當年在陸豐領導的共黨民兵，大部分都是窮人，吃不飽，沒受過甚麼訓練，常常一大堆一大堆讓人捉到。送到政府後，開始時有的給槍斃了，但多次以後，負責的人很同情這些人，所以一捉到就放。不過他們依舊再來，政府非常頭痛。隨著時局的轉變，很多人離開家鄉，政府軍也開始撤退。

　　到一九四九年春天，大概由於當年共產黨在海豐屠殺的情景太過恐怖，夏文怡父母親商量後，也讓他去香港。清明過後不久，夏文怡單身一人，搭坐鄉人的腳踏車尾，從海豐到汕尾，然後跟隨一位走水客，坐輪船到香港，與父兄會面，那時還未滿十二歲。

＊＊＊＊＊＊＊＊

　　楊玉琴斷斷續續的聽完夏文怡童年的生活，嘆了口氣說：[你的童年，和我的完全相反。似乎你的比我來得多姿多彩。但你還記得那個女扮男裝女孩的名字，實在不易。是你的記性太好呢，還是你對她念念不忘？]夏文怡說：[我也很奇怪為甚麼還記得她名字。現在看起來，當年的我，一定非常呆頭呆腦，否則為甚麼連身邊的同學是女的也沒發覺？]楊玉琴打趣的說：[難道你現在就不呆頭呆腦？]

　　陸續到來的中國醫生很多，楊玉琴只覺得其中的方萬里醫生最為出眾，高高瘦瘦的，長得很斯文，待人客氣，可惜似乎有點拒人千里的味道，很難和他接近。

　　另外有兩個特別矮的，一男一女，都姓何。男的是何幼祥，比楊國輝還高一班，在榮總時好像沒有見過他。女醫生何黛英，是台大畢業的。還有一個非常喜歡講笑話的，叫羅南宮，是何黛英在香港南英中學的同學。其他的醫生，沒讓楊玉琴留下深的印象。

　　中國人多了以後，反而減少了大家一起外出的機會，漸漸變成了三兩成群。甄婕也常和楊玉琴聽夏文怡談童年趣事，慢慢的，這三個人變成三人幫，一起出去的次數，越來越多，這情形讓夏文怡想起在台灣時，自己和鄒竟成，令狐紅，也是三人常在一起。當年令狐是鄒的女友，自己是配角，兩男一女。

他們現在都是主角，一男兩女，沒有牽涉到任何男女的感情，空閒時同遊散心，非常輕鬆自在。

夏文怡自從去年在克利夫蘭，經歷了將近一年沒有中國同事的生活後，對中國人和中國菜，有一種說不出的強烈感覺。當年因為想念中國菜，不時在宿舍的廚房煮點小菜，在印度人或者菲律賓人家裡作客時，也會應他們的要求，做些中國菜讓他們嘗嘗。現在這間醫院沒有廚房，楊甄屋裡的廚房，就當然成了夏文怡常去的地方。夏文怡雖然沒有學過做菜，但以前在茶樓時的耳濡目染，還是可以把握到炒菜的要點，最重要的是夏文怡樂於下廚。慢慢的，這間房子，成了他們三人享受友誼，回味鄉情的小天地。平常出外遊玩，也都是三人一起，活像個三人幫。

有一天晚上，甄婕和楊玉琴吃過晚飯後正在聊天，忽然甄婕問楊玉琴：[你覺得夏文怡這個人怎麼樣？] 楊玉琴想也沒想，就說：[沒有怎麼樣…。你是指那方面？] 甄婕說：[我們最近常玩在一起，你沒有甚麼打算嗎，你知道夏文怡以後的計畫嗎？…。] 楊玉琴說：[夏文怡剛來的那幾天，聽他和楊國輝說，來此的目的是考試，然後去美國受住院訓練，最後回香港。你問這些幹嗎？] 甄婕說：[你有沒有注意到我們前幾天在郊外時，夏文怡不知不覺的左擁右抱，令我很不舒服。] 楊玉琴笑了起來，說：[男孩不都有天生的習慣，和女孩在一起，就會很自然的用手去扶女孩的腰，以顯出保護女孩的大男人天性嗎？] 甄婕說：[也許你很懂男孩的天性，但那天的情境，讓我有點害怕，假如我們還這樣繼續下去的話，以後不知會惹出甚麼麻煩！] 見楊玉琴沒有回答，甄婕又說 [也許你是當局者迷，我覺得你對夏文怡已經有份特別的感情。假如我現在要求妳從我們三人中退出，你願意嗎？] 看到楊玉琴的臉色變了一下，甄婕說：[我只不過隨便問問，你不必認真]。

過了一段時間，甄婕對楊玉琴說 [很對不起，從下個月開始，再也不能跟你們一起玩了，我要專心念書，準備考護理的特別試。請你轉告夏文怡我這個決定。] 夏文怡聽到楊玉琴轉告的消息時說：[我來此主要也是考試，但我們只在不工作的週末才去玩，可以放鬆一下緊張的心情，平常下班後只要肯用功，溫習的時間其實很多。看來甄婕比我認真得多] 楊玉琴看夏文怡沒有體會到甄婕退出的用意，嘆了口氣。幾天後夏文怡在病房看到甄婕，對她說： [你相信保持輕鬆，對考試更有幫助嗎？] 甄婕想了一下子，然後說：[我相信充分的準備，會讓我更輕鬆。]停了一下，若有所指的又說：[二人世界總比三人行好。]

　　甄婕長的不算好看，也缺乏女性獨有的溫柔，但很有思想，書也念得很好，現在準備更進一步，考特別護士的資格。夏文怡一直沒有問過她爲甚麼會一個人來到這裡，心想也許她有不願人知的苦衷，也不清楚她的家庭狀況，但他知道甄婕這種性格的人，一但下了決心，別人是很難改變她心意的，所以馬上對她說：[祝你成功，等你考上後我們再一起慶祝，再一起玩]。

　　自從甄婕問過對夏文怡的印象後，楊玉琴也一直在問自己，總是飄飄忽忽，有一種似有還無的感覺。幾天後和夏文怡見面的時候，楊玉琴說：[海豐雖然離香港不算遠，但絕對不算近，你真的是一個人去的？] 夏文怡說：[當然只是我一個人去的。] [一個人？你不害怕嗎？？你當年多大？] [我未到十二歲。當時傻頭傻腦，媽媽說去就去，根本沒有想到害怕這回事。]

2. 初居香港

當年在汕尾上了輪船後，開始時夏文怡其實有點害怕，坐在椅子上動也不敢動。這是他第一次坐船，也是第一次單身離家。坐了不知多久，開始有點迷迷糊糊的。後來就時睡時醒，不知道過了多少天，突然感覺得有點不一樣，睜開眼時，看到帶他來的那位林伯伯，正在催他動身上岸。

上岸後第一個看到的是一個頭纏布條的[摩邏差]，(印度人)，對林伯伯講了一大堆話，還故意把林伯伯運去的鳥籠門打開，放走了一些鳥，又在夏文怡的額頭敲了幾下，才讓他們過關。坐上開往九龍的渡輪，夏文怡好奇的看著船邊的浪花，迷迷糊糊中看到有人在船外跑，還有騙子在騙一位老人家的錢，馬上告訴林伯伯；林伯伯說外面是海，那裡會有人？才知道是自己這幾天很疲勞，看到的其實是自己的夢境。

上岸後看到有人把白煙直冒的東西放進嘴裡，非常吃驚。林伯伯說：[那是雪條，冒出來是水汽]。香港人所說的[雪條]，就是[冰棒]，[雪糕]就是[冰琪琳]。

到達後，才知爸爸開了一家茶樓，兩個哥哥都在幫忙。這家茶樓很怪，竟然連休息睡覺的地方都沒有。大家都在忙，只好坐下來張望，坐悶了到附近逛逛，到了吃晚飯時，才見到全店的伙計。一共有兩桌，幾乎都是同鄉，都講海豐話。

飯後和三哥先去買些衣物，再走一段很長的路，才到了大哥的家。大哥住的是木屋，很小。第二天回到茶樓，三哥開始教文怡認識香港的錢幣，學講本地話。在香港，海豐人自稱為[學佬人]，正確應稱為[福佬人]，講的是[學佬話]。當地人講粵語佔絕大多數，學佬人因此把粵語叫做[本地話]。學佬話跟本地話有天淵之別，不學絕對無法交通。為了方便，決定就睡在店裡，不再回大哥家。晚上關店後，隨便找個角落，很快就睡著，男孩子，方便得很。

幾個月下來，簡單的數目字與普通的應對，夏文怡自信沒甚麼問題。開始是坐在哥哥身旁，慢慢的獨當一面，從此夏文怡大部份的時間都銷磨在收錢的櫃台上。

夏家這間[真香茶樓]，座落在西九龍的深水埗區，面對荔枝角道，側路是南昌街。這附近有很多家茶樓，各有特色，各有各的茶客，但都屬於下中級的茶樓。夏家開的是典形的舊式茶樓，服務的對象是中下層的勞苦大眾。

這裡靠近海邊，離深水步碼頭很近。深水[步]這個步字，正寫是[左土右步]，一般字典找不到，可能古老的粵語字典才有。茶樓早上四時就開的原因，主要是爲了一大早就有要出海捕魚的魚民。他們除了當場吃飽外，還要帶一份到海上，以備中午之用，吃的都是份量大而便宜的食物。當時很流行的大包，雞包，糯米雞等，都是這些漁民帶到海上的充飢之物。

香港人的早餐，除了粥，就是飲茶。飲早茶是一種享受，港人特稱做[嘆茶]。茶樓外面一般都有報攤，茶客先買一份報紙，到了裡面叫了一盅茶，然後吃一份點心；點心每份一般是兩件食物，這就是當時的流行話：[一盅兩件]。

當時的茶樓有一條[行規]：只喝茶而不叫其他食物的，茶價雙倍算，行話是[淨飲雙計]。那時一般的茶是一毛錢一盅，鐵觀音與蓮心則是兩毛錢，雙計就要給四毛。有的報攤還允許換報紙看；普通只限換一次，熟人可以換兩三次。所以飲茶除了吃東西喝茶外，還可以看幾份報紙，[嘆]的味道就更到位。[嘆]是慢慢享受的意思。茶樓的生意，中午最忙，這是一般工人階級吃午飯的時間。

到這家茶樓來吃的，除了普通的工人外，還有在附近兵房工作的海豐人。那時英軍有很多兵房，做勞力工作的都是中國人。可能基於鄉親關係，這群海豐人很自然的成爲這家茶樓的常客。不過他們每一個月只發薪一次，大部份人都採用[賒]的記帳辦法，到了發薪那一天，夏文藻要親自到兵房門口，追著那些人要錢。

茶樓附近有家[明星電映院]，票價便宜，[工餘場]的票價最低，夏文怡看的都是工餘場。夏文怡可以算是小孩子，收票的有的認得他，常常可看免費電影。電影院的旁邊，是當時一位頗有聲名的武師武館。到了晚上，他們在路邊表演武藝，趁機販賣[跌打藥]。看到那些徒弟們打出的拳法，與家鄉所強調的大相逕庭的時候，夏文怡會不知不覺的露出笑容，覺得他們拳術的漏洞很大，回到店裡，還跟伙計們討論，常常樂在其中。

茶樓側面的南昌街；街面很寬，中間有條大溝渠，從街頭一直流到海邊。茶樓正面的荔枝角道，是深水步南邊最繁忙的大路。當年香港的中文語法，小路稱街，大路叫道。在這道與街交接的大溝渠上面，蓋了一間小巧的郵局。也許由於這間郵局的關係，附近這一帶變成了熱點，晚上很熱鬧。這裡的零食特別美味，多數食品的價錢是一毛錢。夏文怡也常常光顧這些零食攤。其他還有故衣和古董攤，加上賣膏藥和玩把戲的，確是熱鬧。

還有一位失明的老人家，帶了一個小女孩，在地上擺了一個象棋殘局，規則寫明[紅方先下，和局算挑戰者輸]。夏文怡猜不透這位老者擺這個攤，究竟是爲了糊口，還是爲了一展棋藝？究竟一個晚上能贏多少錢？真的可以糊口嗎？假如真的爲了糊口，可見他當時的生活之苦，已經到了山窮水盡的地步？

　　當年的交通工具，除汽車及電車外，黃包車則常見於遊客區。還有一種鮮爲人知的交通工具，香港人叫做[孖車]，就是有兩個坐位的腳踏車，乘客坐後面。很多地區，孖車成了廉價的交通工具。南昌街郵局附近的空地，晚上就是這類車集中的地方。

　　可能是[地盤]的關係，在這個地區營業的，幾乎都是年輕的海豐人。南昌街靠海旁那一帶，住了有很多海豐人，附近還有一個會館，很多年輕人常在那裡練習武，這一帶是海豐人聚腳的地方。

　　在香港，海豐人也舉行盂蘭清醮，地點就在南昌街近海邊的空地，不過時間則和夏文怡的家鄉不同，是農曆七月；更巧的是，這裡包山所用的包，差不多每年都是夏家真香茶樓的產品。

　　很快夏天就過去，到了快開學的時候。夏文怡雖然在家鄉唸了三年多書，可是因爲只會講一點最基本的粵語，書本的文字，完全無法用粵語讀出來，更沒有學過英文，所以夏文藻建議從二年級念起。

　　第一天入學的情形，夏文怡記得很清楚。進到教室時，他發覺所有同學都用奇怪的目光看著他，還聽到有同學細聲的說：[穿的衫褲都不同]。他發覺到，同學穿的都是日常的洋裝，只有他這個土包子還穿著不折不扣的[唐裝]。班上的同學，大多數是小不點，只有他長得牛高馬大。還好老師知道他的處境，對同學說明後，稍息時就有幾個同學用簡單的粵語，放慢速度，慢慢與他交談起來。可惜這一班沒有遇到同鄉。中午回店吃飯時，把情形告訴三哥。第二天回校時，他的衣著已經奐然一新，向其他同學看齊。

　　很快，夏文怡發現有不少同學，情形其實和他差不多；大部份講客家話的同學，也是來港不久，也只懂一點點粵語。發現這個秘密以後，夏文怡的心情開始輕鬆，馬上和這班同病相憐的同學展開友誼。

　　夏文怡發覺學校的功課，只有英文要從頭學起，其他的只有讀音的問題，沒有了解上的問題。英文老師的教法，是先唸一遍字母，再唸整個字，接下來是唸整句，老師唸一句，同學跟一句。只要記性好，也不算難。不過發音要發得準，確實很難。爲了要[硬背]這種新發音，他常常用海豐話註音，幫助記憶。

　　這家學校的校舍很簡陋，屬於當時很普遍的私立學校。當年從內地湧進香港的人，讀書人的出路幾乎只有教書一途。隨便在一棟樓找些房間，在政府登記，請些教師，就可以招生開教，解決了初到香港學童的就學問題。雖然辦學校的目的不一定為了教育，但在最初的幾年，這些學校確實貢獻很大。

一個學期很快過去。夏文怡對學習也開始有了信心，很多同學成了好朋友，粵語的發音，基本上已沒有問題。當然他講的粵語，海豐腔很重，本地人一聽就知。一般的本地人，只知道潮州，很少人知道海豐，而且一講到海豐，聽的人一定把它說成海陸豐。

他的同學中，客家人很多，客家人都熟知海豐，也知道陸豐大部份人講客家話。他的客家同學，來自興寧，五華和紫金一帶的居多，家長的職業，經營籐業的居多，而且不少到過海豐。這班客家人的籐業店，集中在鴨寮街，汝洲街與欽洲街交接的附近。

夏文怡的一個很要好的同學，就住在鴨寮街，他父親靠做籐椅為生。夏文怡很喜歡看他父親用火燒籐，把籐慢慢彎成椅的技術。

另一位要好的同學，是位本地人，臉上可以看得出患過天花的痕跡。他們一共三兄妹，大哥沒進學校，在家車衣服，兩姐弟和夏文怡雖是同班同學，但男女的界限很嚴，夏文怡只和弟弟來往。他們家住三樓，夏文怡每一次去看他，都得爬那段又黑又不平的樓梯。夏文怡一直住在茶樓，沒有爬過樓梯。學校在四樓，第一次爬樓梯的感覺很新鮮，常常是跑上去的，放學的時候，只要沒有其他同學在場，也是跑下來。不過他從來沒有獨自一個人走過那麼黑的樓梯。和本地人做朋友，除了可以學到正宗的粵語外，也可以多了解本地人的生活習慣。

不同的言語，不單是讀音不一樣，用辭也迴異。本地人稱雞翅膀為[雞翼]，海豐人則叫做[雞翹]。這個[翹]字，不知從那一個字演變而來，經過長時間的口頭傳承與偏差，到了今天，這個字只剩下讀音，而失掉了原來的字。這種有音而不知道原來是何字的問題，每一個地方都有，常用的粵語中，比比皆是。夏文怡慢慢的又察覺到，粵語的常用語，有很多發音非常相似，不留心實在分不出來。他雖然下了很多工夫，還是沒有把音[咬]正。譬如鞋帶的[帶]，與鞋底的[底]，他當初以為是同一個音，後來才知道讀[帶]的時候，兩唇是分開的，讀[底]的時候，舌頭要頂到前上顎。一般而言，十多歲後才學另一種言語，有些音是沒辦法發得正確的。

粵語的常用語中，有音而寫不來字的很多，孩子們不求甚解，看到別人說，自己也說，只知大意，不明原意。香港的下層人士，談話中常夾了很多粗話，講的人也往往不覺。孩子們依樣壺蘆，經常講了粗話也不知。夏文怡也是這樣。有一次在一位女老師面前，描述一件

51

很笨的事情時，因爲在[笨]的後面加了一個字；那是他們同學間聊天時常用到的形容詞，可是女老師聽後滿臉通紅，說了一句：[你怎麼在我面前都敢講粗口！]看到夏文怡那一臉錯愕的表情，加上平常講的是一口半鹹淡的粵語，老師也猜得出夏文怡的不知之罪。可是女老師又不能夠把那粗話說出來解釋，只好說：[以後說"笨"就可以了，不可以在笨的後面加上那個字，那是粗口！]這句罵別人笨的形容詞，是那位最要好的客家同學的口頭禪，怎麼會是粗口呢？他問了那位同學，那位同學也不知何以會是粗口。

經過很長一段時間的觀察，夏文怡發覺粵人爲了加強語氣時，往往多加一個字，那個字九不離十是粗話；不屬於粗話的加強語，用得最多的是[鬼]字。譬如說天氣很熱，粵人會用天氣[鬼樣熱]來形容。

下層人士的對話中，所用的加強詞特別豐富，那些加強詞又往往與男性器官有關。經過這次教訓之後，夏文怡儘量不用自己不懂的詞語，免得招來無心之禍。

到了第二年，夏文怡的粵語已經可以應付自如，文字的讀音，十之八九也正確，在學校的信心大增。也許由於年紀大，理解力好，很受老師們的看重，從第三個學期開始，班上很多事情，如節日表演節目的負責人，郊外旅行的隊長的等等，老師們都指派夏文怡來做。好朋友漸漸多起來，有空時到同學家裡聊天的機會開始多起來。這時的他，已擺脫了海豐人的陰影，對附近的環境，也開始有了清楚的了解。

他住的這個深水步，是個比較貧窮的地區。茶樓旁的南昌街，由南可以到海；往北到山，山下有塊很大的空地，都蓋滿了木房子；這地方叫石硤尾，大哥的木屋就在這裡。

當時香港政府大概沒有預料到，大陸會有那麼多人離鄉背井，湧進香港這個彈丸大的英國殖民地。香港政府的官員，一時不知怎麼安置他們，相信也沒有足夠的人手來處理他們，所以就讓他們在這裡自蓋木屋，多少帶有一點任他們自生自滅的用意。當年這些人看到石硤尾這塊空地，大家都以爲檢到寶，一窩蜂佔地蓋屋，這裡馬上變成木屋村。夏文平也是在這種情形下，蓋了木屋，和太太謝花，兒子育勤同住。

夏文怡剛到港那晚也在這裡住過一晚，以後爲了上學方便，一直住在店裡。茶樓門前的荔枝角道，是交通要道，東邊接彌敦道，西邊到欽洲街，再接大埔道可以到達海濱的荔枝角；那裡除了公眾海灘與私家游泳棚外，還有一個叫荔園的遊樂場。在當時，這是香港唯一的遊樂場所。在茶樓的正面，有家叫[歡歡]的茶樓，也是海豐人開的。

與荔枝角道平行的小街，北邊最近的是大南街；大南街與南昌街交接處，也有一家茶樓，叫[有男]茶樓。大南街往東走，第一條街是石硤尾街，這兩街的交接處，又有一家叫[一定好]的茶樓；南昌街往北再走一條街，再有一家茶樓，那是[冠男]茶樓。

真香茶樓的鄰鋪，是一家麻雀館，也是海豐人開的，而且與夏家的關係密切。麻雀館以前是茶樓的一部份，後來因爲茶樓生意欠佳，老闆要關門。當時夏文怡的父親夏遠來正好在這家茶樓打工，考慮到關門後也許要失業，自己從前也開過店，何不把茶樓頂過來？ 結果這鋪一分爲二，夏遠來頂一半，仍然做茶樓，另一半留用，幾個月後就改成麻雀館。

英國人素來有高明的統治手段。打麻雀是賭，那是禁止的，可是在麻雀館打麻雀，卻屬於娛樂的範圍，是合法的。中國的其他地方，一般都用[馬將]這個名稱，獨有香港人叫做麻雀。麻雀是最普通的鳥，也是害鳥，[打麻雀]三個字連起來，很容易記。至於馬將嗎，相信很難有人明白它的意思。夏文怡在故鄉時，沒有見過麻雀牌，這家茶樓也沒有可以打牌的地方。來香港雖然不到一年，卻常常聽到不少因賭錢而引起家庭悲劇的傳聞，所以非常討厭這種賭錢行爲。因此麻雀館雖然近在隔壁，夏文怡從來不看它一眼，反而有避之則吉的心理。

經過一段時間的觀察，夏文怡發現這棟茶樓的結構頗爲特別，一道樓梯開向南昌街口，斜斜的把茶樓分爲兩半，只剩下一道勉強可容三人通過的空間。前半樓較大，是茶客和櫃台的地方，是茶樓的堂廳，後面的是廚房和天井，天井除了有洗手間，竟然有口井，還有一道後門通往後巷。

廚房有兩組中式的土灶，燒的是碎煤。夏文怡看到伙計們把那些碎煤弄濕後，才在放進灶裡去燒，覺得很不可思議，怎麼濕的煤可以燃燒得起來？ 伙記門也講不出道理，只回答：[濕的煤很耐燒]。

店內那樓梯底的一小段地面，旁邊加了木板，地上鋪上草席，天氣冷的時候，夏文怡就睡在這裡，天氣熱的時候，拿一條長板凳，睡在店外的騎樓下。男孩子，那裡都可睡。

茶樓還有一個最奇怪的建構：一個四邊沒有出口的閣樓，就在堂廳的後半邊，成了名符其實的[空中樓閣]。樓閣裡面存放雜物。要等到收市以後，伙記從牆邊窗口的空隙爬進去，把東西從欄杆上面的空間吊下來。

一年後夏文怡開始長高，樓梯底睡得不舒服，他也從窗口的空隙爬進閣樓去睡覺。這當然很不方便，睡覺前要等茶客走後才可以爬，早上要趁茶客未到時先下來，晚上去一次洗手間要爬一次，禮拜天有時晚起，窗口的座位已坐有茶客，一定要等茶客走後，才好悄悄的溜下來。雖然每次儘管小心翼翼的爬上爬下，意外還是免不了，有一次睡到半夜，竟然從窗口的空隙跌下來。幸好那空隙很小，整個身體不能從空中直接掉下，半夢半醒之間，出於反射，手腳撐住牆壁，不但沒有受傷，爬上後還可以照睡。經過此次教訓，以後再也不敢在靠近窗口的地方睡覺。

茶樓的生意，早上與中午最忙，晚上則很清淡，不過還是要做到十二點才關店。

學校四點左右放學，一回來就做功課。每天四時過後，茶樓的茶客開始減少，空桌子多，可以開始做功課。夏文怡是個內心緊張的人，每天的功課要儘早做完才安心。

他們夏家，只有大哥和三哥唸過幾年書，平常看看報紙，記記帳，當然沒有問題，但他們對文字的粵語讀音，能唸得對的廖廖無幾，英文則完全沒有學過。店裡的伙記，差不多也是沒唸過幾年書的海豐人，遇到文字有讀音問題時，沒有人可以幫忙，一切還得靠自己。

他常常一個人自言自語的背英文，找些發音相近的海豐話，寫在粵語與英語的旁邊，幫助記憶。但是夏文怡不善交際，雖然很多同學對他很友善，他的要好朋友，仍然還是那幾個。隨著年紀的長大，活動的圈子開始擴大，看電影再也不局限於鄰近的明星戲院，而是到要經過長沙彎道的北河戲院。另外他還發現，荔枝角道另一頭，還有一間好世界戲院，可以看比較好看的電影。不過他的兩位哥哥，從來沒有帶過他去看過電影，他的爸爸更不用說，從來不看電影。

媽媽仍在鄉下，她不會寫字，一年最多有親戚代寫的平安信。和媽媽有書信來往的，只有夏文藻一人。那些[平安信]差不多是公式化，夏文怡卻沒有動過要寫信給媽媽的念頭，其實也不知怎麼寫。

夏文怡的生活非常單純，除了學校就是茶樓，沒有任何社交活動。偶爾和同學一起去看電影，平常都是一個人看，而且多數看[公餘場]，價錢最便宜，時間在五時和七時之間，是日場和夜場的夾縫時段。

由於大人沒有和附近的鄰居來往，夏文怡也沒有和鄰居來往。直到快十五歲這一年，才知道他們店的業主是位老人家，就住在茶樓的二樓，平常在樓梯口遇到的女仕，是她的女兒，和她女兒常常一起出入的，應該是她女婿。還有三個女孩子，大家都說是業主的孫女，而不是外孫女。夏文怡對這一家開始感到有點神祕。

緊依茶樓巷口的第一家店，是賣銅鐵的五金店，隔一家是一間涼茶店。粵人認為人身有[熱氣]，尤其是夏秋天的時節，火氣更盛，容易生病，所以要常喝涼茶。受了這種影響，夏文怡經常光顧這家涼茶店。不過他怕苦，只買甜的菊花茶喝。銅鐵鋪時常有一位衣服光鮮，面貌姣好的中年婦人，大概是老闆娘。她還有三個女兒，夏文怡也沒和他們打過招呼。

空地靠近樓梯口的地方，擺了一個檔口，招牌寫著[光明鏡]，是位算命兼替人寫信的檔口。檔主不讓人知他真實姓名，只稱光明鏡，是位很廋，略帶駝背，大概年過四旬的男子。 夏文怡常常注視著檔上寫的[文王神卦]，暗暗猜想這位江湖人士究竟是何來歷。

五金店的最小女孩，長得非常可愛，常走近夏文怡旁，有的時候還拉著夏文怡的衣服。後來有人告訴他，這位女孩是個啞巴，夏文怡非常驚奇。知道這小女孩是啞的後，夏文怡非常同情她，常找些機會，在小女孩面前，做些逗笑的動作，希望能給她帶來些快樂。

不久前發生了轟動全港的石硤尾大火災，所有的木屋，幾乎燒光，死亡人數也令人震驚。大哥文平的屋子雖然也遭燒毀，一家大小卻平安無事。一位海豐鄉居的太太，卻不幸被燒死，遺下一個兩歲大的女兒，最後還得靠他的大嫂來照顧。他的太太才二十出頭，長得文靜清秀，是一位養女，飽受養父欺凌。結婚後以為可以重見天日，誰知竟然遭此橫禍。

可能是亂世的人頭腦特別靈光，火災後不到一個禮拜，已經有人在茶樓的頂層蓋房子。樓房的頂層，香港人稱為天台，夏文平也趁這個浪潮，在天台蓋了間很簡陋的鐵皮屋，從此一家就住這裡。不到半年時間，這個天台已蓋滿了鐵皮屋和木板屋子。

這些人裡面，只有一家是業主的親戚，是本地人，其他的都是與夏家認識的海豐人，包括夏文怡堂嫂在內。夏文怡也弄不清楚是不是每家都是火災的受害者。那位堂嫂除了一個孩子，婆婆也來同住。堂嫂的丈夫，目前卻和別的女人在一起，住在很偏僻的新界地區。還好堂嫂還有一位大伯，除了照顧媽媽外，也盡心的幫助這位弟妹和姪兒。一年後，政府的房屋署派人來登記，默默承認這些屋子的合法性。

不久茶樓也改建，在樓梯開了三道門，打通了前廳與天井，閣樓也開了門，以後進出閣樓，不用再爬上爬下。後來聽說是政府的安全要求，茶樓的每一個地方，都應有出口，作為緊急時逃生之用。從此夏文怡不但免去了爬上爬下之苦，白天的時間，也都隨時可以進出閣樓。幾天後，夏文怡找到了木板床和桌子，加上茶樓用的椅子，占了閣樓的一個角落，總算有了自己睡覺，看書和做功課的地方。

　　茶樓這種地方，茶客固然是龍蛇混雜，三教九流的人都有，就是伙記們，雖然稱不上臥虎藏龍，但也各有所長。海豐來的人，大部分是不願意留在鄉的落難人物，有一技之長的人不少。

　　茶樓對初到香港的海豐人，舊識新知，只要願意，都可暫時安頓。就算是突然失業，只要條件不高，也是照樣安頓。所以伙記的流動性很大。夏文怡置身此群人中，耳濡目染，心理和性格的成長，受到很大的影響。

　　夏文怡是個很敏感的人，很在乎別人的批評。他在閣樓睡覺，伙記們在樓下講話，尤其到了晚上，客少夜靜，未入睡或醒的時候，字字清楚入耳。

　　海豐人很注重長相，面相坐相睡相，男相女相等等，都有不同的標準。不光是人，連貓狗都有標準的相。一天晚上醒來，聽到樓下那位長得很斯文的伙計，正在談論男人的標準相。依他的標準，男人要額寬鼻直，眉粗長而上斜，目大口寬，聲音洪亮。夏文怡一聽，自己的長相，除了鼻子以外，和這位伙記所講的標準完全相反，馬上整個心都涼起來。剛好這個時候，那伙計把話題轉到夏文怡身上。夏文怡一聽，全身冷汗直冒。原來那人說，夏文怡眉角的下緣，向下凹下去。他還嘆了一口氣說：[這種相犯女色]。夏文怡這個年紀，雖然不知道犯女色是甚麼意思，但猜想那一定是很不好的事。整個晚上沒法睡好，第二天放學後，經過樓梯口看到光明鏡的檔口，招牌寫著算命與排八字，沒寫看相。借機跟他閒聊了一下，還用手在眼角擦了幾下，光明鏡一點表示也沒有，再問他會不會看相，光明鏡卻只顧吹捧他排的八字如何準確，沒有回答他的問題。

　　在往後的幾年裡，犯女色這三個字常常浮現腦中。每天梳頭的時候，越看越覺得自己的長相不好，屬於[其貌不揚]的行列，不安和自卑感，揮之不去。

　　這段時期香港的連環圖非常流行，街邊出租連環圖的攤檔林立，攤旁放了小板凳，舊書半毛錢可以看幾本。看連環圖可以使人上癮，雖然夏文怡沒有上癮，但連環圖對他的吸引力還是很大。看連環圖，可以減輕相貌上的壓力。連環圖的名稱很多，七俠五義，七劍下天山，十二金錢鏢，西遊記等等，應有盡有。

　　有的攤檔老闆，腦筋靈活，設計了一個轉輪，一毛錢轉一次，轉到多少就可以看多少本，今天看不完明天再來。夏文怡雖然喜歡看，但並不著迷。晚上常常要看店，也不可能讓他著迷。夏文怡有個習慣，放學後一定直接回店，從不逛街。在街上看連環圖也只限於周末。

除連環圖外，看電影也是一大樂趣。當年香港的粵語電影，對年輕人最有吸力的是武打片與神怪片。武打片的代表作是方世玉腳踢雷老虎。石燕子演方世玉，石堅演雷老虎，低層人士都愛看。西遊記裡面的孫悟空，牛魔王，鐵扇公主；封神榜裡的哪吒與紅孩兒，都是孩子們話題中的熱門人物。

當時的粵語片，所有的神仙都會騰雲駕霧，口中噴火，手中放電，法力無邊。無論在學校或在街上，常常可以看到兩個小孩，嘴裡發出怪聲，單手或雙手向前抖動，在模仿電影裡兩個神仙的鬥法。報紙偶然會登出小孩子上山學法的新聞。粵語的童星 以羽佳最受歡迎，是兒童的偶像。武打明星除石燕子和石堅外，羅品超，曹達華和關德興等，都是觀眾的最愛。女星則以羅艷卿，林妹妹等幾位做代表。

大陸來港的明星，武打的以王元龍和于素秋最有名。于素秋演的荒江女俠，多年後仍為香港觀眾所津津樂道；在台灣也很受歡迎。關德興差不多成了活的黃飛鴻，片子一部接一部，最先的徒弟只林世榮，後來加了梁寬，後來再創出來一個豬肉貴，層出不窮，卻都很受歡迎。王元龍與關德興曾演過對手戲；由於演技好，讓人覺得他們兩人好像真的會武功。

李麗華雖然名氣大，但在香港好像沒有演過甚麼好電影。倒是後來到美國拍電影時，鬧了一次大新聞。文戲方面的明星，張活游，吳楚帆，張瑛等是男星的代表，女星則以白燕，紫羅蘭，秦小梨等最有名。

粵語大戲，演出的戲院不多，夏文怡住的地區，只有東樂戲院偶然有演出。票價較貴，海豐人中懂得欣賞的人很少，夏文怡的一家人都沒有看過粵劇。但是粵劇中的大佬倌，卻是同學們常聊的對像。梁醒波的滑稽逗笑最受小孩的歡迎。何非凡的[情僧偷渡瀟湘館]最為傳頌一時。馬師曾特樹一格，新馬瘋魔眾生。女的首算紅線女，方艷芬，白雪仙也都名揚當年。

有線電台以[麗的呼聲]獨領風騷。麗的呼聲是英語的音譯，可是卻含有[美麗的呼聲]的意思，[呼聲]又是電台的特質，配合得天衣無縫，真是翻譯高手的顛峰之作。

電台的節目中，又以鍾偉明的武打播音最受年輕人的歡迎；男主角陸阿彩，是年輕人的英雄。澳門綠村電台的李我，名揚香港。其他如鄧寄塵特有的講話技巧，也深受各界歡迎。不過夏文怡的茶樓連個電台都沒有，只有在買涼茶，或者經過涼茶店時，時間許可的話，才會暫時停下來欣賞這些節目。

舊式的茶樓，無論茶客吃甚麼點心，都沒有寫帳單的習慣。等到算帳時，才拿盤子來做計算。忙碌的時段，有的客人會存僥倖之心，偷偷的把盤子藏起來。假如給修養不好的伙計看到，就會被[請]到天井那裡，遭受粗暴的[修裡]後，錢還是要照付。本來做生意的信條是和氣生財，顧客至上，怎麼可以對顧客動粗？但這些伙計卻有他們的說法。他們認為這些偷藏盤子的顧客，有害無益，最好不來。

因為沒有帳單，客人走的時候，伙計會大聲的叫：[開來]；這時坐櫃台的人就要朝叫聲看過去，先看是那位客人，再聽伙計報的錢是多少。除了用口講外，伙計還會用手勢。其中兩個數目字，大概是香港人特有的叫法。碰到[五]時，不說五，而說[拿住]，還同時用手做了一個握拳的姿勢。逢到[九]的時候，也不說九，而說[有找]；九毛錢是[一塊有找]，一塊九毛是兩塊有找。逢到幾位客人一起走時，櫃台的人便要打醒十二分精神，不要收錯錢，更不要讓客人趁機溜走。

從前的道德觀念不一樣，守規矩的人當然很多，喜歡佔便宜的下層人也不少。過農曆年的那幾天，茶樓擠滿了人，要搶位置才可以飲到茶！找贖用的零錢，在這幾天裏短缺得很厲害，變通的辦法是用政府的[印花]來代替，所有茶客都接受這方法。這時櫃台最好有兩個人，否則一定有人不付帳就溜走。 每年的這幾天，夏文怡都打足精神，在櫃台幫忙。

一九五二年春天，夏文怡還沒滿十五歲。有一晚剛入睡不久，被一位伙計叫醒，告知母親去世的消息。聽到這惡耗，夏文怡腦中一片空白，身體失去了動力，也沒有哭，好像全身的所有感覺，都一下子消失了。也不知甚麼時候睡著了。那個晚上做了很多惡夢，第二天醒來時，身子好像在雲中一樣，輕飄飄的。此後幾天，夏文怡也都不言不語。學校的老師與同學們，看到他胸前佩了一朵白花，雖然他不言不語，也猜到了七七八八。一直過了幾個月，夏文怡才慢慢的恢復常態。自從來了香港後，夏文怡很快就適應了茶樓這種生活，擺脫了對媽媽的依賴，對媽媽的想念之情，一天一天的淡退，媽媽的影子，也漸漸的糢糊了。想不到一聽到媽媽去世的消息，從前的種種，一下子又浮現在眼前。聽說媽媽患的是[腹鼓漲]，那又是甚麼病？很痛苦嗎？為甚麼一直都不知道她有病？會不會是媽媽擔心這邊知道後，會回鄉去看她？回鄉後再也不能回香港呢？種種的問題，加上種種回憶，一直在腦中打轉，使他常常不言不語。

住在茶樓的生活，算不上是正常的家庭生活。從前父母哥哥都住一家的時候，年紀還小，記憶模糊。到了香港後，一家人從來都沒有聚在一起談話的機會。就算吃年夜飯，也是跟伙計，單身的街坊，一大堆人一起吃，沒有一家人團圓的感覺。

　　爸爸是生意人，眼中最重要是用心做生意。過去的艱苦歲月，讓他深深的體驗到，要維持一家眾多人口的生活，非錢不可。而經營茶樓，雖然辛苦，卻是一條很實在的謀生之道。爸爸的世界就是這麼大！爸爸雖然沒有擺出一副嚴父的架子，但是由於沒有受過基本教育，不具如何教導子女的方法，沒能讓子女對他產生孺慕的情感，無論思想與感情上，都隔了一條很大很大的鴻溝。

　　夏文怡對大哥從小就有懼怕感，大哥又有他自己的生活習慣，並不是天天都到茶樓來，所以與大哥之間，也是隔了一大段距離。只有三哥文藻與他接觸最多。剛入學的時候，每天做功課時，三哥都會在身邊。夏文怡到了十多歲時，對文字的左右方向，仍然會顛倒，都是三哥在身旁糾正，平常生活上的需要，也都是三哥一手包辦。

　　但是就算在三哥面前，文怡都不敢表示意見。有一次買鞋子，找了很多都不合適，夏文怡覺得很委屈，為甚麼每次三哥選出來的鞋子，都不是他喜歡的？結果夏文怡居然哭著跑出鞋店，卻沒有勇氣向三哥說出自己喜歡的鞋子。夏文怡這種古怪的脾氣，讓三哥很生氣，也很擔心；不過三哥也只不過比文怡大五六歲，只受了幾年教育，自然不具備教導弟弟的修養，對這個性格怪異的弟弟，大嘆無能為力。

　　不過夏文怡雖然跟父兄之間的鴻溝很深，但和茶樓的伙計們，卻是話題甚多，有的時候近乎滔滔不絕。

　　店裡一位幫閒的伯伯，與他父親是多年的朋友，現在年紀大了，早上在茶樓的鋪面，擺了爐子蒸籠，販賣熱呼呼的叉燒包與糯米卷。尤其是冬天的時候，行人看到熱呼呼的蒸氣，就算肚子不餓，也會買個熱的東西來取暖。大大的糯米卷，才賣半毛錢。叉燒包也只不過一毛錢。雖然每天的盈利微小，但對這位老人家，卻是最好的安慰。

　　下午賣的是軟糖。香港夏天蒼蠅很多，趕也不勝趕。軟糖上免不了遭到蒼蠅的光臨。有位買糖的小姐，看到這種情形，馬上掉頭就走。為了證明這些糖沒有不妥，這位老人家把小姐叫住，用手在糖的上空一兜，捉了一把蒼蠅，拍進口中吞下，說了一句：[我把這些蒼蠅都吃了，你為甚麼連糖都不敢吃？] 老一輩的人習慣了惡劣的生活環境，往往認為現代的衛生觀念，太過脫離現實。

　　閒來訴說往事，是老人們的享受；年輕人則喜歡聽故事，這一老一少，幾乎每天早上都在一起，直到夏文怡上學的時間到了為止。夏文怡睡得早，起得也早，上學前都會做一輪運動。茶樓側面的騎樓下，是他運動的理想地點。除了柔軟操外，倒立也是他喜歡的項目。側面的牆，倒立後可以靠腳，非常理想。一邊做運動，一邊聽老人家講往事，非常享受。高興的時候，老人家還會打幾招功夫，顯示寶刀未老。

除了老人家外，茶樓有兩位伙計，也是夏文怡聊天的對象。一位是廚師。夏文怡在晚上客人比較少的時候，會到廚房看他炒菜。最讓文怡感興趣的是炙粉。炙粉一加，本來是水水散散的東西，馬上變得亮亮的，集中在一起，再加上一點油，馬上明亮美麗。炒粉看來簡單，要炒得均勻而不斷，就要看功夫的深淺。

一個晚上，學校的一位工友到茶樓來，點的是炒粉。那天沒有甚麼客人，夏文怡自告奮勇，負責炒粉。一碟粉炒完，滿頭大汗，手臂痠痛，那本來是一條條的粉，現在成了一團。其他的交給師傅去完成，端到了校工的桌子後，夏文怡看也不敢看，馬上回到櫃檯去。第二天在學校遇到那校工時，只見他豎起大拇指說：[這是我吃到的最香的粉]。開始的時候，夏文怡以為校工故意討好他，後來一想，昨晚炒的時候，因為粉黏得厲害，的確加了很多油，才會那麼香。當年的油雖然不是很值錢的東西，為了省錢，一般廚師習慣上還是儘量少用油。

這位廚師口才不錯，三教九流的事，知的很多，聽他口中說，看他手中比，也是一種享受。不久前吳公儀與陳克夫在澳門比武，附近明星戲院開演前加播了一段新聞短片，夏文怡看到了這兩位師傅交手的鏡頭。只見吳公儀被陳克夫逼到賽場的一角，仰著下巴向後躲。眼看著就要給陳克夫打到，卻神不知鬼不覺的把陳克夫打得滿臉是血！

這位廚師也看過這段短播，評論甚多，又講又比，滿有心得的樣子。不過夏文怡知道廚師根本不懂太極拳，所講的只是他個人的推論。但也可能是武術的派別雖有不同，原則上可能相通。看他講得頭頭是道，夏文怡也很佩服他。

這次吳陳比武，報章上登載了不少花邊新聞。吳公儀年過半百，上船時有家人扶著。陳克夫則剛過二十，學的是白鶴拳與西洋拳，都是以快以力為主，加上年輕力壯，聽說有人向陳獻計：快攻不守。一上來馬上快攻，打到對方一拳半掌後，馬上後退，抱拳說：[承讓！承讓！]吳公儀是長輩，應該顧及長輩的風度，不好意思再比下去，這樣就可以穩贏。不過這個如意算盤，卻沒有成功。

在大家的心目中，太極拳有以慢待快，用意不用力的特點。起碼在理論上，不管你力有多大，動作有多快，對太極拳的高手都起不了作用。而吳公儀當時位居吳家太極掌門，實力應該很高。不過這場比賽的結果很出乎大家的意外：沒贏，沒輸，沒完。因為陳克夫兩次中招流鼻血，每次都要等血停止後才可以繼續比賽。本來規定不准起腳，結果一方起腳後，另一也跟著起腳。加上有位著名的女明星，看到流血後昏倒，主辦人宣布停賽。比賽後的一段歲月裡，吳家太極拳在香港大行其道，名聲大大的蓋過了楊澄甫的大兒子楊守中，以及輩份極高的董英傑。

茶樓的另一名伙計，是做包子的師傅。他的話題主要集中在海豐人的活動與典故。有關海豐人的神奇事，臭事，笑話等等，他都講得活生活現。講到打架的時候，也都連講帶比，好像他親眼看到。

打架在茶樓常有，有的時候，黑社會人物會用茶樓做他們[講數]的地點。當年的社會觀點跟現在不一樣，不少事都以拳頭來解決。打群架的事情常常有。

茶樓的門前，經常都有幾個擦皮鞋的年輕人，他們之中不少有很硬的後台。年輕人的摩擦，往往會導致大人們的出面。夏文怡有一次看到一個高大的男子，架住了一個擦鞋童的雙手，讓另外一個擦鞋童，用又硬又帶尖角的鞋箱，往那位擦鞋童的身上招呼過去。海豐人學過武的人不少，當警察，當消防員的海豐人也不少。其中有英雄感的人最容易跟人打架。

海豐人的鄉土觀念很重，一個講海豐話的人跟別人打架時，除非海豐人佔上風，否則路過的海豐人會加進去，以二對一。有一次一個送河粉的小伙子跟茶樓的廚房師傅發生口角，遭到毆打，回去後帶了很多人來，眼看就要打群架，還好有一個雙方都認識的人出來勸架，才消除這場可能讓雙方都傷害的野蠻舉動。

來茶樓討錢的人，除普通的乞丐外，帶技要錢的也有。最常見是拉二胡，另外是很具特色的客家山歌，配上手中的竹板，那略帶沙啞的聲音，別有一番韻味。還有一種江湖人，是用魔術的手法來要錢。最討厭的當然是帶有威脅嘴臉的行乞。有一次一個嘴含發臭魚，口水還一滴一滴往外流的男子，來到門口，把手一伸，臉上絕沒有一點乞討的表情。意思很明顯： 我這麼臭，還不趕快給！

另一次來乞錢的，是個打扮得像濟公和尚的男子，不殘不廢，臉上還裝出各種不倫不類的表情。是標準的社會寄生蟲！ 無論他站多久，夏文怡就是不給他錢，到後來還罵了他幾句。 一位上了年紀的伙計注意到了這情形，出來後自己拿錢把這個人打發走，還訓了夏文怡一頓。[虧你還是讀書人，這麼不懂事。江湖上甚麼人都有，為了一毛半毛，得罪這種人，值得嗎？] 從此夏文怡看到有討錢的就給，尤其是老人家帶著小女孩。老人拉二胡，女孩用那稚意未脫的童音，從喉嚨叫出了麻木的歌聲，雖然他們討錢的對象是茶客，但夏文怡卻十分樂意把錢放進他們的盤子裡。

快到農曆新年的時候，夏文怡意外的看到吳嘉謀來找他。吳是他的同鄉，年紀相若，他爸爸是對面歡歡茶樓的包點師傅，哥哥也曾在這裡做了一段短工，平常沒有甚麼來往。還沒猜透他來意，吳已經開門見山的說：[我們年紀不小了，還在念四年紀，實在慚愧。過去是因為言語，才從低班念起，現在言語已經不成問題，若不想法補救的話，簡直是磋跎歲月！] 不等夏文怡開口，他接著講：[我們唯一的辦法是跳班，不只跳一班，應該連跳兩班] 他看到夏文怡的猶豫表情，馬上又說：[跳班後的最初幾個月，當然會辛苦一點，世上無難事，只怕不肯幹。幾個月的苦，換到兩年的青春，難道不值得？] 夏文怡問：[有學校肯收我們嗎？] 吳嘉謀大聲的笑起來，[好的學校不一定考得進去，一般的學校，只要你有錢交學費，那有不收你的？] 吳嘉謀的一席話，不單是省掉了兩年時間的問題，可以說是改變了夏文怡的一生。結果他倆都進了[強中學校]，是一家兼有初中的學校。

跳班後的第一個學期，當然很辛苦，但總算可以畢業。升初中不用再考試。可惜吳嘉謀的家境沒能供他繼續學業，畢業後就直接踏入[社會大學]。幾年後就失去聯絡，以後再也沒有他的音訊。這年是一九五二，夏文怡念初中一，剛好踏進第十五年的歲月，比一般人晚了三年。

踏進初中，夏文怡忽然感覺到各門功課都很容易。從前有很多需要記的功課，現在一經理解後，就算不去記，很快就可以想起來。

教數學的許唯明老師，非常負責任，不厭其詳的講得很清楚，夏文怡很喜歡上他的課。教英文的衛老師，聽說已經退休，來這裡教英文可以算是退休後的一種消遣。有的時候，聊起林語堂，說是他的同學，在學校時叫林玉堂，非常自負，常常伸出小指，對同學們說：[我只要用這個小指，就可以打贏你們！] 究竟林語堂是誰，夏文怡一無所知，對他的自大心態，卻印象甚深。

班上有位新來同學，聽說是衛老師的親戚，長得特別清秀斯文，很受同學的喜愛。夏文怡對他最深的印象，是他打籃球的領導才能。只要他在場，整個隊都充滿活力，整個隊都是活的。沒有他的時候，隊員們似乎各自獨立，不知如何走動，完全失去整體的活動力。夏文怡覺得和他打籃球是一種享受。可惜他只念了幾個月，聽說舉家移民到外國。那位衛老師，也只教了一學期。其他的老師們都是小學部過來的舊老師。

這間學校的校舍很小，和其他的私立學校一樣，沒有獨立的校舍，只租了一棟樓房的二三四樓，二三樓作教室，四樓是幾位老師住的地方，全校學生不到三百人。

　　上體育要走路大約二十分鐘，才來到警察局對面的一個公眾球場。不過夏文怡很滿意這間學校，功課越來越輕鬆。一學期好像很快就過去，又到了快過農曆新年的時候。期末的大考已過，就等著放寒假。這天體育課剛好完畢，夏文怡拿起衣服正要離開球場，譚畔秋走過來，在他臉上親了一下，把夏文怡嚇了一跳，趕快把他推開。只見譚畔秋滿臉笑容的說：[想不到呀想不到呀，本學期成積最好的，居然是你！]

　　開學後，譚畔秋首先成了夏文怡最好的朋友。譚是學校裡唯一的半工讀學生。他父親早逝，母親做清潔工維生。校長得知他的家境後，免他學費，安排他做學校文書的助手，兼些雜工。也許是環境使然，也許是他的早熟，他的應對和談吐，比班上的其他同學，起碼超越兩三年。

　　他的作文最出色，對文學作品，有他獨到的見解。對海明威的[老人與海]，居然能獲得諾貝爾文學獎，意見甚多。教國文的劉老師對他有很高的期望，常鼓勵他多看多寫。

　　夏文怡年紀雖然比他大，但只對功課下了功夫，對於人際關係，社會禮儀等，卻是一竅不通。在這班的二十個同學裡，也只有譚畔秋老於世故。其他的同學中，葉展之長得最有男子氣蓋，眼睛大，眉毛斜而長，嘴大面方，最受體育楊老師的器重。葉展之的確展示過他的英雄氣概。他沒有受過正式的田徑練，一次開運動會時，在跳遠沙池的前面，大概是受到同學的鼓勵，豪氣大發，向前一跳，可惜落地時手部位置不對，手腕骨折裂，醫了好一陣子才痊癒。

　　另外一位同學羅維欣，很喜歡和夏文怡在一起。羅住得比較遠，不過他在周末都有空閒，常到茶樓來找夏文怡。碰到夏文怡不需看店的時候，他們倆會跑到很遠的地方去。常去的是有花鳥樹木的地方，有的時候也會到九龍塘附近去。從那裡拐進去，就是舊的大同中學，有個很大的籃球場，周末沒有甚麼人使用，可以盡情的玩籃球。回來時又餓又渴，在路旁的小商店喝汽水，吃麵包，也算樂在其中。

　　不過羅維欣念完初中一年級後，就再也沒有回來。夏文怡跟他雖很要好，但從沒有去過他家，也沒有他家的地址，校方卻說他搬了家。很久以後，譚畔秋聽到消息，說他受完短期特別訓練後，到了大陸去，從事特別的任務。從此就沒有他的音訊。聽到這種消息，夏文怡非常震驚，因為他覺得羅維欣不但長相斯文，有點像女孩子，個子瘦小，從沒展示過出眾的膽色，怎麼會選這種充滿危險的工作，難道真是人不可以貌相？

學校的楊老師，小學中學兼教，口才好，話題多，很討女老師們的歡喜。他教的是體育和勞作。上課時喜歡走來去，顯得很威風的樣子。他教籃球時常做的是站定投藍的示範，很少有帶球上籃的動作，理論多多，常常講得口沫橫飛。他最喜歡的是把學生當作士兵來操練，口令叫得特別響。他其實也沒有勞作的學養，上勞作課時，差不多只要求學生自選題材，做好了讓他打分。

有一次夏文怡做的是木工，幾個禮拜後，在同校唸小學的大姪兒育勤，也選了木工，剩下來的油漆，正好給他使用。育勤交上作品後，讓楊老師罵了一頓，說他盜用他人的勞作。無論夏育勤怎麼解釋也沒用，很傷他的自尊心。當夏育勤把兩件作品都拿到老師面前時，楊老師只好啞口無言。

楊老師平常對國事多有評論，學生們對他很有好感。當年台灣有艘太平艦，聽說給對方擊沉了，重建需要很多錢，希望同學們能慷慨解囊。為此，夏文怡也向其他的同學募捐了錢。低班的同學中，有位長了很多白頭髮的女同學，出手驚人，竟然捐了一百元。當年的叉燒包，才一毛錢一個！好幾年以後，在一個很偶然的場合裡，談起了當年太平艦捐錢重建的事情，才知道原來根本沒有這回事。這位楊老師，不久就離開學校，據說找了一個很好的職位，看來他是個很有辦法的江湖高手。

楊老師和調景嶺的人也有來往。有次還安排到那裡去參觀，跟那裡的學生打了場籃球賽。夏文怡注意到那裡住宅的每一條巷口，寫的都是各省市的名字，相信居民來自全國每個角落。中午時吃了一大碗湯麵，夏文怡第一次吃到的外省麵。

來接楊老師位置的體育老師姓羅，高高瘦瘦，剪了個平頭，不苟言笑。上體育課時要求很嚴，從學校到操場，規定十五分鐘內一定要到達。除了籃球以外，他很注重體操，很多時也教軍操。他叫口令的聲音，明亮而有威嚴。對排隊的求，也簡單嚴明，左右前後動作的要求，從不馬虎。隊伍進行的時候，有的時候叫一二三四，有的時候叫左右左右。雖然隊伍的行走很簡單，但是又走又叫，往往很容易把同學的精神提高起來，有的時候越叫越大聲，引得路人觀看，老師又擺出架子來，把同學的聲音壓低。

羅老師有個好處，打籃球的時候跟同學打在一起，而且打得很投入，師生一體。不過老師有個怪癖：不可以拍他的照。大家以為他迷信，拍照會給他帶來壞運。一次在比賽籃球時，一位同學忘記了他的怪癖，惹得他大發雷霆，差點要把同學的相機摔在地下，把大家嚇得手足無措。學期結束前他就離開學校。後來譚畔秋猜他是落難的特殊人物，拍照會讓他暴露身份，招致殺身之禍。

到了初中二，又來了新老師，其中一位是體育兼美術的鍾老師。大概鍾老師在健身房下了一番苦功，手臂和胸部的肌肉特別驚人，配上細小的五官，看起來有點滑稽。他的體育強項是籃球，美術的專長是人像。夏文怡也喜歡畫。這位老師常常給學生家課：自由畫。然後在教室討論學生交來的畫，並做當場示範。

夏文怡的茶樓，習慣用舊的英文報紙包東西。香港人習慣把英文報稱做西報。西報有個最大的好處，紙張多，一般都保存得很乾淨。報上常有外國女性時裝的畫像。西方女子喜歡戴帽子；帽子的款式很多，夏文怡的圖畫家課，就是畫這些圖片。鍾老師大概從來不買西報，看到這種畫像，有種驚艷的反應。

除了帽子外，西方人的眼珠，也是多姿多彩，有的淡得近乎無色，表現在圖畫裡，別有一番風情。假如將東方人的黑眼珠比為[濃妝]的話，那麼西方人的淡眼珠自然是[淡抹]了。加上西方女性有很長的睫毛，眉梭與眼瞼間有明媚的曲線，都叫這位美術老師著迷。拿著夏文怡交上來的畫，在課堂上講了又講，全部圍繞著畫眼睛的筆法。

學校的劉老師，應友人的邀請，暑假時要去遊台灣，到時也許會看到總統蔣中正。劉老師要帶些禮物給蔣先生，商量的結果，送畫像最能代表文化界高雅的心意。這一下鍾老師就派上用場。最後選定了三幅，畫得非常傳神，彷如照片的複製品一樣，栩栩如生，筆勁流暢，雙眼特別有神。同學們都為鍾老師的功力喝彩。後來不知道誰透露了消息。在畫這些畫的過程中，有一段插曲。劉老師是攝影大師，著有專書，攝影器材齊備，那三幅畫像的基本輪廓，是透過放大機定位的，怪不得像照片一樣！

劉老師在開學前從台灣回來，帶來了大量的照片。劉老師一家就住在學校的最高層。開學後不久，他開了一個小型茶會，招待一些有興趣看照片的同學。夏文怡印像最深的是關子嶺的水火同源。看到水上竟然有火在燃燒，簡直是不可思議的事，把他一直以來對火的觀念，徹底的推翻！

日月潭高山族酋長的長相，讓他見識到中華民族的包含之博大。不久雙十節到來，在劉老師的帶領下，強中學校張燈結綵，第一次慶祝這個劃時代的日子。這一天，無論香港九龍，看到的都是一片旗海。那青天白滿地紅的旗幟，在陽光的照射之下，顯出自由平等博愛的光輝，顯得特別美麗可親，尤其是在英國殖民地的香港，出現了代表了中華民族的旗幟，顯得格外珍貴。

世界上用紅白藍作國旗的國家太多了，但似乎只注重色彩，圖色兼備的，絕無僅有。全世界只有中華民國的國旗，用白色的太陽代表平等，藍色的天代表博愛，充滿熱血般的大地代表自由。從純藝術的眼光來看，這面旗的設計，應該是世界國旗史上的不朽之作。這天下課後，帶著興奮的心情，夏文怡走遍了半個九龍，一路上欣賞大小不等的旗海。除了一部分商店與學校外，懸掛國旗的都是尋常的百姓家，旗海就是他們的心聲。

另一位新老師是教英文的。對學生很客氣，上課時很認真，課餘時喜歡和同學們講哲學方面的話題。他對人與人之間的關係，特別有心得，還發明了[圓圈]理論；他認為每一個人都是以自己的圓心為中心，自己的圈和別人的圈重疊部份就是人際，一個圈接一個圈的重疊下去，社交越廣，重疊的圈子就越多。夏文怡很快就成了他的聽眾。漸漸的，這位老師把夏文怡當作了可以聊天的朋友，不再把他看作一般的學生。

初二的下學期，來了一位教國文的徐姓女老師，講話吞吞吐吐，斷斷續續，沒人聽懂她的話。幾天後才弄清楚她不是廣東人，粵語不但發音不準，更不流利。經過同學們的幾次商量後，夏文怡等請徐老師以後改用國語授課。改用國語以後，徐老師好像脫胎換骨一樣，講話流利，講課的速度也快多了。老師的態度開始輕鬆下來，開始有了笑容，同學們都鬆了口氣。其實徐老師也知道全班沒有一個會講國語的學生，對於學生們肯接受她的國語講課，除了感到意外，對學生也存了一份感激之意。了解到學生的困難，徐老師盡量多寫。同學們也抱著多學一門語言的心態，來接受這個新的嘗試。

徐老師的黑板字很漂亮，喜歡書法的人可以趁機學字，算是意外的收獲。不久後有同學指出，徐老師講的話，不是純正的國語，而是帶有濃厚方言的國語。徐老師的文學修養很高，喜歡談朱自清與李清照的詞。人比黃花瘦，才下眉頭，又上心頭，更是徐老師常掛在口邊的佳句。

這時夏文怡大哥的兩個兒子，夏育勤夏育農，都已進了這家學校念小學，叔姪們常一起上學。在南昌街這個狹窄的海豐人圈子裡，念書的人不多。夏家一起有三人同時就學，算是一件不尋常的事，夏文怡無形中被海豐人稱做讀書人。

海豐人普遍有個觀念，孩子們要念好書，最好有個讀書人來管教。當時有位同鄉，兩個兒子已過了入學年齡，所以他就找上了夏文怡。但是孩子們肯不肯認真求學，家長的影響最重要，外人起不了多大的作用。這兩個小孩根本就不願意上學，家長又沒有堅定的態度，逼得夏文怡常常要去[請]這兩個小孩子去上學。但是請歸請，來不來又是另一回事，夏文怡只能盡力而為。

這位同鄉姓陳名博，身分有點復雜，常來茶樓，把夏文怡視作晚輩。他本人比較注重教育，可他太太卻沒那麼熱心。很多時候去帶她小孩上學時，她的臉就有點臭臭的，孩子們都看在眼裡，大兒子看媽媽不很熱心，小霸王脾性就越來越張狂。夏文怡雖然很樂意看到小孩子能受教育，但也明白凡事不能勉強的道理，毋須強人所難。

當年海豐人在九龍有兩個幫會，有的人稱之為黑社會，一個在九龍城一帶，另一在南昌街附近。九龍城的由一位曾經當過軍的人帶領。這人很有頭腦，更有抱負，有軍人的手段，在九龍城一帶幹得有聲有色。往後他後人進軍娛樂圈，成了有名的娛樂鉅子。陳博卻欠缺這份才能，雖然海豐人看到他時，都叫他一聲[大佬]，夏文怡卻從沒看過他身邊帶有打手，也沒聽過他替海豐人解決過甚麼大事。夏文怡倒覺得他為人低調，沒有架子，嗅不出有黑社會的味道。也許是喝酒過多的關係，陳博的手有時抖得很厲害。黑社會的人，常常為了爭地盤，動刀使棍，但陳博的身上，從未[掛過彩]。他應算是[文人式]的大佬。

踏進初中二的夏文怡，雖然一直沒有講求食物營養，份量也不足，卻發育得很不錯，身材跟成年人已差不多。除了籃球外，夏天有時間也去海灘游泳。其餘的天地，只剩茶樓與閣樓。閣樓很小，很暗，但看書作畫卻綽綽有餘。他的興趣很廣，口琴和蕭是他常玩的樂器。海豐人會吹蕭的很多，其中不乏高手。有的人自願做老師，但夏文怡的手口都不大靈光，加上傳統上的[勤有功，戲無益]的古訓，夏文怡淺嘗即止，沒有下苦工去學，結果自然歸入半桶水之流。

在這個閣樓，夏文怡養了一對白老鼠。那時期養白老鼠的風氣很盛，菜市場附近常常有賣白老鼠的地攤。養這些老鼠，夏文怡花了很多心思，設計的老鼠屋，上層是睡房，放了些棉花。有樓梯通往底層。底層除了放水和食物外，還有一個鐵線做的輪子，可以讓老鼠踏輪子，讓老鼠有些活動。輪上還裝了一個手電筒用的小燈泡，接通電池後，輪子轉動時，燈泡就會一閃一閃的亮起來，晚上的時候特別好看。老鼠有股味道，夏天時特別濃，老鼠的繁殖力很驚人，幾個月下來，整個老鼠屋都塞滿了老鼠。沒到半年，夏文怡就把這屋老鼠送走。

不知從甚麼時候開始，鄰家有女初長成，夏文怡常常聽到茶樓伙計們對她評頭論足。聽得多了，引起了夏文怡的好奇心，很想看看這位女郎的樣子。有一天她在茶樓的前面經過。夏文怡看見這位女孩個子很矮，穿的衣服窄而短，身材顯得很突出，尤其是上身，特別惹人注目。照海豐人的相貌學標準，這種長相很不好，是招惹是非的相格。過了一段時期，夏文怡發覺每次遇見她時，她總是眉開眼笑，弄不清是她的性格使然，還是禮貌特別好，還是用笑容來跟自己打招呼。夏文怡怕對方誤會自己是登徒之流，每次遇見時，夏文怡不但不敢和她打招呼，連正眼也不敢看一眼。

　　有一天夏文怡放學回店，一進去就發覺氣氛很不對。櫃臺空空的，平常應該坐在那裏的三哥竟然不在。剛要坐上櫃臺的椅子，就看到離櫃臺兩張桌子的地方，有一個很粗壯的男子，正用兩手從後面環腰抱住大哥，另一男子正用拳在打大哥，大哥旁邊一個女人用身體擋住店裡的伙計。看清楚後才知道那女的是平常叫做姑母的，打大哥的是姑丈劉恆松，那個粗壯的則沒見過。夏文怡嚇得不知所措。等到定過神來，劉恆松大概也打夠了，氣也消了，那個粗壯人的手也放了，姑母先走開，另外兩個隨後離開。夏文怡這時看到大哥流著眼淚，滿臉充滿絕望神情。三哥不知到那裏去。夏文怡正要衝過去，一位伙計大聲說：[大人的事小孩子不要管！] 事情過後，就如石沉大海，全店的伙計個個守口如瓶，連閒言冷語也沒聽到半句。

　　那三個人明明是早有預謀，一個攔，一個從後抱，一個正面打，配合得天衣無縫。那個粗壯的幫手，絕不是臨時可以找到。那天為甚麼三哥會不在？為甚麼大哥會在那個時刻出現在店裡？這一連串的問題，一直在夏文怡腦中打轉。會不會是錢財的糾紛？夏文怡知道這家茶樓從前就是劉恆松的。會不會是大哥做了甚麼事得罪了他們？最奇怪的是，往後連爸爸一直也沒有提起此事，難道他完全不知道？其他的人，從此也不談起此事，好像在海豐人的眼裡，毆打是家常事，事情過了就應該把它忘了。但是夏文怡一生也忘不了。上門打人，而且是當眾毆打，這擺明是存心羞辱。

　　夏文怡記得他的一位堂兄，從前動不動就打人，後來聽說讓一家米店的伙計們集體毒打得很慘，休息大半年後才可以復工。復工後卻沒有聽過他要找人去報仇，好像根本就沒有發生過被打這回事。而且自從經過這次被打後，性情大變，就像被閹過的公雞，再沒有聽到他與人發生毆打的事。這也許是人性的一種醒覺，或者是佛家講的報應吧。

夏文怡知道他爸爸沒有姐妹，不應該有姑母。他很清楚海豐人把與父親同輩的女性叫做阿姑。這位阿姑姓虞，所以應該不是姑母。

　　夏文怡記得家鄉屋邊果樹旁有條小路，走過去就是虞處，她就是虞處的人。她的丈夫自然不是真姑父。夏文怡小時候也曾到過虞處，但對這位阿姑沒有印象。阿姑單名珍，她丈夫劉恆松，是尖尾鄉人。夏文怡的爸爸曾經在尖尾住過一段時期，到香港時劉恆松已經開了茶樓，就在他茶樓當了包點師傅。

　　據說劉恆松財多勢大，喜歡罵人，連探長級的警務人員也敢臭罵。也許像他這種性格的人，不宜做飲食這個行業，生意越做越差，虧損後茶樓讓給了夏文怡的爸爸，另一半鋪位改裝成麻雀館。不過他曾經資助過一位同鄉到台灣去，後來當了立法委員，是海豐人中的唯一代表。劉恆松有三位太太，大太太姓陳，是海豐人，生了兩位男丁。二太太是本地人，姓曾，生的是兩位千金。第三位就是虞珍，一共生了五個女兒。

　　夏文怡到香港那一年，劉家的環境開始走下坡。聽說他的大太太有精神病，三個太太各住一處。夏文怡常看到的是三太太虞珍與她的五個女兒。差不多過了一年多才見到二太太和她兩位女兒。二太太與女兒不會講海豐話，那時夏文怡的粵語還不流利，見面也沒有交談夏文怡覺得那二太太臉圓圓的，膚色很白，很有福氣。但是當夏文怡得知三位太太的孩子們都不喜歡念書時，非常替劉家的下一代惋惜。

　　夏文怡對劉恆松非常看不起，第一次見面時，他就講了不三不四的話，非但沒有長輩的風度，比流氓還差。沒多久又聽到一位伙計講起，劉恆松曾收養過一個女童，當這位女童漸漸長大時，劉恆松常常對這位養女做了很多不規矩的動作，有的還是當著別人的面前做的。這養女後來結了婚，不幸在石硤尾那場大火中喪生。夏文怡原本對這位姑母的印象還不錯，經過毆打這件事，心裡就長了結，一個幾乎一生不可能消失的結。

　　進了初二下學期，同學越來越少，全班剩下不到二十個。但是執教的老師們，依然很盡心的講課。也許是人少的關係，老師對每位同學都非常了解，作業的批改很用心，同學與老師之間，倒像是一個大家庭，也可以說，現在幾乎是一個最貴族的學校，二十個學生就有一個老師。同學之間，相處也融恰，夏文怡，葉展之，譚畔秋三人，成了非常要好的朋友。

　　還有一位彭好學，寫得一手很好的柳體字，父親是中醫，兼營中藥店，腿長跑得快，喜歡當足球的守門員，但是他的處事和談話，卻有點神化不可捉摸的特點，所以同學們給了他[神仙鶴]的外號，是班中與眾不同的同學。

年輕人喜歡高談闊論，又喜歡聽成年人的經驗之談。夏文怡和葉展之，也很喜歡聽潭畔秋的言談。近來潭畔秋常常談到台灣的教育，盛讚那裡中學的水準很高，尤其是建國中學。這次劉老師從台灣回來後，對台灣的學習風氣，也是讚賞有加。

許唯明老師有外甥住台灣，正在念中學，據說那邊的程度比香港要高一兩年。考慮到過一年就要進高中，既然台灣那麼好，應該到那邊念才對。於是夏葉譚三人，一起去請教劉老師，聽聽他的看法。劉老師一聽，非常高興，並說會託朋友去拿有關的資料。

夏文怡回店和三哥提出這個想法，三哥也讚成。恰巧店裡有位姓鍾的伙計，是客家人，知道夏文怡有興趣去台灣念書，自告奮勇的說：[到台灣一定要有保人，黃振球是我的同鄉好友，他現在是警備總司令，我寫信給他，請他做你的保人]。隨後的幾個禮拜，夏葉譚三人都很興奮，忙於做準備轉學工作，並且開始計劃到台後的生活問題。想不到兩週後，一盤冷水澆下來。

一年多前移居到台的余老師，接到劉老師的信後，馬上來信叫停。理由很多，主要的只有一條：在香港考大學很占便宜。當年台灣考大學的情形，有點像從前考狀元一樣，一人進考，整家摒息等待。考上了舉家歡天喜地，考不到則人人垂頭喪氣。當時台灣的教育部，對於港澳以及世界僑居地，都設有預定的入學名額，分配給港澳生及僑生。

港澳區的考場設在香港，考取的標準比台灣低，競爭的程度也因為人數不多而大大減少。聽了余老師的分析後，三人如夢初醒，從此打消了去台灣唸中學的念頭。

余老師是夏文怡讀初一時的班主任，沒有教完就去了台灣。同學中流傳一個說法：余老師是被政府捉去的，還受到了電鞭的毒打，之後就去台灣。余老師個子不高，但身軀很橫，面相沒有特別處。但一些被他教過多年的同學，常常開玩笑的說：[余老師胸口生毛，殺人不眨眼]。他曾教過夏文怡一年多，夏文怡卻從來沒有注意到他胸口到底有沒有長毛。他講話的聲音比較低，斯斯文文的，怎麼會連想到殺人這麼可怕的事。電影中的劊子手，通常都是胸口一大堆毛。電影看得多了，就把胸口有毛與有膽殺人劃上等號？

快到暑假的時候，劉老師一家移民美國，學校開了一個歡送會，很多同學都有依依不捨的感覺。劉老師在大陸念大學時是籃球健將，乒乓球也打得很出色，有一次還與校中一位名手，作了一場表演賽，讓同學們大飽眼福。

他們這次坐輪船，葉展之等都去送船，葉展之很討孩子們的喜歡，上船的時候，他抱著老師的大女兒，送進船艙。劉老師早年曾在美國生活，帶有濃厚的西方思想，在學校教書時同學們都領教過他的外國作風。這次重回舊地，可謂駕輕就熟。同學們都誠心的祝福他們一家有個美好的前程。

踏進初中的最後一年，人數更少了，只剩下十五個，其中三位是女同學，有一位是徐老師丈夫的姪女兒，班主任也換成了徐老師。徐老師有文人的氣質和詩詞的修養，做了班主任以後，同學們每天都濡染著故有文學的優美境界。女性特有的溫柔，慢慢的把這班學生變成了一個小家庭。大家都很用心的學習，期待畢業的來臨。

這一年許唯明老師教得比較吃力。很多同學對幾何三角等理科的理解力，漸漸的跟不上，就算重復講解，不少同學還是無法明瞭。加上許老師是個責任心很重的人，一定要等到所有同學都明瞭後，才會開始教新的課程，所以進度有時很慢。許老師單身，逗留在學校的時間較長，有時會替一部分同學作課餘的講解。

許老師的琴藝不錯。學校沒有鋼琴，只有一台風琴。除了音樂老師外，只有許老師常常彈這架風琴。課餘的時候，或者中間休息的空間，常會聽到許老師的琴聲。夏文怡最喜歡聽他彈的[雙英進行曲]，輕快雄壯，聽後精神百倍。葉展之也很喜歡這支曲，他不會彈琴，卻會口琴。用口琴來吹雙英進行曲，可不是一件容易的事。夏文怡覺得葉展之吹得最好的，是一首時代曲： [不變的心]。

有些同學說，許老師有上舞廳的愛好。在當年，舞廳是風月場所，老師上舞廳，往往招來非議。不過夏文怡猜想許老師上舞廳，目的是欣賞音樂，可是其他的一些同學，卻認為老師確實是喜歡跳舞，還不排除醉翁之意不在酒的心理。

有一位比夏文怡低一班的女同學，生得嬌小玲瓏，眉目清秀，彭好學就時時提到她的名字。但很多低班的同學，卻相信許老師暗戀上這位同學。也許是上課的時候，老師對這位同學的態度異常，也許還有其他的情形，才會讓低班同學產生了老師暗戀學生這種印象。但夏文怡總是覺得，愛美是人之常情，一位老師對心目中的好學生，做出特別關懷的行為，也是人之常情。好學生包括學業的，品德的，也可以包括容貌的。在夏文怡的心目中，許老師是一位穩重而理性的人，對學生的特別愛護之心，絕對會有，但達到暗戀的程度，應該不大。

到了畢業時。徐老師別出心裁，給每一位同學一個不同的題目，要大家寫一篇有關畢業感想的短文。收齊修改後，在畢業典禮的前一天，讓每一個同學在班上朗誦。這種畢業氣氛，雖不能說絕無僅有，但卻讓人回憶多年。夏文怡在這間學校只念了三年半，學校很小，同學更不多，但帶給夏文怡的，卻是個難忘的回憶。帶著這個回憶，夏文怡告別了這所學校，踏上人生的另一個旅程。這年是一九五五，夏文怡快滿十八歲，他三哥有了第一個愛情結晶，是位千金。

他們這一班，除了一兩位移民國外，繼續念高中的，只有五人，夏文怡，葉展之，梁又新三人進到德明中學，譚畔秋獨上大同中學，另一位念實驗學校。他的大姪兒育勤，這一年也進了德明初中，叔姪倆的班級相差三年。德明與大同都有自己獨立的校舍，是兩間很有代表性的中文學校。

大同中學位置偏僻，交通比較不便，但環境優美，又有宿舍，兼備名師，頗具吸引力。校長甚具育民之抱負，讓譚畔秋免費就讀。

德明中學地處市區，校舍新建，交通方便，學生眾多，是當時僑校較大的代表。很巧的是，夏葉梁三人都被分配在同一班。從一間細小簡陋的小學校，進到一間寬大嶄新的大校舍，確實給夏文怡等來很大的振奮和新鮮感。

校舍口字型，共有三層，連底層是四層。底層除教室外，還有禮堂，操場等。開學的前幾天，有一個新生的講習會，由不同老師介紹校規與要求。夏文怡這才知道，原來[德明]是孫中山的名號之一，這間學校就是爲了紀念中山先生而蓋的。講習會的另一個要項，就是學唱國歌和校歌，以及背誦國父遺囑。

學校的校服，夏天上身是白襯衫，下身黃卡褲，長短都可以。冬季上身除領帶外，還有深藍色的外套，下身不變。外套的口袋釘上校徽。校徽是旭日東升，外圍金線，簡潔而漂亮。上課必須穿校服，違者受罰。

從茶樓到學校，走路約半小時，坐公共汽車要看運氣。夏文怡選擇走路。開學那天起得很早，心裡有點緊張，到學校時大門才剛開。課室在第二層，進教室後才知道坐位已排好，不能夠和葉展之同坐。週一的第一堂是週會。唱國歌，主席就位，恭讀總理遺囑。然後由一位老師作專題講話。最後全體宣讀青年十二守則，唱校歌，散會。對夏文怡來講，這一切都非常新鮮，是有生以來的第一次。

記得在故鄉時也曾唱過國歌，但絕沒有像這一次來得深刻 同座的同學叫陳德常，很友善，也是新來的。班主任何銀口才很好，黑板字寫得很有韻味。中午沒回店吃飯，只在最頂的天台，買點小吃充飢。

這一天過得特別興奮，回店後跟廚房的伙計聊個不停，與他分享這一天的新歷程。不久夏文怡得知，他高中一的這一屆，總共兩百多人，分五班，其中一班是女生。有的同學從小學念到現在，非常老資格。

同學住的範圍很廣，港島和新界都有。住港島的每天要搭渡輪。新界的最近是沙田，主要的交通是廣九鐵路。老師住沙田的也有幾位。他們每天花在交通的時間，加起來很可觀。無論學生老師，在學業這條路上，大家都很認真，更忙碌。

眾多的同學裡，各有各的圈子，聽說也有結拜兄弟的，更有人說幫派的也有。夏文怡很幸運，半個學期下來，還沒有遭到任何騷擾。

這半個學期裡，印象最深的是美術老師。圓圓的臉，有點矮，有些胖，聲音吵啞，非常滑稽。他給的分數常常超過九十分。聽說他在香港的畫壇中，享有盛名。他是丁衍庸老師。丁老師每個禮拜六下午有個寫生課，誰有興趣誰就去，畫完後除評論外，有的還加以修改。夏文怡去了幾次，發覺丁老師的筆法都是大起大落，非常豪放。而他自己畫的盡是塗來塗去的小家氣派。每次讓老師看時，丁老師總是說：[整幅畫都塗得黑黑的，那有修改的餘地？] 夏文怡知難而退。不過課堂的作業，夏文怡每次都拿到九十分以上。有次模彷了一幅國畫，丁老師卻覺得很出色，把它當作收藏品留作紀念。

另外一個印象深的是生物老師。他的長相像個典型的殺手。夏文怡從沒見他露過笑容。但是他講課的技巧很高明，凡是重點，都會加重語氣，還會重複一兩次。有一次發現了全班同學，共同誤解一個很普通的觀念，硬是要所有同學站起來，齊聲的把正確的答案說了三遍。

他削生物薄片的手藝，堪稱一絕。削出來的葉片，薄如蟬翼，加上染色，在顯微鏡下看到的，只有一層細胞！實驗後的實物畫圖，是一個耐性的考驗。老師的要求是用一枝小鋼筆，一點一點的托出實物的立體感，每幅畫都得用上三四小時。班上畫得最好的，是一位從初中起就一直考第一名的莊天和。老師常常拿著他的畫，向同學們展示。夏文怡非常敬佩這位老師的學識與敬業的態度。

有了第一個學期的認識，第二個學期開學時，同學們都選了自己同桌的人。葉展之沒有換人，夏文怡則和李挺柏同桌。李挺柏的腦筋反應靈敏，數學特別出色，對幾何學中最難的[三等分角]，有濃厚的興趣，與夏文怡很談得來。

每學期班上都要選舉幹事，這一次夏文怡當選風紀幹事，負責班上秩序，是屬於吃力不討好的差事。

　　上學期夏文怡的成績不錯，取得半費的獎學金，不少同學都來向他道賀。

　　德明辦學的宗旨，對象是平民子弟，獎學金分爲家境清貧，員工子弟，以及德智體兼優三種。成績好的常有，體育和學科都好的，不容易找。品行主觀的成分多，只要不犯大錯，拿個甲等應該不成問題。

　　老師們爲了讓學科成績好的同學能夠拿到獎學金，往往會在體育成績還沒呈交教務處的時候，把可能得到獎學金的同學名單，送到體育老師那裡，請他們高抬貴手，打個八十分。夏文怡慢慢的發覺，有很多在上學期對他很冷淡的同學，現在變得友善得多。

　　這學期來了幾位新同學，其中一位是英文學校插班進來的，英文講的特別好。不知道那裡觸犯了英文老師，老師對他態度很不好，罵的話更難聽。

　　有一天夏文怡上學的時候，在街上遇到這位英文老師。老師說：[你走路的時候，爲甚麼把頭仰得那麼高？ 我跟你搖了那麼久的手，你卻沒有看到！] 夏文怡很早就發覺自己的姿勢不太好，尤其是走路的時候，好像把全世界的人都不放在眼裡一樣，可就是改不了。不過今天老師這一問，差點讓他笑出來。 因爲老師的尊姓名是[常仰天]。夏文怡心裡想：我的頭常常仰得那麼高，這名字該歸我才對。

　　在學期快要結束的時候，高一的同學舉辦了一次旅行，地點就在近郊沙田的紅梅谷，甲班的同學決定野餐。以前郊外沒有公衆的燒烤設備，必須自帶烹飪工具，全部依賴同學們的熱心。烹飪的工作，也是同學的自告奮勇，大家七手八腳的，自有一番情趣。餐後清洗收拾，仍是志願的組合。當一切都結束後，鄧老師忽然出現，帶著似乎有意，又像無意的口吻說：[你們假如要從這野餐中選朋友的話，煮菜的不算好，洗盤碗的才是最可靠的]。聽後同學議論紛紛，猜不出是鄧老師的一時之感，還是他的人生哲學。

　　這學期學校聘請了著名的口琴家梁日昭來組隊。夏文怡，李挺柏和葉展之都入選參加。梁先生兄弟三人都學音樂，不但作曲教學，還專門設計了一種名爲[樂風]的口琴。梁先生是現代派，教的以流行歌曲改編爲口琴的樂譜，除了在學校任教，在電台也有個節目，弟子眾多。

　　另外一位劉牧老師，則專教古典音樂，常用單音口琴。夏文怡的口琴程度，雖然不致於濫竽充數，但卻不能獨當一面。

梁老師每次上課，都先講一段話，再教口琴的各種吹奏技巧。講的多是他個人獨有的見解。例如一般人都把武松當作英雄，但他認為武松只是個沒有頭腦，只有蠻力的粗人。又譬如世人都敬仰關羽，但他卻把關羽看作是一個不識大體，公私不分的軍人。梁老師更認為，以武力來征服世界，只能稱雄一時；只有思想，才是最好的武器。他舉羅馬帝國，蒙古鐵騎，希特拉暴政為例，證明武力只能短時稱霸。而孔子，耶穌，釋迦牟尼等的思想，卻影響千年。

夏文怡雖然不完全贊同他的論點，但很欽佩他的獨立思想。夏文怡很慶幸參加了這個口琴隊，除了學口琴技術和音樂所帶來的啟發以外，還經常聽到老師發人深醒的言論。梁老師覺得口琴方便易學，價格便宜，適合普羅大眾，值得廣為推行。

不久在香港大球場有晚會演出，梁老師做了一個大膽的嘗試：五百人的口琴演奏。每間學校個別練習，到時再同場演出不過夏文怡覺得球場太空曠，沒有音響設備，效果不會好。果然演奏的當時，夏文怡連兩旁的琴音都聽不清楚，沒法發輝眾音一體的效果。演奏後的檢討會上，梁老師也指出了這個缺點。不過五百人齊奏的壯觀場面，可算空前絕後，給夏文怡留下很深的印象。

香港教育司每年都舉辦校際音樂比賽，德明學校尚未參加過，口琴隊是第一次。第一次比賽，德明學校選[高山青]，四部合奏，加上一個小鼓。評判員是英國來的，第一次聽到這首高山青。他說：[高山青這首曲子的旋律，非常美麗，把我帶進了音樂的另一個境界]。這次比賽拿到第二名。評判認為鼓聲與曲子的旋律不大配合，破壞了原來的韻味。

高山青是張徹先生電影裡的插曲，當年只有台灣文化界的人比較熟悉；香港的人，一般連這首歌的名字都沒有聽過，只有在與台灣關係很好的藝人圈子和僑校裡，經常可以聽到這首歌。多年以後，台灣藝人來港演出漸多，這首歌幾乎成了台灣的代名詞，也把它當成是高山族的歌曲。

這次口琴比賽的第一名，是喇沙中學。他們演奏的是古典音樂，用的是單音口琴，指揮是劉牧老師。他們隊裡有幾位同學水準很高。其中一位是黃植森，也就是後來在香港享有頂頂盛名的黃霑。在黃先生往後的歌曲裡，常可以聽到單音口琴，相信是黃先生自己吹奏的。

譚畔秋在大同半工讀的生活很不錯，環境幽靜，又有宿舍，國文老師對他的文才很欣賞。葉展之和夏文怡常抽空去看他。他的消息最多，看法比較深入，其他兩人聽得津津有味。

有一次看到他學校養的母狗，一胎生出十四隻小狗，葉夏兩個都是第一次看到那些光溜溜，閉著眼睛，在母狗身上爬來爬去的小東西，覺得既新鮮，又不可思議；一胎居然有十四隻，也只有動物界才有這種現象。

　　這學期有人在籌備辦一份專給學生閱讀的刊物，暫時取名[學生週報]。譚畔秋的文筆那麼好，理應參與此事。可惜他半工半讀，沒有多餘時間參加籌備工作。辦報這種事情，本來就很複雜，將來也不一定能夠加進這個團體，但可以看到出，譚畔秋對學生周報寄有很高期望，顯得很興奮。

　　人生真是難料。這一天夏文怡高高興興的回到店裡，看到三哥的臉色很不對，把櫃檯交給他後，二話不說，低著頭就走了。晚飯後才聽伙計說起，三哥剛滿一歲的女兒，得了急症，送進廣華醫院，不久就去世了。醫院說是急性腦膜炎。

　　腦膜炎是兒童最嚴重的急症之一，很多兒科醫師都很害怕遇到這種病。腦膜炎的初期症狀，和普通的感冒症狀無異，但病情變化得很快，假如在症狀出現後二十四小時內，還沒有診斷出來而立刻用藥的話，生存的機會非常渺茫。

　　夏文怡和這位姪女很投緣，常常把她帶到店裡，讓她坐在櫃檯上，一邊收錢，一邊逗她玩。那天早上上學前，才知道她晚上發燒，聽說三嫂讓她吃了一些香爐灰。海豐人收集拜神燒香時殘留的灰燼，相信可以治病。誰會料到姪女患上的是腦膜炎。以香港當時的醫院設備，醫師的水準，以及當時的藥物質素，能治好這種病的可能性，應該相當低。這次的事對三哥三嫂的打擊很大。夏文怡的情緒也變得非常低落，足足一個多月後，他的情緒才慢慢的平復。

　　信教的同學，曾用宗教的觀點來安慰，認為上帝這樣安排，必有道理。不過他始終都沒有接受宗教的說法。他始終認為生死雖無常，但正確的醫學關念，還是可以挽救很多生命。　無知和迷信，實在很可怕。

　　一九五六的三月底，夏文怡從譚畔秋那裡，聽到了一項免費參觀台灣的消息，問了許多同學，知道初中部有位老師負責此事。拿到報名表後，知道這個活動叫做暑期軍中夏令營，在台灣要逗留一個多月，自付船費，必須穿制服，費用也是自付。

　　回店後告訴三哥，希望能去台灣看看，經過一個多星期的商量後，三哥答應了這個要求。夏文怡以為只要填好報名表就能成行。誰知一個星期後，班上一位同學把他叫到一個僻靜的角落，問他是不是要去參加夏令營。夏文怡正要問他怎麼知道這件事，那同學已經表明他是本班的負責人。隨後又問了夏文怡很多日常的問題，又問他認不認識海豐的某某人等等。大概夏文怡的回很符合去台灣的條件，他最後說：[你的申請應該沒有甚麼問題]。

過幾天與李挺柏談到這件事，原來他也有興趣，葉展之的父母不准，譚畔秋受經濟條件所限，也沒能同去。夏文怡知道葉展之的家靠做衣服為生，家裡有幾部衣車，是典型的家庭工廠。暑假期間，工作忙碌，需要他幫忙。另一個新發現，是葉展之不是正房所出，他稱他親娘為[姐]，大娘才是[媽]。家裡的寵兒是大媽所生的弟弟。也許這也是他不能去台灣的原因。

第一次集訓時，夏文怡才知道有很多僑校的學生參加，差不多都是高中生，大專的很少。主持集訓的是幾間學校派來的老師，其中有數位是校長，領隊是德明學校小學部的梁老師。集訓的最主要目的是安全方面的事項。經過多次的訓練，夏文怡終於在七月初，懷著興奮的心情，踏上四川輪，開始他人生中的第一次台灣之旅。臨走前還買了一生中的第一架照相機，希望能把台灣的印象，帶回來與家人分享。

七月份是台灣海峽風平浪靜的季節，暈船的同學很少。上岸時穿了整齊的制服，精神飽滿的接受對方的迎接。在香港集訓的時候，梁隊長三番五次的要求大家，除了極少量的禮物外，絕不可以帶物品去。不過在過海關時，夏文怡還是看到有幾位帶了大量的東西，上面寫著送給某某大官的名字。夏文怡還注意到那些帶大量物品的人，都是會講國語的隊友，心想這些人，大概都有親戚在台，帶的物品應該是台灣很稀罕的。

由於大部份同學都聽不懂國語，接待單位派了不少粵籍人士來解答同學們的問題。夏文怡因為上了兩年徐老師的課，聽講的問題不大。不過幾天後在中山堂聽蔣中正總統講話時，聽得懂的卻非常少。後來才曉得，台灣大部份的高官，都不會講標準的國語。

此後幾天，除了參觀總統府和附近的景點外，都在淡水一間學校聽課。來講的人很多，內容包括台灣的人文地理等等，強調了中華民族固有文化的精深博大之處，三民主義是孫中山先生融合了中外古今精華的政治主張。第五天到了成功嶺，進入正式的軍事夏令營。

夏令營的課程分室內與野外兩大類。生活上完全依照軍隊的規定。從最基本的步兵操練，槍砲的原理與結構，兵種的分類與任務，戰地的類型，攻擊與防守的特點等等，先在課堂裡講解，再到現場操作。其中有幾天去郊遊。

林家花園給夏文怡的印象是：眼見他起高樓，眼見他宴賓客，眼見它樓塌了，憑弔後不勝唏噓。

　　日月潭是台灣美麗的化身，光華島，文武廟，涵碧樓，伴著那形如日月的潭水，加上略帶野性的毛家族，是天地間的一幅傑作。毛家酋長臉上的刺青，給人一種粗獷的感覺，但他家的三小姐，雖然穿的是山地服裝，卻充滿現代化的氣質；同學們都是第一次到來，除了買紀念品外，大家都找機會和三小姐合照。

　　夏令營結束以前，有一場實地的攻擊演習，全副武裝，雖然不敢用實彈，但各類的槍是真的，鐵絲網和戰壕都是真的。一場演習下來，全身都是泥和汗。

　　雖然是夏令營，生活上卻全依照軍隊的編制：分中隊，大隊和總隊。中隊長多是大學的教官，指導員卻是政工幹校的學生。到了夏令營結束時，很多同學與教官，都建立了很深的感情。李挺柏與台大的唐教官，與及另一個允教官的感情就特別好，其他同學與政工幹校的同學也建立了深厚的友誼。

　　夏令營的最後一個節目是參觀金門。金門當年是一個最前線的軍事重地，一般民眾不能進入。夏令營這一群學生，能被安排到金門去，相信主辦單位費了很大努力。不過當局只派了一部軍機，只有十幾個座位。夏文怡是其中被選上的幸運者。第一次坐飛機，又是軍機，加上目的地是隨時都可以發生炮戰的金門，夏文怡很緊張。在飛行途中遇到多次氣流，飛機抖得屬害，夏文怡的心跳像快要跳出身體一樣，很不好受。好不容易才安全的降落在島上。馬上進入防空洞，當地的長官作了簡短的安全事項講話後，用過餐後參觀主要的據點。

　　最興奮的是喊話的據點。對面就是廈門，肉眼可以看到人影的晃動，望遠鏡裡可以看清人身。有幾部喊話筒，大家很興奮，拿起喊話筒，用盡力氣，向對岸喊話。匆匆參觀後，再吃一頓飯，然後坐機回台北。這次去金門的同學中，有位大概是來自東南亞的女學生，穿了一身軍裝，衣領掛了幾顆星，進機場時，機場的長官看到她時，差點要向她行禮。身旁的隊長，反應很快，馬上解釋是同學的無知，才會把代表將官階級的星形符號掛在領上，並馬上要那位女同學把星星拿掉，以免再次引起誤會。

　　回港時葉展之來接船。上岸後葉展之對夏文一說：[想不到你那麼快就交到女朋友！她叫甚麼名字？] 夏文怡說：[女朋友？甚麼女朋友？] 葉說：[你們船快靠岸的時候，有個女孩子跟你講話，假如她不是你女朋友，她的身體為甚麼靠你靠得那麼近？] 夏文怡一聽，不禁哈哈笑起來，然後說：[你不覺得那女孩很有點男孩味嗎？也許她本來就沒有把自己看作女孩，所以才站得離我那麼近，你未免有點神經過敏吧？] 不過葉展之這幾句話，倒讓夏文怡想起這次夏令營，無論是本校或他校，男同學或女同學，都與自己相處得很融洽，沒有人用敬而遠之的態度來對待自己，一直埋在心裡的自卑感，這下一掃而光。這幾年來在茶樓聽到的那些看相言輪，讓夏文怡對自己的相貌，產生了不少自卑感。幸而有這次夏令營，讓夏文怡重拾信心。

　　進入高二，情況改變很多。高一的五班，只剩下三班，兩班理科，只有丙班是文科。甲乙兩班同學的分配，聽說是新來陳老師的主張。陳老師教的是數學，不知是根據甚麼理論，他把數學成績比較好的一半，分到甲班，其餘進乙班。與夏文怡同來德明的梁又新，因為跟不上功課，高二時轉校。六年級時的同學蔡清泉，卻從他校轉來甲班。他是海豐人，住福榮街，離夏文怡的茶樓不算遠，離葉展之的北和街更近些。

　　甲班的班主任黃老師是基督教徒，教的是英文。甲班的國文老師是個老學究氣質很重的陳老師。教地理的宋老師，資格老的同學早已給了他一個外號：小辣椒。一個多月後，夏文怡對諸位老師開始有了基本上的了解。班主任穿著整齊，打蝴蝶領帶，最喜歡講[魔鬼來了]這句話。說這一句話時，常常用手往門口一指。碰巧有位同學不時遲到，每當老師用手一指，口中說出[魔鬼來了]的時候，這位同學剛好出現在門口，引來哄堂大笑。

　　國文陳老師講課時，常常搖頭晃腦，而且詩興十足，即席成詩。同學們的名字，也是他作對子的材料：如[君武]對[國勳]，[金鳳]對[玉樓]等等。

　　教化學的是盧老師。同學們都稱盧老師為教授，是全校唯一被戲稱為教授的老師。夏文怡曾問了很多同學，要嗎就微笑不答，要嗎就洒手搖頭，沒有人告訴夏文怡這事的由來。但夏文怡可以感覺到，當同學們叫他盧教授時，盧老師總是滿臉春風，嘴含微笑，顯得有點飄飄然。顯然很樂意接受這個稱呼。教授矮矮胖胖的，頭大髮疏，眼細而皮膚紅潤，聲音溫柔，講課時平平淡淡，沒讓同學們留下甚麼印像。夏文怡猜想，也許他從前是教授吧。　　最受同學歡迎的是教數學的陳老師。他不但有幽默感，講解清楚合理，而且他對數字似乎有了感情，可以把某些數目字，組合成簡單的數字，可以幫助日常的運算。他對數字的記憶也使人吃驚。李挺柏本來對數學就有濃厚的興趣，陳老師的到來，更大大的提高他對數字方面的探討。

　　地理老師是個左撇子，腦筋動得很快，能把地理的現象融和到歷史和成語裡，屬於靈學活用的典型派。美術老師丁衍庸的教法，也讓夏文怡領略到藝術家的風采。丁老師可以一邊講，背對著黑板，而手中的粉筆不停的畫，腳不停的走。畫牽牛花的藤時，從黑板的左邊，邊走邊畫到右邊，然後轉身換手，又再邊走邊畫，把那一根藤，從右再畫回左邊，充分顯示出印像派寫畫的特色。丁老師有的時候會挖苦一些同事。他最常講的是一位老師吃熊掌的笑話。

魚與熊掌，在古時曾被形容為不可兼得。在現代，熊掌卻名貴得多。丁老師說有人送了一隻熊掌給某老師，某老師卻不願意把熊掌拿到飯店與同僚共享，自家在家裡烹飪，結果不但未嘗到美味，那熊掌又硬又臭，幾天後口腔還留有臭味。

丁老師最常提起的畫家是畢加索。據說畢加索曾經參觀過某大師的畫展，看過後問某大師說：[你的畫在那裡？] 某大師當年是聞名中外的國畫家，年青時的畫都是傳統名家的延伸，缺乏自己的創意。偏偏畢加索是個[心中只有我]的反動派，所以才會有[你的畫在那裡]那句話，你自己內心的畫在那裏？

不知是茶樓的生意不好，還是海豐同鄉的要求，一天夏文怡回店時，看到茶樓的側面，有工人在動工，問清後才知要加裝一間小店。香港有一種小商店，叫做士多，是英文字的音譯，在香港很流行，賣的是汽水餅乾香煙等。側門香港叫做橫門；橫門士多很普遍，設備簡單，牌照易拿，對本店不會有壞影響。新士多的老闆是海豐的熟人。有了這家士多後，夏文怡放學後便多了一個落腳聊天的地方。這時正是夏末，天氣仍然熱，士多陳老闆要請夏文怡喝汽水，給錢他不收，不給錢實在不合理。幾天後，夏文怡避開前門，從大南街繞南昌街過來，先到樓梯口，直接上閣樓。

自從改道後，每天都經過那家五金店，常常看到那位長得很福氣的太太，偶爾也看到那位老闆，也是胖胖的，很有福氣。反而那個啞女孩，卻很少看到。一天放學的時候，陽光剛好曬在騎樓底的大柱上，旁邊有部腳踏車，走過去一摸，熱熱的很燙手。那車通身漆黑，滿舊的，但看起來很結實。過了幾天，那車還在那裏。問問士多的老闆，才知道是他們伙計的，現在閒著沒用。靈機一觸，何不買車代步？ 買後拿去修理，再上漆油，看起來不算太舊，從此成了有車階級。

到學校走路要半個多小時，現在十到十五分鐘就到。不過學校的前門有幾段台階，搬車上去要費些氣力。幾個星期後，正在搬車上台階時，那位曾一起去台灣的梁老師正在校內，原來他已從小學部調來中學部。他告訴夏文怡，學校有後門，有條斜坡，可以把車推上來。

在往後的日子裡，除非天氣特別熱，夏文怡還是寧願把車子從前門搬上來，可以借機練練氣力。

這一天騎車回去時，一直在回憶夏令營時和梁老師相處的種種情景，覺得和梁老師好像有緣，在集訓時認識，現在又同在一校，還蒙他在眾多的學生中，推薦自己去金門。也許是注意力不集中，把車子騎到相反的路邊去。這時路邊正好有位警察。那位警察告許他，違反交通規則，是要罰錢的。夏文怡告訴警察，身上沒有錢，又問要罰多少錢。討論的結果，是把書包留下，拿錢來交罰款。拿了錢的回途中，夏文怡忽然想起，這位警察真的會那麼好心，會把自己交給他的錢交到警局嗎？這個疑念一起，看到這位警察時，馬上問他認不認識某某人…… 一連串說出好幾個高階級的海豐警界人士的名字。那警察支支唔唔的，大概沒有聽過。夏文怡又問他在那個警局服務。警察遲疑了一陣子，說：[我看你很老實，犯的又是很小的交通規則，算了，這次不罰你，以後要小心啊。] 回店後，夏文怡把這事告訴那位包點師傅，師傅聽後哈哈的說：[雖然很笨，卻是上了一堂不用交學費的課，也划得來。] 這事讓夏文怡又想起自己另一回傻事。

有天黃昏時段，店裡只有一個香港稱爲[道友]的吸毒老人在。平常的吸毒者，都是把海洛英粉放在錫紙上，用火在紙下面燒，然後用香煙吸進那些從海洛英冒上來的煙，俗語稱爲[追龍]。今天這個老人，坐在椅子打瞌睡。夏文怡看到有位警察經過，怕這位老人身上藏有毒品，所以高聲叫了一句：[差人來了。] 誰知那位警察會聽海豐話，馬上走進店來，掃視了店內的情形後，對夏文怡說：[你是對這位道友通水的吧？好讓他把毒品收起來？看起來你可能是他的共犯。] 一番話，把夏文怡問得啞口無言。正在尷尬之際，有位老於世故的伙計馬上過來解圍，東扯西拉，歪道理一大堆，很快就把警察打發走，回過頭來對夏文怡說：[你平常不是雄辨滔滔，道理一大堆嗎？怎麼對著一個小小的警察，連一句話也說不出？] 夏文怡一聽，如夢初醒。怎麼自己一遇到理虧時，就會啞口無言？爲甚麼不像那伙計一樣，用歪理邪論胡扯一番？想了半天，才知道自己性格的缺點，就是當自己覺得理虧時，總是想不出辯論的理由，真是木頭一塊。

很快又到雙十節。有幾位同學告訴夏文怡，在雙十節的前一個晚上，有人發起一個騎腳踏車慢遊大會。夏文怡每天騎車，都是來去匆匆，還沒有試過慢慢的邊騎邊看的感覺。這一次集體慢騎，應該別有一番情趣吧。

夏天七時天還未黑，開始的時候，只有十幾輛車。後來越騎人越多，到後來有一百多人。天黑後開了車燈，回頭後望，像一條火龍，非常美。不知道是誰帶來了面積很小的國旗，很快每人一手一面旗，邊騎邊揮動，正在興高彩烈之際，來了一位警察先生，下令停止騎車，並要車隊要馬上解散。很多同學與他理論，那位警察很精明，只說了一句：[再不解散就控告你們非法集會！] 中學生都不懂甚麼法律，給他一嚇，只好分開，各騎各路。

第二天是校慶。德明學校是為紀念孫中山而設的，所以把校慶與國慶合為一天，同天慶祝。香港教育司規定，所有學校，雙十節是不可以放假的，但校慶當然可以名正言順的放假。校慶這一天，除了集會外，有的時候還舉辦些學術比賽，通常活動的時間都很短，實際上是變相的放假。

等到校方的活動完畢，夏文怡就去謝主任那裡，去拿剩下來的文化界集會的入場卷。拿後到普慶戲院去，去看那裡的演出。這天的節目，除國語歌曲外，還有相聲平劇等，都是粵人缺乏興趣的娛樂。會場用的是國語，除了可以欣賞外省的文娛外，還可以趁機學些國語，機會難得。

節目完後，還有足夠的時間去看旗海。在陽光照耀下，加上有風的話，那一片片青天白日滿地紅的旗海，顯得特別扣人心弦。尤其是那些徙置區，地小家密，差不多家家一面旗，望過去一片大紅，加上醒目的藍與白，讓大地充滿了生氣。回到店後，卻聽到消息：有人在公屋區拆旗時，引起騷動，地點就在李鄭屋村，是政府為低收入市民建的徙置屋區。沒隔多久，騷動很快擴大到很多地區，有可能轉成暴動。

夏文怡看看時間尚早，附近一片很平靜，就便順步沿南昌街往北走，過了長沙灣道，轉去北河街再向北走，一路無事。但到達大埔道時，卻看到一群人，站到路中間，好像要攔截車輛的樣子。夏文怡感到事態嚴重，馬上走到較遠的地方，站在一條大柱子的側面。正要往回走時，看到有部汽車駛到人群的附近時，被那些人攔在路中間，四周的人一擁而上。夏文怡知道可能會發生意外，馬上回身就走。回頭看時，遠遠的見到，好像有一男一女，從車上被人拖出來。快步回到茶樓附近時，又看到一隊人在馬路走過，帶頭的還拿了一面大旗，不知要往那裡去。人群中有個人，看去很面善，很像是附近學校的學生。心想這個人真的沒有腦筋，怎麼會混進這種隨時可以引發暴動的行列裡呢？

果然第二天政府宣佈戒嚴，居民不可外出。夏文怡整個早上都留在店裡，附近的街道很平靜。店裡沒有收音機，聽不到甚麼消息。下午時晚報還沒有出，沒有進一步的消息。

夏文怡走出茶樓望望，不知不覺的沿著昨天的路線往北走，到了北河街時，看到一部武裝的警車，迎面而來。夏文怡趕快躲到騎樓的柱子後面。很快警車到了很近的地方，這時對面的二樓窗口，正好有人伸出頭來。一個警察開了一槍，那人的下巴馬上少了一塊！那輛警車仍然繼續前開，也沒有慢下來，好像不知道有開槍傷到民眾的事。看到這幕觸目驚心的槍擊情景，夏文怡很後悔自己這次的魯莽行動。自以為從夏令營學到的子彈躲避方法，無論在甚麼情況下都可以自保。但回想起剛才那一幕，那個人在探頭那一剎那，已經骨肉飛散，以後這種險還是冒不得。回到店後，一直還是心有餘悸。

　　第二天看報紙，得知那兩個被路人拉出汽車的，是瑞士駐港的參贊，還好只受了輕傷。隨後又得知店裡那位包點師傅，回家時一時高興，加入了群眾的遊行行列，被捉進警局，聽說會被判坐牢。還好那些好事者，都是貪一時之興，純粹烏合之眾，沒有政治動機，所以事情很快平息。不過在一些地方，像當年荃灣的紗廠，工人中分為左右兩派。當年的左派很不受民眾歡迎，人少勢單，害怕受到右派的襲擊，趁黑夜逃走，很多人慌忙中受了傷。

　　還有一家很出名的餅乾廠，傳說是葉劍英家族開的，深夜時遭人縱火。報紙的報導是財務有損失，沒有傷亡。一位在警界服務的同鄉告訴夏文怡，警察局的牆上貼滿了群眾的照片，中間寫了[你認識他嗎]五個大字，按圖捉人。在那些照片中，他認出有不少是海豐人。

　　也就在這個秋天，一些海豐人成立了一個排球隊，取名海青。隊員常到茶樓吃飯，夏文藻常常招待他們。有了這個球隊後，週末的時候，夏文藻常去打球，在店裡的時間便相對的減少，夏文怡也理所當然的填補這段時間。不久父親對文藻的行動不大高興，認為做生意的人，不該打球，更不應該免費招待隊友，同時舊話重提，要夏文怡不要再讀書，應該留在店裡工作。夏文怡知道他父親陳舊的小生意觀念，依然存在。他先安慰他父親，三哥絕不是一個不知輕重的人。打球對生意不會有壞影響。交朋友一定免不了用錢。在店裡招待朋友，總比拿錢到別處請客好得多。夏文怡知道他父親不完全同意，但最少不會再提起不要繼續念書的事。

　　不久又聽到伙計們談起，最近夏文藻和三位好友，結拜成四兄弟。大哥林廣大，人脈很廣，老二周瑜伯，警界人馬，老三馬萬里，台南工學院肄業，目前在兵房工作。夏文怡不很清楚林廣大的背景，他們怎麼會認識。周瑜伯卻是聞名已久。有人說他父親以前是海豐的縣長，有兩位太太。周還有一位姐姐瑜翠，已經成家。老三的爸爸馬

83

祺佑，聽說是在工會做事。老三還有個妹妹，是一個工廠人事部的負責人。

　　夏文怡沒見過林廣大和周瑜柏。馬萬里中午常來吃飯，有一次晚上喝得酩酊大醉，吐得很厲害，結果要在閣樓睡到酒醒才離開。因為他是學工科的，夏文怡常常向他請教數學與物理的問題，幫了不少忙。照講一個大學生，在兵房那種地方工作實在太委屈，但是尚未完成學業，為了生活，不能不向現實低頭。這種情形，當年非常普遍。夏文怡很同情他的處景。這四個人的學歷，職業與家庭背景，沒有一樣相同，唯一相同的是同是海豐人。結為異姓兄弟，完全是受了很流行的民間傳統影響，德明的同學當中，就有幾群異姓兄弟。

　　快到農曆年的時候，夏家收到政府的通知，要他們限時遷出天台，到大窩坪居住。大窩坪是西九龍北部的一處山坡地，很少人聽過這名字。現在政府在這裡建了大批房屋，分給那些住在違章建築的人。其他那些因石硤尾大火喪失住家的人，也先後收到通知。當年報人數時，除夏文平一家人和爸爸外，夏文怡也包括在內，人數眾多，分到了一間半的房子，半邊要和別人共住。過年後大家就陸續搬走。

　　夏文平一家搬走後，這時夏文藻已經有了第一個男孩子，也搬進文平住過的屋子；空下來的一間，好久也沒看到政府人員來拆，夏文怡趁機來這裡做功課。這裡有窗，陽光充足，空氣好，很適合看書做功課，比閣樓的又暗又吵，好得太多。

　　不久，夏文怡開始養幾條熱帶魚，到了天氣變暖的時候，夏文怡常常在這裡過夜。不過在週末的時候，夏文怡也會到大窩坪住。這時夏文平已有了三個兒子，兩個女兒，房小人多，兩層床太擠的時候，免不了要打地鋪，非常熱鬧。

　　三月份時，學校舉辦演講比賽，分高中與初中兩組，每班一個代表。夏文怡這一班的同學，除了讀書以外，對其他的活動都不感興趣。對演講更是缺乏熱誠。演講的代表難產。推來推去，最後一位同學認為夏文怡的聲音響亮，理應代表本班出賽。此議一出，夏文怡怎麼推也推不掉，抱著[我不入地獄，誰入地獄]的心態，接受了這個任務。天下的事就是那麼巧，有意栽花的沒有得獎，無心插柳的夏文怡，卻拿到獎。比賽一過就把這事忘了，第二天有同學向他道賀時，他滿臉茫然的問那學，[喜從何來？]那同學以為他早就看到佈告欄的結果，先罵了他一聲[故意裝傻]，然後告訴他得到冠軍的消息。夏文怡很覺意外，連問幾聲[真的？]和其他同學一樣，他也是把全部心意放在課本裡，演講得獎的喜悅，很快就消失。

夏文怡這陣子有點煩惱，數學開始出了問題。老師講的時候覺得很容易，到了做功課時就喪失了判斷力，運算時又常把數目字弄錯，浪費了很多時間才把功課做完。他開始懷疑自己以後有沒有能力念理科。

　　真是禍不單行，學期快結束時，發生一場很嚴重的流行性感冒。他感冒發高燒的那一天，正好碰到期末數學考試。他覺得渾身無力，頭腦發漲，迷迷糊糊的考完這次測驗。

　　香港人對治療流行性感冒，有種種民間偏方。當年最流行的是紅蘿蔔加荸薺煮水。偏方公開後，荸薺和紅蘿蔔很快相繼斷市。幸運的是，病者雖然眾多，死亡率卻很低，沒有引起大恐慌。很快一切恢復常態，但夏文怡非常擔心數學的成績。有一天李挺柏告訴他，陳老師很驚訝他這次考得這麼壞，李把夏文怡感冒發高燒的情形告訴他。陳老師沒有讓夏文怡補考，只讓他及格。

　　當天騎車回店時，腦中儘是有關數學成績的事。在快要到店的時候，沒有留意路旁的行人，差點把旁邊一個低頭走路的女孩子撞到。看清楚時，才發現是業主的小孫女。夏文怡趕快向她道歉。想不到那女孩說：[你在德明念書？]夏文怡發覺那女孩不但沒有生氣，還主動問他的學校，心情頓時放鬆下來，也問她：[妳念的是英文學校？]以後放學回家時常遇到她，夏文怡儘量把車速放到最慢，小女孩快步走在旁邊，有一句沒一句的聊到樓梯口為止。

　　以前夏文怡一直以為，他常在樓梯遇到的那一對中年男女，是這女孩子的父母。經過這一段日子的交談後，才知道是她的姑母和姑丈。業主老太太是祖母，另外兩位穿同樣校服的是她姐姐。她們的校服是白衫白裙，配了一條粉紅色的領帶，頗帶艷色。她叫梁玫媚，今年小學畢業，瘦瘦的，不算矮，戴了副眼鏡，看起來很秀氣。她從不談她的親生父母，不知道是不願意講，還是根本就不知道她雙親的事。她對中文學校一無所知，對中國的歷史文化，更是一竅不懂，是典型的[番書女]。

　　粵人把洋人叫做番人，洋書就是番書。夏文怡對番書學校也是所知有限，每次聽到梁玫媚講起她學校的種種，也覺得挺新鮮的。一次在禮拜天遇到她，她說要去[望彌撒]，夏文怡聽不懂，問清楚後知道是上教堂的意思，才知道她是天主教徒。

　　另一次夏文怡看到梁玫媚手裡拿了一大堆書報，其中有報紙；報紙裡有一篇電影分類的報導，才知道天主教對教徒的精神領域很關心，而電影是日常最容易影響思想的娛樂，把電影分類，存心很好，相信技術上很難做得到。梁玫媚告訴他，分類其實不難，只有幾大類，例如老小咸宜是一類，小童不宜又是一類等等。夏文怡問她書籍有沒有分類。她說沒有。不過她聽祖母說過，〔男不可以看三國，女不可以讀西廂〕，她問為甚麼？夏文怡知道她對中國的文化了解很少，相信她也沒有聽過四大奇書這個名詞，年紀這麼小，還處於天真無邪的階段，很難作一個簡單的解釋，便對她說：[中國以前一些無聊的文人，很喜歡隨口說出一些帶有警世的話，聽的多數是沒有受過教育的百姓，缺乏分析能力，聽後便奉為金科玉律，一傳再傳。現在這個時代，中外的小說那麼多，加上千奇百怪的電影，西廂三國算是小巫見大巫，這句話早就應該消失。]

以後遇到的時候，他們聊的儘是些中英文學校的話題，慢慢的，夏文怡對教會學校，總算有些了解。不過夏文怡還是覺得，英文學校對故有文化的傳承，缺乏了解和熱情，是標準的殖民地作風，愧對祖宗。夏文怡仍然只是遇到梁玫媚時才聊天，對梁家的其他人，見面時還是沒有打招呼，彼此擦身而過。對梁玫媚的身世，依然不便追問。對這個小女孩，每天都抱著一堆書籍，步行上學，風雨無間，倒是很讚賞。

暑假的時候，譚畔秋在學校找到了一份工作，留校沒有回家。葉展之也要在家幫忙，只有夏文怡的情況依舊。晚上還是在店裡工作，除週末外，白天時間很多。所以常常走路去找譚畔秋。譚畔秋做的是抄寫和校正工作，必須很專心，工作時不可以受干擾，但沒有規定工作時間。譚畔秋一看到夏文怡，話題特別多。

他學校裡最出名的老師，是教音樂的黃老師，除了小提琴外，作曲是他的主要興趣。另外一位李老師，嗜好寫作。中秋怨和紅燈，就是他們合作的代表。黃老師的名曲很多，除前面兩首外，黑霧，輕笑，杜鵑花，問鶯燕和大漢情歌等，都是聲樂家常唱的歌曲。黃老師很鐘情中國民歌，他後來把很多民歌編成了小提琴變奏曲，高山青，讀書郎，昭君怨，頂湖山等等，都是其中的代表。

譚畔秋很喜歡把話題放在這兩位老師的身上。夏文怡看到他的桌上放了不少中國學生周報，猜他在投稿，不過譚沒有提起，所以他也沒問。

學生周報籌備之初，夏文怡期望很大，預訂了半年。看了幾期後，發覺幾乎沒有一篇適合自己的要求，很是失望。只有近期的一篇超短文，是同班吳楓林寫的，非常有趣。主要內容是：一位長得很醜的男孩，從來沒有任何一位女孩曾用正眼看過他。有天他在走路時，迎面有兩個女孩走過來，不但看著他，還一邊聊一邊笑。他看到後很高興，快步走上去，到了很近距離的時候，看到其中一個女孩，用手掩著嘴，低聲的說：[天啊，我從來沒看過這麼醜的男孩……。] 這位醜孩子馬上發誓說：[我這一生絕不會結婚！]下一段文筆一轉，接著寫：多年後，那位男孩已經是三個孩子的爸爸了！夏文怡覺得這篇短文非常有哲學味，人無論多醜，還是有人不嫌棄，平凡的人，總離不開結婚生子的人生旅程。夏文怡不相信吳楓林這個年紀，居然會有這種深刻的人生體驗。見面問起這問題時，那知吳楓林給了一個十分誠實的答案：[那是編者替我改的。]

　　夏文怡在這個暑期裡，也曾寫了好幾次短文，沒有一篇滿意，加上學生週報從來也沒有登過譚畔秋的文章，猜想週報的門檻很高，從此死了這條心。

　　茶樓有時需要臨時的食材，夏文怡常去附近的菜市場買東西，對市場的情形很熟悉。有一天在市場附近，看到鴿子欄裡，有兩隻顏色非常艷麗的鴿子，心想這麼美麗的鴿子，怎麼可以殺來吃呢？ 問問價錢不貴，先給點訂錢，幾天後在天台屋子的窗口位置上，搭了一個簡單的鴿屋，然後買回那對鴿子。念初中時，余老師的太太劉老師，在她們家的角落裡，也養了不少鴿子，夏文怡常去他們家，學了很多養鴿子的常識。賣鴿子的伙計，也告訴他飼養要點和賣飼料的地方，夏文怡覺得養鴿子其實很容易。在陽光下，鴿子的羽毛，發出閃亮耀眼的螢光，非常好看，常讓夏文怡著迷。

　　高中最後的一年，新來的物理李老師，畫直線與圓圈的手法堪稱一絕。他可以在黑板上畫一條很長的直線，簡直和用尺畫的沒有兩樣，圓圈當然比不上用圓規畫的那麼好，但也非一般人所能做到。他非常敬業，同學們可以感覺到他每次講解時的熟練程度。不過一個多月後，大家發現了一個秘密，就是當他講課時，不可以提出問題，否則會擾亂進度。因為他解答同學的技巧，似乎不大高明，往往會因為一道題，打亂他準備好的課程。

　　數學換了曾老師，曾老師教數學的方法，沒有陳老師那麼靈活，但他學歷豐富，參考資料很多，講解條理分明，又是一位好的數學老師。

　　班主任陳老師，長得眉清目秀，是典型的書生模樣。講話不徐不疾，寫字一筆一畫，中正整齊。他最喜歡講曾國藩的家書，說他在書中頻頻督囑子姪們，上下樓梯時，要一步步的走，千萬不可以跳。做人做事，都要一步一步，循規蹈矩的去做。

　　宋老師這學期教的是自然地理，已經跨入科學範疇。同學們覺得他講起來有點力不從心，不再像以前講課時那樣信心滿滿。自然地理其實應算是天文學的一部份，講的是氣壓氣溫氣流等等的相互影響和變化，也應屬於物理學的範圍。文科的世界，博覽群書可以跨入泰斗之境，但從事理科，則必須具備相當的抽象理解力。同學們都知道宋老師是文科出身的，所以對他講課時混亂的缺點，大家都很能體恤兼見諒。

當曾老師開始教微積分時，夏文怡對宋老師的處境更加同情。儒家的學說，人的學習能力大致可分三等：生而知之，學而知之，困而知之。對於微積分，夏文怡發現自己屬於困而知之一級。他知道以後絕不可以讀數理工科。他也想起生物鄧老師的名言：選大學的時候，你喜歡鶴立雞群，還是雞立鶴群？ 雞立鶴群的話，雞當然可以在群鶴中學到很多事情，但其中的辛酸，一定要有吃苦的心理準備。鶴立雞群的利弊，恰恰相反。想到不久後就要上大學，自己也應該早點盤算盤算。

開學一個多月後，一天早課時，班主任陳老師宣佈，學校決定要參加今年的中學校際演講比賽，校方決定派夏文怡做代表。後來夏文怡和陳老師談了好幾次，告訴陳老師他對演講根本沒有興趣，有興趣的大有人在。陳老師告訴他，這是教務處開會後決定的，他個人沒有能力改變。他又告訴夏文怡，提名人是訓導主任謝老師，可以找他談談。一聽到是謝主任，夏文怡就知道沒法改變。

在所有的主任中，謝主任最年輕，長得英俊而有男子氣蓋。他只在初中部任教，照理跟夏文怡扯不上關係。但前一回陳校長以公民會會員參加香港市議員選舉時，謝主任卻把正在上課的夏文怡叫出去，要他帶同司機，用車子去接送選民。另一次在全校的運動會上，謝主任又把夏文怡派去做會場的總風紀。幾週以前，謝主任還把夏文怡叫去，訓了一頓，說他這個風紀當得不好，沒有維持好班上的秩序。夏文怡知道這位主任態度嚴肅，性格耿直得近乎古板，與他的年齡很不配，但不是不講理的人，耐心讓他訓完後，才問他究竟甚麼事惹他生氣。弄清楚後，才知道是物理老師告的狀。大概物理老師很了解他自己對物理學的修養，覺得甲班的同學看不起他，常常給他難題，讓他不但下不了台，還破壞他備課的進度。

班上的一位同學，有個壞習慣，常常不知不覺的用鋼筆撞桌子。那天上物理課時，可能是聽得沒趣，神遊太虛去了，不知不覺的毛病又發作。有自卑感的人特別敏感，老師把這位同學的毛病當作是衝他而發的搗蛋，告到訓導處去，要求記兩個大過。其實這是個絕大的誤會。夏文怡非常了解那位同學，不但功課好，平常中規中矩，從沒有過搗蛋的行為。

夏文怡費盡舌，謝主任還是扳著臉。兩天後佈告欄公佈了記大過一次。夏文怡對這位受罰的同學很感歉意，對謝主任不接納他的解釋，也感失望。所以當陳老師提議他去見謝主任時，他想也不想就放棄了，心想若是去見謝主任的話，換來的一定是長篇大論的教訓。

　　接受了這個任務，夏文怡用了兩週多的時間，把演講大意擬好，一邊練習一邊修改，然後在學校指定的周會上，對全校作了一次預講。週會完畢回到課室時，宋老師已經等在課室的外面，對夏文怡提出修改內容的意見。夏文怡對這位有小辣椒之稱的宋老師，印像最深的是他給的分數，比其他科的老師都低，想不到他對這次演講比賽那麼重視，居然會等在課室門口。夏文怡很感動，對他的觀感從此有了大大的改變。在以後的幾週裡，又修改了很多次。

　　比賽在一間中學的大禮堂舉行。比賽時他看到很多參賽者的動作很誇張，聲音也是抑揚頓挫，台風強烈。夏文怡卻認為內容最重要，能把握重點，清楚流利的本乎自然的講出，才是上乘的演講者。他最討厭演戲式或賣膏藥式的演講。比賽的結果，前三名沒他的分，恰像他在家裡的排名，成了夏老四。校際獎品沒拿到，幾天後卻收到夏氏宗親會的邀請，要他去領取宗親會獎勵傑出子弟的禮物。收到請帖後，夏文怡才知道香港有夏氏宗親會的存在。

　　這學期的數學給了夏文怡很大的壓力。晚上一邊做功課，一邊看店收錢，精神難以集中，還好放學得早，可以在天台的屋子先做一部份。做累了可以看看魚，看看鴿子。週末也儘量不出去，把精神集中在數學上。

　　那對鴿子已長大，出籠後很少飛上空中。不過鳥還是屬於天空的。有一天，一大群鴿子飛過，很自然的，這對鴿子就加進行列，飛翔天空。而且越飛越遠，很快就看不見了。

　　夏文怡又想到了鄉下的老話。斑鳩像戲子一樣，一抬頭就走，很是無情。但是鴿子應該相反，無論飛多遠，最後還是會回家。可惜等到了晚上，這對鴿子還是渺如黃鶴，一去無蹤。夏文怡開始編理由來安慰自己：不是鴿子無情，而是它們年幼無知，讓那群老鴿子騙去了。夏文怡沒有傷心，卻有點可惜。又想起了塞翁失馬，說不定幾天後會帶來很多鴿子呢。不過成語歸成語，事實歸事實，三天後鴿子總算飛了回來，但仍然是那一對。夏文怡記起了前一陣子遇見梁玫媚時，她說她家窗前的牆頭上，常常看到鴿子的大便，她家中有人很不滿。夏文怡決定從此把鴿子關在籠中。

　　高三上學期，學校開始為來年的會考做準備，排了很多課外講習，請那些對會考有研究的老師，為同學講解會考的重點。會考的項目很多，聲樂也算一科。同屆有位同學準備考聲樂，楊老師讓他在音樂室練習，用鋼琴為他伴奏。他選的正是那首同學們都很熟悉的[教我如何不想他]，聲音宏亮而低沉，同學們一邊聽課，一邊欣賞音樂，耳福不淺。這首歌是斯義桂常唱的名曲，同學們耳熟能詳。斯先生雄厚的中音，聞名中外。這位同學的水準雖然未如斯先生，但夏文怡仍然很淘醉在他的歌聲裡。

中學會考是香港政府為了統一標準而設的，沒有強迫一定要參加，但學校和學生，差不多都主動參加。主要是政府和很多機構，都會把會考的成積當作一項衡量的標準，學校的校譽也因學生會考成績的高低而改變。

夏文怡雖然知道自己不必重視會考，但也不想名落孫山。所以每次的講習班，夏文怡從不缺席。夏文藻對會考的事也很關心，問弟弟要不要多點時間準備。剛好夏文藻的朋友在鴨寮街有個房間，平常晚間沒人在，據說很清靜。夏文怡去後才發覺，那家人有好幾個小孩子，雖然他們受過家人的約束，不敢大聲講話，但常常會借故在門口走來走去。但新地方確有新鮮感覺，夏文怡結果每週去兩次，一直到天氣變冷為止。其實那幾位小朋友也很可愛，念書念累了，出門來逗逗他們，有時買些糖果給他們，心情反而變得輕鬆。

不知不覺又到了農歷年的除夕，對街的水泥店，掛在門前的鞭炮今年特別長，從頂層天台掛到地下，引來很多人圍觀。晚飯前開始燃放，一直燒了二十多分鐘，震耳欲聾，硝味沖天，是夏文怡有生以來看到的最長鞭炮。大家傳說這店今年賺了大錢，燒這串長鞭炮，一來是慶祝，二來是顯顯豪氣，乘機做做廣告。

這年天氣冷而乾，茶樓做了很多形形色色的糖獅和魚餅，糖豆仁，糖冬瓜，糖柚皮以及雲片糕等等，來迎接新年的來臨。粵人很少做糖獅，但海豐人卻非有不可。糖獅的做法並不複雜，先把糖燒溶，然後倒進刻成獅子的模型裡，插一條小繩子，乾後打開模型，掛起來後就很漂亮。顏色很多，造型各異，很受孩子們喜愛。用木印印出來的小餅，以金魚形狀的最受歡迎。糖獅和魚餅，主要是觀賞。其他的如糖豆仁，糖柚皮和雲片糕等，才是海豐人賀歲的小吃。糖獅最怕回南天，熱氣加水氣，糖獅就會慢慢溶化。

茶樓的年糕與發糕也很受歡迎，顧客以海豐人為多。受了本地人的影響，茶樓也賣煎堆，圓的龍江煎堆，茶樓做得很好，扁的九江煎堆，做法藏有奧妙，茶樓採用批發品。茶樓的雲片糕很有水準，加了糖冬瓜和糖柚皮，入口清香。據說最好的雲片糕，點火可以燒起來，聽來近乎神話。

有位海豐姓楊的醫生，每年都來訂一盤小年糕，可是他認爲黃糖不衛生，要改用白糖。那丁點的一盤年糕，還要不停的講價，拿到年糕後又嫌這嫌那，夏文怡很討厭他，覺得他又小氣又挑剔，正是粵語所講的：[孤寒兼醃尖]。

年夜飯後，葉展之來訪，正在商量等會到那裡去，夏文怡忽然覺得肚子痛，很快就拉肚子，而且拉得很厲害，馬上跑去二樓敲林醫生的門。應門的說林醫生回家過年。於是拿了錢，和葉展之去找醫生，一直找到太子道；才找到一位剛要離開的醫生。夏文怡對醫生表示，他可能患了霍亂病，醫生看過後說不是霍亂，吃些藥就好。夏文怡又問，打針是不是好得快些。醫生笑笑，真的替他打了一針。收費二十元，剛好是半個月的學費！出門時葉展之問：[你爲甚麼給他那麼多錢？] 夏文說：[醫生不是說二十塊錢嗎？] 葉：[是我的話，就會和他講價！] 夏：[當時你爲甚麼不說？] 葉：[我以爲你知道。] 夏文怡在肚子裡咕嚕了一聲：[馬後砲！]。

開學以後，大家都把精神集中在會考上。會考的項目很多，大家自選參考的科目，成績依英國標準，分爲優，良，及格和不及格四級。中英文兩科一定都要及格，再加另三科，最少五科會考才算及格。每年的會考狀元，往往拿到八九科優，一兩科良的成績，成爲報章採訪的對象。

德明學校的老師。雖然在有意無意之間，貶低了會考的重要性，但對於學生的輔導，還是不遺餘力。夏文怡選了八科，葉展之和譚畔秋也選了八九科，其中還包括了聖經。同學們傳說聖經最容易及格，爲了增加會考及格的比率，雖然不是教徒，平日也沒接觸過聖經，還是把它列進會考的考項。

在會考前的一個多月，夏文平的一家搬去朋友家住，大窩坪的屋子空了出來。夏文怡週末乾脆住在那裡。那邊的屋子建在坡地的最高段，後面是山，山間還有小溪，累的時候可以到附近走走。

有一天夏文怡拿了書本和包子，準備要去大窩坪溫習，走到街上時，遇到了梁玫媚和一個叫趙艷紅的女孩。夏文怡想：好耀眼的名字。看看她本人，不艷也不紅，名字總是比真人好。有了趙艷紅在身邊，梁玫媚變得很開朗，當她知道夏文怡要去大窩坪後，她們也想去。夏文怡告訴她們，要先走一段路才有車坐，下車後還要爬一大段台階，非常吃力。出乎夏文怡的意外，由於對大窩坪的好奇心，她們沒有打退堂鼓。而且根本不坐車，從頭到尾，她們都選擇走路。茶樓到大埔道這一段是平路，她們有說有笑，跟著是個大拐彎的斜坡，兩位女孩走得慢些，但還是很興奮。等走到台階前面，她們開始露出後悔的神情。初春時節，乍冷還寒，上到第八段，雖然不是滿頭大汗，卻也喘氣頻頻。

夏文怡非常佩服這兩個十三四歲的小姐，很勇敢的走完這段路。夏文怡相信，她們應該都沒有到過這種低層的住宅區。看到這種連廁所都沒有的小屋子時，也許會很驚訝，但是她們只是這裡看看，那邊瞧瞧，一副新鮮好奇的樣子，沒有厭惡的表情，充份表露出這種年紀的心態。可惜這裡連個小吃店也沒有，夏文怡也知道她們沒法適應這裡的公廁，趕快就送她們下去。

在會考的前三天，學校休課，讓同學溫習。葉展之覺得一起溫習好處多，兩人在茶樓拿了些麵菜和其他食物，到大窩坪一起溫習，餓了就先吃帶來的包點，還再炒些菜和麵，書中自有飯菜香。

這年會考，譚，葉，夏三人雖然都及格，但成績平平。夏文怡只拿了幾個良的等級，而且都是文科，一個優等也沒考到 這更加證實了夏文怡對自己的評價，提醒自己不適合念理科。但又不願意念文科，結果只好選這兩者之間的丙組，醫科與農科都屬丙組。

醫與農的主要對象是生物，農科包括大自然。中國自古以農立國。這兩門都可以獨立自主，也可以和人合作，彈性較大 夏文怡一直認為自己的主觀很強，不容易和別人合得來，所以農科是上選。但同學們認為其實農科的出路最難，還是醫科來得寬廣。夏文怡決定兩科都選。說來很巧，正在心裡七上八下之際，謝主任又派人來找他。謝主任告訴他，學校有兩個保送到台灣的名額，一個已經給了同學，剩下一名，本來是給另一位同學的，可惜那位同學有一項不合要求，所以輪到夏文怡，問他要不要。夏文怡一口氣答應了。這是個大好消息。這一下子可以輕鬆的參加考試，不必再為入學擔心。不過一個多月後，他接到通知，台灣的學校沒有依他的意願，醫科和農科都沒給，偏偏把他排進完全沒有興趣的牙科。他當時年輕無知，以為牙科醫生的世界，就是整天對著一口發黃蛀爛的牙齒，還要忍受各種不同的氣味；拔牙的時候，醫生辛苦，病人痛苦。上蒼注定他逃不過入學考試這一劫。不過他的心情還是比較輕鬆，因為他是騎牛找馬，已經有了保送的牙科，就算考不上，也沒有甚麼值得擔憂的。

雖然已經決定去台灣，但看到不少同學去報考香港的師範學校，夏文怡也覺得還是多一個退路比較穩妥，所以也報了名。隨後收到校方口試的通知。面試時聽到考官說： [夏先生，你覺得這句應作如何解釋……] 第一次被別人稱為[先生]，夏文怡有一種很奇妙的感覺。口試後卻一直沒有音訊，夏文怡知道誤人子弟這條路上，和自己無緣。

台灣的大專入學試場地就設在夏文怡的學校，地利人和，心裡很輕鬆。很巧的是，有兩道數學題，赫然是從彭相玉那本參考書出來的。這本書正是數學曾老師極力推薦的，想不到幫助那麼大。

化學考得最不好。有一道題是關於冶金的方法，從初中到高中，兩間學校所用的化學教科書，都沒有冶金這科的內容，化學老師連提也沒有提過冶金這名詞，夏文怡連最基本的認識都沒有，只得放棄不答。很幸運的，夏文怡這次考進醫科。甲班考取醫科的，共有三人，藥科一人，乙班醫科一人，是德明學校歷屆進醫藥界最多的一次。

葉展之進台南工學院，譚畔秋去師範大學，蔡清泉到台大。這四位當年畢業於強中學校的同窗，這一年都考進台灣的大學。

畢業典禮在普慶戲院舉行。陳校長是市議員，貴賓雲集，很多家長來觀禮。晚上還有聚餐。對一部分同學而言，這一次的聚會，是他們全屆最後的會面。將來也許有緣雙手再握，也許永遠天各一方。

夏文怡覺得在這三年的高中課程裡，學到了很多其他學校不教的知識。由該校兩位國文老師合編的[昭明文選]，四書五經的代表作，全部收集在內。學校還印了孝經，每位學生一本。對於孫中山的天下為公的理念，也盡心發揚。在傳承中華文化的過程中，做出了很大的貢獻。

一九五八年八月二十三，大陸萬彈齊發，如雨般打在大小金門島上。落彈之密度，尤其是在小金門，史無前例。在最初的幾小時裡，金門的守軍連抬頭的機會都沒有。據報紙的報導，金門守軍和美軍有合約，沒有得到美軍的允許，守軍不可以使用美製的遠程大砲。最初幾小時，所有通訊中斷，聯絡不到美軍。等到通訊修復，得到美軍准許而還擊後，不到一小時，對岸砲聲頓止。很可惜當年指揮七七蘆溝橋抗戰的團長吉星文將軍，在抗戰時沒有死於日本人的砲彈下，卻死於大陸打來的亂彈中。

過後有些書本刊載：毛澤東這次打金門，目的並不是要占領金門，而是要看看美國有沒有膽再打一次戰，敢不敢向中國扔原子彈。依照毛澤東的性格來推理，這種可能性很大，可以姑妄聽之。

台灣則有小道消息：蔣介石那天黃昏要到金門，臨時改成晨早，躲過這個大劫。從數萬砲彈齊發的情形看，致人死命的成數居多，試探敵人的可能性絕無僅有。所以夏文怡寧可相信後者。

這次砲彈只有當天的最初幾小時是真打，後來都是掩人耳目，到最後變成鬧劇。數十年後金門生產了很出名的金門鋼刀，材料就是這些取之不盡的彈殼。這場砲戰雖然沒有使台灣放棄金門，但卻使台灣人心惶惶，幾個月後才漸漸定下來。夏文怡和他的同屆同學們，卻沒有讓這場砲戰嚇倒，依然離港赴台。在快要離港前幾天，夏文平忽然出現在文怡面前，講了很多話，最後說：[放心去台灣念書吧。不要管將來的出路如何，儘管用心去念就好。] 這是他們兄弟倆講話最多的一次。

* * * * * * * *

　　這幾天聽到夏文怡斷斷續續的香港生活，楊玉琴很佩服夏文怡的記性，對他在那種複雜環境下，仍能一心求學，印像很深。最後問他：[你到了香港，很快媽媽又去世，又沒有享受到真正的家庭生活，但你似乎沒有不開心。我在台灣雙親都在，卻常常感到不快。世上的痛苦和快樂，真的很難有標準嗎？]又說：〔你對那位身材特別的女孩，真的目不斜視嗎？夏開玩笑的說：[我走路時兩眼朝天，斜視不斜視沒有分別。而且很多時候，遠看比近看要美得多，何必要走近才斜著眼看？]

　　自從甄婕不再一起玩後，楊玉琴發現他們的關係起了很微妙的變化。談話的內容，再也不是東聊西扯的風花雪月，而是對人生的看法，家庭的觀念，將來的打算等等。兩個多月的接觸，尤其聽完夏文怡的年輕生活後，楊玉琴完全改變了對夏文怡從前的看法。她發覺夏文怡其實很幽默，記性特別好，口才也好，就是性格太直，對女孩不會耍花樣，也一點都不了解女孩子的天性，更不會故意討好女孩子，沒有浪漫的情趣。

　　知道他這次來加拿大，目地只有考試，做完這年實習就會再去美國繼續住院訓練，然後回香港，不作其他打算。平日生活更是簡單，除了和她出去外，剩下的時間就是看書和電視，電影也沒看過一場。從夏文怡的談話中，深知他內心那種遊子的孤單情緒很濃。

　　楊玉琴也體會到自己也年過二十多歲，台灣那種浪漫的生活，應該屬於過去，蹉跎的歲月，不應再延續，對將來的生活，應該認真的考慮一番。很多時候，機會一失，可能永遠不會再來！眼前身邊這個夏文怡，雖然缺點多，但他有很強的責任心，做事態度很認真，應該是個可以托付終身的人。最近這一段相處，心裡常常不知不覺的浮起了他的身影。

　　夏文怡自從知道楊玉琴雙親去了泰國，隻身來加後，對楊玉琴的看法，也起了很大的變化。從前覺得她有股傲氣，沒有一點女性的溫柔，現在發現她是個很單純，不大善於表達，自尊心強，缺乏思考的女性，內心其實很溫柔。一個女孩隻身來到國外，一定免不了內心的寂寞和空虛。

　　夏文怡最記得去年踏進美國的第一天，全醫院竟然沒有一位中國人，心裡那種強烈的孤單感覺，馬上產生了要立刻回香港的衝動。整整一年單身的感覺，讓夏文怡深深體會到在外的不易，尤其是女孩子。夏文怡很清楚自己身上有種中國文人特有的淡淡愁緒，很容易傷感，看到了楊玉琴，[同是天涯遊子]的感覺，就縈繞在他心頭，讓他對楊玉琴有種說不出來的情感。兩人種種內心的變化，讓他們在短短的時間內，情感和了解都起了很大的變化。看法的障礙一旦消除，兩人的進展就一日千里。有一日楊玉琴想起夏文怡在港的生活，問：[原來你一直都害怕和女孩子打招呼，是不是因爲你家沒有姊妹的關係？]　[或者有些關係。但怕別人誤會爲登徒子行爲，可能是主因。][你以後再也沒有和梁玫媚連絡？] [原以爲暑假從台灣回來時會見到她。但回到香港時，一切都變了。]

　　愉快與煩惱常常相伴，有一天晚上散步時，爲了一個問題吵得不可收拾，楊玉琴一氣之下跑回家去，夏文怡也是氣在心頭，不管當時已經很晚，燈光很暗，行人稀少的情況下，也自己一個人回宿舍去。夏文怡到上床以後，才覺得自己很魯莽，更擔心楊玉琴的安全。整個晚上翻來覆去。第二天去楊玉琴上班的病房找她，卻沒有看到她，心裡更是擔心。正好他當天的事情實在太多，工作忙到很晚才做完。回到宿舍後晚飯也沒吃，匆匆就去找楊玉琴。

　　楊玉琴也很後悔控制不住自己的情緒，發了那麼大的脾氣，也一個晚上沒睡好。白天不用上班，準備等夏文怡下班後去找他。到了醫院宿舍的側門時，楊玉琴有些猶豫，不知道等下看到夏文怡時，要說些甚麼，卻見到那扇門慢慢的被人推開。

　　夏文怡一邊慢慢的推著門，一邊在想，等下看到玉琴時，應如何道歉。門開處，楊玉琴看到夏文怡走出來，夏文怡也看見玉琴正站在面前，眼裡流露出一種期望的神彩，夏文怡非常感動，身子不由自主顫了一下，好像進入了夢遊的境界，上前把玉琴擁進懷裡，輕輕的說：[我們結婚吧！]　楊玉琴也沒有回話，只輕輕的把頭往夏文怡的胸前靠。沒有任何其他的言語，只有這個簡單的動作，就決定了他們的終身！

　　楊玉琴做夢也沒有想到，自己竟然會和這個當年相處一年，連一句話都沒有單獨說過的夏文怡，在短短的幾個月內，在海外這家小醫院，定下終身！難道真的有緣份這種事，千里姻緣一線牽？

兩個都是直性子的人，有了決定，就展開行動，選擇日期，尋找房子，告知雙方家長，並決定在法院結婚。忙了一個多月，一切都算順利。雙方家長雖然不能來，卻都提了不少的意見，都認爲選的日期很吉利。

　　這年香港的情況很亂，暴動的形勢沒有改善。夏文藻還捎來消息，香港商業電台的播音員林彬，在八月二十四日受傷致命，一般大衆都相信是左派行動組所爲；大公報在隔天更登有[勇士除奸]的消息。得知香港的現況，夏文怡一連幾天，都悶悶不樂。

　　過了不久，一位加拿大的同事告訴夏文怡，加拿大的人，一般都不接受法庭舉行的結婚，只有在教堂舉行，才是正統的禮儀。這下大大的打亂了他們的步驟，夏文怡情緒變得更加低落。他們倆個都不是教徒，要在教堂結婚，得靠運氣，好不容易才找到附近的一家小教堂，一問之下，才知最少要等三個多月；那時接近考試，對準備考試的同事很不適合。太晚又怕六月底不能一起去美國。雖然無奈，只好先定那間小教堂，騎牛找馬，繼續再找，希望能找到一間最早的。後來小教堂有人取消，可以提前在聖誕節前舉行，比當初的計劃，足足晚了將近三個月。

　　十月的時候，夏文怡又看到了菊艷秋。聽楊玉琴說，她是重回這裡工作的。好幾次還看到她身邊有位高大的黑人，相信是她的男朋友。以後一段日子，菊艷秋常在醫院宿舍的客聽出現。有一次還看見她當著大家的面，邀請方萬里醫生和她去看電影，把方醫生弄的臉紅耳赤，尷尬非常。菊艷秋這種外國作風，很難讓方醫生這種內向的人接受。

　　抗戰時最流行的一句話是：一切從簡。夏楊的婚禮，正是一切從簡。楊國輝大夫當家長，甄婕作伴娘，夏文怡則請總醫師李伯裕當家長，風從雲醫師作伴郎。沒有請醫院的其他人，清一色是熟悉的中國人。一切按該教堂的儀式進行。

　　很多小說中的女主角常會說：[我希望我的婚禮簡單而莊嚴]，非常巧合，夏楊的婚禮，正是這樣。婚後他們請了假，去加拿大的法語區，老華僑稱爲 [滿地可] 的大城市，度了短短五天的蜜月。回來後收到美國醫院寄來的住院醫師訓練合同。這確實是個婚後的大禮物，解決了來年的出路，兩人大大的鬆了口氣。

　　婚後他們搬進醫院對街的房子，上下班非常方便，地方還算大，屋主是台灣來的劉醫生，是當地精神科醫院的醫師。劉太太整天都是笑嘻嘻，非常好客。女兒長得像媽媽，圓圓白白的臉，活潑可愛。

農曆年前劉家開了一次大餐會。正好夏文怡的校友鍾士燮到訪。鍾校友看到劉太太，好像中了邪，在大庭廣眾中緊緊的抱住她，把劉太太嚇得花容失色。

鍾士燮和汪英康是香港英文中學的校友，和姐姐相依為命，生活和學費都靠熱心人士資助。黃友棣老師除了幫助他的學費外，還傳授了他一手小提琴的出色手藝。在台灣醫學院時，夏文怡曾聽過他拉的小提琴，的確很出色。沒想到他這次會做出這種失禮的行動。不久又聽到鍾士燮駕了部烏龜小車，在公路上居然和路人的跑車競賽。最後一次聽到有人寫信給他當地的醫院，要醫院取消鍾醫生的資格。當年在醫學院時，雖然覺得他的言論有點怪，沒想到現在他會變得如此不堪。

鍾士燮走了不久，來了兩位國內畢業的醫生，都曾在香港政府醫院服務過，其中的廖博愛醫生，心高氣傲又口快，夏文怡很少和他交談，另一位賀佩軍醫生，很有長者風範，夏文怡向他請教香港的醫學特點。賀醫生的太太是眼科醫生，在香港政府醫院服務，留港便於照顧孩子們。

夏文怡是唯一結了婚的醫生，住家又在醫院對面，只要有空閒，都會邀請同事去打牙祭，讓大家有機會回味家常菜。

這時離考試只有一個多月，是緊要關頭，夏文怡把全部精神集中在考試上。對夏文怡而言，這是他這生中最重要的考試之一，也是他來加拿大的唯一原因，必須全力以赴。偏偏在考試的那幾天裡，老同學鄒竟成從紐芬蘭來看他們，就住在他們家。白天夏文怡去考試，陪他的任務就落在楊玉琴身上。

鄒喜歡打馬將，對打牌的過程特別有心得，常對楊玉琴說個不停。楊玉琴對馬將完全不懂，不聽又顯得不禮貌，所以只好請他一起外出，買菜逛街，打發時間，等夏文怡考完試回來後，話題又轉到榮總實習的往事。夏文怡去年聽同學說，鄒竟成的母親不贊同兒子和令狐紅的交往，很早就分手，這時見面談往事，鄒竟成絕口不提令狐紅。夏文怡知道這是傷心事，沒有問他實在的情形。晚上做菜煮飯，有朋友自遠方來，加上海外相逢，另有一番感觸。

鄒是象棋高手，風從雲和方萬里也都是此中好手，鄒和風是老同學，夏文怡趁機安排他們見面，晚上可以在醫院宿舍的客廳下棋，這樣夏文怡可以多點時間專心看書，也可以讓鄒竟成大展身手，添加旅途趣事，免得悶在家裡。

鄒竟成離開不久，同年入學的藥科同學鄭彥士和太太又來訪，得知他們兩位在鄰近地方找到工作。過了幾天夏楊到他們家吃飯，才知道鄭太太是烹飪高手；她烤的一條海魚，鮮嫩無比，讓他們回味良久。後來談到交通問題，他們知道夏楊有部舊車，結果買了下來，一百塊錢。

　　看到了鄒竟成和鄭彥士，又讓夏文怡勾起了台灣的歲月，思潮一下子又回到一九五八年。

3. 負笈台灣

　　一九五八年十月，夏文怡和同屆幾位考進醫學院的同學，一同乘坐四川輪，向台灣海峽駛去。十月份是台灣海峽的颱風季節，他們這次也沒例外，碰上不大不小的颱風。很多人是第一次坐長程輪船，開始很興奮，加上同學們在一起，就像一起去旅行一樣，有說有笑。四川輪是貨船，不設乘客床位，同學們只能在甲板上，用行李箱圈地為床，鋪上牛皮紙，就地解決睡的問題。碰到下雨時，要到餐廳躲避。到了外海，風浪開始洶湧，船身顛簸，一個接一個，大家開始躺下來。開始只是躺，慢慢的，有的人就做了神仙，口吐白鍊，有了騰雲駕霧的感覺。天氣實在很壞，三天的航程變成四天。幸而有的時候風平浪靜，碧海藍天，晴空萬里，時有飛躍魚群，穿梭船旁。

　　晚上落日，霞雲掛空。晨早旭日，光芒四射，讓一些尚能在四處走動的同學，觀賞海上風光，沖淡暈船之苦。船一進基隆港，大家精神馬上大振。岸上早有前一批的同學來接船，上岸後吃一碗香噴噴的原汁牛肉湯，再去台北。

　　到了學校，知道還有少數同學未到。早年來的老大哥建議，應先到台灣大學先住幾天，趁機瀏覽台北，可以等到S期限的前一天才報到。

　　蔡清泉和班上幾位同學住的宿舍，距離夏文怡的學校很近。找到蔡清泉，剛好他那裡還有空房，可以暫住數天。他們白天有課，夏文怡等自己逛台北。

　　公共汽車很方便，三輪車價錢不算貴，還可以兩人同乘。同學們所熟悉只有西門町。西門町確實很熱鬧，戲院特多。最不習慣的是食物。饅頭，餃子，麵食等等，味道很淡，沒法下咽。最後找到了新陶芳，是粵菜館，吃的問題才得以解決。後來去師範大學找譚畔秋，那附近有很多攤子，牛肉麵的味道還過得去。最後找到台灣大學的大門附近，有家粵菜館，似乎以學生為主客，價錢大眾化，夏文怡等光顧了好幾次，直到報到那天為止。

　　到醫學院報到後，才知道連宿舍也沒有，在大廳辦完入學手續，晚上就睡大廳的軍床。第二天集訓，廣東籍的邢隊長扼要的介紹醫學院的歷史，生活的規則，以及這次到南部受訓的重點。

　　這一期的本地同學，早已依期去南部受訓，目前這一批，全是海外來的，應該是最後一批。第三天清早坐軍車到火車站。台灣很窮，軍隊更窮。火車很舊，速度更慢，從台北到鳳山，一共花了十多小時，報到時天已經黑了。

第二天是特別為這批晚到學生開的補訓，為期一週，最後才加進總隊，正式受訓。夏文怡現在才弄清楚，訓練中心是陸軍官校的一部，是專為軍事學校而設的。軍事學校有六間，除醫學院外，還有政工，兵工，法務，財務及聯勤等。軍事學校有別於正規軍：正規軍的任務是打仗，軍事學校的任務，是支援軍隊的作戰。六校中只有政工稱[幹校]，其他都稱學校或學院。

幹校就是幹部學校的簡稱。很明顯，這學校就是培養軍中政治幹部的學校。那時幹校的校長王昇，是蔣經國在江西時期的要員。國民政府敗退台灣後，認為失敗的原因很多，但軍中缺乏政治人員，是個非常重要的因素，因此才成立幹校。幹校在軍中的職位是指導員，負責思想方面的事宜，也有人稱他們為[專打小報告]的人。

一腦子美國思想的孫立人，最看不起這類人，也最反對軍中有這種制度，認為是對軍人的侮辱。為了要取消這種制度，跟蔣經國鬧得很不愉快。

夏文怡被分到第四中隊，隊裡的醫學院同學有十幾名，印尼一名，香港來的只有他和汪英康。汪是英文書院畢業的，高個子，戴眼鏡，長相斯文，但有旺盛的進取心，在每班九條大漢中排名第二；第一名是台灣本地的張星嶽，四中隊隸屬第一大隊。汪在第一分隊，夏在第三分隊。

第一分隊的隊長姓葉，火氣很大，第二分隊的羅隊長是廣東人，年紀較大，為人低調。第三分隊郝隊長有點女人氣，性格溫和。每分隊還有一位副隊長，也各有特性。指導員非常年輕，講話陰聲細氣，很合乎政工人員的特性。照夏文怡幾週來的觀察，這位年輕的指導員，並不受隊裡正規軍官的歡迎。

一踏進這個訓練中心，夏文怡就想起一九五六年的軍中夏令營，也以為會和夏令營差不多。誰知幾週下來，才知大謬不然，最特別的是這裡的處罰的手段。夏文怡本以為自己是大學生，處罰的方法也應該是大學的水準。豈知真是秀才遇著兵，那班老粗那管你是誰，常講[你不要以為你是大學生，在這裡，你就是階級最低的兵。]在他們的字典裡，大概沒有自尊心這個字。種種的處罰，都是最傷自尊心的。

棉被疊得不好，罰你做[抗日英雄]，雙手捧著棉被，站在太陽下，膝蓋還要半彎，別人睡午覺，你就得站到大家醒來才解脫。

另一種無聊的罰法是兩手橫著托起步槍，頭戴鋼盔，面對鏡子，立正直站，半小時或一小時，原因是連續犯了室內戴帽的小毛病。簡直是患了虐待狂！夏文怡一次在排隊時，莫名其妙的給中隊長罵得狗血淋頭。開始時不知道爲甚麼挨罵，後來聽清楚罵的是：[立正時還不停的眨眼睛，一點軍人的氣概都沒有，莫名其妙]。這讓夏文怡想起美國的電影，常常有大兵給上級修理的鏡頭，以爲是荷李活故意做出來的，想不到今天居然身受其苦。想來目前軍中這種陋習，是從美國輸進的舶來品。

　　相信現在這幾位長官，當年受訓時，一定也嘗過這些苦頭，又把這種幼稚無聊的陋習，沒頭沒腦的延續下去，也許其中帶有莫名其妙的報復心理。在夏文怡的理念中，兵家的訓練，除體能與技能，袍澤關係的建立，和吃苦精神的培養外，最重要的就是應變的智能。但目前軍中種種的處罰方式，恰恰起了反作用。夏文怡一直想不通，難道軍人個個都沒有頭腦，從來沒有人想到這個問題？不過後來夏文終於知道軍人講求賞罰分明，絕對服從命令，罰的並不是針對甚麼事，罰的是違反命令。

　　訓練的生活，從起床到就寢，全部由長官安排，沒有一點屬於自己的時間。早上五點半起床號一吹，連梳洗和刮鬍子在內，十五分鐘內就要到操場集合，值星官的立正口號一停，還沒有入列的就是遲到。遲到的一定會受到每天不同的處罰。

　　爲了避免遲到，睡覺時夏文怡一般都不敢脫掉外衣，一下床馬上穿鞋子，剃鬍子，再快步到操場。只可以快步，不可以跑。鬍子要剃得乾淨，集合時值星官會用手來摸，鬍子沒剃好的又要倒霉，怎麼處罰，要看是那一位值星官，及值星官的心情如何。一般多數罰跑步或伏地挺身。圍繞操場跑步兩圈，大概要三十分鐘左右。伏地挺身香港叫做掌上壓，做完五十到一百下，滿身大汗，對體力大有幫助。

　　集合完畢做柔軟操，跑步，或軍操，然後吃早飯。早飯每人一個饅頭，幾樣小菜，稀飯隨便吃，到吃光爲止，吃得快的占便宜。全部吃飯時間是十五分鐘。長而窄的板凳，只能坐凳面的前三分一，腰要挺直，飯碗要高高的拿到嘴邊的高度，然後才移近嘴邊，吃時不可低頭，有點機械人的味道。時間一到，值星官叫聲口號，不管有沒有吃完，都得起立，聽到解散的口號後，按次序離開。

　　到八時上課前，這段時間是大家辦公大解的自由時間。八點到十二點上課，午飯後有四十五分鐘的午覺，然後上課到五時。五點半吃晚飯，飯後自修，九點鐘晚點名後，半小時內就寢。

除了自習的時間屬於自己外，其他都是軍方的規定。軍中除了上課和操練外，內務是日常的要項，內容包括床鋪，枕頭，盥洗盆和牙刷牙膏等。很多人被處罰，問題多數出在內務上。對枕頭的要求，已經近乎病態的地步。那些軟軟的枕頭，不但疊得要方正平直，還要有陵線，要像塊方木頭一樣。換句話說，就是外表要好看。

中看不中用的應該是儀仗隊，能打仗的才是真正的軍隊。內務和打仗有甚麼關係？夏文怡很不贊成目前軍中這種虛偽的訓練方式。把大好時光都浪費在這種無聊的要求上，實在是做軍人的悲哀，也是國家最大的損失。不過贊成這種訓練方式的人說，軍人的天職是服從，訓練服從，必須每天做，內務做得好就表示絕對服從。歪道理一大堆！

軍中的教材編排，很是完整。兵器方面從槍枝的基本結構，槍的種類，性能等等，從簡單到複雜，都能按部就班的講授。槍枝的分解與復合，是必修的課程。槍枝的日常保養，更是每一個士兵的天職，不但不可以生銹，連灰塵也不容許。戰爭的結構，從單兵到班排連，都有詳細的講解。連以上則不屬於基本的戰爭範疇，只做簡單介紹。

其餘如兵種的配合，地形的種類和特性，進攻與防守的條件和特性，都有詳細的講解與討論。

對夏文怡來講，[斥候]是個既新鮮而又奇怪的名詞。只有在歷史故事中聽過這個名詞。斥候兵的任務是狩查和偵察，所以斥候和探子，意義上應該差不多。行軍時都是先派斥候，在短距離內了解情況，和通訊兵的性質不同。

隊伍的射擊，和個人射擊不同，隊伍強調相互配合。射擊一定要有目標，目標的描述，非常重要。有的目標不容易看到，要先找明顯的標誌做看點。軍中採用的方法，也頂有趣。教官常舉一個笑話做例子：目標，正前方，黃牛三隻，左邊五尺。士兵聽到指示，往正前方看去，卻沒有看到黃牛，沒法射擊。同學們聽到，自然大笑。因為牛是會動的，當然不能用做射擊目標的標誌。其實教材裡的標準辦法，並不高明，用在實戰中，毛病百出。作為教材，無可厚非。可是授課的長官，卻把它當作金科玉律。

有的數目字，口述時不容易聽清楚，所以軍隊把[零]和[一]，通通改用[洞]和[么]，夏文怡覺得很有趣。[一]和[七]在發音上容易混淆，改叫[么]，有其實用性，[洞]的發音比[零]的發音響亮，實用上有點幫助。雖然明瞭這種變換，但聽到某某的成績是[么洞洞]時，夏文怡還是覺得挺新鮮的。

軍中走路和跑步的速度，標準是每一分鐘一百二十步，第一次聽到教官說到這個速度時，夏文怡覺得有點不可思議。他從來也沒有想到日常的步伐可以調整到這麼快。每天晨早跑步時，耳邊聽到的是儘是響亮而快速的腳步聲，讓夏文怡感覺到，每天身體的最高峰狀態，就是此刻。夏文怡很淘醉這種感覺。不過軍中的正步，卻讓夏文怡吃盡苦頭。

　　平常的跑步或快步，都是走的，只有這種古怪的正步，腳是[踢]出的，手是揮出去的；膝蓋要提到與髖關節同高時才踢出去，手要揮到和肩關節同高才合標準。很明顯，下級為了討好上級，才會在檢閱時想出這種步法。上級看到下級這種外表充滿活力的步法，便以為自己治軍有方，顯得得意洋洋，自我陶醉一番。這當然是自欺欺人的[老粗]本色。

　　軍中最強調是[服從]，說服從是軍人的天職。要達到人人服從的目標，軍方又有一套理論，認為必須[由外到內]這種訓練方式開始，外表服從，就表示內心也服從。所以一切看外表就可以，這又是軍中另一套自欺欺人的典型。

　　軍中陽奉陰違的風氣很盛，[瞞上不瞞下]是一般軍人行事的信條。夏文怡相信軍中一定有很多人痛恨這種陋習，但是由於大多數軍人抱著[多一事不如少一事]的苟且心理，種種自欺欺人的陋習，始終依然如故。

　　軍中還有一條規定：不可以越級報告。士兵有事只能向班長報告。一但班長把事情[處理]以後，無論處理得對不對，事情就告一段落。毛病就出在這裡：假如班長以為自己處理正確，沒有必要報呈上級，錯誤就永遠沒有得到糾正的機會。小事當然影響不大，嚴重時後患可能無窮。假如事情對隊上名譽有影響，當事人又採取[瞞上不瞞下]的手段把事情掩蓋，大事化小，小事化無，長久下來，是非不分，那有軍魂可言？國家養著這樣的軍隊，實在非常危險。

　　夏文怡覺得軍中必須另闢條例，以補[不越級報告]這個規定的漏洞。後來想想，自己才來不久，對軍中的了解只限於這個訓練中心，相信正規的官校，不會有這種大家都看得出來的缺點。

　　雖然正步只是中看不中用的步法，但是對夏文怡，卻是很要命的步伐。操練時，夏文怡注意腳的時候，手就停止擺動。把注意力同時集中在手和腳的時候，卻變成了左腳和左手一起擺動，右手右腳一起踢出，簡直就是機械人，洋相百出！結果當然遭到教官的特別處理，一個人在角落裡，由另一位長官個別教授，一直到學會為止。夏文怡一生也忘不了這種特別訓練。足足訓了一個星期，他才勉強學會這個

103

跨張的怪動作。不只是踢正步有麻煩，在往後的一段日子裡，遇到有特殊的動作時，夏文怡也是怪相百出，笑話多多。還好授課的體育老師說 [肌肉的協調，需要學習，就算看來很簡單的動作，假如以前沒有做過，不一定第一次就能做到。]

夏文怡很感激這些特殊體育訓練的教官，讓他了解身體肌肉協調的弱點。夏文怡非常高興有機會通過這些學習，來改正自己的弱點。這也讓夏文怡想起童年時學寫字的異相：明明要向左的，自己卻偏偏寫向右。後來學持槍劈刺示範時，當教官面對面做示範時，夏文怡也總是左右弄錯，一定要等到教官轉過方向，兩個人同一個方向時，才能分清左右，才會做到正確的動作。他很清楚自己這種與生俱來的缺點。

夏文怡是個很有決心的人，一但決定，就會全心盡力去完成。他知道這次來到台灣，最主要的目的，就是求學，其他都可以放一旁。而這次受訓，只是這次求學中短短的一個過程，通過了這個過程，就完成了這一個階段，成績好壞並不重要。而且，假如一般人能夠做到，自己沒有裡由做不到，頂多比別人辛苦一點而已。

抱定了這種心理，在往後的日子裡，無論遇到多麼不合理，多麼難的事，總能泰然面對，過一關就是一關，一直到受訓結業為止。有了這種心理調整後，以後的一段日子裡，一切變得很平靜，更平添了不少樂趣。

一個多月後，週末時已經准許外出。理由是這一個多月來的訓練，已經把我們的[老百姓]氣味洗掉，現在身上已經有了革命軍人氣概，也具備了軍人應有的基本禮節，在營區以外走動，應該不會犯規，讓那些憲兵捉到，而影響本軍營的榮譽。聽到這項宣佈，夏文怡馬上給葉展之寄了一封[限時專送]，週末去台南看他們。

台南離鳳山只有一個多小時汽車，夏文怡很快就見到高中同屆的同學，差不多十多人，幾乎都住在同一個宿舍，清一色是成功大學的工科生。雖然分別不到半年，見面時大家還是很興奮，吵吵鬧鬧的說個不停。台南是鄭成功當年的大本營，附近古跡名勝很多，不過葉展之到這裡還不到三個月，大部份地方還沒去過，所以除了參觀宿舍和校園外，只能在附近逛逛。

當時台南地偏南部，雖然成市，還保持了鄉村的寧靜，人口不多，穿著樸素，大部分人只會講閩南話。夏文怡兩年前參加軍中夏令營時曾來過，記憶猶新。

這一個多月來困在軍裡，吃的都是填飽肚子的粗糧，現在看到了路旁擺攤的零食，似乎每樣都想吃。不過他現在穿的是軍裝，在路上隨便吃東西可能有損軍容，假如第一次外出就犯規，那可大大的不合算。所以只買了一盤外皮還帶綠色的蕃茄，沾上甘草糖漿，站在路旁的樹蔭下，小心翼翼享受一番。

看到夏文怡這種吃相，葉展之一直在笑。他對這些零食沒有興趣。平心而論，蕃茄當然沒有甚麼特別，但配上甘草粉，加上當地特有的黑甘蔗糖漿，吃起來卻別有一番味道。這是夏文怡在這次軍訓中來台南唯一的一次，也是他一生中吃這種零食的唯一一次。

從台南回來後的第二週週末晚上，營裡舉辦了第一場歌舞會。晚飯後，大家拿著小板凳，一隊隊的操進廣場，欣賞[阿兵哥]最淘醉的軍中歌舞表演。內容以歌唱為主，相聲，平劇，雜技，笑話等等為副；表演的是政工幹校及復興劇校的畢業生。歌唱差不多是流行歌曲，夏文怡印像最深是[王昭君]和[夢裡相思]這兩首歌，他第一次聽到。尤其是王昭君這首古曲，無論風格，歌詞和旋律，都獨具一格，令他入迷。夢裡相思也非常悅耳而幽怨，一聽就喜歡，大部分聽眾都跟著唱。

夏文怡在港時，每年國慶日才有機會聽到平劇，但從來沒有留心戲劇的名字。這次坐在他身旁的恰巧是位戲迷，才知道這晚唱的有定軍山，空城計，蘇三起解和鎖麟囊等等。

阿兵哥最興奮的時刻，是歌唱中只剩音樂的空檔；遇到這空檔，假如歌唱者是女的話，大家幾乎同時起哄，大叫[跳！跳！] 那位女歌手，也常常不負眾望，熱情的跳起舞來。這種表演當然不具甚麼水準，但對這班日常生活枯燥的阿兵哥而言，可算是久旱後的甘露，一場表演完畢，大家興高彩烈，回到寢室，尤有餘音。

接下來的日子，幾乎都在戶外。先前課堂學到的知識，現在正好應用在操場上。

軍中常說，槍是軍人的生命，出操時槍不離手。夏文怡兩年前參加軍中夏令營時，用的是[七九]步槍，又笨又重，後座力很強，射擊時常常弄痛肩部。現在這枝卡賓很輕巧，又是半自動，用起來非常順手，裝拆也較簡單。所謂半自動，就是能自動退殼和自動上鎧的意思。熟習了卡賓的構造與性能後，保養和安全是軍中常常掛在口中的警語。

有了槍，下一步就是射擊。各種不同的射姿，課堂裡已經學會了，現在就是實彈射擊。實彈射擊最重要的事項就是安全。除了嚴格的靶場安全規則外，分數的評定，報靶的方式等等，都必須非常熟練後，才可以進行靶場的實際操作。輪到上靶場的那一天，夏文怡很興奮，也有點擔心能不能及格。

早上五點起床，六點出發，到靶場時已是八點，教官不厭其煩的反復把安全條例說清楚，然後分配工作，教官再做實際示範。到中午時，只有一半人完成射擊。半小時吃飯和休息後，射擊的進度比較快，不到兩個小時就完成全部射擊。然後是討論與總結。很意外的，夏文怡拿到很好的成績，居然有兩槍射中紅心。

做為訓練的基本槍枝，卡賓槍非常理想，但卡賓槍射程短，準確度較差。準確度與射程較好的是半自動步槍，它的缺點是太重，不是全自動，一次不能發射很多子彈。可以快速發射很多子彈的是機關槍，長長的子彈帶可攜帶很多子彈，又有支架，按下的手指只要不放，幾十發子彈馬上射光。不過機關槍只能用坐姿或臥姿操作。

老兵常講，單發的子彈最危險。機關槍打的是聲勢，不是奪命槍。當年受訓時，政府很窮，沒有自動步槍和機關槍的實彈練習。手槍不是戰場的常規武器，只限某些軍官佩帶，夏文怡原以為不會有手槍實彈射擊的機會，但夏文怡忘記他們畢業後就是軍官，有佩帶手槍的資格。不過手槍射擊的規模很小，只在附近空地架起靶板，示範的這位教官，據說是陸軍手槍射擊比賽的優勝者。

每人一發子彈。手槍的震盪力很強，很容易發生意外。每個學生射擊時，旁邊都有兩個教官在督導。夏文怡也很幸運，一槍就打中第二環。發射時刻沒有覺得有多大的震盪力，射完再看手槍時，槍口已經朝向地下，可見它的震盪力確實很大。

火箭筒的射擊，須要兩人配合，每班的火箭筒兵，兩人一組，火箭筒放在前面戰士的肩上，後面的負責瞄準與點火。發射時筒的後面有熱氣噴出，沒及時躲開就會受傷。這次實彈射擊，只限班上的火箭筒兵，其他沒份。

手榴彈的射擊很夠刺激。手榴彈的最大殺傷力，是在手榴彈快要著地那一刹那。拋得太晚，在空中的殺傷力最小，更可能傷到自己。拋的過早，落地後還沒爆炸，對方有機會把它拋回來，或者拋到他處。所以在拉開封條後，要停頓一下才拋出去。遇到過分緊張的人，拉掉封條後忘記拋出，就會引起傷亡。為了避免這種意外，一般都選在有深溝的地方練習，這樣搶救就很容易。手榴彈的數量也不足，夏文怡失去一生中唯一的機會。大炮的種類很多，但是炮彈昂貴，地點也不好找，所以只有聽講的份，沒有實際操作的機會。

實彈訓練過後，就是一連串的實戰訓練。首先是行軍。行軍有長途和短途，又分急行軍和正規行軍。夏文怡接受的是一整天的長途行軍，中途一段是急行軍。照當時制度，排在第二位的要拿很重的半自動步槍，第七位拿機關槍，更重。夏文怡運氣好，排第四，只拿輕巧的卡賓。

行軍時全副武裝，除了槍枝，還有鋼盔，飯菜盒，水壺，擦汗用的毛巾。雖然是熱天，還是長袖長褲，加上綁腿。平常出操，有時也要打綁腿，但操練時間較短，綁腿鬆脫的機會不大。現在行軍一整天，一定要把綁腿打得很結實才行。夏文怡找來隊友合作，一個人拉，一個人按，解決了綁腿的問題。綁腿這個東西很討厭，鬆了會掉，太緊時腿會痛，又要整齊兼好看，很花時間。

行軍的另一個項目是地圖判讀。有路的時候，用地圖與實路核對，就可按圖找地；沒有路的時候，就得用羅盤，照著資料上提供的角度與距離，去尋找目的地。距離是按個人腳步的長短測算，羅盤的角度也很難看得準，往往有差之毫釐，謬以千里的缺點。幸而目的地一般都很大，完全迷失的機會不大。

過了行軍訓練後，就是打仗，分為進攻和防守兩大類。兩者都要選地形。也都要講求偽裝，掩護和掩體的構築。另外的要點是火力的分佈，支援的協調等等，事先要預設不同的方案。攻擊的要點是選攻擊發起線，進攻的目標和採取何種戰術。防守時也有種種的構想，縱深的構想是防禦的要點，也都要事先詳細敲定。這些理論，夏文怡都懂，但輪到實地操時，對著空地和山頭，看上去都一樣，究竟何處可攻，何處能守，真的像老鼠碰到烏龜，不知何從下手。

等到戰場上的攻守等階段的訓練都完成時，受訓的日子只剩下一個月，這個時候有人開始數饅頭。因為每天早上吃一個饅頭，數數還要再吃幾個饅頭，就可以擺脫這種苦事。

從入伍到了現在，大家都已經習慣這種生活，聰明的人更摸出很多路數，被隊裡的教官稱為[老油條]，那就是很滑頭的意思，偷雞摸魚的技倆多多，拿他沒法。

本地來的學生，聽說有一些是[太保]出身的，雖然經過幾個月的軍訓，還是積習難改，不免會演出全武打。夏文怡的隊裡，就有位個子很矮的隊友，有人說他是很有名的太保。夏文怡看他的長相舉止，沒有特別之處，將信將疑。直到有一天，這小個子與一位大塊頭吵架，忽然看他衝到大塊頭前面，又快又密的拳頭，一下子已打了大塊頭十幾拳。大塊頭摸著胸口，沒有還手。

軍中打架是大事，也許大塊頭很守規距，也許大塊頭深知這小子的厲害，所以沒有還手。無論那一種，夏文怡總算親眼見識過這小太保的狠勁。

到了最後這個月，夏文怡才知道軍營裡有個福利社，除了賣食物以外，還有撞球台，讓戰士們有點娛樂，可以嘗嘗伙食以外的滋味。

　本地的入伍生，週末沒有外出時，還會到福利社[泡妞]，跟服務的小姐聊天。也許是國語還沒到程度，也許很少有人帶多餘的錢來這裡，沒有看到僑生們在這種地方流連。

　到了數饅頭的這段日子裡，很多人已鍛練出一套[吃]的技巧。早上的饅頭一人一個，不用搶，留心不讓他人拿走就可以。稀飯與小菜，吃快一點就行。

　中午和晚上，一般是兩菜一湯。湯可以留到最後喝，兩菜中有一樣是每人一份的[私菜]，先不要吃，等吃完第一碗飯，趕快把私菜放在碗底，再裝第二碗飯。前面的幾碗飯，用[公菜]來伴著吃。飯不必裝太滿，也不用壓緊。等到最後那一碗，那就要塞得越滿，壓得越緊越好。這時候桌上已經光溜溜的，碗底的一塊私家菜就派上用場，可以把那塞得滿滿的最後一碗飯吃完。公菜有的時候是菜肉混雜，吃相難看的搶肉隊友，過了一陣子就會得到[菜狼菜虎]的封號。

　週末的時候，有的隊友外出，多餘的飯菜，就可以讓食量大的隊友大飽一頓。北方人早上可以吃上五個饅頭。南方人可以吃七八大碗飯。夏文怡也有七大碗飯的紀錄。入伍生活，消耗的熱量很大，除了饅頭和飯的份量勉強夠吃以外，菜和肉的份量就少得可憐。

　新年放假時，夏文怡和汪英康一起回台北。換過便服，自由自在的走在台北街頭，特別的輕鬆。晚飯時他們叫了一份客飯，每份一菜一湯，白飯無限。伙計給了他們一大鍋足夠五六人吃的白飯，誰知他們倆很快就吃光，再叫伙計添飯時，那伙記睜大了雙眼，怎麼也不相信這兩個長得斯文的年輕人，飯量竟然比剛從牢裡出來的還大！在夏文怡的記憶裡，這是他有生以來飯量最大的一次。

　過完新年，只剩下二十幾個饅頭了。所有關於小型戰鬥的個別操練，都已完成，剩下來的是復習，考試和總操練。

　還有一項讓每一個人都提心吊膽的，就是夜間緊急集合。最近一個月來，每晚都有謠言說今晚有緊急集合，把大家都弄得疑神疑鬼，緊張兮兮的，衣服也不敢脫，覺也睡不好。

　一晚一晚的過去，偏偏沒有緊急集合。剩下的日子越少，大家就越緊張。不知那裡來的傳說，往年每次緊急集合，都有人受傷。有的從床上摔下來，有的門牙撞到槍口而脫掉，有的給刺刀捅傷等等。這些話也許是真，也許有的是加鹽加醋的。

　在入伍訓練快結束兩週前的一個星期五，剛好輪到夏文怡站下半夜的衛兵。大概零晨五點鐘，夏文怡看到總隊部的地方有燈光閃了一下，靈機一觸，夏文怡在心中說，要來的終於來了。照規定，夜間緊急集合時要關燈，禁聲。因為是衛兵，已經全副武裝，沒有甚麼可以做的。夏文怡趕快把服裝檢查了一遍，把綁腿弄緊，輕聲的走到汪英康的床邊，把他搖醒，在耳邊告訴他可能是夜間集合。

汪英康是一個動作非常靈活的人，很快便完成全部武裝。在夜間，無論多輕的聲音，還是聽得很清楚。汪英康的輕微聲音，還是讓那些提心吊膽的人聽到，很快，很多人都莫名其妙的全副武裝起來。也很快，那震人心弦的號角聲就響起來。值星官不愧是訓練有素，號角響後的第一個反應就是關掉所有的燈。頓時整個寢室黑漆漆的，靜悄悄的，只有身體動作發出來的聲音，跟著而來的是衝出寢室的腳步聲。

夏文怡的這一隊，成績還不錯，只有一位褲子沒穿好，幾位綁腿沒打好，很多位忘了戴鋼盔，沒有嚴重的傷，只有一位從床上跳下時扭傷腳踝。

隊伍剛一站好，總隊長的立正口令已發出，所有人都得原地不動。然後是檢查已到隊的人數，隊伍是否已排列整齊等等。最後是總指揮官訓話。夏文怡對這位指揮官的印象很深。上一次來訓話時，他高高的站在指揮台上，來一次立正口號，讓大家挺直的站著不動，連最輕微的搖晃也不可以，看大家可以維持多久。

其實人體要保持絕對的靜止，最多只能支持三十秒，否則雙腳會很痛。夏文怡在命令下達幾秒鐘後，便開始調整雙腳的重量，左右交替，一重一輕。這樣等於左右腳輪流休息，表面上卻看不出有明顯的搖晃。不到一分鐘，聽到指揮官如響雷般的吼聲：[不要勾頭！] 那時夏文怡還不能全部聽懂國語，不知道那吼聲的意思。後來才知道有人頭皮發癢，忍不住用手去勾頭皮。那次對這位指揮官的印象很深。這次看到他來訓話，心想一定會被罵得狗血淋頭。細心聽下去，卻覺得他的評論很中肯，淺出深入，指出了犯錯的原因，還跟過去幾屆做比較，最後勉勵一番。

夜間緊急集合一過，大家心頭的大石馬上消失，再也看不到有人晚上還穿外衣睡覺。剩下來的壓軸戲，就是實戰的實彈操練。九個中隊在一起，有的主攻，有的主守，其他的負責通訊，工兵，友軍的支援，逆襲的生力軍等等。場面很大，協調復雜，危險性也大。夏文怡分到的是主攻的先頭部隊。當時採用美國戰術，攻擊時先用大砲，向敵方陣地猛攻，把敵人打得頭也不敢抬時，先頭部隊才發動攻擊命令。

據說往年有同學被炮聲震傷耳膜。教官很緊張，同學們一進到攻擊發起線，教官便一直提醒防止被炮聲震傷的方法。要大家一定要張開口，雙腿半蹲，雙腳前掌著地，後跟離地。據說這樣不但可以避免耳膜震傷，更可以防止肺部震傷。

夏文怡很擔心，炮還沒有發射，他已經做著這個動作。炮聲過去後，發覺大家都沒有受傷。到了攻擊發起線，班長命令一下，大家就依照選好的路線，快步衝到掩護點臥好，準備第二次衝鋒。在經過鐵線網時，必須匍匐前進。全副武裝，拿著槍，夏文怡費盡氣力，只爬了一點點距離。可能是心急，不知不覺的就彎起膝蓋來爬。這下不止危險，身子一高就容易中槍。不過，中槍倒沒有，臀部的衣服很快就被鐵線網的鉤勾住，用手摸了很久也解不掉，正在焦急萬分，正好羅中隊長出現在身邊，解圍後繼續努力，到了新的掩護點。這樣一段接一段，到了最後的衝鋒發起線，等到時機成熟，排長發令前衝，一直衝到敵人的山頭為止。

接下來是救傷，清理戰場等等工作。雖然很辛苦，但大家沒有受傷，演習時並沒有聽到頭上有子彈飛過的聲音，夏文怡鬆了一口大氣，總算結束了這場期待已久的大考驗。

這次實地演練一過，奇跡馬上發生，隊上所有長官，立刻換了另一副面孔，兇臉變笑臉。稱讚大家的學習能力好，吃苦又耐勞，體重增加，體能更好。一九五九年二月六日，舉行結業典禮，結束這一生僅有的軍訓。隊上長官從此十分客氣，問要不要拿張照片留念，要不要在紀念冊裡留言等等。

修養欠佳的同學，拿到照片後馬上撕爛。夏文怡和隊上的幾位長官沒有特別緣份，也沒有特別的惡感。醫學院的指導員來接他的那天，和他的中隊長握握手，行個軍禮，一個向後轉，便離開了這個陸軍訓練中心，只帶走了，一絲絲留在心裡的雪泥鴻爪。

回到台北，還沒有到農曆新年。夏文怡沒有親戚在台灣，卻有兩位初中時的老師。馬上寫信跟他們聯絡。幾天後就收到余老師的回信，請他來吃年夜飯。仍然未到開學，本地的學生都在家裡渡假，他們這班僑生，暫時住在大禮堂。在校園裡，還是要穿軍裝，校內的生活規則，還是依照軍人的規定，只有出了校門，才有自己的天地。

其實他們的天地也小得可憐，除了去西門町，就是台大或師大的僑生宿舍，找譚畔秋，蔡清泉，星墨翰等聊天吃飯。師大要坐車，比不上去台大方便。寒假期間，台大的宿舍變得很熱鬧，出入自由，夏文怡常去。

台大校園的傅園，一進校門就到。校門附近的棕櫚樹，充滿了熱帶風情，對香港來的學生，很有新鮮感。傅園環境幽靜，草坪，水池，睡蓮和傅斯年雕像，都發人深思。有一天夏文怡在傅園漫步後，又順步來到十四宿舍，看到一位馬來西亞的同學正在看一本叫做[藍與黑]的小說，還順手把小說遞給他。夏文怡翻到第一頁：[有人說，一個人一生只戀愛一次，是幸福的；不幸，我比一次剛剛多了一次。]整整一頁，只有二十九個字。

夏文怡從來沒有看過這種新潮編排的書，大大的引起他看這本書的興趣，第二天就買了這本書，不到一星期，一口氣把書看完。看完後冷靜想想，這本小說也沒有甚麼特別之處，只不過寫的是大學生的事，背景又是近代的民國，看的時候，很有共鳴感，好像自己也是書中一份子。文筆簡單通順，對話幽默，不必費腦筋去猜想書中的深意或玄機。

這讓他想起了紅樓夢；這本號稱中國四大奇書之首的作品，據說處處藏有深意。夏文怡很想觸摸到這些深意，但是無論怎麼努力，看來看去，都覺得書中所寫，非常無聊，只得安慰自己，自己的年紀太輕，沒有嘗過人生的悲歡離合，還不夠深度去領略書中所藏的深意，只能留待將來。

籃與黑書中的主角，是個非常平凡的大學生，可以代表千千萬萬的大學生。代表黑的軍閥女兒，也是泛濫在當時的女性，只有代表藍的唐琪，性格鮮明，是作者心目中現代女性的標準。有幾位看過這本小說的同學問夏文怡：是擁藍派還是擁黑派？夏文怡覺得這個問題很好笑。這本小說只是虛構。看小說的最大目的是欣賞書中的情節，享受優美的文字，雖然有的地方引起共鳴，也用不著把自己捲進書中虛構的派別吧？

其實夏文怡當然不會欣賞黑派的作風，但卻有點同情那些在軍閥家裡長大的人，近墨者黑，當然有缺點。對於作者筆下的天真善良，大眼美麗，作風開放的藍派，夏文怡卻一點也不欣賞。這也許與他的思想保守，性格內向有關。

夏文怡認為，缺少了含蓄，就失去了故有文化的美，人也是一樣。把大眼睛和美麗劃上等號，近乎荒謬。他覺得一切要配合得宜才算美，不能光看大小。他承認這是他的偏見，但各花入各眼，每人應該有自己的偏見。作者認為中國的現代女性，應該具有開朗活潑的性格，所以創造出唐琪這位女主角，這也應該是作者個人的偏見吧。不過夏文怡很喜歡這本書，讓他了解當年一些大學生的生活，書中的幽默情節，讓他久久不忘，這是他從鳳山回來後的最好禮物，也是他到台後讀到的最好的第一本小說。

除夕時，夏文怡到余老師家吃飯。這是他們分別五年多後的第一次見面。除了余老師一家四口，還有余老師的一位堂弟，交談後才知道他是醫學院牙科的老大哥。老師的一家都對夏文怡很熱情，這頓飯也是他來台後最豐盛的晚餐，他吃得很飽，飽得有點彎不下腰，這是一次難忘的第一個新年。

開學後才知道他們這一期真的沒有宿舍，大禮堂就是宿舍。在受訓的時候，同學們分散在各隊，除同隊外，其餘都不認識，到了開學這一天，才知道有這麼多同學。除了新生外，還有不少留級的，或者因病休學後再復學的。醫牙藥三科同學加起來，將近一百五十人，都睡在這個禮堂裡。床的架子是鐵做的，床底是鐵絲網，舖了一床兩寸多厚的軟墊，加上軍毯，蚊帳。鐵架床一般都是三層的，五十張床剛好佔滿了整個大禮堂。

廁所，盥洗都在外面。沒有桌子，電燈稀稀落落的，發出昏暗的亮光，所以只能去圖書館看書和做功課。相信比起抗戰時的克難情況，要幸福得多。禮堂改爲宿舍，每週週一的週會，只好改在操場舉行。下大雨時取消。還好過了不久，就和大禮堂告別，住進教授們住過的舊宿舍。

盧院長的國外人緣非常好，國外友人捐的宿舍，最近落成，教授們搬了過去，所以同學們才算有了宿舍。這一住就住了將近一年多。這些宿舍很舊，睡的仍然是鐵架床，但總比大禮堂好得多。

學校的視聽教室，設備非常有時代感，使大家耳目一新，大大的提振了同學們聽課的注意力。夏文怡記得在香港時，德明中學也有一間類似的教室，但欠缺時代尖端的視聽設備。每次進到這間視聽教室，夏文怡都感到人類的智慧實在無窮無盡，芸芸眾生中，總會有人脫穎而出，給人類帶來了新希望。醫學這條路，也應該如此。

當時的政府很窮，連給學生買教科書的預算都沒有。窮則變，學校把從大陸帶來的書籍，分組借給同學；同組的同學互相交換來看。有些書籍的紙張真的薄如蟬翼，有的還添了點點的蟲蛀，很有思古幽情。大家都小心翼翼，因爲這是老一輩從大陸帶來的心血。有的同學家裡比較豐裕，可以買得起一些書，大部份同學，對那些舊書已經很滿足。教官們編的講義，幫助也很大。其中最重要的，還是各人課堂上的筆記。

第一學期的課程，對夏文怡來講，是中學課程的延伸，沒有新鮮的感覺。夏文怡記得，從入學的第一天起，老大哥就警告小老弟，第一年一定要把注意力放在物理上。他們說，這學校有三理，每一理都是殺人的關口。第一年的第一理就是物理。物理系的主任丁教授，被同學戲稱為殺人王。

普天下的大學，差不多都採取選修制，唯獨這家軍事學院，為了趕課程，還是沿用中學的強迫制，沒有選修和重修這回事，不及格就得補考，補考不過就得留級，簡單明瞭。科科必修，所以每天的課程排得滿滿的，因為連實習和軍訓在內，不滿七年。英美都是八年，還不包括實習和軍訓

大陸時只有協和醫學院，採用八年制。目前這間醫學院的主要任務，是為軍政界培養醫療人才。軍事學校最缺少的，就是民間學府的浪漫氣氛。不但沒有，每天還要軍服整齊，早上起床號一響，就得起床，在一定時間內集合點名。有的時候還要跑步或早操。雖然不像受訓時那麼不合情理，但軍人的的外殼還得掛在身上。還好上課和吃飯，還留點浪漫的色彩，不必整隊操過去。

吃過晚飯，可以散散步，到圖書館看書，然後集合晚點名，聽息燈號睡覺。生活規律身體好，隊長說：[你們是未來的醫生，又是軍人，更應該過這種標準生活。] 夏文怡沒有天賦的浪漫性格，很快就適應這種生活。這種生活雖然板刻，但對夏文怡來說，卻減少了不少煩惱。週末是唯一可以外出的時間，夏文怡除了去西門町外，有時也去台大，找蔡清泉，星墨翰等聊天吃飯，或者到師大找譚畔秋等，聆聽這些未來師表的抱負。

有一次在師大還遇到了中學同屆的女同學。去年她來台時，一位低班同學託她帶了雙鞋子給夏文怡。也許是沒有機會，也許她根本就忘了這件事，鞋子始終沒有送到。那天在師大遇到，才達成這個任務。這位送鞋子的女同學，是當年一起去軍中夏令營的低班同學，這兩年來都沒有連絡，想不到她會送鞋子。可惜拿到鞋時，已快過一年，師大那位同學也沒有她的地址。相信她自己也早就忘掉這件事。不過夏文怡還是欠她一個大人情，一個大概永遠沒法還清的大人情。

第一學期的主科，除物裡外，還有普通化學，數學和生物。教數學的是位廣東教授，講一口非常特別的廣東國語。他教的重點是微積分。在中學時，夏文怡對微積分沒有甚麼信心，現在重讀，還是困難重重，總是沒法將理論和公式相結合。他意識到自己對數學的理解力，已到了極限，不可能再超越。以往純粹靠理解，現在得注意理論和公式的特徵，來補助理解的不足。

普通化學實驗和課堂並重，不算很難。

生物學雖然和醫學沒有直接關係，但算是醫學的基本學科，也得好好的用功才對。生物學屬生物形態學系，有很多的教官。主任梁教授，在台灣名氣很大，他太太許教授，也同享盛譽。梁教授很幽默，在介紹他太太時，說他太太的腦筋多轉了一個彎，要大家小心答她的問題，夏文怡對此印像很深。

有一次劃生物圖片時，許教授剛好來到夏文怡身邊，看過夏文怡劃的切片圖後，問了一聲：[這圖是你畫出來的嗎？]夏文怡一聽，就知道教授在懷疑他不是照顯微鏡下的切片劃的。夏文怡知道自己有個毛病，切片中的現像有缺點時，他會不知不覺的把它[修正]。心想這一次惹出麻煩了。夏文怡沒有狡辯的急才，教授看他不答話，疑心更重，說：[把你劃的地方找出來，讓我看看！]夏文怡額上的汗開始冒出來。顯微鏡下的視界很廣，要找到同一小點，要靠運氣才行。還好，夏文怡偏偏這次有運氣。

許教授大概從來也沒有看過這種現像，看完時說話的口氣開始變了，說：[這不是我要你們劃的現像，你劃的大概是切片損壞時所造成的假像。]夏文怡鬆了口氣，科學的本質就是不可以憑想像製造。還好自己只是修了一下，不是憑空劃出來的，否則以後的麻煩可大了。不過教授沒有堅持她錯誤的懷疑，而是指出夏文怡錯誤的觀點，夏文怡也很佩服她這種對事不對人的修養。經過這次教訓，夏文怡從新調整自己學習的思維，避免再犯同樣的錯誤。

暑假終於來臨，夏文怡很興奮。這是他一生中第一次離家一年後，從遠方再回家門。雖然剩下來的零用錢不多，他還是買了不少台灣特產，乘坐那艘久別了一年的四川輪，與高彩烈的回家去。六月中的台灣海峽，風平浪靜，金光日出，晚霞夕照，點點繁星，仲夏的海上，別有一番景色。

這段期間，一般的大專學院，早已放假多時，船上的學生，除了少部份晚歸的，大部份是他們醫學院的。人多氣盛，到處都聽到有關醫學的話題。船上的伙食依然很差，這一次大家都沒暈船，胃口大開，有的同學吃了一回，轉了一圈到另一桌再吃。更有甚者，一位品德欠佳的同學，趁別人酣睡時，摔破鄰位的西瓜，叫醒附近同學，老實不客氣的，當場把整個西瓜報消。

由於順風，兩天後就到港。接船的是夏文怡的三哥文藻和一位同鄉葉承洪。這位同鄉從前住在茶樓的四樓，長得眉毛清秀，高高瘦瘦的，有幾分瀟灑。雖然沒有受過良好的教育，但談吐得宜，待人客氣，夏文怡對他的印像很好。夏文怡心想他一定是在飲茶時，從三哥那裡聽到他回來的消息，順道來接船的。

下了渡輪，坐上了一位同鄉開的白牌車，開了一段路程後，夏文怡才發覺是開往大窩坪。也許是發覺到夏文怡臉上的表情有些異樣，夏文藻馬上說：[先到家裡把行李放好，然後去吃飯，慢慢再聊。]從大窩坪再回南昌街時，發覺原來的茶樓，已改為餐廳，餐廳裡的伙計，全是陌生面孔。耳邊三哥的聲音有點飄蕩，聽到的事完全意料之外。聽完三哥的一番話，夏文怡才知道自從自己去了台灣後，夏文藻覺得人手不夠，請了一位同鄉當櫃台；幾個月後，聽到石硤尾有家茶樓要頂讓。不知是受到那位蔡櫃台的影響，還是夏文藻的信心太高，他們決定把那家茶樓頂過來。

　　在裝修期間，偏偏下了一場一連兩個多月的大雨。等到裝修完工，四個多月已過去。開張後，生意又不好，賠了幾個月，只好兩邊都關門，還得拿茶樓的頂手費去還那邊的欠債！葉承洪在一旁說：[蔡櫃台的品性不佳，相信從中撈了不少錢。] 夏文怡沒想到高高興興的從台灣回來，迎接自己的卻是殘酷的現實。

　　吃過飯後再到門外看看，橫門的士多店還在，伙計也是認識的。夏文藻說：[這店現在是我們的。] 再往大南街那邊看，水渠的兩旁，密密麻麻的都是賣家庭用品的攤子。本來很寬的路面，現在連車子都要很慢才能通過。

　　這世界變得真快。葉承洪快要走的時候說：[老三現在當了消防員，一個星期有三四天休息，可以兼顧橫門的生意。] 夏文怡才發覺三哥很能適應這個世界。跟三哥分手時，三哥告訴他，政府已拆掉天台的屋子，他們一家已在獅子山搭了木屋。

　　回到大窩坪的時候，已是傍晚，見到了爸爸。自從茶樓關了門，相信爸爸的心情最難受，辛辛苦苦建立起的事業，就在一念之間毀掉。但他是個飽受風浪的人，多少相信宿命，沒有了茶樓，就去找些小同鄉，做了些包點，讓他們去賣。夏文怡看他爸爸年紀雖大，卻很健康。大窩坪那八段長長的台階，他還是如履平地。

　　住家本來就是彈丸之地，爸爸卻找到些空隙，用木板做了一個雞籠，養了幾隻母雞，常常可以吃到新鮮雞蛋。到了晚飯時，除了大哥文平外，大哥的一家人都到齊。大哥現在已經有四個兒子，兩個女兒，除了最小的，都在念書。老大育勤，明年就高中畢業。大嫂說大哥在外工作，沒空回來吃飯。

　　在夏文怡的記憶裡，大哥一直都沒有固定的長期工作，現在一家眾口，不知道怎麼維持生活。茶樓出頂的錢，還清債務後，不知道還有多少？大哥是不是拿到一份？是不是爸爸也有一份？現在沒有了茶樓，大哥已應該改變以前的作風，努力賺錢養家吧？這一連串的問題，一直在夏文怡的腦中旋轉。白天見面時，三哥沒有提到大哥的情形，也沒說起錢財的情況，爸爸也沒講，夏文怡很想知道目前的經濟狀況，但都沒人提起，心想還是以後再問吧。

再留心看看家裡時，很多角落放著一捆捆的棉手套；手套的每一個指尖還留著線頭。夏文怡一看就知道那是大嫂幫補家計的家庭手工。香港當時有很多手套工廠，機器織成後所留下的線頭，必須用人工來處理。港人的腦筋動得很快，利用家庭的廉價人工，來完成這些手套。大嫂家的人口眾多，大人小孩都做得來，雖然錢非常少，積少成多，心理上也有些安慰。

幾位茶樓的舊伙計，也住在大窩坪，沒有其他事情的時候，夏文怡也上門去看他們，和他們閒話當年。有意無意間，有的伙計會嘆一口氣，說：[假如你不去台灣，也許不會失去茶樓！] 言下之意，就因為請了蔡櫃台，掏掉了錢，才引起虧損而關門。夏文怡當然不會這樣想。運氣不好的時候，甚麼倒霉的事都會發生。

夏文怡本身對做生意本來就沒有興趣，他相信三哥對茶樓生意也沒有興趣，對這家沒有系統的舊茶樓，也許還帶有點反感。在夏文怡的心目中，就是因為這家茶樓，他們一家才失去一般人應有的家庭生活。現在沒有了茶樓，正好可以找回失去的家庭親情。不過他卻從來沒有想過，假如沒有這家茶樓，也許他早就到外面打工，失去上大學的機會。

在這兩個多月的暑假裡，他很少呆在家裡。除了和醫學院的同學出去外，和葉展之，譚畔秋，蔡清泉，鄒竟成等等，都有不定時的見面。初中時的陳汝成，彭好學等，也常常見面。

陳汝成初中畢業後去當汽車學徒，現在滿師當了伙計。他的親戚在荃灣有房屋，有空時會請夏文怡等到荃灣去，享受一下郊外小村的情趣。

彭好學家裡開藥材店，他在店裡一邊學醫，一邊做伙頭軍，負責全店的民生問題，大概打算子承父業。

不知是不是因為汽車廢氣的影響，還是結婚後生活的壓力，夏文怡發覺陳汝成的皮膚發黑變乾，臉龐瘦削，開始有了蒼老的變化，心裡多少有些感嘆，覺得還是讀書的生活，來得單純規律。

三哥住的獅子山，交通比大窩坪更不方便，要走一段彎曲不平的斜坡，才到達搭在半山的小屋。出乎意料的是，那位曾經不可一世的劉恆松，也住在附近的木屋；聽說還患了第三期的肺結核病。夏文怡對他一直沒有好感，沒有去看他。

另外一位住在附近的是曾在海豐當過官的長輩，也是三哥結拜兄弟周瑜柏的父親。也很巧，他也患了肺結核病。三嫂覺得不去看他們比較好，免得把病傳給小孩子。

　　鑽石山和獅子山，近來都成為民眾圈地蓋屋的天堂，政府也了解民眾的需要，沒有加以干涉。

　　除了來往大窩坪和獅子山外，夏文怡常常會不知不覺的去南昌街的士多店。這是他從小學到高中居住的地方，裝滿了青少年的種種記憶。他從沒有想到，短短的一年裡，茶樓沒了，地方也變了，連人也好像變了；一年前還很熟悉的面孔，現在也看不到了。每次到這裡時，覺得好像失落了甚麼似的。

　　這士多裡面的東西，都沒有標價，夏文怡沒法記住東西的價錢，不能幫上甚麼忙；只有在客人多的時候，才跑跑腿。

　　這個不算愉快的暑假，很快就過去。辦手續，買船票，帶了些香港特產，和大部份的同學，依然坐那艘讓乘客上岸一週後，身上仍然發出臭味的四川輪。

　　學校只收一些實驗材料費和伙食費，學費宿費都不用付，相信是全世界最便宜的醫學院之一。交完費用，所剩無幾，以後要等三哥每月寄來的十元美金零用錢。

　　三哥的收入，除了消防員的薪水，只有士多店的利潤。茶樓的出頂費還債後究竟有沒有剩餘，仍然是個謎，但今後的一切費用，都得靠三哥寄來，卻是事實。

　　一年級下學期的重點是物理。那位聞名已久的殺人王丁教授，上第一堂物理課時才看到他的廬山真面目。丁教授長得面目清癯，講話斯文，有點駝背，年紀大概四十左右，講課很有條理。左看右看，夏文怡也看不到他有那一點像殺人王。但俗語說，人不可以貌相，殺不殺人，日後自有分曉。目前最重要的是專心聽課。

　　夏文怡打足十二分精神，用心做筆記。物理科除了課堂外，每週還有兩次實驗。課堂的理論，用實驗來證明。但是丁教授從來不踏進實驗室。實驗室全由助教們負責。實驗所設定的步驟，夏文怡也是不甚了了。大家弄了半天，也弄不出所要的答案。對夏文怡而言，上物理實驗是一門苦差。還好實驗室是以組為單位，三個臭皮匠，弄出一個[近似值]就可以交差。

　　其他的學科，可以不需要很好的理解力，勤能補拙，多用一點功就可以。上了兩個多月物理課後，覺得實際上沒有老大哥所講的那麼可怕。不過會不會被殺，要等到考完試才知，現在做結論，言之過早。

傳言說，軍事學校有[坐黑牢]這種處罰，不過到目前為止，還沒聽到有人受到這種處罰；有的人則說，這種罰法早已取消。坐黑牢沒聽到，卻看到同學中有人不講情面，在集合點名的時候，當眾告發某某同學逾時不歸，最後跳牆進來。

夏文怡在香港多年，從來沒看過這種不留情面的赤裸裸作風，不但感到意外，還隱隱的感到惶恐和擔憂。當時台灣打[小報告]的行為很多，秘密的將事情向上級報告，是小人的作風。現在這位同學當眾揭發，讓人當眾受辱，夏文怡覺得比打小報告更傷人，相信不應該是軍人袍澤間應有的行為。假如袍澤有不當行為，理應暗中先規勸才對。看到了這種赤裸裸的作風，夏文怡心生警惕，提醒以後要小心言行，以免招來不必要的麻煩。對於這位同學的印像，夏文怡一生也忘不了。

不過這位同學多年後棄專業而從政，當了立法委員，很負盛名。但是夏文怡對這位同學，記憶尤新，一直敬而遠之，從來不曾和他交談和來往。

軍中有種叫[榮譽坐談會]的，由隊上的指導員主持，隔一段時間舉行一次。對夏文怡來講，這個名辭很新鮮，不曉得是不是專門探討榮譽的會議？這跟醫學院有甚麼關係？經過第一次開會後，才知道這是一種思想的表述。指導員定一個議題，大家發表意見，和榮譽根本扯不上關係。不知道是那位紅鬚軍師想出來的餿主意，簡直是浪費時間。同學們發言的很少，場面常常冷清清的，指導員很尷尬。

夏文怡知道這是軍方已定的制度，了解指導員的難處，所以常常帶頭發言，儘快把會開完，讓指導員有差可交，大家都好。幾次以後，有的人開始懷疑夏文怡是國民黨黨員，幫助指導員完成任務。夏文怡只是笑笑，來個高深莫測的答覆。

在台灣的所有大學中，國防醫學院的規模最小，校園更小，近乎四方形，正門在東，一條直路到西邊宿舍的前面。路的右邊是操場，左邊是社會醫學系的辦公室，再往南是解剖大樓，生理物理實驗室，視聽教室，圖書館，游泳池，最南邊是大禮堂，生物大樓；這兩者間的空地是藥學系的園地；八卦形的園圃，種了多種中藥。生物大樓的西邊是飯堂，再往西是福利社。設計簡單實用，很像在西方常看到的方形格式。

學生除了醫，牙，藥三大系外，就是護理系。護理系分大護，是有大學學位的學系；高護沒有學位，屬專科護士。醫科除了正規的學生外，還有醫專的學員；那是軍中醫療人員來接受醫科課程，畢業後就是法定的醫師。護理科的大護四年畢業，護專三年畢業；初中畢業就可以考護專，因爲三年就畢業，在職人數眾多，據說在軍中的勢力很大。護理科沒有男生，醫牙藥三科則沒有女生，性別分明，各司其職。

一年級下學期開始有大體解剖學，是醫學的基礎課程。大體的意思是用肉眼就可以看得到的解剖，是了解人體構造最基本的學科。教官有兩位，高年級的同學，給了他們倆各一個花號：圓頭和尖頭。仔細看，一個方臉圓頭，一個長臉尖頭，長相不同，性格也各異。尖頭很奄尖，罵人刻薄。圓頭老實，說話不多。本來解剖系有位很傑出教授，可惜近年去世，讓夏文怡這一期錯過了良師。

據說盧院長曾說過，本學院只有一個半的傑出教授，解剖的一個去世了，只剩下半個在放射科！這種傳說，姑妄聽之，姑妄言之。解剖教授雖然早逝，卻留下了大體解剖著作，學子們跟著他書本的內容，可以很容易的學習人體的解剖。

解剖室有個藏屍池，裡面放了幾條屍體，泡在福馬林液體裡。夏文怡這一期用的是一條女屍。屍體面朝下伏著，頭部用白布包好。解剖從上肢開始，照著書上的順序，一步一步解下去。從皮膚肌肉到骨頭關節，學習要點是每條肌肉的起點和終點，肌肉的主要作用，血管和神經的分布等等。剛進解剖室的時候，夏文怡心裡有點害怕，福馬淋的刺鼻味道，也非常的難受。解剖分組輪流操作，輪到他那組時，夏文怡則是看的時候多，做的時候少。晚上常常會做解剖屍體的噩夢，白天上課解剖時，有點害怕。

醫學的名詞，都用拉丁文，教官雖然曾作有系統的介紹，唸起來很彆扭，記起來更加難。

高年級的同學說，考解剖試時，教官會隨便指向屍體的一個部位，你就得從外面開始，往裡面講，直到教官滿意爲止。爲了記這些名辭，常常看到有很多同學，課餘口中念念有詞，來強記這些名詞。幾個月後，夏文怡才習慣了解剖室的生活。

解剖下課時，剛好是用飯時間，大家直接往飯堂去。飯堂不用筷子，自己得隨身帶湯匙。湯匙就放在實驗袍的口裡。一次一位同學到飯堂吃飯時，往口袋一摸，多了一塊小東西，拿出來一看，原來是一小塊從屍體切下來的肌肉！正要發作，回心一想，一定是好朋友的惡作劇，便瀟瀟灑灑的說：[有甚麼了不起，還不是每次都摸過的乾肉。] 順手把肉塊在餐桌旁一放，若無其事的吃起來，果然有未來外科大夫的風範。

整個解剖的過程，到了頭部臉部便結束。頭臉部的解剖，由教官做示範。同學們都不願意解剖人類的臉部。骨骼系統的學習，比較困難，因為實地操作太難，尤其是頭顱骨，只能看圖認骨。不過有一天，夏文怡發覺有一部分同學，手裡拿著頭顱骨，正在細心觀察。問後才知道是從某處山頭找到的。

夏文怡相信這些同學決不會去偷墳地的骨頭，大概是有些墳墓，受到野獸的破壞，部分骨頭暴露在地面，知情的同學，到那裡取得。為了加深學習，夏文怡向同學借。一天晚上睡著了，第二天醒來時，發覺自己正抱著那個借來的頭顱骨。

這個學期開始，同學中有不少加進軍樂隊。軍樂隊最主要的任務，是負責各種典禮的奏樂，除國慶，院慶等大典外，每週的週會，唱國歌時的伴奏等，沒有樂隊不行。這個樂隊主要是管樂，管樂的主角是小喇叭，其次是伸縮喇叭，然後才是黑蕭等等。敲打樂器當然以大鼓小鼓為主。樂器的演奏，當然也是康樂活動的一種。學校規定，每位同學都要參加一項康樂活動。不過參加軍樂隊，還有另一項好處，就是不用參加每天的早點名。

古時有南郭先生，濫竽充數。有人相信，班上有位同學，為了免去早點名，也做了現代的南郭先生，但是大家都將信將疑。直到有一次週會，首席小喇叭手因病未來，沒有了主音，整個樂隊癱瘓。這樣一來，南郭先生原形畢露，大家都看著吹第二小喇叭的那位同學。因為第二小喇叭手平常雖不吹主音，但國歌的主音，人人熟悉，誰都可以隨時吹奏代替。

說到軍樂隊，最出風頭的人，當然是指揮。指揮不但制服最漂亮，有特製的帽子，當他揮動著指揮棒，帶領整個樂隊，步伐整齊，邊操邊奏，從操場直到禮堂時，同學都矚目。

夏文怡中學時參加過口琴隊，參加康樂活動時，也選了口琴隊。口琴隊裡有位低班同學，也是香港來的，口琴吹奏的技術特別高明，沒多久被選為隊長。這位同學對口琴的興趣特別大，找了夏文怡和其他兩位同學，成立一個四重奏的口琴隊，有空就練習。

口琴是吹吸兼用的樂器。夏文怡不但手腳的協調有問題，呼吸的協調也有問題。遇到快版調子的時候，夏文怡總是吹得拖泥帶水。隊長對他很不滿意。夏文怡常常自嘲的說，非不為也，不能也，誰叫你一定要吹奏那麼快的調子，用口琴來演奏莫札特的交響樂，不是人人都能做得到的吧？雖然吹得不算好，但也不入南郭先生之列。夏文怡在口琴隊只呆了一年。這一年滔了口琴隊的光，讓他有機會參加了口琴隊主辦的旅行，去了一趟石門水庫，這是他在學校裡唯一的一次旅行。

很快到了學期中。有一天丁教授在下課的時候說，下周要測驗。突然的宣佈，只有幾天溫習的時間，大家都很緊張。測驗的結果，如大家所料，成績很不好。丁教授說：[有一道題，沒有同學找到答案。只有李青雄同學，寫了一些解答，可惜沒有詳細發揮。…..] 從此李青雄成了同學心目中的物理權威。

　　李青雄也是香港來的，畢業於香港培正中學。他曾對同學說，他已考進了香港大學，不過最後還是選了台灣。當年的香港大學，幾乎只有英文中學的學生才能考進。培正卻是中文學校，但英文水準很高。李青雄能考進香港大學，可見他英文的實力。這次丁教授的評語，更使同學對他刮目相看。

　　李青雄不但人很聰明，聽課也很認真。有一次夏文怡看到他的筆記本，裡面密密麻麻的，差不多把教授所講的內容，通通都記下來。夏文怡很詫異。照講像他如此聰明的一個人，應該只記重點才對。想不到他的筆記會像垃圾桶那樣，甚麼都裝進去。李青雄日常言行中，矛盾重重，夏文怡覺得他是一個很複雜的人。

　　在開學後兩個月左右的一個下午，夏文怡正在上課，衛兵把夏文怡叫出去，說有急事。到了會客室，看到師大來的同學，也不等夏文怡開口，他急忙的說：[譚畔秋死了！是淹死的。] 聽到這個噩訊，夏文怡頓時腦中一片空白，不知過了多久，才發覺身在車中，坐在身旁的是那位師大同學。來到烏來的一條溪時，除了警察外，還有另外幾位師大同學。

　　警察問明了夏文怡與譚畔秋的關係，知道只是同學，不是親人，有點失望。另外一位來幫忙的當地人，馬上把夏文怡帶到溪的中間，指著幾塊石頭的中間說：[屍體就在這裡。] 夏文怡朝著那塊石頭走過去，看見屍體就在那幾塊石頭圍成的空間中，頭向下，皮膚開始有點浮腫，眉毛附近的皮膚，已經有破爛。夏文怡看看四周，整條溪滿布著大大小小的石頭，雖然很多處有漩渦，但水流不急，最深的地方，不會超過三尺。十幾個同學一起來玩，怎麼會讓同學淹死還沒有人發覺？

　　夏文怡越想越不對頭，突然失去控制，莫名其妙的大叫：[這麼淺的水，有那麼多同學在，怎麼會淹死人！警察在那裏？]說罷怒氣沖沖的找警察去。旁邊的人看他有點失常，馬上溫言相勸，並告訴他，警察已經離開，但是夏文怡還是在附近走個不停，口中一直說著[不可能，不可能！] 幾天後師大的同學告訴他，校方已把處理的責任交給僑委會，由僑委會聯絡香港譚畔秋的母親。

不久師大和僑委會合辦了個簡單的追悼會，挽聯中有人寫了[天妒英才]，真是八股十足！譚畔秋是他小學時就已認識的同學，也是三位從強中中學來台升學的最要好同學之一，更是一位苦學生，是強中劉老師心目中未來的魯迅。寡母更苦，隻身在香港做清潔工人，大概到現在還不知道單身在外的兒子，已經遭此不測。甚麼天妒英才，上天不公才真。

譚畔秋的去世，對夏文怡的打擊很大，一直到學期尾，夏文怡都沒有露過笑容，常常一個人獨來獨往，很少講話。

到了期末考已結束，學校還沒放假的時候，夏文怡除了更加消沉外，更是憂心重重，因為物理科考得很不理想，很擔心會留級。就在放假前的幾天，潘寧海興沖沖的來到夏文怡面前，大聲的說：〔你我這次過關了〕。就在那個週末，他們兩個人，跑去西門町的新陶芳飯店，每人吃了半隻鹽焗雞，慶祝通過了三關中的物理第一關。物理科及格後，夏文怡沮喪的心情，才慢慢的好轉。

寒假不算長。本地同學都回家過農曆年。有親戚朋友在台的同學，很多也離校作客去。夏文怡沒有親戚，留住學校。還好學校的飯堂，特別為留校同學開放，不必到外邊去吃。留校的同學很多，除了大家一起逛三門町和看電影外，偶爾也去烏來看瀑布，或者去碧潭划船等等。夏文怡喜歡去台灣大學門口的書店看看書，準備買些有關生理學，藥理學的書，趁寒假的空檔，先看看書，為下學期作點準備。其餘的時間，除打籃球外，經常到台大的傅園看風景散心。這種不用太花錢的生活，很適合夏文怡的經濟條件。

洗澡是個大問題。平常開學時，每晚都有熱水，供水大約半小時。放假後，管燒水的班長回家過年，勇敢的人可以洗冷水澡。台北多天的水很冷，光靠勇氣不是辦法。打籃球是辦法之一。打得滿身熱呼呼的，趁熱氣還沒散去，洗個冷水快澡，也是人生一樂。當然，家庭富裕的，可以到附近的澡堂，舒舒服服的享受熱水澡，單人或共用都有，任君選擇。

雖然是假期，不必每天排隊點名，但房間和床鋪還是得整理，衣服還是要整齊，隊長也常常出現。眼看農曆年就快到，夏文怡和同學們正在計劃如何迎接除夕，出乎意外的收到初中時許老師的快信，請他去吃年夜飯。許老師的妹妹和家人住台北，許老師不久前也從南部調來北部工作。

許老師的妹夫也是廣東人，小孩子也會講廣東話，大家都聊得很愉快。在往後的幾年中，自從調回北部後，許老師偶爾會約夏文怡到西門町吃頓飯，聊聊當年在強中中學的往事。許老師已辭去南部工程的工作，現在替美軍的工程機構畫圖；工錢很高，每小時計算，只要劃得好，沒有人會檢查你實在花了多少時間。許老師很滿意目前這份工作。

開學以後，夏文怡發覺少了不少同學，大概全因爲物理這一科的關係，不過也多了幾位同學，是高一期留級來的。最特別的是有位同學轉去他校。一般而論，除非因病，或者功課實在趕不上可以退學外，轉校幾乎不可能。像國防醫學院這種全部由國家供養的學校，損失一個學生，對國家的損失實在太大。但是所有不可能的事情，隨時都會發生，有辦法的人多得很，中國又是一個很講人情的國家。

非常幸運，和夏文怡同一年來的香港和澳門同學，一個都沒有留級。

經過了這一年多的相處，彼此的興趣喜惡，都逐漸的流露無遺，無形中各自成了小集團。有的無話不說，有的只限於見面時點頭。夏文怡天性孤獨，還有點自卑，除了把鄒竟成當作老友以外，與其他同學，都只限於[君子之交]的態度。

這個學期的重點是生理學，其次是藥理學。生理學的柳教授，編了一本[生理學講話]。同學們都傳說，只要看懂這本小冊子，絕對不須擔心會留級。藥理學的李教授，卻沒有著作，只有助教們編的講義，夏文怡決定買本藥理學的書。

當年的外文醫學書籍，幾乎都是翻印本，也幾乎是美國書。大家盛傳，美國默認台灣這種違法行爲，因爲知道台灣實在很窮，也知道盜版書的市場，只限於台灣，其他亞洲地區似乎沒有這個需求。夏文怡買的是當年藥理學的經典教科書，寒假買後就開始讀。夏文怡念的是中文中學，英文水平不高，香港的中學會考時，也只是及格而已。醫學院雖然有英語課，都屬於文學的欣賞，對閱讀醫書沒有甚麼幫助。現在看這本藥理書，有點像驢子上坡，得一步一步的慢慢來。

還好夏文怡有自知之明，買了本醫學字典，開頭時差不多是一字一字的查下去。開學後教官上課時，講的是國語，寫的是拉丁文的專屬名詞。有了教官們的解釋，看這本藥理書變得容易得多。大概三四個月後，查字典的次數才開始減少。

藥理主任李教授，和物理教授一樣，都非常有[型]。李教授常戴著帽子，眼鏡的鏡片是淺紅色，無論天晴下雨，總是手不離傘，而且手中一定拿著一包東西；裡面裝的，大多數的人都說是草藥。究竟裝的是甚麼，這個迷始終沒有揭曉。上課時，聲音低，速度慢，從來不抬頭看學生，上完課就走，沒有給學生發問的機會。藥理沒有獨立的實驗課，很多藥的作用，都在生理學的實驗課中呈現。藥理科的助教，也是生理學科的助教。

其中的盧助教，很久後夏文怡才知道他是廣東人，可他從沒在香港來的同學面前講過一句粵語。另外一位周助教，到了學期的中期後，才從美國回來，常常來講課。

藥科的同學有一種傳說。盧和周是同一期的同學，當年一齊到美國留學，據說約定念完碩士就一起回來。盧助教念完先起程回來，周助教卻意外的拿到了念博士的機會，繼續留美，最近才回來。

有了博士的銜頭，回校後的地位當然不一樣，這兩位從前的好友，從此便有了很深的鴻溝。頭腦比較好的同學說，這種說法完全脫離常理。因為辛辛苦苦的去一趟美國，決不會就停在碩士這個階段。這種說法當然非常有理。

不少同學卻覺得盧助教的運氣很好，因為他回來後不久，認識了大學部的一位女學生，準備最近結婚。這位女同學也有一段傳奇。她念到快畢業的前一年，就因功課不好而退學。據說她補考時的成績是零分。夏文怡覺得，考一百分和考零分，是同樣神奇的本領，而她偏偏做到，更為了愛情而放棄事業，這應該是當時中國傳統女性的美德。不過這也是國家的損失，三年的培養，化為泡影。

當國家的大利益與個人利益衝突時，得勝的往往是個人。當時夏文怡想不通，離畢業只有一年，為甚麼要用計退學。後來才知道，畢業後有可能被派去部隊。部隊中有不少蠻不講理的單身軍官，虎視眈眈，陷阱處處，不去是上計。

生理系的柳主任，不止年紀大，名氣也很大，長相也特有性格。兩條濃眉長在瘦削的臉上，身體瘦而高，走路時仰著頭，身體挺得直直的，拿根拐杖，前臂大幅擺動，上臂稍稍擺動，下肢除了膝蓋外，也是直直的，不尊師重道的同學，稱之為僵屍步法。

柳教授的講課，是完完全全的講話，沒有圖，也很少寫黑板，大家都緊張得鴉雀無聲，坐直身體聽他講，也沒有辦法做筆記。下課後翻翻那本細小的〔生理學講話〕，和上課聽到的相差無幾。這本小書裡有幾句話，是其他生理學書籍絕對找不到的：[我們把牛筋煮爛加味，很好吃，但牛筋不良於消化吸收，所以只有口惠而沒有實惠。]

生理學很注重實驗，幾乎占了生理學的一大半時間。實驗分短期和長期兩種。當天一次做完的，一般都需要整個下午的時間。絕大部份是做肌肉收縮的曲線圖。影響肌肉收縮的因數很多，除了溫度外，肌肉的長度，負重的大小，都直接影響肌肉收縮的長度和力度。其他如藥物，和體內離子濃度的高低等等，都有很大的影響。多次收縮後的肌肉會出現現疲勞現像，或者有痙攣現像，痙攣又可以分初級和次級等等。

肌肉的來源是青蛙。把活青蛙殺死後，把腿部大塊的肌肉小心翼翼的分離出來，先泡在生理鹽水裡；然後再設法，把肌肉的兩端，固定在實驗架上。這個架子的運作原理，是把肌肉上下收縮的現象，變爲左右橫走的曲線。從曲線的坡度，高低和長短等等，來分析肌肉收縮的力度和速度等等。肌肉的收縮，只是刹那間的事，眼力再好，也沒法看出其中細微的變化。但是把它變成曲線圖後，誰都可以慢慢的觀察和計算其中微妙的變化。

現代流行的心電圖，同樣是把心臟電位的變化，造成曲線圖，來窺視心肌病變的情形。肌肉的收縮，是用電流來控制，電流的強度，刺激時間的長短，刺激的次數與密度，都是影響肌肉運作的因素。這種應用單一肌肉的變化，來了解人體生理的運作，是醫學上最基礎的了解，是推論式的了解。實際上人體肌肉間的牽制很多，普通的實驗室是沒法做到的。

高年級的老大哥警告說，做生理實驗的時候，要留心柳教授的駕臨。他的雙腳一進門，大家便要立正，停止一切操作。一旦他發覺有同學不專心，來一場訓話的話，大家可要倒大霉啦。因爲他的訓話一講，往往兩三小時，等他講完，那些蛙腿早已變成肉乾，不但實驗得下次重做，連晚飯也得報消啦。老大哥的這些話，應該歸入姑妄聽之之類，起碼夏文怡這一期，就沒有碰上這種倒霉的事情。

生理學的另一類實驗，是長時間的實驗，用的都是哺乳類動物，包括狗，兔，貓，荷蘭豬，大老鼠和小老鼠等。夏文怡的一組，做的是狗的脊椎神經切除實驗。他那組切除的是腰椎神經的後支。後支是管感覺的，腰部失去了感覺，狗是如何反應，後來又如何適應，必須長期觀察，詳加記錄。另一組是腰椎神經前支的切除，前支管運動，反應馬上就很明顯。

其他如胃迷走神經切除後，對不同的食物及刺激，狗的胃如何分泌不同的胃液。當時最時尙的題目，是條件反射。實驗很簡單，在狗的胃造一條簍管，作爲收集胃液之用。在每次餵狗的時候，同時搖鈴。狗一見到食物，還沒吃到食物時，胃液分泌馬上啓動，這是通過眼睛進行的視腦反射性的分泌。等到食物到了口裡，又有另一次神經性的分泌，到了食物與胃部接觸時，再有一次局部性的分秘，這些分泌都是由食物引起。

等到過了一段時期，只用鈴聲，不給食物的時候，狗的胃還是照樣有視腦性的反射分秘，這就是名噪一時的條件反射實驗。條件反射也屬於心理反射，不只是生理學的範疇。他們這一學期做的，是迷走神經切除後，對胃液分泌的影響。迷走神經是人身最長的一條腦神經，所走的路途，撲朔迷離，所管的區域，非常廣泛，胃只是其中一區。

在五六十年代，對迷走神經的詳細路線，不甚了了，只是在它進入胃部時，在最明顯的位置把它切斷。這種手術的影響很廣，胃液分泌只是受影響的其中一環。

這一類的長期實驗，要到年底才有結果。然後採取分組報告，每次一組，每次報告後，是全體討論和檢討。實驗的分數當然有高低，但是不致於不及格，筆試才是決定及格的主因。

又是老大哥的消息，柳教授的測驗，下一次可能出同一題目，假如你的答案跟上次一樣，你又要倒大霉啦。柳教授當然有他的理由：同一個答案，就表示你沒有新的見解，不求上進，不然我為甚麼要出同一道題。夏文怡想，老大哥的忠告真多，不知是真是假，也屬於姑妄聽之一類。雖然生理學還有下一學期，夏文怡還是把生理學和藥理學，定為這個學期的重點。

藥理學的講義很多，很有系統性，比教科書簡單明瞭，但很枯燥無味。教科書內容詳細，除了學到藥理外，看教科書還可以兼學外文，必須繼續努力，把這本藥理教科書，讀完為止。

考期末考試時，夏文怡覺得藥理學其實不難，只有一道關於劑量的題，裡面有幾個劑量不確定。也許是因為考得輕鬆的關係，夏文怡只憑推理，把自己認為最低的劑量，寫在答案上。

考完後，還是想知道那些藥的正確劑量，剛好碰到那位素有鬼才之稱的曲文星，便去請教他。鬼才說：[我也不知道，那幾條小題，占不到甚麼份量，當然不必冒險去答。] 聽到[冒險去答] 這四個字，夏文怡腦裡嗡嗡作響，整個人都呆住。這下他才想起來，老大哥曾經警告過，若是對劑量不是有十分把握的話，千萬不要答，萬一答的劑量過多，不論你考得多好，僅此一條，你就沒命！這麼重要的警告，怎麼會忘呢？夏文怡一直想不通，自己怎麼會犯了這麼大的錯誤。

等到腦筋慢慢的恢復過來，定定神，自己安慰自己說，老大哥的話，不一定是真的吧？不過俗語說，好的不靈，醜的卻靈，夏文怡的大名，確確實實的列在不及格的名單裡。既成事實，後悔何用？夏文怡立刻決定這個暑假不回家，要把藥理書重讀一遍。其實夏文怡也知道，留校讀書準備補考，只是其中不回家的理由之一，經濟上的考慮，也同樣的重要。回家來回的船費，回家後的零用費，都是三哥文藻掏的腰包，三哥身兼兩份職，何必再增加他的負擔呢。

和寒假不一樣，暑假留校的同學很少。由於天氣的炎熱，生活非常簡單。游泳，藍球，看書，吃飯，睡覺。這很合夏文怡孤獨的性格，尤其是午飯後的大懶覺，一睡可以睡它三四小時，這是多年來難得的享受。當然，偶然也去看看電影。等到暑假結束，鄒竟成從香港回來看到夏文怡時，嚇了一大跳。原來這時的夏文怡，變得又黑又胖。後來才曉得，在這個暑假中，夏文怡居然重了十多磅，而且體重從此有升無跌；不久後，有人送他一個別號：胖子。

　　下學期開學後不久，舉行藥理學補考。補考時，夏文怡發覺補考的試題，比平常的試題簡單得多，很快就考完。考後夏文怡知道及格不成問題，果然一週後就收到及格的通知。到此爲止，三關已闖過兩關。

　　從這個學期開始，夏文怡的生活起了一點變化。這個暑假裡，鄒竟成在香港學會了橋牌，而且和幾位老友創造了一套叫牌法與打牌術。學校每週五的康樂活動，剛好有個棋橋社，夏文怡便順理成章的做了鄒竟成的搭檔。鄒竟成對橋牌的興趣非常濃，而且很有天分。相反的，夏文怡沒有學過橋牌，而且只把打橋牌當作一種康樂活動，志在娛樂。

　　可是橋牌是一門很高深的智力活動，要嗎不學，要學就要認真學到一定程度，才可以享受到橋牌的樂趣。開始的時候，夏文怡不明這個道理，只學懂了橋牌的規則和基本的打法，不願意再花時間，去學習標準的叫牌法，和打牌時的順序與信號等等技巧。

　　橋牌之稱爲橋牌，就是說搭檔之間有道橋，可以互通訊息。爲了這道橋，橋界的高手，就想出了很多的理論和方法。這些理論和方法，絕不是能從打牌的經驗就能領悟出來的。

　　鄒竟成的那一堆橋友，個個都有這一方面的天份，想出了很多特殊的方法。每次棋橋社的活動完結後，鄒竟成都會滔滔不絕的向夏文怡灌輸他的心得，久而久之，夏文怡也多多少少的踏進了橋牌的門徑。

　　不久新的宿舍落成，搬進整齊明亮的新宿舍候，才有了較好的念書環境。每房四人，靠窗有固定的書架和書桌，靠門有四個直立的衣櫃。不過沒有房門，而且房與房的隔牆，到了離天花層一尺時就中止了，中間留了一道一尺多的空間；變成了房間的最上面，整層樓相通。每層樓左右兩邊是房子，中間是走廊，簡單整齊，頗有軍人團結無私的意味。樓的中間部分，是盥洗室和廁所，底樓的一端設有稱爲中山室的休閒廳。

廳裡有幾種報紙，也有圍棋。課餘之時，來看看報紙的最多。那時中央日報有臥龍生的連載武俠小說，同學爭著看，有時三四隻手同時抓著報紙的四角，搶看武俠小說。

　夏文怡相信，這種宿舍的特殊間隔，可能是世界的唯一，大概出於盧院長的構思。這座宿舍的出現，確實鼓舞了同學的士氣。這次宿舍的入住，採取自由組合的方式，大家都知道夏文怡一定會和鄒竟成在一起，比較喜歡鄒竟成的，不一定會喜歡夏文怡，結果其他港澳同學都找到四人一房，只剩下他們兩支公。還好有一位上一期留級下來的，會講廣東話的泰國僑生，也還是孤家寡人，三個人正好湊在一起。

　這位泰國來的黃良杜，長得又高又瘦，滿身江湖氣味，夏文怡猜他在泰國時，應該參加過幫會。他是念完先修班才考進醫學院的。出乎意料的是，黃良杜也會打橋牌。這下鄒竟成可樂啦，每天都有橋牌的話題。

　一個星期五晚上，夏鄒兩人從棋橋社打完橋牌回來，夏文怡很快已經睡得鼾聲大作之際，忽然給鄒竟成又拍又叫的聲音驚醒，以為鄒竟成在做惡夢，卻見鄒竟成轉過頭來，對他說：[唉！剛才那輪牌打錯了，應該這樣打才對。] 正要講下去，忽然聽得噓聲四起，那些給他吵醒的同學們，不約而同的，用噓聲招呼他。

　夏文怡知道鄒竟成對橋牌，象棋和麻將等，都有一種超乎常人的記憶力，有的時候，事隔一兩個月，他還可以記得其中的過程。夏文怡再想，假如鄒竟成對醫學方面，也有這種記憶力的話，他將來的醫學成就，一定光芒四射。

　剩下生理學一關，當然是這學期的重點。其實夏文怡很清楚，物理學一過，其他科應該問題不大。不過，現只剩下一關，更應全力以赴，免得功虧一簣，所以大部分時間也放在生理學上。因為沒有買教科書，只好集中精神在那本生理學講話和教官的講義上。

　化學方面，普通化學和有機化學已念過，現在的生物化學，其實就是生理學的一部分，只不過把主題放在化學的結構而已。譬如生理學講的是膽囊的消化功能，生物化學則講膽汁的成分，膽石形成的因素，不同膽石的成分等等，念起來興趣盎然，很容易吸收。教生理化學的教官，其中一位是柳教授的公子，長得胖胖的，上課時的語氣很溫和，和他的老子有天淵之別。生化系的系主任是陳教授，口才和相貌都很出眾，但講課的內容，似乎與口才不對稱。其他的教官，也都認真負責。夏文怡覺得這學期很好念。

也許是功課方面少了壓力，也許已經熟悉了學校的環境，多位港澳來的同學，開始有了女朋友。最早有女朋友的是帥哥李陽純，很多女孩子都寫信給他，願意做他的朋友。但李陽純獨獨看中護理系的草思思。草思思身材碩長，眉目清秀，而且聰明，名列前矛。李陽純身體高大，面目英俊，充滿男子氣蓋，而且談吐斯文，是眾多女子夢中的白馬王子。

　　熟悉李陽純的同學，對於他和草思思的往來，卻有點擔心；大家都知道草思思實在很聰明。但情人眼裡出西施，局外人是沒辦法了解的。起碼目前同學看到的李陽純，其樂融融，如沐春風。夏文怡不打算交女朋友，遊目於同學們的韻事風流之中，偶而加點評論，倒也頗有樂趣。

　　在學期中的時候，生理實驗室發生了一件趣事。那天用的動物是狗，當助教正準備要給那隻狗上麻醉的時候，從門口衝進一位中年太太，氣急敗壞的搶到實驗檯前，口中不停的說：[這是不是我的狗？]一看不是，大大的鬆了口氣，嘴裡低聲的唸了幾句[謝謝上帝！] 問清楚後才知道她的狗昨天失蹤，已經找了一天，有人告訴她，也許送到這裡來。助教又讓同學帶她去飼養場看看，果然找到了她失蹤的寶貝狗。

　　又過一個多月，有的實驗組已經得出實驗的結果，全體去聆聽該組的報告，然後討論。從那天起到學期結束，每週都有一年一度的生理實驗報告。有的實驗，最後要殺死動物，解剖後才有結果。這樣便有了副產品：死後需要處理的動物。

　　夏文怡那一組的副產品是一隻中等大小的狗。大家商量的結果：狗肉最補，不可浪費。剛好隊上有位廣東籍的炊事兵，願意幫忙，不過最後還是找不到大的鍋，結果夏文怡的臉盆被徵用。好像是煮得太久的緣故，吃的時候有焦味，底層的肉有些粘鍋，不過還是把可以挖出來的都吃掉了，味道還行。夏文怡把那粘滿焦肉的洗臉盆泡了一夜的水，第二天費了很大的力氣，剛剛刮到最底層時，聲音有異，拿起來一看，原來已經穿了一個大窟窿！這就是吃狗肉的代價。

　　很快到了期末考，結果果然一切順利，醫學院最難通過的三關，到此全部過關，以後全是醫學的本科，沒有甚麼科須要特別攪腦汁的，只要用心勤讀，畢業應該無憂。

　　這個寒假，是夏文怡到台灣後最輕鬆的假期，港澳來的同學，大都住在宿舍，正是打橋牌的好機會。今年寒假學校有個新的想法，快放假的時候，爲了要讓留在學校的同學，過農曆新年時，有一種與家人同聚的感覺，徵到幾位教授的同意，讓同學們到他們家過年，夏文怡選了潮州籍的眼科林教授，同去的有幾位是潮州籍的同學。這一頓飯不但豐富特別，還聽到很多林教授在大陸醫院當醫師時的趣事。林教授家有位當廚師的親戚，手藝出眾，那晚使夏文怡最難忘的一個菜，就是羊肉凍，入口即化，齒頰留香。

這學期的學科，和醫學有關的，病理學的學分最多，其次是細菌學，神經解剖，還有環境衛生。病理學講的是身體發生病變時的種種變化，包括基本變化和特殊變化。發炎是最基本的變化。當身體受到損害時，無論是外來的損傷或感染，或者是內在的退化改變，身體的第一個反應，就是發炎。

發炎時外在的徵象就是紅腫熱痛，裡面是血球和血液的改變。發炎開始後，條件順利就朝痊癒的方向進行，條件不好就導致局部壞死甚至死亡。人體的這種最基本，卻又無處不在的變化，讓夏文怡深深體驗到生物的神奇，非常讚嘆宇宙萬物的奧妙！人體個別特殊的變化種類繁多，要弄清楚這等變化，最基本的方法是通過切片，用顯微鏡來觀察，還得用種種不同的染色，來突出其中的玄機。這是個顯微鏡的世界。不過顯微鏡下的眾生相，使得夏文怡眼花撩亂，他知道他不具備這一方面的慧眼，看不出其中的玄機，將來不可以從事病理這個行業。

身體對外來的入侵，除了調動不同功能的細胞外，細胞還會分泌多種的物質，流動全身。適量的分泌，可以制止病情的惡化，過量的分泌，反會破壞身體的功能，嚴重的時候可以導致死亡。所以人體的死亡，不少是因爲過度反應所引起。這使夏文怡想起了[禍福相生]這句話，也帶出了另一句[過尤不及]的成語。還沒決定考醫學院的時候，夏文怡以爲小小的人體，五臟六腑，應該不會複雜到那裏去，所以填了醫科，誰知現在才念到病理，還沒踏進臨床醫學的門，已發覺醫學這一門，比當初的想像，不知道要複雜多少倍！

細菌學也不算臨床醫學，但卻是了解感染病的基礎，也得好好的深入學習。當年台灣的肺結核病還很多，應該是研究的對象。感染病一般都會傳染。但有的時候傳染途徑不明，只能算是感染。寄生蟲病當年還是很普遍，除了極少數外，都是病從口入，但檢查的方法比較簡單。

最多的感染病，當然是病毒引起的病。夏文怡本來以爲最小的感染病原是細菌。等學到了病毒，才知道它是生物界最大的敵人，人類最流行的病，差不多都是它惹的禍。兒童的麻疹和天花，流行性感冒，和亞非人感染最多的肝炎，都是病毒引起。稱之爲病毒，而不稱爲病菌，是因爲病毒不是獨立的生物，自己不但不能繁殖，連營養也不能獨立吸收，是介乎生物和無生物之間的病原體。病毒一定要入侵宿主後，利用宿主體內的功能和物質，指揮這些機構來繁殖。這是世界上最聰明，最占便宜的一種繁殖法。自己甚麼都不用出，只要懂得如何指揮就可以，和股票的買空賣空同一個道理。

人類對這些病毒，一直毫無對付的辦法。到了知道了種牛痘的方法以後，才有了一連串的疫苗，使身體產生了抗體，把這些侵入的病毒，趁它們還沒有進入細胞之前，把它們消滅於血液之中。

近年來的愛滋病，最初也是束手無策。可是人類是萬物之靈，狡猾得很，終於找到藥物，破壞病毒繁殖過程中某些步驟，使病毒不能複製繁殖；雖然不能把它們殺死，但是不孝有三，無後為大，沒有後代就沒有殺傷力。將來對付病毒的發展，大家等著瞧吧。這是一場種族存亡的戰爭，應該是一場永無休止的對峙，直到一方有突破為止。醫療化學的發展，路漫漫其修遠兮，學子們應埋頭用心，上下而求索。

環境衛生是一門工程和醫學綜合的課，一般醫生都用不著。講課的是校外特聘的老師。偏偏這位老師的國語鄉音太重，上了將近一個月，還沒弄清楚他常常講的[跌破的誰非]是甚麼。後來終於找到機會，請他多寫黑板，才知道那五字真言原來是[台北的水肥]。環境衛生講的是污水的處理，廁所的建構，飲水的來源，如何挖井等等，和部隊的健康關係密切，和另一門課環境工程互相配合。看得出軍醫學院的軸心，是維護國家軍隊的健康。對校方這種周密的安排，夏文怡印象很深。

神經解剖這門課，也是聘請台大的杜教授來兼課。同學中有人說杜教授是留學日本的。他的台灣腔很重，拉丁文的發音，是不是帶有日本音或兼有台灣音，反正聽起來怪怪的，只要知道它的意思就可以。

人腦非常複雜，除了可以用肉眼看得清楚的大小腦，延腦間腦，腦下垂體，和腦室腦迴等等外，腦裡的各種腦核，核間的聯絡，腦束的走向，特殊的白體結構等等，只能從縱橫冠三個切面去了解，要有很好的幾何學修養，把平面轉成立體。加上每一區，每一核的不同功能，念起來實在不容易，也無法記牢。要有很好的構想力，返復推敲，才能得到其中的大概，[死記]徒傷腦力。

夏文怡也體會到，這門課只是增加同學們對腦部的基本了解，將來要用到時，拿出圖表看看就可以，目前用心學習就是，不必要求太高，更不可以死背。

不知是誰的提議，這學期又要從新調換房間；調換的結果，夏文怡和鄒竟成還是在一起，其他兩位恰巧都是上海籍的，一位是早兩期的同學，因病休學，現在才來歸隊，另一位是還沒有選到房伴的獨孤一族。這樣一來，同房有兩人講上海話，兩人講廣東話，話音平分。

　　雖然四人都會打橋牌，不過他們兩人沒有參加棋橋社，平時房間也不讓玩牌。夏鄒兩人還是棋橋社的常客。大概因爲鄒竟成常常在打牌的過程中，不知不覺的講了很多牌的叫法和打法，時時有新學的同學來請教，漸漸的，鄒竟成就登上了龍頭的地位。滔了鄒竟成的光，夏文怡也被看成橋牌高手。差不多每個週五晚上的紀錄，鄒夏這一組從沒輸過，到了學期結束的時候，鄒竟成在棋橋社的名氣，如日中天。這個暑假，夏文怡終於第二次回香港去。

　　這次回到香港，情形又變了很多，住的地方沒有改變，但南昌街那間士多店卻賣掉了，三哥除了仍在當消防隊員外，似乎還和他的結拜兄弟林廣大，在做跑馬的外圍生意。

　　香港的跑馬場，是皇家御准的，馬場組織的勢力，是香港的四大影響力之一。英國每年從香港馬會拿到的錢，數目相當可觀。除了當場賽馬的彩票是正當娛樂外，還有吸引人心的馬票。馬票的出售，只限於皇家開設的馬票站，一年只有幾季。很多[撈偏門]的行家，見獵心喜，每次賽馬時，開設[外圍馬纜站]，非法經營。

　　當年香港的警界，貪污成風，後來有位被稱爲[百萬探長]的呂某，就是海豐人。探長的手下，也有不少海豐人。經營外圍馬，當然少不了警察的保護。林廣大大概認識某些海豐的警界人士，而且林廣大的另一位結拜兄弟，也在警界服務。也許是基於這種關係，林廣大才有膽量經營外圍馬，夏文怡的三哥夏文藻，也許也是林廣大的手下，或者是小股東。

　　不過做這種偏門，除了是非法外，風險也很大，遇到買的人少，又有人中大獎的話，可能傾家蕩產。

　　大哥文平的情形似乎更差，聽說染了肺結核病；夏文怡卻覺得他已深陷在吸毒這條不歸路。還好大侄兒育勤高中畢業，已找到工作，二侄兒育農，也不得不中途綴學，打工來幫忙家用。爸爸和三侄兒育世，到了沙田，和幾位同鄉，弄了一家路路邊小吃店，大概也足以糊口。大哥在去年再添了一位男丁，老么育厚，一共五男二女。大嫂仍然繼續她的家庭副業，一家九口，勉強過得去。

　　夏文怡的零用錢，仍然是三哥給他的。三哥還一直告訴他，經濟上不用擔心，放心去念書，暑假一定要回來，多看看爸爸。這個暑假夏文怡很少出去，留在大窩坪的時間較多。大窩坪住了不少海豐人，除了茶樓的舊夥計外，還有一位表親，一位堂叔，可以聊聊天。

獅子山偏僻得多，那段上坡路往往走得滿頭汗，三哥的三個孩子都小，沒有聊天的對象。不過夏文怡常常一個人從大窩坪走到獅子山，走了兩個多小時才到。三嫂帶三個小孩，也是夠忙的。那時三哥的大兒子育建喜歡聽故事，講些封神榜和三國演義的故事，是每次到獅子山的節目。差不多吃完中飯就離開，很多時先坐車到南昌街看看，似乎帶點憑弔的意味，從南昌街慢慢逛，一直逛到大埔道，再坐專走大窩坪的小巴回家。

除了這兩地外，夏文怡幾乎沒有和其他同學聯絡。到了買船票的時候，才找了陸竹千一同去。陸竹千一看到他，開玩笑的對他說：[大家都沒有你的消息，以為你失蹤了，你究竟躲到那裏去？]夏文怡只好說：[其實也沒有甚麼事，東跑西跑，想不到時間過得這麼快，你們都好吧？]

不久就到了回台時候。這次夏文怡買了些墨西哥造的罐頭鮑魚。台灣的進口貨很貴，廣東菜館常用鮑魚，帶的那些鮑魚，賣給新陶芳飯館，可賺半個月的伙食費。

回到台北，看到新生南路台大校園門口的棕櫚樹，看到校門衛兵的綠色軍服，好像到了另一個世界，心情頓時開朗起來。到了宿舍，洗個大澡，把那股難聞的四川輪味道，通通洗掉。然後和幾位同學，到台大對面的廣東館，吃一份客飯，晚上睡了個大懶覺，這幾天來的疲勞和暈船，通通隨眠而逝。

這學期開始有內外科。外科張主任，出身大陸協和醫院，在軍醫界大名鼎鼎。內科主任丁大夫，聽說是上海商雅畢業，名氣也很大。

開學的時候，他們兩位只來作一個介紹性的開場白，實際講課的，是每一科的主任或專科醫師。

外科學的總論，是外科學最重要的一課，必須先有最基本的觀念，才能了解日後外科的種種做法。這些總論，又把夏文怡帶到另一個領域，讓夏文怡了解人體的種種奇妙。

其一就是[人體的非常排外]，就像俗語所說的一樣，容不下一顆沙子。以傷口的處理為例，最理想的傷口處理，就是不讓傷口殘留任何外物。

我們平常在傷口塗藥水，敷藥膏，只會延誤身體的癒合。身體本身天然的癒合速度，才是最快的。任何外來的藥物，絕不可能加速傷口的復原；恰恰相反，只會妨礙與生俱來的癒合能力。

其二是[無菌]的觀念。還沒有懂得這個關念以前，夏文怡以爲用水洗過就已乾淨，這只是我們日常肉眼看到的[乾淨]，並不是醫學上所要求的[無菌]境界，無菌才是真正的乾淨，因爲沒有了細菌，才不會引起感染。這就是爲甚麼，開刀房所有的東西，都要消毒而達到無菌的乾淨，手術以前，外科醫生除了要用刷子刷手外，還要帶無菌的手套，穿無菌的外科衣服。

　內科學除了臨床醫學外，也包括醫學史和社會醫學系等。教醫學史的是李教授，廣東人，年輕時曾任廣東光華醫院院長，著有李氏療法，是一位非常有實學的教授。社會醫學系的主任也姓李，童年時是圍棋神童，他系下的人才眾多，以心理學的張教授最出名。

　醫學史分中外兩部。外國的醫學史，包括在內外科的教科書裡。李教授講的主要是中國醫學史。無論中外醫學，最早期都是與神怪天地有關的理論，而且都喜歡用顏色來表示內在的器官和症狀。

　例如西方認爲膽汁屬黑，假如出了毛病的話，就會因爲膽汁的黑暗而引起情緒的憂鬱。中國的五行五臟，也配上五色。不過西方沒有天人合一的觀念，人和大自然雖然關係密切，雖然不是處於對立的地位，但是各自運行，所以對人類的疾病，採取了獨立的觀察態度，脫離大自然。

　工業革命以後，精密儀器的發明，觀察的深度更是突飛猛進，慢慢的擺脫神怪的迷信，走入科學的領域。天文家和航海家的新發現，進一步啓發人們的獨立思想，擺脫了古代的神怪影子，使醫學家採用求證的態度，來探討疾病的根源和治療。

　但中國的古代醫家，則認爲人體是一個小宇宙，自然界發生的循環變化，和五臟環環相扣；春天主綠，主東方，主肝，所以春天是養肝的最好季節。秋天主白，主西方，主肺，因此秋天需要潤肺。

　中醫又認爲，人身的病，除了暴飲暴食，縱慾過勞外，都是由寒熱，暑濕和風燥這六邪所引起，家知戶曉的[偶感風寒]，就是其中最好的例子，也是小說家最喜歡套用的病例。因爲中國醫學沒有採用外物做標準，所以也沒有對錯可言。

　醫家更有[醫者，意也]和[藥醫不死之病]這種心理學和命理學的結合，所以用藥無所不包，醫理如天馬行空，無法釐定對錯的標準。四季，五行和六邪，是大自然現象，當然沒有對錯，從古到今也沒改變。中國的醫學，從古到今，也是如此。紅樓夢裡描寫大夫來看病，吃了幾次藥，病情越來越重，但是大夫每次開藥時，家屬接過藥單，每次都說[高明高明！]

中國古代的醫學泰斗，扁鵲和華陀，在傳說中多神奇。據說扁鵲的最大本領，是[預後]，就是預言病情的變化。

　　傳說扁鵲有一天在路上看到一人，患有重病，活不過幾天，便把情形告訴他，要他準備後事。幾天後那人果然去世。知道的人都認為他是神醫，紛紛找他治病。但是扁鵲告訴他們，他的醫術不算高明，要等到病情嚴重後才看出來。他的二哥比他好，病情還輕微的時候，就能診斷出來，吃了他開的藥，就能痊癒。人們找到他二哥後，他二哥又說，其實他的醫術比他大哥差，大哥在人們還沒得病時，就可以判斷將來會生甚麼病，吃他的方子，可以防止疾病，益壽延年。這種和醫藥有關的傳奇多奇妙，不但含有哲理，還和現代預防醫學的理論相吻合，也點出了中醫常說的[下藥醫症，中藥治病，上藥益壽延年]的道理。

　　至於華陀的名氣，則歸功於羅貫中，假如沒有三國演義寫的華陀替曹操開腦醫頭風的描寫，恐怕一般民眾，連華陀的名字也沒聽過。現代的中醫師，常常說重症急症，西醫見效快，但是恢復元氣，減少副作用，還是中醫神奇。抗日戰爭時，有人認為政府軍裝備較好，理應到前線和日本撕殺，拼個你死我活，八路軍裝備差，當然留在後方打運動仗，貢獻都一樣，論調和現代的中醫師們同樣的妙。

　　至於外國人譏笑中醫獨缺外科，可能是他們沒有讀過三國演義，不知道華陀已把他的一生心血，付之一炬，否則中國的外科成就，早就馳名全球。他們一定不知道，華陀是世界上第一個用[麻沸湯]來做全身麻醉的外科大夫。

　　說起中國醫學，沒有人不提起[黃帝內經]，這是中醫學的寶典，但是找不到作者，也沒有確實的年代。黃帝是中華民族傳說中的領袖，那時也許有簡單的符號，絕不會有內經裡面的豐富文詞，把內經說是黃帝托夢之作，也是中華文化的傳統特徵之一。

　　內經的內容很豐富，從素問，靈樞到難經，林林總總，包羅萬有，嚴格來講，不可算是醫書，道家的陰陽，儒家的養身，巫師的神怪等等，都可以在內經找到。也許隨便拿出一段，都可以寫成一篇博士論文。差不多所有的中醫學著作，都會引用內經。

　　中醫的理論，只要言之有理，加上出於名醫之筆，後學都會毫無懷疑的全盤接受，不會要求實例的證明。只要說得有理，說出前人未講之理論，大家都如獲至寶，牢牢抱著不放。

　　中醫學獨有的切脈，最初只是用來幫助判定陰陽的方法之一，加上問聞望，成為中醫一套最基本的診斷方式。慢慢的，切脈成了中醫的招牌，世人更以為單靠切脈，就可以診斷一切的疾病。到了清朝的慈禧太后時期，賤民不可以接觸皇族女性的貴體，於是出現了金線傳脈的神話，把切脈的神話推到最高峰。老奸巨滑的御醫，把自以為聰明無比的慈禧，騙得貼貼服服。可見中醫界的先賢，頭腦靈光，雖然逼於救命，但想出來的辦法，世界一絕！

李教授只作中國醫學史的介紹，不加個人的意見。此外他也講醫家倫理。李教授對於當年廣東醫學界的媚富欺貧行為，痛心疾首，上課時常常語重心長的指出這種醫界的醜態。

李教授是個爽直的人，很受同學的歡迎，和同學間的距離很快就消失。李教授有一天送了同學們一本小書：[胡適與國運]下冊。書的最後一頁，寫了一則很短的遺囑：死後把身體捐給醫學院，供解剖之用。看到書上的遺囑，夏文怡嚇了一跳，書上寫遺囑，是破天荒的事。不久後才弄清楚，原來李教授寫完[胡適與國運]上冊後，被控誣謗之罪，因為不服判罪，該書被沒收和禁賣，聽說還坐了牢。

李教授是廣東人，南蠻子[幾大就幾大]的脾氣，馬上爆出來，不但沒有退縮，還寫了下冊，附上遺囑，決心被槍斃後捐出遺體。結果他不但沒有被槍斃，還在醫學院任教。究竟這本小冊子寫了甚麼，竟然會引起如此軒然大波？夏文怡沒有看過上冊，細心讀這本下冊後，也沒有發覺有甚麼嚴重的事。裡面的幾篇短文，都是李教授駁斥胡適的文章，沒有人身攻擊，也沒有誣謗。但有的地方頗為諷刺。有很多篇要求胡適作答。大概知道胡適一定不會作答，所以又在第一頁寫了：[如若大師無暇，敬請小師代覆]。

當年胡適被譽為思想大師，他的學生毛子水，被李教授戲稱為[小師]，剛好在台大任教。胡適曾在他的雜誌發表了一篇[論總統的資格]，裡面列出的總統條件，都是符合胡適本人的背景，好像替胡適量身定做的競選宣言。該文還有一段說，美國的歷任總統，都是大學出身的。這當然與事實不符。所以李教授列出每一屆美國總統的出身，用事實來證明胡適的[胡言]。

另外一篇是指正胡大師的名言：[大膽假設，小心求證。] 李教授認為從事科學的人，絕對不可以[大膽假設]，那是害死人的講法，大膽假設當然是豪氣萬千的痛快事，但當你去小心求證時，可能耗盡青春，賠了腦力和金錢，也得不到任何結果。所以李教授提出他的主張：[小心假設，用心求證。] 雖然文字上不工整，但較合乎科學精神。

李教授的論據很好，詞鋒也犀利，無論大師小師，有暇無暇，都沒有回應李教授提出的問題。過了很久很久以後，有一天陸竹千告訴夏文怡，[小師]毛子水在雜誌寫了些意見，奉勸李教授應該專心在醫學發展，不要再插腳政治的事。夏文怡以後再也沒有聽到這方面的事。可能是同屬[南蠻]的原因，夏文怡非常敬佩李教授的國學，醫學和為人的作風。

過舊曆年時，夏文怡和幾位香港來的同學，到李教授家做客。意想不到的是，在飯前聊天的時候，李教授女婿談話的論調，卻和李教授在教醫家倫理的論調相反。大家都做了會個心微笑，心想大家離開後，教授定會給女婿上一課醫家倫理。

新春的時候，蔡清泉約了夏文怡，到基隆去探訪一家海豐的同鄉。在台灣能遇到同鄉，又在新春時節，吃的又是另有做法的海豐年菜，非常難得，夏文怡印象特別深。

一九六二年春季，是醫學院第四年級的開始。從現在開始，除了英文和一些政治課外，所有都和醫學有密切的關係。法醫學較為特殊，沒有上課前，夏文怡以為是與醫學的法律有關的課程，上課後才知道是有關死因判斷的醫學。授課的葉教授也是台大來的，據說在台灣他是的唯一的權威。台灣口音很重，表述的能力平平，夏文怡聽得很吃力。

葉教授寫了一本書，是台灣當年的唯一法醫書籍。很多同學都買了這本書。書內的文句，日本的語法很濃，不容易看得懂。夏文怡沒買書，筆記也支離破碎，只好抱著懂多少，算多少的心情，耐心的來上這門可有可無的課，只求及格就行。

精神科是夏文怡最感興趣的學科，他買了本台灣翻印的原文書。負責這門課的是劉教官，口才很好，聲音也動聽，常常笑咪咪的，令人覺得特別和藹可親。上這門課是一種享受。精神科的內容，把夏文怡引到一個像封神榜一般的世界。

日常中種種不可解釋的行為，精神科書中都有祥細的描述。所有的行為，都是精神世界對外界反應所產生的現像，以前常聽到[無意識]這個名詞，總是似懂非懂，現在豁然明朗。

以前看好萊塢的電影，看到弗洛依德替病人做心理分析，覺得有點高深莫測，現在才知道這是基本心理反應的縱合運用。弗洛依德的[戀母情仇]理論，更是震撼人心弦，不知這位精神分析師鼻祖，當年如何想得出這種近乎荒謬的理論？恰巧幾個月後，有位同學精神恍惚，常常失眠，夏文怡不知天高地厚，臨時扮演精神分析師，有空時便替他分析，想找出造成他失眠的原因。雖然沒有確實找到原因，這位同學的失眠，卻慢慢的好起來。

精神科有很多特別觀念，以前從來沒聽過。例如說每個人的性格，都有三個層次。最原始的叫[本我]，是一生下來就已經有的性格，例如有的嬰兒，一生下就很怕聲音，一聽到聲音馬上大哭，有的就算聽到打雷，還照睡如故。比[本我]進一層的叫[自我]，是有了需求後所產生的反應，例如有的小孩餓時會哭，有的則手腳舞動。最後是[超自我]，是受到環境限制以後的反應。例如小孩渴的時候，看到旁邊有水，不管是髒是淨，都會拿來喝。經過成人的教導以後，往後就算很渴了，也不會去喝髒的水，這種帶有約束性的行為就是超自我。

世事的湊巧，有的很難解釋。夏文怡記得讀高中時，中庸首篇的前三句是：天命之謂[性]，率性之謂[道]，修道之謂[教]。國文老師的解釋，雖然言之成理，但總覺得很牽強。

夏文怡發現，假如把中庸裏所講的[性，道，教]，解釋為精神學裡的[本我，自我，超自我]，卻是最恰當，最易明瞭的詮釋。假如這個理論成立的話，那麼我國古賢對心理的了解，已經到了登峰造極的科學境界。可惜夏文怡沒有在其他任何書籍，找到相同的看法。

心理學的張教官，也講得很好。一般人常常把心理學和精神病學混在一起。其實其中的差別，也只是程度上的差別而已。心理學講的是日常的行為心理，包括群眾心理，一般還沒有達到病態的地步，不須用藥物來治療。精神科講的是達到病態程度的異常行為，包括病情複雜，病因不明的精神分裂病。

社會醫學雖然也算醫科的一部分，但屬於綜合性的科目，了解其基本概念就可以，沒有甚麼科學上的價值。

內科是醫學骨幹，無論以後選那一科，包括牙科在內，都須要有內科的基本認識。這學期講的是感染病和消化系統病。以前學過的細菌學，在學感染病時就派上用場。

不過細菌學的主角是細菌，現在的主角是人。

感染病當然離不開病原，細菌學的底子打得厚，學起來就駕輕就熟，其他的要項包括症狀，診斷和治療等等，此外還要兼顧氣候，地域，種族，性別，年紀和職業等，旅行和接觸，也是不可乎略，所以常常會弄得頭昏腦脹。

消化系統比較簡單點。消化病和日常的生活關係最大，學起來印象特別深。腸胃的吸收消化，以前的生理學已學過，種種的病變，病理學也學過，現在的主題放在疾病的原因，症狀，診斷的方法，放射線檢查的種類，胃液和糞便的檢驗室檢查，和如何與其他有相同症狀的疾病辨別，治療等等。還學了些新名詞：器官性和官能性。同樣的症狀，有病理變化的就是器官性，找不到病理變化的統稱為官能性，加上人為的偽性，非常複雜熱鬧，一切都很新鮮，學得也很興奮。

外科也分很多門，目前學的叫做[一般外科]。所謂一般，就是普通的意思，除去專科外，其他一切都包含在內。主要也集中在消化系統的病，包括胃的切除和改道，膽囊和闌尾的切除，和小腸氣的縫合等等。

當年中國人有慢性胃潰瘍的很多，經過反覆的潰瘍和癒合，傷口都變成厚厚的疤痕，因而引起堵塞，食物不能通過。所以要把胃的一大部分拿掉，改道另接他處，食物才能暢通和能被消化吸收。要把絕大部分的胃切掉的理由，是因為當時的理論，認為胃潰瘍是文明病，現代生活緊張，引起胃酸過多；胃酸分泌的主要部位是胃的上部，長期胃酸的破壞，才引起胃潰瘍。

胃切除這種手術，讓夏文怡非常吃驚。他覺得這種非常手段的治療手法，違反生理而近乎不人道，中國人絕對不會想出這種療法。幸而醫學的進步很快，不到十年，差不多再也沒有醫生採用這種手術，到了二十世紀末期，找到了胃潰瘍的真正病原，新藥繼續問世，徹底解決了胃潰瘍的問題。

在日新，日日新，又日新的學習過程中，不知不覺，又到了暑假時候。這一次，從台北到基隆時，時間尚早，可以到附近走走。走到一條巷子附近，忽然肉香撲鼻，正從一家館子飄出來，館子的招牌寫著：刁家牛肉店。夏文怡要了一大碗原汁牛肉，和一盤燒餅，真正是湯濃肉嫩，平生第一次吃到這麼好的山東廚藝。

這次回港，買了兩頂台灣特有的草帽，牛肉乾和一些鳳梨酥。先回到大窩坪。正好兩位姪女兒在家等著，看到叔叔回來都很興奮。把兩頂帽子先給她們。看得出二姪女兒國華很喜歡那種大草帽，但她比較害羞，一個人靜靜的走到屋邊，才慢慢的戴起來。大姪女兒國英，似乎對帽子不大感興趣，戴了就放在一旁，但那些牛肉乾，卻很對她的胃口。

夏文怡在台灣時，曾買了一本外國小說[簡愛]，並在書上寫了一些勉勵的話，很早以前寄給國英，這次回來，國英有很多話要對這位四叔說，一直聊到晚上，除大哥外，大家都有空回來吃飯。

吃飯的時候，爸爸的話很多，後來聊到台灣的海豐人，想起了夏文怡有兩位表哥，在國民政府撤退時，被拉伕到了台灣，一直失去聯絡，到了最近才有音訊，希望夏文怡回台灣後，能找機會和他們見面。

第二天夏文怡才去獅子山，和三哥文藻的一家人吃飯 夏文怡察覺到，三哥的現況很好，似乎比去年更好。閒談中談起葉展之和蔡清泉等早幾個月前已畢業。三哥對這兩位常來茶樓的同學也很熟悉，和蔡清泉的幾位哥哥，也偶有見面。知道他們順利畢業，夏文藻很高興，要找機會請他們飲茶。

夏文怡又問起了林廣大的近況，知道他最近又經營了一家肉店，似乎三哥也有小股份，這令夏文怡非常高興。不久陳汝成來了電話，約了葉展之第二天去飲茶。聊天的時候，陳汝成談到了他在荃灣的家裡，養了豬，也養了一隻小猴子。他的母親有一種信仰，養豬一定要養猴子，否則豬容易死亡。

他們家把那隻猴子叫做齊天大聖。為了防止猴子到處跑，他們替猴子戴了頸圈，用鍊子拴住。到了現在，猴子長大了，那鐵圈卻緊緊的掐進皮肉裡，常常流出血水。猴子怕痛，一碰到那鐵圈便咬人，所以到現在還是想不出辦法除掉鐵圈。陳汝誠要夏文怡想法除掉鐵圈。

夏文怡覺得用安眠藥最簡單，可以混在香蕉裡，不過不知道給猴子的安眠藥份量。想起了陸竹千的爸爸是醫生，於是打電話給他。他的父親不是獸醫，也不知道份量。後來又想到，假如猴子聞到安眠藥的味而不吃，還得準備另外的方法。想起了生理實驗時，都是用乙醚，到了顏料店一問，他們從未聽過乙醚這東西。比乙醚差一級的是哥羅芳，店員說他們只有工業哥羅芳，夏文怡不知道工業哥羅芳和實驗室用的哥羅芳有沒有分別，又想不出其他辦法，只好買了那店的哥羅芳。

第二天夏文怡和葉陳等二人，興沖沖的到達荃灣，準備替齊天大聖解除痛苦。先把三分之一的安眠藥，打碎後放進香蕉裡，讓陳汝成餵給猴子吃。誰知那猴子看到兩個陌生人到來，早就驚恐不安，怎麼餵也不肯吃那條香蕉。無奈只好試用哥羅芳。

那猴子看到陳汝成走近，早已張牙舞爪，又叫又跳，那肯讓你上哥羅芳？最後只好用幾條大毛巾，把整隻猴子蓋住，三個人分工合作，把猴子固定後，用幾層紗布，蓋住猴臉，再慢慢的滴下哥羅芳。以前看教官麻醉貓狗時，好像很快就成功，現在滴滴停停，試了好幾回，那猴子還是掙扎不已，正在考慮要不要放棄，那猴子忽然全身變得軟綿綿的，夏文怡大聲叫句[得了！]陳汝成馬上把鐵圈剪斷，包好頸上的傷口，大家正興高彩烈，慶賀解救成功之際，夏文怡注意到那猴子有點異樣，細看之下，才發覺那猴子還是軟綿綿的，檢查後才發覺沒有呼吸！夏文怡大吃一驚，馬上去摸心臟的部位，靜靜的也沒有一點動靜。夏文怡急得一頭大汗，做了一輪急救，最後還是回魂乏術！夏文怡不停的向陳汝成道歉，沒想到會出現這種結果。最後陳汝成問：[這是甚麼毒藥，怎麼滴了一點點就這麼快沒命！]夏文怡告訴陳汝成，有的病人手術後也會永遠不醒。這次的確實原因沒法確定。最可能是工業用的哥羅芳滲有毒性很強的雜質，其次可能是這猴子對哥羅芳有異常反應等等。最後葉展之安慰大家說：[這次意外，誰也沒想到。這猴子受苦了那麼多年，今天這種結果，也未嘗不是一種解脫！]

這個暑假好像很短，除了看看親戚和同學外，也去了幾次游泳，就已經到了回台灣的時候。在快上船的前幾天，蔡清泉忽然打電話來，說他的父親有件禮物要帶去，送給一位海豐籍的立法委員。見到蔡清泉時才知道要帶的禮物是一只手錶。蔡清泉說那立委到時候會去學校拿，不必送去他家。夏文怡本來很怕替別人帶東西去台灣，不過手錶小小的，不占空間又沒重量，很樂意接受這次委託。

開學後大約兩週，一天夏文怡正在睡午覺，傳訊兵送來外找的紙條，是陳立委到來。夏文怡馬上拿了手錶，到門口的會客室去。來的正是立委本人。

他們是初次見面，說了幾句客套話，夏文怡把手錶給了立委。陳立委非常爽快的說：[我知道你很忙，不好意思耽誤你的時間，我走了。] 第二天隊上的陳隊長把夏文怡叫到他的辦公室去，笑容可恭的對夏文怡說：[昨天來找的陳立委和你是甚麼關係？] 夏文怡聽到隊長客氣的語氣，見到他罕有的笑容，才發覺隊長官場的嗅覺實在太過靈敏，要從自己的身上去套那立委的交情，便淡淡的說：[我和立委沒有交情，他是來拿禮物的。] 隊長一聽，笑容馬上消失，把手一擺說：[你可以走啦]。

這位肥肥矮矮的隊長，很喜歡展示他的官場心得，常講的兩句話是：瞞上不瞞下，洋灰地上摔烏龜。

第一句的意思是：隊上出了事，全隊知道無所謂，只要瞞住上面就可以。第二句是： 洋灰地上摔烏龜，硬碰硬，一切照規矩，公事公辦。

隊長和同學的相處，維持得相當不錯。他喜歡下象棋，和鄒竟成下了很多回。鄒竟成的觀察是：隊長善於用馬，有殺人不見血的本領。夏文怡和隊長也相處得很好。隊長對夏文怡的評語是：好辯，善辯。

但是也有一件令夏文怡費解的事：隊長常常找祖超博同學的麻煩。祖是夏文怡高中的同班同學，念藥科，個子很矮，平日中規中矩。不知那裡得罪了隊長。有一次隊長又在數落這位同學的不是，事後夏文怡開玩笑的對隊長說：[有句俗語，雖無過犯，面目可憎。真的有這回事嗎？] 不知是隊長已經察覺到對祖超博實在過份，還是不願意做答，老奸巨滑的笑笑，馬上走開。也許是夏文怡的心理作用，一直到藥科畢業止，似乎再也沒有看到隊長再找祖超博的麻煩。

上了這兩個多星期的課，夏文怡才發覺這學期有不少新科目，物理診斷是其一，到麻瘋院去做公共衛生是其二。

麻瘋病以沿海熱帶地區最多。普通的醫院都不設麻瘋科。由於人們的恐懼心理，麻瘋院都設在遠離人群的鄉村。夏文怡和兩位同學，要坐很久的車，才到達麻瘋院所在的村落。其實麻瘋院外表和學校的宿舍差不多，病人都住在宿舍，並且有工場，每天都有一定的工作時間。夏文怡只看到院長，和幾位護士。所有病人的病情都很穩定，吃的藥物也固定，除了臨時有特發病外，每週只有一次例行的看病檢查。

夏文怡和病人的唯一接觸，就在這例行的看病時間裡。第一次看病的時候，非常出乎夏文怡的意外，很多病人都用布巾圍著面部，講話十分小聲而溫柔，像極了電影中古代的修女。

當時夏文怡還是學生，還沒有資格替他們做身體檢查。夏文怡察覺得到，病人們都在極力的遮擋他們身體殘缺的部分。除非有必要，那位院長也不會暴露病人殘缺的部位。看來病人很在乎他們身體的形像。當然，在必要的時候，當院長拿掉那圍巾時，夏文怡和同學們都儘量保持臉上的平靜，以免傷害到病人的自尊心。聽說廚房的服務員，也是其中的病人。對一般人來講，麻瘋病很可怕，但夏文怡等都知道，普通的接觸，絕不會受到傳染。

麻瘋病和肺結核病，都是慢性病，得病初期，都沒有明顯的感覺；但治療的過程很漫長，又很難知道效果如何，且治療的藥物不多，而對於已被破壞的肢體和五官，更沒有任何可以復原的辦法。這是一種令人絕望的病。這家麻瘋院，其實就是他們終老的地方。

夏文怡這幾個星期的學習，與其說是對病的學習，不如說是對人生體驗的一次學習。這次的學習，讓夏文怡想起一段小故事：有一次醫師們開會聚餐時，一位炊食士兵用手端出一鍋熱氣直冒的菜，一位細心的醫師問那士兵，[那麼熱的鍋，難道你一點也不覺得熱嗎？]並且要他儘快去看醫師，後來檢查的結果，果然是麻瘋病。一位醫生常說，要成為一位出色的醫生，必須先從培養敏銳的觀察力開始。

從麻瘋院學習回來後，夏文怡發覺又有不少同學有了女朋友的，對像多是護理同學，近水樓台，非常自然。夏文怡身邊的一位同學，在路上遇到一位護理同學時，常常禁不住的行了長長的注目禮。

有一天在晚點名時，隊長忽然宣布，請一些同學自重，不要寫信打擾護理同學。解散後議論紛紛，認為男女結交，純屬私人來往，這位護理同學不但有失風度，而且小題大做，竟然透過隊長來公開宣布。不過有的同學認為，可能我們這同學盛情太過，人家拒絕了還死纏爛打，不勝其擾才會告到隊上。

不久一些聰明的同學已猜到是那位同學的傑作。一提起這位同學，夏文怡馬上記起有天吃完早餐回來時，那位同學用廣東話對他很興奮的說：[文怡，趕快看，前面，靚不靚？] 夏文怡往前面看過去，見到一位面帶怒容的護理同學，正兇狠狠的朝他們這邊看過來。夏文怡的反應也很快，馬上把臉轉向這位同學，裝作甚麼也沒看到，並轉了話題，若無其事的走過去。

過了很久以後，才知道這位護理同學的媽媽是廣東人。在女孩子面前，用廣東話評頭論足，以為別人聽不懂，這位同學實在栽了一個大筋斗。這種禮貌不週的人，癩蛤蟆想吃天肉，還不知進退，不告到隊上才奇呢。

過了不久，潘寧海來找夏文怡，問他有沒有興趣和一位女孩作筆友。問清楚後，才知道這個暑假回香港時，陸竹千介紹了一位教友給他，很快就成為朋友。潘寧海又說，陸竹千在中學時就有女朋友，蔡姓，他新交的姓朱，和另一位姓賀的，同上一個教堂，雖然不算金蘭之交，但卻是無話不談的好朋友。賀姓教友很想找一位筆友。夏文怡猜，一定是潘陸兩人在閒聊時提起自己，才有筆友這種試探。

夏文怡常看文學雜誌，常常看到有關筆友的事，覺得頗有新鮮感，就一口答應，這個筆友就是賀蘭心，很特別的名字。夏文怡覺得，交一個筆友，最適合自己的經濟條件。應潘陸兩人的要求，他寫了一封自我介紹的信給賀蘭心。從此，他們書信來往，一直到了下一個暑假。

陸竹千長得非常好看，脾氣更好，拉得一手好小提琴，相信他念中學時，一定是不少女孩子心目中的白馬王子，所以在得知他有女朋友時，夏文怡沒有感到驚訝；驚訝的是，陸竹千這幾年來，他從來沒有露出一點有女朋友的跡象，保密功夫實在很到家。

還有一次在閒談時，陸竹千突然莫名其妙的用西洋拳的步法，衝到一位同學面前，擺出幾個西洋拳的攻擊拳勢，同學們才知道他會西洋拳。事後他說出念初中的時候，曾在大陸學過幾年西洋拳。長相斯文，談吐溫柔，從不發脾氣的他，居然有興趣學拳術，真是人不可以貌相。

不知道是受賀蘭心的要求，還是真的遇到難題，有一天陸竹千問夏文怡，他選女朋友的條件是甚麼。夏文怡告訴他，嚴格來講，沒有一定的條件，最起碼是女孩子要有吸引他的特點，要讓他感到舒服。

他接下去說，不會主動去追求長得太漂亮的，家裡很有錢的，兄弟姐妹眾多和信教的女孩子。陸竹千聽完哈哈大笑說：[還說沒有甚麼條件，你的要求不但多，而且非常古怪，看來你註定要單身一世！]接著又問：[為甚麼不要太漂亮，你真的相信紅顏禍水這句話？為甚麼家裡不可以太有錢，難道你忘記錢財對事業的幫助嗎？…。]，問了一連串的問題。夏文怡也哈哈大笑的說：[難道你相信很漂亮的女孩會喜歡我嗎？難道你以為有錢人家會看上我嗎？這只不過是我的自卑心作祟而已。說真的，姻緣天定，所謂條件，只是奢望而矣！]陸竹千接著問了一個只有小說裡才有的問題：[被愛幸福還是愛人幸福？]夏文怡的答覆很簡單：[兩者都不幸福，相愛最理想，可也不一定幸福。]

夏文怡推測，可能是陸竹千不喜歡現在的女朋友，又不願意傷她的心。大概目前遇到了心愛的人，不知道應不應該付之行動，所以才有這種充滿哲學味道的問題。最後他們都同意，只有無聊的小說家，才會制造出這種問題。

在學期快要結束的一個月，棋橋社舉辦了一場兩人為一組的橋牌比賽，結果夏文怡和鄒竟成的那一組得到冠軍，亞軍是同一中隊的兩位牙科同學，隊長當然很開心，鄒竟成更開心。

夏文怡知道自己打牌的技巧平平，所以在叫牌的過程中，儘量讓鄒主打，自己儘量做[夢家]。所以這次得到冠軍的，其實是鄒竟成一個人的。

大概是這次冠軍鼓勵了鄒竟成的雄心，他邀請台大醫科的學生來一場國際標準比賽。台大沒空，接戰的是兵工學院的學生。場地就選在棋橋社，八個人十六場嘶殺的結果，兵工學院輸了，主要關鍵有兩場，大家認為很精彩。其一是對方的牌力很強，夏文怡忽然心血來潮，採用了[低點高叫]的戰術，破壞了對方的交通，使他們不能完成理想的合約。對方當然用雙倍記分來懲罰，結果還是比讓對方主打的好得多。其二更精彩，鄒竟成搶叫，對方也用雙倍處罰，結果鄒竟成用他高超的〔擠〕術，完成合約，另兩人也完成合約，奠定勝基。

這一晚，相信鄒竟成整個晚上都睡不著，因為每次夏文怡醒來時，總是聽到上鋪的鄒竟成，喃喃自語的說個不停。

寒假很快到來，許老師又請夏文怡到他親戚家過農曆年。到達時才知道許老師也請了朱基健，低他一屆，是強中和德明兩校的校友，現在就讀師大。朱基健看到夏文怡的第一句話是：[你的臉怎麼那麼胖，圓滾滾好像吹了氣。]夏文怡也覺得自己最胖的部位，就在臉上。

朱基健的數學很好，象棋的棋力很高；中學時有一次校際象棋比賽，報紙對朱的評論是：思想慎密，棋風快速，前程不可限量。不過他並沒把心思放在象棋上，標準的傳統思想，學業為重，大部分的時間，都放在書本上，來台後幾乎沒有下過棋，想起來實在有點可惜。老同學見面，話題特別多，這頓飯吃得很開心，許老師還拍照留念。

　　新學期開始後，新的學科更多。有的名稱頗特別。譬如矯形外科，原來就是日常講的骨科。整形外科，卻不是人們心目中的美容外科。

　　美容不具備醫療價值，整形卻能把功能不良的部位，改變其形狀，希望能恢復原來的功能。當年最常見的兔唇，是整形外科最常做的手術。嚴重的燒傷後，很多部位的皮膚，不但變形，而且喪失功能，都須要通過整形的手術，來改善功能；附帶的，也達到美容的目的。很巧的是，整形科的主任，據說雙手有顫抖的毛病，同學們都在議論開刀時，他如何克服這種困難。

　　矯形科的人才很多，主任鄧醫師很負盛名，講課時非常認真。但骨科很多病的治療手法，例如脫臼的治療手法，用言語很難說得清楚，講的費力，聽的辛苦。當時又沒有好的模型，大家只能從解剖上去了解。

　　還有一科最難了解的，那就是皮膚科。假如不是對著病人，或者看著圖片的話，無論講的人口才多好，聽到的不是紅紅突起的，就是白白平平的，大家聽完等於沒聽。講課的高主任，相信是個大好人，一來就講，講完就走。願意就聽，不願意就隨你便，從來不點名。就夏文怡所知，歷來的名醫，沒有一個是皮膚科的。可能是高醫師心裡有數，皮膚科是不能靠上課學來的。

　　內科的分科很多，感染病和消化系統等病，上學期已學完，這學期是心臟血管系統，呼吸系統，血液系統等。心臟呼吸這兩系統的診斷，都須要[聽]，血液科需要看顯微鏡。看，聽，觸和敲，是現代醫學臨床物理性診斷的四大法寶，看顯微鏡是檢驗室診斷的主要法寶。

　　除了上述兩種診斷外，還有放射，細菌培養和切片等診斷方法。傳統中醫的望聞問切，只有切脈需要特別訓練，其餘三者都是人身的本能。人類的十二條腦神經，第一條就是[聞]的嗅神經，接下的五條是負責[望]的眼部神經，第八條是聽神經，第九條是管理[問]的舌咽身經。中醫沒有聽，觸和敲這三法。

　　西醫的[問]，是採取病情的必要手段，不算診斷的方法。要取得有用的病情，[問]的技巧居首要。有很多病，只要把握完整的病情，就已鎖定了疾病的範圍，稍加一些簡單的檢查，就可以排除其他可能，而得到初步的結論。所以[問]是處理一般事情的必要途徑，並不放進特有西醫的診斷範圍裡。

[看]，現代醫學除了用肉眼以外，還用顯微鏡，放射的透視等等，應該和[望]有很大的區別。聽，是用聽筒，去聽心的跳動聲，肺的呼吸聲和腸的鳴聲。在身體外表長了瘤腫，用手去[觸]摸，可以知道硬軟，用手去[敲]，可以測知空實，對胸積水和肝腫大，都有幫助。

由於學校裡沒有病人，所以上物理診斷課，很多時要坐車去八零一總醫院，借用病人來學習[聽觸敲]。本來學校每年都安排了火車的經費，但火車比牛還慢，大家寧願出錢買汽油，送些小費給駕駛兵，用軍車接送。

三月份時，夏文怡突然收到僑務委員會寄來的信，要他在指定的那一天，去僑委會參加茶會，並領取獎學金。夏文怡感到很意外，心想自己從來沒有向僑委會申請獎學金，一定是僑委會寄錯了信，問了同房間的同學，沒有人收到信。

第二天才知道，港澳來的同學，共有五人收到信。如期到了僑委會後，才知道他們上年度的總成績，超過了八十分，符合僑委會獎學金的標準。僑委會有位職員，看到夏文怡，非常熱情的告訴夏文怡，他也是海豐人。問了一輪話後，知道夏文怡並不是他心目中所想的人後，好像有點失望，悄悄就離座走了。

每年的畢業典禮很快來臨。藥學系只念四年，當年一起入學的藥科同學，剛好今年畢業。港澳來的同學，全數都順利畢業，夏文怡等都感到很欣慰。夏文怡和藥科的幾位同學，感情都很好。同校四載，就此一別，不知何年，才能再見。

過了不久，內科血液科的課程剛好教到了[全身性狼斑紅瘡症]，患者除了全身症狀外，臉上有對稱紅斑，像歐洲一種狼，而且血球會出現巨型細胞，簡寫狼紅胞。

血液科的黃醫師，為了讓同學認清這種細胞，特別帶了他的助手，拿了很多塗片，到生物大樓的實驗室來，讓每位同學都有機會細看這種細胞。除了狼紅胞外，還帶了多種白血病的塗片。

黃醫師的助手是位女性，夏文怡對她沒有甚麼注意，但下課後聽到很多讚她漂亮的話。第二次上課時，夏文怡留心看了一下，從某一個角度看，這位小姐確有一種特有的美。不過一直到暑假，這位小姐沒有再來，同學們也沒有人再提起她。

這次回香港，有幾位同學改乘飛機。聽說四川輪快要被淘汰，由設備較好的安慶輪替代。不過到了基隆碼頭一看，依然是久違了的四川輪。夏文怡沒有忘記刁家牛肉的美味，先和同學去回味去年的牛肉燒餅，再準備去忍受船上的飯菜。這個時節的台灣海峽，依然風平浪靜，不幾天就回到香港。

見到大哥，夏文怡又難過又心酸。聽說他最近常常向家裡要錢，說要去動手術，醫療那隻帶給他衰運的手指。

他右手的第二指，在很早很早以前，還在鄉下的時候，用魚炮去炸魚時炸傷的。手指的第二三關節和皮膚受傷，結果黏在一起，不能伸直，但傷口癒合後就沒有痛。其實第二指的功能不大，那麼多年都過去了，現在才來訴說這指傷帶來壞運，夏文怡一聽，就判斷他的毒癮一定越來越重，而且有了次發性的心理變態。就算願意去戒毒院治療，最多只能達到暫時不吸毒，變態的心理還會繼續下去。

夏文怡很矛盾，他不知道應不應該把他的看法，告訴家裡其他的人。他聽大嫂說了好幾回：[可惜沒有錢，若能醫好手指，其他都就好辦了。] 大嫂又告訴他，曾經有很多次，大哥拿了一條大繩子，繞在頸上，嚷著要自殺。夏文怡聽到後心如刀割。他知道有毒癮的人，甚麼借口都想得出來。

夏文怡不知他大哥如何弄到錢，因為第二天再看到他時，又好像若無其事。夏文怡想，一定是有人給他錢買了毒品，解除毒癮後，才有這種變化。夏文怡愛莫能助，感到很沮喪。第二天和三哥討論了很久，也想不出如何幫助大哥的辦法。

三哥精神很好，只是滿頭都是白髮，看起來有點老。他們現在三兄弟中，只有大哥沒有白髮，老三和老四，不但十幾歲時就長白髮，而且長相也很相似。鄒竟成每次提起他三哥時，總是對夏文怡說：[那個跟你長得一模一樣的哥哥] 。

三哥的三個孩子，長得很健康，老三育齊，和三哥長得最像。老二育業，長相最特別，沒有一點夏家的特徵。夏文怡這次來，帶了聽診器，拿起來正要替育業聽聽，育業一聲不出，拔步就跑，往山上跑去，把夏文怡弄得莫名其妙。過後慢慢的問清楚，才知道育業很懼怕聽診器，以為聽診器和針一樣，會把身體弄痛。夏文怡聽後也有點吃驚，想不到小孩子會有這種心理，心想以後替兒童看病時，一定要先消除他們的恐懼心，才可以進行檢查的工作。

三嫂身體非常好，廚藝有長進，尤其是肉丸，更是海豐菜中的一絕。

從三哥的口中，得知幾個月前，沙田發生了一次大水災，幾十尺高的海浪，衝上岸邊，不少房子毀壞，還好生命的損失不多。有人認爲是地震引起的海嘯，但天文台沒有測到地震的信號。那是一次非常奇怪的巨浪。

夏文怡當天就去沙田，見到父親精神很好。父親說他那天晚上睡到半夜，聽到很響的聲音，正要開門去看看，海水已泡到膝蓋，叫醒孫兒育世，兩個人先爬上屋頂，等水浸到屋頂時，再游到另一個較高的屋頂，一直到了靠近山邊高地爲止。那時天已亮，救護員很快就把他們移送到安全地點。祖孫兩人逃過這一劫，非常幸運。

那個小店本來就很簡陋，水退後稍加清理，他們還是選擇留下來，繼續做他們的小生意。夏文怡非常了解父親的心情，做這點生意，也許可以賺點小錢，其實最重要的還是心靈的寄託。父親一生沒有甚麼嗜好，唯一的願望是憑自己的手藝來做生意。

夏文怡很喜歡這個三姪兒育世，知道他生性純良，和平無爭。夏文怡念中學時，曾爲了育世的功課，大傷腦筋。但自從在醫學院念過心理學後，看法有了很大的改變。

人類有不少不容易察覺的病，直接或間接的影響學習能力，強迫力越大，對兒童的傷害越大。很可惜的是現代的教育制度，忽略了重視每人的個別性，傳統的信念更強調 [嚴師出高足]的理論，一律認爲功課不好，一定是不用功。又因爲現代的強迫教育，出發點是通才教育，所以規定每一位學生，都要上教育部門所制定的課，而且都要考試。

傳說中的姜太公釣魚，願者上鉤。夏文怡忽發奇想：假如現代的基本教育，改成大家一起上課，願者才參加考試，那該多好。

教育的最基本目的，是讓每一個人，可以獨立生存。所以大家常說：一技之長，沒有人要求多技都長。有些只能學一技的學子，爲甚麼要強迫他們上他們沒法學到的課？ 一個能獨立生活的人，最要緊的是責任心，其次辯別是非能力，和他人交通的能力，和社會相處的性格，有基本的閱讀能力，一技之長的謀生能力。夏文怡認爲，最實用的基本教育，重點是語文的讀寫，表達應對的技巧，責任心的建立，判辨是非的能力。

當然，夏文怡也深深的理解到，教書只是職業的一種，有的人甚至把開辦教育，當作一種投資，真正獻身於教育的，應該是鳳毛麟角。現實就是現實。

不過，由於這種功利性的教育制度，令姪兒育世當年蒙受那麼多不必要的壓力，夏文怡還是感到很深的歉意。這次看到他們祖孫兩人，一起逃過死亡的威脅，歉意更深。

這天他們三代同處陋店，一直談到天黑，話題都是繞著讀書和就業的不同體會，夏文怡盡量鼓勵育世向爺爺學習，行行出狀元，只要敬業樂群，肯用腦筋，不怕辛勞，同樣會有好的前途。

　　這些話當然有點八股，但夏文怡知道，平時很少人會對育世詳細分析其中的要點，話題雖然離不開立身處世的老套，也是做叔叔的一點心意。下次再見時，又不知是何時何地。

　　回港前，筆友賀蘭心希望見面，夏文怡也很好奇，想看看這位通了將近一年信的筆友，究竟是何方神聖？雖然約好了地點，結果卻沒有見到面。幾天後見面時，大家話題還不少。

　　賀蘭心長得不錯，只是眼角比常人下斜，戴副眼鏡，個子很矮，談吐溫柔誠實。中文修養普通。從第一眼起，夏文怡就有預感，他和她會一直維持筆友的關係。這個暑假他們見了幾次。有一次是和葉展之到賀蘭心家去。見到她爸爸和幾位弟弟妹妹。賀蘭心的媽媽幾年前去世，爸爸是建築師，當晚吃到他燒的一手好菜。

　　回港一個月後，有天夏文怡帶了姪女國華去沙田看父親。在那店裡又遇到了幾位海豐的同鄉。差不多所有人的話題，都圍繞在國華身上，都在逗她講話，和她開玩笑。

　　國華長得很清秀，也很害羞，很討人喜愛。戴上了那頂台灣帶回來的大帽，樣子更可愛。他們一家四人一直留到晚飯後，夏文怡才帶國華到火車站。到了車站，天色還早，夏文怡忽然想起了中學旅行時，附近一座山的環境很清靜，於是帶了國華，沿那條依稀記得的路走過去。附近的狗很多，國華很怕狗，夏文怡摘了一枝樹枝，一邊趕狗，一邊認路，居然沒出差錯，走到山腰。沒多久看到了一家很眼熟的屋子，想起了那是同學孟凌煙的家。畢業後就沒見過面，雖然覺得沒有約定就登門拜訪，未免有點唐突，但順途之訪，亦算人生難得之舉。

　　開門的是孟凌煙的母親，孟凌煙尚未回家。夏文怡告訴孟伯母，既然凌煙未回，請代問候，改日約好後再來。可能是國華的樣子太可愛，孟伯母一邊逗國華，一邊盛意拳拳的要夏文怡稍等，不停的說凌煙很快就回。

　　孟伯母的粵語不算很純正，大部分她問的話，國華都聽不懂，加上國華害羞，夏文怡也是一邊翻譯，一邊和孟伯母聊天，果然不久孟凌煙就到家。本來夏文怡以為和老同學打個招呼，問問好，逗留一下就回去。想不到孟凌煙招待得很殷勤，話題很多，口才又好，夏文怡試了幾次都走不成。走的時候，天色已全黑，到山下臨時坐了一部非法載人的小貨車，在大窩坪附近的公路下車。叔姪兩人，趁著微弱的月光，終於慢慢的走完那段彎曲的上坡路。再走完八段階梯，回到家裡時，國華差不多累得走不動，一上床就睡著了。

過幾天，葉展之，李挺柏和孟凌煙，約好了先去吃西餐，再看一場電影。在以後的一段時間裡，雖然四個人也有見面，但孟凌煙和夏文怡見面的次數最多。

這是夏文怡暑假節目最豐富的一次，孟凌煙和他去了不少地方，都是夏文怡念中學時沒機會遊玩的風景點。夏文怡不願意向三哥多要錢，這個暑假的心裡壓力很大，尤其是和孟凌煙單獨出去，男孩子不出錢實在說不過去。還好孟凌煙老於世故，夏文怡也是個不拘小節的人，很多費用都是孟凌煙先交給夏文怡去付費。

這個暑假似乎過得特別快，不知不覺又是回台的時候。這次送船的人不少，除了孟凌煙外，葉展之和國英國華也來了。在很多年以後，國華都沒有忘記開船後，葉展之帶她去餐廳吃冰淇淋的往事。那是她第一次上餐廳吃冰淇淋。在隔了很久很久以後，國華仍然記得，那是她一生中嘗到的最好吃的冰淇淋。

這學期開始有綜合教育，和過去幾年的都有很大的不同。過去教的是個病的細節，現在開始講的是常見的病情，分別由不同科的教官，從專科的角度來分析病情，然後由主講教官把各種意見綜合起來，最後作出最可能的判斷。這種教法很有啟發性，也很實用，讓每個學生有很大的發揮空間。

夏文怡對這種課程產生了濃厚的興趣，一有空就做這一方面的嘗試。可惜越做越難，好像大海無邊，始終找不到岸邊。夏文怡才發覺，醫生這條路，真的是漫漫而修長，必需要耐心而求之。幸而這時學校的學習環境，對夏文怡這一期班而言，變得很輕鬆。這一年來，再也沒有發生同學留級的事。

在學校裡，他們這一班已是老大哥。雖然這間學校，沒有養成低班生要向高班生敬禮的習慣，但在不知不覺間，高班同學還是流露出老大哥的氣派，看到低班同學時，都多少會對小老弟忠告幾句，顯顯過來人的經驗。

最近有幾位同學在埋怨鄒竟成，說他常常對低班同學，說些危言聳聽的話，引起小老弟們的心理恐慌。夏文怡知道鄒竟成喜歡開玩笑，沒想到他竟然會向小老弟們開這種玩笑，引起誤會，實在是童心未泯之過。不久又聽見同學議論紛紛，說鄒已交上那位血液科檢驗室的小姐。大家都說那位小姐年紀大，似乎不是理想對像。但鄒竟成沒有對夏文怡提起此事，夏文怡心想他們大概還未成為真正的男女朋友，否則以鄒竟成的性格，一定會高高興興的講出來。

這次鄒竟成交女朋友的行動，令夏文怡對他有了翻天覆地的改觀。他不但很欣賞鄒竟成對愛情的勇氣，更佩服他採取充滿智謀的手段。那位女孩子只不過來過學校兩三次，他居然可以查清她的工作時間，還可以製造認識交談的機會。夏文怡知道自己絕對沒有這種勇氣。假如鄒竟成日後對事業也採取同樣勇氣的話，前途真是不可限量。其實不止鄒竟成，班上很多同學，尤其是球場的健將，都先後交了女朋友。但是交的都是學校的護理同學，不像鄒竟成那樣的突出。

在校將近四年的時間裡，每年的護理同學畢業的走了，新的又來了，每天在校園裡都可以碰到。近水樓台，交朋友的機會實在很多，尤其是醫生配護士，更是順理成章。夏文怡知道鄒竟成不久就會有好消息告訴他。可是他錯了，等了一個多月，鄒竟成還是老神在在，一點表示都沒有。

在這段時間裡，學校剛好舉辦了隊際排球比賽。夏文怡不是代表，做做啦啦隊的資格還是有。有一天比賽時，一位擔任裁判的體育教官，錯誤很多，觀眾常常都大叫[教官加油]，時間一長，那位教官開始惱羞成怒。恰巧夏文怡的聲音最響，成為教官[開刀]的對象，記下了姓名和隊名。事後很多人都為夏文怡擔心，恐怕這個學期的體育過不了關，提議夏文怡向教官道歉。

夏文怡也很後悔自己的行為，也擔心教官會為難他，但夏文怡有他的牛脾氣，認為球場上喊加油是常事，雖然對方是教官，總不會為了這點小事而故意為難吧，所以沒有採取任何行動。只是在往後的幾場比賽裡，採取閉口是福的辦法，更希望教官的記性多點退化。在以後的那段日子裡，夏文怡有點提心吊膽，還好到學期結束為止，終究是平安大吉。

在學期快要結束的一個月時，鄒竟成說有部好電影在上演，他請客，開場前半小時在電影院側面見。在過去幾個月裡，夏文怡都是獨行俠，一個人看電影，有家電影院一放就是兩場。難得有機會一起看電影，而且還是別人請的。

夏文怡很早就到電影院外面等。等到快到放影時間，才看到鄒竟成出現；不止一個人出現，身旁還有一位小姐，就是那位在檢驗室工作的小姐。經過簡單的介紹，這位小姐姓李。不過大家第一次和李小姐認識，是因為[狼紅]細胞的關係，大家後來都戲用狼紅來稱呼這位小姐。

狼紅是種病，李小姐不喜歡，夏文怡私下叫她[令狐紅]。散場後一起吃飯，夏文怡才有機會看清楚令狐紅的面貌。一頓飯的交談，夏文怡覺得令狐紅非常單純，有中學生和小學生一般的天真，與她臉上的歲數，非常不配。這個發現也讓夏文怡有點心驚，忽然發覺自己對別人好像有種與生俱來的細緻敏感力，擔心這種天性會給他帶來一生的煩惱。夏文怡嘆了氣，心想若能遇到一位能理解自己這種特殊情感的紅顏知己的話，此生應該了無遺憾。夏文怡當然知道這是一種奢望。

這學期內，賀蘭心偶爾會來封信，寫些工作的情形。夏文怡一般都是幾個禮拜後才回信，談的是醫學上有趣的事情，也談一些陸竹千和潘寧海的近況。賀蘭心的回信也很慢，不過可以看得出來，她看信看得很細心，似乎對醫學的趣事很感興趣。慢慢的，夏文怡感覺到，假如他沒回信的話，賀蘭心也不會自動來信，似乎自尊心很強。夏文怡覺得寫信給賀蘭心是一種樂趣，隨意隨時而寫，就像寫給姪女國英一樣，有一份優越感。

孟凌煙也常來信。孟凌煙不但大學畢業，且執教有年，國學素養甚好，看她的信，自是另外一種心情。回信給她，似乎是一種負擔。每次回信時，好像中學時作文一樣，小心翼翼，怕寫錯字，擔心文句不通。這種心理上的壓力，不但阻滯行文的開放，也無形中減低了通信的樂趣。

夏文怡雖然喜愛中國文學，喜歡的是優美文字帶來的美感，以及藏在字裡的哲學味道，更可以從閱讀中感受人生的起伏悲愴。對於風花雪月的韻事，僅止於讚嘆而已。所以夏文怡寫的信，古古板板，缺少瀟灑的情趣。一定是孟凌煙的修養好，在通信的這一段時間裡，沒有感覺到她的不耐。

夏文怡是個重理智而又責任心很重的人，雖然內心的感情很豐富，但在求學期間，一切以功課為主，儘量避免任何影響心情的事，所以他很佩服鄒竟成那種敢愛敢做的行為。也更羨慕鄒竟成，在人生的旅程中，能夠遇到一個令他一見鍾情的人。

鄒竟成的美事，讓他想起最近看到的一篇短文。文中說一位四十多歲的軍人，最近獲知他三十多年前一位青梅竹馬的地址，興致沖沖的坐車來找她。坐在車裡，腦裡盡是那女孩當年的一顰一笑，羞人答答的表情，嬌滴斯文的語言，纖細輕盈的體態。一站一站的過去，車裡的人越來越少，那軍人還是沉醉在從前的美夢。

最後車上只剩下他和兩位女士，其中一位聲大且粗，那破銅鑼般的聲音，常常干擾他甜美的回憶，心裡很生反感，和他從前的女朋友一比，簡直是天淵之別，所以換到一個比較遠的坐位。可是那個破銅鑼聲，還是不時傳來，打斷他美麗的思潮。正要起來請她們把聲音放低一點，卻見另外一位太太站起來，準備下車，並且對那位粗聲的女士說：[我打算過幾天去你家坐坐，把你的地址再說一次，免得到時找不到。] 當那地址傳進軍人的耳裡時，覺得好像在那裏聽過，心裡正覺得奇怪，忽然另一個念頭湧上心頭，馬上往手中打探來的地址一看，原來就是他要去的地址，馬上天旋地轉，腦中空白一片，直到司機的聲音傳進耳裡：[先生，車已到終點站，你究竟要到那裏？] 那軍人才像行屍一樣，兩眼直直的下了車。

夏文怡很喜歡這篇短文，尤其很欣賞文中托出的年紀變化的哲學味道。

快到寒假的時候，同學們提起了畢業旅行的想法，恰巧救國團每年有冬令營的活動，其中包括橫貫公路。商量的結果，決定徒步橫貫公路。橫貫公路是台灣的十大建設之一，工程艱鉅而浩大，風景雄偉壯麗。夏文怡一直都想找機會一遊。想不到運氣這麼好，不但能和同學一起去，所有冬季步行的裝備，全部由救國團提供。隊上的指導員也非常熱心，全部包辦了與救國團協調的工作。

這次的旅行，除了國防醫學院這一隊外，還有其他很多大專學生。從台灣西部的霧社出發，直到通過花蓮的太魯閣為止，一共五天。那硬硬的軍隊冬衣，厚厚的鞋子，加上重重的背囊，第一天就有同學吃不消。還好第一天行程較短，晚上領隊要大家用熱水泡腳時，有的人腳上已長水泡。

第二天路程加長，快到中午時，夏文怡的小腿開始漲痛。吃過中飯後差不多站不起來。

第三天路程更長。夏文怡發覺雙腿好像上了發條一樣，保持一定速度走最舒服，慢慢的他發覺汪英康一直走在他前面不遠，好像也保持一定的速度。他知道汪英康參加童軍多年，對遠足很有經驗，於是努力趕到他身旁。兩人都採取走直線的策略，發覺平均每十分鐘可以走一公里。此後兩人都走在一起，第三晚最累，第四晚小腿已沒有那麼痛。第五天只走了一點路，改坐軍車進太魯閣，到花蓮解散。

夏文怡再和幾位同學，繼續南下，到台東，潮州，屏東和高雄等地，到本地同學的家裡作客。

第五年級開始，他們搬出學校，進住廣州街的宿舍，結束了四年半的穿軍服的生涯。宿舍很小，但是勉強可以容納他們醫牙兩科的學生。

他們一房就住了五人，除了他和鄒竟成外，其他三位是牙科的，其中兩位是橋牌的隊友。這一年是見習生，主要醫院是八零一總醫院，走路就可以到。

穿上白袍走進醫院，覺得有點醫師的味道。這裡習慣稱醫生為大夫。見習大夫除了偶爾要上課外，其餘全部時間，是學習住院大夫如何處理病人。

第一步就是問病情，然後是身體檢查，接下來是血液和大小便的例行檢驗和和閱讀有關的報告，然後寫病歷，最後做出診斷。他們只是見習，不可以開藥，不可以寫醫囑。指導他們的是住院大夫。比他們高一級是實習大夫，理論上可以向他們學習，但實習大夫一天到晚忙得要死，沒有時間去傳授小老弟。見習雖然不直接負責治療，但要學抽血，檢驗大小便和胃液等等。病歷都用英文書寫，交給住院大夫後，由他們改正，然後討論，不好的重寫。

白天除了跟住院大夫查房外，還有總醫師和各科主任的查房。每天一到二次的例行巡視病人，傳統上稱做查房，英文叫做打轉。

病人每天的變化，新來的檢驗報告，都成為每天治療的依據，查房後決定新的措施。查房是每天學習的好時機。另外每週有幾次小會，每月有幾次大會。一些專科主任，突然心血來潮時，也來個臨時集會。開會就是另一種型式的上課。

有的時候，也有美國來的專科醫生，來介紹美國的治療趨勢或想法，讓大家多少了解一下國外的情形。運氣好的時候，碰上一些頗有經驗而又有個人特別看法的住院大夫時，可以學到很多書本上沒有的心得。

夏文怡記得其中一位住院大夫對他說：[其實醫生最大的任務，並不是講求學識的淵博，而是如何做一位精明的偵探！] 接著他就拿起了一份病歷說：[這位病人是軍中的諜報員，他有右脅痛，我的直覺是肝癌。病人也有這種懷疑，並暗示假如是真的話，他會自殺，你講話時一定要非常小心！] 兩天後這位軍人接受了肝臟穿刺檢查，住院大夫特別要求病理部，假如是肝癌的話，一定要多做一分非肝癌的報告。結果那份假報告真的出現在病歷本上。

夏文怡沒有問那位住院大夫如何處置真的病理報告。夏文怡天天都去看那位軍人，特別注意報告回來後的反應。軍人還是一如常態。夏文怡很佩服住院大夫的能力。但是夏文怡還是高興得太早，因為第三天去病房時，聽到那位軍人已經在晚上用槍自殺。夏文怡一直都想不通，那位軍人怎麼那麼神通廣大，一下子就找到真正的報告。

廣州街的附近，就是著名的中心診所。美國的美澳診所，舉世聞名，其實它不是診所，而是醫院，還是大大有名的教學醫院。但中心診所卻是名符其實的診所。註診的醫師，個個是頂尖人物，是國防醫學系的代表診所。

台大醫學院是台灣最大的醫學院，但卻沒有像中心診所這樣出色的行醫場所。中心診所除了醫術卓越外，不收紅包的操守，更受時人的稱讚。原則上軍醫只限於替軍人服務，中心診所是唯一的例外，服務的對象是大眾。這是讓薪酬偏低的軍界醫師，得到補償的好機會，也讓一般的民眾，能享受到高超醫療的機會。

……當時的台大醫院，據說幾乎所有醫師都收紅包。這讓夏文怡非常瞧不起台大。夏文怡還記得幾次經過台大醫學院門口時，看到那些腳穿木屐，一頭亂髮，套上一件發黃起皺的大袍，不扣鈕，比理髮師還不如的準醫師。心想號稱台灣第一學府的台大醫學院，怎麼會養出這樣子的未來醫師？真是見面不如聞名！

住在廣州街宿舍，雖然沒規定要穿軍服，但沒穿軍服，總醫院的衛兵未必會讓你通過，所以必須穿上白袍，帶著聽筒。宿舍沒有衛兵，但隊長等同住宿舍，夜不歸隊一樣受到處理，白天的行動，卻是海闊天空。

附近有不少小吃店，消夜不愁沒著落。到西門町也很近，坐三輪車就可以。夏文怡的生活也起了不小的變化。最大的變化就是看電影。住進不到一個月，鄒竟成和令狐紅的約會越來越密，很多時候鄒竟成也請夏文怡一道去。慢慢的，夏文怡和令狐紅也成了熟朋友。漸漸的，夏文怡對令狐紅的家庭，有了很多的了解。她排行第二，上有一位姊姊，下有一弟一妹，弟弟在空軍，小妹還念中學，有位叔叔開照像館，來自四川。她叔叔與一位雜誌的編輯有連繫，有不少期的封面都採用令狐紅的照片。

令狐紅的臉龐很上鏡頭，封面上的她有種很特別的美。令狐紅住在醫院的員工宿舍，同住的都是檢驗室的女員工。其中有位廣東籍的劉小姐，偶爾會一起看電影。有的時候，夏文怡也陪同鄒竟成先到令狐紅的房間去，然後才去西門町。日子一久，令狐紅和夏文怡更熟落，她那小孩子般的性格，更是展示琳漓，

她給了夏文怡一個外號：胖子。這是夏文怡有生以來第一次被人稱做胖子。不過說實在話，在他們這堆熟絡的同學中，夏文怡是唯一比較不瘦的一個，其他都是油泡也胖不起來的瘦子。

從日常的閒聊中，胖子得知令狐紅很喜歡玩，除了目前那份工作外，沒有其他興趣，對書本沒有興趣，對家事廚房更是沒興趣，是位單純的工作女性。她喜歡跳舞，這和鄒竟成很匹配。鄒竟成在暑假時曾下了苦功學舞。

他有位表姐，在北京大學時曾是跳舞冠軍，暑假時做了他的老師。不過令狐紅最陶醉的舞伴，是她的姐夫。在談起和她姐夫跳舞

時，她眉飛色舞，掩不住興奮神情，連說[好過癮]。鄒竟成也許是新手，也許性格不一樣，暫時還不能達到她的要求。

直覺上，夏文怡覺得令狐紅不很在乎社會的看法，但覺得她有顆很仁慈的心。每次看電影的時候，她總堅持坐中間。走路的時候，她常常靠近夏文怡身邊。甚至下雨打傘的時候，她會走到夏文怡的傘下。夏文怡猜想，一定是她覺得夏文怡沒有女朋友，沒有親人，出於好心腸，才常常靠近夏文怡，免得他感到孤單。外人看到夏文怡替鄒竟成的女友打傘，投來異樣的目光，但鄒竟成不會介意，他非常了解身邊這兩個人。但別人的閒話，還是讓夏文怡不舒服。

見習生涯開始不久，醫院採取了美國醫學的一種教學材料，主要的對象是住院醫師，醫情比較簡單時則交給實習醫師，讓他們也在討論會上提出看法。見習醫師也要參加這種訓練，在研究過病情後，只交答案，不必在會上發表看法。

這種稱爲[臨床病理討論會]的教學方式，美國非常流行。國防醫學院沒有能力製造這種教學材料，轉用了麻省醫院的材料，每月一次，讓住院醫師討論。除了學習以外，也可以比較兩邊的水準。要找到答案，要費很多的時間和腦力。夏文怡正好利用這種學習，減少和鄒令狐去看電影的次數。事實上，夏文怡非常喜歡這種腦力活動。從資料裡看到醫師一步一步的追查下去，真的像偵探一樣，直到最具權威的病理醫師宣布結果爲止。這種作業其實是一種享受。

很快又到暑假，是醫學院課程最後的一次暑假。回到香港，三哥一家已搬到老虎岩徙置區，而且已有了最小的兒子育家。這裡近市區，出入方便，和大窩坪的距離也近，後來又知道葉展之的雙親也住附近。

三哥一家還不錯，一家六口，負擔重了些。大兒子育建已進小學，小兒子育家生下時有先天性動脈瘤，幸好幾個月後自動萎縮，但先天性心漏仍然存在，而且常常生病，三哥和三嫂的心理的負擔很重。

這些徙置區當時有流動醫療車的服務，收費非常便宜，但是醫生的質素很低，屬於聊勝於無的醫療。

大哥的一家，主要靠大兒子育勤的薪水維持，二兒子育農薪酬不高。大哥的情形越來越差，似乎大家都心照不宣。

爸爸已經不去沙田賣包點，身體也健康，似乎老當益壯。平常到附近和鄰居聊聊天，興趣好的時候養些雞，吃吃新鮮雞蛋，他有自己的天地和消磨時間的方式。姪兒育世的情形比較特別，工作很不穩定。

國英國華很懂事，學校的功課也不錯，還是一直幫媽媽做家庭副業。隨著孩子們的長大，家裡顯得太小太擠，幾個大男孩都住外邊，育勤則住紗廠的宿舍。一家生活勉強可以維持。這個暑假夏文怡大部分時間都住三哥那邊。

可能是因為這次是醫學院最後的一個暑假，夏文怡大部分的時間都是和同學們共度。初中，高中，和現時醫學院的同學，可以連絡到的都見面。孟凌煙，賀蘭心，葉展之，陸竹千和鄒竟成等，更是常常見面。也曾到賀蘭心新界的家，一起到新界玩了幾次，見過賀蘭心的很多朋友，包括其中一位看來是她的男朋友。

這位男孩的出現，讓夏文怡很高興，賀蘭心終於找到意中人，夏文怡有點如釋重擔的感覺。孟凌煙是教徒，暑假有很多活動，夏文怡參加了他們暑假的一次[退休會]，一個人坐在他們當中，忽然湧起了與世相遺的感覺。夏文怡也曾多次和她弟妹們一起活動。有一次去游泳時，夏文怡對她的一位妹妹講了一些游泳的原則，這位妹妹戲稱夏文怡為師傅。

這個暑假在戶外的活動實在太多，曬得像黑人一樣，一次夏文怡去看他的同鄉嬸母時，那位嬸母笑稱他是來自南洋的海員。夏文怡也儘量留在三哥那邊，除了講些古時的軼事給姪子們聽外，夏文怡還煮了檸檬茶，買些餅乾，和姪子們邊聊邊吃，享受這種難得的天倫樂。

多年後，大姪兒育建，還記得叔叔講劉關張結義時，說到張飛爬樹爬得最高，所以才做了小弟的教訓。晚上的老虎岩屋邊的空地，常常有零食攤，夏文怡喜歡吃小螺，現叫現煮，很平宜，叔姪們都吃得很開心。老虎岩和大窩坪相距不算遠，早上起來後，有的時候時一個人，有的時候和姪子們，從一邊到另一邊，這就是年輕時十一號車(雙腳)的威力。

回到台灣，見習的時間只剩半年，對醫院的種種操作，大致都已熟練，但新的課程很多，有的不容易了解，尤其是和物理原理有關的課程。心臟的診斷就非常複雜艱難，一定要對解剖和生理很明瞭，才能了解其中的道理。

有些專業心重的教官，已經採用文獻做教學材料，需要很高的了解力，才能明白其中妙處。目前的夏文怡，只有學生的程度，教官說甚麼他就信甚麼，沒有質疑的能力。夏文怡相信，全班只有那個外號叫做[鬼才]的曲文星，才有實力向教官提出另外的看法。

這個時期的曲文星，已經常常閱讀文獻，照夏文怡的估計，曲文星的醫學程度，比起一般同學，可能超出一兩年。夏文怡是個腳踏實地的人，他只把從教科書得來的資料，和教官講的結合起來，作個比較和互補，要慢慢的消化，才能得其奧妙。

在課堂上，教授們各有絕招。外科的文主任最具外科醫生的性格，同學們稍為神遊太空，他手中的粉筆馬上招呼過來；胸腔科的盧教授，卻是嘴巴不饒人。遇到反應比較遲鈍的同學，他居然會說：[前面問的你都沒答出來。這個你一定會了吧？ 一個人有幾個頭？]弄得全班哄笑。事後有位比較幽默的同學說，假如是他來做答的話，他會跟教授開開玩笑，說：[有的人有兩個頭，不過生下來就已經死啦。] 夏文怡覺得，盧教授講話雖然有點缺德，教書卻很認真，材料很完整，常常測驗，上他的課可以學到很多東西。

想到實習後可能很忙，外出的時間會減少，趕快趁剩下的幾個月，抽多點時間去華興育幼院，看看麻孝慈。

兩年前夏文怡受孟凌煙之託，時常抽空去看麻孝慈。第一次看他時他剛過八歲。本以為他看到媽媽的朋友，會很高興，可是每次見他，他總是沒有甚麼喜悅的表情。他好像很適應育幼院的生活。看不到他有任何高興的表示後，夏文怡覺得他的每次到訪，也許會增加麻孝慈的壓力，以後看他的次數便漸漸減少，有的時候根本就忘了。趁這段時間，應該再看他幾次。

聽孟凌煙說，麻孝慈的媽媽當年是和一位有婦之夫戀愛後結婚，有了孩子後這位先生又移情他去。麻太太覺得香港風氣不好，又聽到華興育幼院是宋美齡等辦的，所以把孩子送到台灣去。這假期見到孟凌煙時，她差不多不提到麻媽媽，夏文怡也沒見過麻媽媽本人，只有一次孟凌煙轉告過麻媽媽的謝意。離開台灣多年後，夏文怡還常常懷念著這個遭遇不幸的孩子。

到了雙十節的時候，幾位同學提議去看閱兵。錯過今年，不知何年才有機會。大家穿上軍服，一早就去擠。擠來擠去，還是離閱兵台有一段大距離。

各種部隊和武器，都在眼前經過，軍容很盛，大家都大飽眼福。尤其是花木蘭隊伍通過時，大家特別興奮。女兵的服裝特別顯得英氣勃勃。難得的是，穿了高跟鞋，還可以快跑。國防醫學院的護士學生也是花木蘭隊伍的成員之一，花木蘭加上南丁格爾，特別出眾。

最受海內外喝彩的，當然非雷虎小組莫屬。這支聞名海內外的飛行隊伍，是正規的軍人，特技表演，則是正規責任外的任務。他們的空中開花，十字穿梭等驚險特技，都贏來長長的喝彩。當晚還有樂隊和花燈等遊行，他們也去湊熱鬧。可是還不到半夜，已經秋涼似水，夏文怡沒帶長袖衣，沒等遊行結束就回去。

每逢周末，鄒竟成總是早出晚歸，看來他和令狐紅的感情，越來越情濃意蜜。

這一陣子，夏文怡很少加進他倆的行列，難得又恢復到往日的獨行之樂，又可以重溫一連看兩場電影的享受。不久後的一天，鄒竟成還是找他去看電影，並且說：[你先去宿舍告訴令狐紅，然後再一起去]。到了令狐紅的宿舍時，她還在睡覺，過了好一陣子才開門。看到只有夏文怡一個人，又說要去看電影，令狐紅好像很驚奇的樣子。不久鄒竟成出現，令狐紅才顯出恍然大悟的表情，露出笑容，故意挽著夏文的手，有點得意的走出去。幾週後，夏文怡在醫院遇到令狐紅。令狐紅說：[你知道那一天鄒竟成為甚麼要你先來找我嗎？我們鬧翻了。假如不是衝著你的面子，那天我才不會去看電影呢]。夏文怡故意對她鞠了一個恭，說一聲：[謝謝小姐的賞臉]。夏文怡一邊走一邊想：鄒竟成真的很有一手。

同房的三個牙科同學，喜歡玩一種叫做[拱豬]的遊戲。這種本是四個人共玩，在找不到腳時，也常把鄒竟成拉下水。本來應該是遊戲，但他們也常常拿來賭消夜，輸的兩個請客。夏文怡對賭一向有反感，所以從來沒有想去學這種遊戲。禮拜五的晚上，這幾位又玩得很興濃，過了半夜也不停。還好夏文怡可以隨意而睡，第二天他們還告訴他，他的鼾聲時時影響他們打牌的思路。其他同學玩拱豬也很多，夏文怡雖然沒有去學，但看得多了，也慢慢的了然於胸。

說來還得感謝這種遊戲，在以後的長長歲月中，有時在家，或身處旅途，和後輩或朋友玩這種遊戲，都帶來了無窮的樂趣，豐富了不少空閒時間的活動。

到了見習生涯告一段落，校方辦了一次園遊會。節目豐富，辦得很成功，非常熱鬧。

快結束時，夏文怡和鄒竟成一起送令狐紅回宿舍。通過公園的那段很暗的路時，大家都靜悄悄的，沒人說話，好像都沉醉在剛才的節目裡。風很涼，走著走著，夏文怡忽然覺得令狐紅的身子好像就靠在他身邊。這一驚非同小可，馬上把身子移開，令狐紅這時也已覺得有點失態，馬上快步趕到仍然低著頭沉思的鄒竟成身邊。這一驚也提醒夏文怡，自己應該先離開，讓他們倆走回去才對。

幾週前，令狐紅曾帶他去她叔叔的照相館，照了一些畢業照，並且和她的叔叔，笑稱夏文怡長得像四川人，是[四川耗子]。看來這位小姐幾乎已把他當做親人一樣。夏文怡很期待這位充滿童真的姑娘，性格上能早點成熟起來，結婚成家後可以讓丈夫安心在外工作。

一直到見習結束爲止，賀蘭心的信還是沒有斷過。夏文怡本來以爲賀蘭心帶她的男朋友來見面，就表示以後不再通信的意思。想不到這種猜想不對。夏文怡很感激賀蘭心這種友誼。孟凌煙也照常來信，也帶著開玩笑的文筆寫：你的信像開藥方一樣。想到自己的信那樣沒有情趣，夏文怡看後不禁啞然一笑，敲敲腦袋，覺得自己實在不具備和她通信的條件。

搬進了石牌的總醫院，夏文怡覺得又踏進了另一個世界。從前見習時，護士會說：[這位大夫，你過來一下。] 現在開始，變成了[夏大夫]前，[夏大夫]後，正正式式的有了[大夫]的感覺。

現在開始，病人一來，自己就得從問病歷到身體檢查，血液和大小二便的例行檢驗，到開醫囑和開始給病人治療，一概包辦：有的時候還要輔導護士作靜脈注射。這才意識到，自己現在已是身負病人治療重責的第一線醫生。

第二線的住院醫生，不忙的時候會和實習醫生一起看，忙的時候就過後才復查實習醫生的處理，作必要的修改。晚上好夢正甜時，病人出了情況，被班長叫醒，到了病房後，不知要絞多少腦汁，才能想出處理病人的辦法。所以最初的一兩個月，都是顫顫驚驚，睡不安寧，食不知味。幸而國防醫學院是個百年老字號，前輩們早已找到了一套方法，只要循規道矩，很快就可以學到如何處理一般病情的方法。

醫院座落郊區，環境幽靜，又是新建醫院，設備齊全，整齊舒暢。無論宿舍餐廳，寬大清潔，人處其中，倍覺舒服。不到兩個月，夏文怡已有駕輕就熟之感。

醫院的實習制度，採用輪換形式，幾乎所有分科都得輪齊。前兩個月，夏文怡輪到十六病房，那是腸胃科和眼科合用的病房，第一天踏進病房時，一眼望去，幾乎每張病床都掛了一個輸液瓶，裝的是金黃發亮的液體；黃澄澄的一片，蔚爲奇觀。過幾天後才知道那是一位腸胃專科大夫的治療方式。

患了腸胃病，一般是胃口不好，或者不能進食，所以葡萄糖加生理鹽水，再添一味維他命，就成了最現成的處方。久而久之，成了常規。灌注這些液體的工作，幾天後就落在夏文怡身上。

當年用的是很重的舊式玻璃瓶，注射管是又粗又厚的橡皮管，針是用過多次，重新磨利和消毒的舊針。消毒員沒有盡力去磨的話，針頭依然很鈍，進針時會很痛。幸好病人是退伍的戰士，很忍痛。有時針頭實在太鈍，插不進皮膚，榮民還是咬緊牙筋，不哼一聲。很多護士爲了多學習打針，都不放棄每天打這種針的機會，夏文怡習慣上先讓護士自己打，有問題時才加以糾正。

每天早上這一輪針打下來，足足要兩個多小時。接著是專科大夫來查房，再討論病情。碰到詳細負責的專科大夫時，整個上午就報銷在查房這工作上。

午飯後可以午睡，下午開會和收新病人，晚飯後有總醫師的例行會議，再到病房把沒有完成的病歷寫好，最好再看一次病人，省得晚上給叫醒。周末輪班，內外科各留三四名坐鎮醫院，其餘的人早上查完自己的病房並交代後，剩下的時間，就屬自己的。

眼科的病人很少，有的時候一個也沒有。病人主要是手術後留院換藥和觀察的。換藥幾乎都是主刀大夫親自動手，住院大夫偶爾也替病情較輕的病人換藥。當時只有一位住院大夫選擇眼科。

主任林大夫，除了親自在手術後替病人換藥外，有的時候還專到醫院來進行[發熱治療]。

當時的醫界相信，提高身體的溫度，可以醫治某些原因不明的重病。方法是把細菌毒素從靜脈輸進體內，讓病人發燒。當時一些藥物無效的眼病，都採用這種發熱療法。另一位周大夫，病人也不少，不過沒看過他採取過發熱治療。還有一位女的管大夫，病人不多，很少來病房，夏文怡很少有向她學習的機會。

內科的總醫師一共有兩位。鄧大夫的期班很高，學問經驗很高，合乎做總醫師的條件。另一位鄭大夫，期班稍低，做事玲瓏八面，很適合當總醫師的行政。

一般來講，在榮民總醫院當住院醫師的，絕大部分是本醫學院的僑生，其他醫學院的非常少，但現職軍人卻屬絕無僅有。偏偏鄭總醫師卻是軍職的。

還有一位內科住院醫師趙大夫，也是軍職的。聽說趙醫生的父親在金門炮戰時殉職，所以才把他調來榮總。因此大家也在猜，鄭醫師能來榮總，也一定有特殊的原因。又聽說鄧醫師本來還在國外當住院醫師，大家說他是應女朋友的要求，回來結婚，婚後沒有再出國，才來榮總繼續他的住院訓練。

不少同學覺得鄧大夫爲了愛情放棄國外的訓練，非常難得。事實上他是個難得的大好人。做事實在，平易近人，很少說話。以他這種性格，不大適合當總醫師這一職位。有的同學推測，會不會因爲鄧醫師這種性格，才把鄭醫師找來？這樣一來，鄭醫師可以把精力放在行政上，其餘醫學上的事，則由鄧醫師來處理，各盡其才，聽起來很合理。

外科部也有兩位總醫師。不過他們都不是僑生，能來到榮總，一定也有背景。總醫師之一的金大夫，個子很小，看人時習慣盯著人看，帶有濃厚的流氓氣味。聽同學講，他有欺負人的傾向，目前只有三個人他不敢欺負。提醒同學們以後碰到他時，一定要拿出那三個人的辦法，不可讓他有下馬威的機會。他坐總醫師這個位置已有相當日子，應該很快轉升專科醫師。另外一位徐醫師，身材中等，長相不錯，臉上也常帶笑容，不久前才接掌總醫師。夏文怡想，外科的兩位總醫師，一個黑臉，一個白臉，剛好也是一對。

　　醫院的護士制度，每個病房設有正副護理長各一個。其他除正式護士外，還有學生護士，助理護士，班長等。護理長以上還有督導，最上的是正副護理部長。

　　照夏文怡觀察，督導和部長，都由國防醫學院護理系畢業的前輩擔任。夏文怡這班新來的大夫，見了資格老的護士和護理長，都要禮讓三分。來榮總實習的護士學生，除了一小部分來自國防醫學院外，大部分來自其他護校。

　　夏文怡很快輪完十六病房，來到了公保和勞保的病房。其他的病房，清一色是男性榮民，只有這個病房，不時有公務員的眷屬來住院，讓醫師們有一個比較全面的學習機會。有不少疾病，差不多只發生在女性，少了女性病人，不單少了這一類病的經驗，也缺少了對女性病者特性的了解。

　　夏文怡很幸運，來到病房時，已經有一位中年女病者，而且已住了好幾天。她的病情時好時壞，夏文怡查了很多書，還是不得要領。

　　這時有位台北護專的學生，被派來做這位病者的護理。這位學生很好奇，常常問夏文怡有關的病情和診斷。夏文怡覺得這位學生很聰明，很有見地，說不定可以問出男醫師問不到的病情，便把這個想法告訴她。雖然她取得不少重要的資料，但治療卻不見效。主治大夫建議讓病者先回家休息一段時間，再回來做第二階段的檢查。這件事令夏文怡的情緒低落，那位女學生看出後，竟然冒出一句[女人的事情，本來就很複雜，幹嗎要難過？]

　　實習醫師是有薪水的，所以一來榮總後，夏文怡就告訴三哥不用再寄錢來。薪水雖然不多，卻比家裡寄來的要多一倍，現在出外時，不用再那麼省。

　　醫院旁有家叫做[四季春]的小飯館，菜做得不錯，價錢又便宜，同學們都喜歡拉大隊來這裡祭祭五臟廟。兩個月下來，這份薪水勉強夠用。這時田成博告訴他，醫院有種獎勵金，鼓勵同學們現在就申請留院做住院醫師，申請獲准的話，現在就可以拿到獎金。夏文怡覺得

162

手上多一點錢，可以留做不時之需，反正畢業後何去何從，現在毫無頭緒，實習完後能保證有工作，應該屬上算。

一個月後，開始拿到獎金。多了一些錢，確實有心理上的充足感，不過實際的生活，依然如故。

過了不久，羅竹千告訴他，很多同學在準備考一項[美國醫師資格檢定試]；考上後，可以到美國的醫院去繼續訓練。他正在準備考這個試，問他有沒有興趣也試試。晚上回到宿舍時，和同房談起起這件事，大家都覺得應該試一試。於是夏文怡提出溫習的計畫，規定各自看書，寫出重點，每天晚上輪流提問最少十條重點，由其他三位先做答案，然後由提問的講出正確答案和解釋。這個溫習活動斷斷續續，直到實習結束為止。

一天晚飯後，夏文怡正要走出大門，一位同學神色凝重的對他說：[聽說昨晚有位醫師，在附近散步時，給人推下橋去，聽說是流氓幹的，你最好不要走遠！]夏文怡根本不知道醫院附近有橋，相信這橋離醫院很遠，自己去得最遠的地方，也止於四季春附近，應該不會有安全的問題。但聽到流氓傷害本院醫師，心裡總不是味道。奇怪的是，在接下來的幾天中，沒有聽到總醫師提起這種事，也沒有叮囑大家晚上不要離院太遠，相信是院方不想引起大家的恐慌。

輪到外科時，上開刀房是夏文怡最緊張的事。首先是刷手，規定用刷子刷十分鐘，差不多連皮都給刷下來。穿手術衣和手套，也是大意不得，一不小心便要全套報廢。開刀房的工作，更讓夏文怡緊張。差不多過了一個月後，刷手和穿手術衣，戴手套等，才勉強不出差錯。

實習大夫在開刀房的工作，主要是拉鉤和剪線。肚皮的大割口，有獨特設計的儀器撐開；但內臟部分，必須用鉤拉開，才能讓主刀者看清需要開刀的部位。很多時候實習大夫和住院大夫各拉一邊，主刀大夫才能有足夠視野，來進行正確的手術。

內部割口縫合用的是羊腸線，這種線在體內會慢慢的被吸收。主刀大夫打結後，兩手還是緊緊的拉住線的兩端，不能鬆手，必須靠助手把線剪斷。線剪得太短，容易鬆開，留得太長，又容易引起傷口的反應。最嚴重的失誤，是剪刀尖戳進內臟，或者剪到內臟本身。偏偏夏文怡的視力有偏差，距離的判斷不準確。為此夏文怡用盡種種旁瞄側視的方法，希望剪線時不要出漏子，因為太緊張，不但手發抖，手心和額頭都冒汗。

還好外科主任們開的大手術時，還輪不到夏文怡剪線，只派個拉鉤子的閒職，不會那麼緊張。雖然是個閒職，也要時時提高警覺，拉鬆了，當然達不到效果，如果太緊，則會傷到器官。聽說有位住院大夫，因爲晚上值班時太忙，沒睡幾個小時，拉鉤時竟然睡著了。那位主刀主任也夠絕，竟然一拳就往他肚子打去。所以開刀房，其實可以看作是一個[外科醫生現形記]的場所。

一些教授們，上課時口若懸河，理論多多，開刀時則東看看，西摸摸，摸了半個小時，也沒敢下一刀。從好的方面講，你可以說他很敬業，謀定而後動。壞的方面，自然是理論多，經驗少。
……有的大夫，遇到難題時，就不知不覺的吹起口哨來。脾氣壞的還會摔儀器。不知何時形成的習慣，外科大夫開刀時，從來不告訴刷手護士要用甚麼儀器，只把手一伸，眼睛只看著要開刀的部位，刷手護士就要拿出正確的儀器，往他手上輕輕一拍，刀一到手就進行手術。

有經驗的護士，把所有需要的儀器，依順序一包包的包好，消毒後標上手術的名稱，手術前刷手護士再檢查一遍。然後排好順序，但刷手護士還是要熟悉主刀大夫個人的習慣，才能配合得宜。當然，有很多儀器，必須重復使用，或者同時要用很多同樣的儀器，這時主刀大夫就得說出儀器的名稱。脾氣壞的大夫，除了手術不順時會摔儀器外，護士多次給錯了儀器，也是摔的常見原因。

在夏文怡這幾個月的外科實習中，摔儀器最出名的，要數胸腔科的盧主任。不過夏文怡在胸腔科的實習期間，雖然上了幾次盧主任的刀，卻從沒看過他摔儀器。

有一天開刀時，盧主任到得特別早，話也很多，氣氛顯得有點異常。果然沒多久，盧主任話題一轉，說：[我今天一早起來，太太拿來一份中央日報來告訴我，有人寫文章罵我。有位署名綠衣郎的人，在中央副刊寫文章，描寫一位脾氣壞，愛罵人，喜歡摔儀器的外科主任，雖然沒有指名道姓，連我太太也看出來是在罵我。不會是你們其中一位吧？] 看看大家沒有反應，又說：[這位綠衣郎的文筆很好，很有潛質。我跟中央日報的編輯很熟，告訴我誰是綠衣郎，我可以幫她在文學上發展。] 說完用眼瞄了大家一下，大家還是沒反應。跟著他指著那位刷手護士說：[不會是你吧？] 護士回他一個高深莫測的微笑，沒有說話。

這次的手術很順利，整個過程只有盧主任的聲音，話題重重復復圍繞在綠衣郎身上，千方百計的試探大家，希望能找出綠衣郎的真正身分。也許綠衣郎真的不在這裡，也許綠衣郎的道行很高，結果依然成迷。最後答案揭曉時，已經是數個月後的事，那位綠衣郎已經辭去榮總的工作。那位神祕的綠衣郎，果然就是當天那位刷手護士！開刀房的護士穿的都是綠色的制服，綠衣郎當然就是開刀護士的代名詞。

盧主任的嘴巴很負盛名，夏文怡來到胸腔科後，打起十二分精神，顫顫驚驚，希望能躲開盧主任名嘴的贈詞，所以時時刻刻都很留心自己的言行。慢慢的，他發覺盧主任很自負，但很講理，非常注重理論的根據，並非依書直說，人云亦云，而且對胸腔科有很深的獨到經驗。夏文怡原以爲胸腔科就是肺臟的外科，後來才知道食道從胸腔經過，也屬於他的管區。食道癌，創傷所引起的食道狹窄等等，都是他經常處理的疾病。

　　食道狹窄和符合做手術條件的癌症，一般採取先切除，再用大腸來接合。所以開刀的位置，除了胸腔外，還有腹腔。動手術時，先開那個部位，成了一個很棘手的考慮。一般來說，胸腔的手術比較複雜而危險性大，理論上先開腹部較爲合理。但是很多時候，腹部一切都準備好，再開胸腔時，卻發覺食道已經到了不能切除的地步。假如先開胸腔，除了手術難度高和風險高外，偶爾也會碰到腹部曾有過其他疾病，成了不能開刀的場面，所以這是個兩難的關鍵。

　　盧主任雖然經驗豐富，但每次手術時，都會徵求大家的意見，然後採取他認爲分析較全面的建議。在當年那種威權至上的時代，能有這種開明的胸懷，夏文怡非常敬佩。

　　夏文怡提出，其實可以先開腹部，只做單純的探查步驟，沒問題時則改往胸腔。胸腔也沒有問題時，先完成胸腔的手術，再回來做腹部的，這樣做的好處是，假如胸腔不能進行手術時，可以省去做大腸手術的時間。這天正是採取先做腹部的方式，開進後發現有段大腸長滿了一顆顆白色的東西，好像苦瓜皮一樣。起初大家想到的是癌細胞已經擴散到大腸，細看之下，那些顆粒表面蓋有一層透明的薄膜，和死氣沉沉的癌細胞完全兩樣。

　　那天的助手是一般外科的曾大夫，他經常做腸胃的手術。盧主任先問曾大夫，然後問大家，都沒有人知道大腸長甚麼病，大家都啞口無言後，只好請出素有[判官]之稱的病理科大夫。臨時急凍切片的結果，是大腸結核。這又引來一連串的討論。最後盧主任決定開下去。因爲癌症有關生死，延誤不得。

　　雖然腸結核的背後隱藏了很多問題，諸如腹腔結核，肺和脊椎骨等等的結核，和手術可能引起疾病迅速擴散的可能性等等，但這些可能的事，比不上實實在在的癌細胞，而且手術後馬上進行結核病的治療，應該可以大大的減低疾病擴散的可能性。夏文怡對盧主任這種輕重分明，全盤考慮後而採取的果敢行動，印象深刻。

　　夏文怡剛到胸腔外科，就遇到一位比較特殊的病人。那是一位上了年紀的中醫，不知爲了甚麼原因，自殺時除了用中藥外，還加了化學物。結果生命沒有喪失，卻變成植物人，食道也因受傷而引起狹窄，不能進食。

由於長期仰臥及護理欠周，後枕部的皮膚，爛了一大塊。過了一兩年，才轉到榮總的神經外科，後又轉到胸腔科，看看可不可以做食道的改道手術，來改善病者的營養。

來到榮總後馬上改用懸空轉床，減去仰臥時對枕部的壓力，但三個多月來，傷口依然毫無改善。夏文怡接管這位病人後，第一次替病人的傷口換藥時，發覺傷口非常乾，紗布和傷口黏得緊緊的，雖然用水濕了很久，還是要費很多時間才能分開。夏文怡覺得，從最基本的生理觀念看來，新細胞很難在乾燥缺水的環境生長，所以馬上想到用生理鹽水來營造一個新的濕環境，看看可不可以引來一線生機。

第二天換藥時，那幾層厚厚濕透了生理鹽水的紗布，到現在已完全乾涸。所以決定繼續用生理鹽水外，再加幾層紗布，最外層用膠布粘住，以減少水份的消失，並且一天改換兩次。採用這個方法後，紗布和傷口再也不會黏在一起，換藥變得容易而快。但是一天一天的過去，卻沒看到傷口有明顯的好轉。

一個多星期後，夏文怡的信心開始動搖，雖然還是耐著心每天換藥兩次，但是再也不像從前那麼專心去觀察傷口。

又過了幾天，一天盧主任忽然來看這位久違了的老病號，打開傷口看時，突然[咦]了一聲，夏文怡趕緊向傷口仔細看去，發覺正常組織和傷口的交接處，長出了細細一圈略帶微紅的新組織。夏文怡對盧主任敏銳的觀察力，由衷的佩服。這時候聽到盧主任說：[你是這個月才來的實習大夫吧，怎麼他們幾個月來都沒辦法改善的傷口，你一來就開始有轉機？]夏文怡正在想如何來回答這種暗藏玄機的刁問，身旁的護士早已說出：[這個月來每天換藥兩次。]盧主任又[啊]了一聲，說：[想不到你這位實習大夫，對病人還是滿關心的。]夏文怡只笑了一下，沒有作詳細的說明。

其實夏文怡知道，傷口的好轉，主要是因為採用了[濕]的生理鹽水的療法，換藥兩次，目的只是保持濕度而已。說也奇怪，這個久潰不好的傷口，一但激發生機，復甦非常快，不到一星期，只剩下針孔大小的傷口。可是，這個小傷卻一直再也沒有績續好下去。

夏文怡改變了很多方法，小傷還在原地踏步。夏文怡很失望，也很不解，復甦為甚麼到了最後會忽然停頓？ 更想不到的是：停頓後的第七天早上拿開紗布時，那小傷口好像不翼而飛，消失得無影無蹤！生命的奧秘，實在非人類所能窺探！這也證實了教科書所講的基本信條：世界上沒有任何藥物可以加快痊合。這也跟老子講的無爲而治，勉強有點相近。只要合乎大自然，各物都會找到各自的生機。

在以後的行醫生涯裡，夏文怡常用到生理鹽水療法。

八零年代時，有天夏文怡得了很嚴重的急性口腔潰瘍，不能飲食，非常疼痛。夏文怡把溫暖的生理鹽水含在嘴裡，能含多久就含多久，然後吞下或者吐掉，五六小時不停的做下去。每次吐去鹽水時，疼痛馬上回來，鹽水一到口，疼痛又消失。大概是潰瘍的神經末梢和空氣接觸時，產生疼痛，泡在鹽水時，疼痛就消失。

因爲米湯，豆漿和牛奶的濃度和生理液體不相同，喝的時候會引起疼痛，所以夏文怡的唯一營養來源，是把不加任何醬料的豆腐，快速的吞進去。慢慢的，疼痛減少，含鹽水的次數和時間也越來越少。第三天早上起來時，所有潰瘍奇蹟般的全部消失。夏文怡沒有在其他書本看到有這樣快的療效。

在胸腔科時，還遇到另外一病例，是手術後皮膚和小便等變黃，貧血和皮膚出水泡，小便減少，病情惡化。盧主任及所有參加手術的大夫，病房的護士，如臨大敵，非常緊張。

大概是面子的緣故，沒有邀請血液科和皮膚科來會診。也許是基於夏文怡處理傷口與別不同，也許是知道夏文怡的興趣是內科，盧主任對夏文怡說：[這個病例有點複雜，很有教學價值，你去找找資料，來一個演示。] [演示]是醫學教學最常用的一種討論方式，由負責人收集有關資料，然後按資料來闡述病情。

黃膽在內科是個常見的熱門論題，夏文怡對黃膽的種類，病因和鑑別的方法等等，都了然於胸，基本上不用準備也可以講出來。

但內科的黃膽病，主要是肝膽方面的，偶而也有紅血球病變引起的，但手術後的黃膽，夏文怡卻一無所知。從病歷中得知，在手術快完成的時候，他們曾在病人的胸腔裡放了一種橘黃色的藥水，據說來自德國。醫院沒有圖書館，沒有醫學文獻，沒法找到有關資料。

夏文怡對自己的理則和推理能力很有信心，很快就理出有關的可能性，第三天查房時就可以演示。演示最初的一段時間，盧主任頻頻發問，夏文怡也一一答之。經過這一輪問答後，夏文怡信心大增。因爲他發覺盧主任的內科認知其實很平凡，就算自己講錯，他也無法察覺。心裡的壓力一去，講得更加順暢。演示完畢，盧主任顯得很開心，滿面笑容的說：[想不到你這位實習大夫，還蠻有水準的。]

第二天到病房時，那位平日冷冰冰的護理長，一改常態，堆滿笑容的對夏文怡說：[很對不起，我們以前誤判了你。] 另外一位眼高於天的陳小姐，也拋去傲態，查房時在身旁熱心的幫忙。夏文怡沒有想到輪到這個胸腔外科，竟然有這等收獲。一直到做完胸腔科爲止，沒有再見到盧主任。

半年後實習結束，回學校再上畢業前的課程時，在廣州街同房住的那位牙科同學，一看到夏文怡馬上說:[夏文怡，恭喜你啦，你現在的名氣很大呢。盧主任在外科會議上宣布，只要夏文怡申請，外科那一科都收。] 夏文怡沒想到盧主任對他的印象會那麼深。

後來申請去美國時，夏文怡和鄒竟成都去請盧主任寫推薦信。盧主任有位好朋友，在美國的婦女醫院當內科主任，當盧主任知道夏文怡要去美國時，非常希望夏文怡能到該醫院去，並且說了很多有關醫院的優點。夏文怡卻婉拒了他的好意。第一個理由很可笑:一個男子漢，怎麼好意思到[婦女醫院]學習。第二個才是真理由。心裡壓力太大。假如在那醫院的表現不好，自己難過事小，掉了盧主任的面子，這個擔子可挑不起。這兩個理由都不能說出口。

盧主任見夏文怡沒有接受他得建議，自然不高興。後來鄒竟成和盧主任再見看面時，盧主任發嘮騷說:[夏文怡這個人真的不近人情。對我來說，有甚麼比培植一個醫界新秀來得更高興。] 這正是夏文怡最大的缺點。就是不願意欠別人的情。

夏文怡最後一次見到盧主任，已經是一九七七年。那時夏文怡到芝加哥上內科試的準備課程，校友告知盧主任患有晚期肺癌，到芝加哥來，看看可有其他新的療法。聽到這個消息，夏文怡非常難過，和盧主任面時，連一句話也說不出來。從盧主任的表情看，夏文怡知道他已忘了自己，所以也不提從前的事，只對他鞠了一躬。

夏文怡在香港開業時，有一次和一個從事命理行業的人同座，聽他說了很多怪力亂神的話，其中有句[很多醫生都死於他本科的病，]這當然是江湖術士的一些胡言，卻萬萬想不到，這句話竟會應驗在盧主任的身上。

在榮總的生活似乎過得很快，不知不覺已過了半年，除了胸腔科外，其他的外科也差不多輪完。一般外科開刀開得最多的是胃的手術，因胃潰瘍而引起的阻塞和出血，是開刀的主要原因。其次是膽石。

中國人忍耐性實在很驚人。有的時候一開進肚裡去，馬上就看到漲鼓鼓的膽囊，拿下切開後，裡面的膽石，有的竟然有六十多個!膽石有的色彩繽紛，好像寶石一樣。

到了泌尿科，看到的腎結石，比膽結石還來得驚人。腎結石的數量雖然不多，但因爲引起尿阻塞，長期壓力的結果，把腎臟撐得像紙一樣的薄!更讓人讚嘆的是，雖然那麼薄，還是沒有破裂。

整形科最奇妙。很多人誤把整形當作美容。其實整形當然可以包含美容的功能，但整形的主要目的，卻是功能的改進。例如兔唇的病者，發音有障礙，又因為常常伴有顎裂，吃東西時食物常常進到鼻子去，這都是功能上的障礙。

　　整形手術的要旨，就是把不規則的變成規則，多裁少補，去逆引順，利用幾何線條的原則，進行多種縫合，以達到恢復功能為最終目的。

　　燒傷的病人，疤痕也同樣引起儀容和功能的損害，植皮手術可以達到美容和恢復功能的效果。簡單的植皮，先用採皮機把皮膚表層刨下，經過簡單的除舊刷新手術，就可以把皮貼上去。深度的皮膚損失，就要應用多次的跳移步驟，從取皮的位置跳到植皮的地方去。常用的取皮位置是腹部，因為皮膚很鬆，拿掉一塊也不會引起過緊的後患。從腹部到面部，往往要經過三四次跳皮的步驟。

　　整形科的主任是洪大夫，他的手抖得厲害，看的人都很緊張。但洪主任憑他豐富的經驗，細心的構圖，一樣達到完美的縫合。

　　一般外科的李大夫，聽說很受護士們的信賴，很多護士的手術都請他主刀。夏文怡的觀察，李大夫的作風有點粗線條，夏文怡有次上他的刀時，聽他對一位護士說：[柳芝馨，恭喜了，聽說你切除的腫瘤是良性的。] 看到那柳芝馨那特有的笑容和點頭，又說：[是誰最先發現的？哈，我想一定是邱大夫。] 此話一出，整個開刀房的人都笑出來。後來夏文怡才弄清楚，柳芝馨開的是乳房瘤，邱大夫是她男朋友。夏文怡再看劉芝馨時，她臉上還保持那種特有的笑容，若無其事，似乎聽不懂李大夫話中的含意，或者是這一類的笑話，已是司空見慣，不值得回應？

　　夏文怡聽其他同學稱柳芝馨為副護理長，覺得她實在有一種與眾不同的性格。有的人說她是十三點，但夏文怡卻覺得她的性格很難形容，絕不是傳統所說的十三點。很久很久以後，夏文怡在美國和和當年的護理長閒聊時，才知道柳芝馨當時不是副護理長，只是代副護理長。

　　當年那位護理長平常只來開刀房巡視，除了特情況外，並不做刷手護士，平常只穿件寬鬆短袖無領的開刀房制服，俯仰之間，給開刀房平添了無限的風韻，和那些全身密包，只露兩眼的刷手護士成了強烈的對比。

　　除了護理長的風韻外，開刀房裡還有一雙[世界上最美的眼睛]。聞名已久，無緣一見。不知過了多久以後，有一次夏文怡站上手術台，往前一看，除了手術衣外，只看到一雙眼睛。那實在是一雙很美的眼睛，真的像一泓秋水，明亮晶瑩。看過那雙眼睛後，夏文怡一直在找機會，希望能看看盧山真面目。

過了很久，終於在開刀房的走廊上，有人叫這位護士的名字，才知道這位個子小小的護士，就是那雙美目的主人。他真的不敢相信，當她以全面貌出現時，他竟然找不到那雙美目。

眼睛只是五官之一，想不到那麼美麗的一雙眼睛，和其他四官同時出現時，竟然會失去原有的光芒。說到光芒，光芒四射的要算內科的李雲麗護士。她有外國人一般的身材，不上班時的穿著，總是紅如烈火。陸竹千常常說她臉部側面的輪廓，像外國人那樣的完美。後來陸竹千問她，她的祖母果然是葡萄牙人。

李雲麗總是笑臉迎人，對誰都一樣。她最喜歡的工作是幫大夫們打靜脈注射。她總是準備好棉花酒精等，緊緊的站在大夫的右後面，直到注射手續完畢為止。雖然有很多人說她跟很多大夫出去玩，但夏文怡從來沒有在公眾場合看到她。

另外還有兩位護士，很多人也常提到她們。一位被同房的錢大和譽為最懂得穿著的馮衣迎，不但長得清秀漂亮，而且舉止斯文優雅，可稱得上是護士之花。有一次馮衣迎大宴榮總住院的大夫們，夏文怡雖然和馮衣迎不熟，但馮衣迎還是禮貌周到，很誠意的邀請夏文怡到她家作客。

她家在台北，屋不算很大，但布置清雅，書畫點綴其間，書香味很濃。她雙親的談吐也和藹親切，不像官商界人士。夏文怡不善交際，吃完東西不久就告辭。

另一位對衣著很有品味的是楊玉琴，她和馮衣迎常常雙雙出入，雖然長相各有千秋，卻像一對姐妹花，有的人暗裡稱她們為榮總雙嬌。

還有一位內科護士，講話特別的斯文，個性也很溫柔，夏文怡和她在病房相處得不錯。

有一次在餐廳吃飯時，其他座位都滿了，夏文怡只得和她同桌。這一餐讓夏文怡大吃一驚，世界之大，無奇不有。這位小姐吃飯之慢，天下難得一見。她是用筷子，一顆顆的把飯挾進嘴裡的！

夏文怡認識的護士之中，性格最爽直的，要算呂夢嬋。呂夢嬋有一班金蘭之交，常常在一起，從小個子到大個子，大小齊全，性格各異。認識呂夢嬋就等於認識她們這一群。夏文怡的一班好友裡，都和呂夢嬋很熟絡。呂夢嬋的家也在台北，有一次她請這群同學到她家吃飯，夏文怡發現她們一家待人很親切，尤其是她的雙親，親切中帶有鄉下人特有的樸素神情，夏文怡很喜歡這一家人。

呂夢嬙的性格，令人無拘無束，省了很多不必要的客套。夏文怡常常和她們在一起。過了一段日子，夏文怡卻聽到神女有心，襄王也有夢的傳聞。大家常看到呂夢嬙和成思齊雙雙在一起。成思齊是位非常用心做事的同學，最近和夏文怡常在同一個病房，很受高年級的趙大夫賞識。

　　本來男女來往是平常事，不會惹來議論。但問題出在成思齊身上。幾乎所有同學都知道他很久以前就有了女朋友，聽說是中學同學。他女朋友的一位親戚現在正好也在榮總做住院大夫。成思齊個子中等，長相也不錯。有人說他有迷人的嘴唇和特有的微笑。

　　同時有兩個女朋友的人多得很，也不值得大家大驚小怪。這次問題卻出在另一個人身上，他就是曲文星，而且是他對呂夢嬙鍾情在先。有的同學覺得齊思成行為卑鄙，已經有了女朋友還要去搶同學的所愛。潘寧海有次在飯館遇到齊思成時，雙手握拳，對他怒目而視，差點要動手揍人。

　　曲文星是個學者型的人，沉默寡言，很少露出笑容，呂夢嬙這位神女卻似乎對他無夢。這件事對曲文星的打擊很大，笑容從此在他臉上消失。有次看電影時，可能是借酒消愁，竟然到了電影院時酩酊大醉，吐得一塌糊塗，弄得陸竹千連電影也看不成，在電影院最後面的空位上，陪他到清醒為止。

　　而成思齊也不好過，在四季春的一次晚飯時，也是喝酒消苦，站上桌子，跳起舞來。他們兩位都是君子，沒鬧沒吵，心中的煩惱，盡在不言中。大家都很清楚，年輕的歲月，誰沒有煩惱？誰沒有迷惘的時光？經過人生的曲曲折折，最後終會真情壓風流。果然兩年多後，站在結婚禮堂上的，是曲呂兩人。

　　自從有了薪水後，不必像從前那樣，每月收到錢後就回信。不知不覺，夏文怡有好幾個月都沒給家人通信，家裡以為發生甚麼事，直接寫信給醫院。醫院把信交給總醫師；總醫師拿著信，在一次集會的時候，當著各位大夫的面前：[夏大夫，你是不是忙過頭啦，趕快給家裡寫信，你家裡以為你失蹤啦！] 其實夏文怡每月都有寫信，有時給孟凌煙，有的給賀蘭心，有時給家裡。每次寫的信，講的都是病房的事，內容大同小異，漏寄時很不容易察覺，才會鬧出笑話。

　　孟凌煙常常取笑夏文怡的信，越來越像處方。最近又說弟妹們也說他的信似處方簽。夏文怡覺生活中最值得寫的，就是醫院的所見所聞，又不是寫文章，當然無需咬文嚼字，句子越簡單越好。但以孟凌煙的文學修養，看起來一定不是滋味。夏文怡一直沒有寫信給她的弟妹們，也沒想到孟凌煙會讓她的弟妹們看他的信。這樣正好省去沒給他們寫信的歉意。賀蘭心每次的回信都對醫院的生活充滿好奇心，醫院的一切，對她好像是一個充滿新奇的世界。

榮總沒有產科和兒科。必需要到其他醫院去。夏文怡先去產科醫院，一個人就住在醫院裡面。夏文怡很怕聽到產婦的叫聲，對產科沒有興趣，對接生也沒有太大的把握。晚上值班時，只有他一個人在，每次電話一響，他就非常緊張。過了一個星期，只要電話的鈴聲一響，他整個人都會跳起來。所以覺得度日如年，很希望日子快過。

在他還沒到產科醫院之前，同室的錢大和就不停的告訴他，到了那裡後，一定要去認識有美人之稱的虞小姐。終於在兩個星期以後，醫院來了一位身分特別的產婦，她特請的產科大夫也馬上來臨產房。夏文怡踏進產房時，好像聽到大夫在說些不三不四的話，看清楚後，只見一位小姐拉長了臉，用滿臉不屑的神情，橫眉冷對那位大夫。

整個接生過程中，那小姐都是冷冰冰的一語不發。夏文怡猜想這位護士，應該就是聞名已久的虞小姐。不知是不是她的美麗，常常讓男性大夫在口頭上搔擾她，所以她才用那副面孔做為防禦。假如真的話，她在這裡的工作，相信也不算愉快。也許是她拉長了臉，也許是戴了口罩的關係，夏文怡一點也找不到有美人的影子。這個月的產科實習，是整個實習過程最不愉快的一回。

輪到了兒童醫院時，夏文怡有了伴，和時色新一起去。院長是高班的老大哥，另一位大夫也是高班校友，有點像回到總醫院的味道。平日查房，院長學長在身旁作臨床指導，另外每週還請來了台大一位教授來做專題講課。院長和學長都希望兩位大夫能抽時間，寫點專題短文，以便登在醫院的月刊上。

夏文怡覺得，很少人寫過心理行為方面的題材，所以他就寫了一篇兒童早期心理成長時有關兩性差異的文章。但是院長沒有把文章登出，夏文怡後來發覺，文章的內容，盡是那些近乎神話的理論，除了沒有實際用途外，恐怕院長從來也沒聽過這種理論。

這位院長是夏文怡遇到的最好人，不過他有個致命的口頭禪，差不多每句話的後面都加上[不要緊]。有一次一個兒童因重病死去，他對家長講話時，最後一句還是[不要緊]。孩子死掉還說不要緊，不揍你也要告你上公堂。夏文怡和護士們，都為他的講話捏了一把汗，不知今天會惹出甚麼禍。還好那位家長沒有發作，似乎早就知道他的毛病。一直到實習結束為止，夏文怡每天都得聽幾十次的[不要緊]。

請來的那位台大教授，授課沒有重點，說話拖拖拉拉，夏文怡直覺上覺得他看不起這醫院，並有胡混騙錢之嫌，對他非常厭惡。時色新也注意到夏文怡的不滿，下課後形容夏文怡是[怒目相看]。

夏文怡對台大醫生的印像越來越差。直到有一次參加台北市的腦科會議，看到一位很年輕的台大醫生，只憑手中的腦電波圖，從其中的變化，找出病情的特點，從而做出診斷，論述非常漂亮而專業，看來台大還是有傑出的醫生。夏文怡記得那晚討論的病，很像現在所說的瘋牛症。

　　醫院的頂樓，設有駐院大夫的宿舍，做完病房的事情後，夏文怡習慣上是到宿舍看書，加緊準備醫師資格的考試。有一天正要回房間去，在頂樓遇到一位老人家。他以爲老人家迷了路，正要問她要去那裡。那知那位老人一看到他走過來，就先問他說：[你是新來的實習大夫吧？那一間醫學院的？…。]最後說：[我是來看常大夫的，她是我家多年朋友。]常大夫就是在這裡工作的學長。

　　幾天後常大夫來找夏文怡，拿了手中的照片給夏文怡看，是一個很年青的女孩子。常大夫說：[那女孩子現在念中學，你看，雙眼皮，很漂亮。那天你遇見的老太太，就是她的祖母。不知道甚麼原因，她祖母對你的印象很好…]。夏文怡沒等他說完，直接了當的說：[我是外地來這裡念書的，幾個月後就離開這裡，請你謝謝那位老太太的好意。再見。]夏文怡沒有想到傳統的婚姻習慣，到了這個年代，在某些家庭裡，還是那麼的強烈。

　　聽說台灣籍的家庭，對醫生有一種近乎扭曲的觀念，千方百計要把女兒嫁給醫生，到了幾乎是用錢買女婿的地步！

　　結束兩外院的實習，回到榮總後，似乎有種回家的感覺。回來後的第一個實習是放射科。當年實習的構想是全才培養，每科都應該有基本的認識，也給一些有意專攻放射科的大夫，提供了親身體驗的機會。放射科的傑出人才很多，除了天才人物盧教授外，在職的于大夫和管大夫，除了才學一流外，敬業心也令人起敬。

　　記得有一次有人提出放射部的動作太慢。于主任爲了取得實在的數據，剛好知道一位病人可能需要做腸胃的放射檢查，馬上要夏文怡開醫囑，從收到醫囑開始，到整個放射過程完畢，到那些照片放到醫師的桌子爲止，總共要多少時間。放射部的全部工作人員，都不知他在做這個抽查。夏文怡對他這種事實求是的敬業態度，印象非常深。

　　夏文怡每天的主要學習，是看放射照片。記得有一次看脊椎病時，一連三張片子，夏文怡都很神奇的說出正確答案。于管兩位醫生很奇怪，一個沒有受過長期訓練的實習大夫，怎可能有這種判斷力？所以要夏文怡講出判斷的依據。夏文怡卻一點理由都講不出。所以他們的結論是：直覺。果然以後事實證明，那天夏文怡的靈感來時，那天的直覺就特別準。而對醫生來說，憑直覺判斷，是最危險的事。當于管兩位問明夏文怡對放射科沒有興趣時，他們都鬆了口氣。

後來照片看得越多，需要考慮的可能越多，不要說靠直覺不能判定，就算找了很多依據，夏文怡依然沒有把握做出判斷。照片上疾病的特徵，有的小得像海裡的針一樣，不具備冷靜慧眼的話，就算了看穿了整張片子，也不敢肯定看到的就是要找的特徵。這個月結束時，夏文怡對自己的性格，又有了進一步的了解：儘往難的方面想，常常會使自己失去信心。

輪到心臟科的時候，恰巧姜大夫從英國回來，帶回英國那套詳盡的臨床作風。

教科書那套聽敲觸打，一絲不苟，還寫詳細的病歷兼畫圖，一次查房下來，往往就是整個上午。有的大夫因為要看門診，或者兼顧其他病房，都頗有怨言。開始的時候，夏文怡很喜歡這種方式，慢慢發覺姜大夫自己做的時候多，教的時候少，好像是在收集病例，準備寫文章。從他學到的，和所用的時間並不成正比。幸好姜大夫每週只來兩次，一週兩個上午，其實也不算很多時間，慢慢習慣了就好了。

英國人最注重臨床技巧的訓練，不大依賴生物化學方面的檢驗；醫生們都對自己充滿信心，很快就把握到診斷的重點而開始治療，省了等候化驗結果的時間，很受一般大眾的歡迎。榮總採用美式教學方法，在沒有得到確實的診斷以前，原則上不可以用藥。姜大夫認為這樣做，不但增加病人的焦慮，使病人喪失對醫師的信心，還讓病人受到額外的痛苦。這種英派作風，當時未被主流派接受。

夏文怡利用這段時間，儘量學聆聽心音的技巧，希望能學到比較實在的英式技巧。但是心臟的聲音實在很複雜，幾個聲音混在一起，尤其是當心跳很快的時候，實在沒法分得出幾種不同的心音。雖然沒有學到多少，但姜醫生不同的作風，還是給夏文怡帶來很多的啟發。

內科的丁主任，也是心臟科的，但他從不涉及臨床的教務，只作內科全盤的計畫。有一次要求所有內科醫師，把肝炎患者的臨床資料，分門別類的登記起來，希望能成為一個有高度參考價值的本地資料。這是個非常好的構想。

當年所有的醫學資料，大多來自美國。人種不同，病情當然有異，究竟差別多少，就得用自身的資料做比較。能成立一個本地系統的資料庫，無論對於教學或醫療，因為是第一手資料的關係，幫助應該很大。夏文怡知道他的實習很快就要結束，不知這個計畫以後能否繼續下去。

丁主任每次來臨，總醫師的任務就是替他拿公事包。替主任拿東西，在官僚風氣很濃的榮民醫院，應該看作是下級對上級的尊敬，未可厚非。

不過安排實習大夫來陪外人打橋牌，應該算是非常稀有的作法。不知鄭總醫師那裡得來的消息，知道夏文怡和鄒竟成在校時是橋牌搭檔，一個週末的下午，把他們找去陪一對老人家打橋牌。夏鄒兩人都是不懂人情世故的青年，看到兩位長者特來和他們比賽，當下竭盡全力，發揮所學。沒多少時間，兩位老人家都說累了，橋牌賽就匆匆結束。過後鄭總醫師沒有對夏鄒兩人有何說明，連兩位老人家的身分也不知道。還是鄒竟成腦筋動得快。他認為兩位老人家新學不久，卻自以為已得橋藝要領，誰知幾回後，才知橋技無邊，知難而回，大概也不好意思告訴鄭總醫師。直到離開榮總為止，夏鄒兩人，始終都不知道這兩位長者和鄭總醫師的關係，為甚麼要替他們安排這次橋局。

夏文怡的最後幾個月實習，都派在內科病房，門診和急診室。夏文怡覺得門診最學不到經驗，靠猜的成分居多，真正有把握做出診斷的實在太少。但看到有些同學，沒問幾句就已下診斷，好像非常有把握，不知道他們是真的診斷出來，還是胡亂交差就算。

急診室雖然也需要當機立斷，但是有充足的時間，還可以靠化驗和放射檢查等資料，作出的診斷比較有把握。外科的急診，有很多等開完刀就知道結果，判斷對錯馬上知道，學到的經驗很多。在急診室，要擔很大的風險。

一位高他兩期的住院大夫，前幾天在急診室看一位胃部有漲痛的病人時，開了胃藥，就把他送回家。到了半夜，疼痛加重，結果要送去附近醫院，最後診斷為心冠病突發，家屬告到院方，認為大夫誤診嚴重，要求處分。聽說院方開了幾次會，最後總醫師對大家訓話，以後看胃部的痛症時，若有懷疑，要會診上級。

當年台灣的心冠病非常少，在這整年的實習裡，夏文怡沒有診斷過這種病。但腸胃病則天天有，差不多居門診的首位。胃部不舒服，大家都往腸胃病方面想，很少有人鑽牛角尖，去考慮心臟方面的病。榮總全院當年只有一部心電圖機，大家當它是寶貝，要經過總醫師批准，才可以使用。有這麼多的障礙，漏診了心臟病，似乎在所不免。

有位同學多年後到了美國，事後回想，當年很多住進腸胃科病房的病者，晚上痛得捲曲上身，有的突然死去，一定有不少是心臟病；只是先入為主，專科大夫收進腸胃病房後，實習大夫只往腸胃病方面想，未能全面考慮，實在犯了非常嚴重的錯誤。

當年醫院的信條，在沒有正確的診斷前，不可以用藥。可憐那些老榮民，不但無辜的喪失生命，還遭受到不必要的痛苦。這實在是當年榮總制度最大的缺點。

　　住院大夫誤診的陰影還沒有完全消失，又聽到有位實習大夫自殺的事。開始的時候只有他們同房的幾個人知道，等到夏文怡知道時，已經過了幾天。這真是意想不到的事，自殺的竟是李純陽。這位高大英俊的同學，甚受女性的喜愛。在一般同學的眼中，他是天之驕子。想不到爲了相戀多年的草思思，找到了比他更適合的伴侶而和他分手時，竟然悲傷得要割腕自殺。難道真的是：情爲何物，竟然令人如此神傷！

　　夏文怡更想不到，像李純陽這種天之驕子，用情竟然如此之深。幸而傷口不大，也許發覺得早，沒有流那麼多血，到急診室縫針處理後就沒事。

　　幾週後夏文怡遇到他時，見他雙眼空空的，好像靈魂都飛走了，悲痛的情緒還沒消失。夏文怡估計，他的低落情緒應該不會很久，像他條件這樣優越的人，心靈的傷口，很快就會被女孩子撫平。

　　沒幾天後，夏文怡收到孟凌煙來信，看了好幾次，都無法相信自己的眼睛。這是一封還沒寫完的信，最後一句是：[不然的話我們就…。]靜心的想了好幾回，沒有寫出來的字應該是[以後不再通信]。心想她常說自己的信像處方簽，毫無趣味，又說缺乏宗教信仰，就少了靈氣。像她這樣有修養的人，提議不再通信而又不直接的寫出來，是非常有禮貌的作法。

　　所以他也回了短短幾個字給她，不過心裡還滿不是味道，很後悔以前沒有用心寫信。但是夏文怡的性格有個很致命的缺點，一但決定，不會更改。以後孟凌煙所有的來信，他都一一退回！

　　很快實習就剩下最後兩個月，夏文怡集中精神，全部放在考試的準備工作上。這時已經有幾位同學考過試，一半及格。這給夏文怡帶來了很大的信心。

　　這時家裡的來信說，畢業後要回港，不要留台灣。已經拿到的獎勵金，可以全部退回。

　　夏文怡覺得很爲難，覺得毀約是很羞恥的行爲。鄒竟成自告奮勇，因爲他父親和副院長是舊同學，可以憑他父親的面子，向副院長討個情。他還說，榮總那麼大，少他一個實在一點影響都沒有，不要把自己看得那麼重要。

　　另一位拿獎勵金的田成博，也改變主意，兩個人一起申請取消合約，並退回所拿的獎勵金。結果兩人都獲准。夏文怡這才放下心中的大石。夏文怡認爲這次獲准退約，鄒竟成的功勞最大，但是多年以後，田成博的太太透露，那次之獲得副院長的批准，是她說情的緣故，因爲她跟副院長的交情很好。

實習快結束的前一個月，鄒竟成開了一次畢業舞會。夏文怡不會跳舞，自告奮勇的接受放唱片的任務。這是夏文怡最後一次看到令狐紅。

那晚令狐紅好像有點心事，失去往日的天真和熱情。雖然也常常陪在夏文怡身邊聊天，但話很少，臉上也見不到喜慶時應有的笑容。夏文怡推測是因爲很快就要和鄒竟成分開，心裡難免惆悵。

那晚最高興的自然是鄒竟成，還主動的唱了一首西洋歌。另外一位興緻很高的是錢大和，在任何跳舞的場合，他都是最活躍的一員。夏文怡沒有看到他的女朋友，身邊的舞伴卻是榮總的護理小姐楊玉琴。看樣子他們很熟絡。夏文怡知道錢大和與他女朋友相處多年，已到了婚嫁的階段，應該不會出了甚麼意外吧？問清後才知道他女友已回僑居地。

一個不跳舞的人夾在舞友之中，原以爲可以專放唱片，那知令狐紅等覺得不好意思，常常要來陪他聊天，反而使夏文怡渾身不自在，所以很早就離開。

舞會後還不到一個星期，夏文怡正要回寢室時，看到一位護士前來打招呼。她很有禮貌的說：[夏大夫，我是秦珂儀，可記得我吧？ 我們最近要開聯歡會，需要一部手提唱機，可不可以幫忙一下？]夏文怡認得她是國防醫學院的大護學生，在學校的棋橋會中，曾見過她和她的幾位橋友。想不到她記性那麼好，記得自己的姓。夏文怡回答： [相信你知道錢大夫吧，他正好有部手提唱機，你們甚麼時候要用？給我兩天時間，借得到的話，後天同一時間在這裡見。]運氣很好，借到唱機依時給她。

秦珂儀說聯歡會在週末，大概在週一才有時間把唱機交還。還唱機時，秦珂儀說：[你真的幫了我們很大的忙，不知道該怎麼謝你才好？]夏文怡說：[唱機是錢大夫的，我只是動動口而已，有甚麼好謝的。]秦珂儀說：[夏大夫，你真的很客氣，沒有你的面子，錢大夫那會借出唱機？你也給我一點面子吧，我請你吃飯。]看她那麼誠懇，好像眼淚都快要掉下來的樣子，夏文怡趕快說：[先不要說誰請誰，我們找個地方見面後再說吧。]見面時秦珂儀首先塞了些錢給夏文怡說：[你們男孩子有個毛病，跟女孩子吃飯時，一定爭著給錢。我們女孩子也同樣有毛病，和男孩子吃飯時，也一定不好意思給錢。這一次我出錢，是謝謝你的幫忙，不算請客，所以請不要推辭。]夏文怡有點吃驚，怎麼這位女孩子連給錢的方式都已經計劃好啦。看她那一臉期待的表情，夏文怡說了一聲[恭敬不如從命]，進了一家西餐廳。話題很自然的圍繞在學校。

　　夏文怡首先提到他很佩服的精神科和心理科的教官。那知秦珂儀先來個似笑非笑的表情，欲言又止了一會，終於說:[其實他們懂的不多，來來去去就只有三道板斧而已。不過他們口才都好，你大概只聽了最動聽的一段。]夏文怡簡直不相信自己的耳朵。

　　夏文怡相信秦珂儀不會有這等深度的看法，一定有人告訴她的，不過第一次見面，不好意思問她。話題又轉到宿舍方面，夏文怡說:[你們宿舍開放時，我曾經參觀過，比男宿舍漂亮。]秦珂儀問:[你可注意到那些缺點?]夏文怡想了一會說:[學校的宿舍，能達到基本要求就已算不錯，真要去挑缺點的話…。]夏文怡還未說完，秦珂儀就問:[你沒有看出衣櫃的鏡子有毛病嗎?現在的鏡子根本無法使用。鏡子要背面對著窗口，才能照的清楚，現在是背光的，白白浪費啦!]夏文怡又上了一課。不過他想，她們女孩天天照鏡子，當然會發現這種毛病，應該不是第一眼就能看出來的。但是秦珂儀給夏文怡的印象還是很深。

　　夏文怡平日自以為對日常的事物很有見地，這一次卻在一個女孩子的面前，毫無招架餘地，心裡有點吃驚。秦珂儀又說了一些大護學生和高護學生之間微妙的摩擦。高護三年一屆，慢慢的變了人多勢眾，大護雖然在職位上占優勢，但還是要看高護們的眼色。

　　分手的時候，夏文怡說:[很謝謝你這頓飯，但要你請實在過意不去，禮尚往來，下一次我就請你喝杯果汁吧。]台灣盛產水果，有不少專喝果汁的店。他們去的那間水果店很大，擺設清雅，播放的盡是舒情的古典音樂。這一次聊的多是彼此的嗜好和家庭背景。秦珂儀很自謙的說:[我不是個讀書料子，但做個護士，卻很有信心。]夏文怡告訴她，畢業後就回香港，目前正準備考美國的醫師資格試，考到的話，大約七月去美國，接受美式的專科訓練。秦珂儀說:[真不好意思，最近的事大概用去你很多時間吧??甚麼時候考試?]話題又轉到香港，美國，醫師執照等問題去。

　　從前見面，夏文怡都沒有仔細去看秦珂儀的長相。這次聊天，才有了深的印象。秦珂儀個子矮，臉有點圓，給人一種稍為肥胖的感覺。眼睛和嘴巴很秀氣，鼻子挺直，笑起來眼睛瞇成一線，嘴角微微的翹起，整個臉部配合得很均勻，笑容非常甜蜜。講話實在，語氣誠懇，穿著簡潔，沒有刻意打扮，屬於內含型的女孩子，美中不足的是個子稍矮些，否則應該很受男性的心怡。分別時，秦珂儀說：[考完試後，可否告訴我，我很想知道你考得如何？]

實習結束後，要回學校接再受六週的集訓。夏文怡等是自費的僑生，畢業後不須到軍中服務。其他公費同學，除了幾個成積優秀的留校當助理教官外，其餘都直接派到前線部隊服務。這次集訓，是畢業前最後一次綜合性講訓。

分配到部隊的同學，都有很多手續要辦，同學的問題也多，都須要在離校前處理好。對夏文怡等僑生來講，除了考試外，申請美國醫院是最重要的事。已經考到的同學，只要照著那邊醫院的要求，把證件寄出，等候結果就可以。

美國傳統的習慣，需要兩封推薦信。其中一封醫院指定醫學院系主任，另一封夏文怡和鄒竟成找盧主任。盧主任對美國醫院比較了解，他們兩個很快就拿到那封推薦信。系主任對同學不很熟悉，爲了省時，讓同學們自己先寫了草稿，系主任修改後就可以直接寄走。

像夏文怡等還沒有考試的同學，都希望先拿到推薦信，以備將來之需。系主任辦公室對美國的情形不大了解，一位同學就因爲美方醫院遲遲沒收到系主任的推薦信，很久都收不到醫院的合同。不過美國的醫院很通情達理，夏文怡只把考試的日期告訴他們，一樣收到醫院寄來的同意書，等到及格的通知一到，馬上就可以到美領事館辦手續，以便趕上一年一度的入訓期限。

這時最令大家興奮的，當然是畢業典禮。國防醫學院的畢業典禮定在春季的三月，這是台灣獨樹一幟的畢業時間。六年半的辛勞和努力，等的就是這一天。

典禮由院長主持，來賓除了家長外，國防部和教育部都有代表。醫牙藥護四系成績最優秀的前三名同學，由院長親自頒發獎狀。

典禮時都穿軍禮服，院長授與中尉的軍階，此外還頒發其他表現優越的獎狀。典禮後在生物形態大樓前面的草地照集體和每系的合照，然後才是戴方帽子和各系特有畢業服飾的照相。

夏文怡沒有家長來觀禮，也看不到令狐紅，和同學們匆匆照了些相後，就走出校門，把禮服和帽子還給店家。

鄒竟成的父親特別從香港來，帶著鄒竟成拜訪當年的同學和朋友。他的舊識不少已是政學商界的要人，鄒竟成在這短短幾天的拜訪之中，跟著父親，學到很多待人處世的境驗，人生旅程邁進一大步。

對夏文怡等僑生而言，畢業後的大事就是考美國的醫師試。考試只有一天，除了考英文的聽寫能力外，其餘都是醫學的範圍。夏文怡覺得考得不錯，所以當再次見面時，秦珂儀問起考試的情形，夏文怡說：[及格應該沒有問題吧。]秦珂儀笑了笑說：[我還以爲你是很謙虛的人，想不到會這麼自負，一定是很有信心吧。]夏文怡說：[這純粹是直覺，七十五分才及格，沒有收到考試通知，一切都是未知數。以前曾考過試的同學說，假如收到的考試通知信封是很薄的話，就表示及格，祝福我收到薄信封吧。] 秦珂儀說：[我當然誠心誠意的祝福你成功，收到信時一定要告訴我。]

大學畢業，是人生最大的轉捩點，是踏上行醫生涯的開始。這次考試，則是決定人生旅途的關鍵，是人生歷程的兩件大事。

對汪英康而言，也有兩件大事，除了牙科畢業外，還添上小登科的喜事。三月畢業禮，四月結婚禮。婚禮排場豪華，婚禮的安排也極誇張，伴郎伴娘各有四個。新娘子個子很高，要找對象並不容易，剛好汪英康長的也很高，兩人非常匹配。他們的相識到結婚，時間很短，古人所謂的千里姻緣，用在他們身上，倒是很貼切。

新郎是牙科的狀元，新娘是中國小姐佳麗，用[郎才女貌]來行容，非常恰當。在所有港澳同年來國防醫學院求學的同學中，汪英康是唯一帶著新娘回港的人。

夏文怡沒等取到內政部的醫師證書，就趕著回香港。這時候四川輪已不再航駛，由設備較好的安慶輪代替。這一次同船的同學不多，不少同學已先後離開。他提早到基隆港去，在離開台灣前，要好好的看看這個每年只來一次的基隆港。心想這次離開後，不知何時才會再來。

一個人漫無目的的到處走走，卻沒有看到值得留戀的景色。不知不覺的，又走到了刁家牛肉麵的附近。不過找來找去，沒有看到那塊招牌。也許是關了門，也許是搬走了，心裡滿是惆悵。

開船的時候，心裡一片空白，整個人好像失去了感覺。迷迷糊糊間，好像聽到收音機播放著徐志摩先生寫的那首[偶然]：[我是天空中的一片雲，偶然投影在你的波心。你不必驚訝，也無需歡欣，我倆交會時互放的光亮…。]這正是前幾天和秦珂儀見面時聊起的歌。

那天秦珂儀對這首歌講了很多觀感，好像有感而發。後來又談到徐先生的康橋：[不帶走一片雲彩]，簡直是廢話，也許在徐先生的心裡，雲彩一定代表某一種意思吧！後來兩人的話題又轉到蘇東坡的雪泥鴻爪：[雪中偶然留指爪，鴻飛那復計東西！] 望著茫茫的大海，夏文怡的腦中突然湧出李商隱的：[劉郎已恨蓬山遠，更隔蓬山一萬重]。

四月中回到香港，三哥認爲住在市區比較好，辦事和見朋友都方便。剛好林廣大的父親在市區一人獨住，徵得他同意後就在那裏住下。

　　夏文怡對這次考試雖很有信心，但還得做些萬一的準備比較放心。香港雖然只准許持有英聯邦醫生執照的醫生開業，但政府醫院仍顧用台灣畢業的醫生當助理醫官，很多領有執照的診所，也可以聘請沒有英聯邦執照的醫生。探清楚這些後路，夏文怡頓時輕鬆下來。

　　日常除了和家人相處外，和蔡清泉去了一趟澳門。程震業家住澳門，自然成了最理想的嚮導。那塊名叫大三巴的教堂殘跡，獨一無二的代表澳門的過去，程震業所住的沙欄仔街這個名字，也很有特色，不過最讓夏文怡感興趣的地點，卻是黑沙灣。

　　其實黑沙灣看上去平平無奇，澳門人根本沒注意它。可是對看過牛哥寫的[賭國情仇]的讀者，卻印像深刻。它是牛哥筆下黑社會分子的戰場。真是聞名不如見面，當夏文怡看到這黑沙灣時，心中的好奇，頓時化爲烏有。

　　等到所有應屆同學都回到香港後，大家在青山海灣辦了一次游泳餐會，除了這年的醫牙兩科外，早兩年畢業的藥科也有兩人參加，是很有紀念性的一次聚會。這是所有應屆畢業同學在香港的唯一相聚，此後各奔前程，見面再握之際，又不知是何時何地。

　　過後賀蘭心和她的幾位弟妹，她的金蘭朱夜明，加上陸竹千，潘寧海和賀蘭心的男朋友，也在海灘玩了一次。夏文怡第一次見到朱夜明。她是賀蘭心常常在信裡提到的非常聰明能幹的好朋友，口氣中也暗示她和潘寧海的關係。不過夏文怡的直覺告訴他，朱夜明對潘寧海沒有露出應有的女朋友神態，很可能是神女無夢。本來應該還有一位女孩，可惜她已去了美國，她是陸竹千多年的朋友。

　　終於到了六月初，收到了考試結果，看到那薄薄的信封，夏文怡終於定下心來。夏文怡在隨後的幾天內，連絡了幾位參加考試的同學，知道及格的還有程震業。馬上和程震業到美領事館申請赴美簽證，把考試通知寄去美國的醫院，也沒有忘記寫信告訴秦珂儀。

　　美國的簽證很費時，雖然跟領事館說明醫院的報到日期是七月一號，但也只能等待。夏文怡很擔心過了期，醫院會取消合同，馬上寫信通知醫院不能按時到來的原因；醫院的回信說可以延到八月一號，這下讓夏文怡大大的鬆了口氣。

　　等到收到美領事館身體檢查的通知，又擔心肺部的放射照片會不會有問題。到了身體檢查那一天，夏文怡帶了在榮總時照的片子，那位美國老醫生看到後，馬上問：[你為甚麼要帶舊照片，是不是肺有問題？]夏文怡沒想到老醫生會有這麼一問，當場不知如何做答。

榮總的作風，片子稍有疑問時，才需舊片子做參考，這幾乎成了公例。那老醫生大概看出夏文怡滿臉擔憂的表情，馬上說：[你的片子沒有問題。]

夏文怡一邊眼睛的視力很差，很多同學都擔心美國醫院不收他。夏文怡準備了很多理由，準備和這位醫生理論一番。那知這位醫生好像沒有看到視力報告，一切過關。

最後剩下了機票和何時可以拿到簽證的問題。沒拿到簽證，就買不到機票，何時才拿到簽證，誰也不能確定，沒法預定機票。還好夏文怡記得鄒竟成的父親在日航服務，透過他的幫忙，先預選日期，等有了簽證再買票。

在這段等候的期間裡，夏文怡探訪了很多老同學，同鄉，堂兄弟和伯父母等，也沒有忘記帶多位姪子們到郊外去玩，有空時還煮些檸檬茶等。想到這次出國，不知何時歸來，儘量抽時間和他們講講歷史典故。

意外的，一位平常沒有聯絡的表妹，打電話來要同去游泳。夏文怡有多年沒見過這位表妹。這次見面時，看她長得身體修長，廋廋的臉，卻有一雙圓圓的眼睛，和海豐婦女細長的眼睛，完全兩樣。她是那位劉恆松二太太的二女兒，大表妹臉圓眼睛大，很有福相，和老二的瘦臉完全不一樣。

臨別的時候，這位表妹還送了一張打扮成聖誕老人的照片給他。夏文怡很奇怪，這位平常很少交談的表妹，為甚麼在他出國的前幾天，用游泳的方式來送行，還送了他那張怪照片？這女孩真的有點古怪。

另外一位想不到的訪客，就是孟凌煙。見面的時間很短，孟凌煙解釋當年那封沒結尾的信，那沒有寫出來的句子，內容與夏文怡所想的完全相反！夏文怡聽後腦中一片空白，造成這種不可彌補的遺憾，口頭的道歉是遠遠不夠的。夏文怡默默的走開，口裡不停的發出喃喃的聲音：相見爭如不見！

簽證終於收到。夏文怡更忙，送行的親友很多。林廣大送了夏文怡一套夏天西裝。這是夏文怡出生以來第一套量身定做的衣服。試穿時那裁縫師說：[去美國的年輕人，一般都長胖，所以我替你做鬆一點。]夏文怡到美國後並沒有長多胖，由於工作上常穿白袍，很少穿西裝，那套西裝，到了七十多歲時，還是很合身。

七月中從香港起飛，在台灣松山機場停了一段時間，夏文怡和程震業正和幾位台灣本地的同學話別之際，忽然看到秦珂儀從人群走過來，到了夏文怡面前說：[你走的時候沒有送你禮物，現在補上。祝你在國外學業成功，身體健康。]說完轉過身去，頭也不回的消失在人群中。

　　到東京後停了好幾天，靠著地圖，兩個人逛了東京不少的名勝地區。

　　到了三藩市，找不到接機的劉老師，逼得忍痛坐計程車去屋崙。喜幸沒有走冤枉路，順利的到達劉家。劉老師帶著教訓的口吻說：[你的信沒有寫明那個機場，沒法去接。]但是在夏文怡有限的地理認知裡，從香港到屋崙的國際機場，只有三藩市一個，所以不必寫明那個機場。可是久住屋崙的劉家，卻說屋崙也有國際機場。這是夏文怡到美國後上的第一堂地理課。

　　對久住香港和台灣的人來說，美國的居住仿彿就是天堂。除了睡房外，還分客廳和家庭廳。後院也大，種了多種水果，更有一株接種果樹，結了幾種不同的水果，讓他倆大大的開了眼界，也非常開心的享受這幾天的停留。

　　到了要再買機票時，又上了第二課。劉老師問爲甚麼機票不直接買到目的地，把停留的機場填上開放？這樣做的話，留多少天都可以，省得再買票，不是方便得多？夏文怡從未坐過飛機，那裡知道有這種事？五天後兩人同機出發，夏文怡還得從程震業借，才有錢買機票。

　　夏文怡先到俄亥俄州的克利夫蘭，程震業續飛到楊斯城，分道揚鑣，各進美國醫院的教學領域。一年後，他們兩人再去加拿大，也是分道揚鑣，程震業到紐芬蘭的聖約翰，夏文怡到新斯科細亞的赫里弗斯。

＊　＊　＊　＊　＊　＊　＊　＊

　　幾天來楊玉琴都見到夏文怡常常靜靜的在沉思，臉上表情變化很多，這天晚上看到他的眼睛好像有淚水，忍不住輕步的走到他身旁，用手輕按他的肩部說：[發生了甚麼事嗎？]夏文怡從回憶中醒過來，帶點傷感的口氣說：[鄒鄭兩人的到來，讓我想起台灣上學的很多事。那段時期不單家裡的變化大，也因爲自己怪異的性格，犯了不能彌補的錯誤。現在想起來，我這個人真的缺點很多。]楊玉琴不知道夏文怡想到甚麼事情，會如此的傷感，當下安慰他說：[大家都說聖人也有錯，所以錯誤是免不了的。只要不是故意，甚麼大的過失都已成往事。]

楊玉琴知道夏文怡性格的特點，一但染上情緒，要幾天才能平復，再安慰也沒用。當下只站在他身後，輕輕的按摩他的肩膀。沒一會她跳起來說：[中午的信件，我還沒看，好像有你考試的通知。]馬上找到那封信，看完後大聲的說：[恭喜你了，你這次的執照試及格啦！就是這個大喜訊，把夏文怡的傷感掃得一乾二淨。

夏文怡通過了這個試後，剩下來的最後三個月的實習，是要到東邊紐芬蘭省的兒童醫院去。楊玉琴覺得夏一人去比較方便，可以免去臨時租房子和搬家等麻煩。

兒童醫院在紐芬蘭省會聖約翰市，那裡中國人非常多，有一家規模很大的總醫院。中國人除了在醫院當實習與住院醫師外，早去的已經在當地開業多年。

同班同學除了鄒竟成外，還有當年一起坐飛機到美國的程震業，高年級的更多。其中有了家眷的不少，周末時請吃飯的同學很多，比起赫里弗斯，這裡熱鬧很多。

這裡醫院規定，要做滿十二個月後，才能拿到參加考試的推薦書，錯過了每年春季的考試機會，要等到第二年度的春季才能參加，比赫裏弗斯要多做一年。不過這裡醫院的生活多姿多彩，中國醫生很受歡迎，很多人樂意多做一年。

這個地方每年的冬季很冷，漁民不能出海，要靠政府的津貼，才能維持生活。

國民的平均收入很低，年輕人多到外地謀生，引起嚴重的男女不平衡。有一個叫做兒童樂園的收留所，裡面照顧的都是極端畸型的兒童。據說是由於近親關係所引起的悲劇，到那裏參觀過的人，心裡都很不舒服。

這裡的同學，幾乎都有汽車。鄒竟成駕著他的汽車，在這三個月裡，帶著夏文怡，跑遍了附近的名勝。

這裡的同學結了婚的很多，比較熟的除了程震業的太太祖長安外，還有花如水，是楊玉琴的同班同學，當年她和學長童子真在台灣結婚時，夏文怡也有參加。

花如水一看到只有夏文怡一個人來，就口不饒人的說：[你把楊玉琴藏到那裡去？怎麼不讓她一起來？]夏文怡也半開玩笑的說〔妳的嘴巴這麼厲害，她那敢來！〕他們現在已經有了一個孩子，一年前才到了這裡。

夏文怡很奇怪，像他們這一家生活條件的人，在台灣應該算很不錯，為甚麼還要跑來這裡從頭做起？難道榮總的氣氛真的那麼令人不快？花如水很會做菜，夏文怡和鄒竟成都是他們家的常客，口福不淺。夏文怡還發現鄒竟成很讚賞花如水的胸懷大志。

　　兒童醫院有不少頗負盛名的醫生，總醫師是一位印度裔的女醫生，學識好而認真。程震業則對醫院的一位神經外科醫生最佩服。

　　快樂的時間最容易過去，三個月就在輕鬆的氣氛中飛逝，也結束了這一年的加拿大實習。夏文怡先回赫裡弗斯，和楊國輝等道別，再飛美國俄亥俄州楊斯城，繼續醫學的另一個階段，楊玉琴已經在半月前先去，住在曲文星的家。

　　楊斯城介乎克利夫蘭與匹茲堡之間，是一個以鋼鐵為主的工業城。

　　一九六五年程震業在這裡實習時，夏文怡來過幾次，很羨慕醫院裡的單身宿舍。這一次重來，有點似曾相識的感覺。除了曲文星外，夏文怡還有多位同班同學在這裡當住院醫生。這醫院很大，分南北兩個單位。醫院的待遇雖然不是最好，卻是夏文怡出國以來最好的一個，醫師享有免費的醫院餐，家眷周末也可免費到醫院進餐。

　　醫院裡的實習及住院醫師，美國本地人非常少，日本人更少，印度人最多，其次是菲律賓，再來是中國，泰國以及南美等。

　　單身醫師住在醫院的宿舍，有家眷的住在醫院附近的房屋，值班醫師則有公用房間，南北兩單位輪流工作。每年除假期外，醫院還有補貼到其他城市聆聽專題講座的學習機會，當時的美國的一般教學醫院，都採用這類系統。

　　剛到的時候，一切都很新鮮，由於東方人很多，以前那種異鄉遊子的感覺已沒有那麼強烈。

　　宿舍兩房一廳，浴廚俱備，還有洗乾衣機。附近有寬闊的草坪和樹木，左右鄰居是同事，也是東方人多，很快就交了很多朋友，夏楊都很喜歡這裡的環境。夏文怡的同班同學，連夏文怡在內，一共有四位，只有夏專內科。

　　第一年的內科住院醫師一共有六位，南北各三位，三天輪一次班。值班由下午五時到第二天早上七時。值班的工作，是處理醫院所有內科病人臨時發生的事，性質其實和實習醫生差不多，不同的只是現在只看內科病人，而且小事情都先找實習醫生。不過每天還要看大約一百份的心電圖，寫初級報告，讓指導醫師在第二天復讀並修正後，才成為正式的報告。碰上忙的時候，可能整個晚上都不能睡覺，第二天還是要照常工作，常常很累。

值班時的最大壓力，是處理急救；急救時，內科醫師是總指揮，實習醫生作壓胸和最初的人工呼吸，等麻醉醫師插管供給氧氣後，人工呼吸才停止。外科住院醫師負責靜脈切開和放注射管，以後的藥物都可以從注射管打進去，護士和助理人員則幫忙其他雜務如藥品等。

心肺搶救後來發展成一個頗有系統性的程序，要通過考試，才能成為法定的救護人，進一步進修可以考做導師，比當時只憑個人經驗來搶救的方法要合理得多。搶救不成功時，要向家屬說明情況，並向病人的私人醫師報告經過。因為是教學醫院，所以還要想盡辦法，爭取家屬對死後解剖的同意簽署。

病理部的主任，為了讓實習的病理醫師得到足夠的解剖經驗，設立獎品，獎勵那位每月拿到最多家屬同意簽署書的醫師。有的醫師為了要得到獎金，施展渾身解數，儘量強調死後解剖的重要性，是唯一可以找到死者全部疾病的最準確檢查。家屬們為了自己今後的健康，大多數都願意接受屍體解剖。對家屬的工作，一般由實習醫生去做。但實習醫生每科都得輪幾個月，比不上專內科的住院醫師，嚴重的病情，還得由住院醫生處理。

夏文怡每天白天的工作是查房。用功一點的住院醫生，會與實習醫師一早先看病人，先了解病人當天的病情，等到病人的私人醫師來時，再陪同看病；一邊看一邊討論，或者看完後再到會議室討論，各人提出自己看法，來議定治療方法及今後必須做的檢驗等等。

第一年的住院醫師資格比實習醫師高一級，第二年比第一年理論上也高一級。實質上，每人的努力和領悟力不同，很難用年資來判定學識和經驗。第一二年晚上都要輪班。第三年不用值班，其中一人還會被內科部選為總醫師，負責行政及部門間的會診工作。

這家醫院採取金字塔式的淘汰制，能從第一年一直升到第三年的，應該算是個很幸運的人。美國人一般都有家庭醫生，而美國的醫院，絕大多數是採取開放性制度，醫師們把自己的病人送進醫院後，自己負責醫療的全部責任，醫院只是提供房間，護理，藥物，和檢驗等服務。

醫師直接向保險公司收費，醫院也直接向保險公司收費。醫師當然要合符醫院的條件，才可以取得送病人入院的資格。至於沒有私家醫師的病人，一般都是沒有醫療保險，外來的，或者屬於政府付費的，統稱做[屋內病人]。這些[屋內病人]住院時，由住院醫師負責。醫院每月派有一位指導醫師，負責住院醫師的指導工作，負有法律上的責任。

住院醫生除了照顧病人外，還有其他大大小小的會議，排得滿滿的，白天難得有空閒的時間。實習醫生更忙。一個很流行的笑話：一位總醫師在餐廳看到一位年輕醫生在吃早餐，聊後才知道是一位新來的實習醫生，便對他說：[你真了不起，當實習醫生，還有時間來吃早餐！]可見在當年六十年代，美國一般醫院的訓練制度對醫師之要求，尤其是對實習醫師，已經到了近乎虐待的程度。這實在很難令人相信。醫院的負責人，對心理和生理都有深刻的了解，竟然會採取這種不合人情的制度，來折磨這批未來的醫生。

　　除了醫院內的各種會議外，也有醫院外的家庭式討論。有一種文獻討論會，普通每月一次，在晚上舉行，輪流由一位開業醫師在家裡招待。每次商定數位醫師選定文獻中題目，邊吃邊討論，氣氛輕鬆，討論的全部是最新的醫學報告，可以學到很多新知識。夏文怡到了第三年後，才有資格受到邀請，所以儘量不錯過這種機會。

　　夏文怡進了這間醫院後，很了解自己的處境，每年都必須拿到醫院的合約，才能留在美國。而醫院採的是金字塔式，除非已到第三年，每年都有被淘汰的機會，心理的壓力很大。

　　不到兩個月，一頭白髮的高美士醫生，居然邀請他去參加[男人餐會]，讓夏文怡有點受寵若驚。美國人的習慣，吃牛排一般是一人一份，但冠上[男人]兩字，就可以大快朵頤任意吃。

　　高美士醫生不久又邀請夏文怡一起去外地開會。可惜因為沒有提早安排工作，沒有成行。夏文怡覺得高美士這個名字很熟，一時又想不起。不久在一次大會時，一位外來的血液科醫生對高美士醫生畢恭畢敬，夏文怡才想起常用的一個血液測試，就是冠上高美士的姓命名的。

　　夏文怡目前做的雖是是第一年，其實他曾經做了三年實習訓練，見識和經驗比其他第二年的住院醫生都要好些。兩個月下來，很多醫生對他的印像都很好。夏文怡對第二年的職位，開始有了信心。

　　在北邊醫院上班，可以步行。幾個月後到南邊工作，就要搭便車。雖然同學多，便車不成問題，但日子一久，總覺得不方便。夏楊就買了車。

　　楊玉琴的加拿大車牌，只能暫用幾個月，上班要她送也不方便。教車的任務，就落在曲文星身上。還好很快考到車牌，看醫生和上市場，再也不須麻煩曲文星。婦產科醫生就在醫院附近，步行就可以。小兒科醫生在南邊，兒子要定期體檢，媽媽則要受每一階段的育兒指導，有了車子，一切都方便。

在這裡的幾位同學中，夏文怡和曲文星最熟，楊玉琴和曲太太呂夢嫦，是榮總的同事，剛到時就蒙他們的照顧。有了孩子後，呂夢嫦更是熱心，夏楊都非常感激。夏楊雖然一個是護士，一個是醫生，但初次帶孩子，還是會手忙腳亂。尤其是吃母乳，沒辦法知道嬰兒究竟吃了多少，哭的時候不知是因為餓，還是渴？夏楊兩人做了很多嘗試，又請教了多位養過孩子的同事，都沒有實在的效果，最後決定先吃母乳，然後再餵嬰兒奶，起碼可以看到嬰兒奶的份量。用了這個折衷辦法後，情形立刻改善。

美國當時的流行習慣，要讓嬰兒獨睡一房，哭了媽媽就要從這個房間到另一個房間，不但不方便，更防礙再入睡，弄得整個晚上都睡不好。有經驗的人都告訴玉琴，孩子哭了就讓他哭吧，慢慢就會習慣了。偏偏華倫這個兒子，稍哭就吐，一吐更不可收拾。結果除了定時的餵奶時間外，大部份時間都是由爸爸先去哄兒子，不行才由媽媽出馬。改用這個方法後，玉琴才能多睡一些。幾個月後曲家也添了一男丁，夏曲兩家來往更勤，兩位新媽媽更加有說不完的話題。

到了秋天，聽說今年紅葉很多。一家三口，第一次有機會外遊，到南邊的磨坊溪公園去。

公園的風景的確很美，除了樹林草地和花園外，最美的就是那條彎彎的小溪，逶迤的穿過公園的一邊。沿岸的樹葉，黃丹紅三色雜陳，映帶水面，景色非常迷人。

到了冬季來臨，下雪後屋外的草地，一片銀白。趁早上陽光折射還不很強時，玉琴抱著華倫，漫步在草地上，讓華倫看看這個銀色的世界。可惜華倫很怕冷，臉部皮膚很快變紅，沒多久就得躲進屋裡。

冬天這幾個月，夏文怡輪到北邊上班，第一次看到本地白裔的總醫師麥高文。麥高文六尺多高，非常自負，反應極快，凡是有他在的場合，總是只有他在講話，讓人覺得他目空一切。他的名氣差不多蓋過所有開業的醫師。醫院採用的休克注射液，就是他提出後經醫院批准的。

第一次看到這位總醫師時，夏文怡有點緊張，但經過一個多月的接觸，夏文怡覺得他提的問題也不是那麼難應付。夏文怡有點不習慣他高傲的口氣，很少向他提問題。但麥高文卻對夏文怡英語不準的發音很不了解，認為那麼明顯的差別，怎可能分辨不出來？夏文怡不好意思要他試講中國話試試，讓他也嘗嘗學外語的難處。但夏文怡也很清楚自己發音的弱點，也知道他沒有惡意，只好一笑置之。

到了二月中，夏文怡收到醫院第二年的合同，知道麥高文醫生雖然自負，卻沒有拿自己的英文發音來做文章，才讓自己過了第二年這一關。不久麥高文應召到後備軍去，接他位置的印度裔總醫師，經驗和學問和他都差了一大截。另外一個土耳其裔的總醫師，也沒有特別引人注目的才幹。夏文怡很有信心可以升上第三年。

到了第二年夏天，楊玉琴和附近的太太們已非常熟悉。一群太太們常帶著孩子們，在宿舍外面的草地散步，構成一幅充滿母愛的天倫圖。

這年秋天，夏文怡向醫院申請去加州的箭頭湖開進修會議。一家三口，下了飛機後，才知道離箭頭湖非常遙遠，沒有直達的交通工具。逼不得已，坐了計程車。

箭頭湖原來在高山上，一路盤旋曲折而上，到達時，夏楊兩人已面青唇白，吐了好幾回。還好車費由醫院支付，否則辛苦又破財，進修還未嘗到，肚子和荷包早已兩空。

箭頭湖的風景並不算漂亮，但樹木眾多，空氣清新，加上夏楊兩人第一次遠遊，一切都新鮮有趣。

白天夏文怡上課時，楊玉琴就帶著華倫，在附近遊玩。華倫從未看過這種景物，到處都充滿吸引力，也沒有看過游泳池，竟然往游泳池直走過去，要不是楊玉琴拉得快，可能已泡在水裡。

會期接束後租了車子，由南向北，到屋崙探望劉老師一家。劉家大小都忙，不能陪他們去玩，夏家照著地圖，除了去公園外，還到帕拉阿圖附近的海洋館。

三人都是第一次，看得興高彩烈。動物表演最有吸引力，夏家坐在前幾排，那巨大的鯨魚落水所激起的水花，幾乎濕透了夏華倫的上半身，把膽小的他，嚇得放聲大哭。

一九六九年頭，夏家添了一個女兒，夏珊婷，圓圓的臉，晚上最多醒兩次來吃奶，不哭不吐，和華倫完全相反。夏楊大大的鬆了口氣。

這家醫院的教學制度，第二年要去匹茲堡大學醫院做三個月的學習。夏文怡選了高血壓科。六九年四月，一家四口，開車去匹茲堡，住在一間臨時租來的又舊又小的屋子。報到後才知道是三科合在一起的小單位，另兩科是中毒處理及心身疾病，每科都有一位教授負責。從第一天開始，他就感覺到這三個月會非常忙碌。

三個教授各有特性，負責心身病的是猶太裔的什派魯教授，要求最高，腦筋也比其他兩位多轉了兩個彎，是最難對付的一位。

中毒科主要任務是如何救治中毒的病人，其中包括藥物過量的理想處理途徑。民間往往把解毒藥神奇化，以為解藥一到，馬上起死回生。但夏文怡在這三個月裡，從來沒有看到他們用過解藥。事實上只有重金屬的慢性中毒，解藥才有效果；急性中毒時，還沒等到解藥發輝它的效果，病人往往已經喪命。而且解藥都有毒性，弄得不恰當的話，反受其害。

這裡的血壓科，當然不是一般的高血壓病，而是少見或者特別的高血壓病。主持這科的斯飄陸教授，除了有豐富的經驗外，還有少數大學才有的特別檢驗設備，一般醫院都沒有能力做到的檢驗。斯飄陸教授的活招牌是一件特大的手拿式眼底鏡，非常吸引他人的眼球。

病人都是外地或者其他醫生要求會診的，由夏文怡同一等級的醫生先做初步診斷，然後才由教授出馬。所有的新病人，教授一定要用這件特殊的眼底鏡，親自看眼底一遍。人類的動靜脈血管，只有在眼底的才可以用儀器直接看到。

人體的生理反應，血壓高到某些程度，動脈血管就會產生變化，看眼底就可以看到這些變化。也許不同原因的高血壓，可以引起不同程度的血管反應，對判斷病因有些幫助。教授憑著這些經驗，闖出了不錯的名聲。

負責中毒科的麥當勞教授，性格比較單純，似乎主要的興趣是收集有關中毒的世界性資料，幾乎不表示個人的意見。夏文怡就在這三位教授中，來回奔跑。打足精神，問病歷，查身體，都一絲不苟；找資料，動腦筋，寫意見，早出晚歸，很多時連飯廳也懶得去，只帶了食物，邊吃邊看，寫好筆記，一切準備好，才去見教授。

兩個禮拜後，夏文怡瘦了五磅。這個單位每週在辦公室有個午餐討論會，討論一週內最特別的病例。不過辛勞還是有收穫，一個多月後，那位最難對付的什派魯教授，竟然邀請夏文怡去參加他家的燒烤野餐，快要結束時，還問夏文怡，要不要留下來當研究生？

剛到匹茲堡時是四月份，兒子還不到兩歲，女兒兩個多月，人生路不熟，情況有點狼狽。

六零年代，正是嘻皮士盛行的時代，他們鬍子滿面，長髮披肩，褲長拖地，上衣無扣，三五成群，常常出現在夏家經常出入的巷口附近。開始時夏楊都很害怕，經幾次接觸，才發現他們其實很友善，而且很會逗小孩子，內心跟外表完全不一樣。不過，他們有的吸毒，有的酗酒，而且男女關係很亂，據說這是他們逃避現實生活的一種放縱。

雖然只去三個月，孩子們還是要按時打預防針。這裡沒有自己的家庭醫師，只好到附近的衛生單位去。

有一天夏文怡醫院的工作實在很忙，趕不及回家，楊玉琴一人又沒法同時帶兩個孩子，冒險把熟睡的女兒留在家裡。他們當然知道，把六歲以下的兒童單獨留在家裡是犯法的，迫於無奈，還是要冒這個險。

巧事真的很多，楊玉琴還在等候打針的時候，老天偏偏作對，忽然下起大雨，雷聲隆隆，很是怕人。楊玉琴焦急萬分，又不能把女兒留在家裡的事情告訴護士，只好向護士說有點頭暈，希望能馬上打完針回家休息。護士也通情達理，馬上給華倫打針。回到家裡，卻見女兒依然熟睡如故，自己嚇自己，白受虛驚。

但是意外總是意外，要來時也擋不住。他們到匹茲堡兩個多月後，汽車牌照剛好到期，需要更換；交通部周末不辦公，不能利用週末時間回楊斯城更換，心想剩下不到一個月就要回去，應該可以等到那時再辦吧。

就是那麼湊巧，回家前的一個周末，他們把一部份東西先拿回家，就在返回的路上，讓交通警看到他們過期的車牌。交通警告訴他們，車牌過期還開車，照法律是要坐牢的。大概他看到他們一家四口是外國人，知道他們不熟悉這裡的法律，特別網開一面，牢是不用坐了，但車子還是不能再開，警察把車拖去交通部，夏家則請朋友來接他們回家。

到了第二天一早換好車牌，再去交通部取車，然後再回匹茲堡。幾天後還要上法庭，判罪後再罰款。夏文怡一家在外國已住了四年，還是未能了解美國法律的嚴重性，才會鬧出這次意外。古人說，入鄉問禁，確實是應該緊記的明訓。

當年匹滋堡的醫界，出名的醫師和尖端的科系很多，有不少外地人慕名來學習。

其中的麥亞醫生，是全美頗享盛名的內科教授，各地都有人來向他學習。他的看家本領是神奇的身體檢查技巧，準確度令人嘆為觀止。每次查房時，他身邊都有一大堆人跟著；他每次檢查完病人身體某一部份後，都說出他檢查的心得，然後問住院醫師，病人是不是有這種病情，住院醫師總是帶著驚訝的神態，頻頻點頭。等到全身檢查完畢，麥亞醫生再綜合各部資料，做出總結，他的判斷往往九不離十。

那些敢來拜他為師的人，當然是一時的翹楚，否則吃苦不討好。

在那三個月裡，夏文怡只偷了一次空，跟著他查了一次房。大學醫院每週都有各種學術會議，夏文怡只選其中的大查房。

有一次輪到麥亞醫生，大家翹首以待，期望能聽到精闢的論點。但是很讓大家失望，這次他竟然沒有深入討論。那次剛逢中國大陸發射飛彈，在他的開場白裡，說出了中國人是世界上第一個使用沖天炮的國家，那是飛彈的前身。

平常教授在醫院碰面時，常常開玩笑，對話幽默，話裡玄機暗藏，氣氛輕鬆，啓發性很高。

這段學習對夏文怡的影響頗大，對那些教授們的思唯路線，有了很深的了解。在往後的行醫生涯裡，得益良多。雖然初到的時候有點緊張，但在這三個月裡沒有出過差錯，在結業前的一個午餐討論會上，高血壓科的斯飄陸教授，對夏文怡作了總結，認爲夏文怡的思路有個特點：像一把小刀，一下子就刺進問題的核心，並希望夏文怡完成內科的訓練後，能回來作研究生。

回到楊斯城，進了第三年的訓練，而且獲內科部選作總醫師。這醫院的印度人很多，勢力很大。記得第二年時，一位印度裔的實習醫師，在書上找不到有夏文怡主張的記載，向印度裔的總醫師投訴。

另一次值班時，一位印度裔的實習醫生做完了心電圖後，拿給夏文怡判讀。夏文怡只看了一眼，就說她做得不對，那位醫生不相信夏文怡看一眼就可以看出技術上的錯誤，一直在爭論。夏文怡對那位醫生一向沒有甚麼好感，沒有心情教她。另叫護士重做一次，讓醫生自己找出她的錯誤。那醫生一看，兩份果然不一樣。因爲她一直顯示印度人特有的自大，夏文怡就懶得教她其中的竅妙。

信印度教的印度人，身處二十世紀，還到了國外，又受了高等教育，還是不願意打破階級觀念。

其中一位第二年的住院醫師，被他們排擠在社會圈外，結果只好和中國人來往。夏文怡做總醫師時，印度人的人數最多，但沒有印度人當上總醫師。

總醫師的職責，除了要監督實習和住院醫師外，主要是負責行政和會診，兼主持多種討論會。總醫師有自己的辦公室，有空時可以就在辦公室看書。主要的行政工作是排值班表。

外國人很現實，一個月值週末的班多少次，每年假期值班多少次，都要算得清清楚楚。誰在甚麼時候拿假期，甚麼時候到外面進修，都要預早安排好。有的人臨時改變行期，有的告病假。沒辦法調動時，總醫師只好自己值班。

總醫師的會診工作，是其他科的屋內住院病人，出了內科的問題，其他科的醫師不願意獨自處理，所以請總醫師來會診，看看內科的意見，再決定處裡的途徑。

輪到南邊時，每天早上還得去主持會報工作，看看晚上收來的病人，有沒有病情嚴重或病情特別的，需要特別處理或開討論會來處理的。空閒的時候，當然有時間看書，忙的時候，會焦頭爛額。

　北邊醫院有個心臟檢察室，由兩位醫生負責。其中一位並不是心臟科出身。

　夏文怡還在做內科第二年時，這位醫生有一次放心導管時，怎麼放也放不進去，正在焦急之際，夏文怡洽巧經過，那位醫生請夏文怡來試試。不知怎的，夏文怡一放就放進去。到了夏文怡做了總醫師，有一天他的心導管也放不進，打電話來總醫師室找夏文怡，這次夏文怡施盡渾身解數，也放不進去。逼不得已，用廣播找神經外科醫師，只見這位醫師到門口隨手拿了手套往手一套，一手拿針，另一手往病人腿部一摸，看也不用看，那針已進了血管。夏文怡很早就聽到這位醫生有神奇的魔術手，今天總算開了眼界。

　外科的同事常常說起這位醫生的驚人手術，一些幫他做手術的醫生說，看還沒看清楚，他要開的部位已經開好。別的醫生要用兩三小時才能完成的手術，他往往半個小時就做好。

　這位醫生雖然有如此神妙的雙手，但卻名聲掃地。原來他跑很多醫院，輪到小醫院時，聽說開完刀後就沒有再回去看病人，只靠和護士通電話的資料，來決定治療。又聽說他最近蓋了間豪宅，一共有六十四個房間。

　另外一個傳奇性的人物，是心臟檢查室的專科卡文醫生。他可以用手代替耳朵，把手放在病人胸前，就可以知道心臟的不正常聲音。

　那時心臟科的一位研究生，也有這方面的本領，不過靈敏度不高。一般正常成年人的心聲有兩音，醫學上稱為一音和二音。三音和四音則是有病時才有的聲音。

　當時有位開業醫生，一天早上巡房時，覺得胸部有點異樣，剛好經過心臟檢察室，順便請卡文醫生看看。卡文看後，馬上要他到開刀房去作心導管檢查，結果真的是剛發生的冠動脈堵塞，於是馬上做改道的搭橋手術。有的人說卡文救了他一命。事實上心冠動脈埂塞不一定會致命，但及時的手術，確實可以減低心肌損壞的程度。

　醫院還有兩位神經內科醫生，也是醫院的一寶。他們是開業的搭檔，但醫療的觀念和作風迥異。今天端納醫生開這個藥，明天輪到賓士亭巡房時，改開另一個藥，到後天端納再巡房時，又改回原來的藥。內科部也無可奈何，大家都覺得這兩位醫生太堅持己見，又不肯分開行醫，有損醫生形像，但在法律和學理上，他們又站得住腳，成了醫院解不開的結。

一九六八年七月，醫院來了兩位做實習醫師的學長。比夏文怡高兩屆的吳親聖，父親是抗日名將，曾贏得虎賁將軍的美號。不過這位學長做事循規蹈矩，看不出有乃父的果敢性格，而且有點口吃，英語的表達能力未如理想。同事們知道他和夏文怡的校友關係後，很多時候找夏文怡幫忙解決問題。

吳親聖的太太是香港英文名校的高才生，英文非常好，而且謙虛能幹，夏文怡常把一些吳親聖理不清的問題，間接的向吳太太說出醫學上特有的含意，這樣多多少少可以解決了一些問題。

另一位比夏文怡高一屆的曹德孟，則是一位處世靈活的學長，曹太太是醫學院護士系的，在校上課時常碰面，雖然不熟，也都是故人。

兩年前郝欣誠同學曾講了一段姑罔聽之的小趣事。話說當年在榮民總醫院，兩位同班同學都在做住院醫師。一天甲同學無意中聽到科主任告訴乙同學，某航空公司在聘請醫生，願意的話他就打電話給航空公司。乙同學願意，但要過兩天才能去見面。當乙同學兩天後去見面時，卻聽到航空公司的人告訴他，前一天甲醫生來告訴他們，說乙醫生已改變主意不來，所以已聘了甲醫生。

那天夏文怡聽曹德孟說起他曾在泰國的航空站當過醫生時，竟然莫名其妙的聯想起這則故事。講這故事的郝欣誠，當年在榮總時，不但斯文客氣，也很少講話，想不到現時在這裡重見時，話卻那麼多，連這種趣事，也講得娓娓動聽。

另外一位台大畢業的韓國僑生黃凱瑞，在城裡的聖伊教會醫院實習。他太太金瑩玉，也是台灣畢業，曾做過空中小姐，待人非常熱情。夏楊和他們是在超市買菜時認識的，從此成了很要好的朋友。

當年台大畢業的醫生，很少來到這區；夏文怡這一家人，幾乎成了他們來往最密的朋友。也因為夏文怡的緣故，他們和其他幾位國防醫學院的校友也很熟，以後凡有國防同學活動的場所，幾乎都有他們的蹤影，黃家幾乎成為國防大家庭的一員。

除了兩位學長外，比他低兩屆的甄展超，這年也來當第一年的住院醫師。他去年曾來面試的，過後內科主任向夏文怡問了很多有關甄展超的英語了解能力的問題，夏文怡很高興他終於被選上。甄展超的太太靳湘玉，也是國防護理系的，和夏文怡同一年畢業。

更巧的是，沒過多久，在學校時曾同住一房的潘寧海，也來這裡做放射科的住院醫師。潘寧海新婚不久，他從香港接了太太就直接到這裡。他們的宿舍就在夏家的後面，他太太到達後睡了十二多個小時，當楊玉琴去叫她時，還是沒法把她叫醒。

一月後，曾在這醫院做完實習，兩個月前才去到紐約當住院醫師的曹德孟，又重回這裡做內科第一年的住院醫師。夏文怡沒有想到自己當總醫師的一年，校友竟然這麼多，不但很熱鬧，更大大的增加了切磋的機會，太太們更可以常聚一起，孩子們可以一起玩，活像一個大家庭。

　　可惜這間醫院內科的住院訓練，獨獨缺乏皮膚病科。

　　當時的皮膚科醫生，認為這一科不屬內外科，是獨立的專科。這種制度，對美國的開業醫生，影響不大，因為他們遇到稍為復雜的皮膚病時，會診很方便。

　　但夏文怡的最終目標，是回香港開業，在香港，會診很不流行，一般大眾付不起錢。沒有相當的皮膚病訓練，開業就變得不全面。

　　夏文怡徵得內科主任的同意，到了第三年時，每天上午去皮膚科萊德醫生的診所學習。萊德醫生有點傲氣，對內科主任不大友善，不願意把皮膚科歸納進內科裡。不過對夏文怡的印像還不錯，所以當夏文怡提出要來他診所學習時，他只提出一條件：當著病人面前，不可以提問題。

　　萊德醫生早上平均看二十五個病人，很多時候還要做幾個小手術。日常看的病，九成是普通病，看一眼就可斷症。復雜的則要加做檢驗，有的還要靠手術切片做顯微鏡的鑑定，沒辦法決定時，再送去大學醫院會診。萊德醫生還親自看病理切片，自己寫病理報告。

　　夏文怡從來沒有看過有任何科的醫生自寫病理報告。萊德醫生說，病理醫生只會描述所看到的病變，根本不敢確定是那種病，最後還是要靠自己來確定。他為了彌補這個缺憾，特別在病裡科做了半年的學習。

　　萊德為了保持他的水準，每週來回要開四個多小時的車，到克利夫蘭的兒童皮膚科門診，參加他們的病案討論。夏文怡雖然不到那個程度，每週還是和他同去，了解專科們討論的思維和深度。一個多月下來，夏文怡雖然增添了很多皮膚病的經驗，但對皮膚病的診斷，還是缺乏信心。

　　三年的內科訓練課程，除了臨床外，還有學術性的專題研讀，由醫院的教導主任和每位住院醫生共同議定專題，加上一位專科醫師做導師，研讀完成後在內科的大會上報告，排期一二年不等。

　　訓導主任是位學術和經驗都非常卓越的醫生，夏文怡從他那裡學了很多東西。他曾用一個姿勢，來顯示身體各部痛風病發作的頻率，非常實用，其他書本都找不到。

夏文怡專題的報告日期，被安排得很晚，恰好是三年結業前的一個月，專題是高血壓。有了匹茲堡的經驗，加上興趣與足夠的時間，夏文怡用了很多時間，收集很多內容，構想新繪圖，全部製成透明紙圖，在全醫院三月一次的內科總會上，提出他對高血壓病的看法。

　　由於內容很完整，使得那位導師，在會議上一直找不到可以加補充的地方。散會後很多開業醫師前來握手祝賀，平常非常自負的猶太裔血液科怕氏醫師，建議內科主任，應該找些特別的移民條例，把夏文怡留在本院。

　　美國人的性格有很多優點。一九六五年在克利夫蘭時，內科主任也是很熱心的幫夏文怡，親自打電話推薦。這裡的訓導主任，也替夏文怡將來選擇專科的利弊作了詳盡的分析。

　　美國人這種熱誠，恰恰和加拿大的訓導主任相反。當年一位同事由於院方安排科別的疏忽，漏了一科，院方竟然要他補做那一科，結果做了十三個月才讓他離開。

　　一九六五年夏文怡晚來了一個月，在克利夫蘭的醫院只做了十一個月，院方還是一點都沒有留難，讓他跟其他同事一起離開，使他可以跟得上每年七月接班的傳統。

　　這兩國的作風，實在有天淵之別。當然也可以解釋爲加拿大院方辦事人太認真，非要每科都做完不可。但是夏文怡始終認爲加拿大人的血液裡，還流著濃濃的英國人傳統手段，奴役亞洲人的習性不改，對那家小醫院的印象，非常不佳。

　　剛來那年，因爲兒子常哭易吐的緣故，夏楊兩人確實吃了很多苦頭。等到女兒珊婷降臨後，發覺女兒不但入睡快，很少醒，吃得快，很少哭，從來沒有吐過，兩人才大大的鬆了口氣。

　　珊婷有張圓圓的臉，看起來有點胖，跟哥哥的大頭瘦臉大異其趣。哥哥在六個月時，躺在嬰兒椅上，對著燈泡，常常嘴巴一開一合，不知是唱歌還是講話，九個月時就會講話，但女兒到一歲才開始講話，不過一講就可以講兩個字。

　　等到孩子們長大一些，在長假期的時候，華盛頓特區是夏家最喜歡的去處之一。

　　尼加拉瀑布則是他們另一個最喜歡去的地方。不過他們不敢在雪地開車，每年都得等到四月初，才敢外出。到了十月中以後，怕途中會忽然下雪，也不敢外出。

　　有一次去華府時，華倫在旅館睡到半夜發燒，沒有其他症狀，除了給他吃退燒藥外，也沒多大擔心。早上起來也不錯，可是就在回途的路上，華倫先是嘔吐，跟著是抽搐，這一下可把夏楊兩人嚇壞了。

不知道是不是得了腦膜炎。馬上從公路出去，匆匆忙忙的找到最近的醫院，到急診室去做進一步檢查。還好檢查的結果，沒有腦膜炎的症狀。回家後復診，兒科醫生說是常見的發燒性抽搐，兩人心上的大石，才完全放下。

　　不過有一事夏文怡沒有說出來。那就是有發燒性抽搐的人，以後患癲癇的機率，要比正常人高些。這次的經歷，雖然是有驚無險，卻是一生中難忘的記憶！

　　除了遠地，附近的磨坊溪公園，更是遊玩和野餐的好地方，除了風景美，路程更理想，帶東西方便，成了他們常去的場所，而且是春夏秋三季皆宜。

　　附近有些私家魚塘，給一些費用，就可以到裡面釣魚。夏楊對釣魚沒有耐性，加上要照顧孩子們，分散注意力，黃昏蚊子也很多，他們從沒去釣過魚。倒是稍遠的地方，有個較大的湖，裡面養了數量驚人的土鯉魚，看到人就衝過來，嘴巴張得很大，發出嘰嘰的聲音，有點嚇人，他們只去了一次。

　　楊斯城附近的很多小鎮，有不少夏文怡低班的校友，大多數還是單身。有機會時，夏家會請他們來聚聚，趁機打打牙祭，讓他們回味一下中國的家常飯。

　　一次一位校友帶來了一位新朋友，好像是馬來西亞來的，單身。開飯不久，楊玉琴發覺一鍋新煮的白米飯吃光了。弄清楚才知道是那位新朋友一個人吃的！原來他這幾個月來，天天都吃麵包和土豆，連一粒大米都沒見過。這下看到了潔白的米飯，忘情之下，狼吞虎嚥，只吃飯，一鍋飯就讓他吃得光光的。聽起來像個笑話，其實一些遠別家鄉的人，多少都體會到這種久離家鄉的渴望！

　　那時的楊斯城，只有一兩家老華僑開的小雜貨店，貨式很少，連豆腐都不是天天有；而當地的中國飯店，賣的主要是給當地人吃的菜，千篇一律用蠔油作調味，用罐頭薺薺和小玉米做配料，比自己在家做的要難吃得多。

　　要吃地道的家鄉菜，還得靠自己。不過當年可以買到的中國菜料，實在少得可憐。

　　當地的超市，只有一家賣大白菜，每周一次。泡菜是韓國人的最愛，韓國主婦們一早就在等大白菜的到來；一來就讓她們搶光。要吃一頓像大白菜那麼平凡的蔬菜，也得要一大早就出去搶。不過若是就地取材，卻非常方便。當地菜蔬種類很多，肉類更是便宜，海蝦最價廉物美。不過很奇怪，楊斯城的菠菜，看起來很漂亮，但無論怎麼煮，還是澀得難以入口。

早期來美國的華僑，都集中在東西兩岸，到中部的很少，到小城市的更少。當地人看到東方面孔，立刻會問是不是日本人，公共場所和旅遊區，也都寫日文。相信當年的美國人，對中國的了解實在很貧乏，夏文怡常常碰到很多有趣的問題。

　　有一次在醫院吃飯，一位老醫生問，中國有得吃嗎？弄得夏文怡很尷尬，想了一會才回答說：中國有句詩說，[朱門酒肉臭，路有凍死骨，]吃得太多與吃得太少的都有，美國不是也一樣嗎？

　　楊玉琴一向疏於和同學聯絡，但在六八年，卻有幾位同學來看她，讓她非常興奮。一見面就吱吱喳喳的說個不停，好像身處校園。不但有談有笑，還不知不覺的唱起歌來，重溫往日校園的快樂。到外面去玩時，夏文怡一邊駕著車，一邊欣賞她們合唱的歌聲。離開台灣後，楊玉琴平時沒有唱歌的機會，這時重逢合唱團舊友，耳邊傳來同學們熟悉歌聲的一刹那，她心裡一陣激動，眼淚不覺盈眶。

　　夏文怡這時才第一次聽到楊玉琴美好的歌聲。夏文怡看到她們在這短短的幾天裡，好像有說不完的話，往事一幕幕，聊的儘是昔日趣事。夏文怡細心的聽，對玉琴的往事，多了很多了解，也發覺玉琴的記憶比較差，不但很多同學的名字記不起來，很多經過的事，也都付與流水。楊玉琴也清楚自己的缺點，儘量多聽少說。這幾天短短的相聚，給玉琴帶來的，是難以形容的回憶和歡笑，這次匆匆一別；等到下次重逢時，卻已經在三十多年以後。

　　當年美國很多醫院缺乏住院醫師，政府的算計菁英，便想出一個交換簽證的辦法，讓非美國醫學院畢業的醫師，通過一項叫做醫師資格檢驗的考試，到美國醫院來填補空缺。

　　一天夏文怡在醫院吃午餐時，一位老醫生對夏說：你是用交換簽證來的，我們醫院給你錢，供你吃住，還給你訓練，你拿甚麼來跟我們交換？夏文怡當然不能夠對他說：沒有我們這班外來的廉價勞工，你們醫生還能過得如此輕鬆嗎？你還可以在家裡睡大覺嗎？只好對他笑笑的說：答案很簡單，你一定知道的，還要我說嗎？

　　美國的醫院條例，有很多病人的治療如靜脈注射，病人的檢查如脊椎穿刺等，都必須由醫師親自做；這等工作，在教學醫院，都由受訓的醫師負責。其他如病人的情況突然發生變化，不能排便等等，也非得有在場醫師的處理不可。

　　非教學醫院，別無選擇，必須聘請醫師駐院處理；屬於教學醫院的，通過交換簽證，一來可以取得法定的教學名額，以免被刪除在教學名列之外，二來可以用這些外來醫生，來處理一些不屬於教學範圍的雜事，一舉數得，非常化算。

一九六九年夏天，曲文星的放射科住院訓練完畢，一家人搬去紐約，專攻腫瘤科放射治療的深造。田成博一家隨著也到芝加哥，繼續放射科的深造。

夏家和甄展昭家，趁秋涼的假期，開車到東南部去，先去看費城最出名的長木花園。園內花木種類很多，卻都是常見的花卉，也不具東方獨有的韻味。紐約的校友雖不少，和夏文怡熟的不多，聯合國和自由神像，最有特色。

往南下去，沿途風光優美，尤其是夕陽斜照跨海長橋的景色。維琴尼亞的南北戰爭遺留的古戰場，沒有孤墳白骨，倒有一種祥和平靜的氣氛。南北戰爭打得很慘烈，一但結束，和平一直保持至今，實在難得。

一九七零年六月，夏文怡的三年內科住院訓練全部完成，按交換簽證規定，除非再深造，否則必須離開美國。

很多同學很早就計畫留下，深造專科的也有，轉科的也有。夏文怡因為爸爸在香港，兩位哥哥不幸先後去世，一早就決定回港。其時越戰打得不可開交，美國當年還是採用征兵制，不少醫師被征赴戰場，醫院的空缺不少，可以讓夏文怡留下來的機會很大。但夏文怡沒有忘記自己的責任，去加拿大多做一年實習的目的，就是為回港作的準備。

這時華倫剛剛過三歲，珊婷一歲半。一家四人，只有夏文怡會講廣東話。對楊玉琴而言，香港是一個完全陌生的地方，言語不通，沒有朋友，沒有親戚，甚至沒有一個認識的人！雖然媽媽和弟弟在泰國，離港很近，但在飛往香港的途中，還是有點忐忑不安。不過當楊玉琴往身邊一看時，孩子們睡得正甜，再把目光停在夏文怡臉上，入眼的是一幅值得信賴的面孔，忐忑的心，馬上煙消雲散，心想：香港應該是我的第二故鄉。

[四] 移 居 香 港

飛機從楊斯城起飛，先到芝加哥，再轉舊金山，經台灣再到香港，差不多二十小時。一下機，又濕又熱，楊玉琴馬上汗下如雨，手中抱著珊婷，非常不舒服，有點要生病的感覺。

楊玉琴是用配偶身分入境的，過關時那位殖民地官員問了不少問題，然後說：[先給你六個月，以後看情形再定吧。]

楊玉琴已經不大舒服，那位官員的臉色又不大友善，講的又是聽不懂的粵語，滿肚子氣，不知不覺的說了一句：[香港有甚麼了不起？]好不容易過了關，到了外面一看，來接夏文怡的人一大堆，年紀最大是文怡的爸爸，然後是兩位嫂嫂，姑媽，以及一大堆的姪子姪女。

夏文怡上機時穿的西裝還未脫下，又要抱著華倫，這時熱得滿頭大汗，他爸爸走上來要把華倫抱過去；華倫從來沒有看過老人家的面孔，嚇得大聲的哭起來。大家打完招呼後，大姪兒育勤告訴夏文怡，香港並沒有美國式的公寓，現在先住酒店；新雅酒店在市中心，出入方便，他們也樂得利用這段時間，好好的認識認識九龍這邊市中心的風光。

香港真熱，更潮濕，楊玉琴最怕這種天氣。以前在台灣，就常常生病。加上兩個孩子，生起病來可是大大的麻煩事。時差還在，旅館又吵鬧，房間裡還有蟑螂，最初幾天他們一家早上四點多就起來。

早上涼快，車輛又少，一家四口就四處看看。對兩個小孩而言，一切都新鮮。小吃店一清早就開門，走走吃吃，吃吃走走，累了就要大人抱。白天熱，只好留在房間。來看夏文怡的親戚朋友，實在不少。沒幾天，他們擔心的病，終於還是發生了。還好都只是發燒和拉肚子。珊婷還流了鼻血，據說是吃了荔枝，火氣太大所引起，親戚們提醒要常喝涼茶。

一個星期後，時差沒有了，睡眠也正常了，還沒找到合適的房子，周瑜柏建議他們搬到他朋友家裡暫住，房租隨意，地點也非常適中，他們當然求之不得，他提議的第二天，他們一早就搬過去。

房東只有夫婦兩人，房子不算太小，對於習慣了美國式住房的人來說，卻又小得難以適應。兩家共住一間小房，言語不通，那位太太又沒養過孩子，又怕孩子們闖禍，必須緊緊的看住他們，心裡的負擔很重。

和別人共用廚房更是一種修養。香港人不習慣用冰箱，每天都要跑幾次菜市場，加上言語不通，對楊玉琴來講，這個負擔更重。兩個星期下來，玉琴覺得全身乏力，昏昏沉沉，好像發燒，體溫卻又正常，連續好幾天，時好時壞。楊玉琴覺得又好像患上年輕時的病。夏文怡開始也有點擔心，怕她得了一些少見的病。

　　新到一個地方，身體對當地的免疫力還沒有建立起來，得病的機會很多，可也沒有想到來得那麼快。又是住在別人的家裡，處處不方便，衣著也不可以隨便，心理的壓力更大。

　　同鄉告訴他們。男主人是周瑜柏的私人手下，香港叫做[馬仔]，女的以前是風塵女子，男女都跟黑社會扯上關係。雖然有周瑜柏的關照，對於這一類的人，還是儘早避開爲上策。

　　經過一番冷靜的思考，夏文怡知道目前最重要的事，是先找房子。有了自己的家，一切才好辦。所以除了處理家裡的事情以外，其他一切應酬都推掉，天天都在外面找，兼看報紙的廣告，一心一意的找房子。看了很多，沒有一處合適。但世事很巧，真的是踏破鐵鞋無覓處，一天夏文怡找房子正得很累之際，在一家茶餐廳喝完冰茶出來，看到對面有很多招租的紙條，正在用心細看之際，有人走過來問他是不是要租樓。上去一看，得來全不費工夫，正是他夢寐以求的建築格式。

　　那是一間全新的房，還沒裝修，空空的，甚麼都沒有，這正是可以按照自己的喜好去裝修的樓房；缺點當然是自己要破費，而且不知會住多久，裝修的費用絕對收不回來。雖然不太理想，還是決定要這個房子。這個房子，也在荔枝角道，離從前茶樓的位置，只隔五條街口。

　　三個多星期後，他們搬進這個來香港後的第一個房子，總算有了自己的家。一踏進這個家，全身的感覺都舒暢無比，玉琴覺得好像已經好了一半。果然沒隔幾天，玉琴的病全部好起來，兩個小孩子也充滿了歡笑，恢復了從前的生氣。

　　回港前，夏文怡對香港的印象，還停留在六零年代。以爲這次回來，可以找個地方，蓋一棟樓，讓幾家人住在一起。回來後一看，從前很多空地沒有了，房地價貴得超乎想像。而且他大姪兒育勤告訴他說：相見易，同住難，大家庭的時代，早已過去。這番話，讓夏文怡回港前的幼稚的夢想，完全破碎！

　　他當年在港時念的中文中學，教的都是孔孟的儒家思想，老師們差不多都是來香港避難的，平常講的都是修身齊家等大道理。在台灣雖然念醫學院，人文方面的課程，仍然是故有的傳統思想。蔣介石有

202

點自大，居然以道統的繼承者自居，堯舜禹湯文武周公以後，便是蔣介石。蔣介石雖然看起來有點不自量力，在那個時代，他維護中華民族傳統文化的決心和貢獻，還是值得讚揚。目染耳濡之下，夏文怡的傳統氣味也很重。台灣念書時給大姪女國華的家書中，常常提到窮則獨善其身，富則兼善天下。

這次租房的經驗，使他感覺到自己實在很渺小，只能有獨善其身的能力，日後若能做兼顧幾家，也應算是很不錯的成就！

搬家裝上電話後，情形大有改變，多年不見的朋友，現在慢慢的聯絡上。在近期找到的朋友裡，賀蘭心最是熱心，介紹了一個開家電公司的朋友，買了不少日用品。

香港重視名牌的人很多，很多人也樂意介紹名牌給朋友，像夏文怡這種新到香港的人，正是被人介紹的對象。楊玉琴很想買部乾衣機，聽到那位家電老闆說，他那裏賣的洗衣機是乾濕兼備，真是喜出望外。用後才知道，香港乾衣機所謂的乾，並不是說乾到可以直接穿在身上，而是乾到可以曬的意思。

五年前夏文怡離港時，賀蘭心還是小姑獨處，現在已經是綠葉滿枝的少婦。

搬家安頓後，夏文怡常常去看父親。父親已七十多歲，身體很健朗，與大嫂等還住在九龍西邊的大窩坪區。

他們住的是這區最高的地段，要走一段很長的梯階。楊玉琴從來沒有走過這種路，對她來講，走這段路，是體力的一大考驗，天氣又熱，她要停五六次才能走到頭。不過對孩子們而言，走這段路則是很新鮮的事。開始是跑，後來是走走停停，最後只好要爸爸抱；爸爸每次只能抱一個，只好輪流抱。

這裡的狗不少，很容易嚇到小孩子，狗的大便滿地都有，一不留心，就惹了一身麻煩。那間不到一百尺的房子，住了六七個人，疊床，地鋪，帆布床等等，都派上用場。因為沒有廁所，珊婷從來不願久留。

夏文怡的父親是一位農人味很重的人，不但養了幾隻雞，還種了一些蔬菜。大嫂的兩個女兒國英和國華，兒子育澤育厚，仍在念書，也都住家裡；大兒子育勤已婚，住自己家；老二育農與老三育世，偶爾回家一趟。左鄰右里，住久了就像家人一樣，文怡的爸爸很習慣這個環境。

算算日子，他們來港已經一個多月，夏文怡陸續連絡到不少同學。

那位五年前和他同搭一班飛機去美國的程震業，也回到了香港，並準備到政府醫院服務。其他在港的鄉親朋友，慢慢的都見過面。為了省掉到每家拜訪的麻煩，夏文怡在新雅飯館請了一次客，除了身分特別，不方便在公共場所露面的少數人外，其餘的都來了。那天文怡的爸爸最高興，看到人就喝酒，話也很多，賓主盡興而歸。

　　不久夏文怡又連絡到以前在加拿大一起實習的賀佩軍，得知夏文怡一位在港開業多年的學長，剛好要去國外度假，正在找替工。經過幾次商洽，夏文怡接下這份工作，這是夏文怡有生以來在香港的第一次行醫，也是他人生中的第一次行醫。

　　工作的地點是一間設在慈雲山的診所。香港當年為了解決大量居民的居住，在市區的邊緣，蓋了大量的廉租房屋，雖然有廚房，卻沒有廁所，很多建在山坡，一個高度一排房，最早期是平房，後來有了樓房，最後是設備齊全，面積較大的居屋。通過居民協會的安排，可以開診所。

　　目前這一家是美國教會辦的診所，由一位美國護士負責，一部分藥物與器材也從美國那邊捐來。收費非常便宜。香港有當地獨特的行醫方式，對夏文怡而言，這種行醫方式，近乎天方夜譚！

　　夏文怡在美國醫院所受的內科訓練，全部重點放在處理需要留醫的嚴重疾病，普通的門診病，病情輕微，訓練時幾乎不佔分量。目前的工作，情形完全不同，全部工作，都是門診！而且不是人數很少的美國式門診，而是香港特有診所式門診。

　　為了適應香港的看病方式，夏文怡向他的學長請教了多回，問了很多有關香港最常見的疾病，還親自去看看他的學長如何處理病人。

　　每一個醫師都有他們個人偏好的針藥，這個診所還得用美國捐來的藥品，都要先做準備才可以去看病。第一天看了病人後，才知道打針是香港人的最愛。大概在香港人的觀念裡，針是最快最有效的治療。一針下去，感覺上就好了一半！長久以來，香港的一般醫師已經認同了病人的這種觀念，造成了非打針不可的心理。而香港一般的醫師，也都不向病人提到打針可能引起的嚴重後果！

　　夏文怡做的是臨時替工，一切必須蕭規曹隨。看病時間下午四時開始，一直到看完病人為止，每天只有一診。第一天好像看了一百五十多名病人；看完這一天的病人，夏文怡有點頭昏腦漲，記不得這一天是怎麼過的。

　　事後夏文怡算了一下，假如一個病人三分鐘，一小時二十人，一百五十人需要七個半小時。那天晚上確實看到快十一時。三分鐘看一個病人，簡直不可思議。不過香港的情形確實不同，有的病人只來拿藥，連坐也沒坐一下，轉身就走。一個月下來，雖然瘦了五六磅，但也習慣了不少，不像當初那樣手忙腳亂。慢慢的也開始了解這種香港式看病的需要。

在一九四七到五零年代，有大量的民眾從大陸湧進香港，其中絕大多數是初次來港，人地生疏，最初也許有點積蓄，慢慢的大都面臨經濟的困境，為生活奔波，工作的時間很長，除了急病，差不多都等到晚上才有看病的時間，而且看病的時間越短越好，更希望一針病除。

醫師也因為病人多，無法多用時間。還好一般的都是呼吸道及腸胃道的病，少數是外傷。肺結核是慢性病，覆診的居多，除來拿藥外每周打兩次針，差不多由姑娘來處理就可以。

中國人喜歡講久病成醫，去看醫師時，只說出自己所要的藥，不等醫師診斷，轉身就走，根本就不需要醫師。

美國的一般開業醫師，每小時看四到六人，除了早上到醫院的時間，每天早晚兩次的看病時間，只有五小時，病人介乎二十與三十之間。香港有香港的環境，夏文怡入鄉隨俗，努力適應這種新的環境。

這段時間，夏文怡又聯絡到不少的高中同學。莊滿農是在住家的樓梯口遇到的。他也是當年去台大求學的同學之一，畢業時還娶了一位台灣小姐回來。

夏文怡住的這一棟樓有一位醫師，那天莊滿農剛好來看醫生。他講了很多有關醫師的傳聞。夏文怡印像最深是一位非常出名的中國醫師，因為他看病時全部用英語，反而有很多人去看他，不會講英語的還要找一個翻譯。夏文怡聽後頗有感觸，心裡想：香港真是一個奇特的城市，連英文也成為治病時的一種特別有效的因素。

在港的高中同學，有幾位和莊滿農是[死黨]，每月見面一次；見面的方式是香港最流行的[雀局]。

香港稱馬將為麻雀，打馬將的局面便順理成章的稱為[雀局]。先打幾圈麻雀，然後吃一頓。他們這班死黨的雀局，還加了一個[標會]，目的是讓一些需要用錢的人中標，最後中標的人有點利息。

在那一次的雀局中，看到了鄺廣達；他是一位面面俱圓，交游廣闊，交際口才很好的同屆同學，台灣大學畢業，目前是教師。夏文怡不善交際，也不喜歡交際，還討厭打麻雀，跟同學打過招呼後就靜靜的坐著。他看出鄺廣達參加這次聚會的目的，志在連絡感情。這一次他沒有打麻雀，很有禮貌的一直和夏文怡交談。

鄺的住址不算很遠，不久帶了女兒來看病。以後鄺又陸續的介紹了不少文化界的朋友與夏認識，其中梁雲亭是書法家，張希靈是一家教會學校的校長；劉彩珠是教師，也是梁雲亭的學生，潮汕人士，她父親在潮籍人士的關係很好。此外還聯絡上在香港開業多年的牙科同學汪英康。

汪英康也是潮籍人士，和在港的潮籍醫生們的關係很好。經他的引進，經常去那些潮籍醫生每週一次的中午飯局。地點是彌敦茶樓，由一位藥廠郝老闆負責安排，每週有一個主菜，其他隨到隨叫，氣氛很好。一直到了搬去港島後，夏文怡才退出這個很有特色的聚會。

同班的陸竹千，也在這個時候，帶了他的外國太太，回到香港。五年前離港前，夏文怡和陸竹千等同學，曾有多次聚會，有幾次賀蘭心也參加。但到外國後，各處一方，一直沒有見面的機會。想不到他這年也回來。

他過世的父親是醫師，在潮籍的圈子裡很有名望，和汪英康一家也是好朋友。聽說陸竹千的家人要他留下來繼承父業。這樣一來，除牙科外，醫科的同期同學，一下子有三個人留港開業，都是當年畢業時一起去青山海灘游泳的一群。

除了同學外，夏文怡一家和楊惠敏一家的來往也很密切。楊惠敏是楊國輝留港的妹妹。當年夏楊結婚時，充當楊玉琴家長的，就是楊國輝。

楊惠敏和華倫很投緣，沒見幾次面，華倫就肯和她單獨出去。華倫到了香港後，非常喜歡火車，說長大後要當火車司機。

楊惠敏家住火車站附近，常常帶華倫去火車站；火車站是華倫到港後最留戀的地方。等到稍為大一點，夏華倫又變成喜歡雙層巴士，將來要做雙層巴士司機。在還沒有搬去港島以前，夏文怡一家最常見的朋友，就是楊惠敏。

為了上班方便，夏文怡決定買車。夏文怡不會開手檔車，只好買了一部香港當年很少人用的自動檔小車。七零年代，有的地方，馬路的空間還很寬，大家都習慣晚上把車停在小街道的兩旁。夏文怡也入鄉隨俗的照做。

有一天車子開沒多久就熄火，查看後才知道已沒有汽油。夏文怡久思不得其解，明明晚上已經加滿油，早上才開了短短的一段路，怎麼油就光了？又看不出那裡有漏油。後來油站的人告訴他，油是晚上被偷的，因為汽車油門沒有鎖。夏文怡才想起，買車的時候，車商問他要不要加買油門鎖。夏文怡做夢也沒有想到香港居然有人偷汽油，所以當時一口就回絕。

除了偷油的事，怪事接著而來。有一天，晚上停在路旁的車子，早上不見了，夏文怡以爲讓人家偷了，後來才弄清楚，是交通部把車拖走了。

夏文怡記得很清楚，他停車的地方，是一塊大空地，很多車都停在那裏，他在那裏已經停了將近兩個月，一直都平安大吉，爲甚麼這次會把車子拖走？後來弄清楚後，知道英國的法律基本精神是：假如沒有寫上可以停車，無論地方面積多大，停車都屬違法，不但要被拖走，還要罰款，再加上要繳付拖車的費用！在美國，卻是相反，如果沒有寫不准停車，只要有空間，隨處都可以停車。

另外一次車子被拖，是夏文怡有事找一位同學，把車子停在一家雜貨店前面的空地，匆匆上樓去把事情交代清楚，下來一看，車子又不見了。向店員一問，果然是交通部的傑作。

夏文怡心想，假如政府每一個部門的辦事效力，能有拖車那麼迅速，那麼行政效力應該傲視全球！

到了替工告一段落，不再需要汽車，趕快把車子平價賣掉，一直到離港爲止，夏文怡再也沒有買車。

中國人很有[防人之心]，一天晚上夏文怡正在看最後幾個病人時，那位渡假已將近四月的學長，突然出現在眼前。他說他突然有要事回來，沒來得及通知，很不好意思。

夏文怡也不甚在意這話的真假，反正回來了，甚麼時候交班都無所謂。果然一週後，那位學長就恢復工作，還補一週的薪水給夏文怡。診所的美國護士，幾天後爲夏文怡開了一個歡送會。診所生涯到此爲止。

趁著這個空檔，一家四口玩了一個痛快，兩個大人還去了台灣一趟。留在台灣宏恩醫院做事的成思齊請吃晚飯；飯館的老闆看到夏文怡白髮蒼蒼，以爲夏文怡是醫學前輩，偷偷的問成思齊，甚麼時候結交到這位前輩，把成思齊弄得哈哈大笑。

回港後，夏文怡決定去政府部門看看。原以爲在政府當醫官，可以分配到宿舍；面談以後，才知道政府很久就取消了這種做法。薪水方面，是依夏文怡拿到執照的那天算起，照這種算法，夏文怡屬於低薪階級，不過卻有機會免費到英國深造。

香港的樓租很貴，居住屬於重要的考慮因素。和楊玉琴商討幾次之後，夏文怡覺得在政府工作是下選。好幾位開業多年的學長告訴他，政府工與開業，前面六個月打平。六個月以後開業會好多少，就要看運氣，個人的應對和地點的好壞。

有的醫師在一個地點業務很不好，換一個地點，卻有天淵之別。夏文怡考慮了很久，下不了決心。正在傷腦筋之際，一位在紐芬蘭認識，現時任職於藥廠的古飄風打電話來，問他有沒有興趣再做一次臨時工，是醫生的醫務所。這正是夏文怡目前最渴望的工作，所以一談就妥。

　　夏文怡對人情世故不甚了了，對香港的開業情形也不大了解，對那位請臨時工的巫醫生所提出的條件，通通答應。

　　巫醫生也是從加拿大回來的，開業多年，業務很好，醫務所在香港島的西環。夏文怡則住在九龍半島這一邊，每天得先坐渡輪，再坐車才到醫務所。看病時間分早晚兩次，中午有一大段很長的休息時間。

　　醫務所的附近，有香港最普遍的粵式茶樓，粥麵店，茶餐廳，以及江浙菜等。中午那一餐不但很容易解決，而且口味眾多。餐後還剩下兩個多小時，為了打發這段空閒，夏文怡有的時候坐電車到中環，到大會堂或海邊逛逛，有的時候則在四周看看，有時乾脆留在醫務所裡午睡。

　　附近的海旁一帶，聽說就是昔日香港最出名的唐西花月區，現在只剩下殘舊的工廠，窄窄的海旁馬路，路邊小小的各種商店，以及充滿鹹臭味的髒海水。昔日繁華盡退，不留痕跡，年輕人甚至沒聽過[唐西花月]這個艷麗的名字。

　　馬路口有家茶樓最近，夏文怡經常在這家茶樓飲茶。有一次正在等坐位的時候，看到不遠處有一人很面善，走近看後，已想起那人的名字。叫了他的名字，那人很有禮貌的說：[你是那一位？]夏文怡說了名字，那人才恍然大悟的說：[啊，啊，原來是你，你怎麼會在這裡？]夏文怡一方面很高興自己可以很快的叫出同學的名字，另一方面也有點傷感的感覺到，自己一定老了很多，所以老同學沒認出來。他是高中同屆的章致力，高中畢業後留港念大專，現在任教於附近一家很出名的英文中學，今天與同事們一起午餐，想不到會遇見分別多年的同學，於是約好改天再帶家人一起見面。

　　習慣上，餐後夏文怡都沿著騎樓往海邊走。這一天正在走著，意外的發現一店之隔的地方，有一間新的空鋪位，心中一動，這不正是最理想的醫務所地點嗎？再往左右鄰近又走了幾回，決定第二天再去看看。以後的幾天裡，夏文怡一直在附近走來走去，下不了要不要在這裡開業的決心。

　　很快又過了一個月，這份替工，兩週後就要結束，夏文怡終於下定決心，進去裡面，好好的研究這間空鋪。建築面積寫的雖是四百多尺，其實可用的不到四百，舖位在水果店與傢俬店之間，上面的五樓，剛好有一家醫務化驗所，在這地點開醫務所，應該很不錯吧。

業主是位很瘦的老太太，住在半山區，講話的口氣有點冷漠。夏文怡告訴她，他剛到香港，對香港的開業了解不多，希望第一年的租不要太貴，等業務進入常態後，每年再加。經過幾番討價還價，終於簽了和同。

接下來的就是如何裝修，夏文怡力求簡單實用，把那間不到四百英尺的長方形空間，劃分了候診室，藥房，醫師室與檢查室，走廊的一邊是盥洗設備和消毒爐等等。

香港政府對西醫的醫務所，有很嚴格的規定；醫師的招牌，只可以有黑白兩色，白底黑字或黑底白字。尺寸只有一種，底層的小，二樓以上大一點。內容也有規定，只可以寫：西醫夏文怡，旁邊用英文小字註明執照的資格，例如夏文怡是用加拿大執照申請的，寫的是LMS；最常看到的是：MBBS HK，那是香港天之驕子的香港大學內外全科。

除此以外，不可加任何字，不可以寫那一科。外面的限定雖嚴，裡面卻是另一回事，不但可以看到某某科聖手，更可以看到傳統醫界常見的：妙手回春，華佗再生等等，完完全全的中國色彩。

在裝修期間，夏文怡先把醫務所的招牌寫在牆上，希望能收廣告之效，每天趁中午那段時間，到工地去，和附近的商店，裝修的工人，甚至路過的人打招呼。很巧，一天有人前來打招呼，細看之下，原來是當年同到台灣念書的高中同學星墨翰。他唸台大，當年夏文怡常到他的十四宿舍聊天吃飯，去了美國後，很少通信，回來後還沒找到他電話，想不到在這裡碰到，真是喜出望外！恰巧他就住在不遠的山市街。

他畢業後在電力公司做了很短的工作，接著就子承父業，去打理父親留下來的店務，一直到現在。二人久別重逢，高興難以形容，結果在茶餐廳聊了很久，並約好幾天後再一起跟他一位念藥劑的堂兄見面。

在香港，看病的收費包括藥費在內，所以醫務所設有藥房。每位醫師都有他慣用的藥品，一般的收費還包括兩天用的藥，有的還連打針費也在內。

出名的大醫師，診費，藥費，打針費則分別計算。夏文怡估計他的主要病人是中下層，收費比診所會高一點，普通針也不另收費。幾天後見面時，夏文怡發覺星墨翰的堂兄星時翰很健談，對香港的行醫狀況很了解，聽了他的分析以後，頗有勝讀十年書之感。

星時翰是台大畢業的，在香港已有十年時間，並且開了一家國際製藥廠，正好可以提供夏文怡所需的藥物。以後的幾次會面，他們敲定了醫務所最常用的藥，解決了開業時常常捉拿不定的大問題。一直到離開香港爲止，兩人不但成爲好朋友，夏文怡醫務所的藥物，百分之九十都是出自星時翰的藥廠。

　　醫務所裡面的佈置，香港很多醫師喜歡用鏡子寫字，字體都難登大雅之堂。夏文怡則請書法家梁雲亭寫了各種字體的楷書，裱鑲後成爲頗有文化氣色的裝飾。梁老師也開了一家印刷所，名片和登記卡登等，都請梁老師幫忙設計。

　　請工作人員也是一件要靠運氣的頭痛事。替醫師工作的女性，在香港統稱[姑娘]，一般醫務所最少要兩位。

　　夏文怡最先請到的是一位潮州太太，年紀很輕，但經驗很豐富，負責配藥與打針。附近的潮籍人士很多，對業務上可以發揮同鄉的親和力；又因爲她上任的老闆是婦產科醫師，醫務所離此不遠，可以介紹需要看內科的病人。另一位姑娘則完全沒經驗，是一位新認識朋友的妹妹，負責登記的工作。

　　看病的時間，當然要費心計畫。香港的勞動大眾，工人階級一般要等到放工後才看病，白天看病的，以家庭主婦及小孩爲主，而且以早上爲多。

　　在下午來看病的非常少，香港白天的天氣很熱，病者都不願意在大熱天出門。所以夏文怡決定用三班制，下午只看兩小時。另外他還特別按排了下午一時到三時的時段，專看預約的病人。

　　有的病人病情復雜，需要詳細的病歷資料與檢查，平常沒有時間可以做那麼詳細的檢查。爲了彌補這個缺憾，夏文怡才想出了這個預約的辦法，相信在香港醫師中，只有夏文怡才用這個辦法。

　　很多香港的開業醫師，一般最少有兩個以上的醫務所，像夏文怡這種只有一個醫務所的，在當時實屬鳳毛麟角，而且星期六與星期天只看上午，更加少之又少。一切就緒時，已是替工結束後的一個多月，快到了農曆新年的時節。開業的前一天，星墨翰很夠意思，問夏文怡要不要他發動他店裡的伙計，來醫務所門前排隊，以壯聲勢。

　　大多數香港的醫師，對開張的宣傳很注重，一大堆人排在門口所引起的效果，也許比登報紙還來得有效。後來夏文怡一位同學的父親，也反覆的對夏文怡講出有關過去粵港兩地成名醫師宣傳的手法。例如廣州有某醫師未成名之時，每逢出診，顧用八人大轎，還特別從鬧市經過。

夏文怡剛到香港，滿身還帶著美國的習慣，而且他的脾氣又有點古怪，看不慣那些宣傳跨大的作風，對星墨翰的好意，搖手謝絕。還好開診的第一天，看了十八個症，夏文怡很滿意這個開頭。

　　開業後的第一件大事，就是搬家。每天坐車乘船，雖然不算辛苦，卻很浪費時間。搬家消息放出後一個月左右，夏文怡的一位病人告訴他，她有房子可以轉讓給他。細談之下，才知道那位病人來自馬來亞，舉家要回去，但租約還剩兩年，她確定可以轉讓。地點就在醫務所附近，走路不到五分鐘，非常理想。

　　到那裡詳細看過以後，發覺是兩個單位合併的住房，把兩個廚房的隔牆打通，變成通道，兩邊加起來大約五百英尺，租金出乎意料的便宜。

　　後來才知道這棟大廈是永安公司的產業，是專供高級職員住的。夏文怡非常高興遇到這麼好的居住環境，趕快辦好手續，在月底的時候搬進來。

　　香港人當時有個習慣，不知是真的基於安全考慮，還是由於心理作用，家家的大門都加了一道鐵閘，有的連窗門也加了鐵柵。夏文怡也入鄉隨俗，搬進不久就定做了一道鐵閘。款式與顏色都很漂亮，每天出入都會欣賞一番。

　　不料兩週後，一位姓向的管理員來告訴他，基於大廈的防火安全條例，這裡不准安裝鐵閘！夏文怡啊了一聲，說：[我根本不知道有這條規定，我到過的其他地方，幾乎家家都裝有鐵閘。假如兩週前安裝的時候，你們管理部門有人來告知一聲，我不就可以省掉這筆錢！]不知是醫生的地位很崇高，還是這位向先生的心腸很好，或者是他覺得有虧職守，他沉吟了一下，說：[既然已經裝了，不如就算了，以後公司有人來查再說吧。] 妙的是，偏偏遇到夏文怡這個不通人情世故的呆子，連最普通的幾塊飲茶錢也沒給。不過後來經人提醒，每逢過年過節，夏文怡都給向先生一封大紅包。

　　永安與先施是當年香港的老字號，除了經營百貨公司以外，還向地產，金融，以及貨倉等領域進軍。過了沒多久，永安公司其中的一位負責人郭先生，不久來找夏文怡，要他做該公司的特約醫師，員工憑證看病，每月底結帳，夏文怡當然樂意接受。夏文怡雖然不是永安的成員，但到他離開香港為止，那鐵閘依然安在，租房的續約也沒有發生過問題，好像與永安有很好的緣份。

　　搬了家，楊玉琴當然最高興。醫務所和住家只有信步之遙，有緊急時馬上就可以見面。而且這地方很理想，附近有一個小市場，買菜很方便。四周的外省館多，很對楊玉琴的胃口，最重要的是，附近有間幼稚園，華倫的上學問題馬上可以解決。

香港人，也許差不多大部分的中國人，都希望把孩子送去[名校]，而且要從幼稚園開始。夏文怡的一位學長太太，爲了送她女兒去名校，每天要用上三個多小時！汪英康的太太，一直很熱心的提議楊玉琴，趕快替孩子找個幼稚園名校。

上了幼稚園名校，才有機會上小學名校，然後中學名校，最後上大學名校。不過夏楊兩人曾住國外，都不是[名校派]的傳人，也不想讓天真活潑的童年，變成了名校的奴隸。

香港連上幼稚園也要考試，有的更說，名校錄取的標準，是看家長的收入，有沒有汽車，有沒有工人。這當然是姑妄聽之，姑妄言之的道聽途說。不過聽歸聽，做歸做，結果華倫還是上了一家沒有甚麼名氣的幼稚園。過了不久，妹妹也吵著要跟哥哥去唸，那時珊婷只有兩歲半；很感謝幼稚園的林校長，她破例收了珊婷，前半年是半玩半讀，然後才進幼稚園低班，哥哥在高班。兄妹倆都很快樂。

慢慢的，楊玉琴和林校長，和在該校任教的校長妹妹，都成了很好的朋友；很快，校長的一家，也成了夏文怡的病人。夏楊都很滿意孩子們上學的環境。慶幸當初沒有接受[名校派]的意見，才有目前輕鬆活潑的孩子。一些幼稚園的小孩和他們的家長，也許是受了校長的影響，很多都來看夏文怡。

其中有一個和珊婷同班的小孩，有點胖胖的，很逗人，隔幾天就說自己病了，要去找珊婷的爸爸看病。大家知道他很喜歡珊婷。奇怪，這個才五歲大的孩子，怎麼會懂得這種大孩子們常用的[伯父政策]？

說到小孩子愛情的故事，夏文怡想起西夏歷史的傳說中，有一位也是五六歲大的女孩子，對抱著他的國王說，長大後要嫁給他。這位女孩長大後，果然陰差陽錯的，真的做了這位國王短暫的妻子。自從夏珊婷幼稚園畢業後，那位可愛的小胖子也沒有再出現在夏文怡的醫務所。

孩子們上學後，楊玉琴的廣東話開始垮了一大步。剛到港時，楊玉琴只懂幾句簡單的廣東話，平常與孩子們的對話，都用國語，可是夏文怡的親人朋友們，差不多都只懂粵語，楊玉琴只好儘量學粵語。還好夏文怡的晚輩們，都常到家來，學粵語的機會很多，晚輩們對這位嬸嬸很親切，很樂意教她粵語，華倫與珊婷，也跟在媽媽身旁一起學習，加上每天看的電視節目，幾乎都是粵語對白，三四個月下來，他們三人的日常粵語，都進步神速。

到了孩子們上學後，媽媽變成了當然的老師，粵語成了必需的教育工具，可以說粵語成了楊玉琴的必修科。恰好菜市場就在學校旁邊，每天送完孩子們上學，回途當然順便買菜。很多菜販是女的，一聽玉琴的口音，知道她是外來的，馬上說[上海師奶，你飲過茶未？要買甚麼……]香港的低層人士，把不會講粵語的，都一律稱爲上海人，當著面時，稱女的爲[師奶]，平常聊天時，則常常把她們叫[老兄婆]。

香港人早上習慣上茶樓吃東西，又因爲吃東西時都先來一盅茶，所以習慣上叫[飲茶]。初來的時候，楊玉琴對這種對話的習慣，很莫名其妙，聽夏文怡解釋後，才知道其來龍去脈，慢慢的習慣了和這班菜販打交道，讓楊玉琴學到一些[市井式]的粵語。

其實楊玉琴很有語言天分，在將近半年的時間內，一般的應對已經不成問題。小孩子的學習更快，老師們知道他們來香港以後才學粵語，在講解的時候，對他們都特別小心，有的時候還會用半鹹淡的國語，來對他們反覆教導。

當時會講國語的香港居民，絕無僅有；會講國語的差不多都是外省人，或者曾住外地，或常與外省人接觸的少數人。香港的學校，有的有國語班，更有一兩間外省人辦的學校，全部用國語。

當年大部份的流行歌曲，都是國語歌曲，電影電視，用國語的也不少。聽得多了，一小部份香港人，也會一點點國語。在五六十年代，很多人到台灣唸書，回到香港以後，也保持了講國語的能力。

當年台灣的娛樂界人士，常來香港演出，他們除了在娛樂場所外，也上電視。鄧麗君就是在一九七零年跟隨台灣的歌星，在一個很受歡迎的[歡樂今宵]節目中，第一次出現在香港觀眾的面前。楊玉琴第一眼就看到鄧麗君與眾不同的氣質。那次鄧麗君站在後排，個子最小，年紀最輕，非常可愛，也是最漂亮的一位。

鄧麗君在較早時雖榮獲工展會的白花油皇后，也在晚上跑很多家夜總會，但還未出名，沒有甚麼人知道她。不過她後來留港參加歌唱比賽，得了冠軍，才逐漸受人注意。自此以後，鄧麗君在東南亞的名氣，越來越大，到了日本數年後，名氣達到高峰。直到她歸天爲止，在歌壇上的地位，可算[前無來者]。

在八零年代，中國大陸流傳一句話：白天有老鄧，晚上有小鄧。鄧小平與鄧麗君，一老一小，都受到大陸廣大人民的喜愛。老的帶來希望，小的帶來歡樂。大陸有的人說，一九八零年是個轉變的一年，代表希望和歡樂來臨的一年。

五年前夏文怡離港時，國英姪女還是小毛頭，現在已長得亭亭玉立，正在念中學，經過媽媽的同意後，搬來與叔叔同住。

　　這裡有兩個單位，多個人住正好。國英念英文中學，英文的程度很好，又會講一點國語，住在一起的好處很多。玉琴多了一個姪女，小孩子添了一個姊姊，對孩子們來講，都是很新鮮的事。

　　在國外的幾年，接觸到的都是朋友，缺少兄弟姐妹間的感情。國英的到來，正好彌補這些缺點，這對正在成長的孩子來說，是很難得的機會。

　　自從大哥文平幾年前去世以後，國英也少了父愛，對心理的發展也不理想。現在和叔嬸一家同住一起，也算是天賜良緣。每天晚飯後，夏文怡去看晚診，他們四個人在家中，做功課，講故事，看電視，唱童謠，交換言語，天倫之樂，盡在其中。夏文怡更察覺到，自從這位姪女住進來後，孩子們好像一下子懂事得多。

　　開業到三個月的時候，就像學長們的預測一樣，病人雖有增加，收入還比不上政府的薪水，還是不夠家用。三嫂那邊的積蓄也用完，她的四個孩子都在上學，雖然學費不高，平常又省穿省吃，每月的開支還是不少。夏文怡想借錢，第一個人選就是汪英康。認識而又熟落的同學中，只有王英康有這個經濟能力。夏文怡估計快則三個月，慢則半年，應該可以歸還。汪英康滿爽快，也沒有問甚麼時候還，就開了一張一萬塊錢的支票。沒想到不到一個多月，汪英康忽然要買樓，需要這筆錢。沒辦法，夏文怡這一回只好向同鄉林廣大求援。

　　林是他三哥的結拜兄弟，很講義氣，生財的門路很廣，喜歡提拔後輩。這次的借錢引起林廣大很大的關心，問了不少有關他三嫂的近況。本來只借五千，廣大卻拿出一萬。四個月後夏文怡順利的還了這筆錢。這時夏文怡的業務有了明顯的進步。

　　鄺廣達介紹了不少朋友，中學的一位老師聘他爲一個工會的醫師，附近幾家聯營茶樓的陳董事，是同鄉，也請他做員工的醫師，幾位在美國的同學，也介紹他們的雙親與兄弟姊妹等，來看夏文怡，那家教會診所的病人，有的也打聽到夏文怡的地址，雖然來回要用三四小時的時間，也願意來看病。

　　那兩位在診所工作的姑娘，也要求來這裡工作，夏文怡當然沒有能力顧請多餘人員。巧的是幾個星期後，那位張姑娘，很快就要臨盆，要求拿產假。夏文怡只好讓張姑娘先辭掉工作，能不能再請她，將來再說。

　　另一位潘姑娘，發現醫務所的工作枯燥無味，趁機一起辭職。結果夏文怡請了那兩位曾在診所工作過的姑娘，其中陳姑娘比較能幹，負責藥房，另一位張姑娘，負責登記。這時業務雖有轉好，空閒的時間還很多，業務極待改善。

程震業這時已經在郊區的政府醫院服務，政府機構看病的速度很快，九十分鐘要看一百個人。醫師慢不得，一慢護士就催你，藥房會笑你，工人會罵你。

程震業常常帶來很多笑話。那些笑話，有的令人捧腹大笑，有的令人啼笑皆非，有的令人嘆息不已。他在美國多年的兒科經驗，到了政府醫院，完全沒有用武之地，看來他不會久留。

陸竹千用他先父的舊址開業，但畢竟父子是兩代，病人對父親的信任，未必會移到兒子身上。陸竹千在美加學的又是兒科，很難應付香港的環境。他太太是外國人，不會中國語言，目前又有身孕，在港沒有朋友，需要絕大的勇氣才能適應目前的環境，看來這一家也許很快會離港。他們這三個回港的醫生，都是老實人，缺少生意頭腦，受的又是和香港絕然不同的外國專科訓練，看來都不是在香港這個特別環境開業的材料。

夏文怡的一位長輩常說：[江湖要走，郎中要守]。目前的業務未如理想，當然要守下去，所以信心依然沒有改變。

夏文怡很懷念美國戶外烤肉的種種樂趣，趁著現在工作不忙，周末不用看病的時間，也想利用廚房特有的設備，來烤烤肉，回味回味。

有一次做叉燒，才曉得香港不是美國。香港的天氣不但熱，濕氣重得連牆壁都滴出水來。等到叉燒做好，全身像泡過水一樣，非常難受。過幾天買叉燒時，才發覺叉燒的價錢，比豬肉的價錢還平宜！

這時他才發覺，美國的生活習慣，不能帶到這裡，入鄉就得隨俗，開業也一樣，不能抱著美國的觀念不放。

他的一大群晚輩，這時對他已沒有陌生感，雖然少了燒烤的樂趣，卻可以嘻嘻哈哈的一起在家裡燒其他的菜，這種樂趣，在美國就嘗不到。

從小就喜歡養魚的夏文怡，在鄉下的時候，捉到的魚常放在家養，念高中的時候，買些小熱帶魚在天台養。現在的房子雖然沒有美國的寬，可以擺魚缸的地方卻不缺少。

楊玉琴也喜歡熱帶魚。他們開始時養熱帶魚，慢慢的再添金魚，後來找尋特種金魚，最後喜歡上海水魚。

醫務所的轉角處，有個賣觀賞魚的小檔口，夏文怡每天都去買魚糧，慢慢的和魚檔的老闆成了朋友。老闆知道夏文怡在尋找特種金魚，有一次特別到九龍的火車站，買了一對很特別的珠鱗。給錢的時

215

候，夏文怡才知道真的非常貴。那對珠鱗紅身，珠大而白，最特別的是高高粉紅色的頭，而且還是雌雄一對。

夏文怡第一次看到海水魚，是在銅鑼灣一家商店的櫥窗。後來在報紙的廣告看到海水魚空運到港的消息，週末特地去參觀。只見一大堆盒子，剛從車上拿進來，打開後是大大小小的透明塑膠袋，每個袋裡只有一些水，其餘都是氧氣和一條條大小不一，顏色各異的魚，那些魚還在半睡眠狀態。

從第一眼起，夏文怡的大半生就和海水魚結了緣。海水魚的型態之多，顏色之美，比花朵和蝴蝶更有吸引力。不過那時香港人對海水魚，有經驗的人非常少，魚販圖利，大眾好新奇，一部分人搶著養。

海水魚實在不好養，又找不到參考資料。但海水魚的誘惑實在大，夏文怡做了一個四尺長的魚缸，買了一切設備，開始養海水魚。開始的幾天，一回家就對著魚看，越看越覺得上蒼造物之妙。那形狀，那色彩，那圖案，處處超出人類的想像力。但是過幾天，魚開始生病，沒幾天就死，死了又買，到離開香港為止，夏文怡的家沒有斷過海水魚。

有一次買魚的時候，認識了一位賣海水魚的同鄉，以後就成為這位同鄉的常客。後來又請那位同鄉，做了一個方型的中等魚缸，專養七彩神仙這種很具特色的淡水魚。

七彩神仙是鐵餅魚的一種，很多國家都有他們特有的顏色和大小，在港的以[大花]最為名貴。後來有了泰國來的紅七彩，很多人都說是打針魚，色素慢慢會消退。

在留港的這段歲月中，養魚看魚，是夏楊兩人最大的享受。夏文怡的好養魚，也給他帶來啼笑皆非的趣事。

一位中學同學的弟弟，要去美國夏文怡曾經住過的鄰近，要夏文怡提供些資料。同學和他媽媽，約夏文怡到醫務所樓上的茶樓飲茶。他媽媽老於世故，已經打探到夏文怡喜歡養魚，特地帶了一大袋家裡小孩子養的熱帶魚，來送給夏文怡；夏文怡推辭了很多次，就是不肯拿回去，弄得夏文怡哭笑不得，結果那袋魚轉送給熱帶魚的店主。

養魚的人都知道，各人有各人的偏愛，魚有魚的習性，並不是所有的魚可以同養一缸。魚缸不可以隨便加新魚，新來的魚往往會帶來疾病，破壞魚缸的平靜。

陸竹千果然不久後離開香港。那天他來電話，說他太太快要臨盆，這裡不適合她，醫務沒有甚麼起色，他太太是加拿大人，已決定回加拿大定居。

快到農曆年底的時候，夏文怡趕快把錢還給林廣大。香港人習慣把所有舊債，儘可能在年底還清，含有以後不會再欠債的意思；做生意的人，年底是結總帳的時候，有的時候還要談判後打個折扣，才能一筆收清，第二年可以繼續做生意；伙記們會乘機向來收錢的老闆拜個早年，拿個紅[利是]，和氣生財，皆大歡喜。不過夏文怡的醫務所採用現代觀念，每月付清，付的是現款，從沒有拖到年底才給錢的習慣。

　　張姑娘趁年底辭職。很合中國人的習俗，除了薪水外，夏文怡給她加了封大[利是]。夏文怡猜想她習慣了以前診所那種忙碌有勁的工作，醫務所的工作，有的時候很清閒，反而會讓她打瞌睡。

　　夏文怡記起多個月前，梅姑娘曾經來找過工作。聯絡後得知她目前在工廠工作，一周後才可以離職，在年底前上班應該沒有問題。夏文怡得知後很高興，沒想到請人來得那麼順利。

　　梅姑娘以前是巫醫生的姑娘。在醫務所裝修的期間，梅姑娘常過來看，提供了有關藥房與消毒方面的意見，幫了夏文怡不少忙，也成了夏文怡的朋友。夏文怡開張以後，她也來常來看，很關心夏文怡的成敗，夏文怡也常請她吃午餐。

　　上一次她來找工作時，夏文怡才知道她給巫醫生辭掉。大概她與夏文怡的來往過於密切，有[通敵]的嫌疑之故，夏文怡因此對她很有歉意。替工時，夏文怡很滿意她工作的態度與能力，這一次能請到她，不但高興，也非常放心。梅姑娘這一做就做到夏文怡離開香港為止，不但是夏文怡的好助手，還是他們一家的好朋友。

　　梅姑娘裁剪的手藝很好，偶爾會做些衣服給珊婷；珊婷除了肯跟她堂姊國華出去玩外，另外一個她肯跟的人，就是梅姑娘。

　　幾年後一次與賀佩軍閒聊時，夏文怡才知道他當年開業，頗有段[插曲]。

　　當時夏文初到香港，並不知道香港醫界有不成文的慣例，那就是不可以在替工醫生的附近開業。可是當年面談時，巫醫生沒有提到這個慣例，所以當夏文怡偶然發現有好的地點時，才會選定在那裏開業。以夏文怡的性格，假如他知道有這條慣例，再好的地點，他也不會考慮。

　　巫醫生還對賀佩軍說，夏文怡不但破壞了規矩，搶走了他的病人，還搶走了他的姑娘！這真是冤枉透了。夏文怡告訴賀佩軍，梅姑娘是他第三批請的人，而且是從工廠請過來的，怎麼可以說[搶走了他的人]這種話呢？賀佩軍很了解夏的為人，頻說：疑心重的人，甚麼誤會都會發生。

每年聖誕節，夏文怡都請所有仍在念書的姪輩們，去西餐廳吃聖誕大餐。

　　香港的西餐廳，到了聖誕時，都推出不同花樣的大餐，很受年輕人的喜愛。年紀大一點而喜歡熱鬧的，則選擇舞會，洋化的氣氛很濃。到了農曆新年，才換回中國的面孔。

　　這是回港後的第一次農曆年，現在有了較大的房子，可以三家聚在家裡，同吃年夜飯。大嫂除大兒子育勤已婚，有一個孫子外，其餘四兒兩女，一共十人，三嫂四個都是兒子，加上爸爸，剛好是二十人。

　　這一頓飯吃得很高興，除了最小的幾個外，都喝了酒。爸爸非常高興，每一個人都派了賀歲紅包，夏文怡等雖已婚，但還是晚輩，都收到了爸爸的賀歲錢。老人家派賀歲錢，是一種有福氣的象徵，爸爸輩分高，看到人時都會給對方一封利是。夏文怡很早就準備很多零錢，讓爸爸派個夠。

　　香港人很講究語言的凶吉性，有[利]當然好，有[是]沒有[非]，就是不惹是非，更是求之不得的喜事。所以那個紅封套叫[利是封]，裡面的錢當然是[利是錢]。

　　另一個例子是豬肝，肝與乾同音，乾就是廈，沒有水，水又代表錢，所以香港人把豬肝叫做[豬潤]，常吃也不怕會變窮變乾。

　　當晚文怡的爸爸很興奮，留宿文怡家中。第二天初一，有不少晚輩來拜年。到了初二，夏文怡才和楊玉琴，到幾位長輩的家拜年去。

　　滿街是人，到處有鞭炮，不留心時會讓鞭炮爆傷。楊玉琴很怕鞭炮，一到街上馬上坐計程車。他們不敢帶孩子，一來是怕鞭炮，二來是坐車時常常要[搶車]，小孩子容易出意外。

　　初三是粵人所謂的[赤口]，據老人家說，這天出門的話，這一年就容易和別人發生口舌之爭，除了生意人一定要做生意外，一般都留在家裡。夏文怡的爸爸吃過中飯就回去，國華在她媽媽家裡過夜，剩下他們四人，在家裡唱童謠，講故事，玩遊戲。他們最喜歡唱的童謠是[小毛驢]，另外一首是[三輪車，跑得快，上面坐了一位老太太，⋯。]。新春的電視節目，儘是喜氣洋洋的歡樂節目，孩子們對大人的節目，興趣不大，繼續玩他們的遊戲。

　　楊玉琴趁空打電話去泰國，向媽媽拜年，向她報平安。初四醫務所開診，初七是人日，海豐人的舊俗當天要吃[七樣菜]。過了初七，新年的氣氛開始變淡，孩子們開始上學，一切又回復原貌。

　　香港新年的傳統禮物主要是糖果與煎堆，新派的用洋酒，香菸，海豐的習俗是年糕與發糕。發糕帶有發財高昇的含意，蒸發糕並不是每次都能發起來，有時根本就不發，爲了避免引起內心的不好兆頭，很多人都願意在外面買。

初三踏進醫務所，夏文怡發覺在候診的病人很多。這三天裡堆積的病人，今天才機會看到醫生。

夏文怡一直在懷疑，醫生這個行業，究竟應不應有休診的日子。看到這些滿臉焦急的病人，夏文怡感到無可奈何的歉意。馬上集中精神，一個上午看了四十幾個，最後是賀蘭心和她的兩個孩子。

兩個孩子有點氣喘，她本人只是精神不太好。他們住九龍那邊的元朗，坐車，坐船，光是路程，來回將近四小時。夏文怡每次看到她從那麼老遠的地方，帶著孩子來看病，總感到莫名的歉意。她說那邊的醫生很馬虎，有的時候吃了幾趟藥也不見效。

其實一般人對醫生好壞的判斷，主觀的成分居多，很多病的痊癒快慢，與藥物無關。但病人對心中所認定的好醫師，因爲有了信心，消除了擔憂的心理負擔，就算病好得很慢，但是因爲知道一定會好，好得慢一點也就不那麼重要。

做爲一個醫師，夏文怡很了解賀蘭心的心情。天下的媽媽都希望孩子的病快好，最好不要生病。家長對醫生的信心非常重要，就是因爲對夏文怡有高度的信心，賀蘭心才會不怕車船的辛勞，帶著孩子來這裡看病。

看病後再經過這個老朋友幾句簡單明瞭的解釋，賀蘭心所有的擔心，都煙消雲散，臉上開始有了笑容。夏文怡趁這個機會，讓兩家中午一齊在茶樓吃飯，省掉了每年一次的新春互拜。在這次的閒聊中，才曉得賀蘭心很早前就認識賀佩軍，原來他們都有參加宗親會的活動，賀佩軍考上了美國的執照資格後，回港後曾在宗親會上做了報告，受到了宗親的推崇。

隨後的幾天，新春的氣氛還是很濃，夏文怡的病人也很多，一直到過了初七以後，才恢復正常。

春天這種乍暖還寒的時節，感冒的人特多。中醫認爲風與寒都是致病的常因，偶感風寒是人們常掛在嘴巴的病名。

現代醫學沒有這個觀念，把病原歸類在[病毒]這個範圍內，一般統稱感冒，科學一點的叫它做[上呼吸道病]；其實病原除了病毒外，其他原因也多，但到現時爲止，病毒所引起的疾病，還是沒有安全而有效的藥。一般三到五天，用不用藥都會好。用藥除了心裡作用外，主要是減輕症狀。

香港人喜歡打針；香港用的這一類針，有止痛和退燒的作用。對勞苦大眾而言，一針下去，不久燒沒有了，痛也消除了，滿身舒服，精神恢復，可以繼續工作，這正是他們心中所求的。從這個觀點來看，打這種針是無可厚非的。

可是有的人對這種針會產生異常反應，嚴重的會因此而喪失生命！一種本來不用藥就可以好的病，為了要效果快，採取打針而喪命，究竟值不值得？

在六七年代，香港的勞動大眾，一家人往往要靠一個人的勞力來活命，那一天不工作，那一天就可能沒飯開。在這種情形下，寧可冒著生命的危險，也要為全家生活而工作。還好因打針而死亡的比例非常低。但是香港的醫界，似乎把打針看成必要，未見醫界有人提出異議，讓夏文怡感到很失望。

在這個感冒的旺季裡，不久夏華倫也病了，起初以為也是感冒，三天後燒發得更高，咳嗽加重，肺部聽到雜音，肺部的 X 光照出陰影，原來是肺炎。還好爸爸是醫生，媽媽是護士，病情又不嚴重，不用住院留醫，用藥後二十四小時開始轉好，十天內全部復原。這是夏華倫出生以來的第一次重病。

新春期間，有好幾個病人要求打針。求診者講得不清不楚，吞吞吐吐，只說他最近去了星馬泰旅行，看到夏文怡還沒聽懂他的意思，馬上說：[你知啦，我們男人，⋯]。夏文怡聽[男人]兩字時，已知道是怎麼回事，接著說 [好！給你打一針最好的！]

原來新春期間，有的男士們到南洋去玩，免不了逢場作戲，回來後擔心惹到風流病，趕快來打[消債針]。這是夏文怡第一次遇到這類病人，還算他腦筋轉得快，猜到病人來意，避免尷尬局面。有了這一次心得，以後碰到吞吞吐吐的男人時，他便會問：[你最近是不是到外面玩過？]

復活節的時段，這類病人也很多，因為香港復活節的假期，聽說是世界上最長的。

鄺廣達不但一家人都來看病，也常常介紹他的朋友來看病。這一次他介紹了一位非常特別的病人，其實也可以說是兩位，因為每次來都是兩位，夫婦兩人，病者是太太。

這病人第一次在候診的時候，暈倒了好幾次，嚇壞了很多候診的病人。因為她的病情離奇而複雜，普通門診絕對無法處理這類病人。夏文怡特地把她排在中午的特別時段。她的主症是暈與跌。

那次在候診室，在半個小時內，就跌了十幾次。有幾次她先生來不及扶，從坐椅摔到地上，頭著地，還碰出聲響，真的很嚇人。當那位負責登記的姑娘，急匆匆跑來告訴有病人摔倒，夏文怡到外面一看時，第一眼就知道她患的是厥斯底里病！

這個名詞常常在翻譯文學中看到，漸漸的，我國文學界也愛上這個詞，但多數用在形容詞方面。

其實這是個醫學名詞，本意是[子宮病]。古代歐洲人的醫學觀念，跟東方人一樣，充滿了妖魔神怪的觀念，因為這種病常發生在年輕的女性身上，認為是子宮受了妖魔的干擾，在體內到處轉動，引出了很多不可思議的病情，所以稱之為子宮病。

精神教科書常常用這種病做病例：一位年輕的神職人士，每天去教堂時，要經過一個報攤，報攤上常常擺著一些不潔的書畫。神職人士無論如何努力，眼睛總是不聽話，總會看到那些畫面，心裡充滿了罪惡感。如此過了一段時間，有一天雙眼突然失明！這是厥斯低里病的另一型，是功能的離奇喪失。

夏文怡在榮民總醫院實習時，也看過一個典型的病例：一位女中學生，有一天突然兩腳不能動。以上兩例都是功能性失調，潛意識裡有懲罰的意思。現在這位太太的病不是單純的功能性失調，潛意識裡卻有濃厚的乞憐意圖。夏文怡決定每週看她兩次，希望能讓她慢慢的產生[內視]。

當年弗洛伊德學說的影響還在，夏文怡是這派學說的信徒，用的都是[自由聯想]的技巧，可是進行了兩個多月，卻一點效果都沒有。這位太太的不幸遭遇實在太長太多，患病的時間也已經十多年，她已經習慣這種世界。她的症狀是唯一可以讓她活下去的[靈藥]！這種病，讓她只活在潛意識自導自演的世界裡。人類為了消除無法忍受的現狀，潛意識裡產生這種解脫本能。

她這位先生，非常偉大，在過去的十多年裡，一直照顧著太太。夏文怡不知道這位先生的內心是不是無憾無悔，還是有憾無悔；但十多年來的日夜照顧，相信很少人能做到。夏文怡很敬佩這位先生，最後對他說：[這種病無藥可治，我已盡了力，帶她去看精神科是另一個選擇。目前看來，唯一可能出現奇蹟的地方，也許是在佛廟。我不知道香港有沒有真正的佛廟，你不妨考慮到台灣看看]。

夏文怡一開始就沒有收他們的錢，自那次後，也失去他們的消息，心裡卻希望真的有奇蹟出現。

兩個多月後的一個週末黃昏　，夏楊兩人剛從香港仔回家，大廈管理員走上來說：[你們有位貴親來找，已經等了很久。] 楊玉琴往前一看，看到媽媽坐在門口的梯階上，跑過去說：[媽媽，你怎麼會在這裡？] 楊玉琴看到媽媽很疲倦，不光是累，看來還餓。馬上扶她進電梯，夏文怡拿了媽媽放在地上的小皮箱，快步先進屋去。楊玉琴邊走邊怪媽媽沒有告訴來港的時間。媽媽拖著她的小腳，只是笑笑。

照講媽媽是受過現代教育的人，從泰國來香港，又不會講粵語，無論如何也得先連絡好才來。夏文怡猜媽媽是不願意麻煩他們去接機，才一個人摸上門來。夏文怡倒是很佩服，一個人拿著行李，又要坐車坐船，話不通，小腳走起路來又不方便，居然可以找對門牌。夏文怡又想到，對自己的親女兒，尚且如此客氣，那對其他人還得了。不過夏文怡知道，這位岳母之所以如此客氣，完全是不想麻煩這位尚未謀面的女婿。想到這位岳母如此細心客氣，進門後，夏文怡畢恭畢敬的鞠了一個恭，說了一句：[媽媽您辛苦了！]不久國英帶了華倫珊婷回來，大家到外面吃了一頓北方菜。媽媽是北平人，這幾年住在泰國，很少嘗到地道的北方菜，這次自己親自點了幾道夢想多年的小菜，吃完卻說：[怎麼這些菜都完全沒有從前的那種味道！]

上了年記的人，童年記憶中的美味，到了再吃的時候，往往消失得無影無蹤。可能真的是記憶中的東西，永遠是最美的。這次相聚，三代同堂，母女都有說不完的話。兩個孩子，也和這個外婆很投緣。珊婷的國語這時已快要全部忘光，但在後來的幾天，單獨和外婆在房間裡，珊婷卻敢用國語與這位初次謀面的外婆交談，真是奇跡。

週末下午常常是夏家最熱鬧的時刻，夏文怡八個仍在念書的姪輩，中午一起飲過茶後，大家來到家中，家裡馬上熱鬧起來。談天說地，玩遊戲，各有各的選擇。晚上煮菜，大家七手八腳的，忙個不亦樂乎。晚上不回家的，就在家裡打地鋪。媽媽這才發覺，這個幾年不見的女兒，再也不是從前那個只會游手觀望的小姐。

第二天媽媽要去找一位幾十年沒有見過面的朋友，只有地址，找到地址時才知道那人早已搬走。無可奈何之際，夏文怡看到有人朝他打招呼，走近看時，原來是鄒竟成的媽媽，經介紹後，才發覺這兩位長輩原來是北大的同屆校友。

這個世界有時很大，有的時候卻小得出人意料。這兩位素未謀面的校友，開始站在走廊聊，慢慢的聊進家中，一聊就聊到中午才分別。但是誰也沒有料到，這一別卻是永別！陸飄萍是個閒不住的人，雖然難得來港一次，卻不願意到處去看看，和女兒分開那麼久，沒住幾天就嚷著要回去。楊玉琴當然知道媽媽的個性，心想香港離泰國不遠，你不願多留，我就準備以後常去看你吧。

後來的幾年，楊玉琴去了泰國好幾回，都是暑假的時候，帶著華倫和珊婷去的。

楊玉琴在泰國的長輩很多，他們潮州人很重視親戚間的來往和禮儀，而且老一輩的人都講潮州話，天氣又熱，去一趟泰國，其實滿辛苦。孩子們最感興趣的是參觀鱷魚養殖場，看到餵鱷魚，非常興奮。

有次去泰國時，珊婷患了鰓腺炎。回香港後很久，臉上那塊疤痕還一直存在。在那邊所有的親戚中，玉音表姐和清姑姑，和楊玉琴特別有緣，往後的多年中，一直保持聯絡。

暑假時，楊玉琴的弟弟友恭，要去美國念書，特地經香港，來看看這位分別六年多的姐姐。夏國英自告奮勇當導遊，陪著友恭，玩到很晚才回家。

醫務所的業務，進展雖然慢，但潛力仍樂觀。一位在香港醫學院任教的周學長，對夏文怡很有信心，特別介紹大學的同事來看病。

一位在美國的低班同學鄧文淵，除了介紹母親和幾位妹妹外，並介紹了他的中學老師黃士琛，後來黃老師的家人和親戚，也成了夏文怡的病人。往後黃老師和繆師母，成了夏家最好的長輩。多年以後，夏楊兩人每次回到香港，一定和他們見面，而且話題不盡。

在開業初期認識的潘姑娘，也常常介紹病人，有一次是位患有牛皮癬的太太。

牛皮癬雖然歸類皮膚病，其實是全身性的疾病，不但難治，光靠藥膏，效果甚微。夏文怡採用美國常用的口服藥。那藥有嚴重的副作用，每次用藥前，一定先做血液檢查。但是每週只吃藥一次，效果非常好。那位太太非常滿意。不過後來出了意外，弄得那位太太要留院觀察，夏文怡很感歉意。經這次意外後，這位太太也不再來看夏文怡。

潘姑娘在一位外科醫師醫務所工作，不久這位醫生要出國，上環的醫務所空了出來。潘姑娘認為那裡的潮籍人士很多，值得每天抽兩三小時到那裡試試。這個嘗試幾個月後就放棄。

程震業在政府部門工作，並不開心，有意找地方開業。夏文怡除了提供上環的地點外，還提供了西環附近的觀龍樓新區。那裡人口密集，一棟樓，人口已超過一萬，程震業最後決定在觀龍樓開業。

一九七一年夏天，夏國英中學畢業。她的英文程度很高，有意到美國深造，在她的中學潘老師的幫助之下，很順利的申請到美國的學校。國英赴美後，妹妹國華徵得母親的同意後，也住進這個房間。華倫和珊婷，有了這位新姐姐，非常興奮。國華的性情溫柔，很會照顧弟妹，讓華倫和珊婷的童年，有了一份濃濃的姊愛。

第二年春節宴會時，夏文怡遇到了吳楓林同學。吳楓林給夏文怡最深的印象，是他在中國學生週報那篇短文，其次是那年在台灣師大的一次會面時，對一個生物學的名詞爭論了很久。

他在師大時，有一次肚子痛得厲害，醫師診斷為胃潰瘍，開刀後卻甚麼病都沒發現。雖然以後沒有再痛，但肚皮上卻留了一道長長的疤痕。吳楓林從此對現代醫學沒有好感，決心攻讀中醫。後來遇到中醫界一位很有聲望的陸大夫。

吳楓林善於人體繪畫，陸大夫常常開講座，很需要人體圖表，兩人各取所需。

夏文怡對傳統醫學有很多疑問，商量之後，夏文怡決定請吳楓林到醫務所來，看病時先中醫後西醫，然後兩相比較。終於因爲中醫講意而無實體，西醫處處講求實據，無法得到結論。但兩人的友誼，卻大大的增進。

吳楓林的正業是教師，他和另外兩位同業，在華僑日報有個專欄，叫[亦醫亦儒]，三人不定期執筆。這三位和報紙副刊的編輯也頗有交情。

吳楓林知道夏文怡意見很多，要夏文怡也加進[亦醫亦儒]這個小框框。夏文怡頗有書生的缺點，竟然寫了一長篇有關中醫的文章。

相信是因爲編輯是吳楓林的朋友，那篇長文居然一字不減的登出來。兩天後，梁雲亭打電話告訴夏文怡，有位老先生在華僑日報寫了有關中醫的文章，問他看了沒有。夏文怡忍住了笑，反問他，怎知道是老先生寫的。梁雲亭說：[現在的年輕人，不要說寫，連看也不會看文言文。能夠用文言文寫出那種文氣的人，應該是位老先生吧。]過後劉彩珠和鄺廣達告訴梁雲亭，文章是夏文怡執的筆，梁雲亭還是不大相信，又打電話給夏文怡說：[你是西醫，又留學美加等國，又不是學中國文學的，怎麼還會寫文言文？]

那次以後，夏文怡常在[亦醫亦儒]寫有關行醫方面的短文，不久吳楓林的兩位同業和報紙的編輯都和夏文怡見了面，其中的一位後來也來找夏文怡看病。寫專欄的人，偶爾會收到讀者的問題。遇到吳楓林沒心情作答時，夏文怡也樂於代答。

前一陣子收到汪英康電話，知道他的腎功能不大好，和他見了好幾次。最近情形有點惡化，血壓變高，醫生要他戒鹽，現在吃東西很成問題，尤其是在外面吃東西，非常不方便。他的專科醫生告訴他，最終可能要換腎，加拿大那邊的條件很好，要早做準備。

夏文怡推測他很快需要洗腎。洗腎的滋味不好受，也容易出意外，長遠之計，還是換腎。換腎運氣最重要，換成功後，要吃幾種藥，副作用也很大。不過最近醫學進步快，將來一定有更好的辦法。

夏華倫和珊婷這時已完全適應香港的環境，粵語也完全沒有問題。他們倆的成績很好，華倫暑假後進小學。幼稚園的附近，有兩間小學，結果華倫考進聖彼得學校。上學很方便，楊玉琴先送珊婷到幼稚園，順路送華倫到小學。

夏家門的正對面，住著一對教師，也有一位年紀和華倫差不多的男孩，兩家都讓孩子們一起玩。

　　章致力雖然住得遠一點，他們家也是一男一女，年紀和華倫珊婷很相配；鄺廣達的幾個女兒，年齡則小一些。但是有空的時候，這幾家都會找機會，讓小孩聚在一起。對大人和小孩，都是一段美好的時光。

　　鄺廣達的一班朋友裡，張希靈除了擔任校長外，還有很多生意，和台灣的關係密切，經濟實力最雄厚。有一次包了一條遊輪，夏文怡帶了子姪們，讓他們和長輩們見見面。

　　鄺的另一位朋友張先生，聽說以前活躍在政治圈，朋友眾多。張先生是抗戰時的青年軍，他們到香港後還保持聯絡，那年他們舉行集會，夏文怡應邀出席，當時名氣很大的導演張徹，當年也是青年軍。

　　夏文怡記得上歷史課時，讀抗戰的事跡，讀到〔十萬青年十萬軍〕時，心裡很激動，對這班讀書人非常敬仰。想不到有機會能和他們及他們的後代，同聚一堂，夏文怡覺得很榮幸。當然，昔日的英雄，今日流落香港，未免有英雄窮途之感，但曾赴國難，應已無愧於心。

　　夏文怡在港的朋友，以文化界的人居多。參觀書畫展，成為生活中的點綴。梁雲亭和劉彩珠等有書畫展時，少不了夏文怡的一份；基於禮貌，也得花點錢[欣賞]他們其中的作品。幸而夏文怡對中國文化有濃濃的感情，所以樂在其中。

　　夏文怡的閱讀興趣很廣，看完意見也很多。有一次寫了一篇關於陶淵明的長文，主要是從心理學的觀點，來分析陶淵明幾篇古文所暗藏的內心含意，未免對陶淵明田園派的清高美譽，有所損壞，遭到該報紙一位編輯的批評。吳楓林說：[你如果要出名的話，這正是個好機會，馬上和這位編輯筆戰。]

　　夏文怡寫文章的目的，只是表示個人的看法，而且深知[曲高和寡]，除了心理學學者，大眾懂得心理學的已經很少，何況那些沉醉於中國古代文學的人？對牛彈琴，徒惹麻煩。照夏文怡的觀察，其實吳楓林也怕夏文怡引起筆戰。

　　人生無常，當一切都很平靜之際，泰國那邊傳來噩耗，楊玉琴的媽媽突然病逝。夏文怡判斷岳母的死因是心臟。上次她來港的時候，曾問夏文怡有關常常心跳的事。對楊玉琴來講，這是個很大的打擊。

　　住在加拿大的時候，她爸爸也是突然長辭。這次媽媽辭世，也沒見她最後一面。雙親均去，楊玉琴有一種被遺棄的失落感。從另一方面看，楊玉琴覺得，也許應該替她雙親高興；他們都沒有受到病魔的糾纏，像睡覺一樣，毫無痛苦的離開這塵世，很多人看作是前世修來的福氣。

楊玉琴立刻去泰國，在一大群的親戚幫助下，為母親舉行葬禮。母親是天主教徒，教會有墳地，一切很方便。當年楊玉琴雙親初到泰國時，和朋友合作生意，結果所有投資都讓朋友捲走，後來的生活過得並不豐裕。楊玉琴拿了遺物中一些有紀念性的小物品，其他的全部留給弟弟，並把媽媽在銀行的存款，轉到弟弟名下，然後匆匆回港。

快到年底時，聽到汪英康開始辦理去加拿大的手續。他已打聽清楚，加拿大有的省，就算是新移民，也可以享受同等的醫療待遇，可以接受換腎的特別治療。手續辦得很順利，沒多久，他們一家就移民加拿大。

程震業也厭倦了開業的煩惱，改去民營的三華醫院工作，準備重回美國。他要利用這段在醫院服務的時間，來重溫美國方面的醫學，以便回美後，參加美國的執照考試，準備將來開業。

自從搬來港島後，夏文怡很盼望能和父親常在一起。目前的家居環境比較好，可以讓父親住得舒服些。不過夏文怡每天要看診三次，在家時間短，父親以海豐話為主，很難和媳婦孫子溝通，交談也不易。加上父親附近沒有親戚朋友，等於是一人獨住，非常無聊，所以他寧可住在大窩坪。

夏文怡一家，也只能趁周末休診的空檔，常去看爸爸。去看爸爸，也有很多困難。除了車船外，走那八段台階，對楊玉琴是苦事，地上常有狗大便，家裡沒有廁所，珊婷最怕髒，每去一次，心裡壓力很大，一個人去又不合情理。

三嫂家住藍田，當然也要常去看她們。藍田的車程雖然很遠，但華倫和珊婷可以和四位哥哥在附近玩，三嫂又燒得一手很出色的海豐菜，加上海豐特有的鹹茶和茶茶，去一趟藍田，大人小孩都高興。每年除夕，他們常去三嫂家吃飯。

以前曾在茶樓工作的兩位堂哥，都有了孩子，和父母親同住，過年過節，夏文怡一家也去向他們拜年。他們住的地區，一般只有公廁，珊婷怕髒，不肯上廁所，所以後來的幾年，孩子們寧願留在家裡。

賀蘭心住郊外的元朗，附近有果樹，去她家一趟，就等於去郊外玩了一次，孩子們最喜歡去。

醫學院的校友，在港雖的不多，偶爾也有聚會。這一年院長夫人來港，早有和院長熟悉的校友通知各校友，設宴半島酒店，招待這位遠道而來的貴賓。在學校和醫院時，夏文怡相信沒有見過這位夫人。

這次一起吃飯，覺得她出乎意料的年輕，美麗中散出高貴的氣質，很配她院長太太的身分。

香港地小人多，天氣又熱又濕，初夏來臨時，牆壁冒出水來，楊玉琴很不喜歡香港。

香港的水質很差，總是黃黃的，白白的衣服，沒洗幾次就變黃。香港也沒有乾衣機，衣服都得晾在窗外面，不但不方便，更不雅觀。夏文怡住的房子，兩房之間有個天井，照講很方便曬衣物，但是只在中午時有直照的陽光。附近的工廠，常冒出黑煙，煙中帶來的黑灰，常沾在衣物上，很難清理。

小孩子的功課本來就多，可以玩的空間很小。夏文怡住的房子，雖然號稱兩間合併，比一般人的大一點，其實也是小得可憐。小孩子除了房間外，只剩下那條窄窄的走廊，而且一般都不讓孩子在走廊玩。

夏文怡的醫務，每週七天，雖然週末只開半天，只有兩個半天可以帶小孩子去玩。香港的交通雖然不錯，但公共交通的車程很長，從西環去元朗，差不多兩小時，來回快要半天。

對夏家來講，最理想的是中環的大會堂。那裡是海邊，空地多，孩子們有很大的空間可以活動。淺水灣雖然聞名國際，但每逢週末，人山人海，絕不是理想的休閒玩樂場所。

孩子們的活動，主要是室內。夏文怡買了一部八厘米的錄影機，過年過節，或者生日等喜慶活動，這部錄影機都派上用場。

孩子們中，輩份最低的是育勤的兩個兒子，是夏文怡的姪孫。三哥的最小兒子育家，雖然比華倫大三歲，但因為有先天性的疾病，生長慢些，個子和華倫差不多。兩人的長相很接近，育家瘦一點。朋友中會把他看作華倫。大哥的最小兒子育厚，長得有點胖，很喜歡演戲，教育司的教育節目中，常有他的身影，李司棋的連續劇，他也有演出。育厚的四哥育澤，長得最像小時候的文怡，斯文小心而帶點緊張的性格，非常注重功課，每天都會做完功課後才玩。國華長得清秀，是學校歌舞隊的成員。

周末不去郊外的時候，中午飲過茶後，有的姪子喜歡留在叔叔家玩。育齊喜歡下圍棋，學會後來到叔叔家裡時，都會和叔叔來個圍城之戰。

夏文怡當年在醫學院學到的[拱豬抓羊]這個撲克牌遊戲，很受歡迎，常來的幾個姪子都學會。除了下棋玩遊戲外，夏文怡也常和姪子們談論古今軼事和人情世故。

大哥的二子育農，做事多年，對人生起落很有看法，他叔姪倆見面時，最常討論的題目是中國人常講的：[一命二運三風水，四讀書五積德。]兩人都同意一命二運，爭論最大的是第三，現代人當然有信風水的，不過把它放在第三位的人應該很少。夏文怡覺得排第三的應該是性格，第四是相貌，育農則認爲應該是三相貌，第四才是性格，第五才輪到讀書。風水和積德，主要應該是心理安慰。

　　育勤有了自己的家，很少來叔叔家，育世工作時間長，也很少來叔叔家。還有育業，大概很不習慣叔叔常問他的一些問題，來的次數較少。

　　回港以來，大家都平安無事，夏文怡覺得非常幸運，只有一次育建和育業在藍田家附近，和鄰居起了爭執，結果要上警察局，夏文怡找了周瑜柏，他打電話去警察局辦理釋放的手續。後來又找了藍田區的一位同鄉，到對方家裡說明誤會的起原，以免以後再發生爭執。

　　不久育業得了闌尾炎，夏文怡找了高兩期的校友，替姪兒做手術。那學長雖然沒有開業執照，但在政府服務多年，後來又轉到腦外科，階級很高。夏文怡到病房時，看到的是一大群護士，跟在他身後查房，很有派頭。

　　到了一九七五年，國華和育建都高中畢業。育建進了香港大學，國華也考進香港中文大學，但她母親認爲女孩子不必上大學，家裡還有兩個弟弟上學，應該出來作事，減少哥哥們的負擔。國華性格柔順，又不願只顧自己，從此踏上社會大學，夏文怡很替她惋惜。

　　程震業在初夏時已去了美國，在紐約的醫院工作。他的來信中感觸很深，夏文怡也不知道怎麼回信安慰他。在香港大學任教的學長，也已移民澳洲。這幾個平常和夏文怡都有來往的校友，都在這一年間先後離開香港。

　　已經開了四年業的夏文怡，對香港病人的期望，有了相當了解。時機適當時，也會對病人展示一下自己精闢的醫療經驗。

　　夏文怡的診所剛好對著公共汽車站。一次一位年青人下車後，匆匆進到診所，夏文怡看他進診室時，臉色青白，額頭冒汗，一手搓肚，沒等他坐下，就問：[你最近是不是常吃阿士匹靈？]當病人答[是]的時候，夏文怡馬上說：[你的胃在出血，要馬上去醫院，我寫紙讓你去。]。過了十天左右，病人來對夏文怡說：[你的醫術真高明，不用檢查就知道我的病，謝謝你的救命之恩。]又有一次，一位東南亞的華僑，到澳門旅遊時得了腹瀉，來香港找到了夏文怡說：[我在台灣遇到我的朋友，他說你不用藥也可以醫好腹瀉。]那是當然的啦，一般的腹瀉，當然無需用藥，只要調整一下飲食就可以。

可是台灣有不少醫生，不但用藥，還要留病人在診所弔葡萄糖鹽水針。這是典型的商業做法，很受一般大眾接受。但是一般民眾，卻很少會接納夏文怡的醫法。夏文怡記得念中國醫學史時，李教授曾提及一位[恥以爲醫]的古代名醫，就是因爲民眾無知，但是爲了飯碗，又不得不遷就民眾的要求。

夏文怡曾寫了一篇名爲[名人名醫名藥]的短文，寫出大家都喜歡看名醫，尤其是名人，更喜歡用名廠做的名藥。又寫了一篇[隔行如隔山]，點出外行人的自以爲是，變成了最好的受騙對象，而且還被騙得沾沾自喜！

香港很多人，尤其是一些專欄作家，最喜歡說美加回來的醫生最緊張，沒病說有病，小病變大病。其實醫生的學識越廣，考慮的病因就越多，責任心重的醫生，考慮自然也多。美加的專科訓練，重點在嚴重的疾病，日常的傷風感冒和腸胃炎，只是順帶一提。

因爲大病開始時，病情和小病相同。負責的醫生，在診斷爲小病的同時，必須預留大病的準備，謹慎起見，往往會做些檢查。外行的人，不明其中深意，當然認爲是醫生太緊張。美國方面的醫療作風，傾向於寧可多做，不可疏忽。

夏文怡一次看到一個病人的血壓，高得令人害怕。照美國的標準，得馬上住院。誰知病人聽到要住院，勃然大怒，從口袋拿出鈔票，往桌上一拍，說：[我難道沒有錢給你嗎？爲甚麼不替我看病！]夏文怡真怕病者會隨時倒下去，費盡唇舌，才把他請出去。可是一個多月後，看到他仍然一個人安然的走在附近的路上。夏文怡相信他沒有去醫院，也許有看其他醫生，相信他的血壓仍然很高，但是他還是走路如常。

夏文怡這才省悟美國的做法，雖然安全，但不是絕對需要。美國醫生，心理壓力很大，處處小心，理所當然。雖然那種做法不被港人接受，但是夏文怡還是很懷念美國的醫學環境。那裡有各門的專科，有可靠的化驗室和放射設備，有定期的文獻和討論會，可以隨時去進修，開業越久，判斷就會越準。

夏文怡也覺得，香港人將醫生的社會地位，推到了近乎反常的地步。拿香港人申請護照來說，太平紳士可以做推薦人，可以理解，但醫生可以當推薦人，卻很費解，因爲行醫只不過是眾多行業的一種，實在不具備額外的社會經驗。

親戚朋友的喜慶，似乎有了醫生的到來，好像是無限光榮。夏文怡常常受到邀請，不去別人會說你擺架子，夏文怡很頭痛這方面的活動。想到當年在美國時自由自在的生活，夏文怡非常懷念。

香港的生活，楊玉琴最不適應，尤其是香港的天氣。兩個小孩子，倒是很不錯。學校的功課雖多，他們都沒有感到壓力。倒是兩個小孩的書包，加起來很重，常常都是媽媽一個人拿，又要走一段斜坡路，常常讓楊玉琴又累又熱。下雨的時候，穿上雨衣，更是難受。遇到早上天氣特別熱的時候，夏文怡也得參加他們上學的行列，背背書包。

　　香港的電視台，一向是無線電台派系的天下，無人可與它爭峰。這一年卻出現了一個新電視台，常常播放台灣方面的節目，風格和本地的節目迥異，很有新鮮感，夏文怡中午那段時間，常看這些節目。

　　不過台灣的風格，文謅謅的，鏡頭很慢，不受大眾歡迎。該台拍攝的射鵰英雄傳，夏楊覺得很出色，想不到華倫也很愛看，而且很快學會劇中的主題曲。

　　珊婷性格文靜，和哥哥的感情很好，常常一起玩。華倫很愛護這個妹妹。那年珊婷五歲，對長髮很著迷，一直不肯把頭髮剪短，更不知從那裡學到，梳理頭髮的手法很靈利，讓媽媽也看傻了眼。當年風行長髮，男孩子都留了一頭長髮，夏文怡的姪子們，個個是瘦子，留了長髮，看起來更瘦，好像營養不良。

　　夏文怡的中學校友馮翊之，在無線電視台擔任時事評論，很受歡迎。一九七五年四月，蔣介石逝世，他的照片在馮翊之的節目出現，是香港的破天荒舉動。香港政府和中國大陸有約定，禁止蔣介石的任何照片在電視出現。也許蔣的去世太震撼，馮翊之並沒受到處分。

　　此時美國已放棄越南，美國和中國大陸開始和好，建交是遲早的事，香港右派報紙的消失，也應該是遲早的事。東南亞的大環境一變，說不定台灣也保不住。夏文怡動了離開香港的念頭。楊玉琴對這個想法，非常贊成。

　　首先考慮的是到美國去。但夏文怡沒有美國的執照，必須重新考試。隔了那麼多年後再考試，須要很大的勇氣。要考試的話，得趁現在年齡還沒有到四十，記憶力還沒有嚴重衰退之前，儘早到美國。

　　幾經考慮的結果，決定用騎牛找馬的策略，應該先去緬恩州。美國有六個州，承認加拿大的醫師執照，緬恩州是其中一州。那裡更有很多校友在開業，楊國輝就在那裏。有了這個念頭後，馬上聯絡美國幾個州的校友。又想到若離開香港的話，一定很傷父親的心，必須想法過父親這一關。

　　在這幾年中，夏文怡發覺爸爸的世界，只是大窩坪和海豐同鄉，生活習慣和思想都停留在五十年代。夏文怡也曾經嘗試了很多方法，希望能讓他過得快樂一些，可惜效果相反。

夏文怡知道爸爸很喜歡吃黑耳鰻，那是爸爸在故鄉時常吃的美味。到了這種魚上市的季節，夏文怡買了魚在家煮給他吃，他的第一話總是：[這魚太瘦，不好吃。]夏文怡始終找不到讓爸爸喜歡吃的東西。

夏文怡一週五天早晚都看病人，週末只有兩個半天，除了家庭外還有應酬。不過這都不重要，關鍵是找不到爸爸喜歡的活動。爸爸的老同鄉蔡繼，開了家士多店，資金周轉不靈時，常常向夏文怡借錢，錢夠了就還，信用很好。他是爸爸最談得來的人。爸爸平常和蔡繼閒聊時，曾多次流露出兒子不了解老人家的嘆息。蔡繼曾幾次對夏文怡婉轉的說：[人老了就有點孩子脾氣，要用半騙半哄的方法才行得通。]

可惜夏文怡見到爸爸時，總不忍用騙哄這種方法。夏文怡知道老人家總是喜歡兒女留在身邊，尤其是唯一僅存的兒子。夏文怡很清楚，這種想法純粹是心理的，實際上，這麼多年來，爸爸過的都是和媳婦孫子們一起的生活，而且相處很好。夏文怡決定等到確實可以到美國時，才來闖爸爸這一關。

回音最早的是楊國輝，該地剛好需要醫生，條件是要面談。為了爭取時間，夏文怡先申請去加拿大；因為他來港註冊是用加拿大的身份；加拿大的使館人員，對他特別客氣，到了多倫多朋友家後，再申請去美國。

美使館人員問他為甚麼沒在香港一起申請，夏文怡說：[我到了多倫多時才知道他最近搬去美國，我們是在加拿大一起實習的朋友，很想見他一面，只簽兩天就夠了，我香港的病人，還等著我看病呢。]結果馬上簽了。先去緬恩州面談，再到紐約市看同學，然後回港。

本來準備以[第三優先]的資格申請，後來楊國輝打電話來說，他那邊一位很要好的移民官告訴他，目前用第三優先的人太多，最好用無優先的身份申請。

等拿到簽證的時間，已經是一九七六年三月。夏文怡馬上和爸爸說明去美國的事情。其實他爸爸早已從孫兒們知道這事，所以沒有太大的反應。

夏文怡對父親說，他不喜歡這裡的開業氣氛，爸爸當然沒法理解醫學的差別；又說香港的時局難料，以前家鄉有事時有香港可以避難，將來香港若是不妥時，美國可以做一個避風港，而且要趁年輕時考到美國的執照，父親將信將疑。再對爸爸說，以後可以隨時回來香港，爸爸也可以到美國去玩，爸爸只露出無可奈何的苦笑。幾天後蔡繼來醫務所，提到父親很不高興，希望能重新考慮去美計畫。

爸爸和蔡繼都不相信香港會有變化。夏文怡和蔡繼談了很多現實的考慮，蔡繼最後也覺得，即使夏文怡身在香港，也只是心理的安慰，有了避風港，總是件好事。夏文怡知道父親很相信蔡繼，有了蔡繼的幫忙，父親心裡會好過些。

　　改用無優先的身分申請去美，果然很快，三個月後就收到簽證。但世事往往出乎意料，幾週後收到楊國輝的消息，情況起了變化，他那邊已經有一位醫生要來。這個變化實在太突然，不得已，夏文怡再次聯絡其他同學。

　　正在山窮水盡疑無路之際，一位在楊斯城的宗孟常來了消息，當地醫院需要醫師，當年的內科主任還記得夏文怡，喜歡的話，歡迎重回楊斯城。花明柳暗又一村，經過幾次的連繫，敲定了重回楊斯城。

　　離港前最重要的事，是醫務所的處理。事情很順利，賀佩軍有意擴張業務，夏文怡又沒有報大價，很快就解決了醫務所的問題。這年育建已念大二，兩年後就可以做事。所以夏文怡在港預留了兩年左右的生活費，又在附近買了一間樓房，讓三嫂一家有個像樣點的居住，並且留了兩年的分期付款，預計兩年後育建能接替付款的任務。

　　大嫂那邊的情形很穩定，一家已有四人在工作，國華的工作也算不錯，國英在美已可以自己負擔學住。想到不知何年才回來，醫務結束後，一家去了一趟台灣。

　　楊玉琴雖然在台灣長大，但台灣很多出名的景點，還沒去過。這次孩子們已長大些，行動比較方便，節目定得很豐富，從北到南，玩它一個痛快。還留在台北做事的成思齊和李純陽，替他們提供很了多好去處，台北的野柳，陽明山，外雙溪等地，當然不會錯過。

　　孩子們第一次看到中國的景色，充滿新奇和興奮。聽了李純陽的建議，特地去了從前連名字都沒有聽過的溪頭。到達後果然覺得此行不虛，非常有特色；孩子們對那些建在樹間的茅屋，既驚奇又喜愛，上上下下的爬個不停。一路南下，日月潭，澄清湖，風光綺麗，景色迷人。

　　到了台南後，去拜訪一位在那裡在開業多年的鄧崑崙，在他家裡第一次吃到了聞名已久的法國鰻魚。那鰻魚的肥糯甘飴，肉滑香溢，實在不負盛名。

　　在香港時，星時翰常常和他談到法國鰻魚的養殖法。說這種魚苗，只有法國的某處海灘才有。台灣漁農買來養大後，銷去日本。據星時翰說，當初漁農不知竅門，飼養失敗。後來才知道這種魚只在黃昏時進食，姑罔言之。這次能吃到，口福不淺。可惜以後再也沒有機會吃到這種煮法的鰻魚。

澄清湖非常有詩意，館裡的金魚，無論品種和等級，都是夏文怡有生以來看到最完美的一次。台南除了古跡聞名外，風景不算特出。高雄的鵝鑾鼻很富想像力，墾丁公園特備一格。這次華倫和珊婷都玩得很開心。

讀萬卷書不如行萬里路，夏楊兩人發覺，每經一個景點，孩子們的見識立刻又增加很多。旅途中華倫常吃不厭的食物，竟然是豬肝湯麵。這使楊玉琴想起在護校時吃豬肝麵的情形。

南部最後一站是屏東，楊玉琴的叔叔一家六口住這裡。叔叔仍在火車站服務，嬸嬸很年輕，年紀似乎和夏文怡相若。楊玉琴記得，當年離台時，他們都來送機。這次重逢，已隔十一年。回台北時，叔叔用他站長的職位招待他們乘坐火車。

離港前，除了應酬親戚朋友的餞行宴會外，夏文怡常常陪在爸爸身邊，和他去向親戚話別。臨走前，也給了爸爸一筆錢，但是卻一直看不到爸爸的笑容。終於到了七月中，夏文怡一家才離港赴美。這次從紐約入境。

華僑日報的袁編緝，獲准移民多時。他家人早已去了美國，他為了報紙的業務，一直拖延到現在。這次得知夏文怡全家赴美，不願旅途孤單，也自知自己的英語程度，希望和夏家同行，請夏文怡選從紐約入境。

袁先生一向很得意自己對酒的心得，曾把金庸小說裡所描述飲酒選杯那一段，批評多多。為了表示對酒的心得，他拿出一小瓶藏了百年之久的威士忌酒，倒了一點讓夏文怡品嘗，夏文怡對酒是外行，舉杯一喝，根本不用吞，那酒已從嘴裡跑遍全身。迷迷糊糊中，看到身旁有本雜誌，好像寫著：

何處是歸程，長亭更短亭！

[五] 重 回 美 國

在紐約停留了幾天，和在美國的幾位同學敘了舊。程震業這時已在一家兒童醫院工作多時，重回到他的專科，也考到了執照，非常高興。

曲文星一家住曼哈頓，出入很方便。很久沒有連絡的錢大和，現在也住長島。他是外科醫生，目前的工作很新鮮。

當年紐約流行一種被稱為[無錯]的保險制度。汽車相撞，雙方律師訴訟，有的長達數年，也說不清誰對誰非。其中最得利的，就是律師，而意外受傷者的醫療費，不知何時才知道由那一方支付，因此很多醫生都不願意醫治這類病者。

據說採用[無錯]制度，不但省去龐大的律師費，傷者也很快得到治療和賠償。錢大和就是接受[無錯]保險制度的醫生。夏文怡覺得這個觀念非常新穎，不知道多少民眾接受這種無是無非的裁判方式。對錢大和靈活的腦筋，夏文怡尤衷的佩服。

這時錢大和的太太正好回娘家，他一個人煮食物的方式也很新潮，早上煎蛋或煮蛋，中午如果在開刀房，吃些香蕉和喝咖啡，在家裡則無論中午晚上，都用後院的燒烤爐烤牛扒，簡單實用，很有創意。

隔了六年，又回到楊斯城，住進屬於醫院的房屋，一切都是那麼熟悉，時光好像倒流到六十年代。夏文怡非常感激宗孟常的幫忙，若非他及時的告知醫院請人的消息，夏文怡也許沒有那麼順利的找到工作。

在宗孟常安排的歡迎餐會上，只有崔少光是老大哥，其他都是小學弟。

附近一些小城的校友，也都來見面。從前大家是受薪階級，現在都是獨當一面的開業醫師，崔大哥還當了當地大學的校董。台大的好友黃凱瑞，是一家聯合醫務所的董事。當地還有幾位資格很老的中國醫生和教授，和其他醫學院畢業的同僚，夏文怡覺得回到了一個中國人的大家庭。

從前一起在醫院受訓的他國同事，有不少留在這裡開業。當年的開業醫生，不少仍然記得夏文怡，使得夏文怡在醫院的工作，減少了溝通和信任上的障礙。醫院的工作，非常簡單，白天醫生都來查房，住院醫生都在，很少需要像夏文怡這類受雇醫生去處理。只有在下班後，遇到病人有突發事情時，才會叫夏文怡等去處理。唯一無例外的，就是住進加護病房的病人，這些病人一定要馬上處理。

病人靜脈的藥物注射，規定醫生才可以做，遇到開業醫生把病人直接送到急診室做靜脈注射時，也得三更半夜的從床上爬起來，替病人注射。當年夏文怡在這裡受訓時，這些工作都是受訓的住院醫生做的。

現在醫院的受訓醫師，幾乎都是美國畢業的。美國人一向講求人權，這些未來醫師有他們自己的看法，認為要求他們去做那些和[學習]無關的[工作]，違反他們學習的權利，拒絕做這些工作。這些人熟悉美國的法律，知道教學醫院應守的規定，所以才有拒絕的本錢。因此醫院才要請像夏文怡這類已完成訓練的醫生，來負責這些工作。

夏文怡到的時候，已經有一位這類的醫師，後來又請到一位，三人輪流值班。每人輪流工作八小時，後來他們每天做二十四小時，變成休息兩天，做一天。

這種環境對夏文怡的考試準備很有幫助。工作日只要有空，都可以溫習，不上班時，整天都溫習。這個試很難考，不但要考臨床醫學，還要考基礎醫學，更要考早已久違的基本科學。也許是心理壓力太大，精神太緊張，夏文怡發覺頭髮掉得很厲害，有的時候竟然整束掉下來。

楊玉琴很清楚夏文怡的壓力，家裡的事，她一手扛起。孩子們在學校，最感困難的是語言。不過他們適應快，英語幾週後就能應付日常的對話。美國學校的家課，和香港比起來，幾乎等於零，孩子們回家後很輕鬆，媽媽儘量和他們練習英語。

楊玉琴和附近住的幾位太太們，以前就認識，現在久別重聚，另有一番感情，講的又是國語，話題更多。比起在港時沒有一個會講國語的好朋友，真是天淵之別。六年前離開時，把一些家用品送給甄展昭的太太靳湘玉，這次回來，靳湘玉又把一些完好的用品送回來，人生真是不可思議。

在處理醫院病人的過程中，發覺這六年來的醫學變化很大。基本科學和基本醫學可以從書本溫習，臨床醫學，書本雖有病例，當然不夠，夏文怡徵得猶太裔血液科帕氏醫生的同意，參加他和受訓醫生例行的查房。

從前受訓的時候，夏文怡覺得帕氏醫生的醫學最全面，他有些自大，好在別人面前顯示學識。現在和他一起查房，應該可以學到合時的醫法。

好不容易埋頭溫習到十二月初，和兩位同事到辛辛那提去考試。一位是病理科台大畢業的康興照，另一位是黎巴嫩裔的塔夫塔夫。楊斯城離辛辛那提滿遠，輪流開了大半天車才到，休息半天，養足精神，考足兩天的試。然後是等放榜。

　　這年多天來的晚，聖誕前夕，還沒有下雪。孩子們已經六年沒有看到雪，非常渴望有個白色的聖誕。終於在二十五日的中午，開始看到雪花飄落，孩子們在屋旁的草地上奔跑，雙手捧捉飄落的雪花，久違的雪，終於越下越大，白色的聖誕，果然帶來特有的氣氛。

　　鄰居的兩位女孩，也出來和華倫珊婷一起追逐著片片的雪花。鄰居是夏文怡學長劉醫生的一家，從空軍退役後移民美國，現在是外科的住院醫師。他太太很能幹，更有一手驕人的廚藝，性格爽直。兩位千金很乖巧。劉太太的中國教育意識很濃，對兩位女兒的教育很嚴，每天很少看到兩位女兒在外玩。

　　考完試，夏文怡原以為會很輕鬆，事實上卻不然，等待考試放榜，原來是一種精神負擔，雖然不致於坐立難安，但常常做夢，夢裡有喜有憂，千奇百怪。終於等到一九七七年的情人節，那是夏文怡一生最難忘和最高興的一天，收到考試及格的大禮物。不但及格，總分八十七，有的科目超過九十，最低的物理，也七十多分。這讓他重拾信心，香港六年的郎中歲月，並沒有磨掉正確的科學觀念。

　　六年前一同受訓的康題醫生，現在已開業多年，聽到夏文怡考試及格的消息，說：[你現在的身份已不同，幹嗎不辭掉這份工，自己出來開業？有興趣的話，和我合夥。]夏文怡和醫院簽約一年，現在才過半年，怎麼好意思毀約。康題醫生看出夏文怡的顧慮，說：[醫院能請到你，難道請不到別人？]一言驚醒夢中人。夏文怡去向內科主任本醫生提出辭職時，本主任很生氣，說他是看在以前的情面上，沒有經過面談，破格簽約，怎麼剛過半年就毀約，這對你個人的信用很有損傷。夏文怡等他氣平後說：[我會做到你請到人為止。]兩個月後，夏文怡收到州醫務處寄來的暫時執照，醫院也請到新人；院方的動作也很快，馬上要夏家遷出醫院的房屋。夏文怡知道醫院有多餘的房屋，對負責人說願意租，結果住下去。

　　這時在印第安納州工作的郝欣誠，得知夏文怡考試及格，希望夏文怡到那裡看看，可以考慮在那邊開業。郝欣誠目前在醫院做麻醉醫生，他太太曾在榮民總醫院工作，六年前在楊斯城受訓時，和夏家常來往。這次夏文怡回來後，也曾到過他家很多次。那裡環境幽靜，很合夏文怡的性格。那邊有位中國裔的外科醫生，很希望有中國裔的內科醫生到那裡開業。

夏文怡到那邊看了幾次。那位外科醫生很熱心，答應替夏文怡辦妥醫院的手續。幾經考慮，夏文怡最終放棄了在印第安納開業的打算，大大的傷害了那位熱心外科醫生的心。這時康題醫生要到外地，夏文怡又做了替工。

康題醫生的經理很能幹，康題說：[除了看病你不必問她外，其他一切她都可以替你解決。]十多天後康題回來，知道夏文怡沒有意願和他合夥，便說：[附近有個臥龍小鎮，只有一位內科醫生，競爭比這裡少。那邊醫院的院長抱負很大，希望有醫生去，有興趣的話，可以和院長談談。]談的結果是決定到那邊試試。

決定後的第一要事，是搬家。臥龍鎮的出租房不少，很快就找到一家前後的雙合屋；夏家住後屋，門前對著一片矮樹林，附近還有小溪。搬進後小孩子最高興，他們可以在溪旁捉蝌蚪，在草地捉草蜢，在花間追蝴蝶。鄰居的小孩，很有鄉下人的憨直，和華倫珊婷相處得很好。離學校也近，楊玉琴做夢也想不到會租到這麼好的地方。

前面三個月的租金由院方負責。到了第三個月，仍然門可羅雀，病人少得可憐。醫務所裡僅有的一位姑娘，除了打瞌睡外，幾乎整天只做她家裡的事。

醫院的院長，卻雄心勃勃的要吸引附近的政府付費病人，希望夏文怡能和醫院簽一份合同，儘量照顧這類病人。

美國的窮人，買不起醫療保險，所有醫療費，全部由政府支付；不過政府給的錢，只是一般收費的四成左右，所以大部份開業醫生，都不看這類病人；錢少並不是主因。主要是這些病人，教育程度低，孩子多，有車的少，常常不準時，不遵守預約日期，不照處方吃藥，而且來看病時，一大堆孩子同來，在醫務所內東奔西跑，手摸腳踢，不但會損壞陳設，還會引起意外。

這類病人一來，規規矩矩的病人都會慢慢轉去看其他醫生。惡性循環的結果，這類病人常踴進急診室，幾乎把急診室當成診所。需要復診的時候，麻煩又來了，急診室是不看復診的。這是美國現行醫療制度下的一大瓶頸。

醫院的院長，卻把這類病人當作天上掉下來的財富，來找夏文怡簽合同。醫院的大部份開業醫生，來自菲律賓，聽到院長找夏文怡簽約看這類病人，都勸夏文怡不要上這個當。

美國醫生分科很多，需要互相配合。每科醫生都需要其他科的配合。門診的病人，其他科可以不接受轉科，但是一但住院，他們就不能拒絕。因此那些菲律賓裔醫生，都不願意夏文怡看這類病人。

夏文怡剛到該地開業，認爲不妨一試，答應院方試一個月。還不到半個月，一位病人認爲夏文怡歧視他，向院方投訴。醫院的倫理委員會主席要夏文怡去解釋，敲響了警鐘，夏文怡不再續約。

　　正在這個悶的發慌的時間，甄展昭來電話說，他正在準備考內科的專科證書，需要溫習，希望夏文怡每周能抽出幾個半天，到他醫務所看病。甄不但是中學和醫學院的校友，還同在楊斯城醫院受訓，交情不淺。雖然要一小時左右的車程，還好不是下雪月份，交通不是問題，所以又做了一次兼差的替工。

　　正在這個時候，程震業來電話，厭倦了醫院的工作，希望出來開業。當時這個臥龍小鎮，只有一個小兒科醫師，應該有一展身手的機會，幾次商量後，他決定來此開業。到後跟那位菲律賓裔醫生商量後，決定和他共用一個醫務所。接著程震業買了房子，地很大，足足有五英畝。爲了打理這五畝的野草，他特地買了一部近期才造的剷草車；駕了小車，在五畝大的草地舞來舞去，剛開始時很新鮮，天氣轉熱時變成苦差。

　　說來很巧，醫院新近來了一位中國醫生，原來是去年和夏文怡一起去考試的康興照。他是專病理的，可惜沒考上，暫時來這醫院工作。醫院還有一位台灣來的病理科蔡醫生，放射科陳醫生，一下子臥龍鎮醫院共有五位中國醫生。

　　加上在附近汽車廠工作的幾位台灣來的工程師，中國人氣很濃。蔡醫生的太太，能幹而有社交手腕，不久開了一家規模相當不錯的中國餐館，開張時大家有請，從此口福不淺。

　　中國人常說一命二運，正在夏文怡爲醫務前途擔憂之際，宗孟常忽然捎來好消息，一位開業多年的醫生要南遷，三十天內就要結束業務，是個好機會，應該把那醫務所接過來。

　　照當地開業的經驗，三年後才有足夠的病人，接替業務，就算走了一半病人，比從頭開始多出一年半的病人。

　　最大的考慮是那位醫師是內分泌專科，夏文怡只是內科，很難頂替他的位置。再者是價錢的問題。那醫生是六年前一起受訓的同事，見面後才知他毫無情面，錢歸錢，不但不減價，還要一次付清。夏文怡手頭沒有那筆錢，宗孟常卻說他可以借。幾經考慮，最後買下那醫生的業務。

　　才搬過來，又要回去，驛馬星動，紫微天數。有家才可以搬。宗孟常的人脈很廣，他介紹了一位很有經驗的房屋經紀。果然只看了幾家，就找到了合意的房子。這邊退租，結束醫務所，那邊請人，印卡，申請醫院醫生會的特別權等等。還趁那位醫生沒有離開以前，到醫務所去觀察他對病人的處理方式，順便和病人打個招呼。

遺憾的是，那醫生的兩位小姐都不願意留下，切斷了接替過程中的連系。最後決定，只請一位負責前廳的小姐，後廳由楊玉琴負責打針及處理病人常規的工作。這時華倫已九歲，校車離門口很近，上學放學應該很安全。新房子的手續很快就辦好，隨時可以搬進去。當年房屋貸款的利息非常高，將近九釐，頭款也要宗孟常幫忙。還好一切都順利，搬完家後，還剩一週，新的醫務才開診。

新家在[自由郡]，是楊斯城北部的半郊區，該郡的學校很好，離家不很遠。搬家後馬上就要辦孩子們的轉學手續。手續非常簡單，填好表就可以上學。

前任屋主是位菲律賓醫生，室內的牆紙很鮮艷，兩層，還有地窖。廚房和家庭廳對著後院，家庭廳的外面還有一個小小的涼台。後院除了一塊草地外，都是樹林，前院除了草地外，邊緣種了一大片大種杜鵑。屋的左邊是樹林，右面住了一家從千里達來的黑人。

人生無處不相逢，那男主人正是從前受訓時的低班同僚巴理士醫生；太太有一半中國血統。他們沒有孩子，在後院養了兩隻德國狼狗，吠聲震耳。

對面的不遠處，住的是夏文怡的低班校友尤益人；太太喻惜真，也是醫學院護理系的校友。他們有三個孩子，女兒最大，年紀和珊婷差不多。七年前夏文怡要離開美國時，要賣掉車子。尤益人的同班同學，口頭上已答應買這部車子。後來改變主意。聽說是改買了尤益人的車。這本來就是很平常的事。這次做了鄰居，有同學開玩笑的說，你們真是[不是冤家不聚頭。〕從前受訓的時候，尤益人是在楊斯城附近的小鎮醫院，只有在聚會時才見面，屬於點頭式的校友，現在卻成了鄰居，世界有時真的很小。

受訓後尤益人搬來楊斯城開業，他的主要醫院是聖伊麗莎伯醫院，是楊斯城的教會醫院，每天和夏文怡不碰面。宗孟常雖然也住附近，但步行很遠，來往都得靠車。

醫務所在城的南邊，半個多小時的車程。但離南邊醫院較近。習慣上每天先到醫務所看病，然後順路去南邊醫院，再到北邊醫院，再回家。因為醫務所在城南，所以南邊醫院的病人較多。楊玉琴自己開車上班，中午時和文怡一起吃飯，下午下班後直接回家。

醫務所請來的是位中年太太美心，負責前廳的工作，包括收費和記帳。美心教堂的一位老醫生，已到了半退休狀態。教堂的人得知美心在夏文怡那裡工作後，一部份老醫生的病人，開始轉來看夏文怡，其中的一位年紀較大的會計師，不久成了夏文怡的會計師。會計師又介紹了一位醫療用品代理商，供給醫務所日常的用品，這兩人後來都成了夏文怡的好朋友。

當年夏文怡當總醫師時，曾去他醫務所學習的皮膚科來德醫生，知道夏文怡才開業，需要新病人，也把一些需要內科會診的病人，轉給夏文怡。

這裡醫院的條例，開業的醫生，每年有數天要負責收急診室的病人。年紀大的或者自己病人已經足夠的醫生，都不願意收這類的病人；一般都把急診室的責任轉給新醫生，雙方各取所需。週末時，醫生都有值班的團隊。

新來的醫生，往往會自願值班，負責看團隊裡所有醫生的住院病人，雖然辛苦一點，但一個週末下來，收入相當可觀。老醫生鍾士，與眾不同，沒有輪班團。夏文怡開業後，他常找夏文怡替他值週末的班。

在醫生們的心目中，病人有兩好壞兩類；不是人的好壞，而是收不收到錢的好壞。鍾士醫生的病人，絕大多數是好的病人。鍾士太太有嚴重的方向喪失感，自己沒法外出，一切依賴丈夫。鍾士曾請夏楊到他們家作客，他太太非常客氣，講話斯文，和一般的美國太太完全兩樣。

有一次他們請夏楊去他們的體育俱樂部吃飯，夏文怡發覺這位老醫生有很高的公德心，每次在洗手間洗過手，總是很細心的把洗手盆的水擦乾。俱樂部的鴨子非常到味，比廣式燒鴨和北京烤鴨還要好。夏文怡絕對沒有想到，一位俱樂部的廚師，居然有那麼高的廚藝。

新開業的醫生，前幾個月忙些，是個好現象。但每個週末都值班，長此下去，就會感到失掉家庭的樂趣。康題醫生本來要和夏文怡輪流值班，但鍾士醫生不喜歡康題，沒有成功。

夏文怡的運氣還算好，一位來自台灣的腸胃科醫生孔詠信，因為和輪班醫生合作得不很愉快，要另找夥伴，和夏文怡一談即合。腸胃科是內科的分科，有些急症，只有腸胃科醫生才懂得處理；碰到這種情形，假如孔醫生不在，夏文怡就得找另一位腸胃科。還好孔醫生週末很少出城，需要緊急處理的情況也不常有，所以夏孔兩位醫生，一直合作得很愉快。

開業了好幾個月，成績不算很好，康題醫生又提議夏文怡暫時到臥龍鎮的急診室去[曬月光]。美國人喜歡把晚上的兼差稱做[曬月光。]康題醫生非常懂得生財之道，把臥龍醫院的急診室，一手包辦。但是急診室是個燙手的鍋，急診的醫生，幾乎都是兼差的，醫生的流動很快，常常缺醫生，負責人非常頭痛。補救的辦法是多找幾個曬月光的。

急診是全科的工作，夏文怡專內科，外科的病，實在沒有把握。康題醫生說：[對內科醫生來說，外科當然是個弱項，補救的辦法，就是儘量找值班的外科醫生來處理。]結果夏文怡真的曬了三個多月的月光。每週兩次，晚上七點到早上七點。有的時候早上開車回家，天尚未亮，車上的收音機正播放著撲索迷離的神秘故事，在曙光乍現的公路中，孤車單人，好像真的置身在故事裡矇矓縹緲的景界中，全身飄飄然，有一種夢一般的感覺。這是一生中最奇妙的享受。

急診的工作，每天病人最多的時段，是從黃昏到十一點左右。過後病人就很少，這時就可以到急診室的寢室睡覺，等護士來叫才出去。

急診室的病人形形色色，病情也是千奇百怪。真正有病的，除了較嚴重的外傷，夏文怡都能應付自如。但不少並非為了有病而來。假期時，家長為了不願帶小孩外出，謊稱孩子有病，需要住院。有的貪玩沒有上班，就來急診室索取醫生證明；詭計最多的是癮君子，甚麼理由都編得出來；吸毒的榮民，還會拿出一大堆榮民醫院的證明，稍為遲疑，他們就會大聲說出他們用生命為國效忠，怎麼連止痛藥也不給？其實大家心知肚明，他們只是來要鴉片類的藥物。

美國的法律，民眾死亡，一定要經過醫生的證實。急診室也常遇到這種事。有一次一位交通警察，載來一位騎電動車失事的人。夏文怡看時，那人不但已斷氣，更是燒得面目全非，看起來非常恐怖。誰看到都知道已經死去，但法律上規定要經過醫生證實才算。

睡夢中讓人叫醒的滋味，夏文怡值班時每晚都嘗到。叫醒後腦筋糊裡糊塗，不喝杯咖啡，實在醒不過來。最高的紀錄，一晚八杯。這是夏文怡一生喝咖啡的最高紀錄。

一年後，才知道這短短的幾個月兼差，還惹來一場官司。美國的法律，病人在認為醫生處理不當而受害時，一定要在一年內，提出控告。

一年後康題醫生告訴夏文怡，有人控告值班醫生和醫院，在處理傷口時，沒有照放射片，沒有取出傷口的玻璃碎片。康題醫生滿臉笑容的說[你已經脫了鉤，過了一年啦。]原來對方律師控告時，沒有查明真相，把康題醫生寫作被告。

康題醫生對法律很有一套，不知他用甚麼方法，拖過一年。後來控方只能把夏文怡列為專業證人，剩下的唯一被告是急診室。錄口供的時候，控方律師拿了一張有一大塊玻璃碎片的放射照片，問夏文怡：[你看到片中的碎片了吧，你覺得你當時能把那碎片拿出來碼？]這是一句標準的陷阱式問話。無論你答[能]還是[不能]，你都中計啦。[能]的話，結果沒有拿出來，當然錯啦。[不能]的話，碎片那麼大，還拿不出來，你還是個稱職醫生嗎？夏文怡正要回答，辯方律師馬上反對，並說這照片不是當時照的，不能作準。

夏文怡當然知這種問話的用意，說：[我們對小孩子，特別留心，在送病人回家的時候，不但口頭講，還有字條寫明，一定要在七天內，去找醫生復診，找不到醫生的話，可以回來這裡。當時放射照片不能顯示的玻璃碎片，過幾天再照時就能看到。]夏文怡看控方律師沒有立刻反應，知道他沒有查看有關玻璃的資料，否則應該知道最少有一成的玻璃，當時照放射照片是可以看得到的。幾個月後，康題醫生告訴夏文怡，訴訟的結果，是急診室給對方幾百塊錢，算是庭外和解。

康題醫生的性格耿直，把錢看得很重，從來不掩飾他這方面的做法，同僚對他的口碑很不好。一般醫生都不額外收費的項目，他卻一一的向保險公司要錢。

夏文怡相信康題醫生對收費方面，花了很多工夫，才會知道那些項目可以收費。平常和夏文怡聊天時，他也不諱言錢是他做醫生的主要目的。他這種坦率的性格，讓同僚們覺得他不適合作醫生。夏文怡雖然不贊同他對錢的態度，但很感激他對自己的信賴和照顧，要不是他要了這一招，他的行醫記錄和保險費，也許會大大的不同。

夏文怡和楊玉琴都喜歡吃中國菜，知道這裡不會有好的中國菜館。在離港前做了不少準備，還帶來了一些工具。魚丸和肉丸是海豐人常吃的食物，在楊斯城這種內陸城市，要吃就要自己動手。

他在港的時候，常看有關吃的報導，也常和朋友去吃些特別的菜式。來這裡後訂的報紙，雖然要隔一兩週才到，食家的消息，卻經常不斷。看到有新的吃法時，夏文怡就會推想如何去煮，能不能用當地的材料來代替，所以常有新的嘗試。

他們家的後院，是夏文怡常用的燒烤場地。臥龍鎮的那班工程師裡，只有一對結了婚，平常在家裡很少燒中國菜，所以每請必來。偶爾也在程震業家燒烤。程家空地大，還可以進行球類活動。大家都還年青，都喜歡吃肉，所以燒烤最受歡迎。

朋友中有人認識一位從廣州來的雜貨店主婦，她會太極拳，大家請她到夏文怡後院教太極拳，學的人很多。不過夏文怡發覺她的太極拳屬於[公園派]，不是正式拜師學來的，沒有太極拳的理論作基礎，大家也懷疑她的招式是否正確，幾個月後無疾而終。可能是這位太太打開了他們對太極拳的興趣，那群工程師，後來找了很多太極拳的材料，送了夏文怡一卷錄影帶和厚厚的一套書。夏文怡知道自己是沒法從書本和錄影帶學到太極拳的，只留做紀念。

種菜和栽花，也是夏文怡的愛好。不過這裡冬天長，一般的中國蔬菜都不容易種，種得最成功的是韭菜。那些韭菜種還是從多倫多帶回來的。

到了夏天，隔一兩個月，他們總會去一趟多倫多。蔡清泉一家住那裏，幾位高中的同學也在那裏。最難得的是高中三時的班主任陳老師，也移居那裡。香港開業的那段時期，夏文怡常去拜訪陳老師，和他感情很好，沒想到來了美國，也能常常見面。陳老師的國學造詣深厚，到了當地不久，就受當地華文機構的禮聘，負起了傳播中華文化的責任。

多倫多的中菜水準，素負盛名。夏文怡一家除了飽嘗口福外，還常帶食物回去。帶得最多的是活的龍蝦，到達家裡，龍蝦仍然會跳。品嘗一頓不加任何配料的新鮮龍蝦，對於住在楊斯城的人來講，是人生的一大享受。遇到長假期時，舉家先到尼亞加拉大瀑布，欣賞那千變萬化的水流，聆聽那萬馬奔騰的水聲。晚上，燈光下的瀑布境色，特別迷人，楊玉琴最迷瀑布的雄壯和變幻。附近的古堡，空間廣闊，風景宜人，孩子們活動其間，既開心又可增新知。

一九七七年的暑假，他們去參觀多倫多鄰近的野生動物園。慢慢開著車，讓孩子們體會動物的生活動態。經過猴子區的時候，他們特別小心，把窗門關緊。有一隻小猴子，卻一直跟在珊婷那邊的窗口，和珊婷好像老朋友。珊婷屬猴，可當作是真猴和屬猴的緣份吧？猴子是家族動物，階級分明，小猴常跟著母猴，在母猴身邊跳上躲下，動作最多，最受孩子們的喜愛。

過了猴子區後，為了觀看的方便，把車窗玻璃降低，可以伸頭外看，吃萍果，聊天。正在忘情欣賞之際，珊婷手中的蘋果忽然一晃而失。一看是一頭長頸鹿，身體遠在樹林裡，它的頸子卻名符其實的真長，竟然神不知鬼不覺伸進了車裡，嘴巴更靈活，把珊婷手中的萍果咬去。技術高超，只咬萍果，沒有傷到手。

不算很遠的華盛頓特區，也是個好去處。從前孩子們小，來去不方便。現在每年都會去幾次。除了看風景名勝，博物館和白宮，國會，都是非常有教育性。河邊活的藍蟹，一籮籮的賣，一籮大概一百隻，回家後除了送給愛吃螃蟹的同好外，剩下的放在冰箱的最底層，有的可以活到七天。

七七年十月，當年在夏文怡醫務所工作的梅姑娘，和她夫婿來美加旅行，特地到楊斯城來看他們。國會和白宮都在華盛頓特區，最可以代表美國，夏家特地帶他們去。

　　他們第一次看到華盛頓的氣派，令他們耳目一新。高速公路的車速，也讓他們很吃驚。時近十月底，回程時開始飄雪。對長住香港的人，雪景很新鮮。夏文怡卻最擔心碰到下雪天，不知道這場雪會下多大，下多久，能不能平安回家，非常擔心。還好一路上雪不大，也沒有厚的積雪。梅姑娘的行程排得很緊，第二天就要往加拿大，送他們去機場時，還好雪早就停了，只路邊有些積雪。

　　夏家一直都害怕在下雪天開車，所以每年十月底開始，就不敢出遠門，一直要等到第二年的三月底，才敢開長途車。下大雪時，視線的影響事小，開慢一點就可以，但積雪不但會使輪子在原地滑動，最危險的是車子不受控制，從一邊滑到另一邊，或者打轉，這都讓夏楊非常緊張。更危險的是早上雪溶後結成的薄冰，尤其是在公路上，看也看不到，等你看到時已經太晚了。所以每到冬天，夏文怡和楊玉琴都會精神緊張，不知道那一天會出事。俗語說，小心駛得萬年船，加上運氣，住在楊斯城的幾年中，小意外年年有，大事沒出過。

　　這裡真的是各家自掃門前雪，住家車道的雪，薄的還好，在寒氣迫人的早上，要剷掉車道上厚厚的雪，並不是人人都能勝任的事。俗語說得好，有錢能使鬼推磨，花一點錢，告訴剷雪人，雪超過四吋時，一定要在早上七時前剷掉，就算下再大的雪，早上開車再也不必頭痛。

　　美國人喜歡養寵物，尤其是家有兒童的家庭。夏家住在臥龍鎮時，有一次經過一家寵物店，看到一隻兩歲大，已做過節育手術的暹羅母貓。楊玉琴一看就要抱，一抱就捨不得放開。買後兩個多月，又做了一次拔爪的手術，因為貓的天性要磨爪，常把沙發和窗廉都抓破了。

　　據說暹邏貓是貓類中最聰明的一種，可以訓練它做很多事情。可惜它已兩歲，要訓練很費時，只能讓它仍然做普通的寵物。

　　孩子們當然最高興，從圖書館借來有關養貓的書，兩個孩子興致勃勃的照顧它。不久學校有寵物比賽。評判老師問貓的名字，華倫告訴老師它叫[貓咪]，老師說那不是名字，第一關就沒過。孩子們看書，兩個大人從他們學到很多有關貓的正確觀念，才知道健康的貓，鼻子一定是濕潤的。貓常常把毛吃進肚子，所以隔一段時間要吃[瀉藥]，貓自己會去草地找自己的瀉藥。

這隻[貓咪]會發出不同的叫聲，餓的叫聲和捉到小松鼠的聲音完全不一樣，打招呼和要出門的聲音又不一樣。養了暹邏貓後，又覺得波斯貓的樣子也很誘人，又買了兩隻小的波斯貓。雄的全白，眼睛一藍一金，是純種的波斯貓。雌的麻灰色，性情古怪，整天面壁靜坐，像修行的僧侶，更不肯和家裡的任何人打交道。雄貓雖然美麗可愛，長大後到處撒尿，弄得角落處處是異味。

有了三隻貓，就想到狗；對中國人來說，北京狗最有代表性，所以買了一隻純黑的北京狗。不久雄貓突然有好幾天沒在大廳露面，後來在地窖找到時，已經絕氣。很早就聽說純種的動物難養，現在知道此言不差。孩子們對寵物的熱情，眾所皆知，所以照顧的工作，慢慢的又落在楊玉琴身上，還好楊玉琴天性喜愛動物，樂趣多多。

買北京狗也許是個錯誤的選擇，因為東方的狗種本性較強訓練不易。照書施法，耐著性子來訓練這隻[小黑]，越訓越不聽話。家裡四個人，各有方法，只會讓小黑的本性加強。小黑不但越來越小氣，還越來越妒忌。餵貓的時候，小黑一定大吠，吠得你非得給它吃貓的食物不可。抱貓的時候，它也吠個不停，可是抱狗那有抱貓舒服？

每次溜狗的時候，門一開小黑就飛出去。說是[溜狗]，正確說應該是[溜人]，是狗在前面拖著人走。很多時候，小黑掙脫了頸圈，不但在路上狂奔，最要命的是跑到別人的草地，一追跑得更遠，就算用食物來引誘，它也不上當。最省事的辦法是讓它跑個夠。不過這樣做就要冒些風險，跑到人家的草地去撒尿會惹麻煩。除了要剪狗毛外，還要替它洗澡，要定時體檢，打預防針。

小黑還有個怪毛病，某些人無論來過家裡多少次，總是會對他們吠個不停，程太太祖長安就是其中的一個；有些人第一次到，它卻會搖頭擺尾，親熱非常。小黑的這種性格，讓夏文怡想起了三字經，把它改成[狗不教，人之過，教不好，人之惰。〕就是因為他們沒有帶小黑去狗學校受訓，才有目前的小黑。雖然如此，小黑仍是他們家中可愛的一員。

貓咪每早要到屋外大小便，然後就在樹林狩獵。剛來的時候，爪子還沒拔掉，常常爬上樹去抓小花鼠。它爬樹的本領很高，從地上迅速的爬到高處，簡直如履平地。爪子拿掉的初時，出於慣性和本能，它還依然一衝而上，可是一下就掉下來。楊玉琴看到這情形，眼淚都快掉下來。夏文怡也後悔當初的決定太匆促。沒有爪子，等於失去自衛能力，所以他們一家儘可能不讓它留在外面。

但動物就是動物，一不留意，它就跑得不見蹤影，有一次竟然三天沒回家。一家人都認為凶多吉少，大家很傷心。但出乎意料的，第四天它又神不知鬼不覺的出現在門口，看到人時特別親熱。慢慢的，大家都覺得它還保存了相當程度的野生能力，白天可以讓它留在屋外。

楊玉琴發覺到，貓咪的耐性實在驚人，有的時候爲了要捉小花鼠，可以一動不動的蹲幾個小時。

他們一家都很留意貓的消息，有一次在報紙上看到一種叫[俄羅斯藍]的貓；竟然有藍色的貓？爲了滿足好奇心，開車去到老遠的農村裡，想一睹俄羅斯藍的風彩。那知見面不如聞名，看到的貓，毛密而短，有點發亮，就是看不到藍色，全身都是灰灰的。一問價錢，馬上回頭走。一九七七年，一隻貓竟然要價兩百多美金，寶貝！

夏文怡雖然也喜歡貓狗，對養魚卻情有獨鍾，自從搬家後，就燃燒起養魚的熱情。養熱帶魚最容易。不同的魚配不同的魚缸，有的魚缸買不到，夏文怡在香港時曾做過魚缸，所以做了一種可以掛在牆上的長扁形的小魚缸，專養紅蓮燈。晚上關了燈，觀賞那一條條閃著螢光的魚，在牆壁上不停的游動，覺得很富詩意。夏文怡又做了一個魚缸，送給宗孟常家。

家裡有一套盛飲料的玻璃碗，平常很少用，夏文怡把那個造型很美的大玻璃碗，放了石卵和睡蓮，專養金魚，堪稱一絕。明知道海水魚不好養，夏文怡依然抗拒不了海水魚特具的艷麗，屢死屢養，失敗爲成功之母，夢想總有一天會成功。

栽花種菜，也是夏文怡的嗜好。美國是種花的天堂。美國園藝商人推銷的手段，無孔不入。你只要從一家園藝店郵購一些花樹，其他的園藝店就會聞風紛紛而來，寄給你那些印刷得美麗無比的目錄，不但讓你看得眼花撩亂，而且抗不住誘惑，不買不舒服。夏文怡第一次就買了鬱金香，風信子，劍蘭和秋海棠等等。

荷蘭的鬱金香聞名世界，品種繁多。它無寒不開好花，很適合楊斯城的天氣。芍藥也喜寒，花朵粗看起來和牡丹花很難分別，可惜盛開的花讓雪一壓，東斜西倒，卻欠缺那種一樹梨花壓海棠的韻味，頗有一種慘不忍睹的味道，夏文怡不種芍藥。

鳶尾花也稱蝴蝶花，程震業音譯爲愛麗思，顏色之鮮豔，幾乎讓人睜不開眼睛，花型酷似洋蘭花，夏文怡一種就是十六種。另一種大麗花，花大而美，品種也多。當地有位醫生種了五百株，夏文怡向他要了很多品種，也學到種植的要訣。一次一位遠地來訪的朋友，看過夏家後說，簡直是個小型的動植物園。

就在一切看起來都很順利的時候，一九七八的初春，香港傳來噩耗，夏文怡的父親突然辭世。夏文怡非常驚訝和傷心，也發覺犯了大錯。他應該在七七年初夏回去一趟才對。在離港的時候，本來準備等一切就緒後，每隔一兩年回去看他。想不到兩年還不到，連再見一次的機會都沒有，就突然長辭，使夏文怡感到很後悔。

在港的六年中，父親的健康一直很好，也沒有一般長者常患的慢性病。夏文怡當然知道八十多歲的人，古人所謂的壽終正寢，隨時都可發生。一位長者能不受病魔的糾纏，正寢而逝，也算是一種難得的福氣。

夏文怡得訊後馬上回香港辦理後事。海豐人的祭禮，非常守舊，古時的道家氣氛很濃，在港的海豐祭師，一絲不苟的執行故有的程序。程序中有一項叫[鳴哀]，當司儀高唱鳴哀時，家屬就要放聲大哭。全部家屬裡，只有三嫂配合得天衣無縫。

香港的墳地非常少，結果父親安葬在離市區很遠的墳場，在那小小的蛋丸之地上，只有一塊石碑。比起故鄉的墳墓，是天淵之別。夏文怡知道父親最大的心願，是魂歸故土。但夏文怡也知道，父親這個心願，只能永遠是個心願！

楊斯城的醫生中，教徒不少，每週都有宗教的活動。這個宗教場所，也成為孩子們同聚的地方，後來更成立了中文班，楊玉琴成了教師的一員，兩個小孩子順理成章的做了學生。離港時，華倫已念完三年級，已會看金庸的射鵰英雄傳，珊婷則念完一年級，兩個人的中文程度，都遠遠超過這裡的同學。這裡的學生，程度參差不齊。目前只設一班，要教這些學生，實在是件頭痛的事。楊玉琴沒有教學的經驗，只能憑直覺，能教多少就多少。

美國出生的孩子，看中國字就像看圖畫一樣，把寫字當成畫字，把有些字的筆劃，從下往上畫，讓人看得啼笑皆非。

有兩仍在受訓的教徒醫生，不但信仰虔誠，還立志以後要以傳教士身分，獻身偏遠地區，去傳教和治病。他們還一肩挑起中文班和教堂的一切事物，真是令人佩服。

這裡成立了一個合唱團，指揮是華音揚，她的丈夫高山宗，也是教徒，是夏文怡的中學和醫學院的校友，兩人都非常熱心公益。

參加了合唱團，當了無牌教師，楊玉琴覺得這裡工作外的生活，充滿活力，非常有意義，豐富多姿，而日常醫務所的工作，讓她學而有用，成為夏家業務的一員，和香港相比，確實有天淵之別；尤其是唱歌，更讓她找回往日的最愛，她很慶幸這次重來美國，也感激夏文怡這次的選擇。

醫院的內科部，相當看重內科專科考試，醫院內科醫師培養的重點，也是以考試及格為指標；醫院聘用的專科醫師，差不多都有專科文憑。所有住院病人需要會診時，都找這些醫師。指導受訓醫師，一般也用有文憑的醫生擔任。同僚之間，比較看好有文憑的人。

夏文怡當年受訓完畢就回港，沒有機會參加這個考試。這次回來，他覺得非考這個試不可，尤其是身爲外來醫生。聽說這個試很難考，平均及格率不到四成半。自己離開美國已經六年，香港的行醫方式完全脫離正規醫理，這六年中新的變化，是個大大的空白，要過這個試，非得下一番苦功不可。

專科試是一個鑽牛角尖的試，對於一直在醫院行醫的醫生來說，也許不算太困難。聽帕氏醫生說，不多用腦筋是考不上的。目前受訓醫師口中的評價，帕氏醫生最高。平心而論，猶太人確是個優秀的民族。

在楊斯城裡，猶太裔具有很大的影響力。猶太人最不重視的就是運動競賽，最喜歡錢，鼻子最大。有的人甚至說，猶太人一走近，他們就能聞得出猶太的味道。

帕氏醫生，非常自負，要求很高，嘴巴不饒人，很多護士都討厭他。但夏文怡覺得他對專科考試的見解很有道理。

爲了參加內科的考試，夏文怡用了很多時間，還特別到芝加哥參加考試溫習的課程。拿到報名表後，才知道須要受訓單位的推薦，才能參加考試。還好內科主任本醫生還在，他對夏文怡的印象很深，不用查紀錄，就願意推薦夏文怡。但還要通過臨床技巧這一關。

楊斯城的兩個醫院系統有協定，考生的臨床技巧，要交換來鑑定。聖伊醫院的負責人是位黑人醫生，他選了一位病人，要夏文怡去做一次全套的病人檢查，然後面試。夏文怡很順利的通過這一關，剩下的就是自己的努力。

夏文怡謝絕一切社交，專心看書，讓楊玉琴和孩子們儘量參加華人的活動。除了在七八年去芝加哥上了一週的溫習課程外，所有討論會，一律不放過。一九七八年初秋，夏文怡到鄰近的克利夫蘭參加考試。兩個月後收到通知，只考到七十三分多，沒有通過。有了這次考試的經驗，信心大增。

這一年醫院來了一位高班校友劉錦衣醫生，沒退役前已經做到了內分泌專科。但他不喜歡開業，所以來到這醫院服務，也準備考專科試。

有一種在美國很少見的病，在台灣卻常可看到，尤其是年輕軍人。在台灣時，同僚們知道劉醫師正在收集這種病的資料，一有這種病，馬上轉給他。劉醫師可算是這種病的專家。

七九年的春天開始，鄰埠匹茲堡大學，晚上有個考試補習班，每周一次，夏文怡開車，他們一同去聽講。劉醫生說他考試的目的，只是要證明台灣培養出來的醫生，也能達到美國的標準。夏文怡才發覺劉醫生的民族自尊性很強。

　　在一起同去聽講的四月中，夏文怡發覺劉醫師很喜歡吃義大利餅。夏文怡卻喜歡吃蔥油餅，尤其是家裡做的。在美國那麼多年，夏文怡從來沒有喜歡上義大利餅，尤其不喜歡起士的味道，也不欣賞那種濕軟多油的感覺。七九年也在克利夫蘭考試。很幸運，他們兩位都考上。夏文怡相信這應該是他這一生最後的一次大考試。

　　打鐵趁熱，夏文怡不久再申請加州的執照；面試時，那位考官知道夏文怡是內科的，故意問他一些理論性很高的血色素結構等問題。夏文怡內科考試的餘溫尚在，答完後，讓那位考官很驚奇，站起來向他握手道賀。

　　醫院對專科考試放榜的消息，非常留意，而且會在每月一次的內科總會上，由內科主任宣佈每年受訓醫生及格的名字。這次也宣佈兩名考試及格的醫生，大家都報以熱烈掌聲，恭賀之聲不絕。但獨獨沒有夏文怡的名字。夏文怡心裡很不愉快，本來想站起來告訴大家，後來一想，及格是自己的事，掌聲和恭賀是虛榮，不必在意。不過散會後，夏文怡仍然去內科部，想把及格的消息告訴內科主任。主任不在，秘書聽後對他表示了禮貌性的恭賀，對漏了他名字的事卻一字不提。夏文怡相信院方真的沒有收到通知。幾天後查房時，康題醫生說：[我看到很多醫生向你道喜，究竟喜從何來？] 得知了夏文怡及格的消息，康題顯得有點激動，握著夏文怡的手，久久不放。

　　後來夏文怡才知道，康題和內科主任的關係不好，拿不到參考推薦信。鋼刀易碎，性情太耿直，康題付出了代價。

　　過了這個專科試後，夏文怡成了醫院教學系的一員，並獲得附近醫學院助理教授的資格。

　　宗孟常是外科醫生，人緣非常好，附近的中國人，無論何種職業，似乎都認識他。新到的中國人要找中國人時，當地人總會提起宗醫生。沿他的光，夏文怡不時有了新的病人。

　　另一位外科曾炳飛醫生，和宗孟常是老友，他除了基本外科外，還去深造了瘤種外科，回來這裡開業時，比夏文怡晚一些。

　　本來很多人都以為宗曾兩位是理想的合作夥伴，結果出人意料，曾在南，宗在北。甚麼原因，大家都在猜。夏文怡南邊醫院的病人，都請曾醫生作外科會診，北邊的則歸宗醫生。

雖然在美國住了很久，中國人還保留了特有的謙虛。夏文怡一位初診爲闌尾炎的病人，請曾醫生來會診時，病人家屬問：[你確定爲闌尾炎嗎？]曾醫生用標準的回答：[當然不能肯定。]結果家屬另找高明。事後夏文怡問家屬，家屬說：[連醫生自己都不敢肯定，我們那還有信心？〕由於文化和講話習慣的不同，夏文怡不時也遇到這方面的困擾，實在太麻煩時，主動提議讓病人另請高明。寧可少個病人，不願多份頭痛。

　　受了康題醫生的影響，夏文怡也儘可能不收新的政府付費病人。所以夏文怡的病人雖不多，病人的質素卻一直維持得很好。

　　美心的丈夫姓巴托，在教會服務，歌喉雄厚低沉，是教堂詩歌班的主唱。他對房屋和樹木的維護，也很有經驗。他種的南瓜，常常在一年一度的農工展會獲獎。

　　內陸的城市，娛樂的活動不多，一年一度的農工展，人山人海。夏文怡家去過一次。展出的農畜物，種類繁多。其中兔子和羊最受夏家喜愛；它們顏色的搭配，最是讓人驚艷。得獎的南瓜，常常超過一百磅。相信除了用特別的種子外，一定有特殊的種植方法。

　　美國人很害怕賠償，所以幾乎樣樣買保險。夏文怡有顆大樹，樹枝長到了屋中央，鋸樹公司的收費貴得嚇人，問起原因，保險費佔了收費的一大半。美心得知後，說她先生會鋸樹，最後協定，若有損壞時，他不負責，鋸下來的大木，他全部拿走。結果一毛錢也沒花，大樹就解決掉。事後請他們來家吃頓中國菜，聊表謝意。

　　中秋節是中國人的大節，吃月餅，賞月和燈會，雖然各地風俗不一，但節日的氣氛很濃。身在異國的內陸城市，除了月亮，其他的還得動腦筋。

　　夏文怡準備到公園去烤乳豬。美心說可以買到乳豬。結果約定在中秋節的週末，到磨坊溪公園燒烤，燒豬是主題。離港前，夏文怡特地去看海豐親戚如何燒豬，又曾請教過開燒臘店的星墨翰，有關燒豬的種種要點，所以信心十足，要燒一次讓大家嘗嘗。早上拿到了豬一看，不是乳豬，是一隻三十多磅的小豬。燒架要加大，炭火要加多，燒的時間也得提早。可惜天公不作美，快要燒的時候下起雨來，一下就不停。結果那隻豬由臥龍的工程師們拿去；他們都住在鄰近，工程師有他們特有的燒烤辦法，大家分起來也方便些。

　　來美讀書的中國大學生，家境豐裕的並不多，很多得靠工作來幫補學費。有位大學生，腦筋很靈光，他應用化學工程的原理，來調配中國菜，所以能經常維持最好的水準。他常請客，很受客人的欣賞；畢業後馬上開餐館，生意非常好。

隨著政策的繼續開放，到這裡定居的中國人，越來越多，其中烹飪比較出色的人，開始動做餐館的腦筋，帶動了中國菜的提升，讓中國人越來越有口福，漸漸的連北京烤鴨都有了。

當時的中國菜，不再是六十年代那種蠔油罐頭荸薺加芡粉的公式菜。楊斯城的周圍，常常出現新餐館，業務稍好一點的，很快就頂出去，找地方再開一家。夏楊常去嘗鮮，可惜值得常去的，還是絕無僅有。

當年受訓時，一心一意全在醫學上，對醫院業務運作的規則，全無了解。現在開業，吃了很多虧。最初半年，有幾次病人住院，保險公司拒絕付款，把夏文怡弄得如丈八金剛，摸不著頭腦。經過醫生會主任的幾次解釋，才知道病人住院，要合符保險公司設定的條件，否則拒絕付錢。主任知道夏文怡新來乍到，對醫院的運作還沒進入情況，叫夏文怡不要擔心，醫院已買了保險，專門支付這類費用。

這件事讓夏文怡想起六五年在克利夫蘭實習時，一位很調皮的住院醫生，看完病人後的診斷是[OGK]，同事和護士從來沒有看過這個診斷，紛紛問他這三個字母的全字是甚麼。經過多次追問，才知道是[只有上帝知道]的縮寫。

另一次實習醫生問病人為甚麼住院時，病人的答覆更讓人驚訝。病人說：[我也不清楚，收到醫生住院的通知，所以就來了。〕這些事讓夏文怡留下很深的印象，誤以為住院與否，全由醫生決定，現在才知道還要經過保險公司這一關。自此小心翼翼，希望不要再引起糾紛。

有人說，黨內無派，希離古怪。醫院也一樣，醫生之間，派別多，磨擦也不少。根據傳統，醫生屬於[自律]的團體，醫生團體要訂出完整的條例，自清門戶。所以醫生團體內設有很多專責小組，負責清理的任務。誰做了小組的主席，誰就頭痛。這是一種吃力不討好的煩事。一些主席常說他們是無牙老虎，對於不合作的醫生，毫無辦法。其中利益的衝突，導致很大的不和。

內科部當初議定，所有南北兩院的心臟圖，先由住院醫生寫報告，然後由一位每月輪一次班的開業醫生改正，收費全歸內科，作為住院醫生到外地進修之用。

這筆收費相當龐大，相信進修費只佔九牛一毛，其他大概全進了那位主任的口袋。其他很多醫院，醫生可以自己閱讀病人的心電圖，自己收閱讀費，醫院只收操作費。沒有閱讀資格的醫生，可以指定他喜歡的醫生代讀。但是內科主任的人脈很強，這個規矩一直沒被推翻。一位猶太裔的醫生，就曾幾次請夏文怡去他家，和幾位[反對黨]聚會。夏文怡最怕捲入是非圈，幾次後就不再參加。

內陸的東方人很少，當地人只知道有日本人。假如對方知道你是中國人，一定會猜你是開餐館，或者開洗衣店的。夏文怡一位在克利夫蘭受訓的校友，有一次因急診去照放射照片，一位技術員開口就問他：[你在那家餐館做事？]那位校友很幽默的說：[我和你是同行，但我是醫生。]

學校的中國人更少，華倫和珊婷都有孤單無伴的感覺。看到的面孔，非白即黑，生活習慣相差很大，思想行為天南地北，找不到共同話題，不容易交上朋友。

在香港上過學的孩子，很難接受當地孩子那種近乎野蠻的奔放行為。宗孟常的大女兒，在當地出生，上學後常常說她最恨身為中國人。楊玉琴很擔心孩子們心理會受創傷，常常對他們講些中國是四大古國中目前最強大的一個，拿破崙說中國是一頭睡著的獅子，中國的長城是世界四大奇跡之一，中國的三大發明等等。

楊玉琴注意到兩個孩子天性好靜，對競爭性的體育有些恐懼，但對游泳的興致很好，每週從不缺席。他們對書本的興趣更大。

華倫對大自然的興趣很濃，對恐龍著了迷，圖書館有關恐龍的書，差不多都看過；他對天文和不明飛行物體的好奇，也很驚人。那時的星際大戰，是孩子們的最愛。臥龍鎮的一位女工程師，就為了滿足小孩的好奇心，特地帶了一群她認識的孩子們，拉大隊去看這部意境新穎的特技片。

這附近的湖很多，夏天的樂趣多。湖邊只可玩水，游泳不安全。兩個孩子都沒耐心釣魚，而且釣魚要買執照，不常釣不合算。

附近的派鱷吞涅湖，非常特別，湖很大，湖裡的鯉魚，似乎比六年前，數目更驚人。那些魚整天都張開大嘴巴，看到東西就衝過來。一大堆魚拼命往前衝，魚疊魚，很多魚全身離開水面，嘴巴一張一合，發出很大的聲音，非常驚人。沒看過這情形，很難想像鯉魚的吃相，竟然是如此的瘋狂。

附近有不少馬廄，騎馬也很方便，四人都喜歡馬，就算不騎，看看馬也是賞心之事。有一個馬廄有訓練班，兩個孩子興緻勃勃，報名上課，每次一小時。小孩子學得快，那些馬大概也喜歡孩子，很快就配合得很好。

這裡孩子們戶外活動的空間很大，個人的樂趣多，可惜沒有親戚，少了兄弟姐妹間情感的互動，欠缺人和人之間互動的教育，沒法和香港相比。

兩個孩子很想念香港的兄姐，在一九七九年的七月，他們兩個回港探親，由國華等人照顧他們。那時華倫已十二歲，來回路程都沒出問題。香港那邊，大家都遷就他們，玩得很愉快。

　　當時海洋公園已建成，新出爐的電腦照相，留下不少永久的回憶。

　　這時姪兒子育建，已經大學畢業，而且找到一份待遇很好的工作。夏楊非常欣慰，三嫂這一邊，終於有人出人頭地，可以帶領弟弟們走向未來。夏文怡覺得肩上的重擔，一下子輕了很多。

　　圍繞著楊斯城，有很多大大小小的城鎮。那裡開業的中國裔醫生，一些在當地已打響了名號，在當地有很大的影響力。外科的陳醫生和放射科的藍醫生，就是其中的代表。

　　夏楊和藍家常有來往。藍太太的父母，和他們同住。他們非常好客，和夏家很投緣。兩位老人家喜歡打橋牌，可惜在這種小鎮，很難找到橋友。得知夏文怡也打橋牌，如獲至寶。藍太太和楊玉琴對橋牌興緻不大，每次開局，都是兩老對兩少。橋局一開，半天就過去。藍太太精明爽直，更燒得一手好菜，夏楊都覺得她是個很難得的主婦。

　　楊斯城和附近的一些城市，都以鋼鐵和輪胎業為主。從七七年開始，這種行業開始走下坡，而且有越來越嚴重的趨勢，有的人開始擔心這些城鎮會變成死城。

　　醫院的麻醉科高思捷醫生，感覺敏銳，已搬去加州，外科的曾炳飛醫生，也覺得氣氛不對，託高醫生替他留意加州的機會。在臥龍開業的程震業，被那位菲律賓裔醫生壓得喘不過氣來，很想他遷。夏文怡的業務，雖然不算差，也沒有甚麼進展，而且覺得和病人對話時，總比不上美國醫生那種自然簡單，廖廖幾句話，就能讓病人了解的地步。

　　每年的多季，雪和冰所帶來的潛在危險，會使神經緊崩，憂心忡忡，不知那天會出車禍。每次去買菜，無論怎麼小心開車，車子總會滑左拐右，多次和別人車子碰撞，雖然沒有損壞，長久下去，總有損傷的一日。所以當曾炳飛終於也搬去加州時，夏文怡也託他在那邊找機會。

　　到了七九年秋季，終於有了消息。那是高思捷工作的樹林鎮，需要幾位醫生。夏文怡當然不放棄這個機會，和當地醫院的院長通了多次電話，決定親自去看看。

　　七九年的聖誕節，夏文怡單獨去加州。交談後覺得醫院的條件可以接受，而且那裡環境很清靜，雖然沒有特別的田園風光，但寬大的馬路，紅瓦的屋頂，看起來格外的悅目可愛。醫院特別安排了醫院的董事們和夏文怡會面，讓夏文怡了解醫院正在擴張，需要很多醫生。

樹林鎮的南邊是個大城市，中國人很多，曾炳飛就在那裏開業。那次剛好有一位中國會計師宴請顧客和朋友，夏文怡恭逢勝會，認識了好幾位中國裔醫生，覺得那裡中國的氣氛很濃。

夏文怡去加州的那幾天，楊玉琴也帶了孩子們，和程震業一家，開車去東部，到曲文星家過聖誕。三家老同學相聚，又逢佳節，機會難得。曲家離波堤爾摩不遠。玻市最出名的是脫衣舞，既然已來臨此地，錯過可能後悔一生，雅士俗人，何妨趁此良辰，一嘗天地造物之妙！

夏文怡帶回來的消息，程震業最感興趣。同時他得知同班還有兩位同學，在六月時剛好受訓完畢，有興趣一齊去加州。假如四位同班同學，能聯合開一個診所的話，應該是人生一大盛事。商量的結果，他們決定一齊到加州去，看看是否合大家的願望。除了一家住克利夫蘭的同學不能同行外，一行六人，在八零年二月，飛去加州中部的樹林鎮。

二月份的楊斯城，四周白濛濛一片，樹枝光禿禿的，天空暗灰灰的，地上殘雪髒髒的，看不到一絲生氣。一到加州，藍天白雲，陽光普照，草綠葉濃，處處生氣勃勃，處身其中，精神大振。大家開玩笑說，甚麼也不用再看，光看這天氣景色，就可以立刻決定，儘早搬過來。

離開樹林鎮時，夏程兩家還去了一趟舊金山的唐人街，嘗到些久別的美味後，一切決定就在今天。經過多次的討價還價，三月底正式回覆醫院，並決定七月份搬去。可惜在克利夫蘭的同學，最終還是未能同去。

四月中的一個晚上，夏文怡接到樹林鎮來的電話，說他是鎮上的心臟科醫生，問夏文怡是否決定要來，最後問夏文怡是不是有專科證書。聽到夏文怡的答覆後，顯得很高興，並且要求夏文怡將來和他輪班。這真出乎意料之外，人還未到，就談到輪班之事。這也證明那邊的醫生很缺乏，尤其是有專科證書的醫生。夏文怡更覺得那位心臟科醫生是一位做事很認真的醫生。

一但決定，賣屋是靠運氣的頭痛事，夏家馬上豎起牌子，自己賣，豎了兩個多月，沒人問津，結果還是要交給當初買屋的經理。誰知同樣的牌子，兩天後有人開車經過看到，而且很快就成交。當時房屋貸款的利息高達十二厘半，買家要求照當初的八厘半供款，銀行也同意，替他省了一大筆錢，買家當然非常高興。

254

程震業的運氣就沒那麼好，房屋一直拖到一年多後才賣出。波斯貓和北京狗，送給臥龍的謝家。謝家是唯一的兩人家庭。謝太太嬌小文靜，又不用上班，應該會好好照顧那兩隻寵物。海水魚送給仍在醫院病理科受訓的劉醫生。帶去加州的，只有兩盆懸掛植物，一打大麗花球根，和數束連根的韭菜。

過了七月一號，夏程兩家一起出發。季賓洛一家，要先去大陸，好幾天前就已出發。夏家有兩部車，大車由朋友的熟人開走，交去住在洛省的李挺柏。

一家四人帶著暹邏貓，和程家三人，向南方出發。經肯德基州，再到田納西州。兩車都備有對話機，一路上可以交談，還可以聽程震業唱的粵曲，頗不寂寞。

車子一駛入肯州，兩旁的景色頓變，擺脫了寒帶的景像。再向南走，天氣越來越潮熱。到加油站時車門一開，一股潮濕的熱氣直往鼻子衝，有點窒息的感覺。

南方濃濃的口音，尤其是黑人，非常新鮮，開始時很難聽懂，慢慢的，程震業開始用剛學來的南腔和當地人對話，逗得大家大笑。很多時候，公路的車子很少，可以放心欣賞路旁的景色。每天的車程不超過六小時，輕鬆愉快。

離家的前幾天，帶貓咪去看獸醫，請教如何沿途照顧它的辦法。獸醫開了鎮靜劑，早上開車前吃一顆。一路上貓咪煩躁不安，又叫又不吃，一家都很擔心。晚上住旅館的時候，關在籠子叫得更厲害，結果要放它出來，讓它睡在床邊。第二天情形依舊。後來楊玉琴想起珊婷吃了傷風藥後，也是煩躁不安。果然第三天不吃鎮靜劑後，貓咪恢復常態，帶著它在路旁的小公園散步，非常安祥。

田納西州的曼非斯，程鎮業有親戚在那裡，玉琴的弟弟友恭和護校的同學，也定居在那裡。是這次旅途中唯一逗留較久的城市。

因為貓王的原故，曼非斯聞名世界。夏文怡和楊玉琴雖然都不欣賞貓王的作風，有緣路過此地，也去他的紀念館逛了一圈。友恭還在七月四那天，帶他們去馬場看賽馬。友恭年輕好玩，那天賭馬賭得很開心。

再往西經阿肯娑，奧克荷馬，卡羅拉多到了阿里桑納州。

阿州的大峽谷，是美國第三大國家公園，聞名已久，當然不會放過。不過夏家只留了一天，匆匆繞著周邊看了一下，覺得四周的景色都差不多，雖然壯觀，白天景色的變化很少。

那天提早睡覺，午夜後開夜車，去闖內華達州的大沙漠。出發以前，美心的先生告訴夏文怡，最好選在夜間經過沙漠，一定要多帶水和食物，碰到天氣實在太熱的時候，冷氣也不管用，要慢慢開車。但出乎意料，天氣不但不熱，也看不到那心目中黃沙滾滾的沙漠。入目的只是一塊塊長了野草的荒地，路邊也有汽油站和快餐館。在那荒蕪的地帶，人稀車少的公路上，深夜開著孤車，也是人生難得的經歷。

進加州的時候，邊境還要查關。官員最注意是植物。夏文怡帶的植物都已洗掉根部的泥巴，順利過關。到了李挺柏家時，還沒到中午。託朋友開來的車，早兩天已到。吃了東西，稍作休息，夏文怡一人一車，其他三人和貓同車，懷著興奮的心情，向北往中部的樹林鎮開去。

高醫生已租好了房子，拿了鑰匙到那房子時，看到門前有棵很大的西梅樹，熟透的梅子有的已掉地上，汁多味甜，大家首次嘗到門前的水果，非常興奮；屋子也合意，大家大大的鬆了口氣。隨後程家也到達，晚飯就在當地一家名為[鄉村]的中西合璧的餐館吃，那天剛好是一九八零年七月十日。

沒到以前，以為這裡會很熱，誰知晚上打地鋪，到了半夜還要蓋被子。從這一刻起，這個名叫[樹林]的小鎮，就成了夏家的第二故鄉。

幾天後季賓洛也到了，三人一起去醫院和院長商量開業事宜，才知被院長耍了一招。本來說好由院方修建一間三人共同使用的醫務所，現在才說市政府未通過修理方案，三人只能分開。

程季租到的醫務所都很小。先前說好向電話公司申請到的特別電話號碼，現在也說是語言上的誤會。可惜已上了賊船，沒有回頭的餘地，只好竭盡所能，三個臭皮匠，天天碰頭，終於決定在八月中開業。在籌備期間，葉展之夫婦從加拿大突然來妨。有朋自遠方來，夏文怡非常感動。

葉家遠住加拿大的溫尼伯，開車南來，雖然邊開邊玩，但路途非常遙遠。他們是摩門教徒，鹽湖城是該教聖地，是他們這次旅途的主題。他們還要再南下去探望李挺柏家。他太太花溫馨有位姊姊住舊金山，也是他們這次探訪的對象。

葉家和李家在香港時已很熟，平常時有聯絡，見面時無拘無束。夏和葉十幾年沒見面，彼此尚未見過對方的家人。夏文怡覺得葉展之和花溫馨都用對待醫生的態度來對他，並非像老同學之間的交談，令他有點意外。

夏文怡醫務所的設備還沒齊全，那天剛好借了一部手檔的小貨車，知道葉展之會開，馬上不客氣的請他幫忙，去運一個大而重的金屬櫃子，搬去醫務所去，解決了醫務所多天來的頭痛事。這樣才算拉近了些距離。

第二天特地和他們去了舊金山，還買了活的象拔蚌和一些海鮮回家，煮了一頓海鮮餐來款待他們。經幾天的交談，葉花兩位才說夏文怡不像一般醫生那樣的高不可攀。

勞動節假日那一天，院方用三位醫生的名字，在醫院的會議廳，辦了個很盛大的開張招待會，幾乎全醫院的重要人員和社會名人，都在邀請之列。

爲了這個會，程震業特地到鄰鎮訂購中式餐點，意外的遇見了小學時的老師。他們都很驚奇，隔了那麼多年，彼此還記得對方的容貌。幾天後，當地的唯一報館，訪問了三人，以整版的篇幅，報導三位醫生的來歷和來此的抱負。

三人中，只有季賓洛沒有在美國開業的經驗，心裡的壓力較大。季醫生很內向，很少向他兩位同學開誠佈公。而且他在美國的時間較短，對美國人常用的俗語，多少有點隔膜。

醫院的病歷，規定要用打字，先由用特定的錄音機口述，然後由打字員打出。季醫生卻一直不敢嘗試這個用法，常受到病歷部的埋怨。

他是退役後才來美國受全科訓練的，目前這小鎮的醫生，差不多都是全科，競爭壓力特別大，令他非常擔心。因爲三人都不同科，在醫院不能一齊輪班，大家都不滿意目前的狀況。

還好醫院保證前六個月的收入，經濟上沒有壓力。由於病人不多，週末很空閒，三家常聚閒聊，有點窮開心的味道。當時水果攤的葡萄，一盒四十磅，售價四元，大家吃得很樂，這是他們來加州後葡萄吃得最多的一年。

夏文怡一直念念不忘那位曾經打電話給他的醫生，在醫院看不到他，又忘記他的名字。一位頭纏布條的印度裔醫生，倒是每天都看到。熟了以後，才知他姓羅濟普，兩個月前才來接買一位突然死去醫生的業務。夏文怡馬上問起那死去醫生的名字。果然死去的就是那位曾來電話的醫生；是在家中的游泳池死掉的。真是人生無常！

據說當時醫生和兒子在游泳，兒子進屋子吃東西，出來時，醫生已死在池中。後來傳說，在醫生的頭上發現一個小洞。真正的死因爲何，是否另有隱情，大家不知道，死亡證書的死因是意外。後來醫生太太把業務賣給羅濟普。

這一次買賣，引起日後印度裔和巴基斯坦裔之間的不和。據羅濟普說，他在買這個醫務所時，多次受到院方的威脅，醫生太太也受到恐嚇，但他絕不退讓，最終還是買下來。後來多方打聽，才知道本院的一位巴裔婦產科醫生，在得知醫生意外死亡後，已取得院長的同意，要讓一位在六月份才完成受訓的醫生來接替。沒想到半途殺出一個程咬金，羅濟普捷足先登。

不過到了八月份，那位醫生還是來了，也是心臟科，卻是巴基斯坦人。不但他來了，以後兩年內，來了很多醫生，印度和巴基斯坦參半。本來醫生不足的小鎮，轉眼變成醫生過多，本來不太平靜的醫院，從此更沒有太平。

久住內陸的人，尤其是中國人，一來到加州，都會精神百倍。這裡馬路寬大，陽光普照，房屋的間格開朗，顏色鮮艷的瓦頂，充滿生機。這裡人種眾多，而且到處可以接觸到中國的文化，處身此鎮，不會有外來客的感覺。各國來的人，各有各的口音，誰也不用因為口音而自卑，聽慣了就好。

這個鎮也甚有特色：貓多，教堂多，銀行多。四周果園的葡萄，橄欖，無花果，合桃，美國杏仁等，都讓新來的人感到新鮮。

這裡的葡萄酒，種類多，口感好，價錢更便宜。而且地處加州中央，北有舊金山，南是洛杉磯，開車很方便。早上開車到舊金山飲茶，可以連看兩場中國電影，晚上還可以帶回活的蝦蟹。比起楊斯城，簡直天和地。

東邊的山地，有三大國家公園，西邊的海域，風光，海灘，水族館，樣樣精彩。鎮上地大人稀，免受擁擠交通之苦，而享受小鎮獨有的舒暢。又緊依大城，有大學，有機場，有中國的雜貨店；查查電話簿，大大小小，竟然有九十八家中國餐館。就算本鎮的中國館，也能做出中國原味的菜式。孩子們在學校，完全沒有異鄉人的感覺。

貓咪到了新環境，開始時有點不安，很快就適應，變得很活潑，常等在樹底下，望著樹上的鳥兒，有點空嘆無奈的樣子。

隔壁的李樹，開始成熟。鄰居剛好是業主，他們說，喜歡李子就採，不必管樹枝是不是伸到這邊來。幾天後，夏文怡發覺，被蟲子咬過的果子，成熟快，也特別甜。門前的西梅樹，味道最好，深受大家的歡迎。一次程太太祖永安多吃了，回家後腹瀉。後來才知西梅有輕瀉作用，市面上賣的輕瀉劑，就有西梅精的成份。

夏家常去果園附近的果攤買葡萄。有一次看見路上有房屋開放的牌子，進去看到一間屋子很合意，一位女經紀走過來問他：[很合意吧？]夏文怡說：[可惜離市區太遠了。]女經紀露出帶點得意的微笑說：[靠近市區的地方，正好有間很相似的新屋，你們那天有空，我帶你們去看看。〕看的結果，決定買這新屋。九月初搬進新屋，這是夏家第二次的新家。

程家過年後也買了房子，只有季家，沒有拿定主意，依然住在那間裝修得很漂亮的公寓式房子。

新房子有點特別，座落在路旁的最高點，低漥的部分做了底層，有車房，客房和小小的書房。和馬路同高的部分是家庭廳，客廳，餐廳和廚房；最高層有三個睡房和洗衣房；後院一路向下斜，從家庭廳向後望，視野很好，可以看得很遠。只有一家近鄰在南邊，北邊和前後面盡是空地。

黃昏時把家庭廳的前後窗打開，涼風徐徐而來，非常舒暢。不過要做的事可多了。還好開業沒多久，病人不多，每週只工作四天半，空閒時間很多，可以全部集中做後院的工作。前院的一邊，蓋房子時已種了花樹和草地，後面則全是荒地。所有的野草，這時全都乾枯，另外還有帶刺的小植物，蓬草，和藍色帶有刺鼻味道的乾旱植物。

地上又乾又硬，鏟子剷下去會反彈。九月的太陽，像火燒在身上。這個季節的濕度很低，最低時只有百份五，陽光直透皮膚。在太陽下只要工作幾分鐘，豆大的汗點，直接落在地上，但是身上卻沒有汗水，不會感到難受。站在屋簷下，卻一點都不覺得已將近華氏一百度的高溫。

夏文怡想起租屋那邊的樹陰。在這種環境下，樹陰最寶貴。第一個念頭是種樹！夏文怡很快去找法蘭哥花樹園的老闆，要他提供意見。那老闆很幽默，說：〔要很快有樹陰，當然是種大樹，大樹比樹苗當然貴得多，而且搬運也很費工夫。〕

看了很多樹，果樹除枇杷和柑橘類外，都是落葉的樹，兩個多月後葉子就掉光，其他的喬木，只有松柏類是常綠，不過這類樹長得慢，樹枝不開展，樹陰有限。

竹子和大花木蘭，樹陰更少。只有大葉相思，樹枝非常開展，不過這種樹到處可見，樹苗卻沒有人賣。欲速則不達，前人說十年樹木，要享受樹陰，還是要慢慢來。結果買了不少樹，大多是果樹，其餘是三棵蒙特瑞松。美國的松樹都像聖誕樹，下大上小。只有蒙特瑞一帶的松，有點中國松的味道。

在強光，炎熱，硬地三者兼有情形下工作，並不是件浪漫的事。還好夏文怡的中國氣質很濃，襟古代愚公移山的精神，帶近代土法煉鋼的鼓勵，加上勤四體，勞筋骨的古訓，夏文怡還是用最原始的方法，來種這些樹。

美國可以租到的工具很多，挖地開坑的不同工具，在這個小鎮都租得到。但一來租錢貴，二來只適合一口氣能做完的人。一口氣做完的工作方式太認真，太辛苦，只適合職業性的工人，也缺少田園派的浪漫。

　　夏文怡只能買些工具，有空就做，累了就休息。本來想先用水把地弄濕，然後再挖。沒想到那些地實在太乾，水滲不進去，必需先用粗鐵插洞。這樣重復的又插又灌又挖，第一個一尺多深的洞，整個上午只完成了八成左右。而且挖洞時，常常會碰到硬塊。

　　一位朋友告訴夏文怡，這裡的地是冰河時期遺留下的原地，從來沒有經過耕種，碰到的硬地，俗稱硬盤，不用機器，就得用炸藥。有專門服務的炸藥公司，就算種了樹，也可以炸，不會傷到樹根。夏文怡覺得種幾棵樹，要請炸藥專家，有點小題大作。所以挖的洞，深淺不一，距離不均，馬馬虎虎在幾天內把樹種完時，已過了九月中旬，正好是樹林鎮一年一度的農工展覽會。

　　以前在楊斯城時看過一次，人山人海，看得很不舒服。現在近在家門，又是新來此地，當然不可錯過。誰知開幕的晚上，下起大雨，第二天黃昏時，又下了大雨。第三天去看，場地很小，沒有甚麼看頭。賣吃的倒很多，玩的也不錯，活像個遊樂場。

　　這兩場大雨來得有點奇怪。這裡的雨季一般是十一月到二月，平均雨量十吋。前幾年旱得很厲害，地下水要過四百呎才有。每年十吋的水，根本不夠用。幸好東邊的山下雪，溶雪的水除了流進運河系統外，其餘變成地下水。

　　附近果園灌溉用的水，沒有運河的地段，就得靠開井抽水。夏文怡家一帶的用水，也是地下水，是附近一家水公司，把抽到的地下水加工後，成了自來水再供給附近住家；水質非常好。今年這兩場大雨，也許象徵今年有豐沛的雨水。

　　到了十月底，天氣轉涼。沒來加州以前，聽說這裡很熱，以為會熱得很難受，想不到才踏進十月，熱天已到盡頭。算算今年超過一百度的日子，也只不過十來天，而且只有下午的幾個小時才那麼熱。雖然沒有想像中熱，而且早晚很涼快，但是盛夏的乾熱，也得想個法子來平衡一下。水能克火，又能潤膚，請人來造個游泳池吧。打價的結果，發覺這裡的價錢很合理，怪不得這裡那麼多人都有游泳池。

　　加州的法例，游泳池的四周一定要有安全設備，防止小孩子進去，所以決定先造圍牆。在屋子的北面，空地很大，可以加蓋一個工作間。在挖游泳池的時候，再挖一個將來可以做魚塘的大洞。到了一九八一年五月時，這幾個工程，都先後順利竣工。

有了工作間，夏文怡買了一部大鋸，開始做些木工。書架花架和擺設框架，雖然做的不算好，但都量地而做，簡單實用。中國南方人喜歡的白玉蘭，這裡多天太冷，需要一間有蓋的植物房。

　　大家熟悉的曇花，多天也要移近屋邊。常常被大家誤認為曇花的令箭荷花，也怕極冷天氣。

　　曇花一現，花大色白香濃，壽命只限晚上十點到零晨三點之間。令箭荷花色多無香，花期三到五天。兩種花的外形相像，曇花較大，令箭荷花也有白色，紫紅色的最艷麗，可以亮得讓你眼睛睜不開。令箭荷花的葉硬而厚，曇花的葉子又薄又軟。

　　為了保護這些熱帶花卉，夏文怡蓋了間植物房，採用雙層窗和用雙層玻璃做屋頂，但是效果不好。楊玉琴是夏文怡唯一的助手，為了幫助夏文怡把很重的玻璃和粗木往高處放，楊玉琴日後肩關節的疾病，相信和這些超負荷的工作有關。

　　六月底，游泳池開始使用。孩子們當然最高興。八百平方呎的面積，只有四個人游泳，非常舒服。楊玉琴的泳術，本來差強人意，天天游泳的結果，不到兩周，令人刮目相看。

　　暑假時，他們一家到夏威夷去玩。這是一家人第一次去夏威夷。沙灘，海水，草裙舞，水果，泥烤豬，加上夏威夷人的樂觀和熱情，是這次遊夏威夷的印象。他們還騎了幾個小時的馬，吃了久違多時的荔枝，回途帶了多盆夏威夷蘭花，回來後分一半給程震業。

　　程家養花很有心得，尤其是非洲紫羅蘭，種類多，花色奪目。夏家養的令箭荷花，也是程震業在報上找到的。

　　程家夫婦屬學者派，凡事以書為根據，養花種樹也不例外；夏文怡就做不到這一點。程震業和多位同學常保持聯繫，和台灣籍同學的聯絡，也從未中斷，其他同學都做不到這一點。

　　新近到這裡投資的台灣的一位藥科校友張大哥，第一個聯絡上的就是程震業。大家見面時，和張大哥一起來的，還有一位蔣先生。蔣先生近乎美國人的作風，令人印象深刻。第一次見面就介紹了很多有關他的成就，並隨身帶有剪報的影印，夏程各有一份。蔣先生說他和一位在羅省的朋友，分屬共和與民主兩黨，選舉總統時，各自捐款。無論誰當選，他們其中一人會受到邀請，可以帶一位朋友，結果兩人都出席。

　　他們這次來這裡買美國杏仁果樹園，二十畝大，價錢便宜。後來聽說是用蔣先生的信用，張大哥的頭款，買下了這塊果園。夏程兩人都喜歡荔枝，問他們為甚麼不種。答案是很早以前就有人來調查過，荔枝屬熱帶果，喜熱好濕，這裡夏熱而乾，多濕但冷，完全不對頭。

夏文怡的病人中，果農不少，賺錢的卻不多。種植不算難，難就難在如何賣出去。經銷商的手段，不是人人都能應付。沒有經銷商，除非你有直銷店，就算你願意擺攤子，頭髮白了也賣不完。

　　不光水果如此，養雞，甚至養鴿子，不是會員，準受經銷商的欺負。美國的法治民主，有她特有的遊戲規則。不過蔣先生是個精明的人，應該早已有了全盤計畫。

　　從夏威夷回來不久，三哥的大兒子育建來訪。他的女朋友來美國開會，他也拿假期來美國會面。夏文怡和楊玉琴到舊金山機場接他們。雖然從家裡到機場要三小時的車程，看到姪兒能來看他們，夏楊都很高興。

　　楊玉琴和育建已六年沒見面。當年離港時，育建還是個大學生，轉眼已做事兩年，舉止談吐更成熟。他女朋友也是文靜寡言，像位頭腦冷靜的職業女性。看著這兩位年輕人，夏文怡感到很安慰，他們走後不久，這裡又添了一位中國醫生。

　　半年前一位婦產科醫生說這裡還需要這一科的醫生，所以夏文怡把這消息傳給在楊斯城醫院工作的崔守己醫生，終於順利到來，醫院一下子有了四位中國醫生。

　　醫院的巴基斯坦裔醫生為數較多，無形中成了一股新勢力。他們的行醫手段積極，吃相有點難看。

　　一位從加拿大來這裡開業的教授級醫生，就常常對夏文怡提到他們這種過份的手段。這位教授說，在軍隊裡，假如開始時只有一位士兵偷衣服，很快全班士兵也都偷起衣服來。他很擔心巴籍醫生這種做風，會引起惡性的連鎖反應。

　　新來的一位巴籍肺科醫生，未經醫生團的大會通過，在醫院新增了一條全院的血氧測試，由他一人寫報告，只他一人收費。經夏文怡等的反對而被迫取消，那位資格很老的法魯渠醫生，居然打電話來警告夏文怡，最好以後小心！

　　夏文怡到醫院一段時間後，就開始和心臟科的羅濟普醫生輪班，巴裔的心臟科醫師，既沒有內科證書，也沒有心臟證書，夏文怡對他沒有信心，沒有找他會診。這樣一來，夏文怡理所當然的成了非巴基斯坦派。由於派系的存在，開會時常有火藥味。

　　程震業的運氣很好，本來在小鎮開業多年的印裔兒科醫生，要回印度去。接過他的業務，程震業成了小鎮唯一的兒科醫生。其他看小孩子的醫生，只剩下幾個年紀比較大的全科醫生。

醫院的作業規定，剖腹產的時候，一定要有兒科醫生在場，而程震業是唯一的兒科。這樣一來，他的病人當然多了起來，知名度也漸漸的增加，不久他就搬到比較大的醫務所去。

全科的醫生很多，季賓洛的運氣就沒那麼好。病人沒有明顯的增加，也找不到固定的輪班人選，精神很低落。看到他這種情形，夏文怡把需要住院的政府付費病人轉給他，醫務所也把所有新的政府付費病人，推薦給他。住院的病人需要會診時，也提議他去找其他醫生，促進他和其他醫生間的關係。不過他很快就拒絕接收這類病人，覺得錢少而收錢手續麻煩。

幾個月後的一天，他一個人突然去外州工作，家人仍留小鎮。醫院的院長，很快就來找夏文怡，說季醫生破壞合同，要退回醫院補貼給他的錢。夏文怡對院長解釋，當初醫院答應三位醫生同在一間醫務所，所以季醫生才願意來。是醫院破壞合同在先。季醫生的離開，是因為病人不夠，是因為院方一下子讓那麼多醫生來這裡造成的。院方的錯誤措施，讓季醫生受了不必要的心理創傷，更蒙受經濟上的損失，院方實在沒有理由要他退回那些補貼。院長答應等委員會討論後再說。

秋季開學，華倫已是高校一年級的學生，也就是中國制的初中三，夏楊都很滿意他這一年來的成績。珊婷仍留在那中學的高班；少了哥哥同校，有點孤單。

這小鎮除了一家天主教學校外，只有一間高校，全校五百多學生，很是熱鬧。學校環境很好，老師教學認真，華倫很喜歡這學校。華倫對天文的興趣還是很濃厚，除了看書本外，望遠鏡讓他有更多實在的體驗。

當時很流行一種叫[當震]的遊戲，對孩子們很有吸引力，華倫和幾個要好的同學，週末時常在家裡玩。有一次季醫生的兒子玩過後，晚上做了很多噩夢，季太太以後就不讓他再玩。

夏家的近鄰，有三家都是新搬來的，在同一家公司做事。知道他們的鄰居是醫生，都來找夏文怡看病。知道夏文怡是中國人，就引介他們公司的女同事黃小姐和夏家認識，從此黃小姐成了夏家的好朋友。

黃小姐是台灣來的工程師，隻身隨新開的分公司來到這裡。另外的三位同事，也同樣是隨新公司從灣區來到這裡。分公司來這裡開的原因，是這裡土地很便宜。這裡房子的價錢，比灣區差不多少一半。這四個人的功勞很大，公司的很多員工，很多後來都成了夏文怡的病人。

緊貼夏家南邊的鄰居，住的是年紀稍大的夫婦，先生已退休，太太則在離此頗遠的州首府教育部工作。他們在此已住了很多年，房子看起來有點舊。他家有部旅行車，天氣嚴熱的日子，為了省去冷汽機的錢，下午最熱的時段，他們只呆在旅行車裡。美國的冷氣，多數採用中央系統，很費錢。

這家養了幾隻大丹犬。這種狗體形大，站起來前腳可以跨過四呎高的籬笆。長相很凶，黑白分明，耳朵上豎，不是一般人眼中的寵物。

上豎的耳朵，並不是天生，而是出生不久，用手術改造的。據說向上豎起的耳朵，可以增加狗的威風。這種狗還有一種傳說：到了一定的年紀，狗的腦子會有特殊的變化，會導致瘋狂性的攻擊行為。

一般的美國房子後院，都有花草樹木，獨有這家，全是野草。狗兒奔跑時，塵土飛揚，最好避之三舍。夏文怡在後院工作，常常要提心吊膽。這家後院的涼臺甲板，建築特別，離地有兩呎多高，晚上狗兒就睡甲板下面。

大部分人養狗，都把狗當寵物，並不繁殖後代。這家的狗有雌有雄，有大有小，看來他們也讓狗繁殖。養大丹犬的人不多，除了價錢貴外，大丹犬不屬寵物。繁殖大丹犬的人，都希望能養出可以參加比賽的品種。狗的血統很重要，但還要看運氣。據夏文怡的觀察，這家鄰居兩者都沒有。

到了十一月，天氣放涼，雨季就要開始。一年前挖好要做魚塘的大洞，長了很多野草，夏文怡想不出如何來進行這個魚塘。打過很多價，光是噴水泥，就要一千多塊。

當年造泳池的時候，魚塘的整個工程，包括噴水裝置，造泳池的老闆只要一千塊。夏文怡有點悔不當初。不過當時確實沒有想好魚塘的設計。又不喜歡美式造型，已錯過機會，相信越拖價錢會越貴。所以硬著頭皮，先請人噴好三合土，然後在魚塘的中間造一道有中國特色的橋。計劃的橋長二十三呎，最高的橋墩六呎，橋寬三呎。

夏文怡設計的是四墩三洞的拱橋。橋架做好後，請鄰居的工程師來評估橋的安全性。相信那位工程師沒有看過中國橋，他也不是橋樑工程師，看後只說[無可奉告]。夏文怡只好不管他的意見，還是本著[土法煉鋼]的信念，先用石頭把橋的外殼做好，乾後再灌三合土，再做橋面。拆去架子後，再用水泥填補石與石間的空隙。

一個多月後，終於造成這道頗有田園風味的拱橋。添上循環系統，過濾池和橋上的木欄，在初夏開始放水。先養吃蚊子的小魚，等水質穩定後，放些釣來的籃鰓魚和大頭的鰍魚。等到這些魚都穩定後，再放錦鯉。

夏文怡的一位病人，一天拿了十多條大口鱸魚來，夏文怡也一併拿來養。十來天後發現其他的魚越來越少；有一天餵魚時，看到一條大口鱸魚，正在吞食一條比它還大的錦鯉，才知道最近魚越來越少的真相。從此再也不敢養這種味鮮肉嫩的大口鱸魚。

夏家在港時，很喜歡吃龍華酒樓的乳鴿，看到後院的空地，動起了養鴿子的念頭。報紙上看到加州有一種體大肉多色白的[大王鴿]，打電話後，才知道不是會員的話，只能買到處理好的光鴿子，如果要活的，要做他們的會員。夏文怡沒想到這種大王鴿居然有這種臭規矩，心裡有氣，決定去舊金山的唐人街碰碰運氣。

白色的鴿子到處找得到，但個子小，相信不是大王鴿。正在無法可想之際，世事往往出乎意料，踏破鐵鞋無覓處，得來全不費工夫。夏文怡看到一則賣大王鴿的廣告，四十幾分鐘的車程到達後，賣鴿子的是位小女孩。知道夏文怡願意全部買下她的鴿子，喜出望外。夏文怡看她是個小孩，照她開的價買過來，女孩也把剩下的飼料全送給夏文怡。

蓋個小小的鴿場，造幾個鴿籠子，買些當地飼料，加上綠豆和墨魚骨，兩個月後就吃到自養的乳鴿。以後還買了竹絲雞和鵪鶉，除了可以吃到竹絲雞蛋和鵪鶉蛋，還可以吃燉竹絲雞和炸鵪鶉。頓時口福大增。後來夏家把每一胎的乳鴿冰凍起來，到了一定的數目後，請大家一起來品嘗自做的炸乳鴿，夏家常常變得很熱鬧。

來過夏家的人，都覺得夏家養的動物太多。那是因為他們沒有留意夏家正後面的那一家。那家有六隻狗，一大堆奇奇怪怪的雞。有的雞全身灰色，頭上卻長了兩條很長的白羽毛，有的雞身體金黃色，只有頭是紅色，有的腿腳都是長羽毛。

那些雞都養在一個大籠裡。偏偏有隻雞，找到出籠的辦法，一出來就讓那些狗按在地上，把它身上的毛咬得光禿禿的，那雞不停的發出怪叫。主人看到後把雞關進籠子，沒多久那雞又走出籠，拔毛的怪叫又重演。

有一次這家的狗挖洞來到夏家，夏文怡回家時，只看到那些狗在雞籠裡追逐，雞毛到處飛，卻看不到雞，心想這一次所有竹絲雞都進了狗腹了。把狗趕走，卻見竹絲雞一隻一隻的從泥土中站起來。

另一次他們家的山羊撞破籬牆，到夏家後院吃了很多花木後，又闖進乒乓球室，拉了一大堆像小圓石般的羊糞。

這個暑假，育齊姪兒從加拿大來這裡稍住。七六年離港時，他才讀中學，現在已讀完大學一年級。看來成熟得多，說話的習慣還是沒有變。對圍棋的認識，比從前全面得多。能趁暑假這個機會來這裡住，比較美加社會的不同，體會華人在這裡的生活，和叔嬸弟妹重溫在港時的樂趣，並可用這假期，在外打工，也嘗嘗從前留學生生活的滋味，同時也可以學會開車，實在好處很多。

　　年輕人腦筋靈活，又是大學生，力學和物理的程度很高，很快就學會駕車規則。但是駕駛汽車，大部分的操作來自反射，反射來自反復練習，熟能生巧的沉澱，歸根結底，還得靠時時練習才能稱心安全。

　　這邊的空地很多，早上的商場，無車無人，又有劃線，可以放心練習。不到兩週，育齊就考到駕駛執照，可惜小鎮的華人不多，結果只找到一分雜工。很多時都是楊玉琴送他去工作；有一段時間，育齊要嘗試騎腳踏車去工作的滋味，在嚴熱的天氣下，又要躲避汽車，其實相當辛苦。

　　附近的麻雀很多，而且很會鑽空隙，養雞的場地常常有上百隻的麻雀，吃掉很多飼料，夏文怡很早就想法要除掉這些鳥兒。育齊的到來，讓夏文怡省了很多工夫。

　　香港的烤禾花雀，相當美味。有些人懷疑，一些食店拿麻雀來冒充。夏文怡很想拿這些麻雀來烤烤試試。所以給了育齊捉鳥的責任。誰知夏育齊捉了一些鳥後，心中不忍，不願意再捉。

　　夏文怡本來以為麻雀是害鳥，除害理所當然，沒有想到這位姪兒的心腸這麼軟，感到很意外，也對這位姪子仁慈的本性，有了新的認識。夏家很珍惜和這位姪兒這次的重聚。

　　等育齊回加國後，孩子們尚未開學以前，舉家首次去蒙特婁海灣。這是加州中部最美的海灘。從蒙特婁鎮的漁人碼頭開始，沿著北邊的沿海小路，看路旁各有特色的建築，顏色豔得刺眼的冰花，樹幹挺拔樹枝橫展的松樹，和浪花滾滾的海岸。

　　沿著海邊的小路開下去，是一連串景色各異的景點：海狗，海鳥和松鼠，加上太平洋海水捲起的驚濤裂岸，使你目不暇給。接下來就是著名的十七哩路。

　　路的一邊是奇形異狀的松樹和岩石，另一邊是各領風騷的大宅。最末端是美國最聞名的卵石灘高爾夫球場。再經過一段小路，就可以到達卡苗爾鎮。

　　進了鎮，馬上嗅到了淡淡的歐洲氣味，到了沙灘，又進到另一個世界。那一片銀白，細得像麵粉一樣的沙，不滲雜一點碎石，走在上面就像走在棉花上。一圈接一圈的海浪，帶著滾滾的浪花，伴著陣陣的濤聲，敲動了遊人的活力。遙望無際的太平洋，遠眺遼闊的藍天白雲，洗淨了染塵的心靈。

這裡的水很冷，華倫和珊婷，在水中玩了不到一個小時，雖然口中嚷著不冷，嘴唇卻已發紫。這裡的海灘，除觀賞外，漫步最浪漫。回家時，夏家帶了滿滿一桶銀白的沙。

開學後不久，季賓洛醫生突然從外州回來。他說那邊的工作環境很差，沒辦法留下去。其實打工的生活，苦多於樂，絕大多數老闆都以盈利為目的，要合意，還是自己開業好。兩個多月後，他們搬去稻南的佛思樂，很快就接過一位老醫生的業務，在那裡長居發展。那裡的中國醫生多，專科也多，很適合他的條件。

夏文怡的醫務所離醫院很近，楊玉琴和他常在醫院的餐廳吃午餐，久而久之，醫院很多人都認識她。醫務所需要檢驗的標本，也是她送去醫院，化驗室的員工也都認識她。醫院請員工和醫生吃午餐時，也有她一份。院長開玩笑的說，她也是醫院的一員。

住院病人的收費，需要醫院病歷室提供資料，楊玉琴都得親自去拿，避免不必要的延誤，對醫務所的收入，幫助很大。

醫務所剛開始時，負責前廳收帳的是醫院代請的中年女士，曾在一位精神科醫生工作多年，認識的人多，醫院覺得她對業務的擴展應該有大幫助。幾個月後，楊玉琴發現每天收到的錢很少。核對之後，發覺她對所有政府負費的病人，都沒有收錢。問她原因，她說那些人很窮，付不起政府規定的必交費用。楊玉琴覺得她不但擅作主張，而且所講的理由，都不是事實。把她辭掉後請來的年輕媽媽雪麗，帳目的作風，完全不同，雖然動作慢一點，但一分一毛，清清楚楚。楊玉琴對她很放心，可以專心做後廳的工作。為了鼓勵雪麗，答應每月收入達到新高時，就加她薪水。

雪麗不到三十歲，是位摩門教徒，孩子眾多，大女兒和珊婷同歲。丈夫是小鎮樂隊的鼓手，平時做些雜工，沒有固定的收入。楊玉琴很同情雪麗，加她的薪水，除了有獎勵作用外，其實也是暗中的幫助。

華倫進了高校不久，有一天正在吃晚飯，坐在椅上忽然扭動起來，很快就恢復正常，還可以繼續吃飯。想起當年從華盛頓回家途中，華倫因發燒而引起抽搐的事，夏文怡的心立刻往下沉。以後的一個月內，同樣的扭動發生多次，有幾次是坐在車裡發生的。去請教程震業，程震業認為，在這種年紀發生的全身扭動，首先應考慮的是癲癇病。神經內科的肖醫生也提議先做腦電圖。

華倫的腦電圖是屬於[沒有特點的異常]，不能作結論。華倫常吃的過敏藥，也可以引起這種異常；肖醫生建議吃藥看看效果，再作診斷。夏文怡選了副作用最小的藥，吃後第一天華倫感到昏沉無力。

　　停藥幾天後改用最普遍的代闌廷。才吃了第一次藥，華倫就感覺到全身很舒服。所以夏文怡就決定讓他每天只吃一顆藥，占一般用量的三分一。結果效果非常好，再也沒有發生抽搐。夏文怡看過一本有關代闌廷的書，除了它的抗癲癇作用外，還有很多神奇的效果。不過這本書的作者不是醫業人士，不足為信。

　　癲癇病對美國兒童的影響很大，但醫學界對這類病的了解不全面，分類也不理想，而病情的差異很大，有的就算吃多種藥，不但不見效，副作用更重；不但學業受阻，連日常的生活也支離破碎，全家大受影響。

　　這種病雖然到了某一個歲數會痊癒，畢竟為數不多。一旦診定為癲癇，父母的心理壓力很大。因為華倫的病情和教科書的描述相差很大，夏文怡一直都不接受華倫患有癲癇病這種事實。值得夏文怡和楊玉琴安慰的是，無論是不是癲癇病，從吃藥那天起，華倫再也沒有發作過，而且未見到副作用出現，生活不受影響，學校的成績，一直領先。

　　也是這一年十月，吃過早飯，珊婷覺得肚子有點不舒服，不過還是照常上課。晚飯時沒有吃飯，到了九時媽媽到房間看她時，她連身子也直不起來。送醫院找來外科醫生，開刀後證實是早期的急性闌尾炎。兩天後順利出院。

　　八二年秋天，珊婷也進了高校。兄妹每天又可以同坐校車上下學，一家都很高興。華倫已讀了一年，成積很好，認識他的人很多，妹妹的到來，引起更多人的注意。同學初次看到珊婷時，沒有問她的名字，只問：[你是華倫的妹妹嗎？]

　　到了八二年底，算算已經來了兩年多，對這裡的氣候，有了一個大概的認識。夏天雖然熱，只是乾熱，只要不直接站在太陽下，身上沒有汗，感覺上仍然很舒暢。早晚更是涼快。

　　俄亥俄州的夏天，潮熱而多蚊子，傍晚時只要在戶外稍作逗留，包你全身長滿紅豆。這裡夏天日長的時段，晚上九時天才黑。飯後可以先在後院拔草剪樹，等太陽下山後，再進入泳池，頓時全身清涼，也不會曬黑，是一種很特別的享受。

　　冬天是雨季，一般從十一月到二月。去年和今年九月份的大雨，不是常態。每年的平均雨量，十吋左右。但是缺雨的年頭很多。旱得凶的年頭，果園的井要深達四百呎才抽到水。

冬天常有大霧，有時晚上的能見度只有數呎，不懂得竅門的話，開車會開到別人的家門口。連續五六天的陰天，也常常發生。

　　一位從東部來訪的同學，到後遇到一連四個陰天，覺得心裡悶得快要崩潰。但是這裡沒有地震，也沒有龍捲風，當然不會有水災，不下雪，冬天出入方便，比美國的其他地方都好。

　　這個加州中部谷地的氣候，很像地中海，夏天乾熱，不適宜種蔬菜，但是這裡生產多種的水果，加上多種硬果和甜瓜，世界聞名。

　　小鎮當然有很多缺點，缺少中國風味的中菜館就是其一。但近在咫尺的佛思樂，中菜館高達一百多家；夏家常去的只有一家，是唯一有賣韭菜豬紅的一家。

　　唐宮是佛思樂的曇花。那一帶有一班胸懷大志的老華僑，集資蓋了這間美麗堂璜的唐宮，夢想可以吸引中谷一帶的花縣華僑，辦大喜事不必遠去灣區。想法雖好，卻不顧現實，結果如曇花一現，實在令人嘆息。其他較為貴重的物品，樹林鎮也欠奉。

　　夏家常來佛思樂。有天夏楊正在那裡逛街，走到一家很大的熱帶魚店前，進去一看，發覺有很多養海水魚的新設備。看來美國有不少專業人士，開始投身在這個頗具潛力的新生行業裡。

　　過去魚缸的過濾系統，都集中在缸底，現在有人發覺，魚的排洩物水解後，蛋白質浮在水面，沒法從缸底排除。蛋白質進一步分解為胺類物質，對魚有很大害處。他們又得知，有一種細菌，可以轉胺成氮，氮氣再從水中排除。有了這個理論後，就有了[溢流式]的過濾系統，讓表面的水溢出，流進過濾系統；過濾系統的沙，可以培養[轉氮細菌]。聽過魚店老闆的新理論後，夏楊都心動，幾周後就買了一個六呎長的魚缸；聽說紫外光可以殺菌，再買一套兼有紫外光燈的過濾系統，用溢流式的裝置，開始了在加州養海水魚的生涯。

　　他們先養海葵，利用海葵少量的排洩物，慢慢的培養轉氮菌，半個月左右，再放幾條體形細小的[藍魔]魚。藍色是海水魚的靈魂。藍魔雖是小魚，但它的藍色，可以代表全部海水魚。晚上關掉廳燈，坐在沙發上，觀賞那些在螢光燈照射下，遍身發藍的小魚，在清澈透明的水中游來游去，真是心曠神怡，人生難得幾回見。

　　等藍魔健康情況穩定多天以後，再加幾條體積稍大的[三點白]魚。三點白全身黑色，只有三圈白色的點，黑白對照，十分醒目。

　　海水魚的區域性很強，而且魚的強弱，決定於魚身的大小。所以養海水魚，最好先養小魚，慢慢循序漸大，免得新來的小魚，被已有地盤的大魚攻擊。夏文怡根據這個原則，由小到大，由便宜到昂貴，一直養到魚缸的最大容量。不過每一種魚都有它獨特的風彩和吸引力，夏文怡往往心存僥倖，不時買進新魚。

新魚經過魚店捕捉的驚恐，路途的不安，新環境的陌生，和舊魚的威脅，很容易生病。一條魚的病，往往波及整個缸。運氣好的時候，會剩下幾條，否則一切得從頭開始。夏家在養海水魚方面的開支，相當可觀。幸而夏楊兩人都很喜歡海水魚，其他可以省，家不可一日或缺海水魚。

冬末春初，是修剪樹枝的時節。經過兩年多的成長，除了少數生長較慢的果樹外，其他的如萍果，柿子，李子，桃子和櫻桃等，都需要修剪，也要加肥。夏家的地非常斜，最高是房屋，依次是游泳池，最低是魚塘。

這個冬天的雨水很多，水向下流，都集中在魚塘附近。有一天水位太高，淹過魚塘。魚塘很多魚都游到外面來。等雨完全停止後，再用抽水機，抽出籬笆外。還好過了一天，水退得差不多，游到魚塘外的魚都可以找到。

鴿子，鵪鶉和雞的籠比較高，不受影響。受到這次的教訓，趕快把魚塘的邊加高，還挖了很多渠道，希望下次大雨時，不致水淹魚塘。又把低處的幾顆果樹，也往上移，以免爛根。到了春夏之交，天氣宜人，夏楊又費了很多時間，把游泳池四周的空地，鋪上水泥，又造了從涼台通往魚塘的走道，種了十六種不同顏色的鳶尾花，又在一塊豎立了三塊重達一頓的岩石底下，挖了兩尺多深的金魚池；三石頂部相接，有點印地安人的味道，再種了一些牡丹花，桂花，含笑花和米蘭等。

在這樣的小鎮行醫，壞處多過好處。最大的缺點是缺少各種專科醫生。內科的分科很多，這個醫院只有心臟和肺科，最近才來了一位腸胃科。外科更慘，除了兩個普通外科醫生外，只有一位骨科。輪到醫院急診室值班的時候，無論是不是你的科，你都得收進來。

處理不專長的病，無論病情是否復雜，總是提心吊膽，擔心出錯。病情需要時，必須轉去其他醫院。

不少專科醫生，一般都不收沒有醫療保險和政府付費的病人。有時為了轉一個病人，不但要打很多電話，填多份表，還要費盡唇舌，說服專科醫生來收這個病人。半夜最慘，很多醫生都推到第二天才收，整晚的睡眠就報消，第二天還是要照常工作。而且這種吃力不討好的差事，不但沒有報酬，還大大的增加了被病人控告的機會。

值班醫生收進的住院病人，除了少數是路過的病人外，絕大多數是沒有醫療保險的。這類病人，除了很難收到錢以外，引起訴訟的風險很大。這些病人大部份不會說英語，又講不清以往的病歷，所以處理的時間往往加倍。業務穩定的醫生都不願意看這些病人。

美國的法律規定，任何醫院的急診室，都不能拒絕到急診室求醫的病人，也一定要收需要住院的病人；醫院只得規定每位醫生都得輪班收這些病人。

醫生眾多的醫院，每位醫生一年也輪不到幾天。這個小醫院，一個月就輪幾次。遇到急診室醫生的質素很好，又肯和值班醫生合作的話，值班醫生會少些頭痛。但是在急診室工作的醫生，一般是短時兼差的，素質並不好。由於流動性大，急診醫生和輪班醫生間的了解，一般很差。

美國人自誇醫療制度世界第一，其實毛病重重。夏文怡有一次替另一位醫生輪班，遇到急診室有位病人因注射藥品後休克，要夏文怡去幫忙處理。雖然處理過後病人恢復心跳，最終還是回天乏術。一個月後夏文怡收到律師信，律師一共列了十二個被告，夏文怡是其中之一。雖然一年後夏文怡的名字從被告名單中除去，但這一年來的文件來往和口供的錄取，除了時間的損失外，精神上的負擔，難以形容。

開業的陷阱也得提防。一位自稱患有憂鬱病，剛從外州搬來的病人，在問她的病情不久，她就得意洋洋的說，她不久前去看一位精神科醫生，那醫生第一次看到她，馬上就和她發生違反醫生倫理的事。到了要做身體檢查時，發覺她除了外衣裙外，裡面一絲不掛。而且她的醫學常識很豐富，講話時語氣平和，面無表情。夏文怡沒法判定這位病人的來意，似乎看到了紅燈信號，趕快把雪麗叫來診室內，才繼續檢查。這位病人不久又搬走。夏文怡從來沒有看過這類病人，不知道她是真的有病，還是有其他目的，或者有心來試探。

醫生非常不願意看到的事，就是自己的病人，在公眾場合發生意外。夏文怡有位患癲癇的病人，常常在醫務所附近的藥房前面發作。圍觀的人都很想看醫生處理的手法，醫生的壓力很大，所以想方設法，也要把病人移進診所。

這位病人發作時手腳抖得很厲害，嘴吐白沫，臉色發白，很是嚇人。發作過後要很久才醒過來。夏文怡不是腦科，換了幾次藥都沒改善，建意她去看腦科。那知這位太太很怕新醫生，每次提到這個提議時，又哭又發抖。夏文怡把她家人找來，又勸又求，終於肯去看一次。回來說那位專科對她的話有懷疑，傷了她的自尊心。

經過了多方聯繫，知道舊金山有位癲癇病專家，採取外科治療法，對某類型的癲癇，可以治癒。那位醫生看過她後，寫了洋洋的長篇會診報告，說她有三種類型的癲癇合在一起，治癒的機會很高，已安排她去做腦電波。兩週後接到腦科醫生的報告，說這位太太在做腦電波的過程中，癲癇又發作。出乎意料的是，腦電波完全正常！病人和家人再來時，夏文怡告訴他們說，手術和現有的藥物，只對腦電波有異常的人有效，建議她停藥試試。可是自此以後，她再也沒有回來。幾年後，有人說這位太太已自殺身亡。這事很困擾夏文怡，一直在問自己，建議不再吃藥這個提議，是不是犯了大錯。這十幾年來，夏文怡都找不到答案。

　　政府付費的病人，本來付費就少得可憐，但是佛思樂區的醫生聯會，似乎很想表現聯會的力量，推行了一個先鋒行動，規定醫生要先送帳單和病歷到醫聯會的先鋒小組，由他們裁定收費的等級和應作的檢驗。幾個月後，程震業和夏文怡都非常氣憤，決定去參加醫聯會的申訴小組會議。

　　開會時程夏兩人都發覺，負責先鋒行動的，都是年紀很大的普通科醫生，不知道他們有甚麼資格，可以裁定收費的等級與應做的檢驗。會中有位醫生舉例說，頭痛的病人，醫生卻要他去照腳的放射照片，那就是不對。夏文怡知道這班普通科的醫生，本來知識就不廣，加上年紀大了，書也不看啦，當然才會有頭痛不可以照腳的想法。其實有的病，頭痛原因最容易找到的部位就是腳。

　　慶幸這個先鋒行動，壽命很短，不到兩年，無疾而終。後來才知道，這個行動的開銷，加上裁定後的收費，比原來的收費還要高，得不償失，不得不灰頭土臉的結束這個無聊頂透的先鋒行動。質量監控非常重要，但只為了省錢，監控機構的開支，往往比原來的還大。

　　美國的內科學會，是醫學界的最大機構，醫學學術的權威性，首屈一指。規定要專科考試及格，才可以申請做會員。夏文怡做了會員後，常常參加這個會所舉辦的多種學術講座。這個會在加州有分會，每年有一次學術講座，夏文怡每次都參加。北分會的會議地點以舊金山和蒙特婁為多，主要是這兩地風景好，可以遊覽的地方多。全國性的會議，也是在旅遊城市舉行，讓與會者有散心的機會。

　　美國人喜歡高爾夫球，有漂亮高爾夫球場的城市，特別有吸引力。最初幾年，夏文怡沒有參加全國性的會議，主要是路途遙遠，會期太長，對病人造成很大的不方便。

　　醫生進修的機會很多，這醫院每月也有一次由外邊醫生來講述的進修講座；鄰邊的佛思樂，學術講座更多，夏文怡最喜歡的是榮民醫院每月一次的大巡房，討論的都是臨床的實在病情和處理，借鏡的機會多。區域性的會議，夏文怡這兩年都去，每次心得也很多。

有一個每次都出席的主講者，又高又瘦，聲音有點沙啞，看清楚是位女性。後來知道她是任教於戴維斯大學的俄裔教授。此人用詞粗俗，但思路很廣，很多稀奇古怪的疾病，都在她的考慮之內。雖然最後不一定找到正確的答案，但她思路的精密，很讓夏文怡讚嘆。

夏文怡想起在港六年，竟沒有機會參加過一次正式的會議，很慶幸又重回美國。除了參加各種醫學會議外，夏文怡還按時從內科學會拿到一些對民眾有教育性的電影，與醫院的公關主任，合辦電影晚會，讓民眾有機會知道正確的醫學觀念。

五月的時候，育齊又來這裡過暑假。這次他很快在佛思樂的中國餐廳找到工作，薪水很低，但有小費，而且和客人有交談的機會，可以增加一些社會經驗，比上一年的工好一些。

這年夏文怡設計了一個中國式的八角亭，正在開始建造，育齊的到來，無異增添了新力軍，不但可以做木工，設計方面，更能提供意見，叔姪兩人，共做這個獨具東方風彩，紅欄黃頂的全木八角亭。亭中的水泥地，中心是太極圖，外圍是八卦。直到育齊假期結束離開為止，仍未全部完成。

果樹已經種了三年，櫻桃熟得最早，卻蒙多種鳥兒前來光顧，雖然用了幾層網，但所剩還是寥寥無幾。有一次一隻鳥鑽進網裡，讓網線纏住頭頸，沒法出去，一條蛇來吞鳥，也讓網線纏住，進退不得。第二天楊玉琴看到時，蛇也已經死掉；嘴裡還含著半隻鳥。

幾種李子的果實最多；多得連樹枝都壓斷。綠色李子的肉汁甜得像蜜，但是皮和核卻比醋還酸。紅肉李最受歡迎，肉厚汁多甜度適中。桃子汁多略帶酸味，但是熟得很快，來不及吃已經掉落滿地。桃色艷紅，看比吃好，如果邊看邊吃，卻是另一番滋味。萍果很大，香味特濃，水多而甜，可惜皮厚。

竹絲雞已增到十多隻。兩年前孵過小雞後，雄的只留兩隻，雌的全留。自從養了竹絲雞，此後就再沒有買過雞蛋。

竹絲雞又稱黑骨雞，是一種非常特別的雞種。雪白的羽毛，披在藍黑的皮膚上，彷彿是黑人穿上一套白衣。長長的毛，好像乾的竹絲一樣，佩上紫紅的冠，藍色的耳垂，其實應該是一隻非常美麗而不會飛的鳥。

據說這種雞最早在江西省發現。三年前夏文怡在舊金山唐人街買到這種雞時，這個小鎮根本沒有人看過這種雞，但是現在聽說這裡的飼料店，已經有這種小雞出售。

夏文怡兩年前拿雞蛋到一家有孵蛋機的農家時，女主人也沒聽過竹絲雞這個名字。小雞孵出後，那位女主人對著小雞看了又看，非常好奇。夏文怡很懷疑是不是這位女士從那時起，就開始繁殖竹絲雞。

大王鴿的情況也很好，現在只養三對。吃了快三年的乳鴿，吃得有點膩。處理一對乳鴿，也很費工夫。那些沾在手上的絨毛，常常引起廚房洗碗盆的堵塞，非常惱人。少吃滋味好，麻煩也少，只養三對，剛剛好。

魚塘現有的魚，鰍魚最多。鰍魚的繁殖能力比籃腮魚強，對食物沒有特別的要求，慢慢的成為魚塘的霸主。籃腮和鰍魚很容易上鉤。平均十分鐘內，可以釣到兩條，剛好夠一餐。

一次越南裔的阮醫生說，他女兒從來沒有釣到魚，覺得很遺憾。夏家對阮醫生說：[把你女兒帶來我們家，包她十分鐘內，一定釣到魚。]

那天阮醫生帶他女兒到夏家時，夏文怡正在工作，滿身髒兮兮的，她女兒回頭低聲問爸爸：[他真的是醫生？]弄得阮醫生哈哈大笑。他女兒果然幾分鐘內就釣到魚，高興的大叫：[我釣到了。我釣到了。]半小時內就釣了很多條。臨走的時候，他女兒問：[可不可以把魚放回去？]這女孩心腸真好，看到桶裡跳動的魚，不忍心帶回家去吃。

九月份開學，華倫已進高校三年級。這學期他選了法文，德文和歷史的先修課程，早上很早就要去學校；玉琴要抽時間先送他去。華倫很早就常玩電子遊戲，這學期的電腦基本課程，他似乎學得很快，幾堂課後，老師發覺他對電腦的了解，似乎比老師們還強，無形中讓他成了助教。

珊婷功課也很好，但因為華倫的名聲很響，大家只知道她是華倫的妹妹，她本人的名字，反而很少人知道；使她有點不快。本來她游泳的基本動作非常標準，可惜現在對游泳的熱情，開始減低。性格方面，漸漸出現孤獨的傾向，連晚飯也會等到其他人快吃完時才下來。要她和客人打招呼時，會顯得手腳無措。斟茶給客人時，雙手發抖。

楊玉琴開始注意到女兒最近很少露出笑容。她這個年齡，正是情緒變化最極端，最危險的年齡；同年紀的美國青少年，常常把父母弄得不知所措；最普遍的現象是反叛，珊婷卻靜得不像一個少女。

夏楊兩人對女兒的反常非常擔憂，嘗試了多種交談的方法，還是無法讓珊婷流露對父母的信賴。有一次珊婷半夜來敲門，說她很害怕，夏楊只得讓她同睡一床。父母都曾考慮帶女兒去看心理醫生，但楊玉琴卻怕這樣可能會傷害到珊婷的自尊而作罷。夏楊也問了華倫很多次，但華倫卻覺得妹妹沒有甚麼不妥。兩人只得耐著性子，對她和顏悅色，用行動支持她，讓她自己走過人生中這段最危險的暫短歲月。

兩個孩子在香港受了將近六年的中式教育，又有一大堆兄姐愛護，可是到了美國，環境完全不一樣，這裡同伴日常的行為，有的甚至和香港相反，沒有辦法融進美國的價值觀和道德標準，變得孤單無伴，一切都得靠自己去辨別東西文化的優劣，夏楊都深深的了解他們的難處。

夏文怡覺得他這個父親做得很失敗，沒有贏得女兒的信賴。常看到朋友家的女兒，整天黏著父親撒嬌，夏文怡非常羨慕。

一九八三年秋季開學不久，珊婷開始和幾位同學上教堂，慢慢的變成一個非常虔誠的教徒。她上的是五旬節的教堂；夏文怡當年在香港替工時，開設那個診所的，正是五旬節教。在港時，對各種教派沒有甚麼注意，現在看到女兒的穿著，才發現五旬節教的女性，一律長髮長裙，和美國社會自由開放的風氣，背道而馳。珊婷曾到一家快餐館工作，兩週後就被辭退，長裙和長髮，相信是原因之一。

女兒信教的另一個因素，是她誤以為父母給她取的名字，含有要她做天使的意思。楊玉琴更注意到，女兒很會替別人著想。有一次晚上回家比較晚，因為擔心父母已經睡著，怕開車房門的聲音會吵醒他們，寧可把車停在外面。

珊婷上教堂一個多月後，玉琴先去教堂了解情形；一週後，他們兩人同去。這次儀式開始不久，就看到很多信徒，繞著座位的四周，邊叫邊跑，有的還哭出聲音來，有點像中國人講的鬼上身。夏文怡非常震撼，越看越沒法忍受這種場面，和玉琴走出來。

教堂這種狂野的活動，和長髮長裙的嚴肅和端莊的外貌截然相反。隨後的幾週，教堂的極端不和諧現象，一直深深的困擾著夏文怡；難道他們的內心真的那麼悲哀？難道女兒的內心也充滿悲情？難道他們的家庭如此冷漠？夏文怡越想越覺得自己很失敗。不過夏文怡也想到，年輕人易衝動，容易受別人的影響，目前的信仰，也許是暫時，隨著年齡的長大，環境的變遷，思想的成熟，回首從前，可能會覺得愚蠢可笑；所以決定靜觀其變。後來的事實證明，確是如此。

到了大學時，珊婷對宗教的熱情，開始降溫。到灣區工作一年左右，長髮沒有了，長裙也讓長褲代替了。再過一年，耳朵掛了幾個耳環，熱褲，露臍裝加上臍環，完完全全的走進了美國年輕人最新潮的行列。

八三年的十月中，當夏楊兩人正為珊婷教堂的不和諧現象感到困惑和擔心時，恰巧收到那封稱玉琴為[玉琴親妹]的信。

****

等收到第二封信時，裡面有一張照片背面寫著[爸爸]的照片裡的人，長得幾乎和玉琴是同一個模子鑄出來的，夏楊兩人判定信中所寫的，應該是事實。接受這個事實後，楊玉琴情緒更加不安，受騙的感覺不停在腦中迴轉，心裡不停的問，為甚麼媽媽不告訴我的身世？小的時候不講，怕會影響心理的發展，還情有可原，七二年時在香港見面，那時我已三十二歲，已經是兩個孩子的媽媽，為甚麼還不告訴我真相？越想越氣，有的時候淚盈滿眶。

夏文怡已看到妻子不安的情緒，知道光是言語的安慰，不會有實在效果，所以採用探討的方式，對玉琴說：[你爸媽對你的愛心，相信你絕對不會有懷疑。他們既然那麼愛你，卻沒有把你的身世告訴你；他們都是受過高等教育的人，相信有他們的道理。我們來慢慢探討。大陸方面一定還有來信，我們可以問清楚當年的情形。]果然大陸方面繼續來了很多信，差不多都是[姊姊]執筆的。楊玉琴開始和自稱姊姊的依春通信，問了很多問題，後來再寫信給爸爸和哥哥。

大陸方面已習慣了簡體字，他們的字體也頗潦草，只能半懂半猜。以後幾個月內，玉琴和姐姐依春的書信漸漸來往頻密，慢慢的有了較為完整的了解。知道自己原姓華，父親華振邦，是東北撫順人，除了一個姐姐和哥哥外，還有三位妹妹……

[六] 生 逢 戰 亂

日本發動九一八侵略後，華北地區的安全越來越受威脅，本來在北平工作的華振邦夫婦，帶著兩歲大的女兒依春，到了河南安陽的汽車廠工作。第二年添了個兒子依秋。安陽雖屬河南，北平來的人很多，又靠近河北，很多人都當它是河北的地方。車廠規模不大，但工作量多，華振邦的待遇相當不錯，加上沒有戰亂，一家過得相當安穩。

過了一九三五年，情形開始動亂，車廠不久關閉。華振邦常去附近找工作，大多時候只能找到臨時工。一家再往南走，住住停停，到了七七抗戰時，他們到了漢口。漢口比較容易找工作，但隨著時局的不穩，很多廠往西遷，工作又變得不穩。

三八年底第二個兒子出世後，時局更亂。在遷徙途中，這個剛過一歲的兒子，不幸染病，死於途中。到了一九四零年，正是抗戰最艱難的年代，各方難民，忍受著饑餓，風雨，冷熱，疾病…..等等煎熬，湧進四川。華振邦一家四口，也在這一年，進入四川。

一九四零年夏天，才安定在綦江縣；住在僅可棲身的舊屋，沒有固定收入，妻子江怡蘭懷孕快七個月，加上敵機頻頻轟炸，有時一天要跑幾次警報，碰到的又是酷熱難熬的天氣，真正是人間地獄。

這年依春十一歲，依秋七歲，每天要冒著敵機轟炸的危險，走一段很長的路去上學。由於日機瘋狂的轟炸，政府規定白天不可生火，晚上才可煮食。

可怕的傳染病，偏偏這時降臨江怡蘭身上。高燒，腹痛，狂瀉，不到幾天，便把江怡蘭折磨得不成人樣。更不巧的是，江怡蘭卻在七月二十八日，中午最熱的時辰，陣痛開始。沒有大夫，也找不到助產士，華振邦的工地離家很遠，趕不回來。幸虧鄰居有位熱心的太太來幫忙，才度過這個難關。

這個才滿七個月的早產兒，小得可憐，隔了很久才聽到很弱的哭聲，像小貓叫，是個女孩。江怡蘭本來就有病，這下情形更糟，昏昏迷迷的，連生男生女都不清楚。幸好楊振邦很快趕到；有了大人在，大家才安心下來。這時已近黃昏，沒有那麼熱，江怡蘭也清醒了一點，大家開始感到安慰。

到了半夜，華振邦被江怡蘭的呻吟聲驚醒，看見怡蘭在發抖，一摸額頭好燙，知道她在發高燒。第二天清早去找大夫。這幾天正是日軍大轟炸，沒有大夫肯出診，只好胡亂抓些藥材煎服。此後十來天裏，病情時好時壞，第十五天，病情急轉直下。忙亂中找來一輛木頭車，送怡蘭去醫院，不幸病逝途中！

此後數月，華家籠罩在悲傷哀愁的氣氛中，大家都以淚洗臉，依春連臉都哭腫了。可喜的是，隔壁的大嬸，新近也失去嬰兒，願意做女孩的奶媽，並且把女孩帶回她家裏寄養。華振邦的老同學李厚志，和太太及一個兒子，正好住在附近，華振邦和他們商量後，把依秋寄養在他們家裡，這樣一來，依秋就可以和他們的兒子，由李太太送上學；依春則到學校寄宿，免得來回奔波，減少危險，更可以專心學業。

也許是環境的影響，或者是人類的天性，還是女性的本質，自從母親去世後，華依春就好像變了一個人似的，與生俱來的母性，很快流露無遺。她對這個小妹妹，有一股說不出的深情，一有空便守在這個忽然降臨世上的小妹妹身旁。除了奶媽餵奶的時候，其他如清洗，換衣服，餵稀飯等等，依春都默默在做。到了住校以後，週末都回來守在這個小妹妹的身邊。

這個妹妹又小又瘦，奶也吃得少，稀飯更不用說，哭聲也讓人聽得傷心。口裏不說，大家心裏都認定這女娃養不大。

但世事往往出乎人意，當大家都不抱着希望的時候，奇迹偏偏出現。這女娃不但沒有大病，而且一天比一天健康。大概由於這個原因，華振邦給她取名：慶生！慶幸重生之意。姐姐和哥哥，有空便陪她玩，逗她，樂她。她也就一天比一天惹人喜歡，活潑快樂。

直到過滿兩周歲，慶生忽然染上嚴重腸炎，不到兩天，奄奄一息！那位帶了她快兩年的奶媽，竟然把她放在路邊不管。幸好李太太看到，才抱她回家。但是李家還要照顧兩個還在上學的孩子，再也沒有能力照顧這個病重的女孩。

正在這個徬徨絕望的關頭，華振邦的一對大學同學忽然出現。他們是楊星耀與陸飄萍夫婦。華振邦和楊露兩人是北大同學，相識多年，在校時常在一起，非常投緣。楊陸對華家的情況很清楚，也很喜歡慶生的模樣，很早就想向華振邦提出要把慶生寄養在他們家。華振邦當然感激他們的好意，可是誰也不願意把親生的女兒交給他人。現在孩子身患重病，正是求之不得，非常感激楊陸及時的援手。

信緣分的人會說，這不知是幾生修來的福份。這時華鎮邦恰巧被調去貴陽，看到三個兒女都有妥善的安排，非常慶幸自己有這些朋友。

楊陸兩人的經濟條件好，慶生到了楊家後，立刻就得到很好的治療。陸飄萍覺得[慶生]這名字還不夠好，立刻換了名字：平平。平平安安也好，平平凡凡也好，都是傳統中國人希望孩子無病無痛，容易養大的意思。楊陸二人結婚數年，未有生育，非常渴望小孩。

平平的到來，可以填補空虛的心靈，喜從天降，但也不無憂慮。他們都是專業人士，而且要跑不同的工廠。要照顧重病的平平，並非易事，而且很擔心，不知這個女孩能不能夠度過這次難關。但是他們的經濟條件實在好，平平一來，馬上請來了最好的大夫，上門來診治。

兒童腸炎是兒童最常見的殺手，尤其是在當時那種衛生環境下。他們二人都請了假，日夜陪在平平身旁。說來也算奇跡，平平的病來得快，去得也快。不久楊家更請到了一位全職褓姆，一切很快就穩定下來。楊星耀似乎和平平有前緣，見第一面時就對她攸然生愛，一有空就抱在懷裡。陸飄平比較含蓄，只常常逗她說話。

平平沐浴在他們的愛河裡，變得非常活潑，不久她們遷到江津工作。這一來華依春沒法在週末時看到妹妹，哭得非常傷心，也更思念這個妹妹。雖然大家都覺得楊家是妹妹的救命恩人，但是親妹妹就是親妹妹，這份骨肉之情，無論妹妹到了那裡，也絕不能磨滅這份親情。

不久華鎮邦在貴陽找到車廠的工作，一人住在貴陽的宿舍，好幾個月才回來一趟。有一次坐便車回來時，從車頂摔了下來，腰部重傷，同車的人把他送去治療後便走了，剩下他一人，留在小鎮的旅館裏療傷，足足住了六個月，才勉強能自己行動，找機會回來。

此後數年，平平過得很愉快，除了楊陸二人的愛護外，華家三人，都找機會去看她，讓她享受了眾人的寵愛。但平平時常會無緣無故的發燒，雖然不到幾天，不藥而愈，楊陸兩人還是很憂慮。她走路時也會常常摔跤，偶然更會昏倒。大家都認為與早產有關，大夫也沒有肯定的說法；大家相信長大後就會消失。

這期間華依春已就讀初中，對小妹妹的思念，與日俱深。楊星耀對平平的感情，也是日益加深，不知從那一天開始，已不知不覺的把平平當作是自己的親女兒。

有天楊星耀又帶著平平，去重慶參加同學們的茶聚，一位同學看到平平，問楊星耀：[這女孩就是華振邦的小女兒吧？] 楊星耀聽後臉色大變，把臉轉到另一邊，裝作沒有聽見；從此再也不帶平平去參加同學的聚會。

有一次華家來看平平，華依春一看到平平就緊緊抱住，還不停的叫[慶生妹妹]，楊星耀看到後笑容全失；有意無意間把平平抱過來，陸飄萍看在眼裡，等華家走後，她對楊星耀說：[聽說日本不久就要投降，到時候華振邦一定會把平平要回去，你難道還要把她留在身邊不放？]楊星耀聽後臉色大變，喃喃的說：[不會吧，沒有我們，平平早就不活了，她的命是我們給的，她是我們的女兒！]陸飄萍滴著淚，默默不言，輕輕的嘆了口氣。

不久日本投降，苦難終於過去，大家忙着準備回故鄉。他們這班老同學，都先後搬到重慶附近，商量今後的出路。

華振邦發了封信給岳母，告訴她這裡的情形很亂，安排回鄉工作，需要一段長日子。最後還跟岳母開玩笑的說：[我現在要找回鄉後的工作，又要照顧孩子，實在忙不過來。您還有三個女兒，再給我一個吧。]沒想到岳母把這話當真，把信中的要求告訴三個女兒。江家的四個女兒，老大怡蘭膽小實幹，老二怡靜好文學而心地最好，三女兒怡紅心思慎密，老么怡蓮天真好動。三個女兒聽完話後，都沒有表示，最後怡靜說：[你們都不去，那就我去吧。]

一九四六年一月，江怡靜從北平來到重慶，準備與華振邦成親。華依春和依秋，知道二姨要成爲新媽媽，心裡不高興，依春寧可留校，依秋留在李家，也不願意和這位未來媽媽同住。華振邦只得把江怡靜安排在車廠的宿舍裡。華振邦白天到處跑，常常把江怡靜一個人丟在宿舍裡。江怡靜對重慶不熟，交通又亂，一個人留在宿舍很空虛，看書渡日。

有一次正好華振邦有空，江怡靜要華振邦帶同兩個孩子，一同去楊家看平平。四個人見面後，華依春忽然對江怡靜說：[你已經看到了，我和弟弟都大了，不需要太多照顧。等下你看到楊伯父和伯母時，可否把慶生要回來，有你照顧慶生，他們應該放心了吧。]

到了楊家，平平看到江怡靜，好像有點怕，老是黏在楊星耀身上，連依春叫她也不過來。楊陸兩人沒有甚麼笑容，一直在問結婚的事，江怡靜不知如何開口。以後的一段日子，他們都在忙結婚的事。

結婚後，華依春又向新媽媽提起把慶生接回來的事。華振邦想起那天平平好像很怕江怡靜的樣子，說：[現在不必提起這事，等大家都安置好，再慢慢商量，不要把平平嚇壞。]

一個多月後，收到楊陸的信，說他們最近收到政府的通知，要他們去台灣接收工廠，這幾週忙得透不過氣，來不及跟他們道別，到台後一定再聯絡。信內附有台灣的地址。華依春帶點埋怨的口氣說：[假如那天二姨有向他們要回慶生的話，相信她現在已在我們身邊。]

這時政府已安排了華振邦回鄉後的工作，六月份到東北長春兵工廠工作。平平這時將滿六歲，誰也沒有料到，華楊兩家這一次的分別，竟然要讓平平在三十一年後，才知道自己的身世！

［七］ 岸 的 北 邊

　　楊家離開後不久，江怡靜的表哥出差來重慶，回程時有空位，江怡靜獨自坐表哥的飛機先回北平。華振邦隨後也帶著兒女，先乘輪船到南京；輪船到上海時，不知甚麼原因引起大火，全家差點沒命。幾天後再換船到營口，然後去北平。

　　到北平時江怡靜已準備好住宿。江家有很大的房子在北平，算起來有十多間房，本來空空的，華家的到來，平添了很多生氣。

　　華家在北平的親戚眾多，劫後餘生，大家都渴望能見一面。忙了幾天後，華振邦先安排好兒女的入學，把他們交給岳父母後，馬上坐飛機到長春報到。幾天後正式上任，做了長春汽車修理廠的廠長。

　　妻子在長春，只留了一個月，也匆匆趕去吉林，在長白學校工作。在長春，他們很快和楊星耀取得聯絡，知道那邊的情形很好，平平已經上學。以後的幾年中，一直保持聯絡，還收到平平不少的照片。一九四九年春開始，消息中斷，此後平平的消息完全斷絕！

　　華家雖然不能稱為大家族，但親人確實很多。華家原籍山東蓬萊，先祖因在對俄戰役中有功，賜以滿姓，後來有一部份遷到東北後，又恢復華姓。

　　長年經營下來，從工人到小販，到鹽商，到擁有大片土地而成為當地的鄉紳，到了華振邦祖父時，達到高峰；到華振邦時，日本的勢力已凌駕蘇俄，華家大受影響。九一八後，偽滿洲政府在長春成立，華振邦不願活在日人的陰影下，轉去北平上學，其餘仍留在撫順一帶。

　　妻子江家在東北的時間也很長。江家也是農工起家。到了江怡蘭父親江漢儒這一代，開始轉入仕途，後來專辦教育；他所辦的蒙古中學，在當地相當有名。

　　怡蘭的母親是滿洲人，清朝只給江家奉祿，沒有爵位。外祖父當年看到江漢儒雖然是漢人，也沒有甚麼家產，但看他年輕有為，不顧族人反對，毅然把女兒嫁出，後來事實證明沒有看錯人。

　　國民政府成立後，滿漢一家。到了後來，年輕一代的江家，很少有人知道他們有滿洲人的血統。怡靜的母親持家有道，但主觀強，一家都得聽她行事。

　　怡靜在長春只留了一年，翌年辭工到北平，很快有了第一個孩子，取名依立，是個女孩。住了兩年後又回撫順，那時一九四九年，中華人民共和國快要誕生，她找到了一份在一家中學教語文的職業。第二年回去時，北平已改稱北京，她轉到北京農工速成中學任教。

一九五四年，第二個女兒出生，名叫依文。五五年又回撫順，任教於撫順第十一中學。兩年後第三個孩子出世，那就是老么依榮，也是一位千金，一共三位千金；加上怡蘭的二女一男，華振邦一共有六個兒女，身邊的有五個。

一九四六年的北平並不平靜。勝利後回到故里的人充滿期待，留在北平的人對來接收的官員又有一番期待，而當時的人力物力，都無法滿足各階層人民的要求，人民很快失去勝利帶來的喜悅，對時局的憂心，一天一天的加重。不過學校的恢復，倒是很快。華依春，華依秋兩姐弟，很快進了當地的學校，繼續上學，仍住外祖父家。

不久戰雲密佈，硝烟味越來越濃。其後由於種種原因，鎮守北平的傅作義司令放棄抵抗，使這個古都免去一場浩劫。時局也很快的穩定下來，華依春在五零年進了山西醫學院，五四年畢業後進山西重型機器廠醫院婦產科服務，沒多久和同一醫院的骨科醫師韋卓杰結婚。

華依秋也在五五年考進北京醫學院，五九年畢業後在首都鋼鐵醫院的內科，做肺科的專科大夫，次年與程秀蓮成婚。經過多年戰火的洗禮，吃盡種種苦頭，失去了一位親人，流散了一位骨肉的華家，到此總算穩定下來。

由於華家沒有什麼政治背景，面對着一波接一波的政治波瀾，都能平安的度過。但一九六六年以後，情況突變，最受衝擊的是華振邦夫婦。

華振邦曾經在舊政府當過廠長，被稱是[背景復雜，不是特務是甚麼？]立刻被[專政]，關進牛棚，又因為當廠長時享受過特選的飯菜，是壓迫工人的階級，遭到不斷的[修理]，差點沒命。有一次雙手的大姆指被綁住，吊在半空中，用鐵鏈，棍子等抽打，很快暈過去；腰部被重打，小便都是血。

飯堂吃飯，雖然付過飯錢，但每天領到的只有一個饅頭和一碗鹽水加幾條白菜的湯。不過好人還是有好報，由於平時待人很好，一些工人會偷偷的給華振邦送些好的食物及開水，雖然受了不少的苦，這條殘命總算苟存下來。

有一次暈後醒來，朦朧中看到楊星耀和陸飄萍，以及分散多年的女兒；楊星耀還帶了一個奇特的笑容，好像在譏笑當初為何不跟他們一起去台灣。

江怡靜自小喜愛文學，平常愛寫點散文。有一次寫了一些意見，想不到後來成了別人清算的辮子，被那些人修理得死去活來。開始是打耳朵，耳膜破裂而聾了很久。接着腿部被打出血，引起血栓；後來雙手被打，雙手很久都不能伸屈。最後腰部受重擊，以致兩節腰椎破碎；頭部被打，引起眼睛出血而致視力嚴重受損。命也算是保住了，種種的後遺症，終身不停的折磨她。

孩子們比較幸運，除了下鄉勞動外，只要保持低調中立，出麻煩的機會很少。依立被派去農村工作；她到了鄉下不久，滿身紅腫，長滿水泡，而且非常癢；小村沒有正式醫生，只好回來；回到縣市後又不藥自愈，一回鄉村又發作，如此來來回回的走了很多次，最後連坐火車的錢都沒有了，只能逃票。領導也沒法，只得讓依立留在撫順。

依春，依秋是醫院醫師，不居領導階層，加上年輕人的應變力強，受到的衝擊最小。韋卓杰更是老成持重，有敏銳的觀察和判斷力，最大的狂濤也沾不到他身上。大家都幸運的度過這場中國歷史上絕無僅有的人禍。

也許是中國文化太悠長豐富的關系，在這段時間裡，文字運用的技巧之妙，可謂登峰造極，雄冠歷史。例如[專政]這兩個字，無論從字面或文史方面看，絕對沒有人會想到是用在審判人民的新詞。又如[陽謀]，那更是千古絕唱。至於[長征]，已達文字運用之巔峰。抗戰時軍隊[敗退]，據説爲了士氣，改用[轉進]，不是[退]而是[進]，是當年無可奈何下的傑作。長征自是更勝一籌，明明是被動的逃脱，卻説成是主動的出征。掩飾事實的[突圍]，開[以謊言作事實]的先例。

到了七零年初，時局慢慢的平靜下來，華家各人之間的聯系，也漸漸的頻密起來。華家不算是很大的家族，但所有親戚算起來，人數也不少。

華振邦排行第三，上面兩個哥哥，下面兩個妹妹，大家都成家立業，各有子女；除了三家在東北，其他分散各地。這時開始互通消息，話題不知不覺的就落在失散的女兒身上。

華依春，華依秋和妹妹的感情最深，無時不牽掛着這個分別多年的小妹妹，但現實的環境，留給他們的，只是令人愁腸百斷的空懷念。他們每次寫政府規定的家庭資料時，都沒有忘掉這個音信全無的小妹。

依春對這個小妹有份說不出的感情，常常一邊看照片，一邊掉淚。近來情況轉好，生活與心理的壓力逐漸減少，對妹妹的思念反而越來越濃。可是目前的政治氣氛，還是無法進一步去打探。

七零年開始，國際情況起了變化。從七一年四月份的乒乓球外交開始，到十月時進了聯合國，跟着七二年是尼克遜的來華訪問，這一連串震驚世界的變化，不單是改變了整個世界的局勢，更打開了旅美華人回國的大門。

這種改變，給華家帶來很大的希望。當年北大的同學，除了去台灣外，香港和美國都有。華家開始打探，有沒有同學從外地回國。這當然不是一件容易的事情。經過一連串的失望，終於在八零年得知一位當年住過台灣的同學，從美國經常回國探親。

這個消息給華家帶來了無限的希望與激動，經過多次聯絡，華振邦終於見到這位三十七年前分別的李厚智。李厚智已移居美國多年，在台時與楊星耀相隔不遠。據他說楊家在六零年代已去了泰國，女兒去了外國，結婚後好像到香港居住；楊星耀好幾年前已經去世。他自己和陸飄萍也多年沒連絡，所以也不清楚他們的現況。

和李厚智談了多次以後，知道楊星耀有位堂弟還在台灣。所以又設法跟台灣連絡，又拜托駐泰國使領館，希望能拿到陸飄萍的地址，並且在香港的左派報紙登尋人廣告；又通過紅十字會，希望在香港能找到女兒。可是他們還是用慶生小時候的名字來找她，登的又是當時港人很少看的左派報紙，自然沒有收穫。這樣反反復復的打探，終於在八三年，從李厚智得到了現在名為楊玉琴在美國的詳細地址。舉家歡喜若狂，依春急不可待，馬上寫信連絡，那就是八三年楊玉琴收到的第一封信。

[八] 親 情 無 限

　　大致了解大陸那邊的情況後，楊玉琴的心情很亂，過去彷彿是一場夢。她也說不出那是怎麼樣的感覺。她並沒有因為有了親人而歡欣的感覺，反而有不知所措的情緒。

　　她對養育自己的父母，不時萌生埋怨的感覺。在家裡常常發呆，工作時也精神不集中。夏文怡開始擔心。

　　幾天後一個晚上，夏文怡問：[據說骨肉親情之間，有一種特別的感覺，你覺得出來嗎？]楊玉琴想了很久，搖搖頭。[當別人提到你爸媽時，你腦中最先出現的是誰？]玉琴脫口而出：[當然是爸爸媽媽。]愣了一下，說：[我指的是台灣的爸媽。大陸的應該是親爸和繼母。]夏文怡說：[台灣的父母，和你生活了那麼久，雖然其中有母女間的磨擦，但這一份情，應該是無可代替的吧！你還記得你媽媽深夜送你去醫院，差點掉到河裡的事嗎？大陸的親人中，相信只有你姐姐和你接觸最多，但你早已忘記，除了觀念上的血肉之親外，其實你和他們完全沒有情感可言。但是他們的感覺卻完全不同。他們對失散骨肉的那份情，相信也是無可代替的。]玉琴說：[這就是我的矛盾之處。感情上，他們對我而言，完全是陌生人。但在了解他們那份思念之情後，也觸動了我的感情。假如以後能相見，我真不知到時是甚麼心情。感情又不可以裝出來的。]夏文怡問：[你想過要和他們見面嗎？]玉琴說：[每次當想見面的念頭出現時，心裡就很不舒服，立刻把見面的念頭又壓下去。][為甚麼？][我懷疑當年二姨來和親爸結婚時，根本沒有來看過我。他們眼中根本沒有我這個女兒！][這是個很出人意料的想法。][我想當時他們的心裡，只有結婚一事。他們在那裡很多天，有足夠的時間和楊陸兩人商量，可以把我帶走。對我來講，當時唯的一陌生人，只有二姨一人。我想當時我和姐姐的感情，一定勝過我和爸媽。不要忘記我爸媽是雇用褓母照顧我的。假如姐姐真的要把我帶走，我相信我不會哭哭啼啼的。][這個想法很直接。不過我相信你爸媽當年一定捨不得馬上和你分開，一定說等他們回東北安頓妥當後，再送你回去，卻沒想到時局會變得無法再見。]玉琴想了想說：[目前就是要和他們見面，也是一大難題。我們不是常常從報紙上看到，大陸的關員如何粗暴的對待美國回去的美籍華人嗎？有的人還讓那些關員痛打！而且經過那麼多年，大陸人民的思想和看法，語言和習慣，和我們可謂格格不入。而且我是台灣來的，你是從大陸去香港的，到時會不會受到大陸關員的留難也難講。想到相見，我就頭痛。]夏文怡：[我們從報章看到的，當然是事實，不過那應該是少數的特例，不能作準。但是我們所有認識的朋友中，好像沒有一個有膽到大陸去，則是事實。我們反正不急，慢慢等等看，相信可以找到比較安全的渠道。]

到八四年冬天，從十月底開始，下了幾場大雨，後院魚塘附近的空地，一直都沒乾過。到八五年二月，連續幾天大雨，後院盡成澤國，那些竹絲雞要站到雞籠的頂上，才可免於泡水；雞籠附近臭氣沖天。

夏文怡每天回家後都去後院工作，用抽水機把水抽到隔壁的空地去。又儘量多挖些深溝，希望讓水向地下滲流。這次的雨水實在太多，據說幾十年來也沒有下過這麼大的雨；最高興的當然是果農。

電視新聞報導，臨近的新區，很多房子都泡水，居民正在控告政府，在批准蓋屋前，沒有做好排水的計畫，要求政府賠償損失。程震業也來電話，說他們家的圍牆有部分倒塌，有沒有多餘的木條給他先把圍牆撐起來。

夏文怡在圍牆附近走時，也發覺兩腳深陷地下一尺多，走路非常吃力。看來這幾天的積水，已穿透到地下，靠近地面的泥土，全部變成泥漿。怪不得程震業家的舊圍牆，很多部份會因為失去支持力而倒塌。足足等兩週後，土地才恢復硬度。還好只死了幾條魚，鴿子和竹絲雞都安然無恙。

正好在這個時候，夏文怡收到一份美國醫生組團到中國旅行的通知，是文登堡大學寄來的，旅程包括北京，南京，上海，西安和桂林等地。回家後和玉琴討論這個消息。經過半個月的考慮後，認為這團全是美國醫生，被留難的機會應該大大的減少，決定參加。出發日期是六月初，正好是育齊暑假來這裡的期間，有人看家，可以安心出外。

六月中，他們一團到達北京機場。在機場出口的行人道旁，楊玉琴眼尖，很早就看到有三個長得很高的人向她招手。走到他們身旁時，那個女的說：[你就是玉琴妹妹吧？我是依春姐姐，這是爸爸，這是哥哥….]夏文怡注意到玉琴臉上沒有明顯的激動，只是很自然的叫了爸爸，姊姊和哥哥，然後告訴他們住在長城飯店。

晚飯前服務生來告知，有人來找。當年長城飯店是北京最新的五星級飯店，國家規定，國內居民不可以進入。夏楊到外面時，看到她爸爸等一行人，正在飯店外面的空地上等著。楊玉琴告訴他們，這一團二十多人，都是醫生和家屬，都是第一次來北京，在北京只留四天。姐姐要求楊夏兩人向團長請假，第二天晚上到家裡吃飯，和其他家人團聚。

楊夏兩人第二天到到時，滿屋子都是人，兩張桌子都擺滿食物；相信他們幾乎把所有具有北京特色的食物，都端上桌面來。那天到的人實在太多，印象最深是依文妹妹的兒子朱岩松，活潑大方，大概五六歲，飯後主動要唱歌給姨父母聽。

出乎意料，唱的居然是香港黃霑寫的[我的中國心。] 另外一個讓玉琴感到驚奇的是：他們家和醫生非常有緣：姐姐姐夫是醫生，哥哥和一位妹夫是醫生，還有一位正在協和醫院實習的醫生表妹。同時她也注意到，自己有兩個孩子，一男一女，男大女小，她姐姐和哥哥，也都是一男一女，男大女小。這真是令人驚奇的巧合。這一晚大家聊得很開心。

夏文怡冷眼旁觀，經過這晚的交談，玉琴真正有了回到娘家的喜悅。夏文怡也注意到，在眾多的姐妹裡，玉琴竟然是最矮的。和她長得最像的，除了爸爸外，還有最小的妹妹依榮。

沒有到大陸以前，聽到有關大陸人很窮和很貪的傳言，有的說親人離開大陸時，連內衣褲也要脫下來給家人。但他們這家的親人，起碼這一頓吃得很豐富，穿的雖然是當時幾乎千篇一律的白衣黑褲，但她爸爸一上來就塞了一堆鈔票給玉琴。她爸爸的退休金，竟然每月高達四百人民幣，是普通人民工錢的十倍。這晚看到的都打破了玉琴原來的想像。

旅行團的行程，包括參觀北京的醫院。當時中國醫生會英語的不多，導遊是香港英文學院畢業的女孩子，但要她翻譯醫學名辭，卻非她所能，夏文怡變成全程唯一可以溝通的人。

在北京醫院的急診室外面，夏文怡看到一位衣服破舊的人，推著一檯木頭車，車上躺著一個毫無動靜的人；那車到了門口，不見有醫護人員來接應，推車的人把車放在路邊，自己走進去，很久才出來，面無表情的又再把車推走。路旁有不少或站或蹲的人，夏文怡聽到其中一人說：[大概交不出錢，只好走了。]夏文怡簡直不敢相信自己的耳朵和眼睛。

夏文怡聽說中國大陸全民都可以得到治療，為甚麼那人要交費？那個躺在車上的人，是生還是死？為甚麼沒有醫護人員到門口來接應？想來想去，答案似乎只有一個：這就是大陸最典型的社會主義悲劇。

後來到南京一家軍醫院參觀時，看見一個很簡陋的凝血測定儀，一片玻璃下面放了個燈泡，另外一個計時器。使用時只在玻璃上的血清加一滴反應劑，同時按下計時器，等血清凝固令燈光變暗時，再按計時器。簡單實用，所費無幾，誰都可以製造。窮則變，中國人的才智，令人驚嘆。同樣的測試，美國採用顯微鏡，用視覺來判斷，比不上燈光明暗改變的優點。

旅行結束回到家裡時，已是六月底，家裡一切平安，出發時快要成熟的桃子，現在只剩幾個；育齊說大部份都爛掉。除了雜草長得很高外，其他都沒出大毛病。育齊也趁著那段有空閒的時間，開車去南加州玩了幾天。他前幾次在這裡住，都沒有到外面去玩的機會，今夏是他最後一次的暑假，也是他唯一有機會去玩的一次。

醫院方面，變化也很大。自從去年來了一位巴基斯坦裔的席克醫生後，夏文怡終於有了一位可以信賴的同科同事。席克醫生已考到了內科專科證書，起碼從談吐和外表看來，是位好好先生，和當年在楊斯城實習時一位印度裔醫生很神似。他很快的同意週末時互相輪班。這樣一來，夏文怡再也不用和心臟科的羅濟普醫生輪班。和不同科的醫生輪班，很傷腦筋，心裡壓力很大。

一位在這小鎮已七八年的阮醫生，聽到後也要求加進他們的輪班團。阮醫生雖然也完成三年的內科訓練，但沒有證書，平常談話的邏輯有點怪異；一位和阮醫生很要好的骨科威爾遜醫生曾經對夏文怡說過：阮醫生對甚麼事都有興趣，唯獨醫學除外。

夏文怡自從到這鎮後，沒有意願和阮醫生輪班。席克醫生同意和阮醫生輪班後，夏文怡不好意思再堅持。三位內科醫生終於有了固定的輪班協議，生活上開始變得輕鬆。

在這一年裡，美國的醫療制度起了翻天的變化，徹底改變了醫生開業的方式。法律首次允許醫療保險公司，可以指定病者去看和保險公司有合約的醫生。醫生要取得醫療保險公司的合約，最重要的一條是願意接受醫療保險公司定出的收費標準。

一些腦筋動得快的醫生，很快的成立了[獨立醫生聯會]，團結起來，以便和醫療保險公司討價還價。另外一些醫生，恃著名氣大，病人一直很多，沒有加進醫生聯會，結果到頭來卻門堪羅雀。

一些大都市的醫生聯會，財大氣粗，開始來小鄉鎮占地盤。在這小鎮開業的法魯渠醫生，腦筋很快，馬上開會討論成立本鎮的獨立醫生聯會。經過多次的討論和籌備，終於成立了獨立聯會。

看到了聯會發出來的資料，夏文怡才知道自己過去將近十年開業的收費標準，錯得一塌糊塗。照新的標準，收入大概可增加兩成半！夏文怡開始投入很多時間在這個獨立聯會裡。

為了要進一步了解運作的技巧和原則，夏文怡參加了不少的講座，又到一些地方做實地的觀摩，希望把這個聯會好好的發展下去。

當初一些不願意加進這個聯會的醫生，發覺判斷錯誤，要求再加進來。可是這個聯會的最基本目的，是保障會員的利益，假如會員的病人數目還未達到飽和時，就接受新會員的話，就會違反這個目的；所以只能對申請者以[目前尚未能接受新會員]作答覆，結果引起軒然大波。

醫院的委員會認為這個聯會企圖壟斷開業，違反醫師倫理，矛頭直指法魯渠醫生。和醫院的委員會開溝通會議時，夏文怡告訴這班委員，目前美國的新法例，允許保險公司壟斷醫生開業，早已放棄了傳統的醫師倫理。而且這個獨立聯會，純粹是商業性，講的是會員的利益，和倫理無關。

那班委員認為是強詞奪理的說法。這個爭論，一直拖了多年。因為其中有位申請者是女性，又是印度裔，更引起印巴兩派的對立。多年後由於病人的要求，最終還是批准這位女醫生的申請。

後來法魯渠醫生回國去，失去充滿活力的人作領導，所有的責任都落到夏文怡和席克，以及另一位巴裔醫生身上。印度派不斷加強壓力，巴裔醫師因為規章的規定，不能連任，夏文怡失去了兩位合作無間的夥伴，又瞧不起新的印度人，恥與這類人為伍，斷然辭去主要的職位。

這件事讓夏文怡想起了太平天國的石達開。石達開眼看洪秀全進天京後，腐敗享樂，殘殺功臣，完全喪失當初成立太平天國的本意。繼續幫他嗎，最後一定被殺掉，一個人出走嗎，心有不甘。最後帶兵西走，等待時局改善後重來。誰知喪失判斷力，受騙被捕而死。

獨立聯會新來的人，連最基本的談判觀念都沒有，很多合同都不敢拿主意。又在和保險公司代表討論的大會上，自家人吵了起來，讓保險公司的人看笑話，結果夏文怡是唯一不簽那份合同的人。

不久巴基斯坦裔的醫生和一些白人醫生，醞釀另組一個獨立聯會。夏文怡也是第一個退出原來獨立聯會，然後加進新聯會的人。但是由於兩會間的對立，差不多喪失了〔獨立討價還價〕的能力，當初成立聯會的作用大大的減弱，變成名存而實亡。

夏文怡已考慮幾年後退休，不用再為病人的多少而操心，乾脆不再擔任聯會的任何職務。一直到退休為止，夏文怡仍然有足夠素質很好的病人。

自從大陸見面後，楊玉琴從親人的身上，找到一些和自己身上相似的特徵。乾燥的皮膚，眉間的皺紋和易曬黑的皮膚等等。雖然和姊姊的通信漸多，仍然找不到共同的語言；無論吃的，喝的，對事情的看法等等，都有很大的距離。楊玉琴最渴望的，是親生母親的照片，可惜沒有；只有模模糊糊小時候的合家照。這次只在北京匆匆見一次面，連家鄉撫順都沒去，其他很多親戚都沒見面，那裡算得是家人重逢？應該計劃專程去一次。可惜夏家沒有其他親戚在美國，孩子們還在念書。要去一趟長時間的探親，很費腦筋。

美國的家庭醫生制度，嚴格來說，是二十四小時值班，到那裡都要帶傳呼機。出一趟城，也要和輪值醫生說好。離開一週左右，大部份病人都能體諒，時間一久，病人就不安，甚至會換醫生。住院的病人也要安排，病人的藥用完後要繼續開處方….。出外一次，並不簡單。還有一樣，就是對大陸的了解不夠，很擔心回不來。下次的相聚，要等大陸情況再明朗些，最少兩年之後。

秋季開學，這是華倫中學最後一年。隨著而來的升大學事情，除了要考[學生天賦測試]外，有關大學的資料，報名的手續，早收生的截止日期等等，都得早點弄清楚。這學期華倫還參加了年度的學術十項全能比賽，要做的事很多。不過他的導師對他幫助很大，大多數的資料都替他找到，父母親要做的其實不多，但每樣都得親自弄清楚。

這一年剛好鄧麗君來賭城演唱，據說是華人的第一次在賭場演唱，這也是夏楊從七六年來美後，第一次去聽華人歌星登台演唱。夏楊很興奮，找了一大堆朋友，坐飛機去。

賣票的小姐打電話來告知，一定要儘早進場，否則可能要站；因為賣出去的票比坐位多。還好演唱的時候，站的人很少。

早就聽人說，鄧麗君歌聲的柔，簡直柔透骨裡。聽完覺得此言果然貼切萬分。她不但唱歌的風格是千古獨有，臺風和口才都一流。當時她逗著一位被她稱作趙公子的聽眾，辭鋒帶點辛辣味，看得出是演唱界的老手。

幾年後蔡琴也到賭城演唱，楊夏等再次拉大隊去聽。雖然兩人各有特色，但鄧麗君每一首歌都有特殊的唱法，似乎每首歌都能賦以獨有的生命。假如每首歌代表一種花的話，鄧麗君都能讓每一種花綻放特有的風彩。

蔡琴發揮的是天生的音色；至於臺風和口才，頗見平穩慎重。夏楊也常聽蔡琴的錄音帶，楊玉琴覺得只聽前面幾首，歌聲悅耳動聽，再聽常會打瞌睡；主要是唱法沒有變化，歌唱者對歌詞不投入。夏文怡常笑她修養欠佳。

十月，夏家邁進新的領域：首次養活珊瑚。他們買了一個新從荷蘭進口的全玻璃魚缸；缸的裡面分幾個單位，包括過濾，循環，去蛋白質和照明等等，功能齊全。唯一欠缺的是魚缸的內容。按照魚店老闆的見議，買了將近一百磅的[活石]作擺設，用人造鹽合成海水，先放水母和[火點魚]，每晚坐在客廳裡，對著這個新寵客，看個不停。相信只有親自瀏覽過珊瑚魚缸的人，才能了解其中的美。慢慢的加進不同的珊瑚，晚上關了燈，坐看透名晶瑩，隨水擺動的珊瑚，是視覺上的最高境界。無怪乎夏楊的朋友常說：每晚對著這種美境，最少添壽五年。去過水族館看過珊瑚的人，相信會有同感。

這個樹林郡有三個小鎮，每鎮各有代表性的中學。每年的學術十項全能，輪流在各鎮舉行。這年在樹林鎮舉行。比賽結束的頒獎典禮，夏家出席觀看。

美國人天性開放活潑，整個過程熱鬧，掌聲，叫聲和口哨聲，充滿全場。這個晚上，應該是華倫最高興的聚會之一，十項比賽，他一人就拿了五項。三鎮的成績，樹林鎮最佳，拿到總冠軍。

過了十項比賽，接下來的是大學的申請。華倫有他自己的看法，學生天賦測試只考了一次。不知從那裡得來的資料，他認為這種試，多考幾次的分別不大。

他也不大願意到外州念書，外州的只申請兩家。其中麻省理工學院的報名表最厚，像一本書。除了要寫一篇據說非常重要的短文外，還要到該校指定的校友處去面談。

大多數出名的美國大學，都注重學生的領導才能；校中的活動，暑期工作的性質，都能反映出才能和思想。可惜夏楊從來沒替孩子做任何的規劃，申請大學，吃了很大的虧。

華倫最後選了柏克萊大學，主修物理和電腦。樹林郡以農業為主，大多數的獎學金，都和農牧業有關。沒有一個獎學金和物理有關，電腦更是新生產物，也沒有這方面的獎學金。結果在畢業前，夏華倫差不多沒有拿到任何重要的獎學金，失望得快要哭出來。夏楊印象最深的是那年的音樂獎學金，一位吹笛子的同學，拿到整整四年的學費獎金。

那年華倫的運氣實在不好，竟然在期末考的時候，得了闌尾炎，深夜往醫院開刀，住了幾天院，幾科學業沒有參加考試，成績是老師根據平時的作業評定的。畢業典禮上，同學推著輪椅，幫他上台拿獎狀和畢業證書。一生難忘的記憶！

夏華倫中學時念得很輕鬆，幾科先修班的考試都及格，省去大學不少時間。但第一年大學的課程，卻教他信心盡失。

夏文怡記得開學第一天典禮的介紹講話中，那位教授說：[你們在中學時，名列前茅，很了不起；但是今天能來到這裡的，幾乎都是

手屈一指的，你們開始失去優越感，你要念的科，未必選得
到。…..]。這些都應驗在夏華倫身上。雖然最終在三年半修完所有的
必修學分，他最後的一年，終於修了一些閒科，變成念完四年才畢
業，在第二學期時，就放棄了物裡，和當年中學的春風得意，早就徹
底的告別了。

　　這使夏文怡憶起中學的一位同學，六年的總成績超過九十分；到
外國念大學，大學的校長，特意寫信給中學校長，稱讚這位同學的優
越；念碩士時，沒有聽到這位同學有甚麼特別的成就。到了念博士，
卻聽說是困而得之。

　　這也讓夏文怡認識到，東方家庭，孩子們比較聽話，好的成績大
部份是用功的成果。從大學起，必須得靠本身的智力和獨立的思維，
那些一向靠努力的，就會失去早年的光環。

　　夏華倫雖然大學不理想，但從畢業後開始，一直有工作；有一段
時期還和朋友合開了一家生產電腦互聯產品的小廠，後期在一家小公
司負責寫電腦程式，就算在電腦業最不景氣的時期，還是坐穩那個職
位；職業的道路上，非常平穩。

　　八六年珊婷也畢業，雖然沒有哥哥那麼大的名氣，但成績也很
好，名列該年度的學生代表級。爾彎大學給她獎學金，入學的條件很
優厚。可惜她不願離開家，而且一度有放棄念大學的念頭。還好經過
夏文怡的一番談話，一直念到畢業，沒有出過其他念頭。

　　珊婷自己很清楚，有興趣的科目，找工作有困難，沒有興趣的，
她又缺乏吃苦的決心。這就是她不願上大學的主因。結果主修音樂，
第一年還對教育有興趣，打算以後當個教師；慢慢的開始討厭教師這
個職業，一直到畢業，還沒有找到喜歡的工作。

　　父母也了解她心中的困擾，讓她先在醫務所工作一段時間。她不
願意大學畢業後仍住父母家，寧可搬去住公寓。週末仍然上教堂，還
是長髮長裙。

　　珊婷個子雖然不矮，但長得清秀，看起來比實際年齡小。一次一
位病人以為她還是中學生，看到她很安祥的在前廳工作，非常感動的
說：[像她這樣的女孩，目前的社會再也很少見到。]

　　一年多後，體驗到本鎮的工作機遇實在太少，珊婷搬去灣區。開
始時也在醫務所工作，負責帳目的管理，後來進電腦公司的人事部工
作。本來住在聖荷西，但她認為這個城市缺少藝術氣氛，結果搬去三
藩市。過了一段時間，爸媽再見到她時，長髮長裙不見了，教堂也很
久沒去了，終於融進美國年輕人的潮流裡。

夏華倫有間房子在聖荷西，媽媽以為珊婷會和哥哥一起住。但珊婷從開始就一個人住公寓，從沒有打算和哥哥一起住。

夏文怡覺得這個女兒有很深的內向性格，每隔一段時間，都需要一個人獨靜的時間。楊玉琴認為，美國長大的孩子，獨立性都很強，不在一起住，非常自然。兄妹兩人，從小到大，非常親愛，但還是各有所好。

華倫一直住聖荷西，沒有發覺這個城市有何缺點，也沒有窺到舊金山的魅力。大家都為工作而忙，兩人日常的接觸，還是比父母所預期的少。

八六年的三月，夏家來了多位親戚：大嫂和女兒國華，三嫂和兒子育建，媳婦鳳儀。夏家突然熱鬧起來。這次見面，有點像夏家的小團圓，或可以說是海豐人的小團圓。夏楊兩人，又可以再嘗到三嫂的海豐菜。

夏國華對後院很感興趣，看到游泳池很興奮，雖然三月底的陽光很明朗，池水卻非常寒冷。但是沒入水中，還不相信那些清徹的水，究竟有多冷，不試試不甘心。結果國華還是很勇敢的下池去，當然很快就得上來。

夏楊陪他們到附近的名勝玩了幾天，回去時三嫂和鳳儀留下。鳳儀是個閒不得的工作女性，才過幾天，就要求去醫務所幫忙。她能力很強，雖然從來沒做過，一講就通，果然幫了不少忙。直到四月份孩子誕生，休息幾週後才回港。

這三年來，楊玉琴和姐姐，哥哥，常常通信，慢慢的找到了一些親情的感覺。從信裡知道，他們近年的生活大有改善。不過看他們的信還是很吃力。他們早已忘了大部份的正寫，雖然他們很努力的使用正體字，但常常會弄得不倫不類。

姐姐的信提到的儘是爸爸的近況，好像從來沒有提到媽媽，楊玉琴開始懷疑他們和繼母之間，不大融和。是不是他們覺得，當年來重慶結婚的二姨，心裡根本沒有小妹妹，造成玉琴多年的失散？信裡也提到爸爸常常到各地去看姪子輩，每次都拿玉琴一家的照片讓他們看；他們看後都幾乎問同一個問題：玉琴幾時再來？

其實玉琴本來打算這年五月再去，因為三嫂和鳳儀等的到來，和準備搬遷醫務所，問題很多，所以打消了這個計劃。一直到了第二年春天，新醫務所才裝修完畢，幾經折騰，才全部搬遷完畢。

工作了很多年的雪麗，目前身體過胖，引起了憂鬱而辭職。新請了幾批人，沒有一個對數字有觀念，收費出了很多毛病。結果玉琴只好親自上陣，另請一位做後廳的小姐。新的醫務所在商業區，來往的人多，門前附近不容易維持乾淨。

程震業這幾年來在社區很活耀，得到很多消息，知道這區有發展的潛力，所以看到有空舖後，要夏文怡也一起去。

程震業是兒科，家長帶孩子看病時，往往一家大小都來，需要大面積。夏文怡的內科，都有預約，很少有三人同來的，占地不到程震業的一半。設計的結果，候診室成長方形，正對東方，雖然有反射光和熱的窗簾，到了中午的那一段時間，候診室很熱，無論空調如何調整，幫助不大。風扇只能減少熱感，所以很多時只好打開前門。一不留心，前廳的風扇也會讓人順手拿走。

當初程震業選這個鬧區，相信是受了香港人的[人氣旺]和[落腳方便]的觀念所影響。對兒科可能有幫助。內科靠的是口碑，臨時摸上門來的，不合要預約的宗旨。對夏文怡來講，這個地點是個錯誤的選擇。還好只簽了三年合同。時間一到，夏文怡又搬去一個醫生的區域，找到一個比從前大一半的空舖，重新設計。

有了以前的經驗，有了附近的設計做參考，終於有了一個設備完善的醫務所。後來一位讀助理醫師的朋友，需要實習的場地，醫務所終於派上用場，有足夠的空間，可以讓這位朋友來實習。

八七年的四月，夏楊兩人，終於再踏上大陸。他們先到北京。哥哥一家和爸爸都住北京，姐姐也從太原來陪他們。北京的名勝，上一次已看過一部分。這次他們專看旅行團不到的景點，和探訪住在附近的親戚和爸爸的朋友。親戚朋友很多，北京話也不容易懂，夏楊兩人幾乎都只有點頭和鞠躬的份兒。然後華依春帶他們坐火車去太原。

看到北京火車站的情形，令夏楊大吃一驚。站內只要有空地，幾乎都擠滿了人，站的睡的，男女老少都有，人群衣服破舊，臉帶倦容。

那時大陸的人，從一地到它地，都須要單位的介紹信。夏楊沒有介紹信，拿的是美國護照，檢票員不懂外文，怎麼解釋也不通，還好姐姐常常坐火車，認識的那位領導恰好在車上，才解決了乘車的問題。

姐姐和姐夫都是醫學院的教授，他們的親家劉教授是廣東人，講一口鄉音很濃的國語。參觀醫院的時候有他們陪同，可以有機會和醫院的學生交談，以了解學生的行醫觀念。

最使大陸醫學生不解的是美國的開放醫院制度。他們對美國的醫學生，可以隨自己的意願，到各州的醫院去受訓，和受訓完後，可以隨意到各地去開業的情形，非常驚奇和感興趣。

山西的名勝古跡非常豐富，他們只參觀了閻錫山的故居和省府。平型關之役，是共產黨抗戰史中最光輝的一頁，車子經過平型關時，大家也下來憑弔一番。五台山很聞名，但車路崎嶇遙遠，只好留待將來。

山西除刀削麵為大家熟悉外，其實麵食的種類之多，可以媲美義大利。但是當地人吃的重點是麵，除了一些當地稱之為〔滷〕的湯汁，幾乎沒有甚麼肉，外來人不一定吃得來。

太原人當年對環境衛生似乎沒有甚麼觀念，連身為醫生的姊夫，東西吃完就往空地丟。回北京時，改坐汽車，路途顛簸，時間又長，坐得很吃力，但可免去查身份的麻煩手續。

從北京再往北去撫順，坐一晚的夜車，先到瀋陽，再到撫順，住進最新建好的飯店。撫順是老家，差不多所有親戚都到齊。

在第一次大家都到的宴會上，楊玉琴的二堂哥，即席用俄語唱了一首〔北國之春〕，音色純厚優美。夏文怡朝玉琴笑了一笑，玉琴也會意的笑笑。楊玉琴總算找到自己喜愛唱歌的血統淵原。

東北的景點，除了和滿清事跡掛鉤外，和張作霖也沾了不少關係。他們先後去了張作霖的元帥府，小故宮，熱水塘，囚禁溥儀的國家監獄，薩爾滸山等。當年漢滿的一場大戰，明朝有六路大軍，由楊鎬統率，和滿人決戰於薩爾滸山。明軍因各路沒能同時抵達，軍心各異，給滿人各個擊破。據說滿人就憑這一仗，才萌生入主中原的信心。

東北之後再跟爸爸和姊姊去杭州；去看玉琴的大堂哥，住在西湖旁新開的旅館。大堂哥一家三口，住家離西湖不遠。大堂哥念大學時是籃球健將，校隊代表。這次見面，夏文怡的印像是他非常健談和爽直，和其他人的吞吞吐吐，完全兩樣。

楊玉琴注意到堂姪女穿了一件很名貴的皮衣。晚上夏楊去逛街時，看到商店有相似的皮衣，標價將近人民幣一千塊！就算照標價五折，相信也要用半年以上的薪水，才能買到這件皮衣。玉琴對這位姪女的豪舉，非常驚訝。

在杭州和爸爸姊姊分手後，夏楊包了一部出租車，去上海的虹橋機場。駕車的是位年輕的女司機，從未到過上海。不過當時已建有高速公路，路標分明，沒有迷路。中間經過一段收費公路，比美國的公路還要漂亮。

候機室很熱，等機的時候，夏文怡買了杯咖啡，沒走幾步，發覺紙杯是漏的。賣咖啡的是個十來歲的女孩子，夏文怡要她換個杯子。誰知那女孩平平板板的說：[領導規定，一個杯子配一份咖啡，杯子

295

不可以單獨換。〕夏文怡看著那張營養不良的臉，毫無青春氣色的麻木表情，嘆了口說：[再賣我一杯吧。]

幾個月後，華依春來信說，爸爸想來美國稍住，順便看看老朋友。夏文怡給了他們寄了一份生活保證書，很快就拿到美國簽證，不久也取得政府出國的批准。一切順利，定了行期就可以再聚，楊玉琴非常興奮。那知去買機票時，卻碰了個大大的釘子。賣票員告訴他們，所有的票都給了政府出國的人員，要去的話，可以每天來等，有空缺就補上。

收到這個消息，夏楊兩人目瞪口呆，好像天荒夜談的故事再出現。那時大陸只有中國民航飛美國，除非坐船，別無他途。不過賣票員的答覆實在太離譜，說不定另藏玄機。拖了一段時期，後來終於託人去買票，一買就有。華振邦和女兒依春，終於在八八年八月中來到，住到十二月回去。

這段時間裡，除了遊覽附近的名勝外，他們一齊去看華振邦在美的幾位同學。有一位在飛機場做事的李飛揚，和華振邦非常熟；父女到他灣區的家住了一段時間。

夏楊兩人都發覺華振邦的適應性很強，帶血的牛肉，吃得津津有味。後來才知道，年青時華振邦常去哈爾濱和青島等地，吃外國餐的機會很多，在青島還吃過生海參。

華依春卻不一樣，不單外國菜吃不慣，肉類也只能吃一點。最令玉琴吃驚的是，那些在台港很出名的歌曲，如教我如何不想她，滿江紅，茉莉花等等，她這位姊姊連歌名都未聽過。抗戰時一些名將的名字，她也通通不知。夏文怡旁觀這位岳父時，這些他似乎都知道，只是不願意在女兒面前說出來。

問到大陸的某些問題時，姊姊說這些都是怪問題。不過這些都不會阻礙她們姐妹間感情的發展，幾個月的相處，楊玉琴已不知不覺的成了華家的一員。她們也曾討論更改名字的問題，最後還是決定維持原名，不但可以省掉很多麻煩，也是懷念養育之恩的最好表示；夏文怡非常贊成。

夏文怡始終覺得，當年爸爸再婚時，全家只有三個孩子，最小的玉琴，也已經六歲，而且爸爸已找到職業，沒有道理不把小女兒帶回家。除了楊陸兩人的因素外，最可能的是這位新媽媽怕麻煩。無論實情如何，楊玉琴覺得養父母的養育之情，比山高，比海深，一生也忘不了。

一九九零年，姐姐和姊夫，哥哥和嫂嫂四人到來；這次除了遊附近的名勝外，他們六人，坐飛機先到紐約，然後租車開去華盛頓特區遊覽；經匹茲堡時，姐夫韋卓傑剛好有位學生在那裡作研究，順途去看他。

往東再到俄亥俄州的楊斯城，探訪夏楊那班老朋友；再北上水牛城，看尼阿格拉大瀑布；再坐飛機到黃石公園，在公園住了三天。從黃石公園出來的路上時，韋卓傑嘆了口氣說：[我現在最懷念的是麵，假如有碗牛肉麵多好！]偏偏在附近的小鎮就找到一家中餐館，正好有牛肉麵。

最後一站是賭城。當時演出的巴黎豔舞，對首次看到的大陸人來說，雖然新鮮，也許有點不好意思；但賭錢的樂趣，有的人卻很容易被激發。

回到家時，十多天已過去，有點筋疲力盡。他們不會開車，夏楊白天都有工作，幾天過去，他們都覺得非常悶。夏家附近空地很多，又有一個高爾夫球場在附近，本來以為可以散散步到附近看看，可是看不懂英文，迷了好幾次路。

夏文怡的醫務所，就在一個小商場裡，開車不到五分鐘，他們決定上午走路過來，到附近商店來消磨時間。可是越走越覺得遠，半個小時後還摸不到邊，以為走錯路，又回屋去。夏文怡再帶他們去參觀醫院，看骨科的設備，還去觀看一位巴基斯坦裔外科醫生的家。印巴來的醫生，很多喜歡大屋，大屋一般都六千呎以上。他們看完都覺得很浪費。

他們這次來美，第一個印象是無車等於沒腳，第二個印象是超市東西之多，像是故意擺出來騙人民的，第三是駕車者很守規矩，紅牌的路口，就算沒有車，還是會規規矩矩的停下來，紅燈的時候，就算四面都沒有車，還是會等到綠燈才開。

在以後的一段歲月裡，夏楊兩人常常回大陸去看他們。每次都是北京，太原和撫順。大陸的親人，再也沒有重來美國。楊玉琴的父親，在九三年，得了大腸癌，醫了幾年，終於辭世。楊玉琴和這位又是姨母，又是繼母的母親，十幾年來所建立起來的感情，似乎還深。他哥哥卻等到他爸爸去世兩年後，才第一次對這位繼母叫了聲[媽媽]。三個妹妹中，除了遠住澳洲的依容外，和玉琴的感情也很好；妹夫和家人，對玉琴都很親切。

十多年前，當媽媽在泰國去世後，午夜夢迴，玉琴對自己的孤零身世，黯然神傷。做夢也沒想到，十多年後，竟然有這麼多的親人。人生起伏，真是難測。最大的遺憾，是對母親陸飄萍的身世和親人，一無所知。想起媽媽黑夜帶她去醫院，幾乎掉進河裡的往事，更是激動難抑，常常流淚。

（完）

[九] 後記

踏進一九九零年，樹林鎮再也沒有新的醫生到來。在[規劃醫療]
的運作框架下，夏文怡的收入開始穩定。醫務所在楊玉琴的管理下，
帳目上也未出過大問題，和病人的關係，也非常融洽。夏文怡在九零
年擔任醫院醫生會的主席，九一年成為美國內科學院的研究士；幾年
後和幾位醫生合組聯合診所，重新搬了醫務所，不到兩年退出聯合診
所，又搬去新的醫務所；隨後辭去獨立醫生組織的董事，一心一意，
追求臨床的完善。二千年時，上了三次針灸課，讀完全部的課程，二
零零二退休，剛剛踏進六十五歲。忽來感想，值得一記；

> 不覺已屆六五年， 胸無大志腰無錢；
> 花石魚禽園日涉， 不見南山也悠然。

夏文怡喜愛中國傳統詩詞，但覺得唐詩的要求，有防礙內心抒放
的缺點，和詩本來的奔放宗旨不符，不肯下苦功去學作詩。偶爾有所
感，隨意寫下，自覺合乎自然率性之道，頗引以為樂。
這天清早在魚塘餵錦鯉，聽到雁叫聲，又有所感：

> ：頭上禿髮裊柳枝，橋底流水戲游魚。
> 忽聞雲中雁聲近，又是一年春回時。

楊玉琴問夏文怡：[你說退休後的第一件事，是把傳呼器拋掉，
做了嗎？]夏文怡：[我本以為拋掉傳呼機，那種感覺會像畢業生把帽
子拋上天空一樣的痛快，剛才把傳呼器拿在手裡，覺得小巧可愛，結
果改變主意，就把它留下做記念吧。] [你不會改變你退休計劃吧？]
[當然不會。你看這亭子，木頭爛了好幾塊，再看魚塘的水，混濁不
清，假山的造型，也缺美感] [那你甚麼時候才實現你的退休計劃？]
[現在就做！] 說吧馬上去拿工具。等到他們移動一塊大石頭時，他
們才發覺他們的計劃又可能要泡湯了。夏文怡發覺他的力氣大不如
前，楊玉琴也覺得體力衰退很快。現在夏文怡只要彎腰半小時，站起
來後不但痛，腰也直不起來，結果一天只能做工幾小時。最令他心驚
的是：動作和反應變得緩慢，原以為一個小時可以完成的工作，現在
要用兩三小時。記性也差，常常工具一放，轉個頭就找不到。

天氣稍微冷一點，手腳冰涼，皮膚起皺，關節的靈活度大減，不能運用自如。以前遇到熱天，最多是滿身發熱，現在卻有熱得難以忍受的病態感，不能再繼續工作下去。

退休後的前面三個月，他們決定到處去拜訪朋友；結果發現，自己有空，可是別人還是要上班，此路也行不通。

正好這個時候，一位醫生很需要幫忙，楊玉琴得了一份條件非常自由的工作。

少了一個幫手，夏文怡便得重新構思今後工作的方法。夏文怡馬上有了新的體會，退休後那些漫長的時間，不正是專為老人的緩慢動作而設的嗎？太極拳慢的原理，正可借機發輝。悠悠哉其樂無窮乎？結果那個魚塘，一修就是三年多。

從前可以拿九十八磅的水泥，改為八十磅，再後來變成六十磅。兩萬多呎的地方，前院盡是花樹，主要的工作是除草和修剪，體力消耗不多。但前後院的花樹加起來，就需要一年到頭輪流不停的修剪。

對一些中國人來講，修揖花木不算是真工作，而是一種藝術性的享受。修大樹要費些力氣，其餘是最好的運動。可是夏文怡的致命傷，是他永無休止的腦筋；設計時本來以為效果會很好，完成後卻不合意，於是又有新的主意。這種做完又改的性格，注定夏文怡要無窮的〔樂〕下去。

除了亭院外，夏文怡的嗜好實在太多：書畫，音樂，文學，旅行，電視長篇，時事評論，自然現象等等，都可以讓他沉醉其中。值得高興的是，楊玉琴每天中午都有時間回家吃午飯，然後短暫午睡，兩人三餐都能同桌吃飯，非常難得。這種規律調和的生活，帶來額外的喜悅。

朋友們常開玩笑，說夏文怡現在成了[老宅男]；夏文怡回敬他們說：[我這個老宅男的職位，用錢也買不到。不但讓我增進廚藝，而且每次都有人讚賞，宅男之樂樂無窮！]

每次旅行時，夏文怡總是開玩笑的對團友說：[這次又是太太請我出來旅行]。為了旅行的方便，一向被兒女目為爸媽最愛的海水魚，活珊瑚，蘭花和竹絲雞等等，全部送給朋友。楊玉琴的那份工，隨時可以去旅行；所以他們一有機會就去，回來後楊玉琴繼續上她的班，夏文怡仍然幹他老宅男這一行。

楊玉琴的姐姐在二零零二年時，得了嚴重中風，頭一年昏迷不醒，後來慢慢好一點，但除了右手恢復一些功能外，其餘全身都不動，不能說話，餵食時常常不吞下去。夏楊去看她，她有時會稍為清醒一點，聽到玉琴的聲音，身體偶爾會抖動一下，有時還會掉眼淚，似乎還保存些辨別的能力和感情。

楊玉琴每次看到她，總是心酸萬分。姊夫比她年紀還大，現在姊夫仍然在，女兒，女婿，特別褓姆，醫院爲她特別留的房間，各人盡心盡力，護理得無微不至。可是假如姊夫有天有甚麼不測的話，這些還會繼續下去嗎？醫院還會留房間嗎？楊玉琴想到這裡，再也不敢想下去。

哥哥依秋的健康也大不如前，心臟跳動異常越來越密，將來可能需要安裝起搏器。媽媽的身體前幾年比較好，那時她還寫了本書，描述當年教書和在[被扭曲的時代]所受的痛苦。近年雙腿腫脹，移動困難，又住在三樓，近三年來已不能出門；令她已有點心灰意冷，把身邊的錢全部分給女兒。

楊玉琴的兩個留在撫順的妹妹，依文的環境最好，她先生朱一傑自從幾年前改做醫保後，生活更富裕。依立和她夫婿的性格和處事另走別徑，令人擔憂。最小的妹妹依榮移民澳洲多年，生活安定。

夏楊也曾回台灣幾次。最令楊玉琴難忘的一次，是她到叔叔家時，在附近路過，遠遠就看到那間縈繞夢中的日式房子。負責人聽到當年的小姐回來，特別來開門，讓她重溫舊夢。這間花園房子依然健在，雖然有改修，兒時夢中的魚塘和小橋，還是那麼的親切。隨後又去看從前的工人阿美；她現在已當了老闆娘。老闆娘當年的一位小鄰居，看到楊玉琴非常興奮，不停的細說二二八時楊玉琴躲避暴徒的經過。

七六年遊台灣時，曾在當時住屏東的叔叔家吃過飯，現在叔叔已退休多年，且已搬到台北的大直。四個兒女各有成就。叔叔也是到了近幾年才知楊玉琴的身世，並且告訴楊玉琴，爸爸星耀也是個孤兒，是祖父在路上檢來的。怪不得泰國那位叔叔似乎對他充滿敵意。

夏文怡的大嫂，早幾年已去世，遺下的兒孫們，各有發展，生活穩定。育勤和育農，近年已做了祖父，夏文怡做了曾叔公。

三嫂身體很好，仍然樂於入廚，晚輩們依然可以吃到地道的海豐菜。四個兒子各有所長，但人生的起起落落，在所難免。育齊仍然單身，育建的兩個兒子先後大學畢業後，已找到滿意的工作；育業的唯一女兒，畢業後到歐洲深造。育家的兒子，醉心小提琴，選音樂做終身職業，是夏家唯一從事藝術的一員。

夏文怡對他這一生很滿意。他認爲生於亂世而能免禍，長在低層之家而能完成學業，平平淡淡，沒有大起大落，雖然沒有甚麼成就，卻也沒有失意潦倒。雖然兒女仍是單身，但姪輩已各有成就，人生可算無憾。

　　楊玉琴更覺得這一生很豐富。除了沒有和血親一起生活成長外，幼時所享受到的親情，絕不會比親生父母給的少。自從得知陸飄萍的身世後，開始了解雙親為甚麼沒有告知自己的身世。

　　原來陸飄萍是四川人，本姓羅，名素綺，是川中大戶人家的女兒。羅素綺三歲時遭她家的仇人綁架，談判破裂，被賣到東北一地主的家。主人見她聰明玲俐，收作乾女兒，進校讀書。十六歲那年，被軍閥看中而出嫁。第二年軍閥失勢，羅素綺和他離婚，並在報紙登了很大幅的離婚廣告。到了北京後，改名換姓，重新為人。憑著她的苦讀和聰明，兩年後進了北京大學。

　　真是天下一大巧，楊星耀，陸飄萍，楊玉琴和楊友恭這四個都是失去親情的人，在台灣時卻同聚一家！楊玉琴猜想她雙親當年一定飽嘗失親之苦，而且絕沒有想到楊玉琴的親人會找到她，所以才沒有告知她身世，免得她也嘗到失親之苦。想通了這一點，對他們的慈愛之心，用心之良苦，更加感激。

　　一天忽然心血來潮，楊玉琴對夏文怡說：[我猜到我名字的真正意義。]夏文怡滿臉迷惘的看著她。楊玉琴說：[你平常對人名的猜測，不是很拿手的嗎？怎麼對我的名字反而沒有所覺？你只要把楊念成去聲，琴字加點尾音，馬上變成：養－育－情，對，楊玉琴就是養育之情的意思！]非常有創意的連想。

　　此後夏文怡仍然繼續他的退休〔大計〕，有苦有樂。一天黃昏時，正在持壺品茗，忽然意上心頭，寫了：

> 亭中一壺茶，對飲有時花；
> 古稀匆匆過，意樸心自佳。

　　夏天看到睡蓮盛開，想起有些地方的人，晚上睡在睡蓮旁，相信睡蓮晚上開花的話，離家的親人就會回來，也寫了：

> 池角蜻蜓且俳徊，園葉依水花挺開；
> 可憐癡心睡蓮夢，尤盼良人終回來。

有一次在胡椒樹下觀魚，舉頭一看，亭橋柳樹和瀑布，盡收眼底；靈感不能久留，再寫：

　　　　園中八角亭，環亭流水聲；
　　　　綠柳蔭瀑布，橋橫草映清。

　　二零一零，三月三日，樹林鎮，加州。

（ 完 ）